世界传世藏书 图文珍藏版

世界十大名著

马松源⊙主编

线装书局

世界十大名著

童　年

（苏）高尔基◎著　湛本军◎译

线装書局

图书在版编目(CIP)数据

童年/(苏)高尔基著;马松源主编.—北京：
线装书局,2012.11
(世界十大名著)
ISBN 978-7-5120-0671-3

Ⅰ.①童… Ⅱ.①高… ②马… Ⅲ.①长篇小说-苏
联 Ⅳ.①I512.45

中国版本图书馆 CIP 数据核字(2012)第 235459 号

童年·在人间

原　　著：(苏)高尔基
主　　编：马松源
责任编辑：高晓彬
封面设计：博雅圣轩藏书馆
出版发行：线装书局
地　　址：北京市西城区鼓楼西大街 41 号(100009)
　　　　　电话：010-64045283
　　　　　网址：www.xzhbc.com
印　　刷：北京彩虹伟业印刷有限公司
字　　数：3160 千字
开　　本：710×1040 毫米　1/16
印　　张：280
版　　次：2012 年 11 月第 1 版第 1 次印刷
印　　数：1—3000 套
书　　号：ISBN 978-7-5120-0671-3

定　　价：1980.00 元(全十卷)

ISBN 978-7-5120-0671-3

9 787512 006713 >

目　录

世界传世藏书

世界十大名著

·目录·

图文珍藏版

1

世界传世藏书

世界十大名著

·目录·

图文珍藏版

导　读

　　马克西姆·高尔基(1868~1936)是苏联产阶级文学的创始人,也是世界社会主义文学的卓越代表。高尔基原名阿列克塞·马克西莫维奇·彼什科夫,于1868年3月28日出生在伏尔加河畔的尼日尼·诺夫戈罗德(即今高尔基城),父亲是细木工。他4岁丧父,随母亲寄居外祖父家,10岁时外祖父因遭火灾而破产,他便被抛到"人间",开始了自谋生路的流浪生涯。16岁到喀山,原想上大学,结果喀山的贫民窟和码头成了他的"社会大学"。在那里,他接触了进步青年的革命团体,并阅读了《宣言》《资本论》等著作。他将自己的一生写入了自传体三部曲《童年》《在人间》《我的大学》中。1901年发表《海燕之歌》,标志着高尔基创作的新发展。主要作品还有《母亲》《小市民》《最后的一代》。

　　《童年》与其续篇《在人间》《我的大学》共同构成了高尔基自传体小说三部曲,《童年》是首篇。在这部小说中,描写的是作者10岁以前的童年时代的生活。记叙了主人公成长、生活的历程,描写了那令人窒息的、充满可怕景象的狭小天地。阿廖沙四岁时,父亲就死了,于是跟着外祖父、外祖母过着贫寒、艰苦的生活。外祖父有着矛盾复杂的性格,他的内心有善良的一面,但贪婪金钱腐蚀了他的灵魂。在这冷冰冰的世界里,只有外祖母庇护、关心着他,给予他无限的温情和钟爱,并对他进行了有益的教导。

第一章

小小的屋子里，一片晦暗。

父亲穿着白衣，直挺挺地躺在窗下的地板上，身子显得长长的。他的脚丫子裸露在外面，脚趾怪模怪样地张开着；他时常抚摸我的手放在自己的胸前，僵硬地手指微微地弯曲着；带笑意的眼睛紧紧地闭住了，看上去就像是两块圆圆的黑硬币；慈祥的面孔已然发黑，牙齿难看地呲着，模样相当吓人。

母亲赤裸着上身，围着一条红裙子，跪在她的男人身边，用一把小梳子整理她的男人长而柔软的头发，从前额到后脑勺。我特别喜爱那把小梳子，常常拿它来分割西瓜皮。母亲一边细心地整理着父亲的头发，一边不停地叨念着，嗓音十分的粗重，而且嘶哑。她眼睛早已红肿，好像顷刻间就要融化似的，泪水从灰色的眼眶大滴大滴地滚落下来。

故作轻松地握着我的手的外祖母，有着胖乎乎的身体，很大的脑袋，极大的眼睛，鼻子上皮肉松垮，给人可笑的感觉；她身着一袭黑衣，整个人软绵绵的，非常有

意思;她也在哭,而且哭得轻车熟路,仿佛挺老练地陪着母亲哭。她浑身哆嗦着,搂着我使劲往父亲身边推;我趔着身子,死活不肯过去;我有点感到害怕,又有点不好意思。

我从来没有看见过大人哭,也不明白外祖母唠叨些什么。

"快去跟你爹道别,我可怜的孩子,"她说,"你和父亲从此阴阳两相隔"她长叹一声,又说,"正值壮年的他怎么这么早离开人世了呢……"

刚刚患过一场大病的我,现在才能摇摇晃晃下地走路。我还记得病中的场景:父亲美滋滋地照顾着我,可是后来,却由滑稽古怪的外祖母替代了他来照顾我,而他本人则不见了。

"你从哪里来的?"我问她。

"打下面来的,"她回答道,"打尼日尼来。我是乘船来的,不是走来的,水上怎么能走呢,笨孩子。"

这话可真是可笑,我感到十分纳闷:我家楼上住了几个留着长长胡子而且染了发的波斯人,地下室里住着个贩卖羊皮的黄脸加尔梅克老头;沿着楼梯,可以骑着栏杆那儿玩,如果一不小心就会翻着跟头滚下去,对于这一点我是十分明白的。这和水又有什么关系呢?简直纠是风马牛不相及,让人感到十分可笑。

"为什么我是傻孩子?"

"因为你说起话来叽叽歪歪。"外祖母说,脸上流露出了开心的笑容。

她说的话既亲切,又十分和善。从第一天见到她时,我对她的感觉就十分亲近,现在我只是希望她能领我离开这间令人恐惧的鬼屋。

母亲让我感到极不舒服;她没完没了的泪水,她痛苦的哭声,即便让我感到好奇,可是更让我觉得忐忑。今天她的这个样子,我还是第一次看见。在我的印象中,她总是沉默寡言,态度恶劣,衣着整洁,穿着入时;她体格健硕,手劲恨大,很像是一匹马。可是现在,不知道因为什么,她整个人好像都变了:衣衫褴褛,向来梳得齐整光亮的头发如今散乱地披在光着的肩膀上,滑落在脸上,编着辫子的那一半头发也不安分地左摇右晃,偶尔地拂过好像睡着了的父亲的脸。总之,她全身都好像膨胀起来,模样畏畏缩缩。我在屋里都站了很长一段时间,但她看都不看一眼我,只是不断地梳父亲的头发,一直撕心裂肺地号哭,止不住的泪水稀里哗啦。

穿着黑衣的乡下人和警察从门缝里鬼头鬼脑地张望着。警察恶狠狠地嚷嚷:

"快点收拾!麻利点!"

风相当大,遮窗户的黑色披巾被吹得像破船帆似的鼓了起来。还记得有那么一次,父亲带着我划船游玩,晴空一声霹雳,父亲狂笑起来,把我紧紧地夹在两膝之间,大叫:

"别怕,'大葱头',没事的!"

突然,母亲艰难地从地板上站了起来,但很快地又坐下去,仰面朝天,散乱的头

发都散在地板上。她紧闭着双眼,惨白的面孔忽然地变得青紫。跟父亲差不多,她也可怕的龇着牙,大声说:

"把门关紧了,赶快出去,阿列克谢。"

外祖母见了,把我往旁边一推,冲到门口大声喊道:

"亲爱的邻居们,你们别害怕,也不要搭理她,看在上帝的分上,你们尽快离开这儿! 这不是得了可怕霍乱,而是女人马上要生孩子了。求求你们,我可爱的邻居们。"

我跑到一处昏暗的角落,躲在箱子后面,看见母亲在地板上翻来覆去,她痛苦地哼哼着,牙齿咬得吱吱作响。外祖母趴在她一旁,亲切而又快活地说:

"为了圣父圣子,忍住了! 坚强点儿,瓦留莎……圣母保佑你……"

我被吓得目瞪口呆。她们在父亲身旁的地板上忙做一团,不停地喊叫着,不停地叹气;可我父亲仍然安静地躺在那儿,脸上好像还挂着笑容。她们就这样折腾了很久。有几次,母亲刚一站起来就跌倒。外祖母则像极了一只黑软的大皮球,跑来跑去的。过了一小会儿,忽然从黑暗中传来了一个婴儿的啼哭声。

"谢天谢地啊! 是个男孩!"外祖母如释重负地说,

接着,她点燃了一支蜡烛。

至于以后发生了什么,我就全记不清了,有可能我是在角落里睡着了。

第二件留在我脑海中的事是,一个雨天里,凄凉的坟场的一个角落里。我怔怔地站在溜滑的粘土小山坡上,看着父亲的棺材被眼睁睁地放进一个积有雨水的深坑里面;坑底还有那么几只青蛙,其中有几只甚至爬上了黄色的棺盖。

外祖母、淋成落汤鸡的警察、两个手持铁锹的、满脸愠色的乡下人和我,都站在坟墓旁边。密如珍珠而又不失温暖的雨点洒落在我们身上。

"开始吧,开始埋吧。"警察边说边往一旁走去。

外祖母掩面痛哭起来。那两个乡下人弯着腰麻利地往坑里填着土,填得坑底的雨水"噼啪"作响;那两三只青蛙从棺材盖上急急忙忙地蹦下去,开始沿着坑壁往上爬,但很快就被土块埋在了里面。

"唉,走吧,乖孩子。"外祖母拽着我的手说。我不是很想离去,把手从她的手中拿开了。

"唉,真是没法子,上帝!"外祖母抱怨道,不知到底是在说我呢,还是在说上帝。她就这样垂着头,安静地在那里站了良久。墓穴被土封上了,可是她依旧一动不动地站在那里,似乎还在想着什么事儿。

那两个乡下人用锹背拍着泥土,把坟墓往平里拍。忽然,空中旋起了一阵大风,把雨卷走了。外祖母拽着我的胳膊,领着我穿过许多深黑色的十字架,朝远处的教堂走去。

"喂,傻孩子,你为什么不哭呀?"当我们走出围墙的时候,她忽然问道,"你应该哭一场啊!"

"我……我不想哭。"我有点胆怯地说。

"既然是这么一回事,"她压低声音悄悄地说,"那你就不要哭了吧。"

我感到十分纳闷:为什么有人来劝着我哭呢?我一向很少哭,就算是哭,也是因为受了委屈,而不是因为疼。只要我一哭,父亲就会嘲笑我,母亲也会板起脸孔对我嚷道:

"别哭!"

再后来,我们坐上了一辆轻巧的马车行驶在宽阔的、满路泥泞的街道上;街两旁都是深红色的房屋。我问外祖母:

"刚才的青蛙会不会爬出来呢?"

"可能不会了,"她停顿了下回答道,接着说,"可是没关系,上帝会保佑它们。"

她总是对上帝念念不忘,就是我的父母也不会像她一样亲昵、日次殷勤地问候上帝他老人家。

过了一段时间,我便跟着外祖母和母亲,坐上了轮船。我们挤在狭窄的船舱里,马克西姆(我的小弟弟)刚刚出生就夭折了;他身上裹着白布,外面系着一条红色的带子,躺在墙角的一张桌子上。

我坐在行李箱上,透过圆鼓鼓的、马眼睛般的窗子向外张望:窗外泛起白沫的污浊的流水,时而卷着浪花向窗户玻璃扑来。我吓得急忙跳到地上。

"别怕,我的乖孩子!"外祖母用那双柔软的手抱了起来,轻轻地把我再次放在行李上面。

河面上,水汽昭昭;远处不时地呈现出黑色的土地,眨眼间就再次消失在水雾和河水里了。四周的一切都在颤动,只有母亲安静地倚着船壁,两只手放在脑后,动也不动。脸孔铁青的她,神色忧郁,像个瞎子一样的紧紧闭着眼睛。她默不作声,好像整个人变成了另外一个人,我对她的衣服竟然如此陌生。

"哎,瓦里娅,你最好听我的,多吃点食物,"外祖母频频地这样劝她,"哪怕只吃一点也可以,不然,你的身子会被拖垮的。"

可是母亲依旧一动不动,默不作声。

外祖母跟我说话时声音总是很小,但和母亲说话时声音却提高了一些,只不过却是小心翼翼地,就怕触怒了她,话说的很少。我感觉到她似乎很怕母亲。只要想到这一点,我就对外祖母的感觉似乎就更亲近了。

突然,母亲气哼哼地说道:"萨拉托夫,那个水手在哪去了?"

咦,她说了一句莫名其妙的话,听得我如坠云里雾里:萨拉托夫——水手?

这会,一个心宽体胖、头发花白的人走了进来,来人穿着一套蓝色的衣服,手里拎着一个小箱子。外祖母接过箱子,把小弟弟的尸体慢慢地放到里面,接着平伸着胳膊托着它走向门口;可是由于她太胖了,必须侧着身子才能从狭窄的舱门挤过去，她站在门口不知怎么办了，样子很是滑稽。

"哎呀，妈，你看你！"母亲见外祖母犹豫不前，再也忍不住地叫了起来。她走过去，从外祖母手中接过小棺材，接着俩人就消失了。我仍旧待在船舱里，仔细地端详着那个水手。

"喂，小家伙，你弟弟死了吧？"他屈身向我问。

"你谁呀？"

"我是水手。"

"那么，萨拉托夫又是谁呀？"

"萨拉托夫是一个城市。你瞧，那就是！"他用手朝窗外指了指。

窗户外面，缓缓移动的土地；土地显得黑暗而陡峭，像是刚从圆圆的大面包上切下来一样，上面雾气弥漫。

"你知道我外婆去哪儿了？"

"她去埋外孙了。"

"要把他埋到地下？"

"是啊，除了地下还能埋哪儿呢？"

接着，我告诉这位身着蓝衣服的水手，前几天在我父亲的葬礼上还把几只青蛙给活埋了呢。他听到这些把我抱了起来，狠狠地亲了我几下。

"唉，"他长叹一声，说，"孩子，你现在还不懂事，还有闲心关心青蛙！你还是多花点时间关心你的母亲吧，你看看她有多么伤心！"

这时，汽笛的尖叫声从头顶传来。我再也无所畏惧了，因为我此刻已经知道这就是轮船拉笛的声音。但是那个水手却放下我，撒腿就往外跑，同时还急急忙忙地喊：

"小家伙，快跑！"

他这么一喊，我也顾不上再问为什么，就跟着往外跑。冲到门外以后，发现昏暗的过道里一个人都没有了。离门不远的地方，一块镶在楼梯上的铜片闪烁着亮光。我抬头一看，看见许多人都背着行李。可能人们要下轮船了吧。是不是我也该下轮船了？

然而，当我随同一伙男人来到船舷的踏板前面时，有人冲着我大声喊起来：

"喂，谁家的孩子这是？小东西，你谁家的孩子？"

"无可奉告。"

接着，人们开始推我，拉我。过了很久很久，那个头发花白的水手终于来了，我被他抱了起来，水手跟众人解释说：

"这是个打小地方来的孩子，他是自己从船舱里跑出来的……"

然后，他抱着我飞速地返回船舱，我被扔在行李上，水手扭身向外走去，同时伸出手，吓唬我说：

"禁止乱跑！不然，你会被我狠狠地揍一顿！"

头顶上渐渐地静下来，轮船已经不再"噗噗噗"地发出尖叫声，也不再打战了。船舱里面暗了下来，窗户好像被一面潮湿的墙遮住了似的，空气十分沉闷，压得我几乎喘不了气；同时，包袱也好像膨胀了，挤得我很难受；总而言之，一切都变得叫人难受。难道我要被遗弃在这艘空荡荡的轮船孤零零待上一辈子？

我走到舱门前面。门十分牢固，很难打开；铜把手拧也拧不动。于是，我试着拿装有牛奶的瓶子使劲向铜把手砸去。瓶子碎了，牛奶洒得我满腿都是，而且流进了我的靴筒里面。

因为尝试的失败，我的情绪特别糟糕，就伏在行李上抽噎起来。哭了一会儿，我就昏昏沉沉地睡着了。

再次醒来时，轮船又"噗噗噗"地响了起来，船身不停地颤抖着。船舱里的玻璃窗户显得很明亮，就像太阳一般。外祖母不知何时回到了我的身旁，正缓缓地梳着头，不时皱皱眉，时而嘟囔几句。她的头发长而密，披散下来一直拖到地板上，就连她的双肩、胸膛和膝盖都被遮住了。她一只手托住乌黑的头发，用另一只手吃力地把锯齿稀疏的梳子插进浓厚的头发里。她奋拉着嘴唇，黑眼睛眨巴眨巴的，似乎正在和什么人生气，而她的脸掩盖在头发里，看起来十分小，挺可笑的。

她今天好像十分愤怒，可是当我问她为什么她会有这么长的头发时，她马上恢复了原来慈祥的样子，温和地说：

"这可能是上帝刻意地在惩罚我吧。上帝说，就要让你长这么长这么密的头发，让你使劲儿去梳吧！当我还是姑娘的那会儿，我常常向别人炫耀我这马鬃似的头发是如此的漂亮。可是现在，唉，我老了，梳理起来竟然如此费劲，真让人讨厌！乖孩子，踏踏实实地睡着吧，时间尚早呢，你瞅，太阳才刚刚睁开眼睛……"

"我不想睡了！"

"那么，"外祖母说，"不想睡就别睡了。"

她一边不停地编着辫子，一边不时地抬起头向长沙发那边望望。母亲仰面躺在沙发上，静静地睡着，身子伸得直直的。"悄悄告诉我，你昨天是不是把奶瓶打碎了？"

外祖母说话时，声音温柔、亲切、娓娓动听，她说的每一句话就像一朵不胜凉风的、娇羞的水莲花，蜜甜、清新、感人，不经意就深深地烙在我的脑海里，使我终生难忘。她轻柔地笑着的时候，那双黑豆似的眼睛往往睁得很大很大，闪出一种难以言说的、令人愉悦的光芒。她洁白细密的两排牙齿，只需微微一笑就会展露出来，说不尽的快活。她那张刻满了皱纹的黑黑脸庞，依然容光焕发，什么人见了都不会说她已经老了。不过，她的鼻子上的皮肉却很松弛，鼻孔也张得很大，鼻尖泛着红色，使这张脸看起来并不是想象般完美。她很是喜欢闻鼻烟，还有一只黑色的鼻烟壶，银制的。她常常穿一袭黑色的衣服，但透过她那忽闪忽闪的眼睛可以看出她的内心有一簇自信乐观、亲切温柔的，永远不会熄灭的火。她老是弓着腰，几乎快成驼背了。尽管她的身体稍显臃肿,但走起路来却灵便轻巧,好似一只大狸猫;不过,她软绵绵的身子,也的确像一只温和的猫。

外祖母没来那会儿,我好像在黑暗中昏睡。可是她在我面前出现之后,我那颗沉睡的心就被她唤醒了;她引导我看到了光明,她使我把周围的一切都联结了起来,编织成一个有着绚丽色彩的大花环。没过多长时间,她便成了我终生的朋友,成为最体贴我的人。她对我十分了解,我也对她相当尊重,她对世界、对生活都充满了无私的爱。这种爱使我感觉到充实,让我对生活充满了信心,使我在峥嵘的岁月里努力奋发,使我在艰难的日子里永远坚强。

四十年前,轮船的航行速度实在不敢恭维,我们花费了不短的一段时间才到达尼日尼。航行的开始几天沿途所见到的景色十分幽美,我至今仍然记得。

天气晴朗,惠风袭人,很少有这么好的天气,我和外祖母在甲板上自早晨一直待到傍晚。在明净的天空下,伏尔加河两岸被秋天镀上了一层金红色,看上去就像是两条美丽的绸缎。橘红色的轮船不紧不慢、懒洋洋地逆流而上。轮片有节奏地拍打着灰蓝色的河水,隆隆作响。船尾有一条灰色的驳船被长长的拖索牵着,安详而悠闲,活脱脱的像一只土鳖。伏尔加河上空,太阳悠悠地、不知不觉地转动着,天地山川一切万物无时无刻地不在运行中变化更改,蜿蜒的、碧绿的群山就像是大地的华美的衣裳的皱褶,极富线条美。河两岸的乡村、城市远远地耸立着。看上去好似一块块方饼干。金黄色的秋叶在水面上漂来荡去。

“啊,太漂亮了! 快来瞧,我亲爱的孩子!”外祖母不住嘴地对我说,她在船两侧的甲板上跑来跑去,乐得跟小孩一样——一双眼睛睁得大大的,不时地闪现出快乐的光芒。

河两岸的秋景太迷人了,外祖母不觉间就沉醉于其中,有时竟然会忘了我站在她的身边。她安静地伫立在甲板上,双手交叉着抱在胸前,默不作声,只是微笑,可是盈眶的热泪却转来转去。这会,我把她的印花布黑裙子拽一拽。

“啊!”她猛然回过神来,说,“我好像打了个盹儿,在做梦呢。”

“可是,你为什么要哭呢?”

“啊,乖孩子,我太激动了,也许是我老了,”她笑了笑说,“唉,我老了,在人世间过了六十个年头了。”

接着,她闻了下鼻烟,开始给我讲故事。她讲稀奇古怪的故事,有善良的强盗,纯洁的圣徒,还有层出不穷的野兽和妖怪等。

她在给我讲故事的时候,声音总是十分低柔,神秘兮兮的。她屈身凑近我的脸,大大的眼睛一眨不眨地凝视着我,好像要凭借眼神向我心里注入一股生机般。她讲起来就好似是在低声地吟唱,动听悦耳,沁人心脾。听她讲故事有一种难以言传的欢愉。我老是一边听,一边说:

“求您了,再给我讲一个吧!”

·童年·

图文珍藏版

"嗯,那好吧,再给你讲一个吧:坐在炉灶底下的空洞里的灶神老头儿,他的脚被面条扎伤了,晃来晃去的,"咿咿呀呀"地叫道:'哎哟,小老鼠,疼死我啦;哎哟,小老鼠,我忍不住啦!'"

外祖母把一只脚抬起来,两手抱着,悬空摇来晃去,故意皱着眉头,好像真疼得很厉害一样。

围在我们俩周围的一群和善的大胡子水手,边听边笑,不停地夸赞外祖母不但讲得好听,而且演得也十分投入。于是,他们说:

"喂,老太太,给我们再讲一个让大家乐一乐的故事!"

接着,他们又说:

"嗨,走吧,跟我们一同吃晚饭去!"

吃晚饭的时候,这些人请外祖母喝伏特加酒,给我吃西瓜和香瓜。这些都是在悄悄地进行的,因为船上有一个凶恶的人,他不叫人们吃瓜果;只要有人吃瓜果,一旦被他发现,他会冲过去把瓜果夺走,扔进河里。这人的着装很像警察,制服上有一排铜扣,像个醉猫一样酗酒无度,大家对他都是避之不及。

母亲几乎从不到甲板上,即便偶尔来一两次,都是远远地躲着我们。她还是原来的样子,沉默不语,态度冷淡,虽然身材高大,但却匀称;铁青的脸色,神情忧郁,浅色的辫子盘在头上,像极了一顶王冠;她的身体结实有力。现在想一想,她那时好像被暮霭、水气,或者是透明的云彩笼罩着一般。她那双跟外婆相像的灰色的大眼睛,总是将这层薄幕穿透,向远处冷冷地眺望着,显得落落寡合。

有那么一次,她冲外祖母声色俱厉地说:

"人家都在笑话您呢,妈妈!"

"嗨,没什么大不了的!"外祖母显得无所谓,"笑就笑呗,管他们呢! 只要人家乐意,不妨叫他们如意!"接着,她又怕忘了似地问候了一下上帝:"但愿上帝保佑他们!"

我很清楚地记得,当远远地看见尼日尼时,外祖母高兴得如同小孩一般。她拉着我的小手,兴冲冲地把我推到船舷上,大声说:

"你看,你看,多美呀! 看见了吗,乖孩子,那就是尼日尼呀! 啊,我的上帝,那就是尼日尼呀! 那简直就是仙境,如此美丽! 你再瞅瞅那些教堂,就如同是漂亮的空中楼阁!"

接着,她跑到我母亲身边,哽咽着央求说:

"瓦留莎,看一看吧,好吗? 你可能早都忘记了这些地方吧? 来,过来看看,看了你肯定会高兴的!"

我母亲敷衍似的笑了笑。

轮船到了河心当中的时候停了下来,正好与这座漂亮的城市遥遥相对。河面上,林立的船只,不断穿梭着。一只大木船满载着人向轮船靠过来。这会儿,有人用钩杆钩住放下来的舷梯,人们便按次序从那只大木船上登上轮船甲板。一个干瘦的老头子走在最前面,步履如飞,他身着一身黑色的长衣,鼻如鹰钩,胡须是赤金色的,一对小眼睛绿莹莹的。

母亲深情而又响亮地叫了一声"爸爸!",马上扑进这个小老头的怀抱里。他抱着她的头,用深红色的小手迅疾地抚摸着她的两颊,然后尖声叫道:

"咦,你到底怎么啦?傻孩子。哎呀,你看看你……嗨,你们这些人啊……"

外祖母这时忙的就像陀螺一样乱转,一会儿就把所有的人都拥抱和亲吻过了。然后,我被她拖到人们面前,急促地说:

"快点儿,你,快点!这是米哈伊洛舅舅;这是雅科夫舅舅……喏,这是纳塔利娅舅妈;这是你的两位表哥,都叫萨沙;噢,还有,这是你的表姐琳娜。你看我们这一家人,多热闹!"

外祖父问她:

"你身体还好吧,老婆子?"

外祖母抱着他,一连吻了三下。

见到这么多陌生人,我早已胆怯,躲在了人群当中。外祖父把我拉了出来,抚摸着我的头,问道:

"你是谁的孩子?"

"我……我从阿斯特拉罕来,是从船舱里面一个人偷偷跑出来的……"

"咦,他说的什么呀?"外祖父问我母亲,还没等母亲应声回答,我就被他推在一边,说:

"你看他的颧骨,跟他的爸爸长得一模一样……来,上船吧!"

于是大家便乘着木船靠了岸。下船以后,我们一行顺着斜坡朝山上走,斜坡由鹅卵石铺成,坡的两侧长满了野草,早已枯萎,被人践踏过了。

外祖父和母亲走在最前面。他个子不高,仅有我母亲的肩高。他的步子虽然细碎,但速度不慢。母亲跟他并排走着,从上到下地看着他,脚好像踩在棉花堆上一样,很是虚浮。两个舅舅紧跟着他,沉默不语。米哈伊尔舅舅的一头黑发梳得齐整亮洁,光可鉴人,他身体干瘦,像外祖父一样;雅科夫舅舅,头发鬈曲而发黄;还有几个胖胖的女人,穿着光彩照人;六个孩子都比我大,很腼腆,不嬉闹。我紧紧地跟在外祖母身后,和纳塔利娅舅母走在一块儿。她个子不高,面色苍白,眼睛是蓝色的,挺着个不小的肚子,边走边歇,气喘吁吁地低声说:

"哎哟哟,我走不动了!"

"他们把你带来干什么呀?"外祖母气哼哼地说。"真蠢!一家子人怎么搞的?"

这群人不管男女老少,我没一个喜欢的。和他们走在一起,自己就仿佛是一个陌生人;哪怕我最最亲近的外祖母,在这伙人之间好像也没有了先前的吸引力,好像我被遗忘了一般。

对于外祖父，我更加不喜欢；乍一接触，我就感到他对我不怀好意，于是我也谨慎地提防着他；因此，我对他既有好奇之心，又有防备之意。

我们终于走到了坡顶。在这儿，一所低矮的平房坐落在山坡的右侧。从这座平房起，有一条街道通向远方。这座房子建得不高，窗子向外凸出，而且粉红色的油漆也涂得怪模怪样。仅外面看，房子给人很宽敞的感觉，但是里面全被分成了狭小的房间，不但拥挤，而且很昏暗。仿佛在靠了码头的轮船里面似的，人人脸上含有愠色，孩子们蹦来跳去的，仿佛一群麻雀在偷食一般。屋里的气味如此的刺鼻、恶心，我第一次闻到这么难闻的气味。

我不经意地来到令人颇为不快院子里。到处挂着大块儿的湿布，到处摆着大木桶，而且桶里面的水的颜色也乌七八糟，黏黏糊糊的破布就泡在里面。在院子的角落里，一间低矮的耳房看起来快要作古了，里面生着炉子，火烧得正旺，不知在煮些什么东西，"咕嘟嘟"地响。一个看不到的人正在高声地叫着一些奇怪的话：

"紫檀——品红——硫酸盐……"

第二章

一种厚重的、绚丽多姿的、怪模怪样的生活开始了，我吃惊于它奔流的速度。每次只要想起这段生活，我就觉得它好像是由一个宅心仁厚、品性诚实的天才用美妙动听的语言讲出来的一个悲惨的童话。回首往事，有时连我自己也有一种往事不堪回首的感觉，真不敢确信过去竟会发生那样的事，对于很多事情我都想加以辩驳，给予否定——因为在那"一家子蠢货"的阴暗的生活中，残酷的事情的确不少了。

不过，真理高于怜悯，因为我不是在讲我自己，而是在讲那个触目惊心的、令人窒息的狭小天地，普通的俄国人曾在这里生活过，而且直到现在仍然生活着。

在外祖父家里，人与人难以维持友善的关系，彼此敌视，处处弥漫着一种炽热的敌视之雾；不仅大人中毒（敌视之毒）极深，就连孩子也深受其害。事后从外祖母口里我才知道，母亲到这儿的时候，她的两个兄弟正在跟外祖父闹着分家，态度极为肯定。我母亲的不期而至，加强了他们分家的愿望，也加剧了他们之间的矛盾。他们唯恐母亲要回那份本来属于她的嫁妆；那份嫁妆是为母亲准备的，但是因为她违背外祖父的意志"自己做主"结婚，因而嫁妆被外祖父扣留。两个舅舅认为，嫁妆应该由他们两人平分。另外，他们两人早就为一件事激烈地争吵开了，那就是谁该在城里开设染坊、谁该到奥卡河对岸的库纳维诺村去住。

我们来这儿不长时间,就在厨房里吃饭的时候无情地爆发了一场争吵:两个舅舅忽然站了起来,将身子探过饭桌,冲着外祖父像疯狗龇牙一般吼叫,而且浑身哆嗦着;气得暴跳如雷的外祖父,两颊也涨得通红,一边用汤匙敲着桌子,一边像公鸡一样尖着嗓子大喊道:

"滚出去! 你们全都给我滚出去要饭吧!"

外祖母的脸扭曲了,痛苦地说:

"老头子,分给他们吧,眼不见,心不烦,你也落得个清静,分给他们吧!"

"你给我住嘴!"外祖父眼睛喷着火光,直着嗓子喊道,"他们都是被你宠坏的!"真是叫人惊奇,外祖父虽然个儿不高,叫喊起来却声音洪亮。

母亲从桌子旁边站起来,缓缓地走到窗口,背转身去不理会他们。

米哈伊尔舅舅忽然抢起拳头朝弟弟的脸上砸去,弟弟大叫一声,不甘示弱地扑了上去,跟他扭打在一块儿,两个人驴一样地在地板上打起滚来,不时发出喘息声、咒骂声、摔打声。

孩子们吓得直哭;怀孕的纳塔利娅舅母拼命地叫喊;我母亲双手合抱,竟然将她拖走了;孩子们被性格豪放的麻脸保姆叶夫根尼娅轰出了厨房;椅子全被弄倒了;身体高大结实的学徒、青年"小茨冈"骑在米哈伊尔舅舅的背上,秃顶、大胡子、戴着墨镜的格里戈里·伊万诺维奇老师傅却平心静气地将舅舅的双手用毛巾捆了起来。

米尔伊尔舅舅伸长了脖子,稀疏的黑胡子摩擦着地板,"呼呼"地直喘气,样子十分可怕;外祖父绕着桌子跑来跑去,痛心地号叫着:

"你们还是亲骨肉呢! 呸,你们这些人……"

吵架的序幕刚被拉开的时候,我就吓得屁滚尿流,爬到炉炕上,惊恐地看着外祖母用铜盆里的水给被打伤了脸的雅科夫舅舅洗掉流出来的鲜血;他痛哭着狠狠地跺着脚,外祖母声音沉痛地说:

"你们这些天杀的野种,是到了该清醒清醒的时候了!"

外祖父把撕破的衬衣搭在肩膀上,冲着外祖母喊道:

"老妖婆,看看你养的这群畜生! 成什么样了!"

雅科夫舅舅走了以后,外祖母缩在角落里,颤巍巍地悲号着:

"圣母啊,圣母,让我的孩子们通点人性吧! 求求您了!"

外祖父侧着身子站在她的面前,看着饭桌。上面的东西全被打翻了,汤水流得满桌子都是。他压低了嗓音说:

"老婆子,你要提防着点儿,他们说不定会欺负瓦尔瓦拉的……"

"算啦,上帝保佑你! 把衬衣赶快脱下来,我给你缝缝……"

她用手抱着外祖父的头,吻了吻外祖父的额头;他的个儿比她矮,就把脸贴到她的肩上。

"唉,"他叹息一声说,"看样子该分家啦,老婆子……"

"是啊,该分啦,"她附和道,"我早就这么对你说嘛!"

然后,他们便细细地谈了起来。刚开始谈得很是融洽,可到了后来,外祖父就像一只准备斗架的公鸡,使劲儿跺着地板,并伸出手指头吓唬她,大声嚷道:

"我早就知道,你疼爱他们远远超过疼爱我!可是你别忘了,你的米什卡惯于笑里藏奸,你的雅什卡又不拘习俗礼节!这两个家伙快把我的家当抖光了,他们只知道挥霍,只知道享受……"

我在炉炕上翻了翻身,因为太笨拙,竟然碰掉了熨斗;只听"扑通"一声,熨斗沿着炕阶滚下去,掉进脏水盆里。

外祖父立即跳到炕阶上,把我拽下来,两只小眼睛直直地盯着我,好像不认识我似的。

"喂,你是怎么到炉炕上去的?是你妈妈把你放上去的吗?"

"不是。"

"那是谁?"

"是我自己。"

"胡说!"

"我没胡说,真的是我自己爬上去的。刚才见他们扭打在一块,我看着特别害怕。"

他用手在我的脑门轻轻地拍了拍,便将我推到了一边。

"跟他爸爸长得一个鬼模样!滚出去……"

于是,我忙不迭地从厨房跑了出去。

我看得很清楚,外祖父总是用那双聪明而敏锐的绿眼睛盯着我,所以我很怕他。我记得,一看见他这一双火辣辣的眼睛,我就想方设法避开他。我感觉外祖父凶巴巴的,不管跟谁说话,他都粗声粗气,总是一副嘲笑人、欺凌人的模样,而且动不动就摆出挑战的架势,故意跟人找碴碴,惹对方生气。

"嗨,你们这些人啊!"他常常这么感叹,而且还把"啊"这个音拉得老长老长;一听见这句话,我就厌烦,有一种想打寒噤的感觉。

晚上休息的时候,大家都喝茶遣兴。这时,外祖父、两个舅舅和伙计们疲惫不堪地从作坊回到厨房,双手被紫檀染得通红,被硫酸盐烧伤,头发用带子勒着,一个个活脱脱的像是厨房角落里黑色的圣像——这当儿特别危险,外祖父在这时就会坐在我的对面,跟我闲扯,使他们的孙子们都很眼红,因为他和我说的话要比和他们说的话多。他身体长得很匀称,面容端正,目光犀利。他那件丝制的紧领绸坎肩已经破旧了,印花布衬衣揉得皱皱巴巴的,裤子上有几块大补丁。但是,与他那两个穿着厚上衣和护胸、脖子上围着三角绸巾的儿子比起来,他的衣着就很不错了,显得既干净又漂亮。

我们来这儿没几天,他就强迫我去学祈祷。其他的孩子的年龄都比我大,他们早已跟着圣母升天教堂里的一位助祭学识字了,教堂的金色圆顶,在我们住的地方,从窗口就可以一览无余。

教我念祷词的是文静腼腆、胆小怕事的纳塔利娅舅母。她的脸蛋儿挺小,圆圆的跟孩童的一样,眼睛透亮明净。我觉得,穿过她的这双眼睛似乎可以看见她脑子里的一切东西。

我很喜欢长时间地、目不转睛地看她的眼睛;她教我念祷词的时候,总是眯着眼睛,微微地晃动着脑袋,用耳语似的声音低低地恳求我:

"喂,请跟着我念:'我们在天之父……因为……'"

如果我要是问她:"什么是'因为'啊?"她就像是偷了东西一样,胆怯地往四周看一下,然后对我说:

"哎呀,你不要这么问,一问反倒更糟糕!你就这么简单的跟着我念就是了:'我们在天之父'……咦,你怎么不念呀?快跟我念啊。"

我感到很纳闷:为什么一问反倒更糟糕?"因为"这个词的意思有些含糊不清,所以我有意把它念得走了样:

"'我们在天之父','我在皮子里'……"

但是面色苍白、身体虚弱无力的舅母，仍然用断断续续的声音把它纠正过来：

“不是这么念的，你就简单地念：‘因为’……”

然而，无论是她本人，还是她说的话，都不那么简单。这使我很窝火，这妨碍了我记祷词。

有一天，外祖父问我：

“阿廖什卡，告诉我，你今天干了些什么事？肯定又偷着玩去了！我看见你的脑门上有一块青疙瘩，搞这么块玩意儿可算不上是什么真本事啊！《主祷经》背下来了吗？”

舅母低声地说：

“他的记性不太好。”

外祖父听后“嘿嘿”笑了一声，愉快地挑起红眉毛。

“既然这样，那就得挨揍！”

他又问我：

“你以前挨过你父亲的揍吗？”

他说的这句话是什么意思我没有明白，所以也就没有回答。母亲接过话茬，答道：

“没有，他从来没有挨过揍，马克西姆从来不打孩子，也不许我打孩子。”

“为什么？”

“他说，教育孩子不能用打板子的方法，否则教不出人来。”

“哼，傻瓜！”他气呼呼地说，“请上帝宽恕我说死人马克西姆的坏话！”每个字的发音他都念得很清楚。

他的话伤了我的自尊心。这一点他也看了出来。

“噘着嘴干吗？你看你那副样子……”

然后，他把红头发用手按平了一下，继续说：

“快到星期六了，为了顶针的事，我得抽萨什卡一顿。”

“‘抽’？”我迷惑不解地问道，“什么叫‘抽’啊？”

大家都笑了，外祖父说：

“过两天你就知道啦……”

我心里暗自揣测，“抽”可能就是把送来染色的衣服拆开吧，而“揍”跟“打”的意思显然是一样的。人们常常打马，打狗，打猫；还有，阿斯特拉罕警察打波斯人，这些我都见过。可是那样打小孩，我压根就没见过，尽管在这里，舅舅们有时也用手指敲自己的孩子的前额或者后脑勺，但孩子们都不在意，只是用指肚轻轻地揉一揉敲肿的地方。我常常问他们：

“疼吗？”

他们总是满不在乎地拍拍胸脯说：

"不疼，一点儿也不疼。"

为了顶针的事，掀起了一场风波，这我是知道的。有几次，在喝过晚茶之后，没吃晚饭之前，两个舅舅和格里戈里师傅总是将染好的布料缝制成匹，而且还在上面贴个厚纸签儿。米哈伊尔舅舅想捉弄一下视力不好的格里戈里，于是就叫九岁的侄子把师傅的顶针拿着凑到蜡烛的火苗上去烧。萨沙便用烛花镊子夹着顶针翻来覆去地烧，一直把它烧得通红，然后偷偷地放到师傅的手底下，便躲到炉子后面去了。恰巧这时候外祖父进来了，他二话不说，坐下来就干活，并把那只烧得滚烫滚烫的顶针戴在了手指上。

我记得，当我听到吵闹声跑进厨房的时候，外祖父正用烧伤了的手指抓住自己的耳朵，一边滑稽地上蹿下跳，一边高声嚷道：

"这是谁捣的鬼？你们这些邪教徒！"

米哈伊尔舅舅趴在桌子上，用指头拨弄着那只顶针，对它吹着气；格里戈里师傅平心静气地缝着布料，烛影在他的秃顶上闪动着；雅科夫舅舅从外面跑进来，躲在炕炉的角落里窃笑不已；外祖母正用礤子把生土豆擦成细条儿。

"这是雅科夫的儿子萨什卡捣的鬼。"米哈伊尔舅舅突然说。

"你瞎说！"雅科夫暴喝一声，从炕炉后面跳了出来。

这时，萨什卡的哭声从屋角传了过来，他边哭边说：

"爸爸，他胡说。是他叫我这么干的，你别信他的话。"

接着，米哈伊尔和雅科夫两人就对骂起来。外祖父立刻没了脾气，把生土豆的粘汁敷到手上，平静地带着我走了。

然后，大家都指责米哈伊尔舅舅，说这事都是他惹起的。喝茶的时候，我自然要问外祖父："要不要抽他一顿？"

"当然要！"外祖父气哼哼地说，白了我一眼。

米哈伊尔舅舅在桌子上猛地一拍，冲着我母亲叫道：

"瓦尔瓦拉，把你的龟儿子好好管教管教，否则，我就把他的脑袋扭下来！"

母亲立即说：

"你敢！你试试，你敢动他……"

于是大家都默不作声。

我母亲说话总是简短有力，寥寥数语就会拉大和别人的距离，把他们甩得很远，使他们自惭形秽。

有一点我心里非常明白，那就是大家都怕我母亲；即使是外祖父跟她说话都小心翼翼地，不敢大声，不像对别人那么粗暴。这使我特别高兴，我不时地对表哥们夸耀：

"我的母亲是最有力量的！"

他们默认了。

可是,星期六发生的一件事情,却使我对母亲的这种看法发生了改变。

在星期六之前,我也犯了一个错误。

大人们能够神奇地使布料变色,这引起了我的好奇:黄布浸到黑水里,就变成了深蓝色——宝蓝;灰布放在棕红色的水里涮一涮,就变成了另一种红色——樱桃红。操作并不复杂,可我却不明其理。

我想动手试试,于是把这个想法告诉了雅科夫舅舅的儿子萨沙。他是一个很温驯的孩子,经常待在大人身边,对谁都很和善、亲热,并且每时每刻准备着给别人帮忙。大家都夸他机灵、听话,可是外祖父却不理会他,漫不经心地说:

"就知道拍马屁!"

萨沙长得又黑又瘦,像龙虾似的眼睛向外凸起,说起话来虽然声音不高,但说得很快,叫人有种接不上气的感觉。他习惯于像老鼠似的东瞧瞧,西望望,好像在寻找一个合适的地方躲起来。他的瞳仁是栗色的,总是木讷讷地,一动不动;但他兴奋的时候,瞳仁就跟着白眼珠子不停地颤动。

我不喜欢他。相比之下,我反而对米哈伊尔舅舅的萨沙还有点儿好感。他不爱惹人瞩目,又笨又懒;但是,他很安静,有着一对忧郁的眼睛,很喜欢笑,并且笑起来十分和善,如同他性格温顺的母亲一样;他的牙齿不好看,都向外突起,上颚长着两排牙齿;他觉得这相当有意思,所以不时把手指伸进嘴里用力地摇里面的那一排牙齿,想把它拔掉;只要乐意,任何人都可以去摸他的牙齿,他从来不在乎。除了这一点,在他身上我再也没有发现什么别的意思的东西。家里每天都有很多人,他却很孤单,喜欢一个人坐在昏暗的角落里,一到晚上他就坐在窗户前。有时候我觉得跟他在一起心里感到很愉快:俩人紧挨着坐在窗前,一言不发地呆上整整一个小时;向远处眺望,一群黑色的寒鸦在绯红色的晚霞中绕着圣母升天教堂的金色圆顶盘旋,有时振翅高飞,有时滑翔而下,忽然,又像一张黑色的网一样把渐渐黯淡的天空遮蔽起来,随即就消失在夜空中,只留下一片空寂。看着这幅晚景,你会一句话都懒得说,心里唯有一种蜜甜的惆怅。

雅科夫舅舅的萨沙讲起话来口若悬河,无论什么事,他都会像大人一样一本正经地讲出来,显得很成熟。当他知道我要尝试染色的心思之后,就建议我把过节用的白桌布从柜子里拿出来,把它染成蓝的。

"白色的最容易着色,这一点我十分清楚!"他一本正经地说。

我把沉甸甸的桌布拽了出来,费力地拖着它走到院子里,当我刚把一块布角放进宝蓝色的染桶里的时候,"小茨冈"不知从哪儿蹿了出来,冲到我的身边,一把将桌布夺过去,用那双大手使劲地拧着桌布上的水,同时朝躲在门洞里看着我操作的表哥喊道:

"快去叫奶奶出来!"

接着,他撇撇嘴,摇了摇蓬乱的黑发,对我说:

"瞧着吧,这回你可要挨揍了!"

外祖母跑过来,大叫一声,哽咽着连声大骂着我,样子十分好笑:

"你这个别尔米人,捣蛋鬼!真恨不得把你拎起来摔成两半!"

然后,她向"小茨冈"请求道:

"瓦尼亚,这件事千万别告诉老头子!暂且瞒着他,说不定还能混过去……"

"小茨冈"一面在花围裙上擦手,一面忧虑地说:

"我这边你尽管放心,我不会告诉他的!只是萨沙……"

"我给他两个戈比,"外祖母说着,就把我领回屋里。

星期六晚上祷告之前,我被一个人带到了厨房里;那里不但一片漆黑,而且静得怕人。我记得,过道和房门都关得严严实实,窗外正"淅淅沥沥"地下着小雨,秋天的傍晚灰蒙蒙的。在黑乎乎的炉口前面,"小茨冈"阴沉着脸坐在一张大椅子上,表情与平时完全是两样;外祖父站在角落里,紧靠着污水盆,从水桶里捞起几根长长的树条,量量它们的长度,在空中挥舞了几下,然后逐个儿摆放好。外祖母站在旁边,"呼哧呼哧"地闻着鼻烟,絮絮叨叨地说:

"还笑呢……鬼东西……真是害人不浅……"

雅科夫舅舅的萨沙坐在厨房当中的椅子上,握着拳头揉眼睛,说话的声音都变得颤巍巍的,像个风烛残年的乞丐一样,拉长了声音说:

"求求您,饶……饶了我吧……"

米哈伊尔舅舅的孩子——我的表哥和表姐,肩并肩地木木地站在椅子后面。

"哼,饶你?先揍一顿再说。"外祖父说罢,就把一根长树条在手心里捋了捋,"快点,把裤子脱下来……"

他的语气很平静。然而,此时此刻,在这间黑暗的厨房里,在这低矮的、被烟熏黑了的天花板下,无论是外祖父的说话声,无论是萨沙在松散的椅子上摇晃发出的"嘎吱"声,还是外祖母用脚蹭地板的"沙沙"声——任何声音都不能打破这令人难忘的寂静。

萨沙站起身,解开裤子,把它褪到膝盖,用手拎着,弓着腰,磕磕绊绊地向长凳子走去。看着这副惨样真叫人难过。我的腿也不禁哆嗦起来。

不过,看见他乖乖地趴在长凳上,瓦尼卡用一条宽手巾把他从腋下和脖颈处捆到凳子上,弓下腰用黑黑的双手握住他的脚踝,就更使人难过了。

"列克谢,"外祖父冲着我喊道,"过来!……听见没有?……走近一点!……今天就让你瞧个够,什么叫抽人……一下!……"

只听"啪"的一声,萨沙的光屁股被树条抽了一下。外祖父的手虽然扬得不高,但萨沙却疼得嚎叫起来。

"别给我装蒜!"外祖父说,"这一下打得轻,不疼!这一下才叫疼呢!"

说着,树条又"啪"得一声抽了下去,萨沙的身上立刻现出一条红印儿来,表哥扯着嗓子叫喊不迭。

"疼吧?"外祖父问道,他的手有节奏地扬起来,落下去,"不喜欢吧? 这是因为顶针!"

不知为什么,他的手一扬,我就感觉我的心跟着悬了上去;手一落,我的心又跟着落了下来。

萨沙的叫声不但凄厉,而且令人讨厌:

"我再也不敢了……桌布的事我都告诉过你了吗……我不是已经承认了吗……"

外祖父像念圣诗似的平静地说:

"告密不能免去所有的罪责! 告密者得先挨一顿鞭子,这一下是为了那块桌布……"

外祖母见状,向我冲了过来,紧紧地抱起我,大声喊道:

"你不能打阿列克谢! 我不能把他给你! 不给,你这魔鬼!"

她跑到门边,用脚踢门,同时喊道:

"瓦里娅,瓦尔瓦拉! ……"

外祖父向她扑过去,将她掀翻在地,从怀里把我抢了过去,朝长凳走去。我在他怀里奋力挣扎,揪他的红胡子,咬他的手指。他怒吼一声,把我紧紧地夹住,恶狠狠地将我摞在长凳上,摔破了我的脸。我记得他粗暴地喊道:

"捆起来! 打死这个小崽子! ……"

我还记得母亲的脸吓得一片惨白,眼睛也睁得大大的。她在长凳旁边跑来跑去,歇斯底里地喊道:

"爸爸,不要打! ……饶了他吧……爸爸,把他交给我……"

母亲的求情无济于事,我被外祖父打得晕了过去,紧接着我病了好几天。在一间小屋里,我背脊朝上,趴在一张暖和的大床上;这是一间只有一个窗子的小屋,在墙角,摆放着许多玻璃匣子,里面装着圣像,一盏通红的长明灯在它前面轻轻地燃着。

生病的那几天,是我终生难以忘怀的日子。在那段不寻常的日子里,我仿佛长大了许多,产生了一种从来没有过的特别感觉。打那时起,我便怀着恐惧的心理观察人们,就好像是我心上的表皮突然被人撕开了一样,对于一切的屈辱和痛苦,不论是别人的还是自己的,我都变得敏感起来,并且使自己饱受折磨。

首先,令我吃惊的是外祖母和母亲的争吵:在这间狭小的屋里,一身黑衣、身体肥胖的外祖母向我母亲紧逼过去,把她推到墙角的圣像前面,怒气冲冲地说:

"你为什么不把他夺过来,嗯?"

"我当时给吓住了。"

"亏你说得出口！白长这么大的个子了！也不觉得丢脸！瓦尔瓦拉,我这个老太婆都敢冲过去抢孩子,你却不敢,真不害臊!"

"不要再说了,妈妈,我真的感到很难受……"

"不,你压根儿就不爱他;你根本就不可怜这个没有父亲的孤儿!"

母亲沉痛地喊道:

"我自己不就当了一辈子孤儿吗!"

后来,她们俩坐在墙角里的箱子上呜呜地哭了很长一段时间,母亲啜泣道:

"我直到现在还呆在这儿不走,全都是为了阿列克谢啊!这个家简直就是一个地狱,在这里我无法生活,无法生活啊,妈妈!我实在是忍受不了了……"

"你是我的亲骨肉,"外祖母温声细语地说,"你是我的心肝宝贝。"

我这才意识到:母亲并没有我想象中的那么厉害,那么坚强;跟所有的人一样,她也畏惧外祖父。我成了她的负担,她的累赘,让她不能义无反顾地离开这个使她不能生活的家。这令我非常难过。不久,母亲果然从这个家里消失了,不知去哪儿做客了。

不知为什么,外祖父忽然来了,仿佛是从天花板上掉下来一样。他坐在床边,用冷冰冰的手抚摸我的头,说:

"你好,我亲爱的孩子……咦,你怎么不说话呢?唉,别赌气了啦!……你到底是怎么啦?"

我真想踹他一脚,可是稍微一动弹就觉得疼。外祖父的胡须头发似乎比以前更红了,他的脑袋不安地摇来晃去,两只小眼睛忽闪忽闪的,好像要在墙壁上搜寻什么。他从口袋里掏出一个山羊形状的点心,两块糖,一个苹果和一包青葡萄干,他把这些东西放在枕头上,我的鼻子跟前。

"瞧,我给你带礼物来了!"

他弓着身子在我的额头上亲了一下,然后,用那只枯树皮一样的小手在我的头上轻轻地抚摩着,他的手被染成了黄色,尤其是那些像鸟嘴似的指甲更为明显。

"我当时的确有点儿过火,小兄弟。我很生气,你不但咬我的手指,而且抓破了我的脸,惹得我火冒三丈!不过,多挨几下揍也并不完全是坏事,这我心里都有数!你要明白,挨自家人的揍,并不算屈辱,是受教育!自家人揍你没什么大不了,可是不要让外人打!你以为我就没让人打过吗?阿廖沙,我挨的打呀,你根本无法想象出来,太厉害了。我倍受别人的欺凌,如果上帝见了也会掬一把同情的泪水!现在怎么样呢?我是个孤儿,母亲是个沿街讨饭的,可我终于熬出来了,当上了行会的头儿,手下也管不少的人。"

他那干瘦但却端正的身体紧紧地靠着我,开始给我讲自己童年时代的悲惨生活,他的话沉重而且难懂,不过讲得很流利,很轻巧,也很有条理。

他那双绿色的小眼睛闪闪发光,金色的头发愉快地向上竖着,公鸡似的尖嗓音变得粗重，冲着我的脸说：

"你是乘轮船到这儿来的，是蒸汽送你来的，可是我年轻的时候，必须靠自己的力气拉货船，沿着伏尔加河逆水而上。船在水里行，我在岸上拉，从日出到日落，光着脚在又尖又利的碎石上不停地拉。太阳炙烤着后脑勺，脑袋像烧化的生铁水似的沸腾着，可是还得硬撑着，腰弯得像是驼背，骨头"咯吱咯吱"地响，眼睛被如雨的汗水浸得睁也睁不开，看不见路，心里难受地想哭，泪水像汗水一样不住地往下流。阿廖沙啊，你可知道，没有地方去诉苦呀！不停地走，有时候滑脱了纤索，嘴啃泥地跌倒在地——不过这也挺不错的，用尽了气力，哪怕这样歇一歇也是好的。你瞧，人们就是这样在上帝的眼皮下，在救世主耶稣的面前生活！……就这样，我沿着伏尔加母亲河走了三趟：从辛比尔斯克到雷宾斯克；从萨拉托夫到这儿；又从阿斯特拉罕到马卡里耶夫的市集，足足有几千俄里！在第四个年头上，由于我精明能干，得到老板的赏识，当上了纤夫的头目！……"

听着听着，我仿佛觉得他好像一朵云彩似的迅速地长大了，从一个干瘦的小老头一下子变成了具有神话般力量的人——他只身一人拽着一条巨大的灰色货船逆流而上……

有时，他从床上跳了下来，挥动双手，给我表演纤夫们如何拉纤，如何排水。他低声地唱着歌，然后像猫一样纵身跳回床上，他的每一个动作似乎都出人意料，他的声音更粗重了。他接着讲下去：

"呵，阿廖沙，当我们停下来休息的时候，情况可就不一样啦：夏天的傍晚，在日古里镇附近的绿山脚下，我们生起篝火，煮稀饭。呵，一个穷苦的纤夫唱起了动情的歌儿，于是大家一齐跟着唱，声音很大，叫人浑身发颤。这时，伏尔加河的水仿佛流得更快了，看起来就像一匹脱缰的野马，狂奔不已，直冲霄汉。满怀愁绪，浑身伤痛，全被轻风吹得烟消云散；人们唱得那么带劲，有时稀饭溢了出来，那个负责煮粥的人的脑袋就得挨勺把子。放开玩没人管你，可别忘了正事！"

有人把头朝屋里探了进来，连叫他几次，可我总是把他拦住，说：

"不要走嘛，我求您了！"

他轻轻地一笑，向人们摆了摆手：

"等一会儿……"

他兴趣盎然地一直讲到傍晚，临走时，他亲切地跟我道别，这时我才感觉到，外祖父并不凶恶，并不可怕。不过，一想起他曾无情地毒打过我，我就难过得流泪，并且老是耿耿于怀。

自从外祖父看过我之后，所有人都敢来看我了，从早到晚都有人坐在我的床边上，千方百计地逗我开心。我记得，并不是每次都能令我快活和高兴。外祖母看我最多，她连睡觉都守着我，跟我同床。但是，在这些日子里，给我印象最深的还是青年"小茨冈"。他长得方方正正的，胸膛很宽阔，头也很大，头发卷曲着。一天傍晚,他来看我,上身穿着一件金色的绸衬衫,下身穿着一条绒布裤子,脚上穿着一双"嚓嚓"作响的皮靴,总之,打扮得很体面,像过节似的。他的头发收拾得光可鉴人,浓眉底下一对斗鸡眼忽闪忽闪的,留着又黑又细的小胡子,牙齿雪白发光。他那件绸衬衫在长明灯柔和的红光映照下,仿佛在燃烧。

"你瞧瞧这儿,"他说,他把袖子卷了起来,露出光胳膊,让我看上面的道道红印,"你瞧,都肿成这样了!现在好多了,原来肿得还要厉害呢!要知道,外祖父当时气得暴跳如雷,我看见他要挥起树条打你,就赶忙伸出这只胳膊去挡,我原以为这么一挡可以把树条给折断,然后趁着外祖父再去换另一条的当儿,让外祖母或者你母亲把你抱走!谁料想到树条根本就折不断,早被水浸得皮皮的,极有韧性!不过,你总算少挨了几下,你瞧瞧这儿,被打成什么样了!小兄弟,我可是个机灵人……"

说罢,他便笑了起来,声音像丝绸般柔和、亲切。他又看了看红肿的胳膊,说:

"我心里可疼你啦,我感到特别难过!一见他不停地抽打你,我就觉得事情不妙……"

他像马一样吹了吹鼻子,摇晃着脑袋,讲了一件外祖父的事情。我顿时觉得他像孩子一样单纯,心眼很好,不由地对他生出了亲近之感。

"你这人真好,"我说,"我非常喜欢你!"

他听后立即给了我一个难忘的回答:

"我也很喜欢你啊!要不,我怎会替你挨打呢?都是因为喜欢你啊!你见到过我为别人挨打吗?哼,我才不会呢……"

然后,他回过头向门口张望了一下,悄悄地对我说:

"记住,下次挨打的时候,不要把身子缩得紧紧的,知道吗?如果你缩作一团,会加倍地疼。你要全身放松,软软得像棉花一样躺着!不要憋气,要大口大口地呼吸,拼命地大喊。记住了吗?这对你大有好处!"

我问:

"难道还会打我?"

"你以为不会吗?"他平静地反问道,"当然会啦!说不准要经常揍你的……"

"为什么呀?"

"要打你,还怕找不出理由吗?"他说,"外祖父特别爱找碴儿……"

然后,他又关切地教导我:

"他要是由上到下地打,就是树条直落下来,你就松松地舒展开来,安安稳稳地躺着;他要是抽你,就是树条边打边拉,想扒掉你的皮,那么你就把身子随着树条往这扭,明白吗?这样会稍微轻一点!"

他朝我挤了挤黑色的斗鸡眼,说:

"对于这一点,我比巡长还高明!小兄弟,我身上的皮被打得都绽出花来啦,可以拿去缝手套了！"

瞅着那张温和的脸，我不禁想起了外祖母讲的伊凡王子和伊凡傻子的童话。

第三章

我恢复健康之后才知道，"小茨冈"在外祖父家里有着特殊的地位：外祖父训斥他并不像训斥我的两个舅舅那么勤、那样凶狠，在私下里说起"小茨冈"时，他总是眯起眼睛，摇头晃脑地说：

"伊凡这小子有一双金不换的手！你牢牢地记着：这鬼东西将来一定大有出息！"

两个舅舅对待"小茨冈"也很温和，从来不捉弄他，不像对待格里戈里师傅那样，他们几乎每天晚上都要搞出一些过火的鬼名堂，去开那位视力不好的老师傅的玩笑：有时在火上把他的剪刀柄儿烧热；有时在他的座椅上立一个尖钉子；有时把几块杂色的布料放在他的手底下，他一不注意地就把它们缝在一块，结果就得挨外祖父的骂。

有一天，格里戈里师傅躺在厨房的一张吊床上午休，他们趁他睡着的空儿，在他的脸上抹上五颜六色的涂料；当他醒来时，也没有觉察到此事，就带着一副滑稽的脸孔到处乱转：花白的大胡子里露出两片脏兮兮的灰蒙蒙的圆眼镜片儿，鼻子又高又长、红通通的，像舌头似的沮丧地耷拉着。

他们的鬼名堂不但多而且杂，可这位师傅总是默默无言地忍受着，偶尔像鸭子一样轻轻地呼喝两声。他在拿熨斗、剪刀、镊子或者顶针之前，总是先把手指头上蘸满唾沫。这已经成为他的习惯；即使是坐在桌边用刀叉吃饭，他也要这么蘸几下，经常惹得孩子们哈哈直笑。当他有疼痛的感觉时，他那张粗糙的大脸上就会出现波浪似的皱纹，这皱纹在眉际上最为明显，常常把眉毛扬得老高老高，奇怪地耸过脑门，然后就消失在光秃秃的头顶上。

至于外祖父对儿子们的这些鬼伎俩抱什么样的态度，我现在也记不清了，我只知道外祖母总是握着拳头警告他们：

"你们这些现世宝，就知道捉弄人！肮脏！下流！"

不过，两个舅舅私下里谈起"小茨冈"时总是很不友善，露出鄙夷的神态，贬低他的工作，还骂他是小偷、懒虫。

我问外祖母，这是怎么一回事。

像往常一样，她很有兴致地用最简单明了的话讲给我听：

"你不知道,这又是他们玩的鬼把戏:他们两人将来独自开设染坊的时候,都想把凡纽什卡拉过去,因此才有意地在对方面前说他的坏话,诋毁他,骂他干活蠢笨,其实他们纯粹在骗人、做戏!另外,他们唯恐他不跟他们,而留在你外祖父身边。你外祖父的脾性特别古怪,难保他不会和伊凡开设第三个染坊,这明显对他们两个不利,知道吗?"

她轻柔地笑了起来:

"他们俩总是爱耍诡计,真可笑!嗨,其实你外祖父也早就看穿了他们的这点鬼心思,所以故意挑逗雅沙和米沙说:'我准备给伊凡买一张免役证,这样他就不会去当兵了,我太需要这么一个帮手了!'他们俩人心里很窝火,他们当然不希望这样了,可是谁都懒得掏钱——一张免役证可贵着呢!"

现在又跟外祖母住在一块儿了,好像从前在轮船上那样,每天晚上睡觉之前她总要给我讲童话,或者就讲她自己童话般的生活。一提起家务事,譬如儿子们坚决要求分家啦,外祖父计划着要给自己买新房子啦等等,她总是一副冷漠的神情,平静得就像是一个隔岸观火的邻居,而不像是这个家中的第二号主人。

我从她那儿得知,"小茨冈"原来是个弃儿:有一年初春,在一个雨夜,在大门外的长凳上拣到了他。

"那时他躺着,身上裹着一条围裙,"外祖母思索了一会儿,高深莫测地讲道,"偶尔啼哭几声,浑身都冻僵了。"

"为什么要把自己的孩子丢给别人呀?"

"因为母亲没有奶,没有东西喂他吃。她四处打听,如果探知哪家刚生了孩子就夭折了,就把自己的婴儿放在那家的门口。"

她沉默了一会儿,轻轻地梳几下长发,望了望天花板,长长地叹息了一声,又接着说:

"还不是因为穷嘛,阿廖沙。唉,那时的人们穷得没法子说呀!按规矩,没有出嫁的姑娘不许生孩子;否则,就很丢脸,特别不光彩!你外祖父原打算把伊凡送给警察局,我劝他说:算了吧,我们还是自己养吧,他是上帝送给咱们的,就让他替代咱们死去的那些孩子吧。我总共生了十八个孩子;要是都活着,可以占满一条街,因为那将繁衍成十八户人家。你不知道,我十四岁结婚,十五岁生孩子。唉,可是上帝特别钟爱我的亲生骨肉,动不动就把我的孩子收去当天使。我心里觉得心疼,又高兴!"

她上身穿着一件长衬衫,坐在床边,乌黑的长发披散在身上。她的身材庞大,头发蓬松,模样好似一只大母熊,它是由塞尔加奇的守林人、一位大胡子不久前牵到院子里来的。她在那白皙的、光滑的胸脯上画着十字,轻轻地笑着,身子摇来晃去:

"好的全都被上帝收走了,留下的尽是些孬种。我特别喜欢伊凡卡,我就疼爱你们这些小鬼！我收养了他，给他做了洗礼，现在他长大了，长得也很精神。我先开始叫他'茹克'，小甲虫，因为他老是"嗡嗡"的，好像一个甲壳虫，不停地叫着满屋子爬。你应该爱他，他可是心眼很好的孩子！"

我确实很爱伊凡，他心灵手巧，常常令我惊叹不已。

一到星期六，当外祖父把一个星期来所有犯了错误的孩子揍了一顿，去做晚祷的时候，一种无法形容的有趣的游戏就在厨房里开始了："小茨冈"从炕炉缝儿里捉到几只黑色的蟑螂，马上用线做一套马具，再用纸剪一个雪橇，于是四匹"黑马"就拉着雪橇在刨得光光的黄桌子上奔驰起来，伊凡拿着一根细细的松明驱赶着它们，快乐地尖叫道：

"坐上雪橇去请大主教喽！"

他剪一片纸贴在一只蟑螂的背上，赶着它去追雪橇，伊凡向我解释说：

"他们忘了带口袋！这个和尚背着口袋，快追啊！"

他拿线系着蟑螂的腿；于是，这只蟑螂边爬边用头磕地，伊凡拍着手叫道：

"助祭从酒馆里出来，要去参加晚祷喽！"

他还给我们演示如何玩小老鼠：一得到他的指挥，小老鼠就后腿直立，拖着一条长尾巴向前走，一对黑眼珠子机灵而可笑地闪烁着。他特别爱护它们，老是把它们藏在怀里，嘴对嘴地喂它们糖吃，还跟它们亲吻，而且一本正经地说：

"老鼠这种动物，不但机灵而且可爱，家神非常喜爱它们！谁如果养小老鼠，家神就会暗中庇佑他……"

他还会用纸牌或者铜币变戏法，他叫喊起来比任何一个孩子都凶，这时你就会忘记了他已经是个青年。有一天，他跟几个孩子一块儿玩纸牌，一连好几次他都当了"大傻瓜"，弄得他很尴尬，于是伤心地噘着嘴，把牌一丢，就不愿再玩了；后来他在我跟前埋怨说：

"哼，我早就看出他们是串通好了的！他们不时地使眼色，而且在桌子底下互相换牌。这样玩牌有什么意思啊？哼，骗人的把戏我也会……"

尽管那时他已满十九岁，比我们四个孩子的岁数加在一块还要大。

最使我难以忘记的，是他在节日的家庭晚会上的表现。外祖父和米哈伊尔舅舅都外出做客去了，头发卷曲而且蓬松的雅科夫舅舅抱着吉他到厨房来，外祖母摆上一桌丰盛的茶水和点心以及一瓶伏特加酒，瓶身是绿色的，瓶底镌有精美的红花。"小茨冈"穿着节日的服装，高兴地东跑西颠，忙得团团转；老师傅格里戈里侧着身子，轻轻地走了进来，深黑色的眼镜亮闪闪的；还有身体肥胖得像酒坛子似的麻脸保姆叶夫根尼娅，她的脸涨得通红，一双眼睛敏锐而狡猾，说起话来就像是在敲破锣；有时候，圣母升天教堂的长头发助祭也来了，另外还有一些长得跟梭鱼和鲶鱼一样又黑又滑的人。

众人都敞开肚皮大吃大喝，牛一样地喘着粗气，孩子们都分得了节日的礼物，有糖果,还有一杯甜酒。于是,热闹而奇特的欢乐气氛,便缓缓地弥漫开来。

雅科夫舅舅轻轻地抚摸着吉他,把音调调试好以后,习惯地说了一句:

"各位,准备好了吗?我要开始了!"

他摇了摇卷曲的头发,俯下身来贴近吉他,鹅似的伸长了脖子;他那张浑圆而无忧无虑的脸慢慢变得昏昏欲睡,那双闪闪发光、令人捉摸不透的眼睛渐渐失去了光华,变得模糊起来;他拨动琴弦,弹了一首振奋人心的、听后想要立即行动起来的曲子。

他的弹奏,使空气为之而凝滞,喧嚣为之而沉寂;它像一条清浅的小溪,从远方流来,穿透墙壁和地板,滋润着人心,使人一会儿感到难以言传的愉悦,一会儿感到莫名的惆怅和不安。听着这音乐,你的慈悲心就渐渐地复活了,不仅怜悯他人,而且怜悯自己,大人似乎变成了孩子,孩子似乎变成了大人,大家浑然一体,都静静地坐着一动不动,躲在那儿深深地思索着人生,思索着生活。

米哈伊尔舅舅的萨沙听得最带劲;他不时地向叔叔那边探着身子张望,嘴微微地张开着,嘴角挂着口水。有时候他听得太入迷了,以至于几次都从椅子上滑了下来,两手撑着地板。一旦碰到这种情形,他干脆就坐在地上,瞪大眼睛,眨也不眨地谛听着,不再爬起来。

大家都听得如痴如醉,屏息静气。尽管茶炉发出轻轻地低吟声,但并不妨碍吉他的如泣如诉。厨房里的两个四方小窗户像两只眼睛一样,瞅着外边漆黑的秋夜,有人偶尔把它轻轻地敲击几下。桌子上点着两支标枪一样的蜡烛,黄灿灿的火苗不停地摇曳着。

雅科夫舅舅仿佛越来越陶醉于其中了,竟然变得跟一只木鸡差不多;他牙关紧咬,似在沉睡,只有两只手臂在不停地动弹着。弯曲着的右手指在黑色的指板上飞快地拨动,就像是一只若飞而未翔的鸟儿;左手指在靠近琴头的地方不停地变换着,速度快得令人难以置信。

他一喝酒,总会用一种似乎是从牙缝里挤出来的、难听的声音唱那首没完没了的歌曲:

> 雅科夫要是一条狗——
> 他就会从早到晚叫个不休:
> 啊,我觉得心慌!
> 啊,我感到悲伤!

> 一个尼姑在街上跑,
> 一只乌鸦在墙头吵。
> 啊,我觉得心慌!
> 啊,我感到悲伤!

> 灶旁的蟋蟀啾啾叫,
> 搅得蟑螂真烦躁。
> 啊,我觉得心慌!
> 啊,我感到悲伤!

> 一个乞丐在树枝上晒脚布,
> 另一个乞丐把它偷偷拿去!
> 啊,我觉得心慌!
> 啊,我感到悲伤!

> 哦,我多么无聊!
> 哦,我多么烦躁!

这支歌曲我实在受不了,尤其当舅舅唱到乞丐的那一小段时,一股无名的哀伤涌上了我的心头,我不禁放声恸哭起来。

"小茨冈"也默默地听着,他的手指插在黑头发里,斜着眼睛瞅着屋角,似乎睡着了一样。他不时地哀叹道：

"哎，真可惜，我就没有一副好嗓子！否则，我也会痛痛快快地唱一唱！"

外祖母悲伤地说：

"好了，雅沙，弹得人都要心碎了！凡纽什卡！起来给大家跳个舞吧……"

他们也不是每一次都听她的话；当然，有些时候，雅科夫舅舅会用手按住琴弦，稍稍停一会儿，接着握紧拳头，使劲儿朝地板上一甩，似乎要把什么看不见的东西从自己的身上甩掉一样，然后歇斯底里地喊道：

"烦恼，忧伤，统统见鬼去吧！瓦尼卡，上场，给咱们跳个舞！"

"小茨冈"站起身，整整衣衫，谨小慎微地、仿佛是光脚踩在尖利的碎石上一样，缓缓走到厨房当中；片片红晕立刻飞上了他那黑黑的双颊，他轻轻地微笑着，怯生生地说：

"来得快一点，我求你了，雅科夫·瓦西里耶维奇！"

于是，伴随着吉他发出的万马奔腾般的声音，脚后跟踩地板的细碎声便响了起来，桌上和橱柜里的餐具也叮当作响；而在厨房中央，"小茨冈"忘情地狂舞，他像是一团燃烧着的火，又像是一只飞翔着的鸟，他展开双臂，犹如两片鹞鹰的翅膀，在地上飞快地旋转着；忽然，他尖叫一声，蹲下身子，像一只金色的雨燕窜来窜去；他的丝制衬衫颤抖着，闪闪发光，熠熠生辉，好似一把火，照亮了周围的一切。

"小茨冈"忘情地跳啊，跳啊，我揣想，如果打开门，他会这样跳着出去，跳到大街上，跳着绕城一圈，跳到苍茫的夜空中……

"横着再来一趟，瓦尼卡！"雅科夫边用脚忙不迭地踩着拍子，边大声叫道。

他打了一个尖厉的口哨，粗哑地念了两句有趣的顺口溜：

> 啊呀呀，我要是不珍惜这双破树皮鞋，
> 我就会扔下妻儿远走高飞！

桌子旁边的人们显然被他的情绪所感染，不住地抖动身子，跟着他狂呼乱叫；大胡子格里戈里师傅抚摸着自己光秃秃的脑袋，嘴里嘟嘟囔囔的，不知在说些什么。有一次，他向我弯下腰，柔软的大胡子盖在我的肩膀上，凑到我的耳边，像对大人说话那样，对我说：

"阿列克谢·马克西莫维奇，如果你爸爸还在人世，而且能到这儿来，那就更热闹了。他准会像凡纽什卡那样，像一团火似的燃烧起来！他性格奔放，而且特别爱逗乐子，你知道吗？"

"不知道。"

"咦，你难道不记得他吗？"

"不记得。"

"怎么会呢？要知道,他经常和你外祖母一块跳舞……啊,你稍等一会儿!"

说着他站起身,他身躯高大,一脸疲惫,仿佛一尊圣像似的;他向外祖母欠了欠身,一本正经地说:

"阿库林娜·伊凡诺夫娜,请您上场为我们跳个舞吧!就像从前和马克西姆·萨瓦杰耶夫那样,上去露一手吧,好让大家乐一乐!"

"你说什么呀,亲爱的,"外祖母嗔怪道,"亲爱的格里戈里·伊凡内奇,你到底是怎么啦?"然后,她缩了缩身子,轻柔地笑着说,"我哪会跳舞呀,别捉弄我了!这样只会让人家笑话我……"

但是大家一再请求她,于是她像个年轻人似的霍然起立,抖了抖裙子,挺了挺身子,抬起她那圆圆的大脑袋,昂扬地走到圈子中央,一边跳一边笑着喊道:

"好啊,你们笑吧,尽情地笑吧,让你们一次笑个够吧!喂,雅沙,重新来首曲子!"

于是,舅舅收腹挺胸,眯缝着眼睛,慢慢地弹了起来;"小茨冈"稍稍歇了一会,就又跳到外祖母跟前,蹲着身子围着她跳;她双手摊开,眉毛高扬,一双黑眼睛忽闪忽闪地望着远处,好像是悬浮在空中似的,两只脚悄没声息地在地板上不停地滑行着。我觉得她胖乎乎的身体再加上滑稽的舞姿,显得特别可笑,忍不住"噗哧"一声笑了出来;格里戈里老师傅立即伸出手指恫吓我,别的人也都用鄙夷的眼光扫了我一下。

"伊凡,不要把地板踩得直响!"格里戈里笑着说;"小茨冈"马上满足他的要求,顺势跳到一边,坐在了门槛上;保姆叶夫根尼娅清了清嗓子,用悦耳的声音低低地唱起来:

> 周一到周六,
> 姑娘一直手未休;
> 织花边的活儿累死人,
> 嗨,累死人,连喘气的机会都没有!

外祖母不是在跳舞,反倒像是在讲故事。她虽然身体庞大,但舞步轻盈;她把手放在脑门上,像猴子搭凉棚似的;她的一双眼睛仿佛在深思,偶尔打量一下周围的人。过了一会儿,她突然站住了,好似什么东西把她给吓着了。她摇了摇头,皱了皱眉,接着就放松下来,脸上绽出了温和的笑容。她闪向一边,身子一侧,手一伸,似乎在给谁让路,又似乎在给谁引路;她垂下头,一动不动,两只耳朵竖了起来,仿佛是在谛听,脸上的笑容也更灿烂了。突然,她像一阵风似的快速旋转起来,人也变得跟大姑娘一样,挺拔清秀,端庄稳健;接着,她又猛地刹住脚步,站在原地纹丝不动,如玉树亭亭而临风,似鸟儿将飞而未翔;大家眼睛眨也不眨地看着他,只觉得她仪态万方,不可唐突——她似乎又返回到了豆蔻年华,是那么的俊美,那么的可爱!

保姆叶夫根尼娅像吹喇叭似的唱道:

> 总算到了星期天,
> 做完午祷就去跳几圈。
> 跳啊跳,尽情地跳,
> 跳到深夜再往回跑。
> 她是最后一个回家的人,
> 呵,真可惜,节日短,庭院深!

跳完了舞,外祖母坐回原来靠近茶炉的地方,大家都对她赞不绝口;她一面用手指拢着头发,一面说:

"得了,别挖苦我啦! 那只是因为你们没有见过真正的舞蹈。以前啊,我们巴拉赫纳那儿有一位姑娘——我不记得她的名字了,也说不上她是谁家的姑娘,她才真正称得上会跳舞呢。看着她翩翩起舞,纯粹是一种享受,快活得跟过节似的,大家看她跳舞,别的什么也不需要了! 说实话,我当时既羡慕又嫉妒,唉,想起来真是罪过啊,为什么要嫉妒人家呢!"

"歌唱家和舞蹈家是世界上第一流的人物!"保姆叶夫根尼娅认真地说,她开始唱起一首大卫王的歌曲;雅科夫舅舅搂着"小茨冈"的肩膀,对他说:

"你应该到酒馆里去跳舞,你会使每一个人像火一样燃烧起来!"

"我倒希望有一副好嗓子!""小茨冈"不无遗憾地说。"如果上帝能赐给我一副好嗓子,我就尽情地唱上十年,然后出家当和尚我也毫无怨言!"

大家都喝了伏特加酒,尤其是格里戈里老师傅,喝得最多。人们不停地给他倒酒,外祖母忠告他说:

"你省着点吧,格里沙。别把自己的眼睛喝瞎了!"

他满不在乎地说:

"瞎就瞎吧,无所谓! 眼睛对我来说已经不是很重要了,唉,这个世上的东西,该看的都看到了!"

他虽然没有喝醉,但越来越爱说话了,唠唠叨叨地没完没了;而且,他对我说话的时候,总是贴近我的耳朵:

"我的孩子,你爸爸马克西姆·萨瓦杰维奇可是个好人哪! ……"

外祖母长长地叹息一声,附和道:

"是啊,他是上帝的儿子! ……"

这一切都很有趣,都很新奇,而也正是这一切又使一种难以忍受的哀愁静静地袭上了我的心头,使我惆怅万分。哀愁和欢乐总是像一对亲兄弟似的深深地藏在一个人的心里,只不过这两种感情因为随着所面对的事物和所处的环境不同而时隐时现罢了。

有一次,雅科夫舅舅并没有喝得很醉,但却不停地撕扯自己的衣服,不停地敲击自己的脑袋,抓头发,揪胡子,捏鼻子,甚至拧自己的嘴唇。

"这算是什么生活呀,啊?"他泪流满面地嘶声叫道,"为什么要让我遭这份罪啊?这哪像是在生活啊?"

他打脸,捶胸,跺地,杀猪一样地号叫着:

"我是坏种,我是流氓!我无耻,我肮脏!"

格里戈里低声地嘟囔着说:

"没错,你就是那样的人!没想到你还有自知之明……"

外祖母拉着雅科夫舅舅的手,微带醉意地柔声劝道:

"算了吧,雅沙,这一切上帝心里都有数!他会告诉你怎么去做……"

几杯酒下肚,她就变得更可爱了:一双黑黑的大眼睛带着倦倦的笑意,似乎要把自己身上的光芒倾注到每个人的身上,去温暖对方的灵魂,去感化对方的灵魂。她一边用头巾轻轻地擂着烈酒烧红了的脸庞,一边低低地吟唱道:

"主啊,主啊!一切是多么美妙啊!你们睁大眼睛,仔细瞧瞧,一切是多么美好啊!"

这发自内心的呼声,也是她一生的口号。

看着舅舅捶胸跺足,号啕大哭,我感到非常纳闷:他一向都是无忧无虑的呀,怎么现在变成了这副模样?于是我问外祖母,但也得到了出人意料的答复:

"你为什么啥事都想知道!"她不耐烦地吼道,"以后你慢慢地就会知道,现在问这些事还太早……"

外祖母的这句话大大激发了我的好奇心。我到作坊去找伊凡,想从他嘴里问出个究竟来,谁知道我再怎么死缠硬磨,他都不回答我,只是一个劲地微笑,并斜着眼睛看格里戈里。后来,他急了,把我从作坊里推了出来,大声叫道:

"烦死人啦,快给我出去!再要缠我,我就把你扔到染缸里,把你染成个花脸猫!"

格里戈里站在又宽又矮的、上面嵌着三口大铁锅的炉台跟前,正用一根黑乎乎的长棒子在锅里搅和,并不时地将它拿了出来瞧一瞧顺着木棒子顶端滴下来的、带颜色的水。火烧得通红,火光映照在他那像和尚的僧衣一样的五颜六色的皮围裙上。染料水在大锅里"嗞嗞"作响,一股一股的蒸气喷了出来,涌向大门口,使人呼吸维艰,视听不明,院子里还有一些零零星星的干燥的雪糁。

格里戈里老师傅抬起那双充满血丝、疲惫不堪的眼睛,从眼镜下方瞪着我,粗着嗓子对伊凡喊道:

"去把劈好的柴抱进来,站在那儿干什么!真不识眼色!"

"小茨冈"赶忙跑了出去抱劈柴,格里戈里老师傅往染料袋上一坐,向我招招手:

"小鬼,过来!"

他让我坐在他的大腿上,用他那柔软而温暖的大胡子蹭我的脸颊,慢慢地给我讲道:

"哼,你知道吗,你舅舅把老婆给折磨死了?他经常打她、骂她,稍稍不顺心就拿她出气。他现在感到特别内疚,明白了吗?你以后对什么事情都要留意着点,都要弄明白,不然的话,你将来会吃大亏的!"

跟他在一块儿,就如同跟外祖母在一块儿,让人觉得十分亲近,没有拘谨和窘迫的感觉;不过,他有时也让人有点儿害怕,他老是从眼镜下方看我,使我心里发毛,好似从那儿他可以看穿我的心思。

"怎么打的?"我试探着问道。

"怎么打的?嘿嘿,"他冷笑两声,缓缓说道,"就这个样儿:两个人晚上一块儿睡觉,他突然跳了起来,把毯子蒙到她的头上,然后发疯似的骑在她身上拼命地打。"

"舅舅为什么要打她呀?"

"鬼才知道呢!"他不紧不慢地说,"恐怕连他自己都不知道吧。"

正说着,伊凡抱着劈柴走了进来,蹲在炉子跟前烤手。格里戈里师傅也不理会他,继续讲道:

"他打老婆,可能是因为她比他强、比他好,他嫉妒她。小兄弟,你不知道,卡希林父子的嫉妒心很强,他们的眼里根本容不下比他们强、比他们好的人,他们总是玩一些鬼伎俩去折磨他、排斥他。嘿嘿,你去跟你外祖母打听一下就会知道,你父亲都受了他们的那些罪。你外祖母肯定会把事情的真相告诉你的,因为她从来不说谎,可以说她根本就不会说谎。尽管她常常闻鼻烟,而且还酗酒,但她纯朴得就跟圣徒一样。她整天好像都无忧无虑,憨憨的,你记着我的话:一定要好好地陪伴着她……"

随后,他就把我推到了一边,我顺势跑到院子里,既感到可怕又觉得寒心。在大门口,凡纽什卡追上我,他用双手轻轻地捧着我的头,悄悄对我说:

"别害怕,小鬼!他这个人非常善良,在听他讲话的时候,你要抬起头,直勾勾地盯着他,他喜欢别人这样看他。"

这里的一切都神秘兮兮的,透着点儿古怪,这使我感到惶惑不安。外面的人的生活具体是怎么一个样我不大清楚,但我依稀记得我父母的生活并不是这个样子:无论是他们的言行还是消遣都与这儿不同;他们走在一块,坐在一块;晚上,他们偎依着坐在窗前,长时间地欢笑,大声地歌唱,使邻居们羡慕不已,常常围到窗子边上看他们。另外，即使是街上的人们，样子也很和蔼，老是温柔地仰着脸，使我不禁想起饭后的脏盘子。但是这儿的人们很少笑——我想他们根本就不会笑，因为即使偶尔笑一笑，也总是带着嘲弄和鄙夷的神情——而且我不明白他们在笑什么，简直莫名其妙。人们说话时常常粗鲁无礼，动不动就破着嗓子嚷了起来，而别人也似乎幸灾乐祸似的，躲到一边偷偷议论，暗暗发笑。孩子们不敢大声吵闹，谁也不理睬他们，他们就像是风中的落叶，水中的飘萍，既没有根，也无人管。我感觉跟他们待在一块儿就像是个陌生人、局外人。这里的生活使我变得紧张、多疑、不安、烦躁。这儿仿佛到处都长满了刺儿，使人时刻都得提防。

渐渐地，我跟伊凡的关系密切起来；外祖母整日忙得不可开交，根本顾不上照料我。每天从早到晚，我几乎都围着他转。外祖父每次打我的时候，他总会把胳膊伸出去挡鞭子；次日，他就卷起袖子让我看他肿起来的伤口，并埋怨道：

"唉，根本不管用，即使我的胳膊被打肿，你还得挨揍，而且挨得一点儿也不比原来轻。下次我可不管你了，你得自己撑着点儿！"

话虽这么说，可我一旦挨起揍来，他还是照样伸出手来去挡鞭子，还是照样增加一处伤疤。

"你不是说不再管我了吗？"

"我也不知怎么一回事，一看见你挨揍，手就不由自主地伸了过去……"

过了没多久，"小茨冈"的一件事情又传到了我耳朵里，而这件事更激发了我对他的兴趣，也使我对他的感情更加深厚了。

一到星期五，"小茨冈"总要把那匹外祖母最宠爱的枣红骟马沙拉普套在大雪橇上去赶集。沙拉普拉雪橇很不卖力，而且特别喜欢捣蛋，又爱挑草料，我暗地里认为它可能是被外祖母惯坏的。"小茨冈"身穿一件短皮衣，头戴一顶大皮帽，腰里紧紧地束着一条绿色的宽腰带。有的时候，天都暗下来了还不见他回家，一家人都替他担心，动不动就走到窗子边，哈一口热气把玻璃上的薄冰融化掉，惶惶不安地朝街上张望。

"看见他了吗？"

"没有。"

外祖母最着急，她坐立不安。

"瞧，"她对外祖父和舅舅们发了火，大声训斥道："都是你们出的鬼点子，这回连人带马都给我毁了！你们这帮废物，真是丢人丢到家了！自己屋里这么多东西还不够用吗？真不要脸，偏偏出个馊主意让他去集市上买！哼，一家子蠢货，贪得无厌。你们早晚会有报应的！"

外祖父拉长了脸嘟嘟囔囔地说：

"够了，别再说了，下次不再这么做还不行吗……"

有时，"小茨冈"挨到中午才回来。舅舅们和外祖父如释重负地跑了出去迎接他；外祖母使劲闻着鼻烟，像大狗熊似的跟在他们身后。不知怎的，一到这个时候，外祖母的手脚就不灵便了，总是显得很笨拙。孩子们也都欢天喜地地一哄而上，往下卸东西，有猪崽、鸡、鸭、鱼和各种肉类。

"买齐了吗？"外祖父斜着那双鹰一般锐利的眼睛打量着雪橇问道。

"买齐了。"伊凡欢快地答道，有一种交了差的快感，在院子里蹦来跳去地取暖，时而拍拍戴着大手套的双手，时而搓搓冻僵的小腿。

"拍什么拍！"外祖父大声吼道，"手套难道不花钱吗？有没有零钱找回来？"

"没有。"

外祖父仔细地打量着雪橇拉回来的东西，忽然压低声音说：

"你这次拉回来的东西好像比以前多了不少。老实告诉我，你是不是还顺手牵羊拿了人家的东西？我提醒你，我可不希望你有这种行为。"

说到这儿，他皱了皱眉，哼了两声，然后急急地走开了。

看着外祖父离去了，两位舅舅马上凑到雪橇旁边，拿起鸡、鸭、鱼、鹅肝、牛犊腿和大块肉，在手里掂了又掂，很惬意地吹起口哨，不住嘴地赞叹道：

"呀，棒极了！好小子，眼光蛮不错的嘛！"

米哈伊尔舅舅仿佛脚下踩着弹簧似的，围着雪橇蹦来蹦去，乐得两眼放光。他总要把每件东西都凑到又尖又高的鼻子上嗅一嗅，并且咂咂嘴巴，一副馋猫样。他个儿虽然挺高，但跟外祖父一样，瘦瘦的，头发又黑又卷，就像是烤焦了的蓬草。他把冻僵了的手缩在袖筒里，向"小茨冈"问道：

"我父亲给你了多少钱？"

"五个卢布。"

"可这些东西我看值十五个卢布。你实际上花了多少钱？"

"四卢布零十戈比。"

"那么，"他说，"剩下的九十个戈比你就装到自己的腰包里去了吧？喂，雅科夫，这回瞧见了吧，他可真会攒钱呀！"

穿着单衬衫的雅科夫舅舅瞅了瞅寒气逼人的天空，轻轻地笑了一下。

"瓦尼卡，"他懒懒地说，"怎么样，请我们喝半瓶伏特加酒吧，让我们暖暖身子。"

外祖母在旁边一面卸着马，一面亲昵地对它说：

"怎么啦，我的小乖乖？怎么啦，我的小猫咪？你冷吗？你是不是又捣蛋了？哎，想闹就闹吧，上帝的小乖乖。"

高大的骟马把头一扬，浓密的鬃毛跟着摆动起来；它用白森森的牙齿轻轻地摩擦着外祖母的肩膀，把她的头巾从头上拽了下来；它快活地眨巴着眼睛，甩一甩头，把粘在长长的睫毛上面的霜花抖落在地上，快乐地望着外祖母那张慈祥的脸，发出低低的嘶叫声。

"你是不是想吃面包呀,小乖乖?"

说着,外祖母把一大块咸面包喂到了它的嘴里,并卷起围裙,把沙拉普嚼碎掉下来的面包渣兜了起来,痴痴地看着马儿吃东西。

"小茨冈"也像一匹快活的小马一样,蹦蹦跳跳地跑到外祖母跟前。

"奶奶,沙拉普真是太可爱了,鬼机灵鬼机灵的……"

"你给我待到一边去,"外祖母没好气地说,"别在这儿给我耍嘴皮子! 要知道,我今天不想搭理你。"

外祖母对我说,她之所以这么对待"小茨冈",是因为他托名去买东西,实际上暗地里偷了不少呢。

"假如你外祖父给他五个卢布,他肯定只花三个卢布用来买东西,然后再偷人家十卢布的东西。"外祖母露出了愁容,说,"喜欢偷东西的毛病,就是被人惯出来的! 第一次他去试着偷,得手了,自己感到很高兴,家里人也嘻嘻哈哈地笑一阵,夸他精灵,以后呢,他就逐渐地养成了这种恶习。你外祖父前半辈子穷困潦倒,受了不少苦,遭了很多罪,现在老了,竟然变得贪心不已,而且变本加厉。哼,这死老头子,把钱看得比自己的亲儿子还重,喜欢贪便宜,占大利! 唉,甭说他,就连你的两个不争气的舅舅也……"

她挥了挥手,沉默不语;然后,她打开鼻烟壶,使劲地闻了闻,闷闷不乐地絮叨着说:

"廖尼亚,人世间的事就如同是瞎眼老婆婆织出的花边,我们怎么能忍心去毁坏它呢? 伊凡卡偷东西一旦被人抓住,人家非抽了他的筋,剥了他的皮不可……"

她稍稍停顿了一下,接着说:

"哎,我们的规矩有很多很多,但真理却很少很少……"

第二天,我立即去找"小茨冈",央求他不要再干偷窃的勾当了。

"你以后别再去偷东西了,要是被人逮着,人家非剥了你的皮,抽了你的筋……"

"他们逮不着我的,我干这行非常顺手,头脑也挺灵活,简直就是一匹快马!"他满不在乎地笑了笑,但马上又苦着脸说,"其实,我何尝不知道偷窃是一种恶习,还要提心吊胆的。我偷东西可不是想用它,只不过是消遣消遣,随便玩玩罢了。我从来不积财,就是偶尔攒几个子儿,不出几天就会被米哈伊尔和雅科夫俩人骗走。不过,我也不在乎,骗就骗吧! 只要能填饱肚子,我还有什么可想的?"

然后,他猛地把我抱起来,掂了又掂。

"尽管你人瘦身轻,可你的筋骨很硬实,将来必定力大无比。咦,你为什么不去求雅科夫舅舅,让他教你弹吉他呢? 你还小,学起来特别容易,真的! 你人小,脾气可挺倔的。你不喜欢外祖父,是不是?"

"我……我也不知道。"

"这一家子人,除了奶奶,我谁也不喜欢,"他坚定地说,"真的,我一个也不喜欢,让他们见鬼去吧!"

"那么,我呢?"我试探着问,"你喜欢我吗?"

"我怎么能不喜欢你呢?"他笑着答道,"你本来就不姓卡希林,你姓彼什科夫,你不属于这个家族,和他们不是真正的一家子。"

他忽然搂紧了我,呓语般在我耳边轻轻地说道:

"唉,主啊,主啊,你要是能赐给我一副好嗓子该有多好啊!我要唱得让每一个人像一团火似的燃烧起来……唉,小兄弟,你走吧,我要干活了……"

他把我轻轻地放在地上,抓起一把小钉子塞到嘴里,将一块黑布料拉紧钉在一块四四方方的大木板上。

可是不久,他竟然死了。

他的死因是这样的:院子里的大门旁边,紧靠围墙放着一个高大而结实的橡木做的十字架。它在那里已经放了很久。刚来外祖父家的那天,我就见它放在那里。那时十字架看上去还挺新,颜色有点儿发黄,可是经过一个秋天的雨打日晒,它变得黑乎乎的,发出一股水泡橡木的苦霉味。这个院子本来就又小又脏,它的这副模样更显得碍手碍脚。

这个十字架是雅科夫舅舅买来安放在妻子的墓前的。他曾信誓旦旦地说,等到她一周年的祭日那天,他要亲自把它背到坟地上去。

这一天终于到了。那正是初冬的一个星期六,天寒地冻,而且刮着风,片片积雪被风一卷,四下里飘散开来。一家子人都来到院子里。外祖父、外祖母和三个孙子早早地就到了坟地,为的是做弥撒。我没有随同他们一块去,因为我犯了错,被罚在家里看门。

米哈伊尔和雅科夫两个舅舅都穿着黑色的短皮衣;他们分别站在十字架两端,把它从地上扶了起来。外人格里戈里师傅把沉甸甸的根部艰难地抬起来放在"小茨冈"宽阔的肩膀上。他的身子微微地晃动了一下,然后把两只脚叉开。

"你能扛得动吗?"老师傅问他。

"难说。不过,我觉得特别沉……"

正在这时,米哈伊尔舅舅粗着嗓子冲他吼道:

"赶快把大门打开,瞎眼鬼!"

雅科夫舅舅说:

"亏你说得出口,瓦尼卡,你的身体壮得跟牛一样,就是我们俩加在一块也不如你的劲大!不要脸!"

格里戈里老师傅一边忙着去开门,一边严厉地嘱咐他说:

"小心点儿,伊凡,别把身子压坏了!老天保佑你!"

"秃贼!"米哈伊尔舅舅在外面暴喝一声。

院子里的人都大笑起来,高声地谈笑着,好像十字架被抬走符合每个人的心意似的。

格里戈里老师傅牵着我的手,带我去作坊,他对我说:

"今天你外祖父可能不会揍你了,他看起来脸色很和缓……"

来到作坊,他把我抱到一堆准备染色的毛线上面,并用毛线把我一直从脚堆到头上;接着,他皱起鼻子闻了闻锅里冒出的蒸气,边思考边说道:

"乖孩子,我跟你外祖父相识已有三十七个年头了,从他开创染坊一直到今天,所有的事我都亲眼看见了。染坊是我们俩经过艰苦奋斗才建立起来的,那时我跟他关系密切,情同手足。你外祖父的确很精明,很能干! 他自己做了老板,我给他打下手。唉,我可真佩服他啊,我就没有他那份能耐。不过,上帝更聪明,我们纵有千万颗脑袋,也不及他:他只消轻轻一笑,再聪明的人也会马上变成傻瓜。你现在还小,对于人们的一言一行你都还不能明白,不懂得他们的用意,但是这些事都是你早晚得明白的呀! 孤儿的生活非常艰苦,日子特别难熬。你爸爸马克西姆·萨瓦杰维奇不仅长得很精神,而且胆大、聪明,因此你外祖父就嫉恨他、排挤他,不承认他……"

格里戈里老师傅讲起来娓娓动听,我感觉他的话语就像是春雨一样滋润着我的心田。此时,红色的火苗在灶膛里跳动着,仿佛一只鸟儿在翩翩起舞;一团团白色的蒸气云雾般地升腾着,飘过倾斜的房顶,在天花板上结成一层薄薄的、细细的霜花;透过毛茸茸的木板条缝,我看见天空都成了一条条蓝色的带子。风渐渐地平静下来,阳光不知从什么地方悄悄地照了进来,使院子里的雪糁闪闪发光,就像撒了一层亮晶晶的盐末儿。雪橇滑板的尖厉声音从街上传了过来。缕缕炊烟从房屋的烟囱里袅袅升起,疏淡的影子在雪地上缓缓滑动,似乎也在低语着什么。

格里戈里老师傅又高又瘦,留着大胡子。他的头光秃秃的,两只耳朵又大又长,看起来简直就是一个善良忠厚的魔术师。他一边用木棒子搅着沸腾了的染料水,一边喋喋不休地告诫我:

"无论跟什么人说话,你都要用和善而坦率的眼光看着他的眼睛;哪怕是一条狗猛地向你扑来,你也要这样,这么着,它就不会再伤害你了……"

他的鼻梁上架着一副眼镜,看起来很重,而且戴的时间也很长,所以跟外祖母一样,他的鼻尖两侧隐隐地泛着一点儿青色。

"噢,你等等。"他冷不丁地说,侧耳细听,然后把门用脚关上,猛地冲了出去,急急地在院子里跑起来。我不明白,所以,见他这样,我也就跟着跑出来。

"小茨冈"仰面躺在厨房里的地板上,缕缕温暖的阳光照在他的手上、身上和脚上。他的脑门奇怪地透着亮光,双眉高扬,眼睛一动不动地望着黑乎乎的天花板,嘴唇青中带紫,不停地抽搐,红色的泡沫从嘴里冒了出来,嘴角流着鲜血,顺着下巴和脖子一直流到地板上,鲜血在他的身子底下积成一大片,向四处流着。他的两腿直挺挺地伸着，肥大的裤子已经被血浸透，粘在地板上，地板很干净，而且发着光，显然是用沙子擦过。"小茨冈"的血鲜红鲜红的，在阳光的照耀下一直流到门口。

他静静地躺在地板上，胳膊软软地放在身体两侧，手指好像蜜蜂的双翅似的轻轻地颤动着，偶尔在地板上抓几下，指甲立即被鲜血染红，在阳光下发出慑人的亮光。

保姆叶夫根尼娅蹲在他的旁边，把一根细细的蜡烛塞在他手里。伊凡拿不住，掉了下来，灯芯浸在鲜血里。叶夫根尼娅又捡起蜡烛，把它用围裙边角擦了擦，又试着往他的手指里塞。人们在厨房里不停地议论着，声音时高时低，像一阵风似的吹着我。我站在门槛上，双手抓紧门把手，努力地站稳身子。

"他脚底被什么绊住了。"雅科夫舅舅说，不知怎么的，他的声音听起来很低沉。他面色惨白，一双眼睛黯淡无光，脑袋打着战儿，在地上走过来走过去，好像霜打的茄子一样，软绵绵的。

"然后，他就跌倒了，十字架砸在他的脊梁上，把他压在下面。我们幸好立刻松开了手，否则现在你们就会看到我也成了残废。"

"我们就会看到你已经成了死人。"格里戈里师傅没好气地咕哝道。

"……"

"他是被你们俩砸死的！"格里戈里接着低声说。

"是啊，那又怎么样？你想怎的……"

"你们！"

血还在流。

血在门槛下面汇集成一摊，红中带紫，似乎在不断地升腾着。鲜红的血泡依然不断地从"小茨冈"的嘴里往外冒，他大声呻吟着，像是在说梦话。他渐渐地瘦下去，身子软软地贴在地板上，越来越蔫。

"米哈伊尔骑着马到教堂叫父亲去了。"雅科夫舅舅嘟嘟哝哝地说。"我赶忙雇了一辆马车把他拉了回来……我当时没有扛十字架的根部，真是庆幸啊，要不然我就……"

叶夫根尼娅还在往"小茨冈"的手里塞蜡烛，泪水伴随着蜡油"嘀嗒嘀嗒"地直往他的手心里掉。

格里戈里老师傅大声吼道：

"蠢货，把蜡烛放在他面前的地板上！"

"是。"

"把他的帽子拿下来！"

于是叶夫根尼娅从伊凡的头上把帽子脱下来，只听"咚"的一声，他的后脑勺重重地砸在地板上。这时，他的头痛苦地往旁边一扭，血从嘴角右边更快地流了下

来。鲜血不停地流,流了很久很久。刚开始,我还以为"小茨冈"在地板上躺一会儿就能起来,坐在地板上,吐一口唾沫说:

"啊呀,热死啦,他妈的……"

只要到了星期天,午睡醒来之后,他总是这样的。可是这次他还不起来,依然静静地躺在那儿,像一朵秋霜过后的野花,逐渐地枯萎。阳光已经偏离了他,只能照到窗台上。这时,他的脸呈现出了黑色,手指不再颤动,血泡也不再从嘴里冒出来。在他的头顶上方和耳朵两侧,三根蜡烛橘红色的烛焰摇曳着,微弱的亮光照在他那乱如蓬草、黑得发紫的头发上。在日光的反射下,点点金光在黑黑的脸庞上不住地跳跃,鼻尖上和殷红的嘴唇上也泛着淡淡的光芒。

叶夫根尼娅跪在他的身旁,低低地啜泣着:

"你是我快乐的小鹰,亲爱的。这只小鹰人见人爱……"

我非常害怕,浑身哆嗦,连忙躲到桌子底下。不久,外祖父和外祖母带着沉重的脚步声走了进来,外祖母穿着跟外祖父一样的熊皮大衣,脖子上围着狐尾领,米哈伊尔舅舅、孩子们和好多陌生人都来了。

外祖父把皮大衣脱了,顺手往地板上一丢,粗暴地喊道:

"你们这些畜生!这么好的一个小伙子竟然毁在你们手里!他这么能干的人,上哪儿去找呀?如果再过上四五年……"

我被堆在地板上的衣服挡住了视线,所以看不见伊凡;于是,我从桌子底下爬出来,没料到偏偏爬到外祖父的脚下,他一抬脚,把我踢到了一边,扬起他那通红的小拳头向舅舅们示威,愤怒地骂道:

"你们这两个畜生!"

然后,他一把拉过长凳,坐到上面,呜呜地干哭起来,同时像公鸡似的尖着嗓子说:

"你们的那点鬼心思我还看不出来吗,你们对他早就怀恨在心了。他不想被你们随便呼来喝去,所以你们就视他为眼中钉、肉中刺,总想伺机除掉他……哎呀呀,可怜的凡纽什卡,我的傻小子呀!你让我怎么办呀?你倒是说话呀!自家的缰绳套不住别人家的马。老婆子,这几年上帝是不是不满意我们做的事呀,老婆子?"

外祖母像一堆棉花似的趴在地板上,两只手不停地在伊凡的脸上头上和胸脯上抚摸着;她注视着他的眼睛,沉重地呼吸着,不时地握着他的手,温柔地揉搓。她把蜡烛全碰倒了。过了很长时间,她有气无力地站了起来,面如土色,身上的黑衣服发着光亮。她虎着脸,睁大了眼睛,低声地说:

"滚出去,你们这些混蛋!"

于是,大家纷纷走出了厨房,只留下外祖父一人。

不久,"小茨冈"被悄没声息地埋掉了,连葬礼也没有举行……

第四章

　　我躺在宽大的床上，身上裹着折成四层的大被子，安静地听着外祖母的祈祷。外祖母跪在地板上，一只手按着胸口，另外一只手缓缓地画着十字。

　　院子里的寒气袭人，透过满是银霜的玻璃窗子，淡淡的银色月光洒在她的身上，我清楚地看见她那张慈祥的面孔、善良的大鼻子和两只闪亮的如同磷火的眼睛。她的头发被发着铁铸般光亮的绸子头巾遮盖着，轻轻颤动着的黑色衣裳从她的肩膀上滑下来，掉在地板上。

　　做完了祈祷，外祖母缓缓地站起身，悄悄地把衣裳脱掉，整齐地叠了起来，放在角落的箱子上，悄无声息地走到床跟前。我假装睡得很沉很香。

　　"哼，别装了，小鬼。我知道你没睡着。"她轻声地说，"喂，我亲爱的宝贝，你是不是没有睡着啊？喂，乖孩子，快把被窝给我！"

　　她接下来会做什么，我心里早已经明白了，我忍不住笑出声来。这时，她就冲我嚷道：

　　"啊，你敢跟我开玩笑？小强盗。"

　　她捏着被角，猛地往回一扯，就把我抛到了半空中，接着跌到柔软的鸭绒褥垫上；她放声大笑着拧着我的屁股，说：

　　"啊，小家伙，你居然敢戏弄我！这就是对你的惩处……怎么样，还敢不敢这样？"

　　有些时候，她会祈祷很长的时间，这会儿我早已梦见了周公，压根儿不知道她是如何躺在床上、钻进被窝的。

　　慢慢地，我发现她祈祷时间的长短也是有规律的：日子过得很平静的时候，她就祈祷一会儿；如果哪天发生了争吵或殴斗，她就祈祷很长时间。听她祈祷是一件很有意思的事情，她常常把一天之中的家务事和欢乐或烦恼都告诉给上帝。她本来就胖胖的，跪在那儿就更显得臃肿，好像一座小山。一开始，她念得不仅仅很快，而且含混不清；接着，她便絮絮叨叨地念着：

　　"万能的主啊，你心里明白，人人都想过幸福的日子。米哈伊尔是我的长子，理应住在城里，如果叫他搬到河对岸去住，这对他是不公平的；况且，那个地方差不多从来没有人住过，唉，不知道会有什么事发生。他的父亲偏爱雅科夫，这有什么好处呀？老头子性格古怪，脾气暴躁。万能的主啊，你要好好地教化教化他。"

　　她眨巴一下大大的明亮的眼睛，望着已经发暗的圣像，虔诚地说：

　　"万能的主啊，求求您给他托一个好梦，引导引导他，让他知道如何给两个儿子分好家!"

然后,跟往常一样,她稳稳当当地画十字,磕头,她的头很大,磕在地板上"咚咚"作响;最后,她直起身子,庄重地说:

"请您赐给瓦尔瓦拉点儿欢乐和幸福吧!您是明白的,她不会惹您生气的。她是一个好人,不能让她遭这么多罪啊!她现在还年轻,不能让她痛苦地过一辈子啊!她是好人,不能让她沦落到这般光景!万能的主,您一定要记得给格里戈里赐点儿幸福。您是清楚的,他的视力不是很好,如果照这样发展下去,他会双目失明的!瞎了可不好啊,瞎了就得去沿街乞讨!尽管他为我家老头子鞍前马后地跑了几十年,可是如果他的眼睛真瞎了,死老头子是不会给予他帮助的!……唉,主啊,万能的主啊……"

说罢,她便虔诚地低下头,双手垂了下来,屏息静气,一动不动,像是睡着了似的。

"还有什么没有说呢?"她皱了皱眉,喃喃自语道,"噢,对了,圣明的主啊,救救所有的正教徒,同情他们吧!请饶恕我这个老糊涂虫对您的冒犯——您是明白的,我做错事并不是出自本心,只是因为我愚昧无知啊!"

她长叹一声,带着满意的神情轻柔地说:

"你一切都知道,亲爱的,你一切都明白,我的主啊。"

我对外祖母的上帝抱有很大的好感,因为我觉得他对外祖母非常亲近,所以我老是缠着她说:

"给我讲一讲上帝的故事吧!"

一讲起上帝,她的神情就跟往常大不一样:一定要坐着讲,而且眯缝着眼睛,柔声细语的,似乎声音大了会吵醒上帝一样,喜欢把字音拉得长长的,特别奇怪。她挺挺身子,然后坐好,把头巾披到散开的头发上。她一旦讲了起来,就会讲很长时间,一直讲到我昏昏睡去:

"在天堂的草地中央,有一座山岗,山岗上面有一个蓝宝石宝座,上帝就坐在这个宝座上面。那儿有许许多多的菩提树,而那些菩提树四季都葳蕤生辉,永不枯萎。在天堂里,没有秋天,也没有冬天,花儿永远开放,为的是让上帝的信徒们永远高兴,永远幸福。上帝的身边有无数天使,这些天使有时绕着上帝欢快地飞翔,有时像白鸽儿一样飞到人世间,然后再飞回天上,把凡界的事儿报告给上帝。上帝对每一个人都是公平的,因此,那些天使中有你的、我的和你外祖父的——人人都有一个天使。譬如,你的那个天使给上帝报告说:'阿列克谢冲他的外祖父扮鬼脸!'上帝就会对他说:'把他揍一顿!'就这样,人世间的一切事都通过天使报告给上帝,上帝就根据这些报告对世人做出应有的奖赏和惩罚,所以人类既有幸福和欢乐,也有悲伤和痛苦。上帝那儿简直就是一个极乐世界:天使们十分快活地游戏,悠哉悠哉地扇动着翅膀围绕着上帝歌唱:'荣耀归于主啊,荣耀归于主!'而上帝呢,只是对他们颔首微笑,仿佛在说:很好,很好!祝你们幸福,祝你们快乐!"

这时,外祖母也轻柔地笑着,脑袋不停地摇来晃去。

"那么,"我问道,"这些你都见过吗?"

"没有,不过我知道!"她若有所思地答道。

一讲起上帝啦,天堂啦,天使啦等等这些缥缈的东西,她就似乎变得年轻、可爱起来,皮肉松弛的面孔也似乎焕发出了新的光彩,显得美丽而慈祥,一双潮湿的眼睛一眨一眨地,闪烁出温暖的光芒。我把她那浓密的、光滑的发辫托了起来,在我的脖子上缠几圈,然后就聚精会神地听她继续讲那些美妙而有趣的故事。

"人不能看,也看不见上帝,"她说,"因为你会把眼睛看瞎的;而且,只有那些圣徒睁大了眼睛才能看见他。至于天使嘛,我倒看见过。当你的心灵一片清澄的时候,他们就会出现。记得有一次我去教堂做晨祷,就看见两个天使在祭坛上面;他们就像是雾里花、水中月,轻盈空灵,而且浑身发着淡淡的亮光,透过他们的身体,什么都能看得见。他们的翅膀很长很长,一直挨着地板,既像是花边,又像是细纱。他们在宝座旁边轻盈地走来走去,给伊利亚老神父帮忙:他已经老态龙钟了,艰难地举起手想向上帝祈祷,但是力不从心;于是,这两个天使就托着他的胳膊,助他一臂之力。他已经双目失明了,走路时磕磕绊绊的;不久,他就谢世了。当他看见那两个天使的时候,激动得泪流满面——啊,真是太棒了! 啊,亲爱的孩子,真是太美妙了! 廖尼卡,你要记住:不管是天堂还是凡界,只要是上帝的,那么一切都是好的……"

"那么,我们这儿呢?"我问道,"我们这儿也都很好吗?"

外祖母在胸前画了个十字,回答道:

"是啊,都很好。感谢圣母保佑……"

我心里开始怀疑起来:难道外祖父这一家子也都很好吗? ——我简直不能接受这样的事实,我私下里觉得,这儿的日子真是越过越糟。

有一天,我打米哈伊尔舅舅的门前经过,看见纳塔利娅舅母穿着一身白衣,双手紧紧地按着胸口,在屋子里窜来窜去,用低沉而骇人的声音叫道:

"啊呀,上帝,把我收回去吧,带我走吧,求求您了……"

她念叨的这些祷词我也听得明白,同时我立刻深深地领会到了格里戈里老师傅以前咕哝的一句话的意思:

"这儿简直不是人待的地方,我觉得瞎了眼睛去沿街乞讨也比待在这儿强……"

我这时倒希望他真的瞎了,这样我就可以请求给他带我出去讨饭,离开这个家。于是,我把这个心思告诉了他,他微微地一笑,回答道:

"好啊,这样我们就可以一块去要饭了! 我在大街上放声吆喝:这是染坊老板瓦西里·卡希林的外孙子! 哈哈,这是多么有意思的事啊……"

以后,我常常会看见,纳塔利娅舅母那呆滞无光的眼睛下面老是青一块紫一块的,而且,她脸色蜡黄,嘴唇也肿着。我问外祖母:

"她脸上的青印是舅舅打的吗?"

她长长地叹息一声,回答道:

"是啊,这个畜生! 你外祖父不许他打她,他就偷着打,常常都是夜里。这个浑小子,像一条疯狗似的;不过,你舅妈也不争气,软得像面片似的……"

于是,她兴致勃勃地讲了起来:

"现在好多啦! 嘿嘿,以前啊,以前他打得特别勤、特别凶! 现在他只是打打她的腮帮子和耳朵,有时扯一扯辫子,就完事了。嘿嘿,以前啊,以前只要一打起来就是好几个钟头! 你外祖父也有这种恶习:有一次他打我,从复活节的第一天午祷时开始,一直到晚上都没停手,哼,这个死老头子,抓起什么都打,连马缰绳也用过……"

"他为什么要打你呢?"

"鬼才知道呢! 我记得有一次,他把我打得昏了过去,醒来之后,我觉得又疼、又饿、又渴,可他五天五夜都没有给我一点儿吃的和喝的,后来总算捡回了一条命,上帝保佑啊！有时还要……"

这可使我很纳闷：外祖母长得人高马大，难道还打不过个儿只有她的肩膀高、头只有她的一半大的外祖父？

"他的劲比你大，是不是？"

"这倒不是，"她答道，"是因为他的岁数比我大！况且，他又是我男人！这是上帝的安排，叫他来管束我，所以我只能忍气吞声啦。哎，上帝的旨意不能违背啊！……"

看着外祖母细细地揩圣像上的灰尘，把法衣擦干净，我觉得既可笑又愉快；圣像装扮得金灿灿的：圆光上面镶着珍珠，嵌着宝石；她灵敏地捧起圣像，乐呵呵地说：

"瞧，这张脸多么可爱啊！……"

然后，她在胸前画了个十字，把它吻了吻。

"哎呀，上面都蒙上了这么厚的灰尘！唉，你这神通广大的圣母啊，要是离开你，我将无法生活下去！喂，廖尼亚，你瞧做工多么精细，花纹多么细小啊，但是可以清清楚楚地看得到。这叫作'十二节'，中间是至善圣母费奥多罗夫斯卡娅。这幅是：《勿哭我圣母》。"

我想，她在摆弄圣像的时候，一定很虔诚、很庄严，就像受气包表姐卡捷琳娜摆弄布娃娃一样。

她说，她常常看见鬼，这些鬼有时是成群结队地出现，有时是单独出现。

"有一次，在大斋夜里，我打鲁道夫家门口经过。那天夜里，月白如盘，月华如练，月影如嬉。忽然，在屋顶烟囱旁边，我看见一个黑鬼正冲着烟囱口闻来闻去，它一面闻，一面不停地打响鼻；它坐在那儿，看上去个儿挺高，毛茸茸阴森森的；它的尾巴在屋顶上摆来摆去，弄得沙沙作响，似乎是在扫什么东西。于是，我在胸前画了十字，开始诅咒它：'上帝快快显灵，把这个恶鬼抓去！'它听到这句咒语后，立刻尖叫一声，想扭头逃窜，谁知刚刚转过身子，就一头栽倒在院子里，摔死了！我想，鲁道夫那天没准是做肉吃，小鬼在那正闻得津津有味呢……"

想着那个小鬼一个倒栽葱从屋顶上滚落下去的模样，我不由得笑了起来；外祖母也笑了笑，接着说：

"它们可淘气啦，就像小孩子似的！有一次，我在浴室里洗衣服，一直洗到三更时分；炉门突然自动打开了！这时，只见一群小鬼一个接一个地从炉灶里面跳了出来，个个张牙舞爪。他们有的是红色的，有的是绿色的，还有的是黑色的，跟蟑螂差不多。我赶快朝门口冲了过去，但已经太晚啦：它们已经把我层层包围起来，根本无路可逃。这时，又有许多小鬼从炉子里跳了出来，他们挤满了浴室，开始向我进攻，有的拉我的手，有的抱我的脚，有的揪我的头发，弄得我手忙脚乱的，根本腾不出空来画十字！它们浑身毛茸茸的，牙齿也白森森的，眼尖爪利，用后腿走路，跟小猫崽一样。他们时而龇牙咧嘴,时而挤眉弄眼,既调皮又捣蛋;他们的头上长着牛犊一样的短短的角儿,像小包似的向外鼓出,尾巴又细又长,和猪尾巴差不多,不停地甩来甩去。你不知道,我那时吓得都晕了过去!当我悠悠醒来的时候,蜡烛几乎燃尽了,澡盆里的水也冷冰冰的,洗好的衣服扔得到处都是。哎呀呀,现在想起来都有点儿后怕!"

那时,我一闭上眼睛,仿佛就看见这些捣蛋鬼从灶膛里、从灶台上像水一样汩汩冒出来,它们浑身是毛,红红绿绿的一大群,挤得满地都是。它们一个劲地吹蜡烛,还向我伸出红红的小舌头扮鬼脸。这些样子虽然挺滑稽,但却骇得人心里发毛。外祖母摇头晃脑的,停顿了片刻工夫,忽然又来了精神。

"还有一次,我看见了几个被诅咒的鬼:那是一个寒冷的冬夜,刮着大风,下着大雪。我从久科夫山谷过,……咦,你是不是还记得,我曾经跟你讲过,雅科夫和米哈伊尔两个混账东西在那儿的池塘上的冰窟窿里企图淹死你爸爸?我就是从那儿走过。刚刚走到谷底,我的脚磕到了一块碎石上,绊倒在地。正在那时,空谷中响起了令人毛骨悚然的尖叫声!我定睛一看——呀,一辆雪橇被三匹黑马拉着直直地向我冲过来,车夫是个身体庞大的鬼,它两只手伸得笔直,握着铁链子做成的缰绳,头戴一顶红色的高帽子,像根木头似的站在驭手的座位上。山谷里无路可走,于是,这辆雪橇便向池塘奔去,片刻工夫就消失在茫茫的白雪里。嗬,你不知道,雪橇上坐的也全是鬼。它们不停地挥舞着帽子,不住嘴地叫啊,喊啊,后面还跟着七辆三套马拉的雪橇呢!这七辆雪橇发出尖厉的声音,像消防车似的飞奔过去。所有的马都是黑的,它们都是人变的,都是被父母诅咒过的人。它们比一般的鬼更下贱,专门供鬼玩乐;它们给鬼拉车,一到夜里,它们就拉着鬼去参加各种各样的宴会。我那次看见的,恐怕是鬼在娶亲吧……"

我不由得信以为真,因为她讲得不但简单、明白,而且合情合理。

她念起诗来更是娓娓动听。有一首诗,讲的是圣母巡视苦难的人间,讲她怎么样劝诫女强盗安加雷奶娃"公爵夫人",叫她不要劫掠和殴打俄罗斯人;有讲神人阿列克谢的诗,讲战士伊凡的诗;还讲智慧之神瓦西莉萨、公羊神父和上帝教子的童话;还有女王公玛尔法、绿林头领、女中豪杰乌达、负有重罪的埃及荡妇玛丽亚和强盗的母亲的悲惨境遇等等一些可怕的童话。外祖母知道的童话、故事和诗歌可真多呀!

外祖母不怕外祖父,也不怕其他的人和各种各样的鬼,她唯独怕黑蟑螂,而且怕得要死,她在很远很远的地方,就可以看见它们在爬。她有时在夜里把我叫醒,对我低声地说:

"阿廖沙,亲爱的孩子,有一只蟑螂在爬呢,你去把它碾死,看在上帝的分上!"

我于是迷迷糊糊地把蜡烛点着,在地板上摸摸索索地寻找蟑螂,但是,一时半会儿也发现不了它们。

"没有啊,"我说,"哪儿也没有。"

她一把拉过被子,连头带脚钻在里面,蜷伏着动也不动,只是一个劲地低声说:"有啊,一定有!你再去仔细找找,我明明听见它们在叫呢!去啊,我求你了!……"

果然不错,在离床头很远的一个角落里,我找到了一只蟑螂。

"把它碾死了吗?"她问道。"啊,谢谢上帝,也谢谢你,阿廖沙!……"

然后,她掀开被子,露出头来,微笑着长长地吐出一口气。

假如我捉不到那只鸣叫不已的小虫子,她就睡不着;在深夜,万籁俱寂,只要稍稍有点儿动静,我就能感觉到她浑身打战,而且听见她屏息静气地、用颤巍巍的声音对我轻轻地说:

"它们在门后面……在箱子底下爬呢……"

"你为什么偏怕蟑螂呀?"

这时,她总会有充足的理由来回答我:

"我真不知道,它们有什么用处。这些小东西,黑乎乎的,总是到处乱爬。上帝创造出小虫,总会赋予它们一定的使命:屋里有土鳖,这是屋子潮湿的迹象;臭虫是让人明白墙已经很脏了;跳蚤咬人,是一个人生病的征兆。这些都无可厚非啊!可是这些蟑螂呢,鬼才知道它们有什么用处!唉,上帝创造出这些黑东西干什么呀?"

有一天,她跪在地板上和上帝交谈,态度极其恭敬,极其虔诚。正在这时,外祖父一脚把门踹开,尖着公鸡似的嗓子叫道:

"老婆子,上帝都被你请到家里来啦!"

外祖母不明白他说的是什么意思,两只眼睛迷茫地望着他。

"着火啦!"

"你说什么?"外祖母大叫一声,猛地从地板上蹦了起来,敏捷地好似一只猴子,两个人迈着粗重的脚步冲向漆黑的大厅。

"叶夫根尼娅,快把圣像摘下来!纳塔利娅,快给孩子们把衣裳穿上!快!"外祖母严厉而又坚定地指挥着,而外祖父却在一边呜呜地干号起来。

我跑到厨房里,只见面朝院子的窗户一片金色,黄灿灿的光影在地板上跳动。雅科夫舅舅一面忙着穿靴子,一面在地板上蹦来跳去,他的光脚似乎被火烫了一下,叫道:

"准是米什卡放的火!小崽子,放了火就溜之大吉了!……哎哟哟!……"

"你给我闭嘴!狗东西!"外祖母一边冲他喊,一边把他朝门口一推,他踉踉跄跄地向前走了几步才站稳身子。

透过结着霜花的玻璃窗可以看到染坊的房顶在燃烧,火势很旺,火苗"扑哧扑哧"地直往外窜。火焰净明无烟,好似一朵鲜艳的红花在黑夜里静静地盛开着。银河泛着乳白色的光芒,它的下面,火的上方,一朵黑云在高高的夜空中飘来飘去。

雪被映得亮闪闪的,房屋摇摇欲坠,仿佛要向烧得正旺的染坊冲过去似的。染坊的宽宽的墙缝里,火舌卷曲着乱咬乱窜,许许多多的钉子被烧得通红通红,直往下掉。过了一会儿,火烧到了黑黑的屋顶木板上面,闪着带状的黄光。在这些带子中间,细颈的缸瓦烟囱冒着黑烟,发出尖厉的响声,窗户玻璃沙沙作响,夹杂着低低的破裂声。火势越烧越旺,整个染坊成了一片火海,金灿灿的好似圣母升天教堂的金光圆顶,极富诱惑力,我真想不顾一切地跑到它跟前。

我扯了一件厚而短的皮大衣,披在身上,抓过一双不知是谁的大靴子,套在脚上,磕磕绊绊地从过道里走到台阶上,立刻被那里的情景吓得目瞪口呆:大火熊熊地燃烧着,令人头晕目眩;噼噼啪啪的炸裂声夹杂着外祖父、格里戈里师傅和舅舅的叫喊声,震耳欲聋;对于外祖母的举动,我目瞪口呆:她身上裹着马被,头上顶着个空口袋,一边径直地冲向火海,一边大声地喊道:

"硫酸盐,硫酸盐,你们这些蠢货! 硫酸盐会爆炸的……"

"格里戈里,快把她拉住!"外祖父发疯似的吼叫着。"哎呀,这下她可没命啦……"

正在这时,外祖母猛地钻了出来;她浑身冒着烟,不停地摇着脑袋,弯着身子,两手伸得直直的,捧着水桶大小的一瓶硫酸盐。

"老头子,快把马拉走!"她一边痛苦地咳嗽,一边粗着嗓子喊道。"快把马被给我脱下来,我都快烧着了! 愣在那儿干什么,没看见吗? ……"

格里戈里赶忙把烧焦了的马被从她身上扒了下来,折成两截;他抓过一把铁锹,铲起大块的雪往染坊里抛;舅舅拿着一把斧头在他周围不停地跳来跳去;外祖父也忙着往外祖母的身上撒雪;外祖母把瓶子往雪堆里一塞,立即转过身,冲到大门口,把门打开,向跑进来的人们不停地鞠躬,说:

"各位好心的邻居,快帮一下忙吧! 火就要烧到仓库,烧到干草棚了! ——求求你们了! 如果我家烧光了,你们也都免不了要遭殃! 把仓库的顶盖拆掉,把干草都扔到花园里! 喂,格里戈里,你往下扔干什么呀! 雅科夫,别在那儿瞎忙乎了,快去把斧头拿来分给大家! 噢,对了,还有铁锹! 好心的人们,求求你们了,看在上帝的分上,过来帮一下忙吧!"

她的模样很可笑,好似顽皮而韧性的大火:她仿佛一直被火缠住不放似的,走到哪儿都被火光映照得亮堂堂的;她在院子里跑来跑去,忙得不亦乐乎,她眼观六路,耳听八方,沉着而坚决地吩咐人们去做什么,怎么样去做。

外祖母的宠物沙拉普也跑到了院子里,它前腿高高抬起,昂着头嘶叫,把外祖父差点儿掀了下来;在红光的照耀下,它的那两只大眼睛忽闪忽闪的,仿佛也在放着光芒;过了一会儿,它平静下来,前蹄紧紧地贴着地。外祖父松开缰绳,跳到地上大声叫道:

"喂,老婆子,沙拉普来了,牵住它!"

她立刻奔了过去,在沙拉普的面前站定,伸开胳膊挡住它。沙拉普长长地嘶叫一声,斜着眼睛望着火光,乖乖地向她俯下身来。

"别害怕!"外祖母拍拍它的脖颈,拾起了缰绳,沉重地说,"我不会让你受惊吓的!听到了吗,我的小猫儿……"

这个身体有她三倍大的小猫儿顺从地跟着她向大门口走去,不停地打着响鼻,一面望着她那张通红的脸。

叶夫根尼娅从屋子里冲了出来,领着那几个穿得厚厚实实的、呜呜地啼哭着的小孩子,她大声喊道:

"瓦西里·瓦西里奇,阿列克谢找不到……"

"快走,快走!"外祖父摆着手回答道。我生怕保姆把我领走,于是就躲在门口的台阶下面。

染坊的顶盖倒塌下来了,细细的柱子直直地向天挺立,冒着青烟,闪着金光。一阵风吹来,一团团火焰被卷到院子里,卷到人们的身上,有红色,有绿色,还有蓝色。大火旁边的人们不停地铲起雪块向里面抛去。几口染锅早已沸腾,发出刺耳的"咝咝"声,雾一样的蒸气和着青烟,大团大团地往上升,院子里到处都是刺鼻的气味,使得人们呼吸不畅,视听不明。我从台阶下面爬出来,正好碰在外祖母的脚上。

"滚开!"她暴喝一声,"快给我滚到一边去,要不然会把你踩死!"

忽然,一个戴着鸡冠似的铜盔的人骑着一匹枣红色的马从外面闯了进来,马的嘴里吐着白沫;那个人扬着鞭子,高声地恐吓道:

"闪开,闪开!"

小铃铛急促地响着,一切都像过节似的快活而美好。外祖母一边把我往台阶上推,一边叫道:

"滚开!我不是刚刚告诉过你了吗?快给我滚到一边去!"

我被她的叫声吓怕了,乖乖地跑进了厨房,又凑到窗户的玻璃上面朝外望。但是,那儿站着许多人,把火挡住了,我只能看见铜盔在人们那冬季的黑便帽和带檐的帽子中间闪闪发光。

片刻间,熊熊的大火就被扑灭了。警察把人们驱散,外祖母走进了厨房。

"咦,那是谁呀?"她轻声地叫道,"啊,原来是你啊!你还没有去睡觉,你害怕吗?噢,现在不用怕了,已经没事了……"

接着,她紧靠着我坐了下来,默不作声,只是轻轻地摇着身子。啊,真好,总算平静了下来;不过,我又觉得非常可惜,看着火燃烧真有趣,可现在火已经灭了。

这时,外祖父向屋里走来,走到门跟前,他停下脚步,问道:

"里面是谁?"

"是我。"

"是老婆子吗?"

"是。"

"有没有被火烧伤?"

"问题不大。"

他把火柴划着,把桌上的蜡烛点起来,坐在外祖母的身旁;他的脸脏兮兮的,在淡淡的青火映照下,好像是黄鼠狼的脸似的。

"你先去洗一把脸。"她对外祖父说,她也是满面尘灰,一脸烟淬,散发着一股刺鼻的烟味。

外祖父长长地叹了一口气,说:

"上帝待你不薄,给了你那么多的智慧……"

他在外祖母的肩膀上摩擦着,龇着牙笑了一笑,接着说:

"虽然时间有点儿短——刚一个钟头,但上帝毕竟给了你!……"

外祖母无可奈何地笑了笑,张开嘴刚想说什么话,外祖父把眉头一皱,说:

"这笔账要算到格里戈里的头上——这都是因为他的疏忽大意!这个瞎眼鬼,干活儿干够了,活得不耐烦了!雅什卡,哼哼,这个狗崽子,你去看看他,他正坐在门口哭呢……"

外祖母站起身,抬起头,吹了吹指头,走了出去。外祖父瞧也不瞧我一眼,只是闷着头问道:

"都看到了吧?从头到尾你都看到了吧?你瞧你外祖母怎么样?啊?她已经老了……一辈子在苦难中摸滚爬打……可多么能干呀!嗨,你们这些人啊……"

他欠了欠身,沉默不语;过了一会儿,他站起来,把烛花掐掉,问道:

"你怕不怕?"

"不怕。"

"是啊,其实并没有什么可怕的……"

说着,他气呼呼地脱掉衬衫,走到黑暗的角落去洗脸。在那儿,他跺着地板"咚咚咚"地响,大声叫道:

"发生火灾是一件蠢事!遭受火灾的人太混账、太愚蠢了!他是个王八羔子,是个小偷!应该把他拉到广场上狠狠地揍一顿!只有这样,才能制止火灾再次发生!……去,睡觉去,还坐在这儿干什么?"

我只好乖乖地走了;但是,这一夜我还是没有睡成:我躺在床上,正要昏昏睡去的时候,忽然一阵痛苦的叫声又把我吵醒了。我快步走进厨房里,见外祖父站在屋子中央,没有穿衬衫,手里拿着蜡烛,烛焰不停地摇曳着。他站在那儿,一边跺地板,一边破着嗓子叫道:

"老婆子,雅科夫,到底出什么事了?啊?"

我跳到炕炉上,躲在角落里,屋里的人又像失火时那样开始忙乱起来;叫声尖锐、凄厉,而且越来越紧,越来越高,像波浪一样一阵阵拍打着墙壁和天花板。外祖母不停地喊叫着,外祖父和舅舅像没头的苍蝇忙碌着。格里戈里慌里慌张地把抱进来的劈柴往炕炉里填,把水往铁罐里倒,身子摇晃着在地上走来走去,好像阿斯特拉罕的大骆驼一样。

"把火生起来再说啊!"外祖母嚷道。

于是,他匆匆地摸着找松明,没料到摸到了我的脚,惊叫道:

"啊,这是谁呀?嗬,吓死了我啦……你这小鬼,怎么钻到这儿了?走开,别在这儿碍事……"

"这又怎么啦?"

"你纳塔利娅舅母生孩子。"他一边淡淡地答道,一边从炕炉上跳下来。

我隐隐约约记得我母亲生孩子可没有这么凄厉地叫过,也没有这么多人乱哄哄地忙作一团。

格里戈里老师傅把铁罐子放到火上,随后又爬到炕炉上挨着我坐下,他把一个陶制的烟袋从上衣兜儿里掏出来让我看。

"唉!"他说。"为了我的眼睛,我开始要抽烟了!你外祖母常常劝我闻鼻烟,可我还是觉得抽起来舒服,过瘾……"

他坐在炕炉边上,两条腿垂下来;他低着头,望着淡淡的烛光,脸脏兮兮的,耳朵和腮帮子上都涂着烟灰;他的衬衫一边被撕破了,露出肋骨,宽得像铁箍似的。他的左眼镜片被打碎了,镜框里只剩下半片玻璃,从破洞里可以看见那只潮湿的眼睛又红又肿,而且眼角挂着伤。他把烟叶子塞进烟锅里,仔细地听着纳塔利娅舅母痛苦的呻吟声。他说起话来前言不搭后语,仿佛喝醉了似的,嘟嘟囔囔地说:

"你外祖母怎么能接生啊,她都被火烧成那样!你听听,你舅母又叫起来了!她都被大家忘了。火刚刚烧起来,她就不停地抽搐,我估计她是因为受了惊吓……唉,你瞧,生孩子多困难哪,多痛苦啊!可即便是这样,女人还是得不到人们的尊敬!唉,太不公平了!你记住:要尊敬女人,尊敬女人就等于是尊敬母亲……"

我十分困倦,眼皮耷拉着,但又睡不着。周围乱哄哄的,开门声,关门声,人的嘈杂声,喝醉酒的米哈伊尔舅舅的吵闹声,一古脑儿地朝我的耳朵里灌进来。过了很长一段时间,我忽然听到几句奇怪的话语:

"要打开上帝的大门……"

"把长明灯的油同甜酒和烟渣混合到一块儿给她喝:半杯灯油,半杯甜酒,再加一勺厨房里的烟渣……"

"让我进去看看……"米哈伊尔舅舅声嘶力竭地喊道。

他坐在地板上,两腿叉开,两手撑着地板,不停地往自己面前吐唾沫。炕炉渐渐地烫了起来,我热得受不了,于是爬下来。但是,我刚刚走到舅舅的身边,他冷不丁抓住我的一只脚,猛地一拉,我就栽倒在地,后脑勺重重地碰到地板上。

"大坏蛋!"我忍不住骂了一句。

他跳起来,抓住我,把我举得高高的,一边把我往外扔,一边粗暴地吼道:

"摔死你这个小崽子!……"

……

当我醒过来的时候,发现自己已经在前厅角落的圣像下,正躺在外祖父的大腿上;他望着天花板,摇晃着我,喃喃地说:

"我们没有一个人能得到饶恕,没有一个人……"

长明灯在他的头顶上方发出明亮的光,前厅中央的桌子上,蜡烛的火焰也微微地摇曳着,透过玻璃窗,可以看到灰蒙蒙的冬天的早晨降临了。

外祖父把嘴凑到我面前,问道:

"你哪儿疼?"

我浑身疼痛。我的身子沉甸甸的抬都抬不起来,头也湿漉漉的。可我不愿意告诉别人,因为眼前的一切都是那么奇怪:大厅里所有的椅子上都坐满了人——有穿着紫衣裳的神父,有戴着眼镜、穿着军装的白发老头,还有许多其他的人,个个面孔陌生。他们都坐着一动不动,也不说话,好像在期盼着什么——是不是在谛听附近的水流声呢?雅科夫舅舅在门框旁边,背着手,直挺挺地站着。外祖父对他说:

"喂,过来,把他带去睡觉……"

舅舅向我招了招手,示意我过去。他蹑手蹑脚地向外祖母的房门口走去,等我爬上床的时候,他压低声音对我说:

"你知道吗,你纳塔利娅舅母死了……"

我一点儿也不感到惊讶。很久以来,她既不到厨房里去吃饭,又不在外面干活,我根本连她的人影也见不着,好像她已不在这个家里似的。

"外祖母呢?"

"她在那儿。"舅舅摆了摆手,悄声答道;然后,他又蹑手蹑脚地走开了。

我一个人躺在床上,东瞅瞅,西望望。一些头发又长又白,瞎了眼的人的脸紧紧地贴在窗户的玻璃上面,外祖母的衣裳就挂在角落里的箱子上面,这些我知道,可现在,我总感觉有一个人藏在那儿不知在等待什么。我把枕头盖在头上,用一只眼睛注视着门。我真的想从床上跳起来,立即跑出去。我觉得屋子里又闷又热,死气沉沉的,压得我几乎透不过气来。这使我突然想起"小茨冈"死时的情形:他的嘴角是血,身子底下是血,地板上是血,门槛边也是血……我感觉,仿佛什么东西正在被什么人硬往我的脑子里塞似的,我的头渐渐膨胀起来。我在这间屋子里所看到的一切,就像是我在冬季的大街上看到的载重车队一样。我感觉,它们正在从我的身上缓缓碾过,不仅要碾断我的筋骨,还要碾碎我的心……

门慢慢地打开了,外祖母艰难地走了进来。她用肩膀把门顶着关上,倚在那

儿,把两只手伸到闪着青光的长明灯下,像个孩子似的埋怨道:

"哎哟,疼死啦,我的手好疼啊……"

第五章

开春的时候,舅舅们分家了,雅科夫仍然住在城里,米哈伊尔搬到河对岸去了。外祖父在田野街为自己买了一所既宽敞又漂亮的新房,楼的底层是石砌的,开着一家酒馆,还有一间舒适的小阁楼,从后花园下去有一条山沟,那里长满了光秃秃的柳树枝。

有一天,我和外祖父走在冰雪消融后的松软的小路上,欣赏着他的花园。他愉快地向我眨了眨眼睛,说:"你瞧,那么多鞭子! 我快要教你认字了,到时候,这些树条子就有用处了……"

我和外祖母住在顶楼上,外祖父在楼上留了一间大房供自己住并兼做接待客人的房子,其余的房间全都租了出去。顶楼的窗户面朝大街,每天晚上或者每逢过节的时候,从窗台上探出身子,可以看见喝得醉醺醺的人们磕磕绊绊地从酒馆里走出来,在大街上乱喊乱叫。有时他们像麻袋似的被抬出来扔在路旁,但他们又爬起来,跟跟跄跄地扑向酒馆门口,"咚咚咚"地使劲砸门,于是,随着吱吱的开门声,一场斗殴又开始了。从楼上看着这一切,简直有趣极了。外祖父一早就到儿子们的染坊去帮着料理活计,他晚上回来的时候,总是一脸倦容,闷闷不乐的。

外祖母待在家里做饭,做针线活,在菜园和花园里整地。她像个大陀螺似的,被一条看不见的鞭子抽得整天高速运转。有时她闻鼻烟,美美地打上几个喷嚏,一面拭去脸上的汗水,一面说:

"啊哟,善良的人们,祝你们长命百岁! 阿廖沙,我的宝贝,你瞧,我们的日子过得多么平静啊! 感谢圣母保佑,一切都变得这么如意!"

可是我倒没有觉得我们过得平静:从清早到深夜,无论是屋子里还是院子里,房客们都在忙忙碌碌地跑来跑去,老是乱哄哄的。邻居家的女人们不断地过来,马上又急急忙忙地走了,她们常常因为赶不及而抱怨、叹息,大家都在准备着什么事情,时常叫着:

"阿库林娜·伊凡诺芙娜!"

不管是什么人,阿库林娜·伊凡诺芙娜总是对他们和颜悦色地微笑着,温柔地关心他们,她用大拇指把鼻烟塞进鼻孔里,用红方格的手绢细心地擦一擦鼻子和手指,说:

"要想不生虱子,我亲爱的太太,就得勤洗澡,洗薄荷蒸气浴;你要是生癣疥,就拿一羹匙纯净的鹅油，一茶匙昇汞，三滴水银，放在碟子里用一块陶瓷研七次，然后涂在患处！不能用木匙或者骨头来研，否则就把水银给糟踏了；也不能用铜器或者银器，那样会伤着皮肤！"

有时她思索一阵之后，建议道：

"老大娘，我无法回答您这个问题，你最好还是到佩乔雷修道院找苦行修士阿萨夫吧。"

她给女人接生，帮助调解家庭纠纷，为孩子治病。她早已把《圣母梦》背得烂熟于心，还劝别的妇女也去背诵它，说是背会了准能"交好运"。她还在家务方面给人们出主意、提建议：

"至于什么时候腌黄瓜，它自己会告诉你的；如果它没了土性气或者别的怪味，就可以腌了。克瓦斯必须发酵，这样才才够味，才能冒气泡；另外，它忌甜，所以只要在里面放一点儿葡萄干就行了，如果放的是糖，一桶只需半两就足够了。酸牛奶的做法可就多啦：多瑙河口味的，西班牙口味的，高加索口味的……

我就像她的影子似的整天跟着她转悠：有时在花园里，有时在院子里，有时在她的女邻居那里（她常常在别人家里一坐就是几个小时，喝茶，不住嘴地讲各种故事）。在我的脑海里，这段生活中，除了这位整天忙忙碌碌的、无限慈祥的老太婆之外，别的什么东西都没有给我留下深刻的印象。

有时候，我母亲来这儿待一阵子，不知她打哪儿来。她不但骄傲而且严厉，那双灰眼睛十分冷漠，就像冬天里的太阳似的，凝视着一切。没多久，她又消失不见了，没有给我留下些也许可以值得回忆的东西。

有一次，我问外祖母：

"你会巫术吗？"

"呵，你哪来的这些稀奇古怪的想法！"她笑了笑，立刻又若有所思地说，"我怎么能会呢，巫术是一门难懂的学问。我目不识丁，你外祖父可有很深的学问呢。唉，我呀，圣母没有赐给我智慧。"

接着，她又给我讲了一段往事：

"跟你一样，我从小也是个孤儿，我母亲很穷，而且是个残废；她还是个姑娘的时候，被地主惊吓了一次。那天夜里，她吓得跳窗户逃走，不幸摔坏了半边身子，臂膀也摔伤了，打那时起，她的右手，也就是经常用的那只手，就失去了知觉，变得麻木起来。我的母亲本来是个出色的、远近闻名的织花边能手。她的右手残废之后，就对地主没什么用处了，于是地主把她赶出了家门，说什么随你怎么过吧。你想想，少了那只最要紧的手，怎样过下去呀？她只好四方流浪，到处乞讨。那时候，人们的生活比现在富裕，心地也比现在的人善良，譬如巴拉罕纳的木匠和织花边的人们，都是些好人！每逢秋冬两季，我就跟着母亲留在城里讨饭。天使加百利把宝剑一挥，驱走了严冬，春回大地的时候，我们就继续向前走，眼睛看到哪儿就往哪儿走，毫无目标。我们到过穆罗姆，也到过尤列维茨，沿着伏尔加河朝上游走，也沿着静静的奥卡河走。春夏两季在大地上流浪的确不错：大地就像是母亲的怀抱，充满了温情，青青的草丛像天鹅绒一般，柔软而美丽；全能的圣母在原野上撒满了鲜花，步行其中，你会有心旷神怡的感觉！每当这时，我母亲总会闭上蓝色的眼睛，放开嗓子欢快地唱上一阵子。虽然她的嗓子不怎么好，可是很响亮，连周围的小鸟小虫也静静地听她唱歌，仿佛睡着了似的一动不动。讨饭的生活挺有趣的！在我九岁的时候，我们母女俩在巴拉罕纳城住了下来，因为她觉得领着我四处要饭很不好意思，怕我害羞。于是，她一个人挨门逐户地去乞讨，如果碰上节日她就到教堂门口收集人们的施舍。我坐在家里专心致志地学织花边，我那时学得很苦，很用功，想快点儿学会帮助母亲。如果有时候进步不大，我会急得哭鼻子。'功夫不负有心人'哪，我终于学会了，并且名震全城，所用的时间只仅仅两年！这样一来，如果有人想找出色的手工，马上就会想到我们。'喂，阿库利娅，给我织一件吧！'这时我心里甭提有多高兴啦，像过节似的。当然，不是我心灵手巧，主要是因为妈妈教得好。尽管她只有一只手，不能亲自动手干活儿，但是她会指导我怎么去做。一个技艺高超的师傅要比十个生性驽钝的徒工更可贵。那时，我有点儿飘飘然了，我说：'妈妈，现在你就别去四处讨饭了，我能够养活你！'她立刻瞪大眼睛，对我厉声喝道：'闭嘴，你要明白，这是给你攒嫁妆钱！'过了不久，一个精明能干的小伙子来了，他就是你外祖父，二十二岁就当上了大船的工长！他的母亲左瞧瞧，右看看，把我细细地打量了一番，最后看中了，因为我会织花边，能挣钱，又是讨饭的女儿，将来一定会听话……她是个卖甜面包的，凶巴巴的……唉，不说这个了……我们为什么总要提起不好的人呢？有上帝监督着他们，上帝监督着他们，小鬼也喜欢他们。"

她不禁笑了起来，鼻子上松弛的皮肉也跟着微微地颤动。她的眼睛闪闪发光，她若有所思地、亲热地注视着我，这其中所表达的一切，比任何语言都更明确。

我还记得，在一个宁静的傍晚，我和外祖母在外祖父的屋里喝茶。他身体不舒服，坐在床上，没穿衬衫，披着一条长长的手巾。他喘着粗气，声音沙哑，不时地擦着头上的汗。他的眼睛黯淡无光，脸上浮肿，呈紫红色，两只又尖又小的耳朵尤其红得厉害。他伸出手拿茶杯的时候，手不停地在颤抖。他很温和，不像往常那样凶巴巴的。

"咦，你怎么没有给我放糖啊？"他问外祖母，像一个娇惯的孩子似的。外祖母亲切地、但语气很坚决地答道：

"这是蜜茶，喝了对你有好处！"

然后，他一边气喘吁吁地喝着热茶，一边又说：

"你要小心地看护着，可别让我死了！"

"放心吧，我会用心地伺候你。"

"对啦！如果我现在死了——我还没有活到头——一切都完蛋啦！"

"好啦，安安静静地躺着吧！"

他闭上眼睛，舔着发暗的嘴唇，沉默了一会儿。突然，他浑身哆嗦起来，像被针扎了似的，喃喃自语道：

"得尽快让雅什卡和米什卡结婚。续弦以后，再添个孩子，这样或许还能使他们安分一点——是不是？"

接着，他开始默默地思索起来，看城里谁家有合适的闺女。外祖母不回答他，只是一杯接一杯地喝茶。我坐在窗前，望着城市上空的美丽的晚霞，它把房屋的玻璃窗户都照得红光闪闪的。我由于犯了过错，外祖父不许我在院子里和花园里玩。

花园里有许多甲壳虫，"嗡嗡"地绕着白桦树飞来飞去。邻居家的院子里，一个箍桶匠在干活。近处有人在"霍霍"地磨菜刀，在花园后面的山谷里，孩子们在灌木林中到处乱跑，不时传来吵闹声。我多么想跑出去玩啊！这时，黄昏的愁绪涌上了我的心头。

忽然，"啪"地一声，我回过神来。我见外祖父手里拿着一本崭新的小书，不知从哪里得到的。他把书朝着我扬了扬，示意我到他那里去，他说：

"喂，捣蛋鬼，来，过来，你快点过来！你这个高颧骨的调皮鬼，快坐下！你瞧这个字，这是 аз。你跟着念：аз！буки！веди！这是什么？"

"буки."

"对了！那这个呢？"

"веди."

"不对，是 аз！注意看：глаголь，добро，есть，这是什么？"

"добро."

"念对了，这个呢？"

"глаголь."

"不错！这个呢？"

"аз."

这时外祖母插话说：

"老头子，你还是安安静静地躺一阵子吧……"

"不关你的事，你别插嘴！我闷得难受，非要找点儿事做，不然我净胡思乱想。继续来，阿列克谢！"

他用汗水淋漓的、滚烫滚烫的胳膊搂着我的脖子，把书放在我面前，另一只手越过我的臂膀用手指指着字母。他的身上散出着酸味、汗味和炒葱头味，使我几乎透不过气来，但他却激动起来，用沙哑的嗓音对着我的耳朵喊道：

"земля！люди！"

字我虽然能认得，但是斯拉夫字母和它的名称不相一致："земля"很像一条虫子，"глаголь"就像驼背的格里戈里，"я"像外祖母和我，而字母表中所有的字母都似乎与外祖父有某些相像之处。他让我把字母表念了几遍，然后接着顺序问我，或者打乱了顺序问我。我被他的热情所感染，也狂热地跟着喊了起来，弄得满头大汗。他看着我这副模样，不禁笑了起来；他抓着胸脯使劲地咳嗽，书也被揉皱了。他哑着嗓子说：

"老婆子，瞧见没有，他念得多带劲啊！嗨，你这个阿斯特拉罕小鬼，你喊什么啊，你？"

"不是您让我喊的嘛……"

我望了望他，又望了望外祖母，开心极了。外祖母用肘子支着桌子，用拳头抵着腮帮，看着我们直笑，她说：

"得了，得了，别再这么破着嗓子大喊大叫的了！"

外祖父温和地对我说：

"我喊是因为我身体不舒服，你喊又是为了什么呢？"

然后,他摇晃着汗涔涔的脑袋对外祖母说:

"死了的塔纳利娅曾经说他记性不好,简直是扯淡。感谢上帝,这孩子的记性真好,像马似的! 翘鼻子,接着来吧!"

最后,他笑着把我从床上推下来。

"好啦! 现在你把这本书拿去。记着:明天你必须把所有的字母念给我听,不许出错,如果念得好,我就奖你五个戈比……"

于是,我伸手去拿书,可他又一把把我拉了过去,拥入怀中,忧心忡忡地说:

"你妈妈把你丢在人世上让你遭罪、受苦,我可怜的孩子……"

外祖母打了一个激灵,说:

"喂,老头子,你胡说些什么呀?……"

"我本来不想说,可心里觉得难受,忍不住……唉,多好的一个闺女,竟然会这样……"

他猛地把我推到一边,说:

"出去玩吧! 别到街上,就在院子里和花园里玩……"

这正合我的心意。我刚刚走进花园,爬到山上,一些调皮的孩子就从山谷里向我扔石子,我也兴致勃勃地朝他们扔过去。

"喂,'贝尔'来了!"他们远远地看见我,就大声叫嚷起来,并从地下捡石子充实"弹药"。"抽他的筋! 剥他的皮!"

"贝尔"是什么意思,我不知道,不过我也不搁在心上,我只关心如何能打退他们,因为以一敌众如果胜了的话,也不失为一桩乐事。我扔出的石子百发百中,打得他们抱头鼠窜,躲到灌木丛中不敢出来,真让人高兴。大家打"石子仗"只是玩玩而已,并无恶意,所以过后都还是一团和气。

我学认字毫不费事,外祖父对我越来越看重了,而且打我的次数也渐渐地少了。虽然在我看来,他应当比以前更多地揍我,因为我一天天长大了,胆子也大了,破坏他的规矩和训示的次数越来越多,可他只是骂我几下就完事,很少动手打我,即使打,也只不过是象征性地拍打几下。

于是,我暗自琢磨,可能他以前打我是没有道理的。有一次我把这个想法告诉了他。

他轻轻地托起我的下巴,端正了我的脸,眨巴了几下眼睛,拉长腔调说:

"你——说——什——吗?"

接着他就放声大笑起来,说:

"哼,你这个小鬼! 我打你多少次你怎么能算得出来呢? 除了我心里有数之外,别人谁能知道呢? 给我滚到一边去!"

可是他马上又抓住我的肩膀,直勾勾地看着我的眼睛,问道:

"你到底是个精灵鬼呢还是个傻蛋?"

"我也不知道……"

"你也不知道？那么我来告诉你：要当精灵鬼，不要当傻蛋，这样才对你有好处，知道吗？你看绵羊就傻呵呵的，老受人欺负。傻蛋就是蠢货，你懂吗？好了，去吧，玩去吧……"

我很快就能念圣诗了。一般在喝过晚茶之后，我才学习，每次都是由我来读圣诗。

"Буки—люди—аз—ла—σла；живе—те—иже—же—σлаже；наш—ерσла—жен，"我用一根小木棍指着圣诗这样念，感到枯燥乏味，就问外祖父：

"圣贤是不是雅科夫舅舅呀？"

"我给你一耳光，叫你知道谁是圣贤！"外祖父气呼呼地说。但我觉得吹胡子瞪眼是他的习惯，只是摆摆样子而已。

我几乎从来没有念错过。过了片刻，外祖父好像就把我忘了，嘟嘟囔囔地说：

"看他游戏唱歌，倒像个大卫王，但是做起事来像恶毒的押沙龙！不但会逗笑取乐，而且会花言巧语……嗨，你们这些人啊！快活地唱歌跳舞只能图一时的痛快，可是有什么前途呢？哼，真没前途！"

我停了下来，注视着他那张阴沉的、忧郁的脸，静静地听他自言自语。他的眼睛眯缝着，从我头顶上方向前望去，两眼放射着哀伤的、温和的光芒。他像往常一样沉着脸，我看出他这时很严肃、很认真。他用细细的手指轻轻地敲击着桌子，染上颜色的指甲闪着亮光，金黄色的眉毛颤动着。

"外祖父！"

"嗯？"

"给我讲个故事吧。"

"赶快念书，你别想着偷懒！"他絮絮叨叨地说，仿佛刚从睡梦中醒来似的，用手指揉了揉眼睛，"就喜欢听故事，不喜欢念圣诗……"

但是我怀疑他自己也喜欢故事，胜过喜欢圣诗。不过他差不多能把圣诗全背下来，他每晚睡觉前总会念一段赞美诗，就像教堂里的助祭念祷词一样。

外祖父见我态度诚恳，慢慢地软下心来，对我让步了。

"好吧，好吧！圣诗你能永远带在身上，可我呢，快到上帝那儿受审判啦……"

他把身子靠在那古老的安乐椅的提花靠背上，将身子坐正，抬头望着天花板，沉思了片刻，接着便讲起那些陈年往事，讲起他的父亲。

"有一天，巴拉罕纳城来了一伙强盗，抢劫商人查耶夫，我的父亲急急地跑到钟楼去敲钟示警，可是被几个强盗追上了，他们抽出马刀把他砍死，扔到钟楼下面。"

"那时我年纪还小，不曾亲眼看见这件事，所以不记得当时的情形。打我懂事起，我就记得那些法国人。我十二岁那年，也就是1812年，30多个法国俘虏兵被押到了我们巴特罕纳,他们个个都长得又瘦又小,服装不但穿得不一样,而且褴褛不堪,还不如沿街要饭的。他们冻得浑身发抖,其中有几个冻得站都站不稳。我们的老百姓都扑了上去,想打死这帮法国佬,可是押解人员不让,驻防军来了以后,把人们都赶回各家院子里。后来也就没事了,因为大家一来二往地都混熟了。那些法国人不但精明能干,而且为人和善,喜欢唱歌。尼日尼的大老爷们坐着三套车赶来观看俘虏,有的老爷谩骂不止,扬起拳头吓唬法国人,甚至动手打他们;有的老爷倒很慈悲,用法语跟他们交谈,还送给他们一些衣服钱财。有一个老态龙钟的老爷还用手蒙起脸哭了,边哭边骂道:'拿破仑这个混蛋,可把法国人坑苦了!'你看,俄国人的宅心多么仁厚,甚至连贵族老爷都同情这些异国俘虏……"

他闭上眼睛,沉默了一会儿,用手掌按了按头发,思索了片刻,接着说:

"冬天,狂风怒号,飞雪漫天,人们冻得都足不出户,可那些法国俘虏却常常顶着风雪来敲我们家的窗户,向我母亲讨面包吃——她是烤面包、卖面包的。他们在我家窗户底下嘶声喊叫,乞求我母亲给他们热面包。我母亲不放他们进来,把面包从窗口递出去,他们欢天喜地接过面包就揣在怀里,面包是刚出炉的,滚烫滚烫的,他们也不在乎,直接放到心窝上,紧贴着皮肤,这怎么能受得了呢?真是不可思议。有好多人都冻死了,因为他们的国家都很暖和,经不住这儿的严寒。在我们菜园里有一个澡堂子,住着两个法国人,一个是军官,一个是他的勤务兵,名叫米朗。那个军官又高又瘦,穿着一件只及他膝盖的女式外套。他对人特别和气,但嗜酒如命。那时我母亲偷偷地酿啤酒卖,他常来买酒,喝足了就放声高歌。他渐渐地学会了咱们的话,很蹩脚地说:'你们这地方是黑的,不是白的,太凶了!'他的俄语虽然讲得不太好,但也可以凑合着听。他这话说得也有点儿道理:咱们伏尔加河上游一带气候不暖和,可是下游就比较暖和些,一过黑海,几乎就看不见雪了。这也是有据可考的,因为不论是在《福音》书里,在《使徒行传》里,还是赞美诗篇里,都没有提到雪,也没有提到冬天,耶稣住的地方就在那边……等我们读完赞美诗,我就教你读《福音》书。"

他又不吭声了,仿佛睡着了似的;不过,他又仿佛是在思索什么,斜着眼睛向窗外望,整个人显得又小又尖。

"快讲啊。"我轻声地提醒他。

"好吧,"他微微摇晃了一下,开始说,"刚才讲到哪儿?……噢,讲到那些法国人。法国人也是人啊,他们并不比我们这些浑蛋差。他们常常对我母亲说:'玛达姆,玛达姆。'这是'太太'的意思,是对人的一种尊称。我母亲可不是什么贵妇人,她只是个普通的妇女,她能从面铺里扛回五普特面粉。她身体健壮,力大无比,能把已经二十岁的我毫不费力地把头发揪起来推来搡去。你不知道,我的身体那时已经很结实了,所以说啊,她简直不像个女人。那个勤务兵米朗非常爱马,他常常挨家逐户地串,打着手势要求洗马!刚开始人们对他不大放心,生怕他使坏,因为他毕竟是敌人嘛！但到了后来，人们就主动地跟他打招呼：'喂，米朗，洗一下马吧！'这时他只是轻轻一笑，牵着马就走了。他有鲜红色的头发，厚厚的嘴唇，大大的鼻子。他可会管马了，而且还会给马治病，医术蛮高明的。后来，在尼日尼他还做过马医，但不久就发疯了，被消防队员活活打死。那个军官在交春的时候病了，在春尼古拉节那天悄没声息地死了。他死的姿势很特别：坐在浴室的窗户跟前，头伸在窗户外面，好像怀有心事。我觉得他很可怜，他死后我还在暗地里哭了一场。他的脾气特别温和，常常揪着我的耳朵用法国话亲切地跟我交谈。我虽然听不懂他咕哝些什么，但我真的很高兴。要知道，真情是用钱买不到的！他原打算要教我说法国话，但母亲知道后不许我学，还把我带去见神父，神父让她揍我一顿，而且还告了那军官一状。傻孩子，那时陈规陋习特别多，你没有经历过：吃苦，受罪，受气等等，别人都替你受了，你可不能忘了！譬如说我吧，我什么事都经历过……"

天黑了下来。在苍茫的暮色中，外祖父渐渐变得庞大了，他的眼睛闪着亮光，好像狸猫的眼睛似的。他说话时声音压得很低，小心翼翼的，好像在想什么事，可是一谈到他自己，他就来了精神，声如洪钟，语气急促，感情热烈，而且不时地把自己夸上几句，所以我不喜欢他谈自己的事情，不喜欢他动不动就训斥人：

"记住！你千万要记住！"

他所讲的许多事情我都满不在乎，从来不愿意搁在心上。可是不知怎的，尽管外祖父并没有强迫我一定要记住它们，可这些事情还是深深地印在了我的脑海里。他向来不讲童话，只讲往事，我还发现他不喜欢别人问他；但是我就偏要缠着他，打破砂锅问到底：

"法国人和俄国人相比，究竟谁更好些？"

"这我怎么能知道呢？法国人在自己的国内是怎样生活的，我又没有亲眼见过。"他气哼哼地嘟囔道，接着又补充说：

"如果是在自己的洞里，就连黄鼠狼也是好的……"

"那么，俄国人好吗？"

"俄国人也有好坏之分。在地主时代要好些；那时候人们都被束缚着，没有人身自由，比较老实。现在大家都自由了，但却穷得没面包吃，也没有盐！虽然大老爷们为富不仁，但是他们头脑灵活，精明能干。当然，我不是说所有的老爷都是这样，如果碰上一位好的老爷，也会让人欢喜一阵子呢！不过，也有的老爷是蠢货，傻得像一只口袋一样，不管你给他往里面装些什么，他都会兜走。我们这里有许多人都像谷壳儿，外面光亮，可里面的仁儿早被吃掉了。所以哪，我们应当吸取教训，多磨砺自己，这样才能使人增长才干。可是又没有优质的磨刀石……"

"俄国人的力气大吗？"

"有些人的力气的确很大，但关键的问题不在于力气的大小，而在于智慧。人的力气再大，也大不过马呀。"

"法国人为什么要打我们?"

"哎,这种事我们平头老百姓怎么能明白呢?那都是皇帝的事情。"

于是我又问外祖父拿破仑是什么人,他的回答令我永远忘不了:

"他是一个雄心勃勃的人,想主宰全世界,然后让所有的人都过上同样的日子,既没有达官贵族,也没有商贩走卒,大家都过上没有等级的生活。尽管人们的名字各有不同,但是人人享受的权利都是平等的。信仰也只有一个。当然啦,这完全是瞎折腾,只有龙虾才都是一样的呢,至于鱼嘛,就有各种各样的了:鲟鱼和鲶鱼不能类聚,鳝鱼和鲱鱼不能成为朋友。我们俄国也有过拿破仑式的人物,譬如拉辛·斯杰潘·季莫菲耶夫和布加奇·叶米里扬·伊凡诺夫,我以后再给你讲他们的故事……"

他有时长时间的沉默不语,只是瞪大了眼睛眨也不眨地注视着我,好像是第一次看见我似的。这使人觉得很不自然。

他在我面前从来没有谈起过我的父亲和母亲。

外祖父跟我谈这类话的时候,外祖母也常来听,她一声不吭地坐在角落里,一坐就是好长时间,仿佛没有她这个人似的,可是她偶尔也会温声细语地突然问道:

"老头子,你记不记得我和你一块儿到穆罗姆山朝圣的情形?那有多美啊!咦,那是在哪一年呢?……"

外祖父思索了片刻,一本正经地答道:

"具体是在哪一年我记不清了,不过应该是在霍乱病流行以前吧……啊,对了,也可能是在进森林捉拿奥格涅茨人那年。"

"啊,没错,就是那年!当时我们都很害怕那些人……"

"对,的确是那样。"

我问外祖父:奥格涅茨人是谁,他们为什么要逃到森林中去。外祖父不大情愿地向我解释道:

"奥格涅茨人是普通的农民,他们是从官厅、工厂等等做工的地方逃跑的。"

"那么,"我问道,"怎样捉拿他们呀?"

"嗨,很简单嘛,就像小孩子捉迷藏一样:一些人藏起来,另一些人去寻找。如果捉住了,就用树条子抽,用鞭子打。打破鼻孔,往额头上打烙印,这算是惩罚的记号。

"为什么要这么做?"

"因为必须要这么做才行。这种事没有谁是谁非,谁对谁错,我们这些人怎么能明白人家的用意呢……"

"老头子,你还记不记得发生大火灾以后的情形?……"外祖母又说。

"哪一次大火灾?"他严厉地问道,外祖父在哪一件事情上都喜欢准确性。

一提起往事，他们就把我给忘了。他们说话的时候不但声音很低，而且非常和谐，这使我觉得他们好像在唱歌，在唱一些不愉快的歌，歌的内容全都是疾病、火灾、打架、暴卒猝死、巧取豪夺、疯疯癫癫的乞丐，脾气暴躁的老爷。

"我们亲身经历过多少，见了多少，又听了多少啊！"外祖父嘟嘟囔囔地说。

"你认为我们的日子过得不好吗？"外祖母说，"你想想，我生瓦里娅的那一年，春天是多么好啊！"

"那是 1848 年，那一年远征匈牙利，我记得很清楚；"外祖父说。"教父吉洪在给咱们的孩子做完洗礼仪式的第二天就被抓去打仗……"

"以后就杳无音信了。"外祖母长长地吸了一口气。

"是啊，他好像从这个世界上消失了一样！从那年起，上帝的恩惠就像洪水冲走木筏子似的，冲到了咱们家。唉，瓦尔瓦拉啊……"

"你又扯到哪儿去了，老头子？……"

他脸一沉，气呼呼地说：

"我难道说得不对吗？不论怎么说，这些孩子都没出息。我们的心血白费了！我们有心把他们放在细柳筐里，但是上帝硬塞给了我们一个破筛子……"

接着，他大声嚷起来，在屋里跑来跑去，仿佛被火烧着似的，痛苦得骂骂咧咧，不但咒骂自己的儿女，而且扬起干瘦的小拳头吓唬外祖母。

"是你把他们纵容坏了，宠成了一群贼娃子！你这个老妖婆！"

他后来竟然到了难以自抑的地步，大喊大叫，悲声号哭，跑到角落里的圣像前，挥拳使劲地砸自己那干瘦的胸膛。

"上帝啊，我难道比别人的罪孽深重吗？你为什么要这么对待我啊？"

他的身子微微地摇晃着，噙满泪水的眼睛里含着委屈的、怨毒的光芒。

外祖母默默地坐在黑暗的角落里画十字，后来，她小心地凑近他，劝慰道：

"算啦，事情既然到了这一步，伤心难过又有什么用呢？上帝知道如何去做。儿女们比咱们家有出息的人家能有几个啊？老头子，哪儿都一样：吵吵闹闹，乱七八糟的。所有当父母的都得用自己的泪水洗清罪过，又不光是你一个人……"

这些话使他感到宽慰，于是，他一声不吭，疲倦地躺在床上，我和外祖母轻轻地走了出来，回到阁楼上。

但他并不是每一次都这样。有一次，当外祖母走到他跟前，准备劝导他一番的时候，他突然扭过身来，朝着她的脸就是一拳，外祖母急忙躲闪，向后一退，两条腿摇晃了几下，站稳了脚步，用手捂住嘴唇，压低了声音平静地说：

"哎呀，你这个笨蛋……"

她把一口血水吐在了他脚跟前，他干号两声，又扬起了拳头，发疯似的叫道：

"给我滚开！小心我打死你！"

"你这个笨蛋！"外祖母又说了一遍，便向门口走去。外祖父向她冲过去，她却不紧不慢地迈过门槛,顺手将门关上。

"你这个老不死的!"他气呼呼地说,脸涨得通红通红,像炭火似的,手扶着门框,使劲地抓挠它。

我吓得目瞪口呆,傻傻地坐在炕炉上面一动也不敢动,我根本难以相信我所看见的:这是他第一次当着我的面打外祖母,这让我感到它是一种难以容忍的卑劣行径,一种新的品性在他身上暴露出来,让人无法忍受,而且仿佛要把我彻底压碎。他依旧抓着门框站在那里,身上好像蒙了一层灰,变得那么肮脏,那么渺小。突然,他走到屋子中央,双膝跪在地板上,因为一下没有跪好,向前倾了倾,赶忙用手支住地板,随即又跪直了,用手捶胸,说:

"上帝啊,我的上帝啊!……"

我像冰块似的从炕头上滑了下来,撒腿向阁楼跑去。在那儿,外祖母在屋子里踱来踱去,正在漱口。

"你疼吗?"

她走到墙角,把口水吐到污水桶里,平静地回答道:

"没事儿,嘴唇虽然打破了,但牙齿总算没有伤着。"

"他为什么要打你呀?"

她朝窗外的大街上看了看,说:

"老样子呗,现在岁数大,心里常常窝火,凡事都不如意……你好好地睡你的觉吧,小孩子家别胡思乱想……"

我不知又问了她一句什么话,她一反常态,声色俱厉地喝道:

"我刚才对你说什么来着,啊?你怎么不听话呢?……"

她在窗前坐下,用舌头舔着嘴唇,不时地往手帕上吐。我一边脱衣服,一边看着她:在她那闪着亮光的黑头发上方的蓝色的四方形窗格子里,群星在闪耀。大街上出奇地静,屋里黑乎乎的。

我躺下之后,她走过来轻柔地抚摸着我的头,说:

"安心地睡吧,我下楼去看一下你外祖父……你不要为我感到难过,乖孩子,可能我自己也有过错吧……好好睡吧!"

然后,她轻轻地吻了吻我就走了,我觉得十分伤心,于是又从柔软而暖和的大床上跳下来,走到窗前,朝下望着空无一人的大街,一股难以忍受的愁闷使我呆住了。

第六章

又发生了一件噩梦般的事情。一天晚上,喝过晚茶之后,我和外祖父坐下来念圣诗,外祖母则在洗碟碗。正在这时,雅科夫舅舅风风火火地从外面闯进来,和平时一样,他的头发乱蓬蓬的,像一把破笤帚。他也不向众人打招呼,直接把帽子往角落里一扔,就挥舞着颤抖的双手,上气不接下气地说:

"爸爸,米什卡又在乱折腾啦,我看他这回很不正常!他在我那儿吃饭,喝多了酒,发起酒疯来:摔碟子砸碗,把一件染好的毛料撕成了碎片,把窗户也打碎了,辱骂我和格里戈里。他现在正朝这儿来,他扬言要拔掉您的胡子,将您生吞活剥了!您要当心啊,爸爸……"

外祖父扶着桌子慢腾腾地站起来,他的脸气得扭曲了,鼻子周围一下子堆满了皱纹,好像一把斧头似的。

"你听见了吗,老婆子?"他尖声喊道,"呵,多乖啊!他要来好好地孝敬孝敬我!是时候啦!是时候啦,孩子们!……"

他挺直了腰板在屋里转悠了一会儿,走到门前,猛地把沉重的门钩插进门环里,转过身对雅科夫说:

"你们一直想把瓦尔瓦拉的那一份嫁妆抢走,是不是?好吧,给你!"

他把拳头——大拇指夹在食指和中指之间,稍微露出一点点——伸到舅舅的鼻子底下,舅舅气得闪在一边。

"爸爸,不关我的事呀!"

"你?哼,你的那点鬼心思我早就看穿了!"

外祖母一声不吭,连忙把茶杯收到柜子里。

"我到这儿一是来告诉你他在胡闹,二是来保护你……"

"保护我?"外祖父冷笑了两声,叫道,"好,很好!谢谢你,我的好儿子!老婆子,给这个狐狸拿个家伙,火钩子或者熨斗!雅科夫·瓦西里耶维奇,等你哥哥一冲进来,你就照着他的脑袋砸!"

舅舅把手往裤兜里一插,躲到角落里去了。

"您不相信我就……"

"怎么样?"外祖父把脚在地板上狠狠地一跺,大叫道,"哼,我宁可相信狗和刺猬这些家畜野兽,也不愿相信你这种人!你以为我不知道你玩什么鬼把戏?哼,他分明是被你灌醉的,他是受了你的挑拨和教唆!好啊,来,来打吧,打他还是打我,你自己选择⋯⋯"

外祖母对我耳语道:

"你快跑上去从小窗户里盯着,一看见你米哈伊尔舅舅在街上出现,你就迅速跑下来通知我们!快去⋯⋯"

听说脾气暴躁的米哈伊尔舅舅要来袭击外祖父,我心里害怕极了,但我又因为外祖母交给我了一项任务而感到骄傲。我站在窗前,眼睛眨也不眨地注视着大街:宽阔的大街上蒙着一层厚厚的尘土,尘土下面的一个个圆圆的鹅卵石鼓了出来。这条街向左一直远远地伸展开去,横过山沟,通到慎行广场。那儿矗立着一座坚固的旧监狱,灰色,四角有四个岗楼,看上去不但庄严肃穆,而且有一种忧郁的美。往右,隔三幢房子就是宽阔的干草广场,广场旁边是黄颜色看守所和铅灰色的消防瞭望塔。一个值班的消防队员围着塔顶的瞭望口走来走去,仿佛一条拴在锁链上的看门狗。整个广场被层层沟壑切成几个部分,有一段沟底积满了绿莹莹的污水,右边是久科夫臭水池,就在那儿——外祖母以前对我讲过,有一年冬天,我两个舅舅把我父亲扔进水塘的冰窟窿里。几乎正对着窗户,是一条窄小的街巷,里面排着一些不同颜色的矮小房屋,街巷的尽头是低矮宽大的三圣教堂。径直地望过去,教堂的屋顶像一艘底朝天的小船飘荡在花园中的碧波之上。

我们街道上的房屋都蒙着一层尘土,由于长期被秋风秋雨、冬霜冬雪所冲洗、侵蚀,它们都已经褪了色,都拥挤在一块,活像教堂门前等待施舍的乞丐。那些窗户也满怀疑虑地瞪大了眼睛,仿佛和我一起在等待什么人。街上行人寥寥无几,他们不慌不忙地走动着,好像炉门前若有所思的蟑螂似的。一股憋闷的热气直冲我扑来,那是我所讨厌的、强烈的大葱胡萝卜馅包子的味道。这种味道总是让我心情沮丧。

不知怎的,我心中郁闷,几乎难以忍受。胸中像灌满了滚烫滚烫的铅水,它似乎要冲破我的胸膛和肋骨,从里面一泻而出。我仿佛觉得,我像一个热气球似的膨胀起来,被挤在一个狭小的屋子里,像棺材式的顶棚下面。

啊,他来了!米哈伊尔舅舅终于来了!他正站在巷口灰色的墙角后面鬼鬼祟祟地东张西望呢。他把帽子压得很低,两只耳朵压得往外张着。他穿着棕黄色的上衣,一双长及膝盖的靴子上面落满了尘土,一只手捏着胡子,一只手抄在方格布的裤兜里。他的脸我看不见,但从他站立的姿势看来,他好像要猛地一下跳过街去,用那双毛茸茸的黑手抓住外祖父的屋子。我得立即跑下去通知他们米哈伊尔舅舅来了!但是我仿佛被钉在窗户旁边似的,身子一动也不能动。我看见米哈伊尔舅舅蹑手蹑脚地朝大街这面走来,那模样好像怕尘土弄脏他那双灰色的、已是布满尘土的靴子似的。过了一会儿,我听见他在砸酒馆的门,门吱吱扭扭地直叫,震得玻璃"哗哗啦啦"地响。

我马上跑下去敲外祖父的门。

世界传世藏书

世界十大名著

·童年·

图文珍藏版

"谁?"外祖父不开门,扯着嗓子问道。"是你呀!什么事儿?他进酒馆去了?知道啦,你走吧!"

"我一个人害怕……"

"你就将就着待一会儿吧!"

我又上了阁楼,仍旧趴在窗户上。天色暗了下来,街上的尘土变成了深灰色,显得更脏更厚。朦胧的橘黄色灯光像溶化的黄油,琴弦发出的忧郁而悦耳的声音从对面的房子里飘了过来。楼下的酒馆里也在唱歌,一打开门,疲倦而嘶哑的歌声便传到街上来。我知道,这是独眼乞丐吉图什卡的声音,他是一个蓄着大胡子的老头,右眼红得像炭一样,左眼闭得紧紧的。门一关上,他的歌声就戛然而止,好像被斧头突然砍断了似的。

外祖母非常羡慕这个行乞的老头。她一面听他唱歌,一面赞叹着说:

"真幸福,会唱这么多诗歌!多么有福气呀!"

外祖母有时把他叫到院子里来唱,他扶着拐杖坐在门前的台阶上,边唱,边讲;外祖母坐在他旁边,专心致志地听着,不时地问这问那。

"我问你,难道梁赞也有圣母吗?"

那个乞丐压低了声音蛮有把握地答道:

"当然啦,哪儿都有她,每个省她都去过……"

梦一般的疲倦悄悄地在大街上流动,它挤压着人们的心灵和眼睛。要是外祖母在这儿该有多好啊!哪怕外祖父来了也不错啊!我的父亲究竟是个什么样的人呢?外祖父和舅舅们都厌恶他,但是为什么外祖母、格里戈里和叶夫根尼娅保一提到他就赞不绝口呢?我的母亲呢?她到什么地方去了?

近来,我常常想到母亲,把她当成外祖母所述的全部童话故事里的中心人物。母亲不愿在外祖父家里长期待下去,这使我把她的形象幻化得更加高大了。我隐隐约约觉得,她现在可能和绿林豪杰住在驿道旁的客栈里,他们常常干劫富济贫的好事。不过,她也许住在森林里,住在山洞里,可无论怎么说,她肯定和心地善良的强盗们住在一起,给他们做饭,替他们看守抢劫来的财宝。也许她在周游世界,察看地上的宝藏,就像安加雷柴娃公爵夫人和圣母那样。圣母也像劝告公爵夫人那样劝告我的母亲:

> 可怜的奴隶啊,你为何这么贪心?
> 天下到处是宝物,你为何还要收集金银?
> 贪心不足的灵魂啊,
> 人间的财富再多也遮不住你那赤裸的身……

我母亲也用女强盗公爵夫人那样的话来回答她:

原谅我吧，至圣的圣母，
我这负罪的灵魂希望得到您的宽恕。
我打家劫舍并非为了我自己，
为了我那独生子我才成了基督的不肖信徒！

于是，像外祖母一样慈祥的圣母，宽恕了她，说：

嗨，玛留什卡，你的骨子里流的是鞑靼人的血，
啊，想不到你成了基督的背叛者！
那么，去走你自己的路吧。
路是你自己的，眼泪也是你自己的！
穿过森林，你去抢莫尔德瓦人，
穿过草原，你去抢加尔梅克人，
可是，
你千万不能碰那俄罗斯人！……

想着这些童话，我仿佛置身于梦境；忽然，楼下的嘈杂声把我从"梦"中惊醒。我听见下面过道和院子里乱哄哄的，脚步声、叫嚷声连成一片。我连忙向窗外看去，只见米哈伊尔舅舅被外祖父、雅科夫舅舅和酒馆的伙计麦里扬——一个模样十分滑稽的车累米俩人——从门口往街上拖。他死活不肯走，于是外祖父他们几个人就没头没脑地打他，踹他，最后，米哈伊尔舅舅"蹭"一下蹿到尘土飞扬的街道上去了。接着，只听"啪"的一声，门关上了，随即又响起插门和上锁的声音。过了一会儿，一顶揉得皱巴巴的帽子从院墙的大门上扔了出来，四下里又安静了下来。

米哈伊尔舅舅在尘土中躺了片刻工夫，艰难地爬了起来，全身的衣服都被撕成了碎片或长条，头发蓬乱不堪，像个鸡窝似的，他抱起一个大石头朝大门砸去，发出沉闷的巨响，好像砸在了木桶底上。一伙面色黑如锅底的醉汉摇摇晃晃地从酒馆里走出来，歇斯底里地狂叫着，街道上立刻活跃起来：人们都从自家的窗户探出头来，又笑又叫。尽管这一切也像童话一样深深地吸引着我，但却令人感到压抑，可怕。

忽然，街道上又恢复了宁静，一切声音都好像被大地吞没了似的。

……外祖母弓着身子坐在门槛旁边的大箱子上，纹丝不动，也几乎听不到她的呼吸声。我站在她面前，轻轻地摩挲着她那温润的、柔软的面颊，她好像没有看见我似的，阴沉着脸，嘟嘟囔囔地说：

"主啊，您为什么不把您那仁慈的智慧赐给我和我的孩子们呢？主啊，饶恕我们吧……"

我大约记得,外祖父在田野街的房子里住了刚好一年的时间,从第一年开春到第二年开春。不过,在这短短的一年里,这所房子可获得了不小的名气。差不多每个星期都有一群调皮的孩子跑到我们家大门口来看热闹,他们高兴地满街叫道:

"快来看呀,卡希林家又打架了!"

米哈伊尔舅舅一般是晚上来,整夜地在我们的住宅附近游来荡去,像个鬼魂似的,搅得全院不得安宁。有时候,他叫上两三个库纳维诺的流氓前来助阵;他们从山沟悄悄地溜进花园,把所有的草莓和酸栗都给拔掉,然后撒一阵酒疯扬长而去。有一次,他们捣毁了浴室,把里面的东西,诸如浴架、长凳子、水锅等等全弄坏了,还砸毁炉子,掀下许多块地板,拆掉了门和窗户。

外祖父阴沉着脸,静静地站在窗前听着他们肆无忌惮地砸毁他的东西。外祖母在院子里忙不迭地跑来跑去,黑暗中看不见她的脸,只听见她大声恳求道:

"米沙,你胡倒腾什么呀,米沙!"

接着,不堪入耳的辱骂声便像洪水似的从花园里向她涌过来。骂的这些话的真正含义,恐怕连这帮畜生自己也不能理解。

这当儿,我不能紧紧跟在外祖母身边,可是离开她我又觉得害怕。于是我从阁楼下来,跑到外祖父的房间,但他一看见我,就粗暴地喊道:

"滚出去,该死的小崽子!"

我又跑回阁楼,从天窗里望着沉沉暮色中的花园和庭院,瞪大了眼睛盯着外祖母,不停地大喊大叫,生怕她被他们打死。外祖母不理会我,我听见米哈伊尔舅舅辱骂我母亲的声音,大概是因为他听到了我的叫喊声而触动了心事吧。

有一次,还是在晚上,外祖父身体不适,躺在床上,缠着毛巾的脑袋在枕头上滚来滚去,大声地叫喊着:

"一辈子遭罪受苦,作了不少孽,好不容易攒下一点儿钱,没想到现在竟然落到这样的下场!要不是怕丢人现眼,我早就叫警察啦,明天我就去找省长……唉,这不是叫人笑话嘛!自己的儿子让警察来管教,这还算什么父母啊!哎,忍一忍吧,乖乖地躺着,老啦!"

他忽然从床上下来,磕磕绊绊地走到窗前,外祖母赶忙抓住他的手,说:

"你要去哪儿,老头子?你到哪儿去?"

"把灯点上!"他大口大口地喘着粗气,对外祖母叫道。

外祖母把蜡烛点着,他用两只手把烛台捧在胸前,模样像个持枪的士兵似的。他冲着窗户,用嘲笑的口吻大声喊道:

"喂,米什卡,你这个胆小如鼠的贼娃子、流氓、地痞、疯狗!"

话没说完,只听"哗啦"一声,窗户上方的玻璃被砸碎了,半块砖头飞进来落在外祖母身旁的桌子上。

"没打中!哈哈,没有打中!"外祖父放声大笑了起来——与其说是在大笑,不如说是在大哭。

外祖母像抱我似的把他抱起来,放在床铺上,惊叫道:

"怎么回事?怎么回事?上苍保护你!你不能这么做啊,否则他会被流放到西伯利亚!他喝醉了酒,根本不知道这件事的严重性!"

外祖父使劲地蹬腿,哑着嗓子嚎叫:

"让他打死我好了……"

接着,一阵叫嚷声、脚步声、抓挠声便从窗外传了过来。我从桌上抓起那半块砖就往窗口冲,外祖母一把拉住我,将我推到角落里,气呼呼地说:

"哎呀,你这个狗东西……"

有一次,米哈伊尔舅舅手持一条粗棍子,从院子里冲向过道,站在黑色的台阶上"咚咚咚"地砸门。而门后,外祖父正同两个房客和酒馆主人的老婆抄着家伙等着他:外祖父拿一条木棍,两个房客各拿一条尖头长棍,那个高个子女人拿一把擀面杖。外祖母在他们身后走来走去,苦苦哀求道:

"让我出去吧,我跟他说几句话,……"

外祖父像《猎熊图》上那个手持钢叉的壮汉一样,向前弓着一条腿。外祖母转悠到他跟前时,他一声不吭地用胳膊肘推她,用脚踹她。四个人凶巴巴地站在那里严阵以待。墙角挂着一个灯笼,微弱的光线照在他们的头上。我站在阁楼的梯子上,俯视着这一切,很想冲下去把外祖母拉上来。

舅舅依旧奋力地撬门,门开始摇晃了,随时都有可能从上面的活页跳出来。下面的活页已经被砸坏了,"吱吱嘎嘎"地发出刺耳的声音。外祖父对那几个帮手严厉而坚决地说:

"除了脑袋,别的地方你们尽管打……"

门边的墙上有一个脑袋大小的窗户,上面的玻璃早已被舅舅打得稀巴烂,周围还留下一些碎片,窗口就好像一只挖掉眼珠的眼睛似的,黑洞洞的。

外祖母冲到窗口,伸出一只胳膊,挥着手喊道:

"米沙,看在老天的份上,你赶快走吧!要不然,他们会把你打成残废的,快走吧!"

舅舅提起棍子朝她的胳膊砸了下来,只见一个很粗的东西在窗口迅速地闪过,击在外祖母的胳膊上。紧接着,她就跌倒在地,仰面朝天,但仍然叫道:

"米沙,快跑啊,米沙!……"

"喂,老婆子,你怎么啦?"外祖父吼叫起来,声音煞是怕人。

突然,门一下子被打开了,舅舅冲进漆黑的门洞里,但立刻就像一团肉球似的被甩到台阶下面去了。

那个女人把外祖母搀到外祖父屋里,过了一会儿,外祖父也回来了,走到外祖母身边,黑着脸说:

"怎么样,骨头没有伤着吧?"

"哎哟,我估计是断了,"外祖母紧闭着眼睛说,"他怎么样啦? 你们把他怎么处置啦?"

"你少说两句好不好?"外祖父粗暴地喝道。"你以为我也没有人性吗? 我们把他捆了起来,扔到棚子里了。我在他身上浇了冷水……嘿,凶狗似的! 不知道像哪个家伙?"

外祖母"哼哼"起来。

"你忍着点儿,我已经派人去找接骨婆啦!"外祖父坐在床上,安慰道。"他们要折腾死咱们俩,老婆子,用不了多久就会被这两个畜生活生生地折腾死!"

"都给他们吧,……"

"胡说! 都给他们了,瓦尔瓦拉怎么办?"

两个人谈了很长时间,外祖母的声音既低沉又可怜,而外祖父却火气很大,一直在吵闹。

不久,一个驼背的小老太婆走进来。她的嘴特别大,几乎能咧到耳根,下巴不停地颤动着,像鱼似的张着嘴,鼻子尖尖的,越过上唇向嘴里探头探脑,她的眼睛瞎了,扶着拐杖摸索着探路,手里拎着一个包袱,随着她的移动,不时地发出"叮叮当当"的声音。

我以为这个老太婆是来要外祖母的命的,于是蹦到她面前,发疯似的叫道:

"给我滚出去!"

外祖父一把揪住我,毫不留情地将我扯到阁楼上去了……

第七章

我很早就清楚,外祖父和外祖母各有各的上帝,俩人的上帝不一样。

我记得,外祖母早晨醒来,总要长久地坐在床上,梳理她那又黑又密的长头发。梳的时候,她牙关紧咬,头一仰一仰的,撕下一绺绺发丝,因为怕吵醒我,压低了声音骂道:

"这遭天杀的头发! 叫你得纠发病,真可恶,……"

把头发梳好,她迅速地编成发辫,然后匆匆跑去洗脸,气哼哼地呼哧着鼻子,还没有把睡皱了的大脸上的怒色洗掉,就站到了圣像面前祷告。这时,真正的早晨的盥洗开始了,她马上变得神采奕奕。

她挺直身子,仰起头,和善地望着喀山圣母的圆脸,张开手臂在胸前恭敬地画

着十字,热切地低声祈祷:

"无上光荣的圣母啊,把你的恩惠赐予未来的日子吧,圣母!"

她虔诚地鞠躬到地,然后慢慢地伸直腰,于是更热切、更虔诚地再次低声祈祷起来:

"最最圣洁的圣母,你是欢乐的源泉,是盛开的苹果树!……"

她每天早上祈祷,我都一心一意地听着,因为几乎每次她都能找到新的词语赞美圣母。

"上天的心啊,你是我的纯洁之心!圣母啊,你是我的庇护者,你是我的大恩人,你是金光四射的太阳,求你将罪恶的诱惑祛除掉吧,不要让任何人受欺凌,也不要让我没来由地受欺侮!"

她那一对黑眼睛里露出了笑意,她好像变得朝气蓬勃了,抬起沉重的手,缓缓地画着十字。

"耶稣基督,上帝的儿子,请看在圣母的份上,大发慈悲,施舍恩惠给我这个罪人吧!……"

她的祈祷从来都是对圣母的赞美,诚恳而又率直。

外祖父已经不雇仆人了,因为要去泡茶,所以她祈祷的时间较短。如果在外祖父规定的时间她还没有把茶准备好,他就会气冲牛斗,喝骂不休。

外祖父有时醒得比外祖母早,来到阁楼上,碰见她正在低声祈祷。听一会儿之后,他就撇撇两片发暗的薄嘴唇,露出轻蔑的神色,在喝早茶的时候便嘟囔起来:

"你这个橡木脑袋,我已经教过你多少次应当如何祈祷,可你还是老样子,念你那一套,异教徒!上帝早被你唠叨烦了!"

"他心里明白,"外祖母满怀信心地答道,"无论你对他说什么,他都听得懂……"

"讨厌的楚瓦什女人!嗨,你们这些人啊……"

她整天都在问候上帝,甚至对牲口也不忘记提起上帝。我清楚,人、狗、鸟、蜜蜂、花草……一切生物都很容易地、老老实实地服从她的上帝;对人世间的一切,上帝都是同样的亲切,同样的慈善。

酒馆女主人养着一只猫,它有着云烟色的毛,金黄色的眼睛,机灵乖顺,爱吃美味的食物,讨人喜欢,全院的人都喜欢它。有一天,它把一只八哥儿从花园里拖走,外祖母看见了,立刻从它的嘴里把这只被折磨得半死的鸟儿夺下来,训斥那猫:

"你这个无耻的坏种,难道你不怕上帝!"

听了这句话,酒馆女主人和扫院子的杂工都笑起来,但是外祖母生气地冲他们喊道:

"你们以为畜生不知道上帝呀?任何生物都知道上帝,甚至知道的不比你们少,你们这些人,没有一点儿慈悲心……"

她一面套那匹肥大的垂头丧气的沙拉普，一面对它低声说：

"上帝的奴仆，你为什么老是一副没精打采的模样呢，嗯？你这老东西……"

沙拉普摇着头叹息。

可是，外祖母念叨上帝的名字，不像外祖父念叨得那么勤。我觉得，外祖母的上帝容易理解，也不可怕，但不能对他说谎话——对他说谎话会感到十分难为情，他在我心里引起的只是无法遏止的羞耻。况且，我从来不对外祖母说谎话。什么事都瞒不住这个仁慈的上帝，好像就连隐瞒的念头也没有出现过。

有一天，酒馆女主人和外祖父发生口角，她顺便把没有参加他们的吵架的外祖母也给骂上了，而且骂得很凶，还拿胡萝卜砸她。

"你为什么不分青红皂白地就骂我呢，我善良的太太？"外祖母平静地对她说，然而这使我非常气愤，我打定主意要把这个泼妇狠狠地修理一顿。

我于是细细思索起来，想着如何才能把这个双下巴、小眼睛、棕红头发的胖女人整治一下。

据我观察，邻居之间发生矛盾以后，他们采取的报复手段通常是：剁掉猫尾巴、毒死狗，打死鸡，或者半夜三更地悄悄溜进仇家的地窖里，把煤油浇到腌白菜和黄瓜的木桶里，放出桶里的克瓦斯。但是，这些手段我都不太满意，应该想出一个更加令人可怕、令人恼火的办法。

我终于想出了一个办法：趁酒馆女主人下地窖的时机，我偷偷地把地窖的顶盖盖上，锁好，而且在上面以一个得胜者的姿态狂舞了一阵，然后把钥匙朝屋顶一扔，欢天喜地地跑进厨房，外祖母正在那里做饭。她起初不明白我为什么乐滋滋的，但是，当她得知情况以后，在我的屁股上狠狠地揍了几巴掌，把我拖到院子里，硬要我到屋顶上去找钥匙。她的态度使我非常惊奇，我默然不语地把钥匙拿下来，然后躲到院子的角落里看她释放我的这个"囚犯"，她们俩有说有笑地走过院子，样子十分友善。

"我要让你为此付出代价。"酒馆女主人扬起胖乎乎的拳头吓唬我说，但是她的脸上却堆满了笑意，几乎连她的小眼睛都被遮没了。外祖母抓住我的领子，把我拉进厨房，问道：

"你为什么要搞这个恶作剧？"

"她拿胡萝卜砸你……"

"你是替我报仇吗？原来是这么回事！你这个没用的东西，我把你塞到炉底下喂老鼠，你就明白啦！你充什么英雄啊，一个拳头大的小泡儿，一扎即破！如果让你外祖父知道了，他非剥掉你一层皮不可！快到阁楼上念书去！……"

她整整一天都没有搭理我。到了晚上，祈祷之前，她在床沿上坐下，声色俱厉地对我说了一番终生难忘的话：

"廖恩卡，我的乖孩子，你要记住：别去理会大人的事！大人都有好多坏心眼，上帝正在考验他们。你年纪尚小,还没有受到考验,你应当按照孩子的想法和方式生活,等待上帝来敲开你的心灵之门,指引你做什么,走哪条路,知道吗? 至于谁对谁错,谁是谁非,这与你毫不相干,上帝自会做出公正的评判。这是上帝的事,我们不要瞎掺和!"

她沉吟了片刻,闻了闻鼻烟,眯缝起右眼,继续说:

"退一步讲,有时上帝也弄不清楚谁犯了过错。"

"上帝不是无事不晓的吗?"我问道,露出了惊讶的神色。外祖母悲伤地轻声答道:

"如果真是这样,很多事情人们或许就不会去做啦。上帝在天上俯视凡界,观察众生,有时也会伤心地号啕大哭:'人们啊,我亲爱的子民啊! 唉,我真可怜你们啊!'"

她自己也哭了起来,站起身到墙角祈祷去了,脸上依然带着泪水。

打那时起,我觉得她的上帝更亲近更容易理解了。

外祖父也常常这样教育我,说上帝无所不在,无时不在,乐施好善,神通广大,无论什么事都蒙蔽不了他的眼睛,但是他的祈祷跟外祖母迥然不同。

每天早晨,在到墙角祈祷之前,他慢腾腾地洗完脸,然后把衣服穿得整整齐齐地,把棕色的头发梳了又梳,修剪一下胡子,对着镜子拉直衬衫,把黑色的三角围巾塞进背心里,最后轻轻地走到圣像跟前,好像怕把什么人惊动了似的。地板上有一块马眼般大小的节疤,他总是在那儿停下来,默默地站上一会儿,垂着头,两只手臂

伸展开来,紧贴着身子,规矩得活像一个士兵。然后,他挺直了干瘦的腰板,一本正经地说:

"'以圣父圣子圣灵的名义!'"

我觉得,他说完这句话以后,屋子里似乎显得十分肃静,就连"嗡嗡"飞着的苍蝇都飞得更加小心了。

他昂首挺胸地站着,眉毛高高扬起,头发竖立,金黄色的胡子撅得平平的。他语气果断地念着祈祷词,好像是在回答功课一样:口齿清楚,而且极富威严。

"'审判官突然到来,每个人的行为都暴露出来……'"

他握起拳头轻轻地捶打着自己的胸膛,用坚决的口吻请求道:

"'我只对你一个人犯罪,请您把脸扭过去,不要看我的罪恶吧……'"

他念《信经》时,字音咬得特别清楚。他的右腿微微地抽动,仿佛是在无声地给祈祷打拍子。他的整个身子紧张地向圣像倾过去,他好像在长高,变得越来越细,越来越瘦,他的全身是那么整洁,他的神情是那么诚挚:

"'降生一个医师吧,圣母,医治我多年来郁结在心中的痛苦吧!向您呼唤的声音从我的心底不断地发出,求求您啦,圣母!'"

他高声恳求,绿眼睛里噙满了泪水。

"'上帝啊,看在我的信仰的份上,请不要阻止我要做的事情,因为那些事情足以证明我是无罪的!'"

这时,他用颤抖着的手画十字,好像山羊牴人似的不住地点头,而且发着又尖又细的抽搭声。后来,我到过犹太教会,方才明白外祖父是按照犹太人的方式祈祷的。

桌子上的茶壶早已"噗噗"作响,奶渣煎黑面饼的气味在屋子里弥漫着,使我馋涎欲滴!外祖母靠着圆柱子,耷拉着眼皮望着地板叹息,面色十分阴沉。欢乐的太阳从花园照进窗户,树上的晨露闪烁着,仿佛晶莹夺目的珍珠,茴香、酸栗和成熟的苹果的幽香在空气中散发着。可是外祖父仍然站在那里摇晃着身子祈祷,尖声尖气地叫道:

"'熄灭我胸中燃烧着的欲火吧,我穷困潦倒,而且品行恶劣!'"

我把晨祷和晚祷的全文都记熟了,不仅如此,我还专心致志地倾听外祖父会不会念错,会不会漏掉字句。

这种情况很少发生;不过,一旦发生,我就有一种幸灾乐祸的感觉。

做完祈祷,外祖父对我和外祖母说:

"你们好啊!"

我和外祖母也向他欠身问好,大家最后围着桌子坐下来。刚刚坐定,我就对外祖父说:

"你今天把'补偿'两个字给漏掉了!"

"你该不会是瞎说吧?"他有点不大相信地问道,露出了不安的神色。

"我没有瞎说,真的!应该念作:'但是一切可以由我的信仰来补偿',可是你今天没有说'补偿'这两个字。"

"竟然会有这种事!"他感叹道,面带遗憾地眨巴着眼睛。

事后他总会找个借口狠狠地整治我一顿,因为我指出了他的过错。但是无论如何,这时看着他那副尴尬的模样,我心里倒很得意。

有一次,外祖母用一种取笑他的口吻说:

"老头子,你念叨的永远是你那一套,上帝都已经听得腻烦了。"

"你说什么?"他拉长了语调,恶声恶气地说。"你在胡说什么?"

"我说,我不论怎么认真听,都感觉你没有把心里话说给上帝听!"

他脸涨得通红,浑身颤抖起来,跳到椅子上,抓起碟子就朝着她劈头盖脸地砸去,一面不住嘴地叫嚷着,好像锯木节似的:

"哼哼,你这个老妖婆!"

他老是给我讲上帝的力量是无穷的,可以征服一切,而且再三强调这种力量多么残酷。他说,如果人们犯了罪,那么就会被淹死,再犯了罪,就会被烧死,他们的城市会被毁灭。他还说,上帝永远是挥舞着宝剑统治人间,挥舞着皮鞭对付恶人,用冻馁和瘟疫来惩罚人们。

"凡是违背了上帝的意志的人,都要遭受灾难和灭亡的惩罚!"他神色严厉地说,一面用细细的手指关节"咚咚"地敲着桌子。

上帝真的很残酷吗?我不大相信。我怀疑这些东西全是外祖父为了让我怕他,而不是怕上帝而有意编造出来的。于是我直截了当地问道:

"你说这些,是为了让我听你的话吧?"

他也直率地答道:

"是啊!你还敢不听话吗?!"

"那么,"我又问道,"外祖母为什么不说这些呢?"

"你别信她的,她是个老糊涂虫!"他严厉地训导我说。"她从小就很愚蠢,既不识字,又没头脑。我以后坚决不容许她把这些重大的事情讲给你听!你告诉我:天使共分多少级别?"

我做了回答,立刻追问道:

"那么,这些官吏是什么人呢?"

"你看你,又扯到哪里去了!"他嘿嘿一笑,避开我的目光,咬着嘴唇,不大乐意地解释说:

"这跟上帝风马牛不相及,你刚才问的那些官吏是人间的事!官吏是吃法律的,法律都被他们吃了。"

"那么,法律又是什么呢?"

"法律？法律就是习惯。"外祖父高兴地答道，那双智慧而且带刺的眼睛闪闪发光。"人们在一起生活，渐渐达成了共识，一致认为：这个办法最好，于是我们就把这个当成习惯，并且定为规矩，称作法律！这跟你们小孩子玩游戏大同小异：先说好怎么个玩法，然后立下规矩。那么，这个规矩就是法律！"

"官吏是干什么的？"

"官吏好像爱捣蛋的孩子，他一来就把所有法律破坏了。"

"为什么？"

"得啦，得啦，这个你现在还搞不明白！"他严厉地说，皱了皱眉头，接着又训导我：

"人们的一切事情全由上帝掌管！人们要这样，他偏偏不乐意。人的事情都是不可牢靠的。如果上帝吹口气，那么一切都会变成烟云，随风飘散。"

我有很多理由对官吏发生兴趣，于是我继续问他：

"可是雅科夫舅舅总是这么唱：

光明的天使啊，

你是上帝的官吏；

撒旦的奴隶啊，

你成了人间的官吏！"

外祖父用手掌托起胡须，把它塞进嘴里，然后闭起眼睛。他的腮帮在抖动，我看得出，他正在暗自发笑呢。

"哼，把你和雅什卡的腿绑在一块儿，投到河里去！"他说。"这些歌他不应当唱，你也不应当听。这是那些异教徒瞎编出来的，是分裂派教徒的戏言。"

他沉思片刻，眼睛越过我的头顶往前注视着，拉长了腔调低声说：

"嗨，你们这些人啊……"

虽然，他把上帝威严地、高高地凌驾于世人之上，但也请求上帝以及许许多多的圣徒参加他的各种事情，一如外祖母。不过，除了尼古拉、尤里、弗罗尔和拉夫尔之外，外祖母对于其他的圣徒仿佛一无所知似的，尽管他们也很善良，对人们也非常亲近。他们走遍乡村和城市，介入人们的生活琐事，而且具有人的一切属性。外祖父的圣徒几乎都是一些蒙难者，他们鄙视偶像崇拜，跟罗马教皇辩论，为此，他们有的受到严刑拷打，有的被火烧死，有的被扒皮。

外祖父有时幻想：

"如果上帝帮助我把这所房子卖掉就好了，哪怕赚五百卢布也行，我情愿为此给圣徒尼古拉做一次谢恩祈祷！"

"你瞧，这个老糊涂虫，好似圣徒尼古拉除了帮他卖房子之外，再也没有别的事可做一样。"外祖母私下对我说，露出了嘲笑的神色。

我把外祖父那一本上面有他亲笔写下的字句的教堂日历保存了很久。譬如，在约阿基姆节和安娜节背面,用红墨水工工整整地写着:"恩人们拯救了我,使我免受了一场灾难。"

他所说的这场"灾难"我记得很清楚:米哈伊尔舅舅和雅科夫舅舅俩人的染坊生意不景气,外祖父为了帮助他们,开始放高利贷,偷偷接受典当。但是,不知什么人告了他的密。一天夜里,警察突然来搜查,闹得鸡犬不宁,人心惶惶,结果有惊无险。外祖父祷告了一夜,直到太阳出来。早晨他在教历上写下那句话的时候,恰巧被我看见。

晚饭前,他和我一块儿念圣经、日课经,或者叶夫列姆·西林的大部头的著作,接着便开始祈祷。吃过晚饭,四周万籁俱寂,只听见外祖父长久地凄凉地忏悔:

"永世不朽的上帝啊,我怎样侍奉你,怎样报答你……大慈大悲的上帝啊,保佑我们,别让我们想入非非……伟大圣洁的上帝啊,保佑我不受恶人欺负……让人们为我流泪,在我死后记住我吧……"

但是外祖母常常说:

"哎哟,看样子我没法祈祷啦,我今天可累坏啦,睡吧……"

外祖父常常带我到教堂去。每逢星期六他就去做彻夜祈祷;每逢节日他就去做弥撒。在教堂里,人们在什么时间向哪个上帝祈祷,我也能区别开来:神父和助祭念叨的,全是对外祖父的上帝祈祷,而唱诗班唱的颂歌,全是对外祖母的上帝赞扬。

当然,对于我孩提时心目中的两个上帝,我只是粗略地说说。我记得,这种差异曾使我不安,使我伤心。因为外祖父的上帝不爱任何人,老用严厉的目光注视一切,所以我对他感到恐惧,心里也不痛快。他看人,首先寻找人的阴暗的一面:坏的、恶的、有罪的、卑污的……这么看来,他是不相信人的,总是期盼着人们向他忏悔,喜欢惩罚人们。

在那些日子里,对于上帝,我是那么的热衷,那么的爱恋,以至于他成了我的主要的精神食粮,成了我生活中最美好的东西,其他一切印象都是残酷的,污浊的,只能让我生气,使我沮丧,引起我深深地厌恶心情。上帝是我周围的一切事物中最美好、最有光彩的,外祖母的上帝是一切生物的最可爱、最忠实的朋友。同时,有个问题一直困扰着我:外祖父为什么看不见慈善的上帝呢?

家里的人不允许我上街玩耍,因为街上的东西使我眼花缭乱,看了,我就兴奋,仿佛喝醉了酒似的,几乎每次出去都要惹是生非,成了一个捣乱、打架的大坏蛋。我没有同伴,邻居的孩子们都很敌视我。当他们得知我不喜欢被人叫作卡希林以后,反而叫得更厉害了,故意气我:

"噢,小气鬼卡希林的孙子出来啦,快来看呀!"

"揍他一顿!"

于是,一场斗殴就开始了。

只要一打架，他们就合伙来对付我，因为在年岁相当的孩子们中间，我的力气算是大的，而且身手也很灵活，围打我的敌人也承认这一点。尽管如此，我独自一人还是抵不住整条街的孩子的合击，所以每次回家我几乎都是鼻青脸肿，嘴唇破裂，衣服撕得稀烂，浑身是泥。

看见我这副模样，外祖母总会大吃一惊，心疼地说：

"又打架啦，是不是，小萝卜头？你到底是怎么回事啊？要不要我再狠狠揍你一顿？……"

她给我洗了脸，在伤痛的地方敷上一种海绵状的东西，贴上铜币或者抹一些醋酸铅水，并且劝我说：

"你这浑小子，为什么老打架呢？在家里乖乖的，一出大门就不像话了！好不害臊！当心我告诉你外祖父，把你锁在家里……"

外祖父看见我脸上青一块，紫一块的，可是从来不训斥我，只是咂巴着嘴，粗着嗓子低吼道：

"又当英雄了？我的阿尼克武士？记着以后别再往街上跑了，听见没有？！"

如果街上安静的话，那么我就不感到它有吸引力。但是，一旦听见孩子们快乐的吵闹声，我就坐立不安了，把外祖父的禁令抛在脑后，立刻从院子里蹿了出去。被打得浑身是伤我倒并不生气，可街道上那些令人无法忍受的恶作剧，却使我非常愤慨。那些为我十分熟悉的残忍行为，有时达到发疯的地步。他们挑逗狗或公鸡互相斗架，毒打猫，追赶犹太人的山羊，侮辱喝醉酒的乞丐和一个外号叫"口袋里的死鬼"的傻子伊戈沙，我感到非常生气。

伊戈沙又高又瘦，浑身好像被熏烤过似的，黑黝黝的。他穿一件羊皮袄，瘦削的、铁锈色的脸上长满了硬毛。他弓着腰在街上行走，奇怪地摇晃着，两只眼睛呆呆地盯着脚下的地面，一句话也不说。他的眼睛细小而且忧郁，脸孔铁铸似的，使我敬畏。我隐隐觉得，他似乎正在谋划着什么大事，正在寻找一件很重要的东西，不应该骚扰他。

孩子们紧跟不放，拿石子砸他的驼背。他好像觉得这些孩子始终不存在似的，甚至连疼痛也感觉不到。但是，他忽然停了下来，仰起头，用颤巍巍的手扶一扶头上的破皮帽，四下里张望一番，仿佛刚刚清醒过来似的。

"喂，伊戈沙，你这个口袋里的死鬼，你要到哪儿去啊？当心，你口袋里有个死鬼！"孩子们叫喊着。

他一把抓紧口袋，然后，很快地弯下腰从地上拾起石子、木棍或者土坷垃，笨拙地扬起长胳膊朝孩子们砸去，一面嘟嘟囔囔地骂个不停。他骂人的话翻来覆去就那么几句，可是孩子们在这方面的词语比他要丰富得多，而且稀奇古怪的。有时他一瘸一拐地去追他们，由于那件皮袄太长，老绊着他的腿，所以动不动就跌倒在地，双膝跪着，用两只瘦若枯枝的黑手撑着地面。趁这当儿，孩子们迅速跑过来，用石子猛砸他的腰和背,胆子稍微大一点的孩子甚至冲到他的面前,把泥土往他头上一撒,然后拔腿就跑。

大街上,还有一个令我悲痛的印象,他就是格里戈里·伊凡诺维奇——外祖父家里的老师傅。这时他的双目已经完全失明,流落街头,到处乞讨。他高高的个儿,气度不同常人,总是一声不吭。一个矮小的脸色灰白的老太婆给他引路。她牵着他的手,每到一家窗口就停下来,眼睛瞟着路旁,拉着尖腔喊道:

"看在上帝的分上,可怜可怜这个瞎眼老叫花子吧……行行好吧……"

可是格里戈里·伊凡诺维奇却沉默不语。他那副黑色的眼镜直直地对着墙壁、窗户和迎面走来的行人。他紧闭着嘴,用一只被染料染透了的手轻柔地捋着宽宽的胡须。我虽然在街上常常碰到他,但是从来没有听见他说过一句话——哪怕是一点儿声音也没有听见。老人的沉默使我不仅感到伤心,而且觉得压抑。我没有勇气到他跟前去,一次也没有;相反的,远远看见他,我就跑回家去,对外祖母说:

"格里戈里在街上讨饭呢——这是我亲眼看到的!"

"真的吗?"外祖母怜悯地叫了一声,露出不安的神色。"来,拿着这个,快给他送去!"

我坚决不去,而且很气愤。她只好亲自拿着东西去站在人行道上,和格里戈里谈了许久。他脸带微笑,胡须一抖一抖的。不过,他很少说话,即使说话也是只言片语。

有时外祖母把他叫到厨房里来,给他喝茶,吃点东西。有一次,他问起了我,外祖母就喊我来见他,但是我跑开了,躲在木柴堆里。我不愿到他跟前去,因为在他面前我觉得十分难为情。我也知道,外祖母也很难堪。我跟外祖母只提过一次格里戈里的事。那一天,她把他送出大门之后,回到院子里,低着头抽泣着。我走到她身边,拉着她的手。

"你为什么不去见见他呢?"她轻声地问道,"他非常喜欢你,他可是个好人啊……"

"外祖父为什么不养活他?"我问道。

"你外祖父?"

她停了下来,把我搂到怀里,贴着我的耳朵低声预言说:

"你记着:我们迟早都会因为这个人而遭到上帝的惩罚!一定会的……"

果然不幸被她言中:大约在十年后,外祖母与世长辞,外祖父则沦落为乞丐,而且疯了,流落街头,乞讨度日,可怜兮兮地在人家窗下哀求着:

"行行好吧,善良的厨师们,给我一个馒头吧,可怜可怜我吧!嗨,你们这些人啊……"

往事真的不堪回首,现在他只剩下这句酸楚的、慢条斯理的、令人不安的话:

"嗨,你们这些人啊……"

除了伊戈沙和格里戈里之外，还有一个人使我感到难过，那就是一看见她我就远远地躲开的荡妇沃罗尼哈。她个儿高大，头发蓬乱，脸孔污垢不堪，老是喝得仿佛一只醉猫似的。每逢过节她就跑到街上来。她走起路来好像脚不着地，轻飘飘的，边走边唱着淫秽的歌曲。人们一旦看见她迎面走来，就像躲避瘟疫一样，连忙躲到门洞后面、墙角和店铺里，仿佛遇到扫大街的似的。她脏兮兮的脸透着铁青，腮帮肿得好像气泡似的，一双灰色的大眼睛又滑稽又可怕的圆睁着。她有时杀猪般地嚎叫，哭道：

"你们在哪儿啊，我的孩子们？"

有一次，我问外祖母：

"她到底是怎么回事？"

"这事你犯不着问！"外祖母阴沉着脸答道，但是仍然解释了几句：这个女人的丈夫是个官吏，名叫沃罗诺夫。他为了升官就把自己的老婆卖给了他的上司，他的上司就把她带走了。两年以后，她回到家，发现她的两个孩子——一男一女全都死了，她的丈夫也被抓去坐牢，因为赌钱输了一笔公款。这个女人万念俱灰，于是就喝起酒来，放荡不羁，胡闹不止，每逢过节的夜晚，她就被警察抓了回去……

不错，家里的确比街上好些，尤其是午饭后的那段时光更是美妙无比。外祖父到雅科夫舅舅的染坊去了，外祖母就坐在窗户前面给我讲各种有趣的故事，讲我父亲的事。

那只外祖母从猫嘴里夺下来的八哥儿，已经养好了伤。她剪掉它折断了的翅膀，在那条受伤的腿上巧妙地绑上一根木片，治好了它，而且教它学讲话。有时，她在窗框上靠着，守着鸟笼子站上整整一个小时。她好像一只温顺的野兽似的，用低沉的声音对着这只黑漆漆的、喜爱模仿的鸟不住地说：

"喂，你用恳求的口气说：'给小八哥儿喂饭吃！'"

八哥儿斜着那只滑稽演员的、生动的眼睛望着她，用腿上的小木片扑打着薄薄的笼底，伸长脖子学黄鹂啼，夸张地学松鸦和布谷鸟"咕咕"地叫、学猫儿"咪咪"地叫、学狗"汪汪"地叫，可是学人说话总显得很笨拙。

"喂，别捣蛋！"外祖母对它认真地说，"你快说：'给小八哥儿喂饭吃！'"

这只长相酷似丑陋的猴子的鸟儿大叫一声，有点外祖母教的那句话的味道，于是她高兴地笑起来，用指头递给它要的稷子粥，乐呵呵地说：

"你这个调皮鬼，我早就猜出你在耍滑，我心里明白，其实你什么都能说，什么都能一学就会！"

外祖母果真把这只八哥儿给教会了。不久，它就能够主动跟人要饭吃了，而且口齿相当清楚。一看见外祖母，它就拉长腔调喊出很像"你——好——啊！"的声音。

这只八哥儿最先挂在外祖父的屋里，后来因为它老学外祖父说话，使外祖父非常腻烦，于是就把它移到我和外祖母住的阁楼上来。外祖父清晰地背祈祷词，它就把黄蜡似的小嘴伸出笼外，尖声尖气地跟着外祖父叫道：

"啾，啾，啾，伊儿，秃伊儿，踢伊儿，啾——啊！"

外祖父觉得这只鸟儿有意惹他生气。有一天，他停下祈祷，跺着脚发疯似的大叫道：

"快把这个鬼东西给我拿到一边去，否则我打死它！"

在这个家里，有许多有趣的和好玩的事，但有的时候，一种难以排遣的忧郁和沉闷压抑着我。我浑身好像被一种混浊的溶液灌满了似的，长久地陷进黑暗的深渊里，失去了视觉、听觉、知觉等等一切感觉，眼前黑的伸手不见五指，浑浑噩噩地生活着……

第八章

外祖父突然把房子卖了，买主是酒馆老板，在缆索街重新买了一幢。这条街上没有铺石子，长着杂草，但很清洁、安静。它穿过两排漆成各种颜色的小屋，一直通到田野。

这所新房比从前那所更漂亮，更令人喜欢。它的正面的墙涂着深红色油漆，让人有一种温暖而宁静的感觉；三个窗户上都装着浅蓝色的护栏板，阁楼上的窗户装的是筛状护栏板，它们在明亮的阳光下显得非常耀眼；靠左边的房顶遮掩着榆树和菩提树的浓荫，十分美丽。院子里和花园里有许多僻静的角落，特别舒适，好像专门为孩子们捉迷藏设计的。花园尤其美观好看，它虽然不大，但草木葳蕤，错落有致，使人感到愉快；花园的一角有一所玩具似的小巧的洗澡房；另一角是一个相当大的深坑，坑里长满了青草，几根烧焦了的木头在草丛中露着，这是旧洗澡房烧以后留下来的痕迹。花园左边是奥夫相尼科夫上校的马棚的围墙，右边是贝特连家的房子；花园前边连接着卖牛奶的女商贩彼得罗芙娜的菜地，她是一个面色红润的肥胖女人，说起话来声音很响，而且从早到晚吵吵闹闹个不停；她的小屋坐落在地平线下面，破旧不堪，阴暗潮湿，不过屋顶上面盖着的一层青苔，使它增色不少，两个窗口安详地瞅着深壑纵横、远处是一片浓密的树林的田野；田野上整天都有士兵训练，跑步，在秋天的斜辉下，他们的刺刀闪闪地发着白光。

整所宅院里挤满了人，我一个也不认识：一个鞑靼军人在前院住着，他的老婆虽然个儿矮小，但是又圆又胖，整天都吵吵嚷嚷，笑笑嘻嘻，常常弹着一把装饰得非常漂亮的吉他，用嘹亮的嗓音高亢地唱一支热情的歌儿：

光有爱情还不够，
再找一个解忧愁！
千方百计找到它。
只要顺着正道走，
瞅准机会去等候，
就会得到好报答！

那个军人也长得圆滚滚的，仿佛皮球似的。他坐在窗户旁，鼓着胖乎乎的、发青的脸，快活地瞪着一双棕红色的眼睛，不住地抽着烟斗，一面奇怪地咳嗽着，发出狗叫一样的声音：

"呜汪，呜汪，汪，汪……"

在地窖和马棚上面，有一间温暖的小屋，两个运货的马车夫在里面住着：个儿矮小、头发灰白的彼得大叔和他的哑巴侄子斯捷帕，他是一个体格强健、面孔好像红铜托盘的小伙子；那里还住着一个名叫瓦利伊的勤务兵，他是鞑靼人，长得又高又细，一副愁眉苦脸的样。这些都是陌生人，他们身上有许多我很惊奇的东西。

但是，那个外号叫作"好事情"的包伙食的房客最令我感兴趣，他深深地吸引着我。他在后院的厨房隔壁租了一间屋子，这间屋子很长，有两个窗户，一个朝着花园，一个向着院子。这个人有点儿驼背，瘦瘦的，面色白净，留着两撮黑黑的胡子，眼镜后面的一双眼睛闪烁着和善的光芒。他很少说话，不被人注意，每次叫他吃饭或者喝茶的时候，他总是回答：

"这是好事情。"

无论是背地里还是当他的面，外祖母都这样叫他：

"廖恩卡，去叫'好事情'来喝茶！喂，'好事情'，您怎么才吃这么点儿？"

他的屋子里塞满了各种各样的箱子和许许多多我所不认识的世俗字体刊印的厚厚的书籍；到处都是盛着五颜六色的液体的瓶瓶罐罐，铜片、铁片和成条的铝随处可见。从早到晚，他穿着一件棕红色的皮上衣，一条带方格的浅灰色的裤子，身上沾满了各种漆料，散发着一种难闻的气味；他的头发脏乱不堪，做起事来动作笨拙，整天架在那里熔化铝条，焊接铜器，或者在小小的天平上称来称去，同时，"哼哼唧唧"的，有时烧疼了手指，忙不迭地向它吹气，跄跄跄跄地走到挂图跟前，擦擦眼镜，在那儿看来看去，他那又细又直、白得出奇的鼻子凑近图纸，仿佛在闻它似的。有时他突然在屋子中央或者窗户旁边停下来，双目紧闭，沉默不语地呆呆地站上好大一会。

我爬到板棚顶上面，隔着院子从那个敞开的窗口对他进行观察，我看得见桌上酒精灯的蓝色火焰和一个黑乎乎的人影，看得见他在一个破旧的本子上涂涂画画，他的眼镜放射着清冷的光，好像两片薄冰似的；我常常在板棚顶上一趴就是几个钟头,他的魔术般的工作太使我感兴趣了。

有时,他背着双手仿佛站在木框子里似的站在窗口,眼睛眨也不眨地望着板棚的屋顶,可是他好像并没有发现我,这使我大为恼火。突然,他急匆匆地跑到桌子前,俯下身子,在桌子上搜寻什么东西。

我暗想,如果他是个有钱人,穿着更讲究些,我肯定会怕他的,但是他显然很穷:露在皮上衣领口外面的衬衣领子又脏又皱,打满补丁的裤子污斑点点,赤脚穿着破鞋。穷人不可怕,而且没有危险,我在不知不觉中相信了这一点,因为外祖母怜悯他们,外祖父蔑视他们。

这位"好事情"在宅院里不讨人喜欢:一谈到他,大家都露出讥讽的神色。鞑靼军人那位快乐的妻子叫他"白灰鼻子",彼得大伯叫他"药剂师"和"魔术师",外祖父叫他"巫师"和"虚无份子"。

"他到底在干什么?"我问外祖母。她严厉地对我说:

"没你什么事。别东问西问的,懂了没?"

有一天,我壮着胆子走到他的窗户跟前,强压住内心的激动,问道:

"你究竟在干什么?"

他吃了一惊,透过眼镜上方把我仔细地端详了一番,接着向我伸出一只布满烫伤和烧伤的手,说:

"爬进来吧……"

他叫我从窗口跳进去,而不是让我从门口走进去,这让我感觉他确实不同一般。他坐在箱子上,让我站在他面前,不时把我推开,不时把我拉近,最后,他压低了声音问我:

"你打哪儿来?"

这叫我有点儿不知所措:我每天四次在厨房里吃饭喝茶,每次坐在他身边的啊!我回答说:

"我是房主的外孙子……"

"啊哈,我想起来了。"他瞧着自己的手指说,接着又默不作声了。

这时,我觉得应当向他解释一下:

"我姓彼什科夫,不姓卡希林…"

"你姓彼什科夫?"他好像不相信自己的耳朵,又重复了一遍。"这是好事情。"

他推开我,站起身来朝桌子走去,一面对我说:

"很好,你就乖乖地坐着吧……"

我坐了相当长一段时间,仔细看他怎么样用木锉锉那块用老虎钳子夹着的铜。金黄色的铜末落在老虎钳子下面的硬板纸上。他把铜末收集起来,放进一个厚厚的杯子里,再从小罐里倒出一点食盐似的白色粉末,加在杯子里,接着拿起一个黑色的瓶子往杯子里面倒了点什么液体,于是杯子里就发出"咝咝"的声音,而且冒

着烟,一股刺鼻的气味直扑鼻而来。我不停地咳嗽,摇晃着脑袋,可是这位怪人却用一种炫耀的口吻问我:

"感觉很难闻,是吧?"

"嗯!"

"这就对了! 小家伙,如此一来就太好啦!"

"这有什么大不了的!"我心中琢磨着,然后一本正经地说:

"如此难闻,肯定就是不好的了……"

"你确信?"他大声问道,眨巴了几下眼睛。"小家伙,不能这样说话! 喂,你会玩羊拐游戏吗?"

"羊拐游戏?"

"对啊,你喜欢玩这个吗?"

"当然了!"

"你想不想叫我帮你做一个灌铅的羊拐? 用它来打,十分的准!"

"那当然。"

"很好,去拿一个来吧。"

说着,他端着那个冒烟的杯子向我走来,一面歪头仔细地看着它,到了我跟前他又说:

"我帮你做一个灌铅的羊拐,你以后别到我这儿来了,怎么样?"

听到这话我非常生气。

"不做就不做,你是不是以为我稀罕? 以后再也不到你这儿来了……"

我气呼呼地"哼哧"着鼻子,走进花园。外祖父正在那儿把落下的枝叶往苹果树的根部堆。秋天到了,万木开始凋谢。

"来,帮我剪齐草莓的枝叶。"外祖父说着,递给我一把剪刀。

我问他:

"'好事情'究竟在干什么呀?"

"他在搞破坏!"外祖父气呼呼地答道,"我正准备让他滚蛋! ——他烧坏了地板,他弄脏了墙壁,墙纸也是一塌糊涂!"

"对,就应该这么办!"我附和道,拿起剪刀开始帮他干活。

可是,这话我说得未免太匆忙了。

秋天的夜晚,夜雨绵绵,如果外祖父外出,外祖母就在厨房里搞有意思的晚会,所有房客都被邀请。马车夫和勤务兵过来喝茶,还有泼辣的彼得罗芙娜,有时那个热情活泼的军人妻子也来。"好事情"来了之后,总是躲在墙角的炉子那边,不说话,也不动弹。哑巴斯捷帕和鞑靼勤务兵玩纸牌,瓦列伊用纸牌拍打哑巴的大鼻子,一面说:

"你这个可恶的魔鬼!"

彼得大叔带来一大块白面包和一大瓶"种籽"果酱,面包被切成薄片,然后他把果酱抹到上面,捧着这些美味可口的食物向大家深施一礼,分给众人品尝。

"各位,尝一尝!"他恳切地说,当别人从他手里把面包拿走以后,他留意他那黑黑的手掌,一旦看到上面有点儿果酱,便用舌头舔干净。

彼得罗夫娜带来一瓶樱桃甜酒,那个开朗的军人妻子带来一些核桃和糖果。于是,外祖母最喜爱的晚宴便开始了。

就在那次"好事情"以答应给我做一个灌铅的羊拐为代价叫我不要再去找他之后不久,外祖母搞了一次晚会。外面秋风阵阵,淫雨霏霏,树叶在风雨中哀鸣,墙壁被树枝刮地索索地响。厨房里显得一片温馨,大家都兴高采烈地坐在一块儿,十分亲热。外祖母很少如此快乐过,不停地讲童话故事,讲得神采飞扬。

她坐在炕沿上,两脚蹬着炉台,弓着腰看着那些被小羊铁灯的亮光照耀着的人们。只要外祖母讲到兴头上,她就爬到炕炉上,跟大伙儿说:

"我要坐得高一点儿,这样才能讲得更好。"

我在她脚旁边宽宽的炉阶上寻了一个地方坐下,几乎就在"好事情"的头顶上。外祖母讲了一个有关伊凡勇士和米龙隐士的动人的故事。那些富于表现力的、形象生动的词句从她的嘴里汩汩涌出:

> 很久之前有一个恶狠狠的督军,名叫高尔将,
> 他心如铁石,灵魂肮脏;
> 他鱼肉百姓,灭绝真理,
> 他好像树洞里的枭,满心都是坏主意。
> 他最痛恨的是谁?
> 最痛恨的就是老人米龙——一个隐居者。
> 米龙暗中捍卫真理,体贴百姓,
> 他天不怕,地不怕,只为人们做好事情。
> 督军唤来忠实的奴隶——勇士伊凡,
> 命令他:"伊凡啊,你去除掉那个老头子,
> 杀死那个目空一切的老隐士米龙!
> 你去砍下他的脑袋,
> 提着他的花白胡须来见我,
> 我要把它拿去喂狗!让人们尝尝我的厉害"
> 伊凡领命之后立刻动身,
> 一路上他苦苦思量:
> "我并非有意要去行凶,这是主命难违!
> 因为上帝对我的命运就做了这样的安排。"

他把一柄尖刀藏在衣襟下面，

走到隐士米龙跟前,赶忙下跪行礼:

"好心的老人家,你--向可好?

上帝是否保佑你一切顺利,健康平安?"

老隐士早就明白伊凡的来意,

他笑脸相迎,并且机敏地对他说:

"得啦,伊凡,你不必隐瞒真情!

你想什么,做什么,上帝都很明白,

他神通广大,善与恶都逃不脱他的慧眼!

你找我有何贵干,我也知道!"

伊凡一听,涨红了脸,

但是督军的命令又不可违抗。

他从皮鞘里抽出一把刀,

在宽大的衣襟上'霍霍'磨个不停。

"米龙啊,我本来不想让你看见这把刀,

趁你不备就砍下你的脑袋。

唉,你现在快快向上帝祈祷吧,

为了你,为了我,为了所有的人,

你向上帝做最后一次祈祷吧,

祈祷一完,这把刀就会立即砍向你的脑袋! ……

老隐士双膝跪倒在地,

面对着一棵小橡树,安之若素,

小橡树对他躬身行礼。

老人微笑着说:

"伊凡啊,你要有个心理准备:

这次祈祷会让你等很久很久!

因为这不仅仅是为你、为我祈祷,更是为所有的人祈祷,具有重要的意义!

你最好把刀朝下一挥,割去我的首级,

免得你苦苦等待,终生遗憾!"

伊凡一听,气炸了肺,

马上愚蠢地夸下海口:

"我一言九鼎,决不反悔!

纵然等上一百年,我也毫无怨言!"

老隐士开始祈祷,直到深夜,

从深夜祈祷到日出,

从日出祈祷到日落，

从夏天祈祷到春天。

如此祈祷不停，

小橡树已经长得高入云霄，

橡树的籽儿也变成了郁郁葱葱的橡树林，

圣徒的祈祷却还没有休止！

他们至今仍然是那样：

米龙没完没了地祈祷，

盼望着上帝能把恩惠施与人们，

期待着圣母能把甘露带到凡界。

伊凡站在那里纹丝不动，

他手中的宝刀已被尘封，

他身上的衣服已经破烂、腐朽、脱落，

无论冬夏，他都光着身子，

炎炎烈日无情地炙烤着他的躯体，

但是皮肤却被晒不干，

蚊虫吸他的鲜血也吸不尽，

狼熊虎豹也不敢来吞噬他的肉体，

他的头高高昂起，迎着风霜雨雪。

他浑身动弹不得：

手抬不起来，话说不出来。

你们瞧，这就是对他的惩罚，

多么可怕啊！

他不该盲从坏人的话，

不该替人受过！

但是那个善良的老人家，

他直到如今仍在为我们这些负罪的人祈祷，

他的祷词如同清澈明亮的河水流入大海一样，流入上帝的心田！

外祖母刚开始讲的那会儿，我就注意到"好事情"的神情不安：双手奇怪地抽搐着，时而地把眼镜摘下来戴上去，摆弄着它，跟外祖母讲故事的节奏很合拍；他左摇右晃的，不住地用手背拭擦着前额和腮帮，仿佛出了满头大汗似的。如果听众有谁动弹、咳嗽或者跺地板，他就会立刻发出严厉的警告：

"嘘！……"

外祖母讲完故事以后，他猛然站起来，舞动着双手，不知为何很不自然地扭动

着身子,嘟嘟囔囔地说:

"真是太棒了,应当把它写下来,必须要写下来!你说得很对,我们……"

这时,我确定地看见他哭了,眼里满是泪水,泪水浸湿了他的眼圈,接着便模糊了他的眼睛:这使我感到不知所措,觉得他十分可怜。他在厨房里跳来蹦去,手脚笨拙,模样滑稽。他手里拿着眼镜,在鼻尖上不停地摆动,想戴上它,可是眼镜腿总挂不到耳朵上。看着他那副可笑的样子,彼得大叔不禁露出了笑容,但是大家都沉默不语,不好意思地张望着,外祖母急不可待地说:

"那就写下来吧,这并不妨事。这样的故事我还会讲很多呢……"

"不,就写这个!这才是纯粹的俄罗斯童话。""好事情"激动地叫道,忽然,他在厨房中间站住了,好像患了痴呆症似的。过了一会儿,他就大声讲起来,右手在空中摆动,左手拿着眼镜抖动。他讲了很长一段时间,嗓子尖细,情绪激昂,而且不住地捶胸顿足,有一句话他常常重复说:

"不能代人受过,没错,不能代人受过!"

后来,他突然不说了,望了望大家,带着愧疚的表情悄声地走了出去,低着头。众人尴尬地笑了笑,面面相觑,外祖母移到炕炉深处的黑影里,摇着头叹息。

彼得罗芙娜用手掌擦了擦红红的厚嘴唇,问道:

"看样子,他好像生气了?"

"哪儿啊,"彼得大叔说,"他就是这样……"

外祖母从炕炉上下来,一声不吭地把茶壶煨热,彼得大叔不疾不徐地说:

"先生们全是这个样子——难以捉摸!"

瓦列伊面色阴沉地低声说:

"单身汉都爱犯这种怪脾气!"

大家被他逗得笑了起来,彼得大叔拖着长长的声音说:

"难以自制,泪流满面。看来,从前是大鱼上钩,现在连小鱼儿都钓不着啦……"

屋里十分沉闷,一种忧郁袭击到了我的心头。"好事情"的言谈举止使我惊愕不已,同时我又觉得他很可怜,他那双被泪水浸湿了的眼睛清清楚楚地印在我的记忆里。

那天晚上他没有回家来住,直到次日午饭过后才回来。他显得很平静,虽然看上去无精打采的,而且衣服也揉得皱皱巴巴。

"昨晚我吵吵闹闹的,"他像个孩子似的愧疚地对外祖母说,"您没有生我的气吧?"

"生你什么气?"

"我不该多嘴多舌,不该乱发议论。"

"您没有得罪谁……"

我感觉外祖母好像怕他,总是避开他的目光,说话时声音也很低,跟往日大不相同。

他凑到外祖母跟前,毫不隐饰地说:

"要知道,我举目无亲,茕茕孑立,形影相吊,闷得难受! 我整天沉默不语,一旦激动起来,就无法自制……即使是对着一块石头,对着一棵树,我也想一诉衷肠……"

外祖母退后几步,说:

"那您就结婚呗……"

"唉!"他愁眉苦脸地长叹一声,甩了甩手就走开了。

外祖母双眉紧蹙,望着他的背影,一连闻了几下鼻烟,然后声色俱厉地教导我说:

"你以后离他远一点,他到底是什么人只有天晓得……"

然而,这更加引起了我的好奇。

我留意到,当他说"闷得难受"的时候,他的脸色变得惨白不堪,煞是吓人;这句话所包含的某种东西,我似乎能够理解,它触动了我的心灵,于是我找他去了。

我从院子里朝他的窗户望了望,屋里没有人,好像贮藏室似的,只有各种正像它们的主人一样多余而且古怪的东西乱七八糟地堆放着。我走进花园,在花园的坑里找到了他。他懒洋洋地坐在烧焦了的梁木尾部,弯着腰,两手抱着头,胳膊肘支在膝盖上。梁木在枯萎的蓬蒿、荨麻和牛蒡丛中突出着,上面撒满了土,它的尾部,黑炭发着亮光。他坐的姿势很不舒服,这加深了我对他的同情。

他过了片刻工夫才发现我。他那双隼鹰似的、半瞎的眼睛向远处张望着,然后呼哧着鼻子没好气地问我:

"你是来找我的吗?"

"不是。"

"那你来干什么?"

"我什么也不干。"

他把眼镜摘了下来,用一块黑迹斑斑的手帕擦镜片,一面冲我叫道:

"喂,你过来!"

我在他身边坐下,他把我肩膀紧紧地搂着。

"坐下吧。我们就这么坐着,不说话,好吗? 对,就这样……你的脾气是不是很拗?"

"是。"

"这是好事情!"

我们俩一言不发地久久地坐着。这是一个秋天的傍晚,安静而且温和,周围的草木格外鲜艳,但是显然已经褪色不少,每小时都变得更为黯淡。大地上,那旺盛的夏天的气息也几乎耗尽,只剩下寒冷的潮气。空气非常明净,一群群的寒鸦在红晕的天空中匆匆地飞来飞去,唤起人们闷闷不乐的思绪。一切都出奇地静,一片落叶,一只鸟儿,甚至是一茎枯草,发出来的细微的声音,听来都是那么的大,吓得你想打冷战,然而冷战过后,你又沉浸在寂静之中,凝神不动——大地充满了寂静,心胸充满了寂静。

这时,一些特别纯洁、飘忽的思想就在头脑中产生。这些思想是细腻的,像蜘蛛网一样透明,简直难以言传,它们往往转瞬即逝,如同流星划破夜空,像一种忧伤的感情之火,焚烧着人的心灵。这使你有时得到慰藉,有时觉得惶恐。一时间,心潮澎湃,开始沸腾、熔化,最终铸成一种永远不变的形状,于是心灵特征就这样产生了。

我偎依在这个怪人的温暖的身边,和他一起透过苹果树乌黑的枝杈,仰望着晕红的天空,眼睛眨也不眨地瞅着朱顶雀飞来飞去,看见几只金翅雀敲开一株干枯的刺实植物的果儿,啄食里面苦涩的种子。一抹云彩下面,老鸦向墓地的鸟巢缓缓飞去。一切都是美好的,那么不同寻常,不像往日那样容易理解和令人感到亲切。

不时地,这个怪人深深地叹一口气,问道:

"好不好啊,小鬼? 的确很好! 你觉得潮湿吗? 你身上冷吗?"

天空变得越来越暗,周围的一切似乎膨胀起来,被潮湿的暮色所笼罩。他说:

"好啦,坐够了!咱们走吧……".

在花园的门口,他又停了下来,轻声说:

"你的外祖母真好。啊,大地多么美好啊!"

他闭上了眼睛,脸上露出笑容,口齿清晰地低声念道:

这就是对他的惩罚,

多么可怕啊!

他不该盲从坏人的话,

不该代人受过!

"这些话你要牢牢记住,小鬼,要牢牢记住!"

他把我推到前面,问道:

"你会不会写字?"

"不会。"

"你应当学着写字。如果你学会了,就可以把你外祖母讲的童话记下来,小鬼,要知道,这将对你大有益处……"

我跟他交上了朋友。打那以后,只要我乐意,我随时可以去找他。我坐在他那盛满破烂的箱子上,自由自在地注视着他熔化铅条,焊接铜板,把铁片绕红放在小砧子上用红把儿的小锤捶打,用木锉、锉刀、金刚砂纸和线锯忙碌。他常常把一些东西拿到极其灵敏的铜制的天平上称一称。他把各种液体倒在一个很厚的白杯子里面,并且神情专注地观察它们冒烟,屋子里充满了刺鼻的气味,他板着面孔查看一本厚厚的书,咬着红嘴唇不时地咕哝些什么,或者拉着长腔嘶哑地低声唱道:

沙朗的玫瑰哟……

"你这是在做什么啊?"

"做一件东西,小鬼……"

"什么东西?"

"嗯,这不好说,我无法说得使你明白……"

"外祖父说,你大概是在造假币……"

"外祖父?嗯……他瞎说!小鬼,钱无足轻重……"

"那么,用什么买面包啊?"

"是啊,小鬼,你说得没错,买面包是得用钱……"

"我说的对吧?就是牛肉也得用钱买……"

"牛肉也得用……"

他轻柔地、十分和善地笑了,他像揪小狗似的揪着我的耳朵,说:

"我无论如何也辩不过你,小鬼,你把我给难住了。咱们还是不要说话吧……"

有时他放下手中的活计,挨着我坐下。我们长久地望着窗外,看那细雨飘洒在屋顶上,飘洒在长满青草的院子里,看那苹果树的叶子纷纷凋落,露出光秃秃的枝杈。"好事情"极少说话,但是他说的话总是很有必要,如果提醒我注意什么东西,他只是用胳膊肘轻轻地推我一下,或者朝我眨巴眨巴眼睛。

在院子里我并没有看到什么新奇的东西,不过一经他这么轻轻一推,或者提示一两句话,我所看到的一切就似乎具有了特别的意义,而且总会牢牢记在心里。譬如,一只猫在院子里跑,它在一洼清水前面停下来,瞪着自己的影子,抬起柔和的爪子,好像要去打它似的。这时,"好事情"就会小声说:

"你瞧,猫儿又高傲又多疑……"

金黄色的大公鸡玛玛伊飞到花园的栅栏上,站好以后,拍拍翅膀,差点儿摔下来。它非常恼火,伸长脖子,气得低沉地叫了几声。

"这位将军气派十足,就是不大聪明……"

手脚笨拙的瓦列伊好像一匹老马似的,艰难地在泥泞的院子里走过。他的颧骨高高凸起,鼓着腮帮子,眼睛眯成一条缝儿望着天空,秋天白亮白亮的阳光径直照在他的胸上。瓦列伊的上衣铜扣子被照得闪闪发光,他站住了,弯曲着手指摸摸铜扣子。

"他好像获得了一枚奖章似的,正在抚摸呢……"

没过多久,我就深深地喜欢上了"好事情",无论是在受屈受辱的痛苦的日子,还是在愉快的时刻,他都成了我不可或缺的人。尽管他极少说话,但是从来不限制我把我所想到的一切讲出来,不像外祖父,我刚一开口,他就严厉地训斥我说:

"不要多嘴多舌,好像小鬼拉磨似的!"

外祖母整天忙忙碌碌的,没有功夫听别人说话,也懒得过问别人的事。

"好事情"总是很认真地听我闲扯,常常笑呵呵地对我说:

"不对,小鬼,这该不是你自己瞎编吧?……"

他的评语简明扼要,而且一语中的。我心里想什么他仿佛都能看穿似的,没等我把废话和不真实的话说出来,他就温和地用片言只语把我顶回去:

"瞎扯淡,小鬼!"

有时我想试验一下他这种神奇般的本领,于是就乱编一气,一本正经地讲给他听,可是往往刚开个头儿,他就摇晃着脑袋说:

"你又胡诌啦,小鬼……"

"你怎么知道我在胡诌?"

"小鬼,我一听就知道……"

我常常跟着外祖母到干草广场去担水。有一次,我们看见五个小市民正在殴

打一个乡下人。他们把他掼倒在地,好像一群疯狗似的在他身上厮打。外祖母把水桶一扔,抢着扁担便向他们跑去,一面冲我喊道:

"快跑开!"

我吓得面如土色,不敢一个人跑开,于是跟着她跑过去,从地上捡起石子和石块朝小市民身上乱砸。外祖母毫不畏惧地用扁担捅他们,在他们的肩膀上和脑袋上敲打。后来又来了一些人,小市民们掉头就跑,外祖母给那个浑身是伤的乡下人洗脸洗手——他的脸被打得血肉模糊,我至今回想起来还觉得恶心。他用脏兮兮的手指捂住流血的鼻孔,低声哭叫着,不停地咳嗽,血从他的指缝中溢出来,溅在外祖母脸上和胸上;她也叫唤,而且全身哆嗦。

我一回到家,就跑去找那个怪人,把这件事告诉了他。他停下工作,走到我面前,像举马刀似的把长锯举了起来,从眼镜下面瞪着我。过了一会儿,他非常带劲地插嘴说:

"好,太棒了,就这样办! 太棒了!"

由于这件事大大地震动了我,所以对他的话我没有表示惊讶,接着往下讲,但是他把我抱住,磕磕绊绊地在屋子里走来走去,说:

"够了,不要再说啦! 小鬼,该说的你都已经说了,知不知道? 全说了!"

我住了嘴,觉得很委屈,但是细细一想,忽然明白过来——使我永远难忘地明白过来:他恰到好处地制止了我,因为我的确已经把事情说清楚了。

"小鬼,这种事情不要老去念叨,这不值得记在心里!"他说。

有时,他会冷不防说出一些永远留在我的记忆里的话。有一次,我跟他说起我的敌人克留什尼科夫——一个体胖头大的孩子;他是新开路打架的高手,我无论如何也打不过他,但是他也打不过我。"好事情"聚精会神地听完我的不幸,对我说:

"这没有什么了不起。这种力气算不上大,真正的力气在于动作敏捷,越敏捷越有力——明白吗?"

接下来的一个星期日,我试着出拳快一点儿,结果把克留什尼科夫轻而易举地打败了。这使"好事情"在我心目中的地位抬高了许多。

"什么东西都得会拿,你明白吗? 要学会拿,还真的不容易呢!"

我好像被泼了一头雾水似的,不明白他这句话的含义。但是,在无意中我把这类话记在了心里,因为在这些简单朴素的话中,有一种使人恼火的、不可理解的东西:拿石块、拿面包、拿茶碗、拿锤子,并不需要什么特别技巧呀!

"好事情"越来越不被院子里的人喜欢了,即使性格开朗的军人妻子的那只可爱的猫也不往他的膝盖上爬,但是对于别人却很亲近。他温和地招呼它,它也不过去。我十分生气,就打它,揪它的耳朵,为了劝它不要畏惧"好事情",我差点儿哭了起来。

"这猫儿不接近我是因为我的身上有股酸味。"他解释说。然而,我看得出来,包括外祖母在内的所有人对他都另有一套怀有敌意的、歪曲的看法。

"你老在他身边转悠什么呀?"外祖母气呼呼地问我,"当心点儿,他会把你教坏的……"

我常常到"好事情"那儿去,这事渐渐被外祖父知道了,我每去一次,这个红毛黄鼠狼就狠狠地打我一顿。家里人不容许我跟"好事情"来往,我当然没有把这个告诉他,不过,我毫不隐讳地对他说了家里人对待他的态度。

"我外祖母怕你,她说你有股邪气;我外祖父也唯恐躲你不及,说你专门跟上帝作对,是个危险分子……"

他轻轻地摇摇头,仿佛驱赶苍蝇似的。接着,他露出了笑容,白皙的脸颊立刻泛出一层红晕。望着他尴尬的笑容,我难过极了,眼前直冒金光。

"这我早就知道,小鬼!"他压低声音对我说。"这真叫人头痛,小鬼,你说是吗?"

"是啊!"

"唉,真让人头痛,小鬼……"

他终于被迫搬走了。

一天,吃过早茶以后,我到他那儿去,看见他正坐在地板上往箱子里装东西,一面唱着那支《沙朗的玫瑰》。

"再见吧,小鬼,我就要走了……"

"你为什么要走啊?"

他直勾勾地看着我,说:

"难道你一点儿也不知道吗? 这间屋子要腾出来给你母亲住……"

"这是谁说的?"

"你外祖父说的……"

"他骗人!"

"好事情"把我拉到他身旁,等我坐到地板上,他轻声地说:

"别发火! 小鬼,我错怪了你,我以为你假装不知道,故意不告诉我呢,真是不好意思……"

不知怎么回事,我心里极不痛快,而且为他惋惜。

"你听我说完,"他微笑着,温声细语地对我说,"我曾经对你说过'不要到我这儿来',你还记得吗?"

我点点头。

"你当时生我的气了,对不对?"

"没错……"

"我本来不想惹你生气,小鬼。你看看,我早就料到,如果我跟你交往过密,你家里的人肯定会骂你,没错吧? 事实就是如此。现在你总该明白我跟你说这话的道理了吧?"

他跟我说这些话的时候,就像一个年岁和我一般大的孩子似的,这使我乐不可支,我甚至觉得,我起初就很了解他。于是,我坚决地答道:

"我早就知道了!"

"啊,真的吗?很好,小鬼。就应该这样,我亲爱的孩子…"

我伤心极了。

"你为什么不讨他们喜欢呢?"

他紧紧地搂着我,眨巴了几下眼睛,回答说:

"我跟他们志趣不投,你明白吗?就因为这。我不是他们那样的人……"

我拉着他的袖子,不知该说些什么才好。

"别发火,"他重复道,又凑近我的耳朵轻轻地补充说,"也别哭……"

可是,他的眼眶里却噙满了泪水,过了一会儿,泪水从灰蒙蒙的眼镜下面直往下掉。

后来,除了偶尔说一两句话以外,我们像往常一样,默默无言地坐了很长时间。

晚上,他走了,跟大家亲切地告别,紧紧地拥抱我。我走出大门,看见他坐在一辆大车上,身子颠得摇来晃去,车轮子在冻结的泥疙瘩土面上缓慢地滚动着。他刚走,外祖母便开始洗刷那间脏兮兮的屋子,我为了打搅她,故意在屋子里转来,转过去。

"滚到一边去!"她冲我叫道,因为我老妨碍她。

"你们为什么要把他撵走?"

"不关你的事!"

"你们太糟糕啦!"我说。

她用湿布打我,一面嚷道:

"你是不是疯啦,浑小子?!"

"我不是说你,除你之外,别的人都太糟糕啦!"我改口说,但这并不能平息她的心头的怒火。

吃晚饭时,外祖父说:

"哎呀,多谢上帝!要不,我一看见他,心窝里就好像扎着一把尖刀似的,非常难受。哈哈,赶走他真是太好啦!"

我非常生气,故意弄断一把羹匙,于是又挨了一顿揍。

就这样,我和祖国的许许多多的优秀人物中的第一个人的友谊结束了。

第九章

我总是把我的童年时代比作一个蜂房。各式各样的平凡的人好似蜜蜂一样，把各自的知识和生活的体验当作蜜一般送进蜂房里，他们从方方面面毫不吝啬地滋养着我的心灵。这种蜜通常夹带着一些乌七八糟的东西，而且味道有点儿苦，但是无论什么知识终究是蜜。

"好事情"走后，彼得大叔跟我的关系逐渐密切起来。他的样子和我外祖父很像：瘦瘦的，衣服穿得很整洁，不过个儿比外祖父更为矮小，好像滑稽短剧里扮演老头儿的小孩似的。他的脸上的细小的皱纹纵横交织，如同网筛，一双眼睛机灵锐利，眼白发黄，仿佛鸟笼子里的黄雀似的，滑稽地跳动着。他的浅灰色的头发卷得很厉害，一幅大胡子卷成许多圈儿。他很爱抽烟斗，烟斗冒出的烟和他的头发颜色相同，缓缓上升。他说话喜欢转弯抹角，爱开玩笑。而且说话瓮声瓮气的，听来似乎很有礼貌，但是我觉得他是在故意嘲弄人。

"那时候，敬爱的伯爵小姐塔季扬·列克谢芙娜吩咐我说：'你就去做铁匠吧，'过了不久，她又吩咐我说：'你去给园丁帮帮忙吧！'于是，我就去了。但是，哪料到把一个老家奴安排在哪里都不妥！过了一些时候，她又对我说：'彼得鲁什卡，你还是去打鱼吧！'行啊，对我来说，反正干什么活儿都没有大的分别，我就去打鱼……可是，我刚刚干出点儿眉目来，她又有了别的指示，于是我就和打鱼儿分了手，这倒也没什么。她又叫我到城里赶马车，交给她租金。好吧，赶马车也行，我还能干些什么呢？后来，小姐还没有来得及让我再改行，农奴就解放了，我就从事这个行当，留下了这匹马，现在啊，这匹马就成了我的伯爵小姐赠给我的东西了。"

这是一匹老马。它的毛色非常古怪，就好像它原来是白的，曾经被一个喝醉了酒的画匠用画笔在它身上乱涂一气，却又涂了寥寥几笔，没有涂完似的。它的腿脱了臼。它的身子仿佛是由破布连缀而成。它的头瘦骨嶙峋，两只眼睛雾蒙蒙的，它沮丧地低着头，粗大的青筋在瘦弱的脖子上凸显出来，磨光了毛的老皮难看地颤动着。彼得大叔对它十分疼爱，从不打它，而且亲昵地叫它丹尼尔。

有一天，我外祖父对他说：

"你怎么可以用基督教徒的名字称呼牲口呢？"

"没有啊，瓦西里·瓦西里耶夫，没有啊，老哥！基督教里没有这样的名字，丹尼尔不是教名，而塔吉扬娜才是教名呢！"

彼得大叔也粗通文字，所以对《圣经》里的故事并不陌生。他和我外祖父常常为了圣徒里面谁最神圣这个问题而争论不休。有时他们批评那些违反教规的古人，言辞非常激烈，一个比一个义正词严，特别对押沙龙，更是不客气。有时他们还为一些纯粹属于语法性质的问题争执不下，我外祖父说"犯罪""犯法""不合理"这三个词的词尾都应当是阳性的，而彼得大叔坚持说这三个词的词尾应当是阴性的。

"我跟你说的不是一回事！"我外祖父怒气冲冲地吼道，他的脸涨得通红，故意学他说话嘲笑他。

但是彼得大叔喷出一口烟雾，立即对外祖父还以颜色：

"你那些阳性词尾有什么好呢？它对上帝来说一点儿也不好！我琢磨着，上帝一面听你祈祷，一面肯定在想：任凭你怎么祈祷吧，反正你的祈祷毫无作用！"

"滚开，阿列克谢！"外祖父气愤地喊道，绿眼珠子直射凶光。

彼得大叔喜欢整洁，做事很有条理。他从院子里走过，总要把碎石块、土疙瘩和碎骨头踢到一边去，一面骂骂咧咧道：

"多余的东西，碍手碍脚的！"

他很健谈，看上去十分和善和快活。不过，有时他的眼睛充满血丝而且混浊不清，仿佛死人似的呆滞无光。他常常蹗缩在昏暗的角落里，阴沉着脸，就像他的哑巴侄子一样一言不发地长久地坐着。

"彼得大叔，你怎么啦？"

"滚到一边去！"他沉郁地说，口气十分严厉。

在我们这条街上，搬来一位脑门上长着一个肉瘤的老爷，此人有一个非常奇怪的习惯：一到节日，他就坐在窗口，拿着一杆猎枪打狗啦、猫啦、鸡啦、乌鸦啦等等，甚至还打他不喜欢的行人。有一次，他用细铅沙打中了"好事情"的腰，皮夹克没有被霰弹打穿，但是有几粒落进了衣袋里。那位戴眼镜的房客仔细察看那些浅灰色霰弹的神情我至今还清楚地记得。外祖父劝他去告那个老爷的状，但是他把霰弹朝厨房的角落里一扔，懒洋洋地说：

"没意思。"

还有一次，他把我外祖父的脚踝用猎枪打伤了，我外祖父怒不可遏，马上向调解法官告了他一状，而且召集了街上的其他受害者和目击者，但是那位射手突然不见了。

每每街上响起枪声，彼得大叔——只要他在家——就会赶紧把那顶只有过节时才戴的褪了色的宽檐帽子戴到浅灰色头发的头上，急匆匆地往大门外跑去。他两手藏在背后的长衫下面，把长衫撩得高高的，鼓得好像公鸡尾巴似的，挺着肚子，大模大样地在人行道上来回转悠。他常常要在那个老爷的窗口外面晃荡很长一段时间。我们全家人都在大门口站着观望。那个军官也把头从窗口探了出来往外看，在他的铁青的脸上面，是他妻子的金发脑袋。贝特连家的院子里，也走出一些人来凑热闹。只有奥夫相尼科夫家那座灰色的房屋死气沉沉的，没有走出任何人。

有时,彼得大叔逛来逛去,一无所获,或许那位射手认为他不值得被猎取,白白浪费子弹。然而,有时双管猎枪一连发出两响:

"嘣——嘣……"

彼得大叔不紧不慢地朝我们走来,一副神气活现的样子,得意地说:

"下襟被打着了!"

有一次,霰弹击中他的肩膀和脖子。我外祖母一边用针给他挑霰弹,一边对他唠唠叨叨地说:

"你何必去招惹那个恶棍呢?当心他把你的眼睛打瞎!"

"不,不会的,阿库林娜·伊凡娜,"彼得大叔拉长了腔调满不在乎地说,"他算什么射手……"

"你干吗纵容他呢?"

"纵容?或只不过是耍弄他一番罢了……"

他把挑出来的霰弹放在掌心里,一边仔细察看,一边说:

"他算什么射手!以前啊,我们伯爵小姐塔季扬·列克谢芙娜跟前有一个临时充任她的丈夫的——她的丈夫是经常换的,就跟换仆人一样——名字叫作马蒙特·伊里奇的,是个军官。嗬,他才算得上是真正的射手呢,他往往百发百中!老婆婆,他打枪用得都是真子弹。他让傻子伊格纳什卡站在大约四十步远的地方,在他裤带上系一个瓶子,瓶子就悬在他的两腿之间。伊格纳什卡把两腿叉开,傻乎乎地笑着。马蒙特·伊里奇用手枪瞄准瓶子,"砰"地一声,那瓶子就被打得开了花,只有那么一次,可能傻子被一只牛虻在腿上咬了一口吧,他稍一哆嗦,子弹就打在他的腿上,正打中膝盖骨!他叫来了一位医生,立刻把傻子的那条腿齐膝锯掉了,这下就完事啦!然后就把锯掉的那半截给埋了……"

"那么傻子呢?"

"什么事也没有。对于他来说,要不要手脚都无关紧要,光凭那副蠢相他就可以养活自己了。傻瓜人见人爱,因为他不会得罪任何人。俗话说得好,教堂里的执事和法院里的文书都要管人,可是傻瓜就不一样了,从来不会惹人烦……"

这类故事在外祖母看来再寻常不过,她可以一连讲出好几个来。可是我听了之后有点儿害怕,就问彼得:

"那位老爷会打死人吗?"

"当然会啦,怎么不会呢?老爷之间也经常发生殴斗。有一次,塔季扬·列克谢芙娜家里来了一个枪骑兵,不知为何,他跟马蒙特翻了脸,俩人立刻诉诸武力,各自拔出枪来,他们走到一个花园,就在池塘旁边的小路上,那个枪骑兵朝马蒙特开了一枪,正中肝脏!结果把马蒙特送到坟墓里去了,那个枪骑兵被流放到高加索,这就算了结!这是老爷之间互相杀害,假如打死的是农民或者其他什么人,那就毫不在乎啦!嗬,现在的老爷们哪,更不怜惜人了,因为农民不再是他们的农奴了。

如果放在从前,他们多少还有点儿心疼,私人财产嘛!"

"哼,就在以前,他们也不怎么心疼。"我外祖母说。

彼得大叔又附和道:

"这话也对:既然是私人财产,那就更肆无忌惮了,都不值钱……"

彼得大叔很喜欢我,跟我说话时总是很亲热,比跟大人说话时和善得多,两眼总是带着笑意看着我。然而不知怎的,我觉得他身上有一种我不喜欢的东西。他请大家吃他心爱的果酱,我的面包上总会被抹上厚厚的一层,有时他从城里给我带来麦芽糖和樱桃夹心饼,跟我说话也总是一副一本正经的样子,慢吞吞的。

"小鬼,将来长大了做什么呀? 是当兵呢,还是当官?"

"当兵。"

"很好。如今当兵不怎么苦啦。当神父也不错,随便咕哝几句'上帝饶恕'就完事啦! 当神父比当兵还容易些,当渔夫那就更不用说啦,容易地不需要任何本事,只要习惯就行! ……"

接着他就滑稽地描述鱼儿如何围着鱼饵游来游去,鲈鱼、雅罗鱼和鳊鱼上了钩以后怎样挣扎。

"你外祖父用树条子抽你的时候,你一定很生气吧?"他安慰地说,"其实生气大可不必,他都是为了教你学好,这种打法,不算是真打! 我那位塔季扬·列克谢芙娜小姐,她打起人来才是厉害呢,要知道,她打人都打出了名! 她养了一个名叫赫里斯托福尔的打手,这家伙可真善于打人。邻近的一些地主都向我过去的这位主子借他帮忙:'塔季扬·列克谢芙娜小姐,把赫里斯托福尔借我们一用吧,让他去教训教训我们家的农奴吧!'于是她就把他借给他们。"

他心平气和地详细地讲述那位伯爵小姐如何穿着洁白的薄纱连衣裙,系着柔和的天蓝色头巾,坐在廊檐下的一把红圈椅子里看赫里斯托福尔当着她的面鞭打农妇和农夫。

"小鬼,那个赫里斯托福尔很像茨冈人或者乌克兰人,可他实际上是梁赞人。他的两撇小胡子一直连到着耳鬓,脸色铁青铁青的,下巴上的胡子刮得一根不留。他整天作一副傻样,不知是真傻呢,还是怕人家打搅他而故意装傻。他常常独自待在厨房里,把捉到的苍蝇、蟑螂和甲虫什么的,放进盛满水的杯子里,用一根小木棍把它们按到水里,直到它们被淹死为止。要不然就把手伸进自己的领口去捉虱子,然后也放到水杯里淹死它们……"

诸如此类的故事我已经不觉得很新鲜了,因为外祖父和外祖母给我讲过很多很多。表面上看来这些故事各具特色,细细一想,才发现它们就内容来说都是大同小异:每个故事讲的都是怎样折磨人、侮辱人或者压迫人。我听够了这些故事,于是请求这位马车夫说:

"讲点新鲜的吧!"

这时,他把满脸的皱纹聚拢到嘴角上,随即又使它们爬到眼角,便高兴地说:

"好吧,讲点新奇的,你真是个故事迷。以前我们那儿有个厨子……"

"到底是在哪儿呀?"

"就是伯爵小姐塔季扬·列克谢芙娜那儿呗。"

"你怎么叫她塔季扬? 难道她是个男人?"

他笑了起来,声音又尖又细。

"她当然是女人啦,不过她长着黑漆漆的小胡子。她的祖先是黑皮肤的德国人,这个民族跟阿拉伯人很像。现在我还是来给你讲讲这个大师傅。小鬼,这个故事才好笑呢……"

其实这个故事并不好笑:大师傅把一个大馅儿饼给烤煳了,主人就强迫他一口气把它吃掉,结果他就得了一场大病。

我恼火地说:

"这并没有什么好笑的地方呀!"

"好笑? 那么你说什么才好笑呢?"

"我不知道……"

"那你就别多嘴多舌!"

他于是又瞎扯了一些无聊的东西。

有时赶上过节,两个表哥来做客———一个是米哈伊尔舅舅的那个愁眉苦脸而且动作迟缓的儿子萨沙,一个是雅科夫舅舅的那个无所不知但是腼腆懂事的儿子萨沙。有一次,我们三个人在屋顶上跑着玩,看见贝特连院子里有一位老爷,穿着绿色皮礼服,坐在墙边的柴火堆上,跟几个小狗逗着玩,他没有戴帽子,光秃秃的脑袋又小又黄。有一个表哥提议偷他一只小狗,而且立刻拟定一个偷窃的巧妙方案:两个表哥马上去贝特连家大门口,由我去吓唬那位老爷,等到他吓跑之后,他们就迅速地溜进去抱上小狗逃跑。

"怎么个吓唬法?"

有一个表哥出主意道:

"你往他的光脑袋上吐唾沫!"

这是一桩小事,没有什么大不了的罪过,比这坏得多的事情我都亲耳听过,亲眼见过不知多少,所以,我就忠实地肩负起了这个任务。

结果,捅出了大娄子:贝特连家里的一群男男女女来到我们院子里,为首的是一个年轻英俊的军官。因为事发时我的两个表哥都到街上玩去了,压根儿不知道我捣蛋的行为,所以外祖父只把我一个人狠狠地揍了一顿,充分满足了贝特连全家人的要求。

挨揍之后,我就躲在厨房里的吊床上。这时,快活的、穿着过节的衣服的彼得大叔爬到我的床上来。

"小鬼,你这个主意想得真是妙极了!"他低声说。"就应当这样整治他。这个老山羊,该啐!如果用石头砸他那发霉的脑袋就更好了!"

于是,那位老爷的没有胡须、像小孩似的圆脸就浮现在我的眼前。我记得,他一边用小手擦着发黄的秃脑袋,一边像狗仔一样低声地尖叫着,可怜兮兮的。我羞得无地自容,我憎恨两个表哥。然而,我细细地打量了这个马车夫那张满是皱纹的脸,竟然把这一切霍然忘却了。他那副脸孔煞是吓人,而且令人厌恶地颤抖着,就跟外祖父打我时脸上流露出来的表情一样。

"走开!"我冲他大喊道,手脚并用地把彼得推开。

他干笑几声,挤了挤眼睛,爬下了吊床。

打那以后,我再也没有兴致跟他谈话了,我开始回避他,而且用怀疑的眼光看着他的一举一动,隐隐约约觉得会有什么事发生。

在得罪了那位光头老爷之后不久,又发生了一件事:我早就对奥夫相尼科夫寂静的庭院发生了兴趣,我觉得,这座灰色的房屋很特别,那里过着像童话一般神秘的生活。

贝特连家总是一派热闹的景象,充满了欢乐,有许多漂亮的小姐、军官和大学生常常来家里找她们。任何时候,我都可以听见里面传出说笑声、叫喊声、歌声和音乐声。房屋的外观也让人赏心悦目,玻璃窗亮亮堂堂,闪闪发光,玻璃窗后面,美丽的盆花的绿影映现出各种鲜艳夺目的色彩。

外祖父不喜欢这一家人。

"这些不信仰上帝的异教徒!"外祖父一谈到他们全家的人就这样说,而对这家的女人,总是用污秽的字眼称呼她们。彼得大叔有一次带着幸灾乐祸的神情给我解释了这些令人恶心的字眼。

外表威严而且死气沉沉的奥夫相尼科夫的房舍令外祖父肃然起敬。

这所高大的平房坐落在大院最深处,院子中央是块绿色的草坪,显得清洁幽静。院子当中有一口井,井上有一个顶盖是用两根柱子支起来的。这座房子缩进院子里,仿佛想要躲开大街似的。三个狭窄的拱形的窗户离地面很高,窗户玻璃不大透明,在阳光的照耀下闪射出彩虹般灿烂的光芒。大门旁边有一座仓库,仓库的正面和房屋一模一样,也有三扇窗户,不过都是假的:三个窗口嵌在灰色的墙壁上,窗框由白色颜料涂画而成。这些窗户看上去好像是盲人的眼睛似的,给人一种很不愉快的感觉,整个仓库也暗示出:这所房子想要躲起来过一种神秘的生活。整个园地以及空无一物的马厩和开有一扇大门,而且同样空无一物的板棚,仿佛有一种宁静而屈辱或者宁静而高傲的东西。

有时候,院子里有一个老头在走动,他个儿挺高,有点瘸腿,头光秃秃的,上唇留着根根如针的雪白的胡子,翘得老高老高。有时候,另一个留着络腮胡子、歪鼻子的老头从马厩里牵出一匹灰马。这匹马脸长,肚瘪,腿细,一走到院子里,就好像一个谦恭有礼的尼姑似的冲着周围的一切点头哈腰。那后瘸腿老头用手掌"啪啪"地拍打着那匹马,吹着口哨,不停地喘着粗气,然后又把那匹马牵到阴暗的马厩里。我似乎觉得,这个老头很想离开这所房子,可是不能如愿,他好像被什么魔法给控制住了。

在这家院子里,差不多每天都有三个小孩子,从中午一直玩到晚上。他们都穿着同样颜色——灰色的衣服,戴着同样的帽子,都是圆脸庞、灰眼睛,彼此长得十分相像,我只有从个头儿上去区分他们。

我从墙缝观察他们,他们看不见我,我倒特别希望他们发现我。我喜欢他们那样快快乐乐、和和气气地玩我所不知道的游戏,喜欢他们的穿着,喜欢他们彼此之间充满善意的关怀,尤其是两个哥哥照顾那个个子矮小、滑稽活泼的胖乎乎的小弟弟。他如果跌倒了,他们就像往常人们笑一个跌倒的人那样哈哈地笑起来,但是他们并非幸灾乐祸,而是立刻把他扶起来;他如果弄脏了手或者膝盖,他们就用牛蒡叶子或者手绢帮他把手指和裤子擦干净,那个二哥态度温和地说:

"你看你,笨手笨脚的……"

他们一向不骂架,也不互相欺诈,三个人都很机灵,也都很有劲,玩起来不知疲倦。

有一次,我爬到一棵树上,朝他们吹口哨,一听见我的口哨声,他们都站住了,接着便不紧不慢地聚在一起,一面抬头望着我,一面悄悄地商量着什么。我以为他们要用石子砸我,于是就从树上爬下来,把口袋和怀里都装满了石子,然后又爬了上去。然而他们早已离开我,远远地躲到院子角落里玩去了,似乎把我给忘了。这使我有一种怅然若失的感觉,但是我不想主动招惹他们。过了一会儿,有人从窗户的通风口喊他们:

"孩子们,快回家吧!"

他们从从容容、老老实实地走了,好像三只小鹅似的。

我有好多次坐在围墙旁边的一棵树上,期待着他们叫我跟他们一块儿玩,但是他们不理会我。不过,我的心已经跟他们在一块儿玩了,有时玩得十分投入,竟然禁不住放声大笑起来。于是,他们三人都带着惊讶的神情看着我,一面低声地谈论着。我觉得很尴尬,赶快从树上溜了下去。

有一天,他们在院子里玩捉迷藏,轮到老二找人,他站在仓库拐角处,诚实地用手捂住眼睛,不偷看,他的哥哥和弟弟跑开去藏起来。老大机灵地爬到仓库廊檐下面一架宽大的雪橇里面,小弟弟却手足无措,绕着井可笑地乱跑,不知道藏到哪儿才好。

"一,"老二喊道,"二……"

那个小弟弟慌慌张张地跳到井栏上,抓住井绳,把脚踏进空桶里,那个水桶在井壁上"嗵嗵嗵"地碰了几下,就掉下去不见了。

我一看见那缠得紧紧的辘轳迅速而无声地旋转,就吓得呆若木鸡,但是很快便明白了将会发生什么事情,于是从树上纵身跳到他们的院子里,急忙喊道:

"他掉到井里去啦!……"

老二跟我同时冲到井栏跟前,他一把抓住井绳,鼓足气力往上拉,他的手磨得火烧火燎地疼,我也抓住了井绳,正在这时,老大跑了过来,帮助我们一起往上拉水桶。他对我说:

"请您轻点拉!"

很快地,我们把小弟弟拉了上来,他也吓得够呛,他的右手指滴着血,面色发青,腮帮发紫,一直到腰部都湿透了。但是他微笑着,浑身颤抖,眼睛圆睁。他微笑着拉长了声音说:

"我是——怎样——掉——下去——的——呢?……"

"那是因为你有点儿神志不清了。"老二边说边把他抱住,用手帕将他脸上的血迹拭去,老大则紧锁双眉说:

"反正是瞒不下去的,咱们还是回去吧……"。

"你们会不会挨揍?"我问。

他点了点头,然后又把手向我伸过来说:

"你跑起来速度真快!"

这句赞扬使我心里高兴极了,我还没来得及把他的手握住,他又向老二说道:

"咱们走吧,不然他会受凉的!咱们就说他跌倒了。掉入井里的事情——千万不要说出去!"

"对,不说!"小弟弟哆哆嗦嗦地表示同意,"就说我在水洼里摔倒了,是吧?"

他们走了。

所有这些事情都突如其来,我望望我从上面跳下来的那根树枝——它还在摇摆不停呢,那上边的叶子还在"簌簌"地往地上落呢。

兄弟三人大约有一个星期没有到院子里来,后来他们又露面了,比以前玩得更快活。老大发现我坐在树上,亲切地喊道:

"喂,到我们这边来玩吧!"

我们爬到仓库廊檐下面破旧的雪橇里,互相仔细地打量着,谈了很久。

"你们挨打了吗?"我问。

"挨了。"老大答道。

简直难以令人置信,这些孩子也会像我一样挨打,真让人替他们感到委屈。

"你为什么要逮小鸟呢?"小弟弟问。

"它们叫得很动听,好像唱歌似的。"

"不,你以后不要再逮小鸟了,还是让它们自由自在地飞吧……"

"好吧,我听你的话!"

"但是,你得先逮一只送给我。"

"送给你? 你要什么样的?"

"能够唱歌的——而且能够装到笼子里面。"

"这么说,你想要的就是黄雀了。"

"会被猫吃掉的,"小弟弟说,"更何况,爸爸也不让养鸟。"

老大立刻附和道:

"是啊,爸爸不让养鸟……"

"你们有妈妈吗?"

"没有。"老大说,老二改正说:

"有,不过是另外一个,不是我们的亲妈妈,我们的亲妈妈没有了,她——她死了。"

"不是亲的就叫后妈。"我说。老大点点头,说:

"对。"

他们三人都陷入了沉思,神色黯淡。

对于他们的沉思,我深表理解,因为后妈是怎么一回事,我老早就从外祖母讲的童话中知道了。

兄弟三人紧紧地靠在一块儿,模样长得都一样,好像三只小鸡似的。这时,我想到了童话里的巫婆后妈,她用欺诈的手段骗得了亲妈的地位,于是我安慰他们说:

"放心吧,亲妈还会回来的,你们等着吧!

老大耸了耸肩膀,说:

"人死了哪能再回来呢? 这不可能……"

不可能? 我的上帝,人们死而复生的事不知有过多少啊,甚至那些被砍成碎片的人,只要把圣水往他们身上洒一点儿,他们都可以活过来,这种情形可多啦! 有时人并不是真死,上帝没有让他们去死,而是中了巫师妖婆的魔法!

我把外祖母讲过的童话故事讲给他们听,讲得舌绽春蕾。老大刚开始只是抿着嘴笑,后来轻轻地说:

"这些我们都知道,这是童话……"

他的两个弟弟默默地听着:小弟弟脸色忧郁,嘴唇紧闭;老二向我探过身来,一只胳膊肘支在膝盖上,另一只胳膊搂着小弟弟的脖子。

黑暗笼罩了大地,几块红色的云朵在仓库上空飘浮着。这时,一个白胡子老头神不知鬼不觉地出现在我们身旁,他穿一件神父常穿的咖啡色长袍,戴着一顶长毛的皮帽子。

"这是谁家的孩子?"老头指着我问道。

老大站起来,朝我外祖父的房屋努了努嘴,说:

"他是那家的孩子……"

"是谁叫他到这儿来的?"

三个孩子默默地从大雪橇里爬出来,乖乖地回家去了,我又想起了三只温顺的小鹅。

那个老头紧紧揪住我的肩膀,拽着我穿过院子向大门口走去。我被他的这副架势吓坏了,直想哭,但是他大踏步地向前走,我还没有来得及哭出声来,就被拉到大街上。他在旁门站住,指着我的脑门吓唬我说:

"以后不准你到我家来!"

我气得火冒三丈,冲他大声叫道:

"我压根儿就不是来找你的,老鬼!"

于是他又一把抓住我,拖着我在人行道上走,一面声色俱厉地问我,他问话的语气好像一把小铁锤敲打着我的脑袋似的。

"你外祖父在家吗?"

真不幸,我外祖父偏偏在家。外祖父站在这位凶恶的老头面前,仰起头,胡子向前伸着,直直地望着他那双又圆又暗的、好像旧铜币似的眼睛,神色慌张地说:

"他母亲外出了,我忙得不亦乐乎,抽不出空来管教他——请您多多原谅,上校!"

上校干咳了几声,震响了全屋,他仿佛一根木柱似的转过身去走了。过了一会儿,我被扔到院子里彼得大叔的马车里了。

"又惹是生非了,小鬼?"他一面卸车,一面问道。"为什么挨打呀?"

我于是把挨打的原因告诉他,他听了之后怒不可遏,低声吼道:

"你为什么要跟他们掺和在一起呢? 他们都是少爷,心如蛇蝎。你看你,为了这些狗崽子被打成这个样子! 去,把他们狠狠地揍一顿,现在就去,别站着!"

他气愤地唠叨了半天。我挨了打,心里窝火,起初听他说话我抱有同感,可是当我看到他那张满是皱纹的脸难看地不停地哆嗦时,不由得起了厌恶之心,我忽然想到那兄弟三人可能也要挨揍,然而他们并没有做什么对不起我的事。

"揍他们大可不必,他们都是好人,你净骗人。"我说。

他直勾勾地望了我一会儿,突然大声叫道:

"你从马车上给我滚下去!"

"你这个傻蛋!"我喊了一声,跳到地上。

他满院子追我,但是追不上。他一面跑,一面冲我嚷道:

"你敢说我骗人,还敢骂我傻蛋?! 我要给你点儿颜色看看……"

这时,外祖母正好从厨房里走出来,我机敏地躲到她的背后,他向外祖母埋怨道:

"这小鬼气得我血往上涌! 我的年岁比他大五倍,可是他竟敢骂起我的祖宗来,什么脏话都骂……还骂我四处招摇撞骗……"

我一听到别人当着我的面撒谎,就惊奇得不知所措,一时间,我不知如何是好,但是外祖母坚定地说:

"彼得,你这不是在撒谎吗。他决不会骂出那种难听的话!"

如果换作是外祖父,他就会相信马车夫的话。

从那天起,我们两个人之间就发生了无言的、相当厉害的战争:他装出一副无意的样子,把我撞一下,或者用缰绳抽打我一下,或者偷偷放走我的鸟儿。有一次,他竟然把我的鸟儿喂了猫。他动不动就找借口在我外祖父面前告我的状,而且总是添枝加叶地瞎扯一气。我渐渐觉得,他简直就是一个老顽童。我偷偷拆散他的草鞋,弄松或者剪断他的鞋带,当他穿上它们时,这双草鞋就会马上散架。有一次,我把好多胡椒面撒在他的帽子上,害得他接连不断地打喷嚏,足足打了一个钟头。总之,我使出浑身解数给他使坏。每逢节日,他便整天盯着我,留意我的行动。我跟邻居家的小少爷们来往,不止一次地被他发现。他一发现,就立刻向外祖父告密。

我仍然和小少爷们一起玩耍,并且觉得越来越开心。在外祖父的墙和奥甫相尼科夫上校的围墙之间,有一个小小的隐秘角落,那里长着一片榆树、菩提树和接骨木丛。在树丛下的围墙上我挖了一个小圆洞,三兄弟依次或者俩人一块儿来到小洞前,我们或是坐着,或是蹲着,或是跪着低声地交谈起来。为了防止那位上校忽然闯到这里来,他们仨中总有一个人留在外面望风。

他们告诉我,他们的生活非常苦闷,这使我十分同情他们。他们谈如何喂养那只我替他们捉的小鸟,谈他们童年的许多事情,但是他们绝口不提他们的父亲和后妈,至少我不记得他们说过这方面的事。他们常常请求我给他们讲童话故事,我把外祖母讲过的故事一本正经地再复述一遍,如果哪儿忘了,就请他们稍等片刻,我跑到外祖母那里去问。我这样问她,她总是很愉快。

我把许多有关外祖母的事讲给他们听,有一次,老大长长地叹了一口气,说:

"看样子,所有的外祖母都很好,以前我们也有一个善良的外祖母……"

他常常闷闷不乐地说,他遇到过形形色色的人和各种各样的事,仿佛他在世间已经活了一百年,而不是十一年似的。我记得,他身体瘦弱,手掌窄小,手指纤细,一双眼睛清澈明亮,而且目光柔和,就像教堂里长明灯的灯光。他的两个弟弟也很惹人喜欢,很容易让别人产生信任,我一直想为他们做点什么事儿,使他们愉快,但是我更喜欢老大。

我常常跟他们谈得正投机时,彼得大叔就不知怎样出现在我们身边,他总是拉长腔调沉闷地叫喊,驱散我们:

"又——掺和到——一起啦?"

我发现,彼得大叔的忧郁痴呆症发作的次数越来越多了,甚至他干完活回来后的心情如何,我都能够预先判断出来:一般说来,他总是不紧不慢地开门,门环发出的吱扭声又沉又长,懒洋洋的;要是他心情不好,门环的响声就十分短促,好像一个人痛得不禁尖叫一声似的。

他的哑巴侄子到乡下结婚去了。彼得大叔一个人住在马厩上面的一间窝棚里。窝棚很矮,开着一扇小小的窗户,里面老是散发出一股股发霉的皮革、焦油、汗臭和烟草的气味。由于这种气味十分呛人,我从来不到他那里去。最近他睡觉老是不熄灯,这引起了我外祖父深深的反感。

"当心啊,彼得,不要把我的房子烧着了!"

"你放心吧,决不会的!我把过夜的灯放在盛着水的碗里。"他眼睛望着别处,满不在乎地答道。

近来,不知怎的,他遇见任何人都似乎不敢正眼去看,而且好长时间不来参加外祖母的晚会了。他也不再请人吃他做的果酱了,他的脸变得干巴巴的,皱纹更深了,走起路来像个病人似的晃晃荡荡,拖着两条仿佛灌了铅的腿。

有一天,那是一个普普通通的日子,我跟着外祖父一大早就打扫院子里的积雪,因为深夜下了一场大雪。这时,旁门的门闩突然响了一下,响声很特别,跟平时大不一样,一位警察走进院子里来,他用肩膀关上门,伸出一个又肥又白的手指,向外祖父勾了勾,叫他过去。外祖父走到他跟前,他把脸凑近外祖父,那长长的大鼻子好像要啄食外祖父的额头似的。不知他在低声嘀咕些什么,只听见外祖父慌里慌张地回答说:

"是啊，就住在这里！什么时候？让我想想……"

过了一会儿，他突然可笑地蹦起来，大声喊道：

"天哪，这是真的？"

"别嚷嚷！"警察严厉地说。

外祖父四下里瞧了瞧，看见了我。

"把铁锹收起来，快回屋里去吧！"

我躲在一个角落里窥视他们，只见他们径直向彼得大叔的窝棚走出，警察脱下右手上的手套，用它在左手掌上拍打着，说：

"他自己倒很明白，把马一扔，自己藏起来……"

我急急忙忙跑进厨房，把我的所见所闻详细地告诉了外祖母。她正在面盆里和面，准备烤面包，不时地摇晃着落了一层面粉的脑袋，听我把话说完，她若无其事地说：

"没准儿他偷了什么东西……你出去玩吧，这和你不相干！"

我又跑到院子里，看见外祖父站在旁门边上，摘下帽子，抬头望着天，不停画着十字。他一脸怒气，头发竖直，一条腿颤抖不已。

"我刚才不是叫你回屋里去了吗？"他跺着脚怒气冲冲地对我喊道。

他自己也跟在我后面回屋里了，一进厨房，就喊外祖母：

"老婆子，过来！"

他们走进隔壁房间里，在那里嘀咕了很长时间。当外祖母回到厨房时，我看见她面色阴沉，我猜想一定发生了什么大事。

"你怎么那么害怕啊？"

"别瞎扯，听见没有？"她压低声音回答说。

这一整天，家里的人都忐忑不安。外祖父和外祖母神色惊惶地张望，说话时声音很低，而且总是三言两语，使人听不懂，这更加重了恐惧的气氛。

"老婆子，你把所有的长明灯都点上。"外祖父吩咐道，嘴里不停地咳嗽。

大家都打不起精神来吃午饭，然而又不得不匆匆忙忙地吃，好像在等待什么人似的。外祖父面带倦容地鼓起了腮帮，清着嗓子，嘟嘟囔囔地说：

"魔鬼的力量就是比人大！信教的人总应该很虔诚吧，可是到头来又怎么样呢，嗯？"

外祖母连连叹气。

这个雾气茫茫的冬日显得特别漫长，长得令人疲倦，令人心烦，家里的人越来越坐立不安，空气十分沉闷。

傍晚时分，来了一个红头发的胖警察，不是原先的那个。他坐在厨房里的长凳子上打瞌睡，轻轻地打着呼噜，还不时地磕着头。当外祖母问他"这件事是怎样查出来的"的时候，他沉吟了一会儿，然后声音低沉地答道：

图文珍藏版

"我们什么事都能查出来,你别担心!"

我记得,我那时坐在窗户旁边,把一枚古老的钱币放在嘴里焐热,试图把战胜毒龙的胜利者格奥尔吉的像印在结满冰花的玻璃窗户上。

门洞里忽然传来"咚咚"的声音,紧接着,房门猛地敞开了,彼得罗芙娜在门口歇斯底里地叫道:

"快去看看吧,你们后院究竟怎么啦!"

她一眼瞥见警察,赶忙转身往过道里跑,但是警察一把揪住她的裙子,也惊慌地大喊:

"站住,你是什么人? 你要去看什么?"

她在门槛上绊了一跤,跪倒在地上,泣不成声地说:

"我去挤牛奶,发现卡希林家的花园里有一个好像靴子似的东西!"

这时,我外祖父跺着脚,怒不可遏地吼道:

"你瞎扯,蠢货! 围墙那么高,墙上又没有缝,你怎么能看见我家花园里有什么东西? 你瞎扯,我家后院里什么也没有!"

"哎哟,天哪!"彼得罗芙娜大声哭喊道,一只手抓着自己的头发,一只手伸向外祖父。"对啊,天哪,我的确是在瞎扯! 我走着走着,发现有一溜脚印通到你们的围墙下面,雪地被人踩过,我朝围墙那边一看——哎哟,我的老天啊,看见他躺在那儿……"

"谁——躺在——那儿?"

这一声拉长的喊叫声使人不寒而栗,不明白说的是什么,但是大家忽然好像发了疯似的,推推搡搡地从厨房拥了出去,径直冲到花园里。在花园的一个坑里,只见彼得大叔躺在厚软的雪地上,背靠着烧焦的梁木,脑袋耷拉在胸前。他的右耳下面有一条很深的裂口,红通通的,仿佛一张嘴似的;裂口里露出几块如同牙齿一样的发青的东西。我吓得微微合上眼睛,透过睫毛隐隐约约看见彼得大叔的膝盖上有一把我所熟悉的马具刀,在刀旁边,他的右手的黑手指弯曲着,左手摆在一边,埋进雪里。马车夫身子底下的雪早已融化,他那短小的躯体深深地陷到柔和明亮的绒毛里,看上去越发像个小孩。他身子右边的雪地上,有一片古怪的殷红色的花纹,仿佛一只鸟儿似的;身子左边的雪没有被人动过,光亮平整。他的脑袋自然地耷拉,下巴抵在前胸上,浓密卷曲的胡须被压得乱糟糟的,赤裸的胸脯上紧贴着一个大大的铜十字架,上面是一道凝固的通红的血痕。吵闹声响成一片,震得人的脑袋晕乎乎的。彼得罗芙娜尖叫不停,警察也在喊叫着,一边吩咐瓦列伊到什么地方去,外祖父大声叫道:

"别乱踩,别乱踩,别把痕迹踩乱了!"

可是他忽然锁紧眉头,瞧着自己的脚,严肃地对警察大声说:

"你瞎嚷嚷什么呀,老总! 这是上帝的事情,上帝会做出决断,你说的全是些废话——嘿,你们这些人啊!"

人们马上安静下来,目光集中在死者身上,不住地叹息着,画着十字。

这时,有一些人从院子往花园跑,他们翻过彼得罗芙娜的围墙,跟跟跄跄,发出"呼哧呼哧"的声音。但是,周围仍很安静,直到外祖父四下里瞧了瞧,绝望地喊了一声,把这种沉寂打破:

"邻居们,你们怎么也不害臊啊,瞧,把树莓糟蹋成什么样了!"

外祖母抽泣着拉住我的手,把我领回屋子里……

"他到底怎么啦?"我问;她回答说:

"你不是都已经看到了吗……"

整个晚上一直到深夜,厨房里和隔壁房间里都挤满了陌生人。他们吵吵嚷嚷,警察指挥着,一个貌似教堂执事的人写着什么,好像一只鸭子似的"嘎嘎"地叫:

"怎么样? 怎么样?"

外祖母在厨房里请所有的人喝茶,桌子旁边坐着一个胖墩墩的人,一脸麻子,留着一撇小胡子,粗着嗓子讲道:

"此人的真正姓名无稽可考,只查出他是耶拉吉马人。那个哑巴并不是什么真正的哑巴,对于一切供认不讳。还有一个参加作案的人也招供了。他们早就从事抢劫教堂的勾当,这是他们主要的活动……"

"啊呀,我的天哪!"彼得罗芙娜叹息道,泪水挂在通红的脸上。

我躺在吊床上朝下望,似乎觉得每一个人都变得越来越矮小,越来越肥胖,越来越可怕……

第十章

一个星期六的清早,我到彼得罗芙娜家的菜园子里去捕捉一种红胸脯的鸟儿——灰雀。但是我等了很久,那些神气活现的小家伙就是不肯入网。它们好像在故意卖弄风情似的,在银白色的冰雪上蹦来跳去,模样煞是可笑。有时振翅而飞,落在覆压着一层厚厚的霜的灌木丛枝上,如同美丽的鲜花。它们在枝头摆来摆去,淡青色的雪花不时地被摇落下来。尽管我一只鸟儿也没有捕到,然而并不觉得沮丧,因为这种景象真是太迷人了。更何况,我对打猎并不热衷,我只喜欢捕鸟的过程,至于结果如何,我倒不放在心上。我喜欢看小鸟怎样生活,爱想它们。

在严冬,我喜欢独自坐在雪地边缘上,四下里一片静谧,只有鸟儿啾啾地叫个不停,而在远方,云雀的声声尖叫传了过来。云雀在俄罗斯的冬天变得十分忧郁,它唱着哀婉的歌儿飞走了,美丽的歌声仿佛驶过的三套马车的铃铛声。

在雪地上我已经待了很长时间,冷得浑身哆嗦,感觉两只耳朵都冻僵了。于是,我把捕鸟网和鸟笼收了起来,翻过围墙到外祖父的花园里,走回院子。这时,我看见靠近街道的大门敞开着,一个身材魁梧的乡下人正牵着三匹套在一辆带篷的大雪橇上的马向院外走。那些马浑身是汗,热气蒸腾。这个乡下人欢快地吹着口哨,我的心猛然震动了一下。

"你是送谁来了?"

他转过脸,手搭着凉棚地看了看我,然后跳到驾驶座上,回答我说:

"我送神父来了。"

这与我毫不相干。既然来的是神父,那么他可能是探望房客的。

"走啦,我的小鸡们!"乡下人吆喝一声,吹起口哨,一面把缰绳抖了抖,催动了马。于是,寂静的大门口顿时显得热闹起来,三匹马驾着雪橇往田野里疾驰而去。看着它们走远了,我把大门关上,回到屋里。可是,我刚刚走进空空如也的厨房,我母亲的声音就从隔壁房间里传了过来,她的嗓音很高,字字都很清晰:

"现在怎么办,莫非要把我逼死吗?"

我没有脱外套,把鸟笼子一扔,就冲到门厅里,正好与外祖父撞了个满怀。他揪着我的肩膀,两只眼睛凶恶地瞪着我的脸,使劲咽了一口什么东西,粗声粗气地说:

"快去吧,你妈妈回来啦!等一等……"他摇晃着我的身子,我几乎站不住脚,接着他把我往房门口一推,说:"去吧,去吧……"

我一头栽倒在房门上,好大一会没有摸到门把手。因为天寒地冻和心情激动,我的双手直战栗,在钉着毡子和漆门的门上摸了很久,终于摸到了门把手,把门悄悄地打开。我站在门口,头昏脑涨的,两眼直冒金星。

"呀,他来了,"我母亲说,"我的天哪,都长这么高了!怎么,认不出我来啦?看你们,给他穿得不成样子……呀,耳朵都冻白了!妈妈,快拿点鹅油来……"

母亲站在屋子中间,躬下身来给我脱衣服,把我转来转去,仿佛转皮球似的。她那高大的身躯穿着一件如同乡下人穿的长袍一样的红色连衣裙,看上去十分宽大,又暖和又柔软,一排黑色的大纽扣从肩膀一直斜缀到下襟。这种连衣裙我还是第一次见。

我觉得,她的脸好像比以前又小了,而且显得更加苍白,但是眼睛大了,眼窝深深地陷下去,金黄色的头发越发明亮了。她给我把衣服脱下来,扔到门口,她那紫色的嘴唇厌恶地撇着,不断地用命令的口吻说:

"你怎么一声不吭,啊?高兴吗?看你,衬衣脏兮兮的……"

过了一会儿,她用鹅油给我擦耳朵,我疼得难以忍受,但是,一闻到从她身上散发出来的香味,我就感到疼痛减轻了许多。我紧紧地靠在她的身上,直勾勾地看着

她的眼睛,激动得无法启齿。透过她的声音,我听见外祖母不大高兴地咕哝道:

"这个小家伙越来越不老实了,谁都管不住他,连他外祖父也不怕……唉,瓦里娅,瓦里娅……"

"妈妈,不要再嘟囔了,他渐渐地会乖起来!"

周围的一切同母亲相比都显得非常渺小、可怜和衰老,我觉得自己也和外祖父一样变老了。母亲用有力的膝盖紧紧地夹住我,用那只温暖而沉重的手轻柔地抚摸着我的头发,说:

"头发该剪啦。也该上学了。你想不想念书?"

"我已经会念书了。"

"还得再念一点儿。呀,你的身体倒蛮结实的,是吧?"

她高兴地笑了,不时地逗着玩儿,她的笑声低沉而且充满力量,笑得我心里暖烘烘的。

外祖父走了进来,他垂头丧气的,头发乱如杂草,眼睛红通通的。母亲把我推到一边,大声问道:

"考虑好了吗,爸爸,要不要我走?"

外祖父站在窗子旁边,用指甲抠着玻璃窗上的霜花,好长时间一言不发。周围的空气似乎都紧张得凝滞了,使人觉得沉闷、压抑和不安。一如往常,每逢这种尴尬的情景,我好像全身都长出了眼睛和耳朵,胸部奇怪地膨胀起来似的,总是格外敏感,真想大声呼喊。

"阿列克谢,你给我滚出去!"外祖父恶声恶气地说。

"为什么?"母亲问道,一把又将我拉到她身边。

"我不准你走,你哪儿也不要去……"

母亲站起来,仿佛一朵红云似地走过去,停在外祖父背后。

"爸爸,你听我说……"

外祖父猛地转过身来,冲着母亲尖声叫道:

"你给我闭嘴!"

"你不要对我这么粗暴。"母亲低声说。

外祖母从长沙发上霍然站起,指着我母亲的鼻子恐吓道:

"瓦尔瓦拉!"

外祖父一屁股坐在椅子上,嘟嘟哝哝地说:

"你说,我到底是什么人? 啊? 你竟然敢这样跟我说话!"

忽然,他吼叫起来,声音也变调了:

"你使我无颜见人,瓦里卡……"

"去,你出去!"外祖母对我说,语气十分严厉。我无精打采地走到厨房里,愁闷地爬上炉炕,长久地听着隔壁的谈话。他们有时一起说话,互相打断对方的话;

世界传世藏书

世界十大名著

·童年·

图文珍藏版

有时一言不发,好像一下子全都睡着了似的。他们谈到我母亲生了一个孩子,不知送给哪家了。但是我觉得十分纳闷,外祖父为何生气呢? 不知是因为母亲没有征得他的同意就把孩子生下来了呢,还是因为母亲没有把那个孩子给他带来。

后来,外祖父来到厨房里,头发乱糟糟的,面色通红,看上去非常疲惫。外祖母接着也走了进来,一面用衣袖拭着眼角的泪水。外祖父坐到板凳上,两只手掌压着板凳,弯着腰,咬着没有血色的嘴唇,浑身颤抖不已。外祖母跪倒在他的面前,轻声而又激动地说:

"老头子,看在上帝的分上,你就把瓦里卡饶恕了吧! 这其实是一件稀松平常的事儿。你看看那些地主老爷、商人巨富,他们的家里不也同样发生这种事吗? 无论怎么说,她是一个女人呀,而且是一个美丽的女人! 好啦,饶恕她吧,哪一个人不犯过错呢……"

外祖父斜靠在墙上,盯着外祖母的脸,皮笑肉不笑地抽咽着说:

"唉,你说得没错,那就饶恕她吧! 除了饶恕她,还能把她怎么样呢? 哪一个人你没有饶恕呢? 所有的人都得到了你的饶恕。真是无可奈何,嗨,你们这些人啊……"

他弯下腰,抓住外祖母的肩膀摇晃起来,一面急匆匆地低声说:

"可是,上帝恐怕对什么都不肯饶恕,不是吗? 我们将不久于人世了,上帝还要惩罚我们,老了老了,麻烦事越多了,整天难以让人心安,事事不如意,日后也不得安宁! 我们将来会沦落为乞丐,会饿死的! 你记住我的这句话吧……"

外祖母握着他的小手,挨着他坐下来,温柔地笑了。

"没关系! 沦落为乞丐又有什么可怕的呢? 大不了就去讨饭呗。我们不会饿死的,到时候,你待在家里,我出去四处讨饭,还怕人家不施舍给我们东西吃! 你就不要想那么多了!"

外祖父忽然笑了起来,像只山羊似的背过脸去,双手搂过外祖母的脖颈,紧紧地靠在她的身上。这时,他显得那么瘦小,那么疲惫不堪。他抽泣道:

"唉,傻蛋,你这个可爱的傻蛋,我现在唯一的亲人就是你了。你这个傻蛋,什么事都不放在心上,什么事都不懂! 你好好想想,我们俩在穷愁苦累中摸滚爬打了一辈子,难道为了他们没有作过孽吗? 可到头来又怎么样呢? 唉,哪怕稍稍……"

此刻,我再也忍不住了,我的眼睛里噙满了泪水,我跳下炉炕,朝他们扑过去。真料不到他们谈得这么投机,这使我非常高兴,同时又替他们感到悲伤,母亲的归来以及他们对我的平等态度,这一切使我感动得泪如雨下。外祖父和外祖母紧紧地拥抱着我,让我和他们一起放声痛哭起来。外祖父对着我的耳朵和眼睛亲切地低声说:

"哎呀,你这个调皮鬼,原来你也在这里呀! 你妈妈回来啦,你现在可以跟她在一起了。外祖父是个老恶鬼,整天气势汹汹的,现在就让他滚远一点儿,好不好?

外祖母老是宠着你,看见你做坏事总是睁一眼闭一眼地爱理不理,现在也让她滚远一点儿,好不好?嗨,你们这些人啊!……"

他松开手,把我和外祖母推开,站了起来怒气冲冲地叫道:

"谁都要走,谁都想离开这个家,事事不如意……唉,你快去把她叫过来呀!快去……"

外祖母恭顺地走了出去,外祖父垂下头,对着墙角说:

"大慈大悲的上帝啊,这一切你都亲眼看见了吧!"

他一边咕哝着,一边用拳头把自己的胸膛捶得"咚咚"作响。我厌恶他跟上帝对话,因为我总觉得他是在自我夸耀。

母亲进来了,厨房立刻被她的红衣裙照得明亮起来。她在桌子旁边的一条长板凳上坐下来,外祖父和外祖母坐在她的两侧,她那宽宽大大的衣袖搭在他们的肩膀上。我母亲一脸庄重,小声地在说着什么。外祖父和外祖母沉默不语,只是静静地听着,不打断她的话。这时,他们俩变成了小孩子,她仿佛变成了他们的母亲似的。

因为过分激动,我感到疲倦不堪,很快就躺在吊床上昏昏沉沉地睡着了。

晚上,外祖父和外祖母打扮得好像过节似的,到教堂去做晚祷。外祖父穿上他那件行会会长的制服:浣熊皮大衣和撒脚裤。外祖母乐呵呵地看着外祖父,朝我母亲眨巴了一下眼睛,说:

"看你爸爸穿得多么整洁,仿佛一只白净的小羊羔似的!"

母亲高兴地笑了。

屋子里只剩下我和母亲的时候,她盘着腿坐在沙发上,用手拍了一下沙发,说:"来,过来!告诉我,你过得怎么样,不大好吧?"

我不知道该怎么说,于是答道:

"我不知道。"

"你经常挨外祖父的揍吗?"

"现在好多了。"

"是吗?你随便给我讲点儿什么吧,好吗?"

外祖父的事讲起来没有什么意思,因此我就从这个房间讲起,讲到曾经有一个特别好、但是不讨众人喜欢的人住在这个房间里,外祖父不愿意把房子租给他。我看见,母亲听这个故事的时候,懒洋洋的,她说:

"还有其他的吗?"

我给她讲那三个小少爷的事情,讲到那个上校把我从家门里赶了出来。母亲听到这里,紧紧地拥抱着我,说:

"这个恶棍……"

母亲沉默了,她眯缝着眼睛望着地板,一个劲地摇头。我问她:

"外祖父为什么生你的气？"

"我做了对不起他的事。"

"你只要把那个小孩给他带过来就没事了……"

母亲把头向后一仰，双眉紧蹙，咬着嘴唇，然后又抱着我，放声大笑起来。

"哎呀，你这个鬼东西！这些话以后不许你再说，听见没有？别胡说，也不要胡思乱想！"

她嘟嘟囔囔地说了很长时间，不知在说些什么，表情古怪，神色严厉。过了一会儿，她站起来在屋子里走来走去，不时地用手指敲打着下巴，两道浓密的眉毛高高扬起。

桌子上的一支蜡烛慢慢地熔化，在空荡荡的镜子里倒映着，地板上影影绰绰，墙角里的圣像跟前，一盏长明灯摇曳着。银白色的月光照得玻璃窗上的霜花发出微微的光亮。母亲仰起头，四下里扫视了一下，好像要在秃墙空顶上寻找什么东西似的。

"你是不是想睡觉？"

"不想，再过一会儿吧。"

"难怪呢，你白天已经睡过觉了。"母亲想起来了，长长地叹息了一声。我问她：

"你是不是要走？"

"到哪儿去？"她不答反问，露出十分惊讶的神色。

这时，她捧起我的头，细细地观察着我的脸，我的眼泪涌上了眼窝。

"咦，你怎么哭了，我的乖孩子？"

"我脖子疼得厉害。"

其实，我流泪都是因为抑制不住内心的难过。我隐隐约约觉得，母亲在这个家里是待不下去的，她迟早还要离我而去。

"你长大后肯定跟你爸爸很像。"她说，把毡垫子一脚踢到旁边。"有关你爸爸的一些事，外祖母给你讲过吗？"

"讲过。"

"她对你爸爸抱有特别特别大的好感，非常喜欢他！你爸爸也喜欢她……"

"这个我知道。"

母亲瞧了瞧蜡烛，皱起了眉头，然后把它吹熄了，她说：

"这样更好！"

没错儿，蜡烛熄灭以后，屋子里顿时清爽了许多，模模糊糊的影子不再摇动了。清冷的月光洒在地板上，玻璃窗上呈现出淡淡的金色亮光。

"你前几年在什么地方住啊？"

她好像努力在思索早已被遗忘了的往事，说了几个城市的名字。她在屋子里不停地踱来踱去，仿佛一只鹰在毫无声息地盘旋似的。

"你打哪儿买的这件衣服？"

"我自己做的。我的衣服都是自己缝制的。"

母亲的性格跟别人不大相同，这使我感到十分愉快，但是她寡言少语，又使我觉得十分伤心。如果我不主动问她，她就一直一声不吭。

后来，她挨着我在长沙发上坐下，我们俩人一句话也不说，只是紧紧地靠在一块儿，直到外祖父和外祖母回来。浓郁的蜡烛味和神香味从他们的身上散发出来，两位老人满脸庄重，但是态度非常和善。

晚饭十分丰盛，好像过节似的。大家规规矩矩，很少说话，而且用语小心谨慎，仿佛生怕把别人从睡梦中惊醒过来。

不久，母亲开始教我念世俗的识字课本。她精力充沛，给我买了几本书。没出几天，我就把其中一本《国语》读完了，学会了阅读世俗的俄文书籍。但是，很快地，母亲又教我念诗，而且要求我把它们背下来。打那以后，种种烦恼就在我们母子俩之间产生了。

有这样一首诗：

> 道路啊，平直宽广，
> 上帝的旷野上，你自由翱翔。
> 不用开辟，无须整饬，
> 马蹄踩在你柔和的躯体上，尘土飞扬。

我总是把"旷野"念成"普通"，把"开辟"念成"砍平"，把"马蹄"念成"马帝"。

"喂，你动脑子想一想，"母亲训斥我说，"为什么要念成'普通'？你这个鬼东西！应当念作'旷野'，记住了吗？"

我心里很清楚，但就是念不准，连我自己也感到奇怪。

母亲气呼呼地说我脑袋瓜子不灵活，而且一味固执任性。这些话使我很难过。我专心致志的尽力去记住那些拗口的诗句，默念的时候，一点儿也不出错，可是一旦念出声来，肯定走样。我讨厌这些模模糊糊的诗句，有时候赌气故意把它念错，把发言相近的词乱七八糟地排列起来。我非常喜欢这些自己胡诌的、一点儿实义也没有的诗句。

然而，这样调皮捣蛋使我遭受了一次惩罚。有一次，我毫不费事地做完了功课，母亲问我把那些诗句背会了没有，我禁不住顺口念了出来：

> 一条路，两只角，
> 奶渣儿，便宜了，
> 马蹄，和尚，水槽……

等我恍然大悟的时候,已经来不及了。母亲用双手撑着桌子站了起来,严厉地问道:

"你到底在念些什么?"

"我不知道。"我慌忙答道,顿时感到惶惶不安。

"不知道? 告诉我,你到底怎么啦?"

"就……就这样啊。"

"就是——什么样啊?"

"为了好玩。"

"站到墙角去!"

"为什么啊?"

她声音低沉,但是坚决严厉地重复说:

"站到墙角去!"

"哪个墙角啊?"

她没有吭声,两只眼睛眨也不眨地瞅着我的脸,使我心里直发毛,弄不明白她想要干什么。墙角里圣像旁边的一张小圆桌上,摆放着一只插着一束干枯的花草的花瓶,浓郁的花香沁人心脾。前面的墙角上放着一只盖有一块壁毯的箱子,后面的墙角放着一张大床,最后一个墙角——其实没有墙角,因为门框紧挨着墙壁,墙角被房门占据了。

"我不清楚你要干什么。"我说,她的用意我无法明白。

母亲坐下,沉默了一会儿,把额头和面颊用手擦了擦,然后问道:

"外祖父罚你站过墙角吗?"

"什么时候?"

"随便什么时候,你到底站过没有?"她大声冲我喊道,把桌子拍得"咚咚"作响。

"没有……啊,我也不记得了。"

"站墙角是一种处罚,你懂吗?"

"我不懂。你为什么要处罚我呢?"

母亲长长地叹息了一声,说:

"唉,你过来。"

我走到她跟前,问道:

"你为什么冲我叫叫嚷嚷?"

"你为什么故意把诗念走样?"

我认认真真地告诉她,我一闭上眼睛,就能把这些诗句一字不差地默默背诵下来,但是一念出声来,不知怎的就走了样。

"你是不是有意念走样的?"

我对她说不是，但是立刻想了想："莫非我真的是有意念走样的？"想到这里，我忽然安之若素地把这首诗背了一遍，——完全正确！这使我十分惊奇而且非常尴尬。

我觉得我的脸好像忽然肿胀起来似的，火辣辣的难受，两只耳朵没了感觉，头晕眼花，我站在母亲面前，窘迫不堪，泪水涌了出来模糊了我的视线。我隐隐约约看见她的脸色忧伤地黯淡下来，双眉紧蹙，紧紧地咬着嘴唇。

"这到底做何解释？"母亲用变了调的声音生气地问，"那么，你是故意的了？"

"我不知道。我真的不是故意的……"

"你这孩子真让人头痛，"母亲低着头说，"你去吧！"

母亲要求我背诵更多的诗，但是我的记忆力越来越糟糕，无法记住那些整齐的诗行。我总想添加一些别的词句，改变它们的形式和内容。这种念头越来越强烈，我几乎难以克制了。更何况，我毫不费力地就可以把一首诗念错——那些一点儿意义也没有的词句一不小心就闯进我的脑海，迅速地跟书本上的原诗混淆在一块儿。这种情况时常发生，以至于整齐的诗行在我眼前闪闪烁烁，无论我怎么去记，都记不住它。有一首悲伤的诗，似乎是维亚捷姆斯基公爵的，使我非常苦恼：

> 无论早晚，
> 许多鳏寡孤独者，
> 凭着上帝的名分，呼吁赈济，

可是下面一行诗：

> 拎着饭袋行乞于窗下，

我费尽九牛二虎之力也记不住，总是把它漏掉。母亲十分恼火，把我的这一切告诉了外祖父。外祖父气势汹汹地说：

"他在捣蛋！他的记性非常不错，祈祷词记得比我还熟。他分明在欺骗你，他的记忆力牢靠的好像石头一样，一旦刻上去，就牢不可忘！你应当把他狠狠地教训一顿！"

外祖母也附和道：

"是啊，他的记性是很好的，故事啦，歌词啦，他都记得住。难道歌词和诗句不一样吗？"

这话没错儿，我也觉得无地自容。然而，一念起诗来，一些乱七八糟的词句就像蟑螂似的，不停地从什么地方爬了出来，而且也都排列成整整齐齐的诗行：

在我家大门口，
有许许多多孤儿和老头，
他们沿街乞讨，高声哀求，
用讨来的东西换彼得罗芙娜的牛，
骑着牛儿到山沟里去喝酒。

晚上，我和外祖母躺在吊床上，我把从书本上学来的诗句和自己编的顺口溜喋

喋不休地念给外祖母听。她有时放声大笑，不过多半总是责备我。

"瞧，念得多好啊，你会背诗！但是不要取笑乞丐，他们由上帝庇护着呢！耶稣曾经就是乞丐，大凡圣人都当过……"

我嘟嘟囔囔地念道：

乞丐我厌恶，
也不喜欢外祖父，
这有什么办法呢？
主啊，饶恕我吧，主！
外祖父想方设法找碴儿，

我一不小心就挨他的揍……

"你胡说些什么呀,小心烂掉你的舌头!"外祖母气哼哼地说。"如果被你外祖父听到了,他非狠狠地揍你一顿不可!"

"我才不理他那一套呢!"

"你不该瞎折腾,把你母亲惹气了,有什么好处! 她已经够伤心的了,你还要调皮捣蛋。"外祖母愁眉苦脸地、温和地对我说。

"她为什么伤心呢?"

"给我把嘴巴闭上,听见没有? 别问长问短,你懂得些什么呀? ……"

"我早就知道,不就是外祖父对她……"

"闭上嘴,听见我的话了吗?"

我的生活过得很不愉快,一种绝望的感觉笼罩在我的心头,但是不知怎的,我总想对此视而不见,竭力不去想它,老是调皮捣蛋。母亲教我的功课越来越多,而且越来越令我无法领会。算术我很快就掌握了,然而写字我十分讨厌,对于文法一点儿也不懂。但是,最让我悲伤的是,我看见并且意识到母亲在外祖父家里的日子非常难熬。她的脸色越来越黯淡,常常用陌生人的眼光看待一切,总是长时间地坐在朝向花园的窗户旁边,不言不语,仿佛浑身掉了色似的。刚到外祖父家的前几天,她活泼开朗,有说有笑,然而现在,她的眼睛周围出现了黑圈儿,一连好几天不梳理头发,穿的衣服是皱巴巴的,纽扣也不扣好,那样子看上去糟糕透了,我为此非常生气:她应该超过任何人,永远都保持着美丽、洁净和端庄。

她在教我时,目光总是越过我,落在身后的墙壁和窗户上,回答我提问的声调总是漫不经心,甚至常常忘了答话,还越来越心浮气躁,成天嚷来嚷去,这令我感到很不公平:母亲应该像童话中的人物一样,永远平等待人。

我有时会问她:

"跟我们待在一起,你是不是不高兴?"

她便气呼呼地斥责我:

"干你该干的事。"

我还发现,外祖父正在为什么事儿忙活着,而这事似乎让外祖母和母亲感到害怕。他常常待在母亲房里,反锁上门,在里边长吁短叹、吵吵嚷嚷,那声音就像那个我很反感的歪身子牧人尼卡诺尔吹木笛的音响。有一次,母亲在这样的谈话中突然大喊了一声,把整所房子都震了一下:

"不,这不可能办到!"

然后她呼地一下关上了门,丢下外祖父愤怒地吼叫。

这事儿是在晚上发生的。外祖母正在缝补外祖父的衣服,坐在厨房的桌前自个儿嘀咕着什么。听见关门声之后,她又静静地听了一会儿,说:

"她去房客家了,噢,上帝呀!"

外祖父猛地冲进了厨房,凑上前照着外祖母的头就打了一下,然后摇摇打疼了的手,厉声叫道:

"让你多嘴多舌,老妖婆子!"

"你这老不死的,"外祖母一面整理着打歪的帽子,一面平静地说:"行,我不说啦! 但只要是我知道的你那些鬼点子,我都会告诉她……"

他又扑了上去,把拳头劈头盖面地往外祖母的大脑袋上乱砸一气。她没有躲闪,也没有把他推开,只是不住地说:

"打吧,打吧,老不死的! 让你打!"

我抓起枕头、被子什么的,从吊床上向他们扔去,又从炉炕上拿起皮靴扔过去,可是外祖父已经是狂怒不已了,对我扔的东西根本没有丝毫的注意。外祖母被打倒在地,他便往她头上踢,最后他给绊了一下,又倒了下来,打翻了一只水桶。他蹿起来,鼻子"吭哧吭哧"地喘着粗气,啐了几口唾沫,恶狠狠地朝周围瞪了一圈,便回他的阁楼去了。外祖母"哼哼唧唧"地爬了起来,坐在长板凳上,梳理起被弄得乱蓬蓬的头发。我跳下吊床,她气愤地冲我说:

"把枕头什么的都收拾好,放上炉炕! 扔枕头,这就是你要的小聪明! 你在旁边儿使个什么劲儿? 那个老不死的,疯疯癫癫的!"

她突然呻吟了一声,皱着眉低下了头,对我说:

"过来看看,这为什么会疼?"

我分开她那一大把头发,原来是一只发卡扎进了头皮,我把它拔了出来,发现还有另外一只。我的手指不听使唤了。

"应该去把妈妈找来,我害怕!"

她摆了摆手,说道:

"你想干什么? 看你敢节外生枝。感谢上帝她没看见,也没听见,你居然想去把她找来! 滚一边儿去!"

她把绣花的灵巧指头伸进浓密的黑发中,自己摸索起来。我壮起胆,把另一只砸弯了的发卡帮她拔了出来。

"你疼吗?"

"没什么,明天烧点洗澡水,洗一洗就行啦。"

她轻柔地请求我说:

"乖孩子,别把他打我这事儿告诉你母亲,好吗? 他们父女俩的矛盾已经让人够受啦,告诉我,你会不会说?"

"不会。"

"那好,可得记清楚了! 来,咱们收拾收拾东西。我的脸上没什么伤痕吧? 那就好,不会有人察觉的……"

她开始擦起地板,我很感动,说道:

"你真像一个圣徒,对别人施加的罪孽,你从不计较!"

"这是什么道理? 圣徒……你还真想得出来!"

她又"唧唧咕咕"地絮叨了半天,在地板上忙活了好一阵子,把地板擦拭干净。我坐在炉炕前的台阶上,琢磨着怎样帮外祖母出口气。

他当面这样残暴地殴打外祖母,我还是头一次看见。在昏暗的空间里,他的面庞在我眼前燃烧,金色的头发张扬飞动。我觉得心中有一股炽热的屈辱,恨自己连一个合适的复仇方法都想不出来。

可是过了几天,我不知什么原因上楼去找他,见他坐在地板上,身前摆着一个敞开的木箱,他正忙着整理里面的文件。他最钟爱的那十二张绘在灰色硬纸上的圣像图就放在椅子上,每张纸都被划出许多小方框,按一个月的日期排列,每个格里就是一幅当日的圣像。外祖父对这些圣像图爱不释手,通常都不让我看,只有他对我非常满意的时候才例外。每次看到这些密密麻麻的可爱的灰色小人儿,我就会产生一种奇怪的感觉。我知道一些圣徒的传记,诸如基里克和乌莉塔,受难的瓦尔瓦拉,潘苔雷蒙,以及其他不少人,我最钟爱的,是神人阿列克谢感伤的传记,还有赞美他的那些动人诗句,外祖母常常把这些诗绘声绘色地念给我听。当你看着数百个这样的圣徒,也就聊以自慰了:从古至今,都有这样受难的人。

可是,现在的我却在打算毁了这些圣像,趁他一不留神——他凑到窗前去看一张印着鹰徽的蓝色文件——我便抓起几张飞快地逃掉了。我从外祖母的桌子里取出剪子,爬上吊床,开始一个个地剪圣人的脑袋。在我剪完了一排之后,突然又对这些圣像起了怜悯之心,于是就沿着方框的边儿来剪,还没等我剪完第二排,外祖父就冲进来了,站在炉炕的台阶上,问道:

"谁让你拿这些圣像图的?"

他看见床板上乱扔着好多纸片,便顺手捡起几张,拿到眼前瞧了瞧,又扔在一边,重新捡起几张。他的鼻子都要被气歪了,胡子不停地抖动着,大口大口地喘着粗气,使劲地把那些纸片吹落在地板上。

"你在干什么?"他到底叫出声来,抓住我的一只脚用力拽,我腾空翻了个滚,外婆慌忙伸手抱住我。外祖父挥拳搋她,连我也一块搋,一边歇斯底里地喊道:

"我要把他搋死!"

我母亲闻讯赶来。我在炉炕边的墙角里躲起来,母亲以身体遮蔽着我,捉住外祖父舞动着的拳头,用力地把他推开,一边说道:

"这样做算怎么一回事? 您赶快清醒清醒呀!"

"打死我吧! 你们全都成了我的对头……"

"您怎么一点都不觉得丢人?"我母亲低声说道,"您怎么总是装模作样啊!"

外祖父大叫大喊,两只脚在长凳上踢打着,胡子滑稽地翘向上面,两眼却紧紧闭着。我也感到母亲的话使外祖父颜面扫地,他确实是在装模作样,故而连眼睛都不敢睁开。

"我用细纱布把这些碎片给您贴起来,会给您弄得更好、更结实的。"母亲仔细地审视了那些碎纸片没被损坏的圣徒像,说,"您看,都折坏了,要破碎了……"

她对外祖父说话,就像在给我上课的时候,对我提出的问题进行解答一样。就在这时,外祖父忽然直起身来,郑重其事地把衬衣和马甲整理了一下,咳了一声,清清喉咙说:

"你今天就把它贴起来!我现在去把其余的几张给你拿过来……"

他朝外面走去,可是没到门口又回转身子,弯曲的手指向我指着说:

"应该揍这家伙一顿!"

"他真该揍。"母亲随声附和他,接着弯下腰对我说:

"你为什么要这样干?"

"我是有意如此的,看他敢不敢再打外婆。否则我就把他的胡子都剪掉……"

外婆脱下被撕得七零八落的上衣,摇摇头,愤愤地说:

"你答应过不告诉人的!"

然后她往地板上吐了一口唾沫,骂道:

"让你的舌头发肿,动都动不了!"

我母亲朝她望了一眼,在屋子里走来走去,过了一会儿,又走到我近前。

"他是什么时候打她的?"

"瓦尔瓦拉,你真有脸打听这个,这干你什么事呢?"外婆气呼呼地说。

母亲紧紧拥抱着她。

"哎,妈妈,你真是我的好妈妈……"

"叫好妈妈干什么!快给我滚开……"

她们两人无言以对,沉默了片刻,各自散开了,外祖父"咚咚"的脚步声从门厅里传来。

母亲刚回来没几天,就和那个活泼的女房客——军官夫人交上了朋友,差不多每晚都要去房客们住的前院,贝特连家的漂亮女士们、军官们也经常聚到那里去。外祖父很反感这事,当我们在厨房里吃晚饭的时候,他就用汤匙敲敲打打,悻悻地说:

"这些该死的家伙,又聚在一块了!你们等着瞧吧,甭指望在明早以前睡觉。"

他很快就让房客们从这儿搬走。他们搬走之后,他不知从什么地方运来了两大车各式各样的家具,搁置在前院的房里,然后又拿一把大锁锁上门。他说:

"我们用不着要这些房客,我要自己来请客!"

果然,打这时起,客人们每到节日就来了。常来做客的有外婆的妹妹马特廖娜·伊凡诺芙娜。她是大嗓门,高鼻子的洗衣婆,穿着一件带条纹的绸衣,系着金黄色的头巾。和她同来的还有她的两个儿子,瓦西里和维克托。瓦西里是个绘图员,留一头长发,待人友善,性子乐观,穿一身灰色的衣服;维克托长条脑袋,狭长的脸上到处长着雀斑,衣着花哨,刚到门厅,就一边往下脱套鞋,一边像鲁什卡一样尖着嗓子唱道:

　　安德烈爸爸,安德烈爸爸……

　　这些素不相识的人让我又惊又怕。

　　雅科夫舅舅也带着他的吉他来了,还领来一个钟表匠。这个钟表匠独眼、秃顶,穿着宽大的黑礼服,神情呆板,一副教士的样子。他老是缩坐在屋角,歪着脑袋,脸上笑眯眯的,古怪地拿一根指头支着剃光了的双层下巴。这家伙肤色黝黯,用独眼瞅着人,神情异常专注,他少言寡语,老是重复着一句口头禅:

　　"不用劳您大驾,反正没什么区别……"

　　头一回见到他,我脑海中忽然掠过很久以前的一桩事情。那时候,我们还住在新开路。一天,一阵嘈杂的鼓点声从大门外传来,就见打监狱那边驶过来一辆高大的黑色马车,经过我家门口朝广场方向驰去。一个戴镣铐的人坐在马车的板凳上,此人中等身材,头戴一顶圆毡帽,胸前挂着一块黑色的牌子,上面用白颜料写着几个大字。他低垂着头,仿佛在念黑牌子上的字迹,身体晃个不停,身上的镣铐被抖得直响。所以,当我母亲向这位钟表匠介绍我的时候,我吓得直往后面缩,把双手藏了起来。

　　"不必劳您大驾,"他的嘴巴令人恐怖地歪向右耳说,此时,他抓着我的腰把我抱了起来,轻快地转了个圈儿,然后又放下我,赞扬道:

　　"还好,这孩子挺壮实的……"

　　屋角放着一把可以躺下一个人的大皮圈椅。我外祖父经常对他这把圈椅赞不绝口,把它称作格鲁吉亚王公坐过的圈椅。我爬到它上面去观看大人们乏味的欢闹,我发现,钟表匠的面部表情古怪而可疑地变化着。他那搭着油脂、臃肿不堪的脸软弱无力地打着战。他笑起来时,肥厚的嘴唇撇向右腮,小鼻子也向一旁歪去,就像碟子中的一只饺子。两只硕大的招风耳朵奇怪地扭来扭去,不时地与那只好眼上的眉毛一起向上竖,不时地挤向高高的面颊,似乎只要他肯的话,就可以随时用耳朵代替手掌把自己的鼻子捏住。他一会儿长叹一声,伸出他那杆槌般的圆溜溜的深色舌头,灵巧异常地画个正圆圈,把油腻的嘴唇舔一舔。他的这些表情并不使我觉得可笑,只是觉得吃惊,使我不时把注意力投向他而已。

　　他们喝起茶,并且把甜酒掺在茶里,这样一来,茶水中就含有一股烤煳了的葱皮的气味。然后他们又开始喝外婆做的各种各样的果子酒,有金黄色的,有焦油一样黑的,有绿色的。之后,他们喝浓浓的酸奶,吃樱桃蜜做的奶油馅饼。他们吃得大汗淋漓,喘着粗气,不断地称赞外祖母的烹饪手艺。吃饱喝足之后,大家都面色红润,腆起圆鼓鼓的肚子,一本正经地坐在自己的位置上,懒洋洋地请雅科夫舅舅唱个曲子听听。

雅科夫舅舅抱起吉他,弯下腰,轻轻地弹起来,惹人反感地唱道:

嗨,自由自在,乐意融融,
满城都是风言风语,
一位贵妇来到了喀山呀,
把这详情尽数与她诉说……

我觉得这是一首令人心伤的歌曲。外祖母说道:

"雅沙,还是来个别的什么吧,弹一首正经的歌,好吗? 马特里娅,那只以前的歌儿是怎么唱的,你还记得吗?"

洗衣婆整了整沙沙作响的连衣裙,很认真地说:

"太太,那些歌儿现在早就过时了……"

雅科夫舅舅眯缝起双眼,望着外祖母,仿佛她与他的距离很远。他又把那只伤心的歌弹了下去,唱着单调乏味的歌词。

外祖父正跟钟表匠谈着什么,鬼鬼祟祟的,手还不住地比比画画。钟表匠扬起眉朝母亲望了一眼,时不时地晃晃脑袋,他的脸松松垮垮的,表情变幻莫测,让你捉摸不定。

母亲总是坐在谢尔盖耶夫兄弟之间,一本正经地跟瓦西里轻声谈些什么。瓦西里则长吁短叹,说道:

"对呀,对呀,这事儿是得琢磨琢磨……"

维克托满脸欢笑,拖着步子走了过来,忽然尖声尖气地唱道:

安德烈,爸爸,
安德烈,爸爸……

大家全都不作声了,诧异地望着他,洗衣婆有板有眼地解释道:

"这是他从剧院学的,现在的剧院,成天就唱这样的歌儿……"

这样的聚会有过两三次,不过每次都让人觉得无聊和厌烦。后来的一个星期天,午祷刚结束钟表匠便来了。母亲正往一块残破的绣花图案上穿玻璃珠,我在一旁帮她。忽然,房门猛地被推开了,外祖母把头探了进来,神色慌张,朝母亲轻轻地喊了一声便不见了:

"瓦里娅,他来啦!"

母亲若无其事地坐在原处，一动不动。过了一会儿，门开了，外祖父站在门口，像宣布一件重要事儿似的说道：

"瓦尔瓦拉，快把衣服穿上，走吧！"

母亲仍然没有动，连头都不抬一下，冷冷地问道：

"上哪儿？"

"去吧！别再斤斤计较啦。他人老实，又是那一行的好把式，也能作阿列克谢的好父亲……"

外祖父的语气很严肃，双手一个劲儿地在两肋摩挲。他把胳膊肘藏在背后，不住地颤抖着，那样子仿佛他的双手总想伸出去，而他则在竭尽全力地抑制它们。

母亲平静地说：

"跟您说吧，这是不可能的……"

外祖父跨前一步，猫着腰探出双手，样子跟盲人摸路似的，扯着沙哑的嗓子愤怒地嚷道：

"快去！别让我揪着你的头发把你拽去……"

"把我拽去？"母亲腾地站起来，大声反问道。她脸色苍白，眼睛可怕的眯缝起来，几把扯掉了毛衣和裙子，只剩下一件衬衣，凑到外公跟前，说道："把我拽去呀！"

外祖父朝母亲伸出拳头，凶神恶煞地威胁道：

"瓦尔瓦拉，把衣服赶紧给我穿上！"

母亲一把把他推开，抓住门把手，说：

"得啦，快走呀！"

"我要把你赶出这个家！"外祖父喊道，声音很低沉。

"那没什么。走呀！"

母亲打开门，外祖父却一下子跪在了地上，抓住她的衣角轻轻地说：

"瓦尔瓦拉，这像什么话，你会把自己给糟蹋了的！别让我丢人现眼……"

然后，他又惨兮兮地低声叫道：

"老太婆，老太婆……"

外祖母这时已经堵住了门，挡在母亲身前，不住地舞动着双手，像赶母鸡似的把母亲朝屋里赶，还咬着手轻轻地埋怨说：

"傻瓜，瓦丽卡，你这是干什么？快进去，真不害臊。"

她把母亲推进来，挂上门钩，又弯下身把外祖父一把拽了起来，用另一只手指着他骂道：

"看你这老怪物干的，老糊涂虫！"

然后"扑哧"一下把外祖父扔到了长沙发上，那架势就像扔的是一只布娃娃。外祖父张着嘴，用力晃了晃脑袋。外祖母又冲母亲喊：

"快把衣服穿上！"

母亲俯身拾起了衣服和裙子，说道：

"我不会去见他的，听见了吗？"

外祖母把我推下沙发，吩咐道：

"去舀一瓢水来，快些！"

她的声音很轻，就像在耳语一样，但却平静而不容反驳。我打开门跑了出去，过门厅的时候，听见一串沉闷而有节律的脚步声在前排的房子里响起。又听见母亲在自己的房间里喊道：

"我明天就离开！"

我来到厨房，在桌子旁坐了下来，仿佛置身于梦境。

外祖父一面抽泣着，一面在嘴里嘀咕些什么，外祖母则埋怨个不停，没过多久，又响起一声关门声。周围都静了下来，静得让人惶惶不安，我想到外祖母是让我打水的，便用铜勺舀了一勺水回去，在门厅里恰好跟从前屋出来的钟表匠碰上，他耷拉着脑袋，手里不住摩挲着皮帽子，一面清着嗓子。外婆两手按在腹门，躬身朝他背后行了个礼，轻声说道：

"您也知道，强人所难没什么好结果……"

他在门前绊了一下，往前一蹦，蹦进了院子。外祖母在胸前画了一个十字，身体抖动起来，搞不清究竟是在哭，还是在偷偷地笑。

"怎么回事呀？"我赶紧跑上前去，问外祖母道。

外祖母劈手夺过我拿着的勺子，把水浇到我腿上，喊道：

"你到哪儿舀水去啦？ 快把门关上！"

说完，她就到我母亲房间里去了。我又回到厨房里，听见她们俩人低声地交谈，不时地长吁短叹，好像在吃力地搬一件沉甸甸的东西似的。

天朗气清，惠风和畅。冬日的阳光透过两个结着冰花的玻璃窗斜照进来。准备吃午饭的餐桌上，摆着闪闪发亮的锡器，一个盛着棕红色克瓦斯的大瓶，和特意为外祖父预备的一瓶里面浸泡着郭公草和金丝桃的深绿色伏特加酒。穿过化了冰的玻璃窗，可以看见附近的屋顶上晶莹夺目的积雪。围墙的柱子上和椋鸟的小屋上，都覆盖着银白色的雪，看上去仿佛戴了一顶亮晶晶的包发帽。阳光照耀着挂在窗户框上的鸟笼子，我的小鸟们正在嬉戏、唱歌：温顺的黄雀"唧唧喳喳"地叫，灰雀"吱吱嘎嘎"地叫，而叫得最好听的还要数那只金丝雀。但是，这个阳光灿烂的日子和鸟儿们的欢叫，一点儿也不让人感到惬意。这一天毫无意义，一切都毫无意义。我想去把鸟儿们从囚笼里释放出来，于是把鸟笼子摘下来，正在这时，外祖母急匆匆地跑了进来，两只手拍打着腰，一面朝炉炕跑去，一面骂骂咧咧：

"该死的家伙，叫你们遭天谴！ 啊呀，我越老越糊涂了……"

她把一只馅饼从炉膛里掏了出来，用手指敲了几下，气冲冲地吐了一口唾沫，叫道：

"烤焦了！这下可好！嗬,你们这些魔鬼,统统把你们撕成碎块!看你,眼睛瞪得大大的想做什么,好像猫头鹰似的?!把你们当作碎破瓦罐全部敲碎!"

说着,她哭了起来,气呼呼地哼哧着鼻子,把那个烤焦了的馅饼翻来翻去,用手指敲着焦皮,泪水不停地滴在馅饼上。

这时,外祖父和我母亲走了进来,外祖母把馅饼往桌子上一扔,震得盘子跳了起来。

"瞧,焦成这样啦,都是因为你们瞎闹,叫你们死无葬身之地!"

母亲微笑着抱住外祖母,平静而低声地劝慰她,让她不要生气。外祖父沮丧地坐在餐桌前,把餐巾围在脖子上,不知嘟囔些什么,他那双小眼睛在阳光的照耀下眯成一条缝儿,眼圈高高肿起。

"得啦,得啦,没有什么大不了!美味的馅饼我们又不是没吃过。上帝是小气的……你在几分钟之内做的坏事,他要让你用几年来偿还……他可是不给你安慰的。坐下吧,瓦里娅……算啦,快坐下吃饭!"

他好像有神经病似的,不停地念叨着上帝,说着背叛上帝的亚哈,谈身为父亲的难处。这时,外祖母气冲冲地打断他的话:

"你唠唠叨叨地胡说些什么呀!赶快吃饭!"

母亲不时地逗逗乐子,脸上带着快活的笑容。

"你今天受惊了吧?"母亲用胳膊肘推了我一下,问道。

没有,我刚才一点儿也没觉得,而现在我却感到极不痛快,对于一切都无法理解。

这顿饭他们吃了很长一段时间,而且吃得很多,好像平时过节似的。他们仿佛把半小时以前吵吵闹闹、准备动手打架和泪流满面、号啕大哭一事忘却了一样。然而,不知怎的,几乎不能让人相信他们的所作所为是认真的,他们是极少流泪的。他们的眼泪、吵闹以及各种各样的彼此折磨,是稀松平常的事儿,来得快去得快,因此我早已司空见惯了,不能引起我一点儿兴趣、好奇和悲伤。

事情过去很久我才明白,因为人们生活贫困艰难,俄罗斯人或许都像孩童似的喜欢拿悲伤来开玩笑,拿它来戏耍,并没有因为做不幸的人而感到羞愧。

在遥无尽期的苦日子里,悲伤成了节日,闹火灾成了开玩笑。在空荡荡的面孔上,连皱纹伤疤都成了装饰……

第十一章

发生这件事以后母亲顿时变得颇为坚强了,腰板也直了许多,俨然一副当家人的派头。外祖父却显得无足轻重了，成天里沉默寡言，想着自个儿的心事，这可与往常不大一样了。

外祖父几乎足不出户，总是孤零零一个人躲在阁楼里，从早到晚读一本名叫《我父亲的札记》的神秘的书。这本书被他放在加了锁的箱子里，有几次我看见外祖父总是在净手以后才小心翼翼地打开它。书又短又厚，有棕黄色的封面，在淡青色的扉页上，写着大花体字的题词，字迹虽有些黯淡却还很醒目："深怀感激，谨赠予尊敬的瓦西里·卡希林，以资纪念。"落款是一个奇异的名字，龙飞凤舞的笔迹，最后一个字母看起来像飞鸟。外祖父戴上银边眼镜，小心谨慎地打开厚厚的封皮，全神贯注地注视着这则题词，偶或抽动着压着镜架的鼻子。我好几次问他："您看的是什么书？"他总是严肃地回答道：

"你别管这些事。我归天以后，这本书就留给你了，还有那件漂亮的貉绒皮大衣。"

他和母亲说话也和气多了，而且是寥寥数语就结束，他大都仔细听母亲讲话，眼睛熠熠闪光，像彼得大叔一样，然后下决心似的大手一挥，喃喃地说：

"就这么着！你看着办吧……"

他衣橱里堆满了珍奇的服饰：花格子长裙，绸缎马甲，刺着银边的绸子长衫，镶着珠子的各色妇女头饰。各种女帽色彩艳丽，摩尔多瓦的项链又沉又重，还有颜色各异的宝石项链。他就将一应物什搬到母亲的卧室里，放在桌椅上让母亲欣赏，叹着气说：

"我们那会儿不仅穿戴比现在阔气讲究，而且日子也轻松愉快，唉，可惜都成过眼云烟了。嗯，去穿上试试吧……"

母亲有一天去隔壁换上了绣着金边的青色长衫，配着珍珠头饰，她回来对外祖父鞠躬行礼，恭敬地问道：

"我这样穿如何，亲爱的父亲？"

外祖父轻咳一声，全身上下仿佛突然间注入了兴奋剂，两手轻摆，弹着清脆地响指，围着母亲走了几圈，用宛如梦中的语调含混地说道：

"嘿，瓦尔瓦拉，我亲爱的女儿，假如你有大笔的钱，追逐你的人又都是心地良善、正直的人就好啦……"

眼下母亲住在前院的两间屋子里，常有客人络绎不绝地出入母亲那里，而来得最勤的就是马克西莫夫兄弟。身材魁梧的那一个叫彼得，人长得很帅，又是军官，蓄着浅色的大胡子，眼睛蓝蓝的煞是好看；上回我对着光头老爷吐唾沫，外祖父就当着彼得的面揍了我个够。腿细、脸色苍白那一个叫叶夫根尼，个子挺高，嘴角边是两道黑色的尖胡子，像山羊角似的。叶夫根尼有一双栗子似的大眼睛，浅绿色的制服上别着金闪闪的纽扣，金色的缩写字伏在窄窄的肩上，让人触目生辉。他喜欢迅速地把卷曲的长发甩到脑袋后面去，露出他又高又平的额头。他微笑时显得憨厚和蔼，语调低沉沙哑，每次他都以和缓的口吻商量：

"您是知道的，我的看法是……"

每当这时候母亲总是打断他的话，眯缝着眼睛，略带嘲笑地说：

"很抱歉，叶夫根尼·瓦西里耶维奇，您总是长不大……"

彼得也趁机拍着自己的膝盖嚷道：

"您说对了，他可不就是小孩子么……"

圣诞节期间，我们家里热闹非凡，母亲每晚都要接待川流不息的客人，这些人穿着华丽精美，雍容华贵——母亲也借机打扮起来，每次总是她技压群芳，与他们一同出去时母亲也显得卓然独立。

母亲与那群花枝招展的客人跨出大门后，院子里顿时静寂下来，连人的喘息声和心跳都清晰可闻。这种令人不安的寂寞飞快地传染给了每个人：外祖母像母鹅似的东游西荡，收拾一下这里，归整一下那里；外祖父倚着壁炉，喃喃自语道：

"好，就这样折腾吧……看能弄出什么来……"

过了圣诞，母亲将我和萨沙——米哈伊尔舅舅的儿子——送去学校念书。米哈伊尔舅舅又结婚了，后娘进门没多久就视萨沙为眼中钉、肉中刺，变着法儿摆布他。外祖母心疼孙子，就让外祖父把萨沙接到自己家里来住。念了一个月左右的书，我几乎什么都没记住，只知道当别人问"你贵姓？"的时候，不能仅说"别什科夫"，而要说：

"免贵姓别什科夫。"

还有不准冲着老师说：

"嗨，别嚷嚷，你这家伙，我才不怕你呢……"

很快我就对学校生活厌倦得不行。表兄萨沙头几天还兴高采烈，整天乐呵呵地与新伙伴玩耍。可有一次他居然在课堂上睡过去了，而且还在梦中突然地高声告饶：

"求求您，我再也不敢了……"

老师把他叫醒了，并让他到教室外边清醒清醒，同学们为这事狠狠地嘲笑了他一通。次日，我俩上学时，走到下干草市场旁的水沟时，萨沙停下脚步对我说：

"我不去学校了，你自个儿去吧！我溜溜去。"

说完他就把书包小心地埋进雪地里，然后去玩了。正月里的天气很好，晴空白云，到处映射着银色的阳光。萨沙让我羡慕不已，但我咬咬牙还是上学去了：我可不愿惹母亲伤心。埋在雪地里的书包当然不翼而飞了，因此他第二天逃学也在情理之中了。第三天，外祖父发现了萨沙的逃学行为。

我们俩因此受到了讯问。审问是在厨房里进行的，外祖父、外祖母以及母亲坐在桌子后面，我俩站在他们面前，低垂着脑袋。对外祖父提出的问题，我记得萨沙回答得相当可笑：

"你究竟为什么不去上学？"

"忘了学校在哪里了。"萨沙双眼呆视着外祖父的脸，不慌不忙地回答。

"忘了？"

"对，忘了。我找了好久……"

"你难道不会与阿列克谢一道走吗？他认得路的！"

"我连他也找不着了。"

"找不着阿列克谢了？"

"是的。"

"你这是怎么搞的？"

萨沙略加思索，叹了叹气回答说：

"突然遇上了暴风雨，我什么也没看见。"

大家哄堂大笑，因为那几天一直很晴朗，没刮过大风，更别说下雪了。萨沙也低着头轻轻笑了。外祖父咧着嘴，尖刻地问道：

"你怎么不拉着他的手，或是他的裤带呢？"

"我开始是拉着的，可是后来我被风给吹开了。"萨沙辩解道。

他脸上一副绝望的样子，说话也有气无力。他的这种毫无用处、拙劣的谎言，我听着直觉脸红。不过我对他这种锲而不舍的劲头的确有些惊讶。

外祖父揍了我们俩一顿，然后雇了一个专门护送我们上学的人。这个老头断了只胳膊，从前干过防火员，他主要负责看管萨沙，不让他在路上溜号。但这也不起作用。次日我们刚走到山沟底下，萨沙突然低头脱下一只靴子，将它扔到远处，接着又脱掉另一只，扔到另外一边。我和小老头惊呆了，萨沙却只穿着袜子沿着广场逃掉了。小老头惊叫了一声，哆哆嗦嗦地来回捡靴子，随后他惊慌失措地领着我回家去了。

全家人花了一整天时间，跑遍了全城各个角落寻找脱逃的萨沙。傍晚时分方在教堂旁边的那家叫奇尔科夫的酒馆里找到他——他那会儿正在跳舞讨观众欢心呢！大家将他弄回家，谁也没动他一指头，他倔强的缄默不语，这让大家心里颇为惴惴不安。夜里我们俩躺在吊床上，尽力跷腿去够天花板，他轻轻地说：

"后娘和爸爸都不疼我，连爷爷也打我，我这样和他们生活没什么乐趣。我要去问奶奶盗贼住在什么地方，我投奔到他们那儿去。将来我会出人头地的……要不咱们一起去吧？"

我可不和他一起胡闹，那会儿我有自己的目标：我决定入伍做军官，最好还能蓄上浅色的大胡子，像彼得似的。因此眼下我必须努力学习。我也把这个目标说给表哥听，他想了一会儿，赞同了，他说：

"这也不错。以后你当军官，我做盗贼首脑，不知道谁斗得过谁呢。要我活捉了你，我会放掉你的。"

"我也不会杀你。"

于是我们私下就订立了协议。

正说着,外祖母进屋了,她爬上炕铺,瞅着我们说道:

"还在说什么呢,小家伙们? 哎,两个孩子孤苦伶仃的,让人心疼啊!"

她怜悯了我们一会儿,然后开始咒骂萨沙的继母,她叫娜杰日达,又肥又胖,是酒馆老板的女儿。接着,天下所有的后妈、继父都被她骂了一通,她顺便还给我俩讲了一个故事。那是聪颖的修道士约那童年时,请求上帝来裁决他与他后母之间的纠纷的事。约那的父亲是个渔夫,在乌格里奇的白湖打鱼:

　　年轻的妻子有了邪念:
　　她让丈夫喝下烈性的毒酒,
　　再加上浓浓的迷魂汤。
　　昏迷不醒地听任她的摆布,
　　她把丈夫拖进橡木船,
　　宛如收敛尸体入棺材。
　　她抄起菩提木的橹桨,
　　小船轻盈地驶向湖心,
　　那个有乌黑漩涡的所在,
　　正是她毁尸灭迹的好去处。
　　这个妖婆用力摇晃小船,
　　顷刻间船底朝天
　　丈夫像铁锚般扎进湖底。
　　妖婆匆忙游回湖岸,
　　在岸边猝然倒地,
　　悲悲切切哭哭啼啼,
　　假装着哀伤与不幸。
　　好心的君子相信了她的谎言,
　　与她一起抛洒眼泪:
　　"哎,你这可怜的小寡妇啊,
　　你的不幸多么深重,
　　可惜生死有命,富贵在天,
　　上帝才是我们最后的裁定人!"
　　只有她的继子约努什科,
　　没有被后母的眼泪欺骗,
　　他用手按着继母的心口,

轻缓柔和地说道：
"啊，我的后娘，我们的灾星，
啊，你这个不吉祥的黑夜鸟，

收起你那虚伪的眼泪，
让我听听你因快乐跳得更快的心。
上帝作证，神灵为鉴，
请哪位公正的人拿把快刀，
抛向圣洁的天空，
如果我说谎，钢刀就杀死我，
如果你说谎，钢刀就砍掉你脑袋。"
后母用恶毒的目光狠狠瞅他，
心中的怒气一下爆发，
她笔直地站起身子，
冲着可怜的约那大叫：
"嗨，你这个愚笨的畜生，
你这个遭人遗弃的早产孽障，
你竟敢当众胡说八道，信口雌黄，
说出这等忤逆不孝的言语。"
人们静静聆听他们的争吵，
都觉得其中大有蹊跷。
大家暗自盘算，迷惑不解，
一位老渔翁站出来，
向四周围观的人群躬身行礼，
然后说出了他的想法：
"善良的人们，
请把钢刀放在我的右手，
我把她抛向苍天，
孰是孰非，听凭钢刀裁定。"
老渔夫接过一把钢刀，
抛向头顶碧澄的天空，
钢刀如飞鸟般飞入苍穹，
久久不见它的踪迹。
人们仰望高空，脱下帽子，
紧紧靠在一起等候判决，

人们无言,夜亦无语,

钢刀始终没有落下来。

早霞从湖面升起,殷红艳丽,

后母脸带笑容,红光映照,

钢刀倏地自天而降,

刚好刺入了后母的背心。

善良的渔民们跪倒在地,

齐声向灵验的上天祷告:

"荣光归于我主,幸亏您主持公道!"

老渔翁拉起约努什科的手,

把他领到遥远的修道院,

它就位于光明的凯尔仁查河畔,

离那座神奇的基杰查城很近……

　　翌日醒来,我出天花了,全身布满了红斑点。大家让我住进了后面的阁楼。我的手脚被宽带子绑得紧紧的,眼睛也什么都看不见,久久地躺在那里,接连地做离奇荒诞的噩梦,其中有个噩梦差一点没把我吓死。只有外祖母常来看我,给我讲新鲜有趣的童话,用小匙像喂婴儿似的喂我饭食。有天晚上,我身体复原了许多,手脚也未绑着宽带——只是怕我抓坏脸,手指用带子扎着,像戴无指手套一样,外祖母不知什么缘故竟比平常晚了很久,这让我忐忑不安。突然我看见她俯卧在门外布满灰尘的台阶上,两手张开,脖子里豁了一道大口子,像彼得大叔一样。这时,有一只大猫从尘土飞扬的昏暗角落里跳出来,贪婪地瞪绿眼睛,向她走过去。

　　我急得从床上跳下来,脚踹肩冲地顶开两扇窗户,纵身跳进院子里的雪堆里。碰巧那晚母亲正要招待客人,喧闹声中谁也没听到我砸窗子的声音,因此我在雪地里躺了很久。我身体受到的伤害不太严重,一只胳膊脱了臼,玻璃在身上划了几道伤口,但是我的两条腿却动弹不得,连感觉也没有,这样持续了三个多月的时间。这段时间里我躺在床上感觉到楼下越来越热闹,开门关门的声音此起彼伏,间杂着人来人往的声音。

　　令人抑郁的风雪在屋顶"沙沙"作响,风儿呼呼地吹过楼门,在烟囱里发出呜咽的悲鸣,像出殡时人们的哭声。纺织车"嗡嗡"地叫唤,一群群乌鸦白日里"嘎嘎"叫个不停。晚上万籁俱寂,狼群凄厉的嚎叫从旷野里传来——我的心也伴着这种音乐逐渐成长。后来,春天慢悠悠地来了,悄无声息,早春三月的阳光怯生生地向窗户里窥探,人也一天天地感到暖和起来。猫儿在屋顶上和顶楼上唱歌、号叫,从墙壁外传来了春天悦耳的音响。像玻璃一样的冰柱断裂了,屋脊上融化的雪水沿着木雕马头淌下来,连马车铃声也比冬天更洪亮。

外祖母常到顶楼来。跟我说话时,她越来越经常地散发出浓浓的酒味,终于有一天,她把一个大白壶带来藏在我床底下,然后挤眉弄眼地说道:

"我的好外孙,千万别告诉你外祖父那老家伙!"

"你为什么要喝酒呢?"

"小孩子别瞎问,长大后你就明白了……"

她对着壶嘴吸了口酒,扯着袖子抹抹嘴唇,带着甜蜜的微笑问我:

"我的小乖乖,昨天我告诉你什么了?"

"我父亲的事儿。"

"说到什么地方了?"

我告诉了她,她便滔滔不绝地讲了起来,像小溪似的源源流淌进我的心田。

我父亲的故事是她主动告诉我的,那是有一次她没喝酒就来我这里,愁容满面,郁郁寡欢,她说:

"我梦见你父亲了,他自个儿在野外游荡,手里有一根核桃木棍子,吹着口哨,一条花狗跟在后面,舌头颤悠悠地吐着。我不知道为什么老是梦见马克西姆·萨瓦杰维奇,看来他的魂魄可能没有依靠,只好漂泊四方……"

连着好几晚上她都给我讲父亲的故事。他的故事像她讲的所有故事一样有趣。

我的祖父是行伍出身的军官,由于虐待属下官兵被流放到西伯利亚。我的父亲出生在祖父的流放地,家里生活苦,父亲从小常逃离家庭。祖父有一次牵着猎狗到森林里狩猎似的找他,还有一次把他抓回来后,祖父狠狠地揍了他一顿,幸亏邻居心善把他夺走才没丢小命。

"小孩总要挨揍吗?"我问道。外祖母轻描淡写地回答说:

"总要挨揍的。"

祖母去世得早,祖父死时,父亲刚九岁。后来我父亲被一个做木匠活的教父收养,教父把他弄进了彼尔姆城的同业行会,又教他木匠手艺。不过最终我父亲还是离开了他那儿,到社会上瞎混,给盲人当领路人。他在十六岁那年到了尼日尼,在包工头科尔钦二轮船上帮着做木匠活。二十岁那年父亲就以擅长木匠、裱糊匠和装饰近而小有名气。他干活的那个作坊与外祖父的房子相连,也在铁匠街上。

"围墙不高,人的胆子可不小,"外祖母忍不住笑了起来,说道。"有一天,我和瓦里娅在花园里采摘红莓果。有个人——就是你父亲,忽然扑通一声从围墙上跳了下来,把我吓得够呛。苹果树丛里闪出一个高大的小伙子,白汗衫,天鹅绒的裤子,但却光着脚板,也没戴帽子,头发用一根皮绳扎起来了。这家伙原来求婚来了!以前我见过他,他老是经过咱家的窗户外面,我那时心里就说:好一个棒小伙! 待他走近我们,我才问道:'年轻人,放着大门不走,为什么偷着爬墙头呢?'他'咕咚'一声跪了下去,说:'阿库林娜·伊凡诺芙娜,我愿意把心掏出来,正好瓦里娅也在。

你得拉我一把，看在上帝的分上，答应让我娶瓦里娅吧！'我一下目瞪口呆，说不出话。再看你母亲，这个鬼精灵满脸通红地躲在苹果树后，像一颗大红莓果，手里向他比画着什么，泪水直在眼眶里打转。我说：'你们想得倒挺美的！瓦尔瓦拉，你疯了吗？你也不好好想想，年轻人，你有资格来摘这朵花吗？'你外祖父那时还是个阔佬，儿子们又没分家，有四处房产，名利双拥，很有气派，不久前他由于一连做了九年行会首脑被政府嘉奖，弄了一顶丝条帽子和一套制服，可神气活现了！我这么一说，自己心里也犯嘀咕，他们可都变了脸色，连我也有些心疼。你父亲就对我说：'我早知道瓦西里·瓦西里耶夫不会答应我娶瓦里娅的，所以我来求你帮我们，让我偷偷地把她娶过去。'这小子居然要我帮这种忙，我随手就扇了他一耳光，他居然没有避让，他说：'只要是你帮忙，就是用石头砸我，我也愿意，我对这门亲事不会善罢甘休的！'瓦尔瓦拉这时也走过来把胳膊放在他肩上，说：'我们现在只不过就举行一下婚礼，早在五月我俩就已好上了。'我差点没背过气去，我的上帝呀！"

外祖母停了下来，笑得全身直晃悠，接着吸了吸鼻烟，抹了把眼泪，又说道：

"什么叫好上了，什么叫举行婚礼，你都还不懂。但你要知道，如果一个姑娘没举行过婚礼就有了孩子，那可算是天大的祸害呀！孩子你要记住，长大后千万别引诱姑娘干这种事，这既害苦了姑娘，生出的孩子也是私生子，真是作孽啊！你和女人生活时，要善待她们，不要只图一时欢娱，要真心实意爱她们。孩子，你可要记住这些话啊！"

椅子摇晃了起来，她略微沉思了一会儿，又抖擞精神说开了：

"如何是好呢？我敲你父亲的额头，揪你母亲的头发，但他和颜悦色地对我说：'打也不会有结果！'你母亲也帮腔道：'赶紧想办法，以后让你打个够！'我问他：'你有钱吗？'他说：'有，瓦里娅的戒指还是我买给她的。''那你还有多少？几个卢布吧？''哪儿的话，大概百多个卢布吧！'他回答说。那时东西便宜，钱也值钱。我瞅着他们俩，心里说，嗨，两个傻孩子！你母亲赶紧解释：'戒指被我藏在地板下了，怕您知道，我可以把它换成现钱。'哼，简直是胡说。但我们商量了半天，好歹说到了一块去：再过一星期就给他们举行婚礼，教堂神父的事由我去解决。我吓得大哭了一场，心"咚咚"跳得厉害，你外祖父知道就完蛋了，连你母亲也战战兢兢的。最后，事情终于搞定了。

"谁都没想到你父亲有一个对头，也是个木匠，坏得厉害，他早料到我们做的一切，暗中把我们监视起来。日子到了，我将自己唯一的闺女打扮了一下，我的好衣服由她挑，大门外的拐角处有一辆三套马车等着，我把她领上车，马克西姆一吹口哨，车就走了！我噙着泪回了家，忽然那个坏蛋木匠迎面走来，对我说：'我不愿坏人家好事，我的心也软，不过，阿库林娜·伊凡诺芙娜，你得给我五十个卢布，算是谢礼。'我没有钱，也不喜欢这东西，平日里没什么积蓄，所以我脱口而出道：'我什么钱也没有，怎么给你谢礼！'他说：'你同意欠我这笔债吧！'我怎么能同意欠别人债呢,我以后到什么地方弄钱给你呢?''这没什么难办的,你可以偷你丈夫的,他是个富翁。'他涎着脸说。我那时真有点犯傻气,应该拖住他再谈一会儿,但我却向他丑陋的脸上吐了口唾沫,转身回家了!这个天杀的却先我一步跑到院子里,将整个事情全抖了出来,闹得乌烟瘴气的。"

外祖母轻轻一笑,闭上眼睛似乎在回忆当年的情景,接着又说:

"想到他们生前的胆大妄为,我现在还心有余悸!你外公咆哮得像野兽发怒一般,这事对他来说可不是芝麻小事。平日里看着瓦尔瓦拉,他常夸口说要把她嫁给贵族,许配给老爷!这么一来什么都成了竹篮打水一场空了。至圣的圣母肯定比我们明白,她知道红线两头该系着谁。你外祖父在院子里乱蹿,活像屁股上着了火。雅科夫和米哈伊尔俩人被叫了出来,麻脸的木匠和车夫克里姆也奉命准备出发。他在皮带上挂上了当流星锤的秤砣,米哈伊尔抄起火枪。我们家的马是好马,脾气暴烈,快如流星,马车也是上等的。他们肯定会追上瓦尔瓦拉的,我绝望地想。说时迟,那时快,瓦尔瓦拉的守护天使帮我的忙,我用小刀在车辕的皮带上割了一个大口子,大家伙儿急急忙忙谁都没瞧见,我想路上非得出岔子不可!上帝保佑,果然应验了,半道上车辕断开了,你外祖父和米哈伊尔舅舅以及马车夫差点送了命——这费了他们不少时间,待修好马车夫赶到教堂时,婚礼已经举行完了,瓦尔瓦拉和马克西姆正站在教堂的门廊里呢。嗨,全凭上帝的照顾!

"还没缓过劲来的这伙人气急败坏,拥上去要揍马克西姆,但是马克西姆也是条好汉,体壮力大,结果米哈伊尔从门廊里飞了出来,一只胳膊摔折了,克里姆也挂了花。你外祖父和雅科夫,还有那个天杀的木匠心生寒意,退了几步。

"你父亲对外祖父说:'把你皮带上那玩意儿扔了吧,别让它在我眼前晃动。我是老实人,上帝赐予我的我才敢拿,谁也不准再伸手,我不会贪得无厌的。'你瞧,马克西姆虽然暴跳如雷,但脑瓜还是清醒的。你外祖父见事已至此,就退回到马车上,冲着他们说:'赶紧滚吧,瓦尔瓦拉,我没有你这样的女儿,别让我再看见你。你的生死,就悉听尊便了!'他像斗败的公鸡一样回到家里,狠狠地揍了我一顿,然后骂我个狗血喷头,我"哼哼叽叽"的没搭理他,心里说,反正木已成舟,一切都会过去的!后来,你外祖父严厉警告我:'阿库林娜,你好好听着,她不再是你的女儿了,听清楚了没有?'我一句话也没说,心想,你撒谎,骗自己,红发老头,血浓于水,哪能说忘就忘的!"

外祖母的话让我觉得津津有味,有些地方也使我既惊奇又困惑:外祖父可不是这样描述我母亲的婚礼的。他说他开始反对这门亲事,不准我母亲在举行婚礼后进家门,但是照他说来母亲的婚礼他也到教堂出席了,并非私下里偷偷举行的。我不想向外祖母追问究竟,我觉得她讲得更美丽动人,我喜欢她的说法。外祖母在讲故事时,老是晃晃悠悠的,像浮在海上的小船。一讲到令人悲泣或可怕的地方,她就晃动得更凶,一只手伸向前面,仿佛要在空中抓住救命稻草似的。她的眼睛经常眯缝着，两颊上布满皱纹，含着入定般慈祥的微笑，而浓厚的眉毛却有丝丝的颤动。我的心有时被这种入定般宽容一切的慈祥深深打动，以致十分希望她用严厉的话，高声训斥我。

"刚开始的两星期，瓦里娅和马克西姆住在哪儿连我也不知道，后来一个挺机灵的小鬼从瓦里娅那儿来告诉了我地方。我于是就在周末装着去做晚祷亲自去找他们！他们的住所离家很远，在小忙街的一所小房子里。到处是垃圾，又脏又闹，手艺人充斥着那座大杂院，但他们过得还挺滋润，像一对快乐嬉闹的小猫。我差一点把店铺搬到他们那里，什么茶、糖、杂粮、果酱、面粉、干蘑菇，应有尽有，还带了点钱过去，我记不得数目了，反正是偷你外祖父的——偷钱只要不为自己就问心无愧。你父亲一见就生气了，什么也不要，他说：'我们又不是要靠乞讨哀求过日子的，您把我们当什么啦？'瓦尔瓦拉也夫唱妻和，说：'哎呀呀，妈妈，你这样又是为什么呢？……'我剋了他们一顿：'我是你的丈母娘！我是你的妈妈！哼，两个小傻瓜，连我也敢奚落！娘亲受了委屈，圣母也会在天上哭泣的。'我一说完这话，就被马克西姆抱起来满屋子走来走去，边走边跳——你父亲力气倒不小，像狗熊一样！瓦里卡这鬼丫头，也围着我们走来走去，像只孔雀一样美丽大方，口里忙不迭地像炫耀新买的洋娃娃似的夸奖自己的丈夫，眼睛还东瞅瞅西看看，板着面孔谈家务事，活像个管家婆，她那个样子让我忍不住笑了起来。喝茶时她搬出了自己做的点心，嗬，牛奶渣像砂子一样，硬得能崩掉狼牙。

"事情就这样拖了很久，快到你出生时，你外祖父仍然又臭又硬，沉默不语。这个老家伙，还是不松口。这个狠心的家伙，净跟人过不去。我背着他去看你父母，他早就知道了，可又在我跟前装糊涂。在家里谁都默不作声，连瓦里娅的名也不提，你外祖父对这可在意了，我也乐得不说话。可是老家伙的这一套我可是心知肚明：身为人父不会轻易抛弃自己的儿女的。有一个风雪呼啸的晚上，我还记得那晚的风雪可真大，窗户上像有只狗熊在抓挠，烟囱呜呜乱叫，好像所有的妖怪都挣脱枷锁跑了出来似的。

你外祖父与我辗转反侧，怎么也合不拢眼，我试探着说：

'天寒地冻的，穷人的日子难捱啊，但是总比有人良心受到折磨强些。'

你外祖父沉默了良久，忽然问我：

'他们日子怎么样了？'

'也没什么的，'我说，'勉勉强强还过得去。'

他盯着我说：'你知道我在问谁吗？'

'你不是问咱们的闺女瓦尔瓦拉和咱家的女婿马克西姆吗。'

'你怎么就知道我在打听他俩呢？'

'算了吧，'我说，'老爷子，别跟我耍花枪了，你这么装傻谁理会你？'他唉声叹气地说：'都是你们这些鬼东西把事情搞糟了，唉，你们这些人啊！'沉吟了一会儿，他又忍不住打听，那个大笨蛋——就是你父亲，真是又浑又傻吗？我又回了他一句：'又浑又傻，说的是那些好逸恶劳，喜欢欺负人的寄生虫！我看咱家的雅科夫与米哈伊尔倒正是你所说的大笨蛋。他们为家里的事动过一根手指头，帮你出过一份力吗？还不是都由你一人扛着吗？'于是他就骂我是混蛋、贱人、皮条客——我不记得还有什么难听的话了，反正我一声不吭。他又教训我说：'你连人家的根底都没摸清楚就如此轻信他，你知道他到底是从哪儿来的吗？'我还是不说话，让他把肚子里转悠的念头全倒了出来。待到他有些疲惫了，我才说：'你这个做父亲该亲自去瞧瞧他们吧，人家日子过得挺滋润的。''哼！我去他们那儿岂不太抬举了他们？家里的路他们都忘了吗……'见到他口气有些松动，我高兴得差点哭出来。他松开手——他老爱摆弄我的头发，唠叨着说：'小傻瓜，别哭了，我的心也不是钢铁做的啊！'我的这个傻老公以前脾气可好了，但渐渐地变得自以为是，认为谁都比不上他，所以火气也旺了，人也愚蠢了。

"大斋期的最后一个礼拜天，也就是圣日，你母亲和父亲得了我的口信果然回家来了，全身上下收拾得清清爽爽的，两个人又是高高大大，让人瞧着心里舒坦。马克西姆站在老头子面前——他整比你外祖父高一个脑袋，他微笑着对老头子说：'圣主在上，尊敬的瓦西里·瓦西里耶维奇，我可不是到这儿向您要嫁妆的——我是来向亲爱的岳父大人问安的。'这种恭敬文雅的话让你祖父咧着嘴直笑，说道：'嗨，你这个拐走我女儿的傻大个，别再跟我瞎闹了，搬回来和我们住在一起吧！'马克西姆没马上应承下来，他皱着眉瞥着你母亲说：'我倒无所谓，只要瓦里娅同意就行！'自从你父亲搬过来以后他们俩就开始不断地争论，怎么也谈不到一起！我总是冲你父亲使眼色，或是在桌子下面偷偷踢他，他怎么都无动于衷，总是认自己的死理。马克西姆的眼睛真漂亮，晶莹透明，总闪烁着欢快的光芒。眉毛黑漆漆的，皱眉时眼睛就缩了回去，岩石般的脸上透出坚毅的神色。他除了我的话，谁的也不听。他心里明白我喜欢他胜过亲儿子，因此他也喜欢我。他经常偎依着我，和我拥抱，有时还在屋子里抱着我到处走，边走边说：'你是我真正的母亲，像大地抚育万物一样照顾我，我爱你超过爱瓦尔瓦拉！'你母亲也是个捣蛋鬼，听到这话就冲过来与我们打闹，大叫道：'你这个薄情负义的彼尔姆人，你竟敢说这种话？'于是我们又是一番闹腾。我的小宝贝，那会儿日子过得可幸福啦！你父亲会唱许多动人的歌曲，舞更是跳得无与伦比，那是他当年给瞎子领路时学的，瞎子在歌舞上可是不赖的。

"他和你母亲搬回来住在花园里的一间小屋里，你就是在那间屋里出生的。生你时正好中午，你父亲回来吃午饭，你们爷俩就碰了个正着。他那股高兴劲儿你肯定想象不到，你母亲被他的疯劲儿闹腾得一点力气都没有。他这个傻瓜，仿佛不知道女人生孩子就等于搭进半条命似的！我被他放在背上，跟着他一溜烟地穿过院子向你外祖父报告得到一个小外孙。你外祖父瞧着他这个阵势，忍不住笑道：'嘿，

马克西姆,你真像个森林怪物!'

"因为他滴酒不沾,而且说话有些尖刻,又爱出些鬼主意,所以你两个舅舅很讨厌他,想给他个下不来台! 大斋期的一天,刮起了大风,突然间整个院子都呜呜地发出怪声,让人背脊发麻。大家面如土色,以为有什么魔鬼找上门了。你外祖父哆嗦着叫仆人到处点上长明灯驱鬼,还满屋子跑让大家向上帝祈祷,但是过了一会儿怪声忽然没有了,大家害怕得更厉害,雅科夫这小子猜到了其中的究竟,他嚷嚷道:'这肯定是马克西姆暗中搞鬼!'马克西姆后来也承认是因为自己在天窗上放了许多大大小小的瓶子,风吹瓶口,它们就"嗷嗷"地发出各种声响,整个院子于是就"呜呜"响了起来。你外祖父又好气又好笑,吓唬他说:'马克西姆,别要弄这些恶作剧,要不然还把你流放到西伯利亚,甭想再回来!'

"有个冬天冷得出奇,连野地里的狼都挨不过寒冷,开始窜进城里,这里咬死狗,那里惊了马,甚至吃掉了一个醉醺醺的巡夜人,闹得全城鸡犬不宁,人心惶惶!你父亲拿着枪,蹬上雪板,晚上去野外打狼。你瞧,他从不空手而归,每次都要拖回一只狼,有时甚至是两只。他把狼脑袋掏空,剃去皮,装上玻璃眼珠,看上去活灵活现的。你米哈伊尔舅舅有一天出门上厕所,忽然惊骇地跑了回来,瞪着双眼,头发竖立,喉咙像被噎住似的说不出话来,裤子拉不住了,掉下来把他绊倒在地,他才从喉咙深处迸出个字:'狼!'大伙儿七手八脚地抄着家伙,点起灯笼冲进大门口,一看,可不是吗? 真有一只大灰狼从木柜子里伸出脑袋,于是大家'嘭嘭嘭嘭'开了一通枪,又向它扔了不少东西。可这狼还是稳如泰山。等大家看清楚了,才发现是一只带着脑袋蒙着狼皮的死狼,它的两条前腿被钉在了柜子上。那时候马克西姆可把你外祖父气得七荤八素的。雅科夫也掺和进去,跟着他一起恶作剧:你父亲用硬纸板做了个狼头,鼻子、眼睛、嘴巴全有,又粘上些麻絮做狼毛,然后就和雅科夫一起在街上到处跑,将这个丑陋凶恶的东西伸进人家的窗户,吓得人家哇哇乱叫,街上闹得像一锅粥。夜里他们还蒙着被单去吓唬教堂里的神父,神父向警察求救,谁知警察也差点吓晕过去,躲在岗亭里喊救命。这种恶作剧此起彼伏,他们也不听家人的劝告,连我和瓦里娅说话也没人听! 马克西姆还略带得意地说:'这些胆小鬼,一点小玩意儿就吓得屁滚尿流地抱头鼠窜,看着倒挺有意思的。'这种人和他讲道理简直就是对牛弹琴……"

"因为这些恶作剧,他差点丢了小命。你米哈伊尔舅舅肚量小又爱记仇,跟你外祖父是一个模子铸出来的。他绞尽脑汁算计你父亲。有一年冬天刚到,他们做客回家,与一个助祭一块儿回来——这个助祭后来因为打死车夫被教会除了名。他们四人沿着驿站大街往回走,却把马克西姆弄到了久科夫池塘,骗他下去滑冰,像小孩子那样用脚溜,你父亲也当了真,结果被米哈伊尔推进了冰窟窿。我得跟你好好讲讲这档子事……"

"舅舅他们为什么这样狠心对我爸爸?"

"他们心眼倒不坏,"外祖母又吸了口鼻烟,神清气闲地说。"他们只是又笨又傻罢了!你米哈伊尔舅舅既刁钻又愚笨,雅科夫还稍稍好些,是个成天只知道傻乐的男人……话扯远了,他们虽把马克西姆推到了冰里去,可他马上从冰里伸出了脖子,伸手去够冰沿,可这些人竟用脚使劲踩他的手——手指全部被靴子弄破。马克西姆幸好没喝酒,而他们都已醉眼蒙眬了,于是他就像有神灵庇佑一样逃脱了这场劫难——他在冰下伸直了平躺着,脸向上钻进冰窟里的空隙,"呼呼"地喘气。他们够不着他,就往他头上扔了一阵冰块,然后就扬长而去,以为马西克姆会自己沉到冰里去。谁能料想,他哆嗦着爬了出来,一溜烟似地向警察分局跑去。你是知道的,警察分局就在旁边的广场上。那里的警长认识他,也认识我们家里每个人,他看着你父亲狼狈的样子,就问:'这事是谁干的?'"

讲到这里,外祖母画了个十字,心怀感激地继续说:

"圣明的主啊,请让马克西姆·萨瓦杰维奇和你忠实公正的圣徒们在天上安息吧,他是问心无愧的!他居然胡诌了一通,向警察隐瞒了真相,他说:'是我自作自受,我多喝了一杯,就犯糊涂了,走到池塘,也不知怎么的就掉进去了。'警长说:'从没听说过你喝酒啊,你在说谎!'别的就不说了,后来警察让他用酒擦了擦全身,又穿上干净衣服,然后裹上皮大衣把他给送回家里来了,警长带着两个手下也跟在后面。那会儿那两个混蛋还没回来,不知道又到哪家酒馆灌酒,给父母丢人现眼去了。我和你母亲出门看到马克西姆,他那个样子让我们顿时傻眼了:浑身上下紫红紫红的,每根手指头都在往下滴血,鬓角也白乎乎的,像是没有融化的新雪。

"瓦尔瓦拉吓得嚎叫起来,嚷道:'究竟发生了什么事?'警长精明得很,从话里闻出了什么味道,就刨根究底地盘问起来。我心里'咯噔'一下——肯定出什么事了?我递眼色让你母亲分散警察的注意力,自己偷偷地问马克西姆什卡到底发生什么事了。他轻轻地告诉我:'你赶快去酒馆里找雅科夫和米哈伊尔,对他们说,跟我是在驿站大街分开走的,然后他们往圣母节大街去了,我拐进了纺绩巷!叫他们别说别的,否则警察饶不了他们!'我赶紧去告诉你外祖父让他去应付警察,自己去门口等儿子。我跟他说出了什么事,他吓得赶紧穿上衣服,哆嗦着自言自语:'不听老人言,吃亏在眼前,我早就知道要出事!'他简直是瞎说,他知道个什么呀!我在门口等着那两个醉醺醺的小杂种,迎头就扇了他们几下——米哈伊尔顿时被打醒了,可雅科夫这小子,连舌头都不听使唤了,费了老大力气才说:'不关我的事,是米哈伊尔干的,他是大哥嘛!'我们费尽了周折才把警长的怀疑打消——毕竟他还是我们的好街坊。他说:'以后你们千万留神些,再出什么乱子,我会弄明白谁是罪魁祸首的。'说了这些话,警长便告辞回分局了。吓出了一身冷汗的外祖父来到你父亲的跟前说:'多谢你了,别人如果遭了你这样的罪,是不会忍气吞声的,我明白你的心意!哎,乖女儿,我也感谢你给咱家带来了一个好心肠的人。'你这个外祖父,心情好时,嘴也甜,可惜后来犯傻了,才不把心里的话往外掏。大家走开以后,屋里只剩下我们三个人,这时马克西姆·萨瓦杰维奇哭起来了,并且还用梦呓般的语言说:'我有什么地方对不住他们的,值得他们要害死我? 妈,您说是为什么啊?'以前他从没称呼过我妈,而是像小孩那样叫我妈妈,充满了稚气,不过就性格而言,他十足像个小孩。我被他的'为什么'问倒了,我什么话也说不出来,只好大声地哭了起来。手心手背都是娘心尖的肉,我都爱他们。你母亲也掺和进来,她气得扯掉了外衣的扣子,坐在地上,披头散发地嚷嚷:'马克西姆,咱们走吧,别再在这里让人算计了! 骨肉是冤家,我怕他们,咱们躲得远远的行吗?'我厉声喝住了她:'不要火上浇油了,你还嫌事儿闹得不大吗?'你外祖父赶紧叫你两个混蛋舅舅来赔礼道歉,你母亲向米哈伊尔扑过去,"啪啪"就是几耳光,这才算消了消气。你父亲伤感地说:'咱们都是一家人,你们为什么挖空心思地想把我的手弄残废呢? 咱手艺人,全靠一双手,没有手还有什么用?'大家又好说歹说,最后他们总算揭开这个天大的过节了。你父亲却因此一病不起,在床上躺了七个星期左右,有时他对我说;'哎,亲爱的妈妈,和我们一道去别的城市住住吧,这里太让人郁闷了。'果然,他们很快就付诸了行动,阿斯拉罕夏天预备迎接皇帝,你父亲揽下了造凯旋门的活儿,于是他就与你母亲一道去了那里。过了新年,他们就上了第一班通往阿城的轮船走了。他们的离去,让我感到自己心里一下子失去了主心骨,你父亲也有些伤别离,一个劲儿地邀我同去阿城。瓦尔瓦拉却欢天喜地的,甚至连自己的快乐也丝毫不遮掩,真是不害臊……他们就这样走了。就这些,我讲完了……"

外祖母吸了吸鼻烟,又喝了口酒,满腹心事地望着窗外灰蓝灰蓝的天空,又轻轻地说:

"你父亲说的对,他不是我的亲骨肉,但是我们的心是息息相通的……"

外祖父有时会在外祖母给我讲故事时突然闯进屋子,仰着黄鼠狼般狡猾的脸,用尖尖的鼻子这里嗅嗅,那里闻闻,然后疑心重重地望着外祖母,听她讲故事,有时还嘟嘟嚷嚷地打断道:

"净胡说,你瞧你说的是些什么呀……"

有时他还冷不丁地问我:

"列克谢,她刚才是不是喝酒了?"

"没有,她没喝酒!"

"别说谎,看你眼神就知道你在骗我。"

他狐疑地走出去了。外祖母向他的背影眨了眨眼,顺口说道:

"老头子过瓦堂,甭想吓唬我老娘……"

有一天,外祖父站在我屋子的中央,低头盯着地板,轻轻地问:

"我说老婆子……"

"嗯,说什么?"

"你知不知道事情怎么就弄成这样了呢?"

"我当然知道。"

"你究竟是怎么想的?"

"这是天意,老头子!你难道忘了你要给咱家攀一门贵族亲戚吗?"

"我是有这打算。"

"现在不是天遂人愿了吗?"

"可惜贵族变成了一个穷鬼!"

"你别管,那是咱女儿自己愿意的。"

外祖父又"哼哼"着出去了。我从他们的话里听出了些不好的话头儿,就问外祖母:

"你们这是在说什么?"

"小孩子别太好奇,什么都想知道。"她边给我揉腿,边气呼呼地说。"小小年纪什么都问清楚了,等你老了还问什么呢?……"说着她自己也忍不住摇头晃脑地笑了起来。

"哎,老头子,老头子,在上帝眼里,你只不过是沧海一粟!廖尼卡,我给你说件事,你千万别对别人说!——你外祖父的家产被弄光了!一位贵族老爷向他借了一大笔款子,谁知这位贵族老爷破了产……"

她面带微笑地沉思着,一声不吭地坐了许久。她的圆圆的大脸上密布着皱纹,黯然神伤。

"你在想什么?"

"我在琢磨还有什么故事可跟你说的,"她的身子微微一晃。"哦,好,我给你说说叶夫斯季格涅的故事,好不好?那说的是:

> 从前有个叫叶夫斯季格涅的书记官,
> 自以为聪明冠绝天下,
> 神父和贵族不提也罢,
> 连老狗也不值一提!
> 雄赳赳地迈着步子,活像公火鸡,
> 他自己觉得就是那神奇的西林神鸟,
> 他把左邻右邻挨个教训,
> 事情总是不遂他的意。
> 矮矮的教堂,窄窄的街道,
> 让他觉得自己大受委屈!
> 红苹果在他眼里也掉了色,
> 太阳总是太早出现在东方!
> 无论你对叶夫斯格涅说什么,

他总是说——”

这时候的外祖母的腮帮鼓着，眼睛瞪得滚圆，以前亲切安详的脸变得蠢笨滑稽，接着她那懒散低沉的声音又响了起来：

“你说的这玩意儿我早就知道了，
而且，我知道得比你更多，
不过，我一直没闲工夫。”

外祖母沉默片刻，脸上带着讥讽的微笑，轻轻地讲下去：

“有一天，一群妖怪来找书记官：
‘书记官先生，你在这里不舒服吧？
不如与我们同去地狱，
那会炉火很旺，热烘烘的！’
聪明的书记官连帽子也没来得及戴，
就被妖怪举了起来，
它们边走边喊号子，
还趁机使劲胳肢他，
两个小妖甚至骑在了他肩头，
一路推搡地把他弄到了地狱之火中。
‘叶夫斯季格涅尤什卡，这里很爽吧？’
快被烤熟的书记官，
双手叉腰，左顾右盼，
嘴唇骄傲地噘得老高，他说：
‘其他的好说，你们地狱煤气味忒浓些！’”

外祖母结束了这个寓言，懒洋洋地低沉的表情不见了，细声地笑着给我解释：“他还不服气，这个书记官先生，快被烧焦了还固执得不行，死死抱着老一套，真是茅坑里的石头——又臭又硬，跟咱家的老爷子一样！算了，小宝贝，太晚了，该睡觉了……”

母亲很少到顶楼来看我，即使来了，也只是一会儿工夫，忙忙碌碌地交代我几句话就下楼去应酬了。她倒一天比一天美丽，打扮也越来越入时，但我发现她和外祖母很相似，身上总有一股崭新的东西在萌动。我不明白这究竟是什么，但我心里却老琢磨这件事情。

外祖母的童话越来越没意思了,就算她讲我父亲的故事也于事无补,我心里那股朦胧而根深蒂固的忧虑却日渐滋长。

有一天,我问外祖母:

"你为什么说我父亲的灵魂没有安息呢?"

"我不知道为什么。"外祖母疲惫地闭着眼睛,有气无力地说,"上苍自有安排,天堂里面的事情,我们凡夫俗子哪能明白呢?……"

晚上,我躺着老睡不着,就往青色的窗户外边瞅,望着星罗棋布的夜空,看着星星闪烁着移动,我虚构出了许多悲伤的故事,出场最多的是我父亲:他总是独自一人,晃动着一根棍子,漫无目的地游荡,身后总跟着一条长毛狗……

第十二章

有一天黄昏,我躺在床睡着了,当我睁开双眼时,突然发现自己失去知觉的双腿竟完好如初了。我伸出双腿打算下床走走看看——可是它们又忽然什么感觉也没了,不过我一点也不沮丧,反而信心倍增:只要两条腿毫发不损,我将仍可以走路。这种感受鼓舞了我,欢乐使我大叫起来。我又试图站起来,可腿刚沾地,又没了感觉。我瘫倒在地板上,但是我咬牙向门口爬去,沿着楼梯往下爬,我可以愉快地想象着家里人见到我时那种惊讶万分的表情。

我不知道自己究竟怎样爬进母亲的房间的,我坐在外祖母怀里,有几个陌生人在她面前晃来晃去,其中有一个老太婆威严的声音十分洪亮,压倒了其他人。这个老太婆瘦瘦的,穿着身绿衣服,她嚷嚷道:

"盖着他的头,赶紧给他灌红莓汤……"

她一身的绿色让人心惊胆战:绿衫绿帽绿脸,再加上眼皮下的黑痣上也长着一撮绿草似的毫毛。她的眼睛被黑花边的手套罩着,下嘴唇向外咧开,上嘴唇不停地翕动,满口的绿牙忽闪忽闪的,两只绿眼也盯住我不放。

"这是什么人?"我害怕地问。外祖父老大不快地回答说:

"这除了你祖母还会是谁……"

母亲也不怀好意地笑着,把叶夫根尼·马克西莫夫推到我眼前,指着他说:

"他就是你父亲……"

接着她又匆忙地嘀咕了几句,马克西莫夫点点头,然后向我弯下腰来,双眼眯缝着对我说:

"我送你一盒画画用的颜料。"

屋间里光线很好,墙角里的桌子上,五支插在银烛台上的蜡烛燃烧着,蜡烛围着外祖父心爱的"勿哭我圣母"圣像,它上面缀着的珍珠在烛光里摇曳闪烁着,圣像头顶的灵光也在红宝石的映射下显得光芒四射。靠近街道的窗玻璃上,有几张烙饼似的圆脸,模模糊糊的,在黑暗中不发出一丝声音,鼻子也像被压扁了似的,在我的眼里,周围的一切都缥缈不定,影影绰绰的。那绿老太婆用冰冷的手轻轻地摸了摸我的耳朵,口里说着:

"一定,一定……"

"他不省人事了",外祖母边说边抱着我走出门口。

实际上我脑袋清醒着呢,只不过是不愿意睁开眼睛罢了。外祖母搂着我上楼梯时,我睁眼问她:

"你以前为什么不告诉我这些事?……"

"行了,别说了……"

"你们串通好了骗我……"

外祖母把我放到了床上,她却栽倒在枕头里,浑身直发抖,"呜呜咽咽"地哭了起来,肩膀尤其抖得厉害,抽泣着说:

"你也哭吧,咱们一起哭吧……哭吧……"

我可不想哭。顶楼上阴森得很,我背脊有些发凉,忍不住直哆嗦,床板于是摇晃了起来,"吱吱"地响个不停,忽然那个绿老太婆又来了,站在我面前,我闭上眼睛假装睡过去了,于是外祖母也下楼去了。

那几天,到处都是空荡荡的,单调乏味得如绢绢细流,母亲在订婚后旅行去了,家里冷清得令人烦闷。

外祖父却在一天早上到楼上来了,手拿着把凿子,他到窗户跟前,清除掉窗框上冬天防风用的油灰。外祖母也跟了进来,端着一盘水,手里拿着抹布。外祖父轻轻地问:

"老婆子,感觉怎么样?"

"什么怎么样,我不明白?"

"满意了吧?"

外祖母用在楼梯上回答我的那种腔调说:

"你算了吧,别乱嚷嚷!"

我发现这些简单的字符里蕴藏着特殊的内涵,这些语句掩盖的是一桩巨大的令人郁闷的事情,大家虽努力回避,却又忍不住提及。

窗框被外祖父小心地摘了下来放在门外去了,外祖母开了窗——花园里栖鸟的叫声传了进来,小麻雀也欢快地"唧唧喳喳"叫个不停;冰雪消融的大地散发出的气息也涌进屋内,令人心醉神迷。火炕上雪青色的瓷砖发出奇怪的苍白色,触目而生凉意。我摸索着从床上下来,爬到地板上去。

"不要光脚走路!"外祖母警告说。

"我想去花园看看。"

"那儿的雪还没化完,再等几天吧!"

我不喜欢听她的这种腔调,有时甚至见到大人心里就厌烦。

花园一片生机盎然。小草吐出了鲜嫩的绿叶,苹果树萌发了新芽,花骨朵含苞欲放。邻家彼得罗芙娜的小房顶上,青苔地愉快地吐着绿色。四下里各种鸟儿飞翔歌唱,自由自在,声音荡漾在芬芳的空气里,令人舒服得头晕目眩。只有彼得大叔自尽的那个土坑,歪歪斜斜地铺着些被雪压断的黄草。看见这个地方让人觉得有些凄惶,春天的气息也不愿到这里来,黑炭头孤零零地闪着冷光——这个坑的一切都是多余的,让人感到烦恼。我心里十分愤怒,有一种冲动,想清除这些荒草,搬走砖块黑炭,让所有肮脏丑陋多余的东西消失,在这坑里为自己建造出圣洁的住处,我可以夏天一个人住在里面,远离那些大人们。我立刻将它付诸行动,我刚好借此远离了家里的纷纭琐事,尽管这些东西仍旧如昔,令人气恼,然而它们却逐渐丧失了对人们的吸引力。

"你为什么经常噘着嘴呢?"外祖母和母亲经常这样絮絮叨叨地问我,时间长了,我觉得被她们问得直脸红,实际上我对她们俩并没有什么怨气,只是觉得家里熟悉的东西日渐消失了,变得生疏起来。绿色的老太婆倒常到家里来打秋风,吃中饭晚饭,喝晚茶,在我的印象中,她僵直的躯体与旧栅栏中一根发霉腐朽的木桩倒很相似。她的眼睛是用线缝在脸上的,只是没有留下丝毫线的痕迹而已。眼珠滴溜溜直转,让人有些担心会从那瘦骨嶙峋的眼眶里掉出来。老太婆什么都看得清楚,对什么都感兴趣,她谈到上帝的时候,就冲着天花板翻白眼;谈到家长里短的平常事,她就把眼睛耷拉下来。她的眉毛也好像是用麦麸皮剪粘贴上的。她的嘴老是在嚼动,光板大牙伏在口腔里悄无声息地工作着,塞进嘴里的东西很快就土崩瓦解了。她的手令人可笑地蜷曲着,小手指微微上翘;一对圆骨头在耳朵边来回滚动,耳朵也一晃一晃的,甚至连黑痣上的那撮绿毛也轻轻地爬动在她那黄皱而又干净得令人恶心的皮肤上。她和他儿子一样浑身上下一尘不染,连挨他一下我都觉得心里憋得发慌。开始几天,老太婆竟想让我吻她那死人般冰凉的手,她手上弥漫的那股喀山黄肥皂气味和一种香味让我差点窒息,我甩开她,扭头跑了。

她还老是训导她儿子:

"你一定要好好教育这个孩子,你明白吗,叶尼亚?"

他儿子恭恭敬敬地低头表示应允,但却苦脸皱眉,一声也不吭。大家在这个绿色老太婆面前都皱着眉头,连她儿子也不例外。

我对这个绿老太婆和她的儿子有种刻骨铭心的仇恨,当然我为自己这种强烈的感情付出了沉重的代价:饱受皮肉之苦。有一天中午,我正吃着午饭,老太婆鼓着那双可怕的眼睛,凶神恶煞地冲我说:

"喂,阿廖什卡,你怎么这么狼吞虎咽的?把什么东西都往嘴里塞啊?亲爱的,小心噎着！"

于是我就随手从嘴里找出一块什么东西，用叉子叉上递到她面前：

"您不要心疼，我给您吃还不行吗……"

我被母亲从饭桌上赶了下来，心里觉得屈辱万分，而后又被赶上顶楼。外祖母上来安慰我，她捂着嘴大笑起来，说：

"我的上帝呀，瞧你这个调皮鬼究竟干了些什么呀，耶稣赐福给你……"

她的捂嘴动作让我感到很讨厌，于是便躲开她，独自爬上屋顶，在烟囱后面生了很久的闷气。我得承认自己是有股调皮捣蛋的冲动，老想和身边所有人开玩笑，或者恶言恶语地对他们讲话，老实说这种冲动很难被遏制住，但到后来我不得不努力去克制自己的这种欲望。有一次，我狠狠地捉弄了我未来的继父和他的母亲。在他们坐的椅子上，我涂了一层樱桃胶汁，结果当他们坐下时就被粘在了椅子上。他们当时的那个样子非常可笑。外祖父狠狠地揍了我一顿，母亲上顶楼来看我时，轻轻将我拉进她的怀里，把我紧紧地挟在两膝中间，半怜半恨地说：

"亲爱的，你总是不听话，为什么老是这么淘气？你难道不清楚这样我会受多大的苦吗？"

亮晶晶的泪水在我母亲的眼里闪动，她把脸贴在我脑袋上轻轻地蹭着，这让我更是难受万分，我还不如挨她一顿打好受些！我说我以后再也不捉弄马克西莫夫家里的人了，永远不招惹他们，只求她不哭就足够了。

"你说得好，"她在我身边轻轻地说，"不要再淘气了！我们马上就结婚，然后到莫斯科住一段时间，然后再回来，我们娘儿俩就住在一起了。叶夫根尼·瓦西里耶维奇心地善良，聪明能干，你和他一起会很快乐的。小宝贝，你将来要去念中学，然后好做个大学生，就和叶夫根尼现在一样，然后你去当医生……总之你可以想干什么就干什么，只要有了学问，做什么事情都会一帆风顺的。好了，去玩吧……"

母亲的这一连串由"然后"构成的憧憬，在我脑海里形成了一条长长的台阶，沿着台阶往前走，离她越来越遥远，台阶的尽头黑乎乎的一片，什么也看不清楚，这种孤寂的台阶让我心里很不痛快，我很想把自己的念头告诉母亲：

"只要你不嫁人，我可以养活你！"

但是我的这个念头始终没有来得及说出口。我的很多温馨而甜美的记忆总是伴随着母亲的出现被重新唤起，可是我从来没有要把这种记忆告诉别人的念头。

我花园的工程颇为顺利地进行着，杂草被我连拔带割地铲除了，坑的边缘我又砌上碎砖块，防止泥土掉下来，又用砖块在坑里铺了一个宽大的座位，既可以坐，又可以躺在上面。砖缝里我粘上了许多收集的彩玻璃和碗碴，当太阳光射进坑里时，这些东西就映射出五彩斑斓的色彩，与教堂里的一样。

有一次，外祖父详细"视察"了我的工程，忍不住夸我："真是个好主意！只是你没有除掉草根，杂草会长出来淹没你的。去把铁锹给我拿来，我再重新铲一遍，就没问题了!"

我把铁锹拿来递给外祖父,他咳了几声,往手心吐了口唾沫,用脚把铁锹深深地压进花园那肥沃的泥土里。

"快过来把草根捡出去扔了! 然后我把向日葵和锦葵给你种到这儿,它们长起来才漂亮呢……"

外祖父突然停住了,身子歪了下去扶着铁锹,一声不吭地愣住了。我仔细地打量他,发现泪水从他那像狗一样又小又机灵的眼睛里扑簌簌地流下来。

"您怎么啦?"

他抖擞了一下精神,轻轻地擦了擦脸上的泪水,泪眼蒙眬地望了望我。

"没什么,我汗水出来了! 你快来看,土里这么多蚯蚓!"

然后他又开始翻土,停了一会儿,又突然说道:

"你弄这东西算白干了! 白干了,小家伙! 这所房子很快就要被我卖掉了。大约就是在秋天吧。我急着用钱给你母亲置办嫁妆。事情就是如此。但愿她能有好日子过,愿上帝保佑她……"

话没说完,他就扔了铁锹,伤感地挥了挥手,径直到澡塘后面的拐角去了,他在那里修了处温室。我拾起铁锹接着干,刚刨了几下,脚趾就被铁锹弄伤了。

脚伤使我没能陪母亲参加教堂的婚礼仪式,我只能走到门外,看着她低头和马克西莫夫手拉着手,谨小慎微地在砖铺的人行道上走着,踩着砖缝里的绿草,好像是在针尖上行走一样。

婚礼很冷清,这从大家打教堂回来时的神态可以看出。家里人满腹心事地喝着茶,母亲马上脱下礼服。到起居室里收拾行李,继父过来坐在我旁边,有些脸红地说:

"以前我许诺送颜料给你,但这城里没有什么佳品,我又不能把自己用的给你,因此我以后去了莫斯科给你寄过来……"

"我用颜料来做什么呢?"

"你难道不喜欢画图画吗?"

"我一点也不会。"

"哦,那我可以给你寄点别的礼物。"

母亲收拾停当,走过来告诉我:

"我们在那待不了多久,你父亲参加完毕业考试,我们就回来……"

他们同我谈话的语气像对待大人似的,这多少给了我一丝安慰,心里也高兴了许多,但听说长胡子的人还要上学考试,心里不禁疑惑不已。我问:

"你是念什么书的?"

"测量学……"

我仍不明白测量学是做什么的,也没兴趣再和他饶舌。百无聊赖的静寂充斥着整个院子,偶尔能听到像是在翻动布匹的沙沙声,这令人倍感烦闷,我希望夜晚早些降临。

外祖父站在窗台前,斜倚着炉子,向窗外眯着眼睛发呆,不知道在看些什么。绿老太婆一边自顾自地唠叨,哼唧,一边帮母亲打理行装。外祖母更是过分,她中午就喝得酩酊大醉,那种又脏又糟的情形使家里人脸上有些挂不住,就把她弄到顶楼上锁了起来。

母亲他们一行次日很早就启程去莫斯科了。分手时她把我从地上轻轻地抱了起来,紧紧地拥着我。她的眼睛里闪烁的目光不再熟悉,她边吻我边说:

"小宝贝,再见吧……"

"你告诉他,要听我的话。"外祖父脸色愈发难看,边说话边扭过头去望映满彩霞的天空。

"听外祖父的话,不要惹他生气。"母亲边说边为我画十字祈福。我企盼她再说些什么,但外祖父这一通话打断了她的思路,因此我心里对外祖父有些怨气。

母亲他们俩坐上一辆轻便马车,篷布敞开着,马车夫正蓄势待发,可是母亲却出点小岔子,她的裙裾不知被什么钩住了,害得她赌气地拽了好半天。

"你难道没看出吗? 快过去帮你母亲一下!"外祖父没好气地对我说。可我正沉浸在巨大的伤心和失落中,根本不能挪动脚步,只是傻傻地站在那儿。

马克西莫夫从容地坐进马车,慢条斯理地把套着窄小蓝裤子的长腿摆到舒服的位置。外祖母在他手里塞了一包东西,他把它们放在膝盖上,俯下脸去用下巴颏压住,略带惶恐地皱了皱苍白的脸,咕哝着说:

"好了,够了……"

绿老太婆坐上了另一辆轻便马车,她像木偶画似的端坐在那儿,她做军官的长子陪着她,不时用军刀柄往胡子上蹭痒,哈欠迫使他老是半张着那张大嘴。

"瞧这模样,您要去作战了?"外祖父问这个军官。

"这是一定的!"

"好事情落在您头上了。土耳其人也该狠狠地揍一顿了……"

马车终于出发了。母亲多次回头向我们挥动纱巾,大家的心达到了悲哀的顶点:外祖母眼泪涟涟,泣不成声,向他们挥手时,她一只手扶着墙壁;外祖父也用手挤出了几颗眼泪,有一句没一句地说道:

"不会的……没有什么好的……没戏……"

坐在街边石磴上的我,木然地望着两辆马车一颠一簸地驶向远方,直到消失在街角的拐弯处,突然我心中轰然响了一声,一道无形的大幕严严实实地罩住了我的心扉。

那会儿天还是老早老早的,沿街的每家每户都紧闭着窗,四下里悄无声息,静得可怕。这种空寂的场面我从未见过。远方时而传来牧曲,"咿咿呀呀"无止无休地吹着。

"回家喝点茶吧，"外祖父拍拍我的肩膀说，"这么看来，上帝安排你和我们一块儿生活，那你就往我身上蹭吧！你就是根火柴，我就是块砖，你离开我就无所依靠喽！"

从此我们爷儿俩成天在花园里忙忙碌碌的，谁都不爱吭声。他挖菜地，给红霉果搭架子，替苹果树刮掉苔衣，消灭害虫；而我却一直在摆弄我的住处。露出去的烧焦的木头被外祖父砍掉了，又在地上钉上几根木棍，以便我挂鸟笼。为了遮阳光挡露水，我用晒干了的杂草编了一张草帘子挂在了长凳上，如此这般，一个舒适的巢穴被我拾掇好了。

外祖父不住地夸我：

"学着把自己的事情弄得井井有条的，这对你日后的生活大有益处！"

他的这番话倒合我的心意，我认为这非常重要。外祖父有时在我用草皮铺设的地铺上躺着，耐着性子教导我，没有了以前的焦灼，他说话仿佛费了很大的思虑。

"你跟你母亲算是没什么瓜葛了，她将来会再生孩子，她对他们要比你亲热些。唉，你外祖母为这事已经喝起酒来了。"

外祖父沉默良久，又竖起耳朵仿佛聆听什么，然后懒洋洋地说出些沉甸甸的话来。

"她这样大量喝酒，也不是头回了，你米哈伊尔舅舅该入伍的那年，她闹过一回酒疯。当时她硬要逼我替儿子弄一张免役证，没准儿当初让他去参了军还会脱胎换骨呢……哎，瞅瞅你们这些人啊……我是没几年指望的了。以后你只有孤身一人了，你就得自己赚钱糊口，养活照顾自己，你清楚我的意思吗？知道了就行了。人只要有了真才实干，不受人家的牵制才有出息。最重要的是本本分分，踏踏实实地做人，生活要永不服输，要有一股永不退缩的冲劲！别人的建议可以听听，该干什么得自己决定，只要对自己有好处就要不择手段地去做……"

那个夏天，当然，除了天气不好的时候，我几乎都是在花园里打发日子。晚上要是暖和些，我甚至把外祖母送给我的毛毡也搬到花园里，直接睡在上面。外祖母有时也来凑凑热闹，她在我床铺旁边铺上一捆干草，躺在上面，不停地给我说着各种故事，有时她会打断自己的话头，冷不丁插上几句别的，说：

"你看那里，又一颗星掉下来了！不知道是谁纯洁的灵魂想念大地母亲，急于投入她的怀抱中去！也就是说，人间又多了一个心地善良的人！"

有时她还用手比画着说：

"快瞧，天上又升起了一颗亮星，多漂亮啊，圣洁的天空，上帝精美的法衣与你同在……"

外祖父也会掺和进来，念念叨叨地说：

"睡在这儿会生病感冒的，你们两个傻瓜！弄不好还要中风！小偷也会乘虚而入,扭断你们的脖子……"

太阳落山时的景色非常漂亮,一道道火红的晚霞抹在天空的边缘,旋即,燃尽的火河把橙红色的余晖倾泻在花园轻柔飘逸的绿荫上。片刻工夫,周围的一切都黯淡无光了,暖融融的昏暗逐渐膨胀,浸渍了阳光的树叶悄悄地低下了头,青草也把头匍匐到地上,所有的东西充盈着如梦如幻般的温柔与蓬松,一股股如仙乐般悦耳撩人的声音静静地从远方涌来,如潮般地淌过,而后复归于寂静。

有时,真的有音乐声穿过原野从远方传来,那是军营吹奏的晚点名号声。夜色渐浓了,我的心灵也被一种清新的激情强烈地占据,宛如母亲慈祥的抚摸。寂静轻轻地撞击我的心灵,恰似一只毛茸茸的手,暖洋洋的,拂去我心头的郁闷与尘埃——这些东西是白天沾染上的。如此的良宵美景,仰面躺在花园里,默默地注视着广阔无垠的天空中那些闪烁跳跃的群星,我有一种心醉神迷的感觉。这时候,深邃的天空逐渐拉开了帷幕,更多更亮的星星呈现在我的眼前,仿佛自己也在随着它们轻轻地飘向空中,这多少让人有些诧异,不知是宇宙变小了,变得与自己相差无几,抑或是自己在神奇地膨胀,与无限的万物交融在一起了。天边的夜色更浓更深了,寂静成了主要的音符,但是仿佛到处隐藏着肉眼看不见的灵敏的琴弦,绷得紧紧的,这里的每一个音响——鸟儿在梦中的歌唱,刺猬夜行的声音,或者是某个地方突然响起的人的喁喁私语,所有的一切都把这令人愉悦的灵敏的寂静衬托得异常突出。

弹奏手风琴的声音响了起来,然后是女人悠扬的笑声,军刀在砖砌的马路上"锵锵"的撞击声,看家狗尖厉的叫声,但是这一切都显得有些不识时务,仿佛是萧瑟的白天里那最后凋落几片叶子。

有些晚上,醉鬼的喊叫声经常突然从原野和大街上传过来,接着是有人跑过去的脚步声,像敲鼓一般"嗡嗡"回响。我对这一切已经再熟悉不过了,往往漠然置之。

外祖母枕着手躺在那儿,久久地不能入睡,她内心有股激动的情绪在涌动、燃烧,她不停地给我讲着些什么,而且我是否仔细听她讲话,在她看来倒是无足轻重的。好在她善于选择那些有趣的童话故事,每次都讲得津津有味,绘声绘色,给夜晚增添了一丝迷人的色彩。

有时她的那种抑扬顿挫的声音会让我在不知不觉中进入到梦乡,到了清晨,和欢快的鸟儿一道睁开惺忪睡眼。暖洋洋的阳光直接照在我脸上。清晨的空气悠悠地盘旋流动,苹果树叶轻轻地颤动着,晶莹的露珠飞溅下来,在空中划出一条条优美的弧线。绿茵茵的青草上的玲珑剔透的水珠迎着阳光,闪耀着斑斓的五彩色,宛如撒在地上的一片片水晶。一缕缕薄雾从草地上升起。紫藤色的天空中布满了越来越密集的霞光,瑰丽而灿烂,天空逐渐为蓝色所占据了。云雀婉转地鸣叫着直插无垠的天空,逐渐从视野中消失。五彩缤纷的花朵和悦耳动人的声音像露珠般温柔地注入你的心胸，使你感到从未有过的宁静与安详。这种时候，这种感觉会促使你马上坐起来，脑海里充满行动的欲望，你想赶快去做点什么，从而与周围生机勃勃的万物和谐地统一起来。

那段时间是我一生中最宁静的时光，各种感受纷至沓来，占据了我的心灵，促使我更敏锐地观察身边的一切，获取全新的生活体验。正是这年夏季，我获得了坚定的自信，有一股急剧膨胀的力量在我内心骚动，从此我便对自己的能力抱有坚定的信念。我变得有些粗犷、孤僻，不爱与人打交道。奥夫相尼科夫家的孩子仍然常来叫我出去玩，但我不愿理会他们。表兄弟来家里也引不起我的兴奋与快乐了，相反心里还感到有些惊慌失措，生怕他们的调皮捣蛋会毁坏我在花园里建造的小窝，因为这是我有生以来第一项独立的劳动成果。

我对外祖父的话越来越兴趣索然了。他讲话单调冗长，枯燥得令人昏昏欲睡，而且老是长吁短叹，啰里啰嗦。他与外祖母吵架的次数也日渐频繁，甚至会在盛怒之下把她扫地出门。这种时候外祖母只好到雅科夫舅舅或米哈伊尔舅舅家去待一段时间，有时一连好几天不露面。外祖父只得自己动手打点饭食，总是烫着手，于是厨房里经常传出他的嚎叫，咒骂声，伴随着恼羞成怒的敲打声，而且很明显的，他变得越来越悭吝起来了。

外祖父有时候会钻进我搭的草棚里，舒舒服服地坐在柔和的用草皮铺的地上，默视着我，很长时间不说话，有时他忽然诘问我：

"你为什么老是一声不吭的？"

"我爱这样，有什么不对吗？"

他得着了话柄，便开始教导我说：

"咱们不是贵族老爷，没有接受教育的机会，任何事情都得靠自己去理解，弄得清清楚楚。别看那么多书，那么多学校，都是老爷们的，跟咱们不搭多少边。我们只能依靠自己，一切靠自己去想办法……"

他陷入了深深的思考与回忆，人也干瘦干瘦的，像哑巴一样一声不吭，我心里不由得对他这种模样产生了隐约的恐惧感。

这年秋天，他果然卖掉了房子。卖房子的前几天，有一次喝早茶的光景，他突然阴沉着脸，语气严肃而坚决地对外祖母说道：

"听着，老太婆，我支撑这个家这么久了，一直养活着你，现在我厌倦了！以后你自个儿讨营生吧！"

外祖母一点也不惊讶，态度既安详又镇静，仿佛她早就预料到这一天的到来，正等他说出口似的。她镇定自若地拿出鼻烟壶，把它放在她那像海绵似的鼻子下嗅了嗅，然后回答道：

"我没什么可说的，就这样吧！你想怎么样就怎么样吧！"

卖掉房子以后，外祖父租了两间阴暗的地下室，那个地方是在靠近山脚的一条死胡同里，上面是一座破旧肮脏的楼房。搬家那会儿，外祖母把一只带着长长鞋带的旧树皮鞋扔到了炉灶下面，然后蹲下来虔诚地合手祷告说：

"灶神啊灶神，我送给你一副雪橇，请跟我们一道搬到新家去吧，在那里继续庇护我们，找到幸福……"

外祖父正巧经过院子，从窗户里看见了外祖母的这种表演，于是就伸着脖子嚷道：

"异教徒，你竟敢这样胡来，别再给我丢人现眼了……"

"哎哟，老头子，说话要当心些，你会遭报应的！"外婆尖刻地回敬道，脸色充满了恭敬。但外祖父肺都气炸了，怎么说也不准她把灶神迎到新居那边。

家里的各色家具和各种杂物，外祖父花了两三天工夫就处理得一干二净了，他把它们卖给了那伙专收破烂的鞑靼人，他们为了讨价还价激烈地争吵和互相咒骂，声音"呜呜"地回荡在日渐空旷的院子里。外祖母透过窗户呆呆地望着他们，一会儿大笑一会儿抽泣，有时还冲着他们用低低的声音喊道：

"赶快拉走吧！都砸碎倒干净些……"

我也想号啕大哭一场，我舍不得家里那个漂亮温馨的花园和凝结着自己心血的茅屋。

搬家时外祖父雇了两辆拉货的马车，我坐的那辆里堆满了各种家什杂物，挤得满满的。道路坎坷不平，马车颠簸得非常厉害，仿佛要把我从车中抛出去似的。

打那以后，有两年多的时间，我心头常常涌动着这种颠沛流离，起伏不定，行将被人抛弃的感觉。这种感觉萦绕着我，直到母亲去世。

母亲在外祖父搬到地下室以后不久，突然回来了，她脸色惨白，比过去越发消瘦，两只眼睛却显得更圆更大了，热烈的光芒在其中闪烁着，夹杂着丝许惊奇的神色。她很少说话，一直专注地往四下里张望，好像以前没见过她父母和我似的。她就这样沉默地注视着家里的一切，而继父却背着手在屋子里来回地踱着方步，手指晃动着，嘴着轻轻地吹着口哨，偶尔咳嗽几声。

"嗨哟，我的上帝，你长得太快了！"母亲捧着我的脸庞，她那双手热乎乎的。她穿一件宽大的棕色连衣裙，大肚子向外突起，这种打扮真是难看极了。

继父也伸手过来拍拍我，说：

"你好，小老弟，过得还快活吗？"

然后他闻了闻空气，耸着鼻子补了一句：

"你要知道，这里可是又潮又暗啊！"

他们两个好像经过了长途跋涉，已经累得疲惫不堪了，揉得皱巴巴的衣服，磨出了小洞，显得狼狈不堪。现在他们再也管不了许多了，只想躺下来喘口气儿就满足了。

大家满腹心事地喝着茶。外祖父朝被雨水淋湿的玻璃窗凝视半晌，终于开口

问道：

"照这么说，东西都烧光了？"

"什么都没剩下。"继父马上接过话茬，语气十分肯定，不容置疑。"我们俩也差点没被烧死……"

"是啊，水火无情，人只能干瞪眼了。"

母亲倚着外祖母的肩膀，轻轻地和她耳语着什么，外祖母眯着眼睛听着，仿佛怕强光照射似的，屋子里的气氛变得愈发沉闷了。

外祖父忽然打破了沉寂，他的声音既尖厉又平静，但其中却包含的讥讽的意味：

"叶夫根尼·瓦西里耶维奇先生，可是我得到的消息和你说的却有些出入，听说你那儿根本就没闹过什么火灾，而是你沉湎于赌博，输了个底朝天……"

没有人再吭气，屋里寂静得像地窖，只有茶炉"噗噗"的冒气声和雨水"啪啪"

地抽打窗玻璃的声音。待了片刻，母亲小心地说：

"爸爸……"

"你还有脸叫爸爸？"外祖父拍着桌子，疯狂地吼了起来，"你还想对我说什么？我早就警告过你：你是三十好几的人了，不能够嫁给二十来岁的毛头小伙！结果呢，好嘛，嫁给一个精明能干，英俊潇洒的小伙子！你也成了贵妇人！唔，这是不是很好呢？我的乖女儿？"

四个人都声嘶力竭地嚷嚷起来，其中继父的声音最大。我吓得赶紧溜了出去，躲到门厅中的一堆柴火里，我被震住了！母亲像是完全换了一个模样，跟以前截然不同了。待在屋子里我的感觉还比较模糊，但在这昏暗冰冷的门厅里，我清晰地回忆起了她昔日的模样。

后来发生了什么我记不清楚了，只知道随后我来到了索莫夫镇，住进了一所简陋的木头房子，这里一切东西都陌生得很，墙上光秃秃的，没有糊墙纸，墙壁的圆木缝隙中间填满了麻絮，很多蟑螂在中间穿梭爬行。临街有两间窗户的房间由我母亲和继父住着，我和外祖母栖息在厨房里，那儿有一扇通向屋顶的天窗。从天窗可以看到工厂的烟囱像漆黑的手指似的插向天空。从烟囱里冒出来的滚滚浓烟被冬天凛冽的寒风吹得四处摇曳，很快弥漫到了整个小镇。以至于我们居住的那个冰冷彻骨的小屋里，经常充斥着一股浓浓的呛人的煤烟味。每天大清早，工厂的汽笛就会鬼哭狼嚎般的吼叫起来。

"噢呜！噢呜！噢呜……"

弄一条凳子站在窗前，透过窗户上边的玻璃，越过鳞次比栉的屋顶，工厂那敞开的大门就赫然映入眼帘。它像一个暮年的乞丐张开了掉光了牙齿的黑洞洞的大嘴。工厂门口挂着的灯笼发出红彤彤的光芒，忽闪忽闪的，成群结队的小人正往门口里蠕动。

到了正午时分，汽笛又会张开喉咙大叫一番，黑嘴唇似的大门"吱吱"地打开了，露出一个深不见底的黑洞，仿佛被咀嚼和折磨的人群像呕吐一般从工厂流了出来，他们像一股乌黑的潮流涌向大街小巷。被寒风劫掠的、洁白的、毛茸茸的雪花被迫沿街飞舞，逼压着刚刚走出工厂的人们，把他们赶回到各自的小窝。这个镇子的天空难得明亮清净，总是阴沉灰暗，时间长了，屋顶和雪堆上都被一层煤灰覆盖住了，空气中游荡着灰色的薄雾，与悬浮于其中的尘埃掺合在一起，给工厂和村镇笼上一层厚厚的烟罩。它麻痹和钳制着人们的想象力，让这些每日里为生计奔波劳累的工人生活在这种阴郁单调的色彩中，因此陷入了迷惘而又浑浊的深渊。

每天傍晚时分，一片浑浊的深红色的烟云在工厂上空浮起，飘荡摇曳着，照亮了灰暗的烟囱顶端，仿佛这些矗立在空中的烟囱不是自下而上的伸展，而是越过这层烟云自天而降似的。在降落的过程中，它还向四周喷吐着猩红猩红的烟雾，偶尔还发出长长的呼啸声，尖锐刺耳。目睹这种阴郁黯淡的景色，一种难以抑制的恶心就会袭上心头,吞噬着你内心宁静恬淡的一切,很快一股无名之火就会占据你的身心,让你烦躁郁闷不已。在这个新家里,外祖母当起了厨师。做饭,洗地板,劈木柴,挑水,一天从早到晚几乎不得空闲,夜里睡觉时已经疲惫不堪了,累得老是"哼哼唧唧"地叫唤。她经常在做完了饭之后,就把那件破短棉袄套在身上,往腰里掖上裙子,便启程到城里去。她对我说:

"也该去瞧瞧你外祖父那老不死的了,不知道他那儿过得如何……"

"我也想去,带我去吧!"

"瞧这大风大雪的,没准会把你给冻坏的!"

外祖母走了,在风雪飘零的原野里,她要走将近七俄里的路。母亲脸色蜡黄蜡黄的,她怀孕了,所以很怕冷,那条带穗子的灰色破披巾总是裹在她身上。我对这披巾充满了敌意,它使得我母亲又高又苗条的身子变得十分丑陋;我也厌恶那根穗子,它一晃一晃地让我堵得慌,于是我找了个机会把它撕掉。我甚至也憎恨这座房子、对面黑乎乎、庞大的工厂和这个灰暗阴郁的小镇。母亲穿着一双又破又旧的毡靴,咳嗽的时候挺得老大的肚子很难看地颤动着。她那双青灰色的眼睛单调地闪动着,射出一丝含着怒气的目光。她老是对着光秃秃的墙壁发愣,好像目光被粘贴到了墙上。有时她呆呆地站在窗前,木然望着外边的街道,甚至一个钟头的时间也一动不动。从窗户望出去,街道活像老人的颌骨,稀稀疏疏的旧房子像残缺零落的牙齿,黑漆漆的,横七竖八的东一块西一片;新进镶上的牙——最近才建造的房屋却又大又笨拙,和整个牙床很不协调。

"我们为什么要搬到这儿来住呢?"我老是向母亲问这个问题。每当这时候她总是没好气地回答。

"你给我闭嘴……"

母亲几乎不怎么与我搭腔,偶尔说上两句还总带点凶神恶煞的音调,像给我下指示一样:

"快点去,递给我……"

家里人把我管得严严实实的,几乎不允许我到街上去乱跑。每次上街我都要找人打架,不幸的是我常常被那些淘气鬼打得鼻青脸肿。但我还是乐此不疲,因为我感觉到唯一能够给我带来快乐和兴趣的只剩下打架了,所以我打架上瘾。每当这时候母亲总要用皮带教训我,但她越打我心里越有股逆反心理。于是下次有机会溜到街上,我就跟那帮小孩子更加拼命地打架。回到家里,母亲的皮带惩罚也就愈加严厉。有一次她实在抽打得我太厉害,我就威胁她说,要是她再碰我,我就用牙齿咬伤她的手,然后到外边大荒地里去流浪,不再回家了,甚至冻死在荒郊野地里。母亲听了十分震惊,扑上来推了我一个跟跄,紧接着在屋子里踱了一阵方步,呼呼地喘着粗气说:

"你这个小杂种!"

于是,在我心灵里,笼罩在那种被称之为"爱"之上的瑰丽斑斓而又生动含蓄的光环失去了魅力,渐渐地消逝在时间里的隧道里了。从此,周围的一切在我眼里仿佛都充满了怨恨,而我心里也越来越多地发泄出那些压抑不住的怒火,不满情绪在心里滋长繁衍。小镇死气沉沉、百无聊赖的生活像挥不去的阴云使我倍感忧愁、孤寂。

继父待我也严厉得很。他很少搭理我母亲,没事时嘴总闲不住,反复地吹着低沉而又单调的口哨,或者低低的咳嗽。午饭之后,他就对着镜子拿着根牙签小心翼翼地侍弄他那稀疏斑驳的牙齿,每次都折腾很长时间。他与母亲吵架的次数越来越频繁了,总是气呼呼地用"您"称呼我母亲,借此讥讽她。这种无礼而又挑衅的称呼使我激怒到了极点。他俩吵嘴时,继父总是严严实实地紧闭着厨房的门,我想他大约是不希望我听到他们的话。不过,尽管他采取了这些措施,我竖起耳朵仍然能够听清楚他那略带嘶哑的声音。

有一天,我听到他边跺脚边冲我母亲嚷。

"就是因为您挺着这个丑陋的大肚子,弄得我都不敢带客人进咱家的门。您简直像一头母牛!"

这些话让我又惊又怒,那种莫大的侮辱像闪电般直冲脑门,我从高板床上"呼"的一声蹦了起来,脑袋在天花板上撞得"嗡嗡"直响,我的舌头都被咬出了血。

每当到了星期六,我们家里那狭小的屋子里就挤满了喧哗的人们,工厂里的工人成帮结伙地来找我继父,想把自己在厂子里辛辛苦苦挣来的购粮证转卖给他。工人们拿着这些购粮证就可以在工厂的粮铺里购买粮食和食品,这是工厂主为代替工资而发给工人的。继父干的行当是以半价收购他们手里的购粮证,然后再转手卖出去,牟取利润。继父把厨房作为他工作的办公室,他坐在桌子后面,傲慢而又神气活现,从不给工人好脸色看。每当他从工人手里接过一张购粮证,便冷冷地说:

"一个半卢布。"

"叶夫根尼·瓦西里耶维奇,上帝有眼不会饶恕你的……"

"一个半卢布!"

让我庆幸不已的是这种无聊而又阴沉的黑暗日子没过多久就结束了,母亲生小孩之前,他们把我送回到外祖父家里住。外祖父这时已经搬到了库纳维诺镇,在别斯恰纳亚街的一幢两层楼房里租了一个小屋,里面配有俄罗斯式的炉坑,两扇窗户对着庭院。这条街有些偏僻,顺着山坡往下可以走到纳波尔教堂墓地外的围墙。"过得怎么样?"外祖父见面时冲我说,边说边尖声地笑了起来,"俗语说,朋友再好,也比不过老娘。照我看来,应该说,老娘再亲,也亲不过外祖父这个老不死的!唉,瞧瞧你们这些人呀……"

我还没来得及熟悉这个新地方,外祖母和母亲就带着新降生的小孩搬了过来,继父由于敲诈勒索工人引起了公愤,被工厂除了名,但他出去找人疏通了一下,马上就被录用去了火车站干售票员的工作。

在外祖父那里度过了很长一段空虚无聊、单调乏味的光阴,我又被接回母亲那儿,她现在住进了一座楼房的地下室。随即我被母亲送进了学校念书。从读书的第一天开始,我就对学校产生强烈的反感和厌恶。

我入学那天,脚上是母亲的旧皮鞋,大衣是外祖母的上衣改成的,下面穿着黄衫衣和松腿的裤子。这种奇特的打扮顿时成了同学们嘲笑的目标。由于我穿一件黄衬衫,他们就给我起了个绰号叫"苦役犯"。这没令我感到多么不痛快,我很快与同学们打成了一片,但是学校的老师和神父却不喜欢我。

教我的那个老师脸色蜡黄,秃瓢脑袋,鼻血老是"哗哗"地往外流。来班上讲课时,他用棉球塞着鼻孔,然后坐在讲台上,用浓浓的鼻音给我们上课。有时一句话刚说到一半,他忽然打住了,把棉球掏出来,放到眼睛前面仔细地查看,然后无奈地摇晃着头。他的扁平脸像黄铜一样,一副萎靡不振、无精打采的模样;皱纹遍布黄脸,透出一丝绿光,铜锈一般;眼睛也呆滞无神,没有一丝生气。可以说这双眼睛长在这张脸上不但多余,而且弄得黄脸更加丑陋。我感到他总是用令人讨厌的目光盯我的脸,盯得我胃里直翻腾,老想伸手去抹抹面颊。

刚开始几天,我的座位在第一组的第一排,这个地方紧挨着老师的讲台,这简直让我如坐针毡,难以忍受。而且全班那么多同学,他好像只看见我一个人,其他都消失了,他总是用难听的鼻音反反复复地说:

"彼斯(什)科——夫,换一件衫衣!彼斯(什)科——夫,脚不要老晃荡!彼斯科夫,瞧瞧你的靴子又往外'哗哗'流水了!"

这些话让我十分恼怒,为了报复他,我想出了一个恶毒的计划来回敬他。有一天,我在垃圾堆里弄了半个冰冻的西瓜,掏空了瓜瓤,把它用绳子拴住,吊在黑乎乎的门洞的滑轮上。打开门时,滑轮升上去,西瓜皮也跟着吊在了半空中,教师进门后,刚刚关上门,西瓜皮就像一顶帽子似的不偏不倚地戴在他的秃头上。门卫把我领回了家,还带着教师的字条。自然而然,我为自己的恶作剧付出了沉重的代价,母亲把我狠狠揍了一顿。

还有一次,我往教师的抽屉里撒了好多鼻烟粉末,于是他坐在讲台上接二连三地打喷嚏,课也没法讲下去了,只好让他的女婿来代替。他女婿是个军官,他强迫全班唱《神佑吾皇》和《自由颂》。谁要是唱错词,他就拿起尺子往谁的脑瓜上招呼,他敲的声音特别地响亮,不免让人觉得好笑,但没有人感到疼痛。

神学老师是个神父,长得英俊漂亮,有一头浓黑而富有动感的头发。他对我没好感有两个原因,一是由于我没有《新旧约使徒行传》这本书,二是由于我喜欢学他的口头禅来讥笑他。

他进教室上课时,第一件事情就是跟我过不去:

"彼什科夫,今天带书来了吗? 嗯,书,带来了吗?"

我马上起身故作恭敬地回答:

"没有。没带来。嗯,书,我忘了!"

"你说什么'嗯'?"

"我说真的没带来!"

"嗯,那这样吧,回家一趟! 嗯,回家。因为我不想教你了。嗯,不想了。"

神父的这番话并没使我有多少沮丧,我起身离开了教室,沿着泥泞的道路在镇上四处游荡,饶有兴趣地欣赏着这里喧嚣的生活场面,如此一直到放学回家。

神学教师的相貌有点像耶稣,优雅端正的脸孔上有一对如女人般柔情似水的眼睛。他的那双小手也纤细中透出温柔味,无论拿什么东西,都令人赏心悦目,倍感亲切。每当他拿书,尺子或羽毛笔时,动作既谨慎又优雅,宛如这些东西是具有悟性的脆弱的生灵似的,由于珍爱它们,因此就担心动作鲁莽使它们受到伤害。但是他的这种怜悯之心并没有转移到人身上,对待学生他可没有这样温和,即便如此,学生们仍然十分喜欢他。

我的学习成绩还算过得去,可是没过多长时间,就有消息传来——学校决定要除我的名,理由据说是因为我糟糕的表现。这么一来我无比沮丧,一场天大的灾祸就要降临了——母亲的脾气越来越暴躁,用皮带抽我的次数也日渐频繁了。

但正当我沮丧绝望之际,救星却从天而降,把我从灾难的泥潭里拉了出来:赫利桑弗主教突然巡视到我们学校。我现在还记得清清楚楚的,他背有点驼,模样有点像巫师,矮矮的个头,罩着宽大的黑法衣,头上戴着的高筒帽子显得十分可笑。

主教坐在讲台后面,撩开宽肥的衣袖,露出两只手来说道:

"孩子们,怎么样,让我们随便谈点什么吧!"

他的话在教室里得到了立竿见影的响应,同学们马上活跃起来,"叽叽喳喳"说个不停,四处洋溢着从来未有过的欢愉气息。

主教挨个询问了很多同学以后,把我叫到讲台跟前,满脸严肃地向我问道:

"你今年多大了? 哦,真的吗? 瞧瞧你的个子,窜到这么高了? 我的孩子,你是不是日子不好过呀?"

主教边说话边把一只手放在讲台上来回抚摩,他的手干瘦干瘦的,留着老长老长的指甲,另一只手捋着零落的几撮胡子,眼睛充满着温情注视着我,缓缓地建议道:

"那么,你可不可以给我讲一讲《使徒行传》里你特别喜欢的故事?"

我就难为情地告诉他我没有这本书,也没有学过《使徒行传》。他伸手捧了捧高筒帽子,把它扶正,问我道:

"《使徒行传》怎么能不学呢? 你要知道,这是每个学生的必修功课呀! 嗯,你虽没学过,也许会听别人讲过一点吧? 会念圣诗吗? 哦,这太棒了! 祈祷词呢? 也会念,简直太棒了!《使徒行传》也会?《颂诗》也会?哎呀,你懂的东西可不少啊!"

正巧这时候,我们的神父气喘吁吁地进来了,白净的脸上笼着厚厚的红晕,主教为他画十字架祝福完毕后,他见到我,刚想开口数落我时,赫利桑弗主教冲他摆摆手,制止了他,说道:

"请稍等片刻……孩子,过来讲讲阿列克谢圣徒的伟大事迹……"

"无与伦比的诗篇,是不是,小兄弟?"每当我因为忘记了其中一句,稍做停顿以便仔细想想时,他总说:"你还会别的什么吗?……会讲大卫王的故事吗?我想听一听!"

当时我有种强烈的感觉,那就是主教的确在听我讲故事、念诗,很明显他是一个喜欢诗歌的主教。我给他背诵了好久,他忽然停了下来,用急促的语调问我:

"你以前学过《颂诗》?是谁教你的?慈爱的外祖父?还是冷酷的外祖父?哦,是这样的!你是不是老是调皮捣蛋的?"

我在心里忖度了一番,但还是向他们如实坦白了。教师和神父也趁机在旁边添油加醋地说了我好多不是,以证明我没说假话。主教大人低垂眼睛听完他们的这番演说,回过头叹了口气,说道:

"听见没有?你的老师就这样评价你!嗨,孩子,过来听我说。"

他把手放在我头上,手上散发出一种檀香味,很好闻,他轻轻地问道:

"孩子,你为什么老这样淘气呢?"

"因为读书一点意思也没有。"

"啊!没意思?孩子,你这话可就错了。正是由于你觉得学习没有乐趣,你的学习成绩一定十分糟糕了,可是老师们却说你成绩还挺好的。看来,你还有什么没告诉我。"

于是主教拿出一个记事本,在上面写了几行字,边写边念叨:

"彼什科夫·阿列克谢。好,我记下来了。孩子,你要明白:人要学会克制自己,不要太淘气贪玩了!小孩子闹点恶作剧没什么打紧的,可是做得太过分了,把它们作为寻找乐趣的唯一办法就会讨人嫌!孩子们,同意我刚才说的话吗?"

教室里响起了大家异口同声地回答:

"你说得对。"

"你们是不是都不爱捣乱呢?"

同学们大笑道:

"不,主教大人,爱捣乱,也不爱捣乱。"

主教的身子往后一仰,把我搂进他怀里,然后装作很吃惊的样子说:

"这有什么大不了的,小兄弟们,在你们这个年纪,我也是个远近闻名的淘气包!你们倒说说这是为什么呢?我的孩子们!"

主教的这番表白赢得满堂的喝彩灯，同学们神采飞扬，开怀大笑。连站在一旁的教师和神父也忍不住笑了起来。主教又向大家天南海北地拉家常，巧妙地引出各种有趣的话题，让大家热火朝天地争论不休，课堂上快乐的空气到处游动萦绕。最后，主教站了起来，挥了挥手，说道：

"淘气鬼们，跟你们在一起的时间我很开心，唉，我该走了！"

说完，他抬起手来把又宽又肥的袖子捋到肩上，晃动着胳膊在空中画了个大大的十字，为大家祈福：

"谨以圣父圣子圣灵在天之名，祝福我的孩子们，你们努力学习，认真工作！再见吧！"

同学们也齐声吆喝起来：

"主教大人，再见！请您再度光临！"

主教频频颔首，嘴里说：

"我会再来的，会再来的！我下次会给你们带些书来。"

他走出了教室，临出门时对教师说：

"给他们放学吧！"

他还拉着我的手，让我跟他到了门洞里，俯身下来，低声告诫我说：

"孩子，你要试着收敛收敛，好吗？我清楚你为什么爱调皮捣蛋，我非常理解你！再见吧，孩子！"

我激动万分，一股激烈而又异样的感情从心里升腾起，并迅速占据了我心房。教师把别的同学打发回了家，让我单独留下来。他对我说，从今以后要克制自己的行为，处处留意，像水一样没有波澜，像草一样驯服。我心甘情愿听着他说这些话，而且态度也很恭敬。

神父边穿皮衣，边用低沉的声音亲切地说道：

"从今天起你要来听我上课！嗯，你一定要来，要老老实实地待着！嗯，老实地坐着。"

学校的事毕竟被我摆平了，可是我却在家里干了件又蠢又丑的事：我竟偷了母亲一个卢布。事先倒没有处心积虑地筹划，这件傻事纯粹是我脑瓜一时发热。

有一天晚上母亲到外面办事去了，把孩子留给我看管照顾，这是一桩令人倍感无聊和烦闷的差事。我便随手抄了本继父扔在枕头边的书翻看起来以打发时间。这是一个名叫大仲马的人写的小说《医生札记》。没翻过几页，我就有了一个发现——书里夹着两张钞票，一张十卢布，一张一卢布。这本小说写得迷幻晦涩，我根本弄不懂它究竟说的是什么意思，就把它合上了，正在这当口，我突然想到，一本《使徒行传》肯定值不了一个卢布，有了一个卢布还可以弄点别的什么书来开开眼界——说不定可以在书摊买到一本《鲁滨孙漂流记》呢。这本书我是在不久前才听说的。那是一个寒风凛冽的上午，学校课间休息时，大家正围着我，听我给他们

163

讲童话,正讲到兴头上,忽然,人群中有个孩子用轻蔑的腔调说道:

"童话是胡编乱造的,《鲁滨孙漂流记》才是真真实实的故事呢!"

他的话得到了其他几个读过《鲁滨孙漂流记》的孩子的响应,都说这本书有趣得很,这样一来我从外祖母那里听来的童话故事就面临到了可以预见的冷落,这使我心里老大不高兴,于是我马上就在心里做出决定:一定要读一读这本《鲁滨孙漂流记》,仅仅为了能够理直气壮地说一句:那本破书我也看过,也不怎么的,简直是胡扯和说酒话罢了!

翌日上学校去的时候,我的书包里多了一本《使徒行传》,两卷破烂不堪的《安徒生童话》,另外还有三磅白面包和一磅香肠。路过弗拉基米尔教堂围墙边的书摊时,我在这个黑咕隆咚的铺子找到了《鲁滨孙漂流记》,那是一本黄皮的小书,薄薄的,第一页有一个戴毛皮圆帽子,身披野兽皮的大胡子男人,眼睛似乎恶狠狠地冒着凶光。这本书我一看就打心眼里厌恶得不行。至于那两本童话书,虽然破烂不堪,脏兮兮的,但对我却有一股说不出的亲和力。

到了午间休息的时候,我从书包里掏出面包和香肠让大家一块儿分享。吃完以后,我就开始为大家朗诵一篇优美奇妙的童话《夜莺》,大家马上被这篇童话抓住了心。

"在中国,只要居住在那里的人都是中国人,连皇上也不例外。"我记得很清楚,这简简单单的一句话使我体验到了前所未有的愉悦与冲击,它纯朴可爱,宛如一支欢快的小夜曲,总以一种美妙异常的东西轻轻触动着心弦。

因为时间不是很长,我没能为大家朗诵完这篇童话。我放学回家时,母亲正站在锅台前用平底锅煎鸡蛋饼,她用严厉而微弱的声调诘问我,她的声音有些奇怪:

"是你拿了一个卢布?"

"是的,我拿了。这不是用来买了书……"

她挥舞着锅铲向我扑过来,劈头盖脸地狠狠揍了我一顿,然后从书包里翻出了《安徒生童话》,藏在了一个只有天知道的地方,我再也没有见到——对我来说,这是比挨顿打更为伤心的事情。

我一连几天没去学校,这段时间,继父大约在他的同事面前大肆宣扬过我偷钱的"壮举",而那些同事自然而然又回家对他们的孩子进行了一番宣传和教育,于是这件事不胫而走,学校上下很快就知道了。过了几天当我到学校去时,孩子们一见我,就把"小偷"这个绰号送给了我。我很有些不平,因为这个外号虽然简单形象,却有欠公允:我是拿了一个卢布,但没有刻意去隐瞒。我试着向大家做些说明,以辨明我的清白,但无济于事,谁也不相信我的那一套说辞。于是我跑回家,告诉母亲我再也不去学校了。

母亲再一次怀上了孩子,她坐在窗前,身上罩着一件灰衣服,苍白色的脸,眼睛里充满了疲惫和忧伤,目光也呆滞无神。她一边喂萨沙饭,一边鼓着鱼一般的嘴哀怜地望着我说:

"你别瞎疑心了,"她压低了嗓子说,"没有人知道你拿家里钱的事。"

"你不信出去问问!"

"肯定是你自己说出去的。你快说,是不是自己多嘴?你瞧着吧,明天我亲自去趟学校,弄清楚究竟是谁把这件事传出去的。"

我毫不迟疑地说出了某个同学的姓名。母亲的脸顿时变了颜色,眉头也皱得紧紧的,泪水从眼里哗哗地流了出来。

我回到厨房,躺在床上发呆。我的床铺在炉灶后的木箱上,从那里可以清楚地听见母亲在自己屋里轻声啜泣,嘴里反复地低号:

"苍天啊,老天爷啊⋯⋯"

一股烘烤油腻抹布的气味在厨房里四处弥漫,这种难闻的气味让我难以忍受,我一骨碌下了床,跑到了院子里。母亲大声地叫住了我:

"你想到哪儿去?又要去哪儿了?过来,到我这儿来!⋯⋯"

然后我们母子俩就坐在地板上,萨沙在母亲的腿上趴着,摆弄她衣服上的扣子,向前弯着身子,嘴里模糊不清地说:

"布伏卡。"意思就是"小扣子"。

我坐在母亲的身边,偎依着她的胳膊,她把我搂得紧紧的,说道:

"咱们是穷苦人,咱们的每一戈比都⋯⋯"

每次都这样,母亲总是说不完话,就用她那只热烘烘的胳膊把我拥得更紧了。

"这个家伙无耻⋯⋯混蛋!"她突然说出这么一句话,这句话我以前似乎听到她骂过一次。

萨沙也在一旁咿咿呀呀地学她:

"耻耻⋯⋯蛋蛋!"

这是一个古里古怪的孩子,笨头笨脑的。他头很大,老是滴溜着那双漂亮的眼睛四处打量,对着一切东西傻傻地笑,但人安安静静的,仿佛在长久地期盼着什么。他开始学话很早,从不大哭大叫,整天处于快快活活的逸静状态中。他先天营养不足,体质很差,老是吃力地到处爬来爬去,只要一见到我,他就高兴地向我伸出手,让我抱他起来。他有个习惯,喜欢用手轻轻拨动我的耳朵,小指头软乎乎的,还带一股紫罗兰的香气。他死得非常突然,没有一丝征兆,也没有病。那天上午他还和平常一样安安静静、快快乐乐的,可是一到黄昏,大约是教堂里的晚祷钟敲响时,他已经咽气了,尸体躺在桌子上。这是第二个弟弟尼古拉出世后不久发生的事。

母亲按照自己的允诺为我处理好了一切,于是我又可以心安理得地去上学了,并且过得不错。但是过了不久我又被送回到外祖父家住。

一天黄昏,大约喝晚茶的时候,我从院子里走进厨房,里屋里传来了母亲痛苦绝望的声音:

"我求求你,叶夫根尼,我求求你⋯⋯"

"废话少说!"继父嚷着。

"我什么都知道了,你就是去找那个女人!"

"找她又怎么样?"

房子里顿时陷入了奇怪的沉寂,接着母亲一边咳嗽一边喘着气说:

"你这个天杀的负心汉……"

我听到他在打我母亲,便不顾一切冲到屋里去。我看见母亲在地板上跪着,背脊和肘弯倚在椅子上,胸部向前挺着,头向上仰,嘴里发出嘶哑的"呜呜"声,目光里闪着令人心悸的色彩。继父浑身上下倒一尘不染,他身着崭新的制服,正用腿重重地踢我母亲的乳房。我顿时从桌子上抄起一把刀子,这是把切面包用的刀,骨制的刀柄上镶着银制的饰物——是我父亲留给母亲的唯一遗物。我牢牢地攥住刀子用尽吃奶的力气扎向继父的后腰。

母亲一把推开了马克西莫夫,刀子咝的一声从他腰边划过,把制服豁了一道长长的口子,仅仅划伤了他一点皮肉。继父嚎叫了一声,捂着腰夺门而出。母亲一把把我抱住,从地上把我举起来,又哭叫着扔在了地板上。继父从外面进来,作好作歹地拉开了我。

夜里很晚的时候,继父还是大摇大摆地出门去。母亲来到炉灶后面看我,她小心翼翼地拥着我,一边亲我的脸,一边哀怜地哭着:

"孩子,对不起,都是我不好,原谅妈妈! 唉,亲爱的,你怎么能拿刀子捅人呢?"

我丝毫没有隐讳自己的想法,而且我相信我对母亲说的话对自己究竟意味着什么。我告诉母亲,我打算杀死继父,然后自己抹脖子自杀了断。我认为,这件事我能够下得了手,至少我会去试试的。我直到现在还有清晰的印象:继父那条卑贱的长腿,上面罩着鲜明的衬边,在空中来回摆动,用脚尖去踢女人——我母亲的胸脯。

每当回忆起这些发生在野蛮的俄罗斯土地上沉痛而切齿的丑事时,我常常扪心自问:我值得为这些丑恶不堪的生活浪费笔墨吗? 可是每一次的自省都促使我信心十足地回答自己:它们是值得的! 因为这种丑恶的生活是真实而又颇具生命力的,它是顽固地附着在文明社会之上的,直到今天还没有完全绝迹。要想改变这种现状,抹去人们悲惨的记忆,让我们的生活不再有肮脏与丑恶,那么我们就必须了解这种真实的来龙去脉。

还有一个更为积极的原因鼓舞我拿起笔描写现实生活中不堪入目的丑恶,那就是虽然这些罪恶的行径令人厌烦,倍感压抑,几令我们呼吸困难;虽然数不清的纯真善良的灵魂因此被扼杀,但是俄罗斯仍有一颗健康年轻的心。我相信这股朝气蓬勃的力量能够并且一定可以消除这些丑恶的行径。

我们的生活充满了令人倍感惊异的东西。虽然这里有各种厚颜无耻的败类滋生繁衍的土壤,但是同时各种卓越杰出、健康向上而且充满着创造活力的因素也在这种土壤中层出不穷,从而培育出良善、人道和怜悯之心,正是这些东西点燃了我们的希望,激励着我们去建设全新的人道生活。

第十三章

外祖父的家又成了我搬迁的目的地。

"你怎么又回来了,小恶棍?"我刚进门,外祖父就用手指敲着桌子,冲着我略带讥讽地说,"这回别指望我来养活你,去找你外祖母吧!"

"我自会养活我外孙子的,"外祖母说,"这又有什么大不了的!"

"那你养他好了!"外祖父嚷了一句,随即平静了下来,转过头来向我解释说:

"你瞧,我和她完全分门立户了,现在我们什么东西都分割得清清楚楚的……"

外祖母坐在窗下,飞速地织着花边,线轴欢快地撞击着,在春天阳光的照射下,插满了密密麻麻铜针的织机架闪闪发光,像一只金黄金黄的刺猬似的。外祖母没有多少显著的变化,仍然像铜像一般。但是外祖父却判若两人了,他更加干瘪了,皱纹爬满了面部,棕红色的头发已经褪变为灰白色,一向镇若渊峙的举止无影无踪了,代之而来的是焦躁不安的骚动,漫无目的的忙碌,绿闪闪的眼睛狐疑地四下里张望。外祖母向我讲起她与外祖父分家的情景,语调里满含嘲讽,所有的破烂碗盆,杂乱家什都被外祖父拿了出来,分给她,还煞有其事地对她说:

"这么多东西全分给你,不准再向我伸手要别的什么了!"

分割停当,他拿走了外祖母所有的旧衣服,杂物和狐皮大衣,总共卖了七百个卢布,他把这笔款子借给了一个做水果买卖的犹太人生利息,这人是他老早时候的教子。这时候的外祖父仿佛患上了不可救药的吝啬病,到处搜罗钱财,甚至没有一丁点廉耻之心:他到处去求见以前的那些老朋友,这些人大多是他在手工业行会得意时的同事和富商,他向这些人哭诉抱怨,把自己破产全归咎于孩子们,然后伸手要钱,请求资助。这种办法果然奏效,大家出于对他的过去所做事的尊重,就给了他好多好多的钞票。然后外祖父攥着满手的卢布在外祖母面前显摆,向她吹嘘自己的本事,然后又像哄小孩似的逗她:

"傻瓜,你瞧见没有? 要是你去求人家,连百分之一也捞不着!"

乞讨来的这笔款子外祖父把它借给了自己的新朋友,自己坐吃利息。这人麻秆似的身材,脑袋光秃秃的,是个皮匠,村子里都管他叫"马鞭子";还借了一部分给这个皮匠妹妹,这是个小店铺的老板娘,红红的脸蛋,褐色的眼睛,又高又肥的身材,整天睡眼惺忪地样子,脸上带着腻人的表情。

家里的一切都泾渭分明:一天由外祖母掏钱买菜收拾午饭,另一天就该外祖父出去买菜和面包来填肚子。轮到外祖父的那一天,中午饭就逊色很多,因为外祖母专拣好肉买,而外祖父却专挑大肠、肝、肺、牛肚子等一类的杂碎买。他们各自保管自己的茶叶和糖,可是茶壶只有一个,只好合用煮茶。外祖父常常惊慌失措地叫道:

"先别忙,你等我一下,我来看看你放了多少茶叶?"

他摸出茶叶放到手掌上,认真细致地数着,说道:

"你放的茶叶碎碎的,我要少放一些,因为我的茶叶都是大片大片的,茶色很足。"

外祖母往外倒茶水时,他总是聚精会神地瞧着,看外祖母倒到自己茶杯里的和他碗里的茶浓度有什么差别,倒的分量是不是平均。

"该喝最后一杯了吧?"在把茶壶里的茶倒光之前,外祖母总是要问他。

外祖父拿过茶壶看了看,才说道:

"对,该倒最后一杯了!"

更有甚者,连供养圣像点的长明灯的灯油,他们俩也自己买自己的那一份。在相依为命,共同拼争了五十载以后,他们到了暮年竟连这样的事情也干得出来。

外祖父的这些鬼把戏,在我眼里既滑稽又恶心,但外祖母除了觉得可笑外,倒还挺坦然的。

"你别往心里去!"外祖母安慰我,"你问这究竟是怎么回事? 老头子年纪越大,人反倒越糊涂! 他都八十岁了,明事理的劲儿也倒退了八十! 哎,由他糊涂去吧,没谁逆他的心,人要好受些——以后看谁栽跟头。没有他,我也能挣咱俩的一日三餐,没有什么好害怕的!"

于是我也开始学着挣钱了:每逢休息日,我一大早起来就拎着大口袋上大街去捡破烂,各家各户的院落,大街小巷的马路我都转悠一遍,口袋里就逐渐充斥着牛骨头、破布片、碎纸和钉子之类的玩意儿。在旧货商那里,一普特的骨头能够卖八到十戈比,一普特的破布皮和碎纸可以得到二十戈比,破铜烂铁也是这个行情。平时每天放学后我也干这营生,到了星期六再一股脑卖到旧货商那儿,可以一次弄到三十至五十戈比,如果运气好的时候可能卖得更多。外祖母接过我的钱,便匆匆忙忙地塞进裙子的口袋里,然后垂下眼睛夸我道:

"多谢你,孩子,我的小宝贝! 谁敢说我们不能养活自个儿? 哼,也没什么大不了的!"

有一次我偷偷地看见外祖母手里摆弄着我给她的五个戈比,仔细地瞅着,默默地流着眼泪,浑浊的泪水在她那副像泡沫石大的鼻孔的鼻尖上颤悠悠地挂着。

比沿街捡破烂体面些,也能弄到更多钱的行当是到奥卡河河岸上的木材堆放栈或彼斯基岛——在天气转暖的季节,岛上的集市很是兴隆,人们搭着临时的帐篷作铁器生意——去偷劈柴和各种木料。集市关闭后,帐篷被拆除了,岛上成堆成捆地码放着柱子和木板,一直到涨春水的时候。弄到一块质地好的木板,镇上的小市民老板肯付十戈比,有的时候一天能拖出两三块。但是只有等到雨雪交织的天气才有可能,恶劣的天气使看守人在外边待不了多久就找暖和地方躲起来了。

我们几个要好的朋友结成了团伙,其中有珊卡·维亚希尔,他母亲是个摩尔多瓦乞丐,他倒挺讨人喜欢,温柔,成天高高兴兴的;还有科斯特罗马,是个孤儿,头发卷卷的,瘦骨嶙峋,有两只黑黝黝的大眼睛——他后来十三岁时由于偷鸽子进了少年犯管教所,结果吊死在那里;哈比,十二岁,是个力大无穷的鞑靼族孩子,人却天真得很,心眼很实在;雅兹,他父亲既管看守墓地也干盗墓的营生,他鼻子又扁又平,八九岁模样,沉默得像鱼儿一样,据说染上了羊痫风;而年纪最大的要数格里沙·丘尔卡,他行侠仗义,常路见不平,拔刀相助,他的母亲是个裁缝,守寡。我们这个团伙全由同一条街的小孩组成。

偷鸡摸狗在这个村镇里算不得什么罪恶,而是无形中的一种风气——衣不蔽体、食不果腹的小市民正是以此作为谋生的唯一途径。集市只举行大约一个半月,只靠这个,全年的吃喝还有相当大的缺口,甚至许多装得体体面面的商贩业主也会插上一脚,为了弄钱,也到河上捞点油水。他们用小筏子零散地运走从河里打捞起来的劈柴和木料,同时再捎带运些小货物,而他们的主业是干偷窃过往停泊的货船的勾当。按照普通的说法,河上的"猴爷"——他们像猴一样在伏尔加河和奥卡河上,碰到那些麻痹大意的货主,就乘机捞一把好处。每当节假日的时候,大人吹嘘自己的"丰功伟绩",小孩在一旁虔诚地听着,默默地学习各种本事。

每到春天,集市开张前总有一段最为忙碌的准备期,一到黄昏,街头上就晃悠着许多醉醺醺的工匠、车夫以及各行各业的工人,这种时候,镇里小孩经常会掏他们的钱包。这种行当是合法的,没有人去理会,即使有大人在面前也丝毫没有顾虑。

这些小孩从木匠的工具、客车车夫的扳手、货车车夫的肩轴直至大车的补轴,均搜罗得干干净净;但是我们这个团伙却从不介入这些事情,丘尔卡有一次态度十分坚决地宣称:

"偷鸡摸狗的事我可不沾手,那是小偷,妈妈不让我干。"

"我可不敢做小偷!"哈比也附和着。

科斯特罗马有一种对小偷极为厌恶的感觉,在他嘴里,"小偷"这个字眼总是被特别加重语气地说出来。他一见到大街上小孩偷窃醉鬼时就气势汹汹地扑上去赶散他们，如果抓住了那个行窃的孩子，免不了暴打他一顿。他常常瞪着那对大眼睛，闷闷不语，他总是把自己设想成大人：他的步伐很奇特，走路一歪一扭的，像搬运工人一样；他的声音又粗又低，故意瓮声瓮气的——总之他的一举一动无不刻意地做出一本正经，老气横秋的模样。维亚希尔则认为偷窃是罪恶，是不可饶恕的。

可是我们大家一向认为，从彼斯基岛上拖走木板，拿走柱子远远算不上偷窃，去做这种事的时候我们心里一点也不害怕。我们拟定了几种方案，以保证能够顺利地把事情搞妥帖。趁着夜色迷蒙，或者风雪交加，维亚希尔和雅兹就充当诱饵，大摇大摆地从河湾崎岖不平的冰面上直接跨上彼斯基岛，竭力引起看守人对他俩的关注，而我们剩下这四个人就分散开悄无声息地摸过去。看守人显然注意到了雅兹和维亚希尔的举动，就加倍小心地提防着他俩，我们迅速往预先看好的木材堆旁边汇拢，挑好要拖走的木料，这时腿脚迅捷的两个"诱饵"挑衅惹怒看守人，然后没命地逃跑，诱使看守人追赶。趁这个大好机会，我们就可以往回跑。我们使用的器材是一根绳子，末端系着一个弯成钩状的大钉子，凭着这个钩子，我们能钩着木板或柱子向雪地或冰面上奔跑，几乎从未被发现过，即使被看守人看见，他们也没法追上。木料被我们卖掉之后，得到的钱平均分成六股，每个兄弟大约能得到五戈比，有时甚至是七戈比。

手里有了这些钱，痛痛快快地饱餐一顿就不成问题了，但是维亚希尔为了不挨他母亲的打，不得不给她弄回半瓶左右的伏特加酒；科斯特罗马为了将来养鸽子，就一点一滴地攒着钱；丘尔卡有个带病的母亲，他不得不多挣些钱；哈比打算回他的出生地一趟——他舅舅把他从那个地方带到了尼日尼，可惜他舅舅没多久就溺水而死，所以他得预备盘缠。他出生的那个城市叫什么，哈比早忘了，他只知道它在离伏尔加河不远的卡马河岸上。

不知出于什么心理，我们总觉得哈比说的那座城市十分好笑，于是我们就编歌来和这个斜眼的鞑靼孩子开玩笑，我们唱道：

> 卡马河上一座城，
> 它的名字谁也说不清！
> 伸手够不着，乘车也没门，
> 问哈比，
> 他只说有座城！

刚开始哈比听到我们这样唱十分恼怒，但是有一次，维亚希尔学着鸽子一样柔声细气地对他说道：

"你是怎么回事？能够对自己的哥们生这么大气吗？"

我们常叫维亚希尔鸽子，因此这个鞑靼孩子羞愧地脸红了，于是他跟我们一起唱起有关卡马河畔一个城市的歌曲。

偷木板的行当比较单调，远没有捡破烂满街瞎转有意思。春天到来时，冰雪融化，水流汇集，大雨滂沱下来，人迹稀少的集市街道被冲洗得干干净净的。这时出门捡破烂能够找到不少乐子。集市的水沟里总躺着很多钉子、角铁一类的玩意儿，甚至有时还能直接捡到钱，比如铜币和银币。但集市货摊的看守人老是跟我们过不去，或是赶我们走，或搜括我们的口袋，因此只好忍痛割爱，掏出两戈比打发他们，或者点头哈腰地哀求他们半天。一句话，挣钱是一件不容易的事，但是我们几个人相处得十分融洽，虽则偶尔拌拌嘴，在我的印象里我们之间从来没有挥拳相向过。

维亚希尔是我们的缓冲剂，他是个和事佬，经常善于恰如其分地用几句特别的话告诫大家。他的话虽很简单，却往往使我们受到强烈的震动，为自己的言行窘迫不安。而他说出这些话时，也显露出惊讶的表情。雅兹常常玩些过火的恶作剧，惹得大家不高兴，但维亚希尔却不为所动，也不畏惧什么后果，因为在他眼里凡是错误的行为都是节外生枝的，所以他总是神闲气笃而又令人信服地加以驳正。

"你们说说，有这个必要吗？"他问我们，于是我们便清晰地认识到，雅兹的行为确实没有什么必要。

他管自己的母亲叫"我的摩尔多瓦女人"，但照我们看，这没有什么值得大惊小怪的。

"我的摩尔多瓦女人昨天回家时喝得烂醉如泥！"他笑嘻嘻地讲道，金黄色的圆眼睛闪烁着快乐的光芒。"她'咣啷'一声推开门，坐在门槛上像只老母鸡似的"咯咯咯"唱个不停！"

丘尔卡爱刨根问底，说：

"她唱什么了？"

于是维亚希尔直直身子，轻轻用手掌有节奏地拍着膝盖，尖着嗓子学他母亲唱歌：

> 年轻的牧羊人，
> 拿着棍子满街逛；
> 挨家挨户唤人名，
> 孩子乐得跟他满街蹿。

红彤彤的晚霞西边起，
牧羊人宝加在吹芦笛，
婉转悠扬的芦笛声，
伴得村子入梦里。

维亚希尔会唱很多这样热烈活泼的民歌，而且唱得纯熟自如。

"没错，"他接着往下说，"她就这样伴着歌子在门槛上"呼呼"地睡过去了。这可不得了，天气冰凉得要死，我冻得瑟瑟发抖，差一点丢了这条小命。我想把她弄到屋子里去，但力气又小，根本拽不动。今天早上等她醒了，我对她说：'你为什么醉成这个样子？'她却回答我说：'没什么大不了的，你忍耐一下，我熬不了多少日子了！'"

丘尔卡严肃地肯定道：

"她真的没几天好活的了，全身都浮肿了。"

"你心疼你母亲吗？"我问。

"谁说不心疼？"维亚希尔惊讶地说。"她毕竟是我的好妈妈啊……"

其实我们大家都知道维亚希尔老被这个摩尔多瓦女人毒打，但大家也确信她是个好妈妈。遇上颗粒无收的日子，丘尔卡甚至提议：

"大家每人凑一戈比给他母亲弄点酒回去，否则他又该挨揍了。"

我们这伙人中，除了丘尔卡和我，其他人都是睁眼瞎；维亚希尔十分羡慕我们俩，他常抓弄着自己那老鼠似的尖耳朵，细声细气地说：

"等我料理完我的摩尔多瓦女人的后事后，我也要到学校去念书，我向老师鞠躬行礼，恳求他收录我。念完书以后，我可以到主教大人那里当园丁，要不就直接为沙皇服务！……"

第二年春天，他的摩尔多瓦女人离开了人世，她和一个募捐教堂基金的老头一起被压死在坍落的木柴堆下，旁边还躺着一瓶酒。人们把这个可怜的女人送到医院去了，然后一脸严肃相的丘尔卡对维亚希尔说：

"去我家住吧，让我母亲教你读书识字……"

没多长时间，维亚希尔就在大街上高昂着头，念店铺招牌上的字：

"食品货杂店……"

丘尔卡马上纠正他的发音，说：

"傻小子，是食品杂货店。"

"我倒是认得清楚，可是那些母字的顺序总是颠来倒去的！"

"字母！"

"它们总是跳来跳去的,你一念它们,它们就高兴得晃悠起来了!"

他对花草树木有股特别珍爱的感情,而且简直痴迷到让我们大家感到非常好笑和惊异的程度。

我们这个村镇位于城郊外的沙土地上,几乎看不见什么植物,偶尔在某个角落,在某个院子庭院里,有几棵苍白的细柳或歪歪斜斜的接骨树丛孤孤单单地伫立着。除此之外,庭院的围墙下面还有几株灰色枯萎的小草怯懦地缩着脖子。谁要是一屁股坐在了这些小草上面,维亚希尔就非常不满地抱怨:

"为什么糟践这些草呢?在旁边的沙土上坐着不是也挺好吗?"

折断一枝白柳条,摘下一朵接骨花,或者在奥卡河岸边攀折柳条,维亚希尔均视为应该引以为耻的事,谁当着他的面干了这些事,他总是夸张地耸耸肩,摊开两只手,满脸吃惊地嚷道:

"你们为什么见东西就破坏呢?你们这些鬼家伙!"

他的这种夸张和认真的反应倒使大家感到又羞又愧。

一到星期六,我们就有一段无比快乐兴奋的时光:举行一次疯狂的游戏。我们要用一个星期的时间准备这个游戏,把街上扔得到处都是的破草鞋收集起来,堆放在偏僻的角落里。星期六黄昏,一伙鞑靼搬运工从西伯利亚码头下来,准备四散回家时,我们躲在早已选好的十字路口,突然向他们发动袭击,草鞋如雨点般扔过去。刚开始的时候,他们对此十分恼怒,就赶过来驱散我们,大声的咒骂。逐渐地他们也体会到了其中的乐趣,开始对这种恶作剧感兴趣了,于是每当他们星期六下班的时候,早就预料到会遭遇一次伏击,就也携带了不少草鞋加入战斗。不仅如此,他们还狡猾地将我们堆放弹药的地方在暗中弄得一清二楚,好几次将其洗劫一空,害得我们不得不向他们抱怨:

"这也太不公平了!"

在这种时候,他们就会把草鞋分给我们一半,然后战斗再度打响。通常的情形是他们开阔地上列队摆好阵势,我们在他们周围来回奔跑,向他们投掷草鞋,嘴里还发出尖叫声以壮声势。有时一不小心,我们进攻方就会被他们扔出的草鞋准确地击中,或是被绊倒在地,一头栽到沙子里,这时是他们最兴奋的时刻,高兴的叫喊声响彻天空。

这场战斗要持续很久,有时甚至玩到夜幕降临,附近的小市民也循声过来围观,三三两两地躲在墙角往这边观望,为了显示自己的身份和地位,他们总是无关痛痒地埋怨几句。满天飞舞的草鞋卷起了阵阵尘土,草鞋也像归巢的乌鸦一样稍纵即逝,有时候草鞋砸在人身上,生疼生疼的,但谁也没有工夫去计较这些,因为我们从中获得的轻松与兴奋是无与伦比的。

那帮鞑靼人玩耍起来的兴致并不逊色于我们这伙小毛头。战斗结束以后,我们经常跟着他们一起到行会去玩耍。在行会里他们和我们共同分享甜马肉,以及一种有特别味道的蔬菜汤。吃过晚饭之后,我们一边喝着酽酽的砖茶,一边吃抹着奶油的核桃点心。这些鞑靼人身材魁梧,一个个虎背熊腰,像精心挑选过的大力士一样,我们也很喜欢他们,因为在他们身上,带有一股雅气未泯,很容易为人接受的东西。他们性情豪爽,为人耿直,尤其令我吃惊的是他们彼此间肝胆相照,心地善良,以及那种相互之间的同情心和责任心。

他们喜欢无所顾忌地开怀畅饮,甚至高兴得眼泪直往下滴也不罢休。其中有一个卡西莫夫人,歪歪的鼻子,身上蕴藏着一股只有童话中的人物才可能有的无穷力量。有一次,他从货船上把一个重二十七普特的大钟搬下来,扛到离岸老远的地方。然后大笑着叫起来:

"嗬,光说不练,算什么东西!瞎说空话,一文不值!还跟我瞎说,简直是扯淡!"

又有一次,他让维亚希尔站在手掌上,然后轻轻地把他高高举过头顶,说道:

"大家快来看,他住在天堂里了!"

遇上糟糕的天气,我们哪里也去不了,只好待在雅兹家。他的家就是坟场旁边他父亲看管墓地的小屋子。他父亲长得奇形怪状的:骨头横七竖八地歪斜着;胳膊又细又长;衣衫褴褛,还满是油渍;他小小的脑袋和灰暗的脸上,蓬生着脏兮兮的毛发,远远望去像一朵凋谢了的牛蒡花;脖子又细又长,像草茎似的。他总是眯缝着略微发黄的眼睛,甜蜜地微笑,嘴里反反复复地念叨说:

"凭主耶稣在天之灵保佑我睡好觉,不失眠,哎哟!"

我们每次去他家的时候,总是买上十几克茶叶,四两糖,还有几块面包,此外,少不了是给雅兹的父亲弄点伏特加酒。一进家门,丘尔卡就用严厉的语调冲他说:

"老鬼头,快去把茶炊烧起来!"

老鬼头咧着嘴,高高兴兴地起身生起了火,把茶壶放在上面烧了起来,于是大家边等茶烧好,边七嘴八舌地议论怎么才能弄到更多的钱,他在旁边给我们指点门路:

"后天特鲁索夫路举行四旬祭,这事你们都听说了吧,他家肯定要大摆筵席,你们去那儿肯定会捡到不少骨头之类的玩意儿的!"

"他家的那个厨娘专干收集骨头的行当。"丘尔卡无所不知,于是这样说道。

维亚希尔一声不响,出神地朝窗外的牧场呆望,用幻想期待的语调说:

"不久我们就该进森林了,真是太棒了!"

雅兹在这种场合总是缄默不语,只是四处凝神地注视所有的人,眼光里饱含着哀怜与忧伤,他搜罗出他的所有的玩具:从垃圾堆里翻出来的木头战士,跛腿的马匹,破铜烂铁,小扣子等一类的玩意儿,他一一向我们展示,可嘴里却一声不吭。

他的父亲在桌子上摆满了各种各样的茶碗茶杯茶缸子,接着又把茶炊搬了过来。科斯特罗夫坐在桌子旁边为大家倒茶,雅兹的父亲在一旁喝给他带来的酒,喝完以后他又爬回炕炉上,伸出他又细又长的脖子,用他那夜猫子般的眼睛挨个儿瞅我们,嘴里还不断地唠叨着:

"唉,你们这些小兔崽子真是混账得很,好像都不是小孩了吧? 是不是? 你们这帮小偷儿! 唉! 上帝保佑我,千万别让我睁着眼睛熬长夜!"

维亚希尔赶紧辩解道:

"你胡说,我们才不是小偷呢!"

"哼,不是小偷是什么,难道一定要说你们是强盗……"

每当我们对雅兹的父亲的这种絮絮叨叨感到厌烦时,丘尔卡就冲着他生气地嚷道:

"废话少说,老鬼头!"

这个老头常津津乐道于村里哪家有病人,哪家中又有人要死了之类的话题,我、维亚希尔和丘尔卡对此十分不满和厌恶。但他说起这些话来却神气活现。没有一丁点的悲天悯人之情,有时他也故意气我们,戏弄和刺激我们:

"哎呀,瞧瞧他,别发抖,没什么害怕的,小家伙,是不是呀? 没错,有个胖子快死掉了,只是要完全烂掉还得花不少工夫!"

我们想打断他的话头,可他们仍不理会,叽里呱啦地说个不停:

"谁都得死,你也一样! 在这种污浊的臭水坑里,你们还能指望有多长时间好活呀!"

"死没有什么了不起的,"维亚希尔说,"死了以后,我们可以做天使……"

"就你们这些人?"雅兹的父亲脸上露出极为惊异的神情,他对我们说:"你说的是让你们去当天使?"

他哈哈大笑起来,接着又大肆渲染死去的人的各种令人恶心的丑行来戏弄我们。

可是有些时候,这个老头会突然压低嗓子,向我们滔滔不绝地说起一些古怪的事情。

"孩子们,你们可要记住了,千万别不当回事! 这里三天前刚埋葬了一个女人,我可对她知根知底,知道她所有的事情,她是个什么样的娘们呢?"

女人的事情他总是特别喜欢讲,而且嘴里总充斥着肮脏污秽的词语,但他讲得却很吸引人。在他讲述的过程中,总有一股疑虑和牢骚的情绪,既能让我们产生某种程度的同情又会不知不觉地和他一道想某些问题,所以大家听得倒是全神贯注的。他没有讲故事的天赋,说话也没条理,常常插进一些没头没脑的问题,让自己的思维凌乱不堪,因此,在我们的脑海里能够剩下的就只有一些支离破碎而又令人心悸的片段残影了。

"人家询问她:'火是谁放的?'她立即说:'我放的!'——'真是个笨蛋,根本就不是这么回事,着火那晚你在医院里躺着,根本不在家!'——'是我放的!'她为什么总要这样说呢?哎哟,上帝保佑,别让我睁着眼睛熬长夜……"

在那片荒凉冷僻、寸草不生的墓地里,他埋葬了很多人,几乎每个人的底细他都摸得清清楚楚。因此他絮絮叨叨的讲解仿佛为我们打开通往村里各家各户的大门,我们可以走进去,了解他们活着的时候究竟是怎样打发时光、安家度日的,从这个过程中,我们能够体悟出一些严肃而关键的为人处世的道理。有时候,他做出要给我们讲个通宵的样子,但是只要他这个小小的看守屋子的窗舍刚被暮色笼罩时,丘尔卡就会急匆匆地从桌子旁站起来,说道:

"我想我该回家了,不然妈妈自个儿待在家里会害怕的!你们谁还想走,咱们结个伴儿!"

我们大家也纷纷站起来告辞回家,雅兹送我们到墓地外面的围墙前面,然后关上大门,他将自己那瘦骨嶙峋的黑黝黝的面颊紧紧地贴在栅栏门上,瓮声瓮气地冲我们说:

"再见,路上小心些!"

我们也向他喊:"别了!"大家都有种抱歉的感觉,认为把他单独丢在这个坟场里大大不该。科斯特罗马老是恋恋不舍地回头望,有一次他转过头来看了一眼说道:

"说不定等到明天清晨咱俩睁开眼,他就已经死了。"

"在我们几个人中间雅兹生活最为艰难了。"丘尔卡嘴边老挂着这句话,但维亚希尔却总是驳斥他的这种说法:

"我们都过得挺好,谁也说不上多艰难……"

的确在我们的眼里,我们这一群人生活得并不怎么艰难,这种不受拘束,独立自主的街头游荡生活很适合我,我也喜欢这样,喜欢与这些同伴在一起。因为在这时候,我心灵深处总有一股伟大而庄严的感情被唤醒,以至于我心里常惴惴不安,企盼着能为他们做点有益处的事情。

但是在学校里,我却再一次感到了严重的不适应,同学们总是嘲讽我,叫我捡破烂的,小乞丐。一次和他们大吵一顿后,他们在老师那里告了我一状,说什么我浑身透着一股泔水桶或者垃圾坑的气味,因此谁都不喜欢和我同桌。我清楚地记得,他们这个添油加醋的诬告给我的心灵造成了多么大的伤害,从此以后我待在学校里是怎样的左右为难,动辄得咎。坦白地说,这个诬告是捏造出来的:每天早上我都要认认真真地洗一遍澡,把身上洗干净,我也从来没有把捡破烂时穿的衣服穿到学校去过。

后来,我终于熬过了三年级,而且还得到了学校的奖励,奖品是《福音书》一本,精装的《克雷洛夫寓言诗》,还有一本平装书,叫《法达——莫尔加那》,我看不大懂这本书的意思,当然还有一张奖状。我带着这些奖品回家,外祖父高兴得不知所措,激动得连连说,一定要把这些东西妥善保存起来,他甚至提出可以把书锁在他的箱子里由他替我保存。当时外祖母正闹病,卧床好几天起不来,手里的积蓄也花光了,外祖父因此大为不快,长吁短叹地尖声叫喊道:

"你们吃着我的喝着我的,给我剩下的净是些骨头渣滓!唉,你们这些人哪……"

我把奖来的那几本新书在小铺子里换了五十五戈比,拿回家交给了外祖母,然后又在奖状上横七竖八地瞎写了一通,然后再交给外祖父保存。他拿到手时,也没有打开瞧一眼,所以没能识破我的恶作剧,就把那张纸片小心地珍藏在箱子里。

学校的生活算是告一段落,我又重新走上街头,加入流浪游荡的生活中去。现在的感觉比以前更好了,外面春光明媚,弄钱的门道也多些。每到星期天时,我们这群人就早早地跑到郊外的松林里,尽情地玩耍嬉戏,直到暮色沉沉才回到镇子里。大家浑身上下都涌动一股快活的疲倦,彼此之间的关系也更亲密了。

可是好景不长,我的这种自由逍遥的生活很快画上了休止符。继父再次被炒了鱿鱼,然后就出去鬼混了,没有音信,所以母亲就带着小弟弟搬过来和外祖父一起住,我的工作是保姆,负责照看小尼古拉,因为外祖母这时已经去城里一家富商家里绣棺罩去了。

母亲的身体骨瘦如柴,她总是缄默不语,连移动脚步都十分困难,一双凹陷的眼睛闪着苍白而可怕的光芒,扫视着周围的一切。小弟弟尼古拉不幸染上了瘰疬病,踝骨开始溃疡了,身体虚弱得可怕,连大声哭喊的力气也没有,饿得不行时只会浑身瑟瑟发抖,"咿咿呀呀"地呻吟。肚子填满以后就闭上眼睛打瞌睡,在朦胧的睡梦中他古里古怪地张口叹气,发出像小猫似的"嘟嘟"的呼噜声。

外祖父有的时候也会小心地摸摸他,然后说道:

"这孩子该好好养养,可指望我一个人也没有足够的粮食喂饱这么多人……"

母亲斜坐在靠墙角的床上,哑着嗓子叹了口气,幽幽地说:

"小孩子吃不了多少东西……"

"你吃不了多少东西,他也吃不了多少东西,可是加到一块儿东西可就多了……”

说完，他冲着我用力一挥，我说道：

“你把尼古拉弄到院子里去，让他晒晒太阳，再弄点沙子给他埋上……”

我用口袋弄来很多干干净净的干沙土，在窗台下够得着阳光的地方堆放好，遵照外祖父的指示，把小尼古拉埋进沙土里，只留个脑袋露在外面。小孩子坐在沙土里似乎很高兴，他的眼睛与众不同，只有蓝色瞳仁，没有白眼仁——即一圈发亮的圆圈围环绕在瞳孔的四周，在阳光下，这对眼睛闪着光，心满意足地冲我甜蜜蜜地眨巴着。

我顿时强烈地爱上了尼古拉小弟弟，想成天与他待在一起，我甚至感觉到，我与他声息相通，默契无间；我和他并排躺在窗下堆放的沙土里，可是外祖父那尖锐刺耳的声音通过窗口传了过来：

“死是一件很容易的事，但是你应该学会好好地活下去！”

接着是母亲长时间低沉的咳嗽声……

小尼古拉向我伸出两只小手，摇晃着白色的小脑袋；他的头发稀稀落落，灰白灰白的，但圆圆的小脸蛋却透出聪颖和成熟的样子。

当有小猫小狗之类的东西走近我们时，科利亚就出神地注视着他们，然后回过头望着我，脸上隐隐约约闪出一丝微笑，他的这个微笑使我心里有些忐忑不安：他难道是已经感觉到了，我已经厌倦与他待在一起，想抛下他到大街上游荡了吗？

外祖父的院子小得可怜，充斥着各种什物，显得又脏又乱，邻近大门的地方，是一排板皮盖的棚屋、柴房和冰窖，沿着这排棚屋拐个弯，尽头处是几间澡堂。在房顶上，小船的破片、劈好的柴火，木料，甚至潮乎乎的刨花都堆在上面，所有这些东西，都是小市民们在流冰期和河水泛滥的时节自奥卡河里打捞上来的。整个院子里也乱七八糟地码放着各种木料，这些经河水长期浸泡的木料，在太阳的烘烤下冒着热气，空气里弥漫着一股难闻的霉味。

院子的附近有一家屠宰场，几乎每天凌晨那里都会传出小牛“哞哞”地号叫，绵羊“呜呜”地哀鸣……随即扑鼻而来的是浓浓的血腥味，它们消散在灰蒙蒙的空气中，组成了一张血红色的透明的大网，在空气中和着尘埃一道摇曳。

屠宰场杀牲口的时候，总是先用斧背猛击它们两角之间的部位，把它们打昏。即使这样牲口在临死前也会发出号叫。科利亚这时总是会眯缝着眼睛，半噘着嘴，大约是想学学这些牲口的叫唤声，可是却只往外吹了口气：

“呼——呜……”

中午的时候，外祖父就会从窗口伸出脖子，冲着我们喊道：

“进来吃午饭！”

他把孩子放在自己的腿上，亲自给他喂饭。外祖父把马铃薯和面包片自己先嚼烂，然后用指头弯曲着送进他的小嘴里，科利亚那薄薄的嘴唇和瘦削的下巴上很快就沾满了面包渣，显得脏兮兮的。外祖父喂了一会儿，就撩起科利亚的衬衫，在他那略为膨胀的小肚子上用指头轻轻按一按，然后沉吟着说：

"吃饱了吗？要不要给你再吃点？"

母亲的声音从靠近门的黑暗角落里传过来：

"您没看见吗？他正伸手要吃的呢！"

"小孩子不知饥饱！他根本就不知道自己吃了多少……"

说完，外祖父又往科利亚的嘴里塞进一些嚼烂的食物。看着外祖父喂科利亚的那种样子，我既羞愧又心酸，老觉得心里憋闷得慌，胃里在阵阵翻腾。

"饱了！"外祖父到底这样说了，"把这孩子让他母亲抱会儿吧！"

我抱着科利亚，这孩子很不情愿地"哼哼"着，直回过身来够饭桌。母亲迎着我艰难地从床上站起来，"呼噜呼噜"地喘着粗气，她的胳膊瘦得可怕，好像只剩下一根骨头，她那又细又长的身子，活像一根折断了枝杈的枞树。

母亲彻底变成哑巴了，很难听见一句她那像沸水一般的话语，有时她成天都在角落里躺着，沉默不语，似乎正一步步被死神吞噬。我明显地感觉到母亲已经没有多少日子可活的了，这一点我很明白，并且外祖父也非常频繁地讲到死，令我心里十分烦闷。尤其是在夜幕降临后，外面是漆黑漆黑的，一股像羊皮般暖洋洋的、浓郁的腐朽味沿着窗口飘进来时，外祖父最喜欢谈论死亡。

外祖父的床在一进门斜对面的墙角里，差不多头顶着圣像，躺下睡觉时，他的脑袋朝着圣像和小窗户。他躺在床上，被黑暗笼罩着，他在嘴里长时间地念叨：

"没有几天好活的了。我们见到上帝脸往哪儿搁呢？跟他说点什么呢？忙忙碌碌折腾了一生，也干了点事……可是到现在怎么得着这么一个下场？……"

我睡的地方在炕炉和窗户之间的地板上，说实话，这点地方对我来说窄了些，为了伸直身子，我不得不把两只脚伸到炉膛里，夜深人静时，里面有很多蟑螂在我腿上来来回回爬个不停，弄得腿又麻又痒。这个角落也让我体会到不少乐趣，外祖父烧饭时，经常在忙乱之中把炉叉和炉钩把儿砸在窗户上，窗玻璃因此老被他打碎，每当这时候他总是气急败坏，我在暗地里看到他这副模样，心里就有种幸灾乐祸的快感。令我迷惑不解的是以外祖父的精明，他竟然没想到把炉叉子改短些。

有一次，瓦罐里的水快被煮干了，他手忙脚乱，不知所措，于是就用炉叉子用力往外一拉，于是，炉叉子碰坏了窗户框和两块窗玻璃，撞倒了炉架上搁着的一个罐子，罐子被摔碎了。老头儿为此伤心地坐在地板上哭了起来：

"上帝啊，我的上帝啊……"

白天趁着外祖父出去的时候,我用切面包的刀子将炉叉把儿截短了约四分之三,谁知道外祖父回来发现了我的"劳动成果"之后,却训斥了我一顿:

"你这该死的家伙,应该用锯子把它锯开!傻蛋,锯下来的东西可以做擀面杖,还可以拿去换钱,哎,你这孽障!"

他挥舞着手臂跑到过道里去了。母亲有气无力地对我说:

"不是你的事就别去管……"

母亲是在中午时分过世的,那是八月里一个星期日。继父在外面游荡谋生刚回来,他在另外一个地方混到了一个职位,于是在车站附近租了一所清洁体面的房子,外祖母和科利亚已经先搬过去住了,再等两天母亲也要搬到那边去。

母亲去世的那天早上,她把我叫过去,低声地嘱咐我,声音罕见的清楚,满带着解脱重负的轻松感,她说:

"去把叶夫根尼·瓦西里耶维奇给我找来,你跟他说——是我叫他来的!"

她吃力地从床上欠身起来,一只手紧紧地撑着墙,接着又加了一句:

"要快些去!"

我感觉到母亲脸上挂着微笑,眼睛里闪烁着异样的光芒,表情也有些奇怪。赶到继父的住处,他去做弥撒了,外祖母就使唤我去烟铺买些烟来,那家老板是个犹太女人,碰巧柜上没有现成的烟末,我无奈只好等犹太女人将烟叶捣碎,然后回到外祖母那儿交差。

回到外祖父的房子时,母亲已经坐到桌子旁边去了。她着一身淡紫色的衣服,头发梳理得整齐漂亮,和从前一样神气活现。

"你好点了吗?"看着她这种模样,不知什么原因心里有些发怵,就小声地问道。

她瞪着我,眼光令人毛骨悚然,然后说道:

"过来!这么一会儿工夫你又跑到哪儿鬼混去了?嗯?"

我还没来得及解释,她就一把抓住我的头发把我拽了过去,剩下的一只手抄起用锯条改成的又长又软的刀片,用刀面照着我就是几下,接着刀片从她身里滑落到地板上。

"捡起来给我,快点……"

我低头拾起刀片,扔到了饭桌上,母亲把我推开,我一屁股坐在了炕炉的台阶上,惊讶地望着她,满脸的疑惑。

她从桌子旁站了起来,颤颤巍巍地向墙角的床挪去,然后艰难地躺下来,掏出手帕来拭着脸上的虚汗。她的手明显地很不利索,动作也很笨拙,甚至有两次手帕从脸边滑落下来,掉在了枕头上,她竟用手帕在枕头上擦了两下。

"给我弄点水……"

我从桶里舀了一碗水递给她，她艰难地抬起头，用嘴唇碰了碰水，又重重地叹了口气，用手把我的手推开——她的手冰冷得怕人。然后她把目光移向墙角的圣像，又转到我身上，嘴唇轻轻地翕动着，似乎露出了点苦涩的笑容，接着眼睛缓缓地合上了，只能看见她那长长的睫毛在颤动。母亲的两只胳膊牢牢地挟着肋部，手指不停地抖动着，两只手贴着胸口，试图往上抓住喉咙。灰暗的阴影侵蚀着她的脸庞，从局部直至全部，最终她蜡黄的皮肤绷得紧紧的，鼻尖也显得更细了。她惊恐地咧着嘴，但我却听不到她一丝喘息声。

我不知道时间过去了多久，只记得自己在母亲床前端着碗，看着她的脸色由黄变暗，变暗，直至凝固。

外祖父走了进来，我转过脸对他说：

"母亲死了……"

他向床头瞥了一眼，说：

"小孩子别瞎说！"

他到炕炉上取下蒸好的包子，炉盖和铁锅被他弄得很响。我呆望着他，心里明白母亲已经死了，希望他也清楚这个事实。

继父赶了过来，他穿一件帆布上衣，戴一顶白制帽。他悄无声息地把椅子搬到母亲的床边，突然他醒悟了过来，直起身子"咣"地把椅子推倒在地板上，扯开他那破钟似的大嗓门嚷道：

"你看，她死了，你看看……"

外祖父瞪了他一眼，像瞎子似的失魂落魄地离开了炉子，一点声音也没发出，忘了自己手里还拿着炉门的盖子。

母亲下葬了，当送葬的人们往母亲的棺椁上抛撒干沙土时，外祖母磕磕绊绊地像无头苍蝇一样朝坟场走过来，一不留神撞到了十字架上，脸被磕破了。雅兹的父亲扶着她到他的看守房子里去，趁着外祖母洗脸的功夫，他抽空儿悄悄地安慰我：

"哎！上帝保佑，可别让我晚上睡不着，你为什么这样了呢？嗯？人生一辈子就是这样……我说的没错吧，外祖母？富人穷鬼都一个样，早晚得下地狱进坟墓，你说呢，外祖母？"

他瞧了瞧窗外，忽然蹦了出去，没多大功夫他就和维亚希尔一道进来了，显得兴高采烈，精神气十足。

"你看看，"他把一个弄断了的马刺递给我，说道，"你瞧这是啥玩意儿？我和维亚希尔把他送给你了。从马刺上的齿轮看，嗯，肯定是哥萨克骑兵遗留下的……我预备花两戈比从维亚希尔手买下它……"

"你别胡说八道了！"维亚希尔生气地反驳他，声音低低的，可是雅兹的父亲没理会他，一个劲地在我面前蹦过来跳过去，又朝维亚希尔挤眉弄眼地说道：

"维亚希尔，别把它当真了，好啦，不是我，算是他送给你的，没有什么，他……"

外祖母洗过脸之后，用头巾把撞得青肿的脸缠了起来，她让我跟她一道回家，我没答应她，我预料到他们在安葬之后的丧宴上肯定要喝很多很多酒，免不了又要大吵大闹。在教堂时，我就听见米哈伊尔舅舅苦着脸，叹着气向雅科夫舅舅提议道：

"今天咱们得喝上一杯，怎么样？"

维亚希尔变着法让我开心，他把马刺挂在下巴颏上，伸出舌头去碰马刺上的齿轮，雅兹的父亲也在一旁故意大笑着高声嚷嚷道：

"快瞧，看他在干些什么呀！"但是当他明白这一切都是徒劳时，就收敛起笑容一本正经地说："得了，清醒一下吧！谁都逃不过一死。连森林里的鸟儿也免不掉。你听清楚，我预备给你母亲的坟头铺点草皮，你看怎么样？咱们马上就到郊外去，你、维亚希尔、我，再加上我亲爱的珊卡也一块儿去。我们铲来了草皮，就可以把你母亲的坟头装饰得再漂亮不过啦！"

这倒正中我的下怀，于是我就和他们一块儿到郊外去了。

母亲入土后没几天，外祖父叫住我说：

"列克谢，你听我说，你不是奖章，老挂在我脖子上没什么出息。你到人间去讨口饭吃吧……"

于是我便到人间谋生了。

世界十大名著

在人间

（苏）高尔基◎著　湛本军◎译

线装书局

导　读

　　《在人间》是高尔基自传体小说三部曲中的第二部。小说描述的是主人公阿廖沙1871年到1884年的生活。这段时期为了生活,他与外祖母摘野果出卖糊口,当过绘图师的学徒,在一艘船上当过洗碗工,当过圣像作坊徒工。在人生的道路上,他历尽坎坷,与社会底层形形色色的人们打交道,他有机会阅读大量书籍。生活阅历和大量的阅读扩展了阿廖沙的视野,他决心"要做一个坚强的人,不要为环境所屈服"。他怀着这样的坚定信念,离开家乡奔赴喀山。小说中,作者不只是再现了形形色色的小市民和他们的生活习俗、道德观念和精神境界,而且塑造了一系列体现劳动人民智慧才能的人物形象,广泛深刻地再现了广大下层劳动者的悲惨生活和他们的思想情结,描绘了俄国社会一个时代的历史画卷。

　　《在人间》不仅是作者童年时代的自传,不仅是一个少年的生活史,而且也是一个时代艺术性的史册,反映了俄国工业资本主义成长引起的小资产阶级手工业的瓦解过程。阿廖沙的外祖父卡希林一家的破产,就是俄国十九世纪七十至八十年代的真实写照。小说描述了普通俄国人的困苦生活和他们日常的苦闷,显示出这个少年对这种生活的反抗情绪越来越强烈了。从而创造出一个能干、求知欲很强的少年的活生生的形象。书中真实地描写了人民下层的严峻的、阴暗的生活,也描述这个来自下层的少年建立了自己初步的世界观。这部自传小说获得了进步的社会活动家的好评。亚美尼亚作家希尔万扎杰认为这部小说具有全人类的意义。

一

我来到了人间,在城里一条大街上的"摩登鞋店"里当了一名学徒。

我的老板又矮又胖,长了一张褐色的脸,皮肤很粗糙,满嘴青绿色的牙齿,眼睛总是湿漉漉的,还满是眼屎。我以为他是一个瞎子,为了得到证明,我就做了个怪相。

"别做鬼脸。"他低声说,语气却非常严厉。

我被他那双昏花的眼睛盯着,觉得极不舒服;而且,我不相信这种眼睛能够看得见。或者,他只是猜中了我在做鬼脸吧?

"我已经说过了——不许做鬼脸。"他说,声音压得更低了,说话的时候那厚厚的嘴唇几乎没有动。

"不要挠手。"他接着对我唠唠叨叨,声音中不带一丝感情,"记住,你是在城里大街上的一家第一流的铺子里做事!当学徒,你就应该站在门口,像雕塑那样……"

我不知道雕塑是什么样的,也没有办法不挠手指——我的两条胳膊,从臂肘往下长满了红斑和脓疮,疥螨咬得我实在难以忍受。

"你在家里都干些什么?"老板问我,这时他正在仔细地看着我的胳膊。

在我回答他时,他那个覆盖着花白头发的圆脑袋不停地摇晃着,说的话很让人难为情:

"捡破烂儿——这简直比讨饭还要糟糕;连偷东西都不如。"

我却自鸣得意地告诉他:

"我也偷过东西的。"

于是,他立即把手撑在账桌上——那两只手就像猫爪子一样,用他那双和瞎子一样的眼睛死死地盯着我,显出一副惊讶的神情,然后,他低声地说话了——声音有些嘶哑:

"什——吗?你还做过小偷?"

图文珍藏版

我把事情原原本本地讲给他听了。

"哦,这只不过是小事。但是,如果你在我的铺子里偷了皮鞋,或是偷了钱,那么,我就会把你关进大牢,一直要关到你成为大人……"

在说这番话时,他显得心平气和,但是,我却给吓坏了,因此,也更讨厌他了。

除了老板以外,这个铺子里还有雅科夫的儿子——我的表哥萨沙和一个大伙计,这个人脸庞红通通的,非常机灵,很会招揽生意。萨沙穿着红褐色的常礼服,有衬胸,系着领带,下身穿着一条散腿裤。他显得非常傲慢,眼里从来没有我。

带我去见老板时,外祖父拜托萨沙照看我,并教我干活。萨沙立即趾高气扬,眉头一皱,警告我:

"你必须听我的话才行!"

外祖父把手放在我头顶,硬将我的头压得低了下去:

"你一定要听萨沙的话,他不但年龄比你大,职位也比你高……"

萨莎立即瞪大眼睛叮嘱我:

"你要记住外祖父的话!"

就这样,从第一天开始,他就在我面前摆起了老资格。

"卡希林,不要总是瞪眼!"老板常常这样说他。

"我,我没有瞪眼睛,老板。"萨沙垂下头回答了一句,但老板却仍然不肯罢休。

"你不要总是绷着脸,顾客会以为你是一头山羊的……"

大伙计的脸上堆满了笑,老板很难看地撇着嘴,而面红耳赤的萨沙则躲到了柜台的后面。

我对他们的这种谈话很不喜欢,因为有好多词我都听不懂,有时候,我甚至以为这些人说的是外国话。

一旦有女顾客走进铺子,老板就会从衣兜里抽出一只手,抚摸着髭须,那甜蜜的微笑,使他满脸皱纹密布——但那双眼睛仍然跟瞎子一样,丝毫没有改变。而大伙计早已挺直了身体,恭恭敬敬地摊开了双手——他的胳膊肘紧紧地贴在腰间。萨沙则心惊胆战地眨着眼,竭力想把他那凸鼓的眼珠压下去。我站在铺子的门口,一边悄悄地挠着手,一边暗暗留心他们做买卖的规矩。

大伙计跪在女顾客的前面,张开手指来测量鞋的大小,动作很是奇妙。他的双手不停地在颤抖,小心翼翼地触摸着女人的脚,生怕一用力就会把脚碰疼似的,但实际上,这位女顾客的脚像一个倒放的溜肩形的瓶子那么肥。

有一天,一位太太抖动着脚,微微蜷缩起身子,说:

"哎哟,痒死我啦……"

"可,我们都是这么做的……"大伙计马上就热情地向她解释。

他纠缠女顾客的模样,实在是让人好笑,为了防止自己笑出声来,我扭过脸去,看着玻璃门。但是,我又总是按捺不住,想要看看他们是怎样做买卖的,因为我觉得大伙计的那副模样非常滑稽,而且,我也觉得自己永远不可能像他那样彬彬有礼地张开手指,那样灵巧地为陌生人穿好鞋子。

老板经常会躲到柜台后面的账房里去,同时还叫走萨沙,这样,就只有大伙计留下来和女顾客周旋了。一次,他触摸了一位长着棕色头发的女顾客的脚后,立即就将自己的拇指、食指和中指合在一起,吻了一下。

"噢,"那位女顾客叫了起来,"你真调皮!"

他却鼓起了腮帮子,吃力地说道:

"啧……啧啧。"

这时,我再也忍不住了,就哈哈大笑起来,为了防止自己由于大笑而站不稳,我抓住了门把手,结果把门推开了,我的头也撞到了玻璃门上——撞碎了一块玻璃。大伙计冲着我直跺脚,老板用他手指上的沉甸甸的金戒指敲打着我的脑袋,萨沙几乎要拧我的耳朵了。傍晚,我们回家后,萨莎狠狠地训斥了我:

"再这么胡闹,早晚会被别人撵走的! ——到底有什么好笑的?"

接着,他解释道,如果大伙计得到了太太们的欢心,那么生意就会兴隆了。

"即使太太们并不需要买鞋子,她们也会因为想看看那个讨她喜欢的伙计而特地跑来买一双的。但是,你却这么不懂事! 真叫人替你操心……"

这些话让我觉得非常委屈,因为从来没有一个人为我操过心,特别是他。

每天清晨,那个病恹恹而又脾气暴躁的厨娘总是要比萨沙早一个小时叫我起床。我必须把老板一家人、大伙计和萨沙的鞋子擦干净,刷好他们的衣服,把茶炊烧好,并给所有的炉子都准备好木材,再洗干净所有用来装午饭的饭盒。一到铺子里,我就马上开始扫地、掸灰尘,准备好茶水,把货送到顾客家去,然后,再回到老板家去取午饭。在我干这些事时,萨沙就得代替我做那个站在铺子门口的差事,他觉得干这件事有失体面,就常常骂我:

"真是一个懒家伙,要让别人来替你干活……"

苦恼和寂寞折磨着我。我以前的生活是很自由的,从早到晚,可以待在库拉维诺的沙土街道上,也可以待在浑浊的奥卡河边,还可以待在旷野和森林里。但是,外祖母不在这里,也没有小朋友,没有一个可以谈话的人,偏偏生活又将它那些难看的、丑恶的内容展现在我的面前,让我气愤不已。

有时候,女顾客走的时候什么东西也没有买。那时,他们三个人就感觉自己受了侮辱。于是,老板立即就收敛起他脸上那甜蜜的微笑,向萨沙下命令:

"卡希林,收起这些货物!"

接着,他就开始骂人:

"呸! 连猪也跑进来啦! 这个蠢女人,一个人在家里闲得无聊了,跑到这里瞎逛来了。如果是我的老婆,我就……"

他的老婆干干瘦瘦的,黑眼睛,大鼻子,常常冲他跺脚大骂——就像对待奴仆那样。

事情往往就是这样，当一个熟悉的女顾客进来时，他们殷勤地鞠着躬，满嘴的甜言蜜语，但一等到送走了她们，他们就不三不四地议论起这个女人来。这时，我就恨不得跑到街上，追上那个女顾客，告诉她他们是怎样议论她的。

当然，我也知道，在这个世界上，每个人都在背后说着别人的坏话，但是，这三个家伙议论起别人来的架势却实在令人气愤，他们那副架势就好像有谁承认了他们是最优秀的人物，并将审判全世界的权力交给了他们。他们总是在妒忌别人，从来没有夸赞过任何人，不管是什么人，他们都能指出一些缺点来。

有一天，铺子里来了一位年轻的女人。她的脸颊红扑扑的，两只眼睛闪动着光芒，当时，她身着一袭有着黑皮领子的天鹅绒大氅，衬得她的脸庞如同一朵绽放在皮毛领子上的鲜花。她脱下了外套，递给了萨沙，这时她显得更加美丽了。她那苗条的身材紧紧裹在了蓝灰色的绸衣中，钻石耳环晶莹闪亮。看到她，我不禁想起了风华绝代的瓦西莉萨，于是我确信无疑地认为：这个女人一定是省长夫人。他们恭恭敬敬地接待了她，对她点头哈腰，喋喋不休地说着奉承话。三个人在铺子里跳来蹿去，就像魔鬼一样，他们的影子映在了橱窗的玻璃上，摇曳不定，仿佛周围的东西都正在燃烧，正在渐渐消失，眼看着一切就要变成另外一种情景，另外一种模样了。

她很快就挑好了一双昂贵的皮鞋，离开了铺子。老板咂咂嘴，又吹了一声口哨，说：

"一条母狗！……"

"说明白点，是一个女戏子！"大伙计也说道，口气极为不屑。

于是，他们就开始议论起这位女人的几个情人，议论起她纸醉金迷的奢华生活来了。

午饭后，老板去铺子后面的那个小房间里去睡午觉，我乘机打开了他的金表，滴了几滴醋在机芯上。后来，我非常开心地看到老板醒来以后，慌慌张张地走进了铺子——手里拿着那块表，嘟嘟哝哝地说：

"怎么会有这么奇怪的事？手表突然发汗啦！从来没有见过这样的事，手表居然会发汗！莫非，会有什么祸事临头？"

尽管铺子里的活和家里的活使我忙得不可开交，但我好像还是陷进了一种忍无可忍的苦闷之中，于是，我开始常常想这么一个问题：要干出一件什么样的事情，才会让他们把我撵出去呢？

行人默默地从铺子门口来来去去，身上都落满了雪花，看上去好像他们都是要赶到墓地去为某人送葬，但错过了出殡的时间，现在正在急急忙忙地追赶灵柩一样。马拉着车子，吃力地越过一个又一个的雪堆，不停地颠簸着。铺子后面是教堂的钟楼，每天从那里传来凄凉的钟声——现在是大斋期了。钟声一下一下地传来，好像枕头撞击着人的脑袋：叫人不觉得痛，但却会麻木、会失去听觉。

一天,我正待在铺子门前的院子里,拆卸那些刚刚收到的货箱。教堂的守夜人——一个歪肩膀的小老头,走到了我的身边,他看上去软绵绵的,就像是用破布做成的一样,身上衣衫褴褛,好像刚刚被一群狗撕碎了衣服似的。

"好孩子,你偷一双套鞋给我,好吗?"他问我。

我没有回答他。他在空箱子上坐了下来,打了个呵欠,便在嘴上画了一个十字,又对我说道:

"偷一双套鞋给我吧,好不好?"

"不行!"我回答了他。

"可是,有人在偷嘛。你就偷一双,算是给我这个老头子一点面子吧!"

他和我周围的那些人不太一样,很招人喜欢。而且我觉得,他对我愿意为他偷这一点深信不疑,于是,我答应从通风的小窗里递一双套鞋给他。

"好吧。"他淡淡地应了一声,似乎并不为此而高兴,"你不会骗人吧?嗯,我看得出来,你是不会骗人的……"

老头儿又沉默地坐了一会儿,用长筒皮靴的底蹭着肮脏的雪,然后,又用黏土烧制的烟斗点起烟来抽着。突然,他吓唬起我来:

"如果我是骗你的呢?如果我把这双套鞋拿到你老板那里,告诉他把这双鞋卖给我了,而且只收了半个卢布,那会怎么样呢?这是一双价值两个多卢布的套鞋,你却只要了半个卢布就卖出去了!你拿钱去买糖吃了,是不是?"

我看着他,一言不发,好像他已经做了他所说的一切了。但是,他依然盯着自己的靴子,吐着青烟,一面用很重的鼻音继续往下说:

"比如说,如果是你的老板让我这么做的:'你去替我考验一下那个小子,看他究竟会不会偷东西?'那你又怎么办呢?"

"我不给你套鞋了。"我生气地对他说。

"你不能不给,因为刚才你已经答应给我了!"

他抓住我的手,拉到他面前,敲着我的额头——手指冰冰凉凉的,然后,继续懒洋洋地说:

"你怎么可以不分青红皂白就随随便便地答应别人:给你,拿走吧?!"

"是你向我要的。"

"我要的东西还多得很呢!如果我要你去抢劫教堂,怎么样,你答应吗?难道你可以这么轻易的相信别人吗?哎,你呀,真是一个小傻瓜……"

说完,他推开了我,站起身来。

"我不需要你为我偷套鞋,我又不是什么老爷,穿什么套鞋。我只不过是和你开了个玩笑……你很老实,到复活节那天,我可以让你到钟楼上去敲敲钟,看看这个城市。"

"这个城市我已经很熟了。"

"站在钟楼上看,它可要漂亮得多⋯⋯"

他的鞋尖踩着雪地,慢慢地朝教堂拐角后边走去了。望着他的背影,我有些沮丧,忍不住忐忑不安地寻思:这个小老头究竟是在和我开玩笑,还是真的是老板叫他来考验我的呢?当时,我真的不敢回到铺子里去。

萨沙突然出现在院子里,冲着我大声嚷嚷:

"你在捣什么鬼?"

我一下子就火了,朝他扬了扬钳子。

我很清楚,他和大伙计常常偷老板的东西:他们会把一双皮鞋藏进炉子的烟囱,等离开铺子时,再塞到大衣袖子里带走。对于这种事情,我非常不喜欢,甚至还有些害怕。因为我还记着老板的威胁。

"你是在偷东西吗?"我问萨沙。

"不是我,是大伙计在偷,"他煞有介事地解释给我听,"我只是在给他帮忙。他说:'帮个忙',我就得服从,否则,他会暗中同我过不去的。老板他自己也是伙计出身,对什么都一清二楚。你可不要告发!"

他对我说这些话时,一边照着镜子,生硬地张开手指,笨拙地整理着领带——就像大伙计做的那样。他在我面前,总是一副老资格的派头,吆三喝四的,还压低了声音训斥我。我的个头比他高,力气也比他大,但很瘦削、很笨拙。他却是又结实又敏捷,而且油光满面的。在我看来,他穿着长礼服和撒腿裤时,显得又气派又潇洒,但偏偏又给人以一种讨厌、滑稽的感觉。他很恨厨娘——她确实非常古怪,弄不清她到底是好人还是坏人。

"在这个世界上,我最喜欢干的就是看别人打架,"她睁圆了炽热的黑眼睛,说道,"无论是什么样的打架,我觉得都是一样:斗鸡、狗咬、汉子们厮打,我都觉得好看!"

只要有公鸡或者是鸽子在院子里打架,她一定会扔下手中的活,从窗户里向外望,出神地看着,一直看到战斗结束为止。每天晚上,她都会对我和萨沙说:

"怎么样,小子们,你们光闲坐着干什么呢,来点儿好玩的,打打架吧!"

萨沙大为生气地说:

"告诉你,蠢货,我不是什么小子,我是二伙计!"

"哦,我倒没看出这一点来。在我看来,只要没结婚,就是小子!"

"蠢货,笨脑袋⋯⋯"

"魔鬼倒很聪明,但上帝却不喜欢他。"

她说的谚语尤其让萨沙火冒三丈。他就嘲笑了她一番,她却不屑地瞥了他一眼,说:

"哼,你这个蟑螂,真是老天爷不开眼,错当人把你生了下来!"

萨沙三番五次地怂恿我,要我在她睡着的时候,在她脸上抹些黑鞋油或者烟黑什么的,甚至扎一些大头针在她的枕头上,或用些别的办法来和她"闹着玩儿"。但是,我很害怕厨娘,而且,她睡觉的时候很警觉,常常会醒过来。只要她一醒过来,就会点上灯,坐在床上,直直地望着墙角。有时,她会绕过炉子走到我跟前,叫醒我,沙哑着声音说:

"列克谢伊卡,我睡不着,心里有些害怕,你陪我说一会儿话吧。"

我迷迷糊糊地对她说了一些话,她却坐在那里,一言不发,身子微微摇晃着。我好像感觉到有一种蜂蜡和神香的气味从她那热乎乎的身子里散发出来,我想,她快要死了。或者,她马上就会一头栽到地上死去。我非常恐惧,便开始大声地说起话来,但她立即制止我:

"嘘,小声点! 如果那两个坏蛋醒过来,他们会以为咱俩是相好……"

她在我身边坐下,——而且永远保持这一个姿势:弓着背,双手插进膝盖之间,用瘦得皮包骨头的腿拼命夹住。她的胸部平坦,即使是穿着厚厚的粗麻布衫,也可以隐隐约约地看见那一根根肋骨——就像是干裂的大木桶上的一道道铁箍。她坐了好长时间,一直沉默着,突然又低声说话了:

"倒不如干脆死了算了,这样活着,也真是受罪……"

或者,她好像在问什么人:

"我活够了吗,嗯?"

"睡吧!"她总是不等我说完就打断我的话,然后就直起腰来,无声无息地走进了厨房的黑暗中,消失了。

"巫婆!"萨沙在背地里总是这么称呼她。

我便怂恿他:

"你就当着她的面这样叫一声嘛!"

"你当我不敢吗?"

但是,他立即又皱了皱眉:

"不,我不能当面这么叫她! 万一,她真的是一个巫婆呢……"

她没有把任何人放在眼里,看见任何人都会生气,对我,也毫不留情——每天早上,一到六点,她就会猛地拉一下我的腿,大声吆喝道:

"不要贪睡! 去抱柴! 去烧茶水! 快去削土豆……"

萨沙被吵醒了,嘟嘟嚷嚷地抱怨着:

"你嚷嚷什么呀? 简直吵得人没法睡觉了,我要到老板那儿去告你……"

她一边在厨房里忙碌着,那瘦骨嶙峋的身子匆匆地来来回回,一边用那双因为睡眠不足而红肿的眼睛瞪着萨沙。

"哼,简直就是老天爷瞎了眼,生下你这么个人! 如果我是你的后娘,不扒下你的皮才怪呢!"

"该死的东西,"萨沙骂了一声,并且在去铺子的途中教唆我,"一定要找个什么借口,把她撵走。有了,偷偷地给所有的饭菜都加上一大把盐——如果饭菜咸得没法吃,那么她一定会被撵走的。或者,干脆倒点煤油进去! 你发什么愣啊?"

"为什么你自己不去做呢?"

于是,他气冲冲地骂道:

"胆小鬼!"

我们都亲眼看见了厨娘的死:当时,她弯下腰去端茶炊,突然就一头栽在地板上,就像有人当胸推了她一掌似的,就这样,一声不吭地侧身栽倒,双手向前伸着,鲜血从嘴里流了出来。

我俩当时就知道:她死了。但是,这可把我们吓坏了,呆呆地看了她好长时间,一句话也说不出来。后来,萨沙冲出了厨房,拼命地跑开了。而我却依然魂不附体,不知该怎么办,便紧紧地贴在有亮光的窗户边。老板来了,惶恐地蹲了下去,用手指摸了摸厨娘的脸,然后说:

"真的,她是死了……这是怎么回事?"

说完,他立即走到奇迹创造者尼古拉的小圣像前——它就挂在墙角。老板冲着它画起了十字,祈祷结束后,他走到门厅里,命令道:

"卡希林,快向警察局报告去!"

于是,一个警察来了,但他只在屋里绕了一圈,拿了给他的茶钱,就走了。但过了一会儿,他又回来了,还带来了一个车夫。他们将厨娘扛到了大街上——一个抬头,一个抬脚。老板娘从门厅里探进头来,吩咐我:

"把地板擦干净!"

老板说:

"好在她是死在晚上……"

我不知道死在晚上有什么好处。临睡前,萨沙以一种前所未有的温和口吻对我说:

"不要熄灯了!"

"害怕了?"

他将头蒙在被子里,躺了好久,一句话也没有说。夜很静,好像它正在倾听着什么,正在期待着什么,但是,我总觉得,再过一秒钟,钟声就会响起来,全城的人都会吓得乱成一团,仓皇地四处奔逃,还大喊大叫。

萨沙把被子拉到了鼻子下面,悄悄地对我说道:

"我们一起到炉炕上睡,好不好?"

"炉炕上太热了。"

他沉默了一会儿,又说:

"她怎么说死就死了呢? 啊? 真想不到,这个巫婆……我睡不着……"

"我也睡不着。"

他便开始讲起死人的事来,讲他们怎样的走出坟墓,讲他们怎样在城里转悠到深夜,造访他们当初住的地方和他们亲人住的地方。

"死人的记忆里只有城市,"他小声地说,"他们没有办法记起街道和房屋了……"

周围更加寂静了,似乎夜也更加黑了。萨沙微微抬起头,问:

"我们来瞧瞧我的箱子吧,——你想不想看?"

我早就想看看他的箱子里藏着些什么宝贝了。平时,他总是用一把挂锁锁上它,而且每次开箱子的时候,总是格外小心翼翼,每次我想凑上去看一眼时,他就会粗暴地问我:

"你想干什么!啊?"

听到我表示同意,他在床上坐了起来,并没有下床。然后,他用命令的口气,要我把箱子搬来,放到床上,就放在他脚边。他的钥匙就挂在他的脖子上,和一个贴身的十字架一起用一根带子系着。他先仔细地看了看厨房那边,然后煞有介事地皱起了眉头,把锁打开,又吹了吹箱盖——好像那盖子很热一样。然后,他轻轻地打开了箱盖,从里面拿出了几套内衣。

箱子里有一半是药盒子。一卷一卷的五颜六色的茶叶包装纸,和一些装鞋油和沙丁鱼的盒子。

"到底有什么呀?"

"你马上就要看到了。"

他用两脚夹住了箱子,然后弯腰俯了下去,并轻轻地冲着它哼唱起来:

"上帝……"

看到玩具我很高兴,因为我自己从来就没有过玩具。尽管在表面上,我表现得对玩具不屑一顾,但对于那些有玩具的人,心中还是有些羡慕的。更让我感到高兴的是,像萨沙这样派头十足的人,居然也有玩具。尽管他很难为情地将玩具都藏了起来,但对于这种难为情,我是能够理解的。

打开第一个盒子,他拿出了一副眼镜架,架在鼻梁上,严肃地看着我,说:

"没有镜片,这无所谓,本来也有这样的眼镜的。"

"让我也戴戴看!"

"这副眼镜不适合你的眼睛,——它适合给黑眼睛的人戴,而你的眼睛却是浅色的。"他向我解释道,同时还学着老板的样子咳了一声,但立即又战战兢兢地向厨房那边看了一眼。

装在鞋油盒子里的,是各色各样的扣子,萨沙洋洋得意地指点给我看:

"这些都是我从大街上捡来的!你看,现在已经有三十七颗了……"

第三个盒子里,则有许多铜的大头针——这些也都是从大街上捡来的。还有一些皮靴的铁掌——其中有的已经磨损了,有的已经破了,还有一些是完好无损的。还有许多皮鞋上的、便鞋上的扣环,一个铜的门把手,手杖上破损的骨制镶头,一把女人用的梳子,一本名为《圆梦与占卜》的书,还有许多诸如此类的不值钱的东西。

在当初那些捡破烂的日子里,我可以不费吹灰之力,在一月之内收集到十倍以上的这类东西。因此,看到萨沙的这些小玩意,我感到又是失望又是气恼,同时也对他产生了深深的怜悯之情。但是,他却一件一件地看了又看,还爱不释手地摸了又摸。他还一本正经地嘟起了那厚厚的嘴唇,眼睛里流露出动情、担忧的神情。不过,由于他戴着那副眼镜,那张孩子气的脸就变得非常滑稽可笑了。

"你为什么要收集这些玩意儿呢?"

他从眼镜框里匆匆地瞥了我一眼,然后,用清脆的童音向我提问:

"你想不想要?我可以送你一点。"

"不,我不要。"

显而易见,我拒绝了他,而且对他的宝贝如此不屑一顾,让他受到了伤害。沉默了一会儿以后,他又低声地向我提议:

"你去拿条毛巾来,我们把所有的东西都擦擦,否则,就全都会蒙上灰尘了……"

他把东西擦干净,一一放好,然后重新钻进了被窝,脸冲着墙睡下了。这时,外面开始下起雨来了,雨水滴滴答答地从屋檐上淌落下来,风刮得很大,把窗户吹得"哐哐"直响。

萨沙并没有转过身来,仍然面对着我,开始说道:

"过一会儿,等花园的地干了以后,我带你去看一件东西——一定会叫你惊叫的!"

我没有吭声,铺好床,准备睡觉了。

几秒钟之后,他突然又跳了起来,两手紧抓着墙,大声喊道:

"我害怕……上帝啊,我真害怕!求求上帝,您怜悯我吧!这是怎么回事啊?"

我也吓坏了,一时说不出话来。我好像看见厨娘就在那扇面对院子的窗户前站着,就那么低着头、背朝着我站在那里,前额顶在玻璃上——就和她生前看公鸡打架时的姿势一模一样。

萨沙失声痛哭起来,手不停地抓挠着墙,双脚不停地乱蹬。我像一脚踩在了滚烫的炭火上一样,头也没回一下地、吃力地穿过厨房,在他身旁躺下了。

我们哭啊,哭啊,一直哭到筋疲力尽,不知不觉就睡着了。

过了几天,有一个什么节日到了。上午我们做了半天买卖,便回家去吃午饭。午饭后,老板一家睡午觉了,萨沙神秘兮兮地对我说:

“咱俩走吧！”

我猜，我立刻就要看到那件会让我大吃一惊的东西了。

我们一起到了花园里。在两座房子之间，有一片窄小的空地，上面长着十五六棵老椴树，一层厚厚的青苔覆盖在粗壮的树干上，光秃秃的枯枝呈黑色，死气沉沉地伸展开来。树枝上甚至连一个乌鸦窝都没有，这些树看上去简直就是坟场中的墓碑。除了这些椴树以外，园子里再没有一棵灌木，甚至也没有一处草丛。小径上的土被人踩得非常坚硬，黑黑的，像生铁一样。陈年的腐叶中间，偶尔会露出地面来，上面也满是霉污，仿佛是在积水中漂浮的浮萍一样。

拐了一个弯，萨沙向邻街的木栅栏走了过去，停在了一棵椴树下。他眨眨眼，看了看邻近房子的昏暗的窗户，就蹲了下去，用双手扒开了一堆落叶——下面是一个粗大的树根，旁边还有两块深深埋进土里的砖头。萨沙掀开了砖——下边是一块做屋顶用的烂铁皮，再往下是一块方方正正的木板，最后，我看见了沿着树根穿下去的一个大洞。

萨沙划了一根火柴，把一支蜡烛头燃起，伸进洞里，然后对我说：

“你自己看吧！只是不要害怕……”

显而易见，他自己有些害怕了，拿着蜡烛的手一个劲地哆嗦，脸色惨白，嘴也很难看地咧开了，眼睛也变得泪汪汪的了；他另一只空着的手，也慢慢地藏到身子后边去了。我被他的恐惧所感染，也开始害怕起来。我小心翼翼地往树根深处的洞底望了一眼。树根就是这个洞的拱顶，萨沙点了三支蜡烛放进洞底，整个洞中就摇曳着蓝幽幽的光。洞里相当宽敞，有一只提桶那么深，但比提桶更宽一些。洞内的两侧，砌满了彩色玻璃和茶具的小碎片，中间的地方则微微隆起，上面覆盖着一块红布，一口用锡纸糊成的小棺材就搁在上面，小棺材的上半部分盖着一块类似于棺材罩的小布片，布片边沿下翘起了麻雀的两只灰爪子和尖尖的嘴。棺材的后面，还放着一张灵台，台上摆着一个铜制的护身十字架。灵台周围点着三根长长的蜡烛，一些黄色的、白色的包糖果的锡纸裹在了烛台的外边。

蜡烛的火苗向洞口微微倾斜，洞里有一些五颜六色的火花和斑点在朦朦胧胧地闪烁着，蜡烛的气味、霉腐的气味和泥土的气味都热烘烘地扑面而来。细碎的虹光闪烁、跳动，让我目眩神离。看着这一切，我感到了一种让我极不舒服的惊异，这也使我的恐惧烟消云散了。

“好不好？”萨沙问我。

“这是什么？”

“小礼拜堂。”他向我解释，“像不像？”

“不知道！”

“那只麻雀就像是死者——或许，它还会拥有不朽的金身，因为，它无辜地失去了生命……”

"当你发现它时,它就已经死了吗?"

"不是,当时它飞到货房里来,是我用帽子把它扑死的。"

"你为什么要用帽子扑死它呢?"

"不为什么……"

他看了看我,又问:

"好不好玩?"

"不!"

于是,他马上朝着洞口俯下身去,迅速地盖上木板和铁皮,又将砖埋进了土里。然后,他站起身来,将膝盖上的泥拍干净,并厉声责问我:

"你为什么不喜欢?"

"我觉得那只小雀儿好可怜。"

他看了我一眼,眼珠子一动不动,就像瞎子一样,然后,他当胸推了我一掌,对我破口大骂:

"混蛋!你是因为妒忌,才说不喜欢这个的。你以为你在你家那个缆索街的院子里,能干得比这个更好吗?"

我想起了在家里搭的那个凉亭,便坚定不移地回答他:

"当然要比这个好!"

于是,萨沙迅速脱下上衣,扔在地上,又卷起衣袖,在自己的手心里吐了一口唾沫,向我挑战:

"既然如此,那么我们就打上一架吧!"

我并不想打架,一种沉重的烦闷压在我心头,使我几乎透不过气,看到表哥那张恶狠狠的脸,我心中更不舒服了。

他猛地扑了过来,一头撞在我的胸口上,使我倒在地上,然后,他骑在我身上,大声嚷嚷:

"你想活还是想死?"

但是,我的力气比他大得多,而且我现在已经极为愤怒了,所以,转眼之间,他就脸朝下地趴在地上了,他两手抱着头,发出了嘶哑的叫声。我吓坏了,立即想把他扶起来,但是,他的手脚乱抓乱蹬,这让我更为恐慌,于是,我手足无措地退到了一边。然而,他却又稍稍抬起了头,对我说:

"怎么样,你赢了,是吧?我要一直这么躺着,一直到老板他们家的人看见为止,那时,我再告你一状,他们一定会赶你走的!"

他就这么骂着,恐吓着。我被他的话深深地激怒了,于是,我冲到了洞边,掀开砖头,拿起那个装着麻雀的小棺材,扔到木栅栏的外面,又将洞里所有的东西都掏了出来,将洞穴踏平了。

"你看见没有?"

我的破坏行动让萨沙感到迷惑不解。他坐在地上，微微张开嘴，眉头紧锁，就这么注视着我，一句话也没有说。在我干完以后，他才慢吞吞地站起身来，将身上的泥土拍落，把上衣往肩上一披，然后语气沉静而又异常恶毒地对我说：

"走着瞧吧，用不了多久你就会看到的，你知不知道，所有这一切都是我故意做好了来给你看的，这是魔法！哼！……"

他的话深深地伤害了我，我一下子蹲在了地上，全身冰凉，他却径直走了，连头也没有回一下。他就这么镇定地把我彻底摧垮了。

我决定明天就逃离这里，逃离这个城市，逃离老板的家，这样就可以摆脱萨沙，摆脱他的魔法，也从此摆脱现在这种乏味而又愚蠢的生活。

第二天清晨，我被新来的厨娘叫醒了。

"哎呀，这是怎么回事？看看你的脸……，"她大声叫了起来。

"魔法开始应验了！"我想，心里一阵懊恼和沮丧。

然而，厨娘却笑得前仰后合，使得我也忍不住跟着笑了起来，拿起她的镜子照了照——原来，我的脸上被抹上了厚厚的一层煤烟。

"这是萨沙干的吧？"

"难道会是我干的吗？"厨娘叫了起来，样子十分滑稽可笑。

我开始去擦皮鞋，但手刚刚伸到鞋子里，手指就被大头针扎伤了。

"又是他的魔法害的啊！"

每只鞋子里都非常巧妙地按放着针和大头针，都正好扎进我的手掌心。于是，我舀了一勺凉水，走到那个魔法师身边——这时他还没有醒，或者，他正在装睡，泼了他一头，心中十分解恨。

但是，我心里仍然非常不舒服。我的眼前，总是闪动着那口装着麻雀的小棺材，麻雀那蜷曲的爪子，那向上伸出的、像蜡一样的、可怜巴巴的尖喙，还有那些在四周摇曳的五彩缤纷的火光——看上去它们想要闪烁出一条彩虹来，但却无能为力。渐渐地，棺材似乎大了起来，麻雀爪子也大了起来，向上翘起来，开始颤抖——它竟然活了过来。

我下定决心，当晚连夜逃走，但是在午饭前，我用煤油炉烧汤的时候，因为想得入神，结果当汤开时，我伸手去关火，却不小心把汤锅弄翻了——汤泼在了手上，于是，我被送进了医院。

时至今日，医院里那令人痛苦的噩梦般的场景还浮现在眼前：一些穿着尸衣的灰色的、白色的人影，就在这昏沉沉的、摇摇晃晃的空地上盲目地蠕动着，发出低低的呻吟声、咕噜声，一个拄了拐杖的高个子男人——他的眉毛长得像胡子一样粗长，晃动着他那一把黑色的大胡子，咆哮着：

"我要到大主教那里去告发！"

在我眼里，每一个病床都让人联想到棺材，而仰面躺着、鼻子朝天的病人就像只死麻雀。黄色的墙壁左右摇摆,天花板弯曲得像鼓起的风帆,地板则像起伏的波浪。一排排病床,一会儿并拢过来,一会儿又分离开去,一切都显得游移不定,可怕极了。从窗口望出去,一根根树枝伸展在那里,就像是打人的马鞭——现在,它们在摇晃着,似乎有什么人摇动着它们。

门口,有一个长着棕色头发的瘦小的病人,他一边跳舞,一边用短短的两只手撕扯自己的白色尸衣,并且尖声叫着:

"我不要疯子啊!"

那个挂着拐杖的黑胡子则对着他大声叫喊:

"我要到主——教——大——人那里去告发!"

我早就听说过了——外祖父、外祖母和其他人都常常说:医院里常常会折磨死人——我想我这条命算是保不住了。这时,一个戴着眼镜、穿着尸衣的女人走到了我的身边,在我床头的那块黑板上写了些什么字,粉笔断了,我的头上落了些粉笔灰。

"你的名字?"她问。

"不知道。"

"你总有个名字吧?"

"没有。"

"别捣乱,否则你会挨打的!"

即使她不说,我也确信自己一定会挨打的,所以,我干脆就不理会她的话。她嗤了一下鼻子——跟猫一样,接着就悄无声息地离开了——也跟猫一样。

天花板下面挂着两盏灯,黄色的火苗犹如两只忧伤的眼睛,它们摇曳不定,又力图靠拢过来,照得人眼昏花,让人心烦意乱。

屋角那边传来了不知是谁的声音:

"咱们来打牌吧?"

"我没有手,怎么打啊?"

"哈,你的一只手被截掉了。"

我立即就想到了:这个人因为打牌,被截去了一只手。那么,在我被他们折磨死之前,他们又会将我怎么样呢?

这时,我的两只手传来了灼痛的感觉,好像有人抽掉了我手上的骨头一样,我又痛又怕,便小声地哭了起来。我闭上了眼睛,以免别人看见了我的眼泪,但泪水仍然从眼角流了出来,顺着太阳穴滑落,滴进了耳朵里。

黑夜来了,所有的人都躺在床上,盖上了灰蒙蒙的被子,四周一点一点地静寂下来。这时,角落里传来一个人嘟嘟囔囔的声音:

"不可能有什么结果的,那个男的是个废物,女的也是一个废物……"

本来,我打算写一封信给外祖母,请她尽快赶来,趁我还活着,偷偷地把我从医院里带出去。但是我的手却动不了,不能写信,再说,我也没有纸。我想试试看,能不能偷偷地溜出医院。

夜色更深了,好像天再也不会亮起来了。我轻轻地下了床,走到了门口——门半开着。在走廊的灯光下,有一个人坐在一张有靠背的长木椅上,头发乱蓬蓬的,而且几乎全白了。他吸着气,用那双凹陷的黑眼睛盯着我——我没有能及时躲开。

"谁在走动?到这边来!"

他的声音很轻,一点也不可怕。我走了过去,看了看他那张长满了络腮胡子的圆脸——他的头发有些长了,乱蓬蓬地四下支棱着,在灯光下泛着银光。一串钥匙挂在他的腰间。他简直就和圣徒彼得一模一样——如果他的胡子和头发再长一些的话。

"这手是烫坏的吗?你为什么要半夜起来乱走?是哪条规定让你这么做的呢?"

他把烟喷到了我的脸上、胸脯上,然后用一只温暖的手搂住了我的脖子,拉我到他的身边。

"怕不怕?"

"怕!"

"进这里的人,一开始都会害怕。实际上,没什么害怕的,尤其是和我在一起——我从来不欺负任何人……想不想抽烟?噢,还是别抽吧。对你来说,这太早了点,再过两三年……你的父母呢?你没有父母!嗯,没有也没什么关系——没有他们,你也可以活下去,但是,你千万不要胆怯!听明白了吗?"

已经有很长一段时间,我没有听到过这种浅显明白的话了,没有人对我这么亲切、这么随和地说话了。听了他这些话后,我心里有一种难以言喻的快乐。

当他把我送回到病床前面时,我向他央求:

"陪我坐坐吧!"

"好。"他答应我。

"你是什么人?"

"我？我是一个兵，一个真正的兵，一个高加索兵。我还打过仗，但是——我能不打吗？当了兵，就得打仗。我打过匈牙利人、打过切尔克斯人、也打过波兰人——我跟很多人都打过仗！小兄弟，打仗就是无法无天啊！"

我闭上了眼睛，过了一会儿再睁开眼时，发现刚才那个士兵坐过的位置上，坐着穿着黑衣服的外祖母，而那个士兵却在外祖母身边站着，他说：

"是真的吗？全都死了？"

灿烂的阳光照进了病房，房间里的一切都被染上了一层金色，阳光时隐时现，就好像一个淘气的小孩一样。

外祖母弯下腰来，问我：

"亲爱的，你怎样了？伤得重不重？我已经对他——对那个红头发的魔鬼说过了……"

"我马上就去把手续办好，"士兵一边说，一边走出了病房。外祖母擦了擦脸上的泪水，接着往下说：

"原来，这个士兵是我们的同乡……"

我始终觉得这一切都是自己的梦境，因此也就没有说话，医生来了，把我烫伤的地方包扎了一下。随后，我跟着外祖母离开了医院，坐上了马车，行走在城里的大街上。外祖母对我说：

"咱们家的老爷子简直就是发了疯，吝啬得让人恶心！前段时间，他的一位新朋友——熟皮匠'马鞭子'偷走了他夹在《圣经诗选》中的一百卢布。竟然会出这种事情，唉！"

阳光照耀着大地，灿烂明亮，一片片白云在天空中飘动，犹如一只只白色的鸟儿在飞翔，我们从伏尔加河上的小木桥走过，河水哗啦哗啦地流动着。市场中央的大教堂有着厚实的红屋顶，金十字架在上面闪闪发光。一个宽脸的妇女迎面向我们走来，她的手中握着一大把柔软的柳枝——春天已经来了，复活节也不会太远了。

我的心快活得颤抖起来，犹如跳跃着的云雀。

"我真喜欢你呀，外祖母！"

她并没有对我的话表示惊讶，而是平静地对我说：

"因为你是我的亲人啊。不是我自卖自夸，就是外人也都喜欢我呢，感谢圣母！"

她微笑着，又接着说：

"瞧，很快就是那个让圣母高兴的日子了——她的儿子就要复活了！可是，我的女儿瓦留沙……"

她没有再说下去，我俩陷入了一片沉默之中……

二

我在院子里看见了外祖父——他正跪在地上,用斧头劈一个楔形木头。他稍稍地扬起了斧头,顺势把它向我的头上扔过来,然后,他摘下了帽子,满脸嘲弄的表情,对我说:

"您好啊,老爷! 您光荣退休啦? 好啊,以后您可以在家里安享晚年了,不错! 哎,你呀……"

"好了,我们知道了。"外祖母一边急忙打断他的话,一面冲他挥手。等我们走进屋子烧上茶炊的时候,她开始絮叨了:

"眼下你外公真的是彻底破产了。之前他至少还有点钱,都拿去让他的教子尼古拉放利息了,好像连收条也没有问他要。我搞不明白他们是如何做这件事的,——反正现在是没钱了,他彻底破产了。这一切的原因就是我们没有帮助过穷人,没有怜悯那些失意的人——因此上帝想:为什么我一定要把钱给卡希林一家呢? 如此一想,他自然会把所有的东西都收回去了……"

她回首看一看,接着说:

"我总是想尽办法求上帝保佑,祈求他别让老爷子太受折磨了,——因此,现在每天晚上我都会拿着自己挣来的那些钱,背地里去施舍给别人。只要你愿意,今天晚上我们可以一起去,我自己有钱……"

外祖父从外面走进来,他眯缝着眼,问道:

"你们要胡吃海喝吗?"

"又没有吃你的,"外祖母说,"只要你愿意,就坐下来,和我们一起吃,——东西足够你吃的。"

他在桌边坐下,低声说道:

"倒杯茶给我……"

屋子里所有的东西,都是原来的模样,只有原来母亲住的那个角落悲凉地空着。此外,在外祖父床头贴着一张纸,上面用粗大的印刷体写着:

"唯一的救世主耶稣! 愿您神圣的名字与我同在,伴我一生中的日日夜夜!"

"这是谁写的?"

外祖父没有回答,等了一小会儿,外祖母笑着告诉我:

"这张纸要值一百卢布呢!"

"关你什么事!"外祖父声嘶力竭地叫了起来,"我要把我的东西送给外人,统统送给外人！"

"现在，你还有东西可以送给别人吗？以前当你富有的时候，也没见你送过。"外祖母说道，她依旧平心静气。

"闭嘴！"外祖父尖声地叫了起来。

屋子里的一切都有条不紊、井然有序，就和过去一模一样。

在屋角的那只箱子上面，有一个装衣服的篮子——科利亚的"睡床"现在他惊醒了，正四下观望呢。他的眼皮下面，隐约有两条蓝色的眼缝。现在，他比以前更加苍白、更加虚弱、更加消瘦了。显然他没有认出我来，默不作声地转过头去，又闭上了眼睛。

到了外面，许多令人伤心的消息等候着我：维亚希尔去世了，在复活节前的苦难周里，他出水痘死了；哈比进城去了；雅兹则失去了双眼，再也不能出来玩了。黑眼睛的科斯特罗马告诉我这些消息以后，又十分生气地补充了一句：

"孩子们接连不断地死了，太快了啊！"

"不是只有维亚希尔一个人死了吗？"

"反正也没有什么区别，只要在街上见不到那个人了，也就和死了没什么分别。交上一个朋友，才和他熟悉起来，他要是不去上班，就是死了。在你们那个院子里，就是切斯诺科夫那边，新搬了一家姓叶夫谢延科的人；他们家有个叫纽什卡的小孩，人挺好的，十分机灵。他还有两个姐妹，一个年龄不大，另一个是瘸子，走路时得拄着一条拐杖，人倒长得不难看。"

他想了一想，接着又说：

"兄弟，我和丘尔卡两个人都喜欢那位姑娘了，我们总是吵架？"

"是和那姑娘吗？"

"和她有什么可吵的？是我们两个人自己吵——我们可很少和那位姑娘吵！"

其实我还是知道的，年龄稍大的男孩子——甚至包括成年男子，都会谈恋爱，与此同时，我对"恋爱"这个词所包含的粗鄙的含义也十分了解。我马上就不太高兴了，甚至有点可怜起科斯特罗马，看着他那笨拙的身子，瞅着他那双怒气冲天的黑眼睛，心中极为难受。

就在当天的傍晚，我看见了那位瘸姑娘。当时，她正试图走下台阶来到院子里，一不小心将拐杖掉在了地上，她可怜巴巴地站在台阶上，一双白净的手抓着栏杆档子，看上去柔弱、瘦小。我想帮她捡起拐杖，但因为缠着绷带，手相当不便，忙了半天，也没能捡起来。她站得稍高一些，轻声地笑了起来，问：

"你的手怎么了？"

"烫伤了。"

"啊，我的脚成了残疾。你住在这个院子里吗？在医院里住了很久吗？——我可在那里住过很长一段时间呢！"

她长叹一声，尔后补充了一句：

"真是很长的一段时间啊！"

她身着一件蓝色马蹄花纹的衣服，显然有些旧了，可是非常整洁。她的头发梳理的相当光滑，编成了一根粗短的辫子，垂在胸前，一双大大的眼睛，深沉的眼神，在眼眸的深处，有蔚蓝的光在安详地燃烧着，使她那长有娇小鼻子的瘦削脸庞显得明亮起来。她微笑着，一副很快乐的样子。但是，我根本谈不上喜欢她。原因是她那弱不禁风的体态好像在告诉他人：

"请别碰我！"

为什么我的伙伴们会喜欢上她呢？

"我病了很长一段时间啦。"她有点得意地说，好像是在炫耀一样，"是一个女邻居对我施了魔法，——她和我妈妈吵了架，因为怀恨在心，就对我施了魔法……医院里吓人不？"

"是……"

我感觉跟她在一起很不舒服，我转身进到了屋子。

到了半夜，外祖母爱抚地叫醒了我。

"我们一块去吧，行吗？帮别人做点好事，你的手就能好得快一点儿……"

外祖母拉着我的手，行走在黑暗之中——就像牵着一个瞎子似的。夜色深沉，外面黑暗而潮湿，不停地呼啸而过的风，好比湍急的河流一般。脚偶尔会触着冷冰冰的沙石。外祖母小心翼翼地走到贫民小屋的黑暗窗口，画了三下十字，在每个窗台上放下了一个五戈比的铜币和三个面包圈，尔后，她抬头望了望天空——没有星星，再画了一次十字，低声说道：

"至高无上的圣母啊，救救这世界上的人们吧，在您面前，我们都有罪，圣母啊！"

接着，我们就离开了那些人家，四周越来越沉寂了。夜色渐深，天空深邃得像个无底洞，吞噬了月亮和星辰。一条狗不知从哪里窜了出来，对着我们不住地叫嚣，在夜色中，它的眼睛闪烁着光芒，我很害怕，不由得靠近了外祖母。

"别害怕，"她对我说，"这只不过是一条狗罢了。这时候，魔鬼该躲起来了——鸡不是已经叫过了吗！"

她唤过狗来，抚摩了它几下，叮咛它：

"狗啊，你别吓着了我的外孙！"

狗在我腿边偎依了一会，我们三个便一块向前走去。外祖母第十二次走到别人的窗下，放下她那"秘密的布施"。天微亮，在黑暗中开始有一些灰白的房子隐约地显现出来。纳波尔教堂的钟楼耸立在那里。如同砂糖一样的洁净。公墓的砖墙已成为半壁残垣，如同破席子一般。

"老太婆也不轻松啊，"外祖母说，"咱们该回家去了，等明天女人们醒过来时，一看,哈,圣母娘娘已给她们的孩子准备了一点吃的东西!当人们一无所有的时候,即使是这么少的一丁点东西,也是管用的:哎呀,阿廖沙,人们都过得这么穷苦,但是,没有人关心他们啊!

> 富人不把上帝期盼,
> 也不管最后的审判,
> 他不以朋友和兄弟的名义将穷人照看。
> 只是一门心思想要搜刮黄金——

这黄金呀,难道不正是点燃地狱烈火的柴火么!这些话很对的啊。人与人之间要友好地相处,上帝对任何人都是一视同仁的!现在你又和我在一起了,我真高兴啊……"

我心中也不禁暗自高兴,隐约间感到,自己又和终生难忘的东西结合在一起了,有着一张狐狸脸的那只棕色的狗,眼光里含着善良而又负疚的光,在我身边不停转来转去。

"它要和咱们一起生活吗?"

"这有什么关系吗?要是它想的话,就让它留下来吧,我会用面包圈来喂它——我这儿还剩下两个呢。咱们在那条长凳上坐一会儿,我有些累了……"

我们在别人家的门口长凳上坐了下来,狗也在我们脚边趴了下来,啃着干面包圈,外祖母又开始讲了起来:

"这里住的是一个犹太女人,她有九个孩子,一个比一个更小。我曾经问过她:'莫谢芙娜,你靠什么过活呢?'她就这么回答我:'我是依赖上帝的保佑——除非我还有别的什么指望?'"

靠着外祖母的温热的身体,我睡着了。

生活又一次一天天地飞逝而去,紧凑异常,我的感想好像一条宽阔的河流,新的东西每天都会注入我的心灵中。它让我有时心驰神往,有时忐忑怅惘,有时憋闷生气,有时苦苦思索。

不久以后,我也开始想尽办法地寻找见到那个瘸姑娘的时机,很想和她说几句话,哪怕是一言不发地和她一起坐在门口的长凳上,——只要有她在身边,哪怕是一语不发,也使人感觉非常快活。清纯美丽的她,很像一只柳莺,并且会讲顿河的哥萨克的生活,讲得绘声绘色。她叔叔在那里的炼油厂当机械师,她一度在他家里住过很长的时间。尔后,当钳工的父亲将全家搬到了尼日尼。

"我还有一个在皇帝身边当差的二叔。"

每次逢年过节,街上的居民都会在夜间"出门"去。小伙子和姑娘们到公墓的空地上去跳舞,男人们到酒馆里去小酌,女人和孩子全留在家里。女人们无所事事地坐在门前的沙地上、长椅上,杂七杂八地叫喊着、争吵着,不着边际地聊着闲话。孩子们有的在打棒球,有的玩击木游戏,有的玩"脱靶"游戏,在一旁看着他们玩耍的母亲们,对那些玩得好的孩子不吝夸奖,而取笑着那些失败者,也正因为有了"大人们"的热心参与,每一项游戏好像都被注入了一种特别活跃的氛围,使竞赛变得愈加激烈,这让我们这些小孩子格外地兴奋。但是,不管对游戏怎么投入,怎么着迷,我们三个——科斯特罗马、丘尔卡和我,肯定有一个人跑到那个瘸姑娘的身边,向她展示自己的成就。

"瞧见没,柳德米拉? 我一下子就将五个木棒一块击到了圈外!"

她的脸上挂着惯有的温柔微笑,点头不断。

之前,无论玩什么游戏,我们三个人肯定会在一起,可是现在我却发现,丘尔卡和科斯特罗马肯定会各为一方,相互敌对,互相较量着智慧和力量,并且时常会打起来,甚至还会哭鼻子。有一次,他们两个打得十分激烈,迫使大人们出来干涉——他们跟对付两条打架的狗一般,把凉水泼到他们身上。

那会儿,柳德米拉坐在长椅上,用那只好脚踏在地上,当他们两个人纠缠着,滚到她的脚边时,她用拐杖把他们推到一边,并且恐惧地喊道:

"别打啦!"

她的脸色惨白,隐约有些发青,眼睛也黯淡了下去,不见了光彩,甚至还翻了翻白眼——如同一个歇斯底里的病人一样。

还有次,在玩击木游戏的时,丘尔卡赢了科斯特罗马,科斯特罗马就跑到了食品杂货店门口的燕麦柜的后面,躲了起来,他蹲了下来,偷偷地哭了。他咬牙切齿,颧骨向前突出,瘦削的脸紧紧地绷了起来,他那双忧郁的黑眼睛里,扑簌簌地滚落出大滴大滴的眼泪。那种样子让人感到害怕。我找到他,并安慰他,他哽咽着,低声地说:

"走着瞧吧,我会砸碎他的脑袋,用砖头砸……走着瞧吧!"

丘尔卡开始不可一世了:帽子歪歪斜斜地扣在头上,双手插在衣袋里,在街心来来回回地溜达——就像一个到了婚龄的小伙子那样。他还学会了从牙缝里往外吐口水,表现出一副桀骜不驯的模样,他还向人许诺:

"很快,我就要学会抽烟了,我已经试过两次了,可是我觉得很恶心。"

我讨厌这所有的一切。我很明白,我正在眼睁睁地失去一个朋友,并且我相信,这所有的一切,都是因为柳德米拉。

一天晚上,我正在院子里清理那些捡来的骨头、碎布等各种破烂,这时,柳德米拉挥动着右手摇摇晃晃地走到了我的面前。

"你好,"她一边说,一边向我点了三次头,说,"科斯特罗马有没有跟你一起玩?"

"是的。"

"那丘尔卡呢?"

"丘尔卡跟我们断交了。这一切都是你的错,因为他们都爱上了你,所以我们才会打架……"

她的脸一下子涨红了,但却用讽刺的语气来回答我:

"简直是难以理喻嘛!凭什么怪我呢?"

"那你为什么要使他们爱上你呢?"

"我绝对没让他们爱我!"她开始愤怒了,并一边走开去,一边说,"真是天方夜谭!我比他们都要大——已经十四岁了。他们怎么会爱上比他们大的女孩子……"

"你知道什么呀?"我存心想气气她,便提高了嗓门,冲她叫道,"看看那个女掌柜——就是'马鞭子'的那个妹妹,已经十足的是一个老太婆了,还不是整天混在小伙子们之中!"

柳米德拉转过身来,面对着我,她狠狠把拐杖戳进了院子里的沙土中。

"你简直是一无所知,"她含着眼泪,气急败坏地对我说,但这会,她那双可爱的眼睛却闪烁着光芒,格外迷人,"女掌柜本来就是一个行为不检点的女人,难道我是她那种人吗?我年纪还小,我决不会允许别人碰我,或是招我,而且……你还是先把《堪察加女人》这本书找来看看吧,看看第二部,看完后再说话!"

她呜咽着走开了。我不禁有些同情她了,毕竟,在她的话中饱含着一种真理,那是我不了解的。为什么我的朋友们要去勾引她呢?而且,还要说自己爱上了她……

为了向柳德米拉表示我的愧疚,第二天,我买了两戈比的麦芽糖——我知道,她喜欢吃这个。

"你要不要?"

她装出生气的样子,说:

"走开,我不和你要好了!"

但是,她马上又接过糖,并且指责我说:

"你用纸包一包多好——手那么脏。"

"我洗过手了,只是没法子洗干净。"

她伸出自己那干瘦而又温暖的手,拿起我的手,看了看。

"怎么弄成这个样子……"

"你的手指也给扎破了……"

几分钟之后,她环视了四周一圈,然后对我说:

"听着,咱们找一个什么地方,躲起来读《堪察加女人》,好不好?"

我们用了很长时间去找一个可以藏起来的地方,但实在找不到这样的地方。后来,我们决定溜进洗澡房的更衣室去——那里虽然光线昏暗,可是我们可以坐在窗子边。并且那个窗户的正对面,是一个肮脏的拐角,夹在板棚和屠宰场之间,几乎没有人会向那里张望。

她斜坐在窗前,将那条瘸腿架在了长凳上,用另一条好腿踩着地面。她用那本已经翻得破破烂烂的书挡住了脸,念着上面那一连串深奥难懂、枯燥无味的句子,语气十分激动。但我却很着急,就坐在地板上,注视着她那双严肃的眼睛——好像有两簇蓝色的火焰在其中闪烁,它们顺次在书页上来回移动着。有时,她眼含着热泪,声音也激动得颤抖起来,读着那些深奥难懂的、生僻的句子。我试图抓住这些字句,想要将它们改编成诗——但这样一来,反而使我对书中所讲内容的理解大打折扣了。

狗伏在我的膝头打盹,我给它取了一个名字——就叫"快风",这是因为它长得高大,毛厚密又蓬松,跑起来速度相当快,一面还唔唔地叫着,好像呜呜的秋风刮过烟囱一样。

"你在听吗?"女孩子问我。

我点点头,没有说话。这些杂乱无章的句子刺激得我兴奋起来,也就更加绞尽脑汁地把它们排列成另外一种样式,使它们像那些美丽的歌词一样,充满了活力,而且会像天上的星星那样,闪闪发光。这个愿望刺激着我,使我无法平静。

夜幕开始降临,柳德米拉放下书——那只手已经有些发白了,问:

"真好,对不对? 你看……"

从这个傍晚开始,我们常常躲到澡堂的更衣室里。没过多久,柳德米拉就不再读《堪察加女人》了——这正中我下怀。因为,我实在没有办法回答她,到底这部冗长的书中都讲了些什么。这本书真是冗长啊,现在我们刚刚开始读第二部,之后还有第三部,而且,据她说,还有第四部。

如果是阴雨天,我们就会格外高兴。因为如果不是阴雨天,那么到了星期六,人们就会烧水洗澡。

如果下着大雨,那么就没有人会出门,也就没有人会向我们这个阴暗的角落里张望了。柳德米拉非常担心我们会"被人撞见"。

"你知不知道,到了那时,人们会怎么想这件事呢?"她低声地问我。

我知道,而且我也非常担心我们"被人撞见"。我们在里面一待就是好几个小时,谈天说地。有时候,我把外祖母给我讲的童话讲给她听,有时候,柳德米拉给我讲熊河岸边的哥萨克人的生活。

"啊,那可真是一个好地方!"她这么感叹道,"这里——又算什么呢? 简直穷得没法活了……"

我下定决心:当我长大以后,一定要去这熊河岸边看看。

不久,我们就不再去澡堂的更衣室了。柳德米拉的母亲找到了一份工作:在一个熟皮匠那里做工。她每天一大早就要出门,柳德米拉的妹妹要去上学,哥哥要到

一家瓷砖厂去做工。每逢遇上阴雨天,我就去找她,帮她做饭,帮她打扫房间和厨房。她笑着对我说:

"咱俩在一起,简直就是一对夫妻,只是分开睡觉罢了。甚至,咱俩比一般的夫妻还要过得好些——别人的丈夫是不会帮着妻子干活的……"

要是我有了一点钱,就会去买来点心,我们俩就坐下来喝茶。为了避免让柳德米拉那喜欢大喊大叫的母亲知道,我们把茶炊浸到凉水中,使它冷却,不像用过的样子。有时候,外祖母也会来,和我们待在一起,她坐下来织花边、绣花,讲好听的童话给我们听。如果外祖父进城去了,柳德米拉也会溜到我们家里来,于是大家就一起开开心心地吃喝。

外祖母说:

"男孩子和女孩子交朋友,这是件好事! 只是,你们不能胡闹……"

接着,外祖母简单明了地将"胡闹"的含义解释给我们听。她说得娓娓动听,非常感人,于是,我深刻地明白了:不应该去摘没有开放的花骨朵,否则,它就再也没有芬芳,也不会结出任何果实来了。

我们并不想"胡闹",不过,这也并没有妨碍我和柳德米拉谈一些人们通常不谈的事情,当然,只有在必要的时候,我们才会谈起这些,因为我们触目所及的常常是以粗鄙的形式表现出来的两性关系,这实在让我们厌恶,让我们生气。

柳德米拉的父亲大约四十来岁,是一个相当英俊的美男子,他长着一头卷发,还蓄着一口胡子;他的两条浓眉,一动起来,就显得格外神采飞扬。但他出奇地寡言少语,甚至,我已经想不起他说过什么话了。在抚弄孩子时,他总是咿咿呀呀地叫一通,像一个哑巴,即使是在打老婆时,他也总是一言不发。

每逢节日的傍晚,他总是会穿上天蓝色的衬衫、波斯里绒的裤子、擦得锃亮的长筒皮靴,再背上一架大手风琴,走出大门,像一名站岗的士兵那样站在那里。立即,在我们的大门口,就开始上演"游园"活动了:姑娘媳妇们一个接一个地走了过来,就像一群鸭子似的。她们有的垂下眼睛,偷偷地向叶夫塞延科瞟上几眼,有的则明目张胆地盯着他看——目光极为贪婪。而他呢,就站在那里,噘起下嘴唇,睁大那双黑眼睛看着所有的女人,目光中充满了挑逗。女人们从这个男人身边慢慢地走了过去,彼此无言地眉目传情。就在这种四目相对的默默无语之中,似乎蕴藏了一种令人作呕的兽性的东西,这种东西让这群女人中的任何一个,只要看到那个男人命令式地给她一个眼色,就会立即乖乖地在街上肮脏的沙地上躺下,就像是中弹了一般。

"那头无耻的公山羊又出去现眼啦!"柳德米拉的母亲大为愤怒,骂道。她长得高高瘦瘦的,有一张长脸,看上去脏兮兮的,因为害过伤寒病,将头发剪得很短。看上去,她简直是一把用旧了的扫把。柳德米拉坐在她身边,徒劳地想从街道上引开她的注意力,不停地向她问东问西。"走一边去,讨厌,倒霉的瘌丫头!"母亲一边眨巴着眼,显得忧心如焚,一边嘟嘟嚷嚷地吆喝道。她有一双小眼睛,就像蒙古人的一样,里面常常会闪出奇怪的光,而且会停住不动,一看见什么,就会盯住不放。

"亲爱的妈妈,你千万不要生气——反正你生气也没用。"柳德米拉说,"快看啊,那个席铺老板娘打扮得多漂亮啊!"

"如果没有你们三个,我会打扮得比她更漂亮。是你们把我吃光了、啃光了。"她冷酷无情地回答了柳德米拉,眼睛里似乎有泪光闪烁,但她的两眼仍然紧盯着席铺老板娘,盯着那个寡妇又宽又高的身材,再也不肯放过。

这个寡妇简直就是一座小房子:她的胸部隆起,像是台阶。在绿头巾下露出一张红脸,就像是一扇密不透风的窗户,反射着正午的阳光。

叶夫塞延科把手风琴横挂在胸前,开始拉奏起来。那些琴键发出了迷人的声音,使人心驰神往。整条街的孩子们都涌了过来,崇拜地聚在演奏者的周围,在沙地上坐下,屏声息气地听着,个个如痴如醉。

"等着吧,有人会拧下你的脑袋的。"叶夫塞延科的妻子恐吓着丈夫。

而丈夫仍然默默无语,只是斜了妻子一眼。

席铺老板娘坐在不远处赫雷斯特小店旁边的长凳上,像一块石头一样歪着脑袋倾听着演奏,红光满面。

墓地后面是一片旷野,天空中映着红红的晚霞,盛装的人们行走在街道上,人影晃动,就像在河面上游动一样。孩子们夹杂在人群之中,奔来跑去,犹如旋转的风。空气温暖得让人沉醉,被白天的阳光晒热的沙土上,蒸腾起了刺鼻的气味,尤为刺鼻的是屠宰场上飘来的有些发甜的油腻味——血腥气。从那些皮毛匠住的院子里,有一股又臭又咸的皮革味随风飘来。女人在聊天、男子们醉了酒、正在狂喊乱叫,孩子们尖声叫喊,手风琴在低唱——这一切混合在一起,形成了一种深沉的喧闹,而孜孜不倦创造世界万物的大地则发出了深沉的叹息。一切的一切,都那么粗野,那么赤裸裸,使人对这种近似于动物的肮脏无耻的生活产生出坚定不移的信心。这种生活一边在夸耀着自己的力量,一边也在苦闷而焦躁地寻找一个地方,想要一泄而出。

有一些极为恐怖的话语时时从喧闹中传了出来,刺激着人们的心,让人刻骨铭心。

"大家不能一起去打一个人——应该一个一个地轮着来……"

"如果连我们自己都不爱惜自己,那么还会有谁来爱惜我们呢?……"

"难道说,上帝将女人创造出来,就是为了让别人取笑寻开心吗?……"

夜色越来越浓,空气也清新了一些,四周的喧闹声渐渐归于寂静,黑暗包围了木房子,使它膨胀起来。有的孩子被拖回家去各自睡觉了,还有一些躺在栅墙边,躺在母亲的脚边或是腿旁,睡着了。——一到晚上,他们就显得极为安静温顺。席铺的老板娘也不见了。远处的墓地,有低沉的手风琴声在鸣响。柳德米拉弓起了脊梁,在长凳子上坐下,像只猫一样。外祖母到隔壁去喝茶了,那里住着一个常常给别人拉皮条的接生婆。她长得又高又瘦,还有一个像鸭嘴一样的鼻子,一个"救生奖"的金牌,挂在她那和男人一样平坦的胸部。街上的人都害怕她,叫她巫婆。听说,在一次火灾中,她将一个什么上校的三个孩子和他生病的妻子从火中救了出来。

外祖母和她相处得很不错,每当在路上见了面,两个人隔老远就会微笑着打招呼,好像心里非常高兴似的。

科斯特罗马、柳德米拉和我一同坐在门前的长凳上,丘尔卡则拉着柳德米拉的兄弟去比武了。——他们俩纠缠着、扭打着,掀起了地上的沙土,尘土飞扬成一片。

"别打了!"柳德米拉十分害怕,恳求道。

科斯特罗马转动着黑眼珠,瞟了她一眼,讲起了猎人卡里宁的故事。卡里宁是一个白头发的老头儿,目光很狡猾,是一个臭名昭著的坏蛋,村子里没有人不认识他。他在前不久去世了,人们没有把他埋到墓地里,而是将棺材扔到其他坟墓之间的地面上。棺材是黑色的,有很高的架腿,还用白漆画了一个十字架、一支矛、一根手杖和两根骨头在棺材的盖上。

每天晚上,只要天一发黑,老头儿就会爬出棺材,在墓地上来来回回地溜达,像是在寻寻觅觅,直到鸡叫第一遍时才会罢休。

"不要再讲这些话吓人了!"柳德米拉恳求他。

"撒手!"丘尔卡叫道,一边甩开了柳德米拉哥哥的手,开始嘲笑起科斯特罗马来,"你胡说八道些什么呀?我亲眼看见人们把他的棺材下葬了,而且也没有在盖上做什么记号,……什么死人会在地上来回溜达,这都是那个铁匠醉鬼造的谣……"

科斯特罗马看也没看他一眼,怒气冲冲地说:

"既然这样,你去墓地住一晚上,试试看吧!"

他们立即吵了起来,柳德米拉心烦意乱,摇了摇头,问她的母亲:

"妈妈,到了晚上,死人会钻出来四处溜达吗?"

"能出来溜达。"她母亲重复了一句,声音仿佛是从远处传过来的回声。

女掌柜的儿子瓦廖克走了进来,他是一个二十多岁的胖小伙子,脸红红的。听了他们的争论之后,他说:

"如果你们三个人,不管是谁,敢到那个棺材顶上过一夜,那么我就输给他二十戈比和十支烟,如果他胆小,害怕得跑了回来,那么我就要将他的耳朵揪个够,怎么样?"

大家都愣住了,一时都没有吭声。柳德米拉的妈妈说:

"这是多么愚蠢的事啊!难道可以挑唆孩子们去做这样的事吗……"

"如果你肯给一个卢布,那么我就去!"丘尔卡阴沉着脸说。

科斯特罗马听了他的话以后,立即开始挖苦他:

"给二十个戈比,你就会害怕了,是不是?"然后,他又对瓦廖克说,"你就给他一个卢布吧,反正他是不会到那里去的——他只不过是在吹牛而已……"

"好,我就出一个卢布!"

丘尔卡站了起来,一句话也没有说,顺着墙角慢吞吞地溜走了。科斯特罗马看着他的背影,将两个指头伸进了嘴里,尖厉地吹了一声口哨。柳德米拉忐忑不安地说:

"哎呀,真是一个吹牛大王,天哪……这又是何苦呢!"

"你们这些人算什么,一群胆小鬼!"瓦廖克对我们嘲讽地说,"还以为自己是这街上出类拔萃的好汉呢,猫崽子……"

听到他这番冷嘲热讽,我心里很不舒服。我们都极不喜欢这个肥胖的家伙,因为他常常会教唆小孩子们干坏事,还给他们讲一些关于姑娘和媳妇的下流话,甚至还会怂恿孩子们去戏弄她们。孩子们照他的话去做后,往往会受到严厉的惩罚。他莫明其妙地对我的狗极为痛恨,总是向它扔石头,甚至有一次,他把一根缝衣针插在面包里,再送给它吃。

但是,让我大为生气的,是看见丘尔卡蜷缩着身子,羞得无地自容地离开。

我告诉瓦廖克说:

"给我一个卢布,我去……"

他一面对我冷嘲热讽,一面出言恐吓我,一边递给叶夫谢延科的妻子一个卢布,但那个女人却声色俱厉地拒绝他:

"我不会去,我不要!"

说完,她怒发冲冠地走了。柳德米拉也没有接这个卢布。看到这种情况,瓦廖克更加肆无忌惮地嘲笑起来。我也没有打算要这个钱,就要走开。这时,外祖母正好过来了,听我们讲了事情的经过后,她收起了卢布,平静地对我说:

"记住要穿上大衣,带好被子,否则,在天亮前,你会冷的。……"

她的这些话让我重新萌发了希望,这也就是说,不管会遇到什么可怕的事,我都不会再退缩了。

瓦廖克提出了以下的条件:我必须躺或是坐在棺材上,一直到天亮,不管会遇上什么事,都不能从棺材上下来——即使棺材开始摇晃,卡里宁那个老头子要从棺材里爬出来,也不许下来,否则,就算是我输了。

"你最好当心点。"瓦廖克又警告我,"整整一夜,我都会监视你的。"

在我去墓地之前,外祖母对着我画了十字,叮嘱我说:

"万一你看见什么,一定不要乱动,只要请求圣母保佑就行了……"

我快步向前走去,想尽快开始这件事,并且尽快结束它。瓦廖克、科斯特罗马和其他几个紧跟在我后面。在翻越砖围墙时，我被被子绊倒了，一下子摔在地上，我立即跳了起来，就像是被沙子弹起来一样。他们则在围墙外，笑得前仰后合。我心中一阵发紧，一阵寒气掠过了我的脊背。

我跟跟跄跄地走到了那具黑色的棺材面前。棺材的一头已经被沙土埋没了，另一头则露出了又粗又矮的棺材腿来，就好像曾经有人试图想抬高它一些，但却将它弄歪了。我在棺材盖上坐下，环视了一下四周，——周围是高高低低的坟墓，灰色的十字架密密麻麻地排在那里，它们的影子投落下来，在杂草丛生的坟丘上摇曳不定。我身处在这一排排的十字架当中，迷失了方向，一些细细的小白桦疏疏落落地挺立着，树枝将那些分散开的坟墓联结了起来。透过花边的阴影，有一根直立的野草露了出来，——这些耸立的灰色的草实在是令人不寒而栗！教堂高耸入云，犹如一座高大的雪山一样，一轮小小的月亮在凝滞的云彩之间发出光芒，就像已经融化了一样。

雅兹的父亲——他有一个绰号叫作"饭桶"，——这时正在更楼上懒洋洋地敲钟。每当他拉绳子的时候，都会碰到更楼顶的铁皮，铁皮就发出一阵阵吱吱嘎嘎的声音，如怨如泣，然后，钟声就冷冰冰地响了起来，声音又短促、又凄凉。

"千万不要睡不着觉啊！"守夜人的口头禅出现在我的脑海中了。

我实在觉得恐怖。不知道为了什么，我仍然气闷，尽管夜凉如水，我还是大汗淋漓。万一那个卡里宁老头真的爬出坟墓来了，我是不是还来得及逃跑吗？——跑到更楼上去？

对这片墓地，我可以说是了如指掌。我和雅兹，还有其他伙伴，到这个墓地玩过许多次，我母亲的坟也就在那里，在那个教堂附近……

四周还没有完全归于寂静，有一阵阵的笑声、断断续续的歌声从村里传了来。在山丘上的露天铁路采沙场上，或者是从卡特佐夫卡村的那个方向，传来了手风琴那支支吾吾的声音，铁匠米亚乔风喝得醉醺醺的，从围墙外经过，嘴里还哼着歌——一听到这歌声，我就知道一定是他：

> 说起我们的妈妈，
> 她的罪孽并不算大——
> 什么人她也不会爱，
> 只爱上了我们的爸爸。
> ……

这实在令人愉快：我听到了生活中最后的叹息。然而，钟声每响一次，四周也就更加寂静一些。寂静慢慢地淹没了草地，又淹没了一切，并遮盖起来了，就如同是泛滥的河水一般。在这无边无际的辽阔的天宇之间，灵魂在四处漂流，并渐渐消失了,就像是火柴的亮光在黑暗中闪烁,转瞬即逝。只有天上那些遥远的星星仍然在不知疲倦地闪亮着,大地上所有的东西都已经消失了,毫无用处了,渐渐地烟消云散了。

我盘腿在棺材顶上坐下,将被子裹在身上,面对着教堂。只要我的身子动一动,棺材便会吱吱嘎嘎地响,下面的沙子也就沙沙作响。

在我的身后,不知有一个什么东西落到了地上,随后又有一个东西落了下来,接着,又有一块砖头在我附近落了下来——这显得非常恐怖,不过,我立即就猜到了:这一定是瓦廖克和他的伙伴们扔过墙来的——他们想要吓唬我。但我反而高兴起来了——因为我知道了,还有别的人也在附近。

这时,我情不自禁地想起了母亲……有一天,她发现我正在学抽烟,便打了我,我却对她说:

"别碰我,即使你不打我,我也已经够难受了,我觉得非常恶心……"

后来,她让我在炉子旁边坐下,作为惩罚,并且还对外祖母说:

"这个孩子冷漠无情,他是不会爱任何一个人的……"

她的这些话让我觉得非常委屈。因为我每次受到她的惩罚时,其实都在心里可怜她,认为她极少有处罚得当的时候,总是处罚不当。

总之一句话,在生活之中,有很多令人难受的事。就说墙内的这些人吧,难道他们不知道我一个人待在这个坟地里会感到害怕吗?但他们却偏偏要吓唬我,让我更加恐惧,——这是为什么呢?

我真想对他们大喊一声:

"你们都见鬼去吧!"

但这么做实在有些危险——谁知道这么做,鬼会怎么看呢?或者,它正待在这附近呢!

在沙地中有很多的云母石碎片,月光照在上面,反射出朦胧的光。这使我又想起了从前的事。有一次,我躺在奥卡河的木排上,顺水漂流。正在我望着河水的时候,突然,有一条鳊鱼浮了出来,几乎就从我的脸边擦过。它的身子一偏,看上去就和人的面颊一样,然后它又望了我一眼,圆圆的眼睛犹如鸟眼一般,再钻到水下,摇摇摆摆地钻到深处去了,宛如一片徐徐飘落的枫叶。

我的记忆越来越活跃了,在我生活中发生过的许许多多的事,都重新浮现在脑海之中,好像正在同我的想象力较量——我的想象正在制造出恐怖的场景。

这时,跑过来了一只刺猬,它不停地用坚硬的爪子扒拉着沙地。它那么小,乱蓬蓬的硬刺四下支棱着,那模样就和家神一模一样。

我的耳边又响起了外祖母的话——她总是蹲在炉门前,反反复复地说这句话:

"快带走所有的蟑螂吧,好心的家神爷呀……"

远处城市的上空——那是我目力所不及的地方,已经开始亮了起来。早上寒冷刺骨,使我的眼睛无法睁开。我索性用被子将头蒙起来,把身子蜷曲着,缩成了一团——爱出什么事就随它去吧!顺其自然吧!

外祖母叫醒了我——她来到了我身边,掀开我身上的被子,对我说:

"快起来吧!你没有被冻着吧?好了,你怎么样,害不害怕?"

"害怕!不过,你可不要告诉任何人啊,尤其是不要告诉那帮小子!"

"为什么不让我告诉别人呢?"她显得极为惊讶,"要是没有什么可怕的,那也就没有什么是值得炫耀呢……"

我们一起回家去,在路上,她慈爱地对我说道:

"不管什么事,你都应该亲自去体验一番,亲爱的孩子,应该自己试着去了解一切……如果你自己不去学,那么,谁也不会教给你的……"

傍晚的时候,我已经成为街上的"英雄",大家都跑来问我:

"你是不是真的不害怕?"

我回答道:"害怕!"于是,他们就开始摇头,一边大声叫道:

"啊,是吧!你现在看见了吧?"

席铺的老板娘则确信无疑地高声宣布:

"这么看来,那些说什么卡里宁会钻出棺材来溜达的话,都是瞎编的了。如果他真的会爬出来,难道还会怕这么个小孩子吗?不,他会将孩子从这个墓地里赶出去,轰得远远的。"

柳德米拉望着我,神情显得又是亲切又是惊讶。看得出来,就连外祖父也对我极为满意,因为他总是在不停地微笑。只有丘尔卡极为懊恼,他说:

"他当然可以轻而易举地解决这些事的,因为他外祖母就是一个巫婆嘛!"

三

我的弟弟科利亚悄然逝去了,犹如一颗小小的星辰默然离去。我、外祖母和他三个人一起睡在一个小板棚里,在木柴上垫上一堆破布,就是我们的床了。我们的旁边,是一道用毛板拼凑起来的墙,上面有许多裂缝,墙外就是房东家的鸡棚。每天傍晚,我们都得听那些鸡在吃饱了以后,拍扇起翅膀,咯咯地叫上一阵,才会睡去;一到清晨,我们又会被那些金色公鸡的高声啼叫吵醒起来。

每当外祖母醒来之后,都会喃喃地咒骂一番:"哼,我掐死你!"

我也醒了,便开始观察起射到床上的阳光——它们是从柴屋的缝隙里照进来的。有一些银色的尘埃飞舞在光线之中,犹如童话中所描述的那样。老鼠在柴堆里吵吵闹闹,地上到处有那种翅膀上长了黑点的红甲虫在爬来爬去。

有时,鸡屎的臭味叫我忍无可忍,便从柴屋中走出来,爬上屋顶,去看房中那些刚刚醒来的人——好像睡了一夜之后,他们都没有了眼睛,身材似乎也膨胀了许多,身材又高又大。那个船夫费尔马诺夫将覆盖着一头乱发的脑袋从窗口探了出来——他是一个面色阴沉的醉鬼,睁开已经浮肿成一条缝的小眼睛望着太阳,还哼哼叽叽地叫着,就像一头野猪。外祖父跑到院子里,一边用两手将棕红色的头发抚平,一面匆匆忙忙地走进澡堂,去淋冷水浴。房东家的那个厨娘非常饶舌,长了一只尖鼻子,还有满脸的雀斑,就像一只杜鹃;而房东本人,却像一只肥肥胖胖的老鸽子。——所有的人,都像是鸟、牲口、甚至野兽。

早上的天空非常晴朗,而我的心中却生出了一点点忧郁,我很想从这个地方逃离,逃到一个人迹罕见的旷野之中。我非常清楚,人们总是会将这明朗的一天玷污的,决不会例外。

有一天,当我在屋顶上躺着时,外祖母将我叫了下来,她点了点头,示意我看她的床,轻声对我说:

"科利亚死了……"

孩子的头已经从红枕头上垂落下来,在毯子上躺着,全身呈现出苍白的颜色,身上几乎一丝不挂——衬衫缩到脖子下边,脑袋稍稍偏到了一边,膨胀的肚子和长满脓疮的歪腿露在了外面,一双手插在了腰下,让人觉得奇怪,就像他想要举起自己来一样。

"解脱了也好",外祖母一边梳理他的头发,一边说,"这个畸形的孩子,他过的是什么样的日子啊!"

外祖父进来了,踩着脚,就像跳舞一般,小心地用指头拨了拨孩子紧闭的双眼。外祖母非常生气,指责他:

"你为什么要用没有洗过的手去碰他?"

他嘟嘟囔囔地说:

"看看吧,他来世上走了一遭……活了一遍,我们给他东西吃……,结果却人不像人、鬼不像鬼的……"

"你清醒些吧。"外祖母打断了他的话。

他看了她一眼,但又好像什么也没看见,就走到院子里去了,一边还说道:

"我可没有钱送他下葬,你自己看着办吧……"

"呸!可怜虫!"

我也走出去了,一直等到黄昏时分,才回到家中。

第二天上午,科利亚下葬了。我没有上教堂——当做弥撒时,我带着狗和雅兹

世界十大名著

图文珍藏版

的父亲一起在被掘开的妈妈的坟前坐着。他挖掘时，收费不高，因此老在我面前邀功：

"这是由于咱们是熟人了，否则的话，我至少要收一个卢布……"

我望了望黄色的墓坑——那里已经发出了臭味了，看见了有一些潮湿的黑木板堆在边上。只要我稍稍动一下，洞边的沙土就会形成一条细流，往下倾泻，一直流到坑底，使坑的两侧显出皱褶来。我故意动弹起来，想使沙子都流到坑前，将木板掩盖。

"别胡闹！"雅兹的父亲对我说道，一边还抽着烟。

外祖母端来了一口白木做的小棺材，于是，"饭桶"就跳到坑里，将棺材接了过去，和黑板并排放在一起，再跳出坑来。接着，他用脚和铲子把土推到坑里。他的烟斗活像一支蜡烛，袅袅地冒着烟。外祖父和外祖母也一言不发地帮他干活。没有神父，也没有乞丐，就只有我们四个人，在林立的十字架中站着。

外祖母把钱递给了看墓人，一边责备他说：

"到底你还是惊动了瓦留莎的棺材……"

"有什么办法可以不惊动她呢？即使是这样，还是占用了一点别人家的地皮呢。不过，这又有什么关系呢！"

外祖母拜了拜坟，将头磕到了地上，先是呜咽了一声，接着就失声痛哭，走开去了。外祖父则将帽檐拉下来，遮住了眼睛，用手扯了扯已经破旧的外套，跟在外祖母后面，也走了。

"种子被撒在了荒地之中。"他冷不丁地说了这样一句话，就向前跑去了，就像是一只在耕地上的乌鸦一样。

我问外祖母：

"他怎么了？"

"他有他的心事，就随他去吧！"外祖母这么回答我。

天气炎热，外祖母走得相当辛苦，她的脚陷到了晒得发烫的沙土中，因此不得不经常停下来，并将脸上的汗用手帕擦去。

我鼓起勇气，又问：

"坟墓中那个黑色的东西，就是妈妈的棺材吗？"

"不错，"她回答我，显得非常生气，"这都是因为那条蠢狗不好……还不到一年哪，瓦留莎就已经腐烂了！沙土不好，渗水，如果用的是胶泥，那就会好多了……"

"难道所有的人都会腐烂吗？"

"您决不会腐烂！"

外祖母非常整洁。她的头发梳得极为光滑，编成了一根又粗又短的辫子，垂在胸前，她有一双大眼睛，她停了下来，将我头上的帽子正了正，严肃地告诫我：

"不许再想这些事了,不许再想了,你听见没有?"

但是,我仍然在想:"死亡实在是一件令人难过,令人讨厌的事啊!哎,这东西可真可恶!"

等我们到家的时候,外祖父已经烧好了茶,将茶具摆在桌上了。

"喝杯茶吧,天气太热了。"他说,"我是用自己的茶叶沏的茶,够我们喝了。"

他又走到外祖母身边,拍了拍她的肩:

"怎么样,老太婆,嗯?"

外祖母冲他挥了挥手:

"有什么可说的!"

"就是呀!上帝对我们生气了,将人一个接一个地叫回去……如果我们一家人都壮壮实实地活着,住在一起,就像五个手指头那样,那该有多好啊……"

已经有很长一段时间没有见到外祖父这么温情这么平和地说话了。听着他的话,我期盼着他能够使我心头的怨愤烟消云散,使我将那黄色的墓穴、将旁边那些又湿又碎的黑木板彻底忘却。

但是,外祖母厉声地打断了他的话,不让他继续往下说:

"够啦,老爷子!你已经将这些话说了一辈子了,但是,它能让谁轻松一些呢?这一辈子,你都在吃大家的,就像铁锈一样,把铁都腐蚀了……"

外祖父干咳了一声,又看了外祖母一眼,便一声不吭了。

晚上,我在大门口将早上见到的一切都告诉了柳德米拉,在讲这些时,我的心情极为忧伤,但是,这并没有对她产生什么显著的影响。

"成了孤儿反而会更好。如果我的爸爸妈妈都死了,我就把妹妹交给哥哥,让他照顾她,我自己进修道院去,这一辈子也不会出来了。否则,像我这样的人,还能到什么地方去呢?我的腿瘸了,嫁不出去,也不能干活。说不定,以后我的孩子也会是瘸子呢……"

她说这些话仿佛是理所当然的一样——这就和我们街上的那些女人没有两样了。然而,大概也正是从那天晚上开始,我对她没有了兴趣。而且,我的生活也开始发生变化了,同时,我和她见面的次数也越来越少了。

弟弟死了几天以后,外祖父对我说"今天晚上你早点睡觉,明天一大早我就叫你起床，然后，咱俩一块到林子里拣些柴回来……"

"那我也去采草药。"外祖母说。

在大约离村镇三俄里远的地方，有一个沼池，旁边长着一片云杉和白桦。树林里到处都是枯枝和枯树。树林的一端延伸到奥卡河边，另一端则一直延伸到通往莫斯科的公路，在公路的那边，树林又延续下去了。在这片硬撅撅的树林——都是些软质林木的上方，有一片郁郁葱葱的松林黑油油地耸立在那里——那就是"萨韦洛夫岗"。

这些树林都是舒瓦洛夫伯爵家的产业，但他们并没有很好地保护它们。库纳维诺区的小市民都把这片树林当成是自己的财产一般，常常到这里来捡树枝、伐枯木——一有机会，就连活树也伐掉了。每逢到了秋天——那是储备过冬的柴火的时节，常常会有数十个人涌向森林——他们手上拿着斧子，腰间缠着绳子。

我们三个人在拂晓时，就走在绿色的田野上，因为落满了露水，这时的田野还泛着银光。我们的左边，也就是奥卡河的对岸，能够看见啄木鸟山那红褐色的侧面，一轮俄罗斯的懒洋洋的太阳正在慢慢地从小丘上青翠的果园里、从教堂那金碧辉煌的圆顶上升起，升起在白色的下诺夫哥罗德城的上空。从平静，浑浊的奥卡河上吹过来一阵有气无力的微风，金黄色的毛茛被沉甸甸的露水压低了头，在风中摇曳，紫色的风铃草也悄然低垂到了地面，在贫瘠的草根土上，干巴巴地盛开着五颜六色的蜡菊，那种被人们称为"夜美人"的石竹也在枝头绽放出红艳艳的花朵……

森林黑压压的一大片，犹如迎面向我们开来的一支军队。云杉犹如一只只巨大的鸟儿，伸展开大翅膀；白桦树则像一位大姑娘，羞涩腼腆。沼地的酸味随风飘散在田野上。狗紧跟在我的后面，它吐出了粉红色的舌头，不时地停下来，嗅一嗅，还莫明其妙地摇晃起那酷似狐狸的脑袋。

外祖父穿着外祖母的短棉袄，一顶破旧的无檐帽扣在头顶，眯缝着眼，一边不停地笑，让人莫名其妙。他小心翼翼地迈着小碎步，好像打算去行窃一样。外祖母则穿着蓝上衣、黑裙子，头上系着白色的头巾，她极为敏捷、健步如飞，让人很难跟得上。

越走近森林，外祖父的兴致越为高涨，他不时地用鼻子大声地吸一口气，再连着咳嗽了几声，开始，他断断续续地说着含混不清的话，后来，越说越兴高采烈，越说越娓娓动听，就像喝醉了酒似的：

"森林是上帝的花园。它不是由什么人种出来的，而是上帝用风、用自己口中的仙气将它吹了出来……年轻时，我在日古利当过纤夫……唉，我经历的那些事啊，列克谢，你算是见不着了！奥卡河边的大森林——它一直从卡西莫夫延伸到穆罗姆，另一头还跨过了伏尔加河，一直延伸到乌拉尔！那才真叫无边无际呢，又巍峨壮观……"

外祖母斜着眼瞟了瞟他，又递了个眼色给我，他还在一边跌跌撞撞地往前走，一边滔滔不绝地讲着。正是这些枯燥乏味的话,让我永远铭记在心。

"我们给运油的大帆船拉纤,从萨拉托夫拉到马卡里亚去赶集,有一个作管事的普里赫人,名字叫基里洛,排水工好像叫作阿萨夫,是卡西莫夫的鞑靼人……当我们刚刚到达日古利时,风突然从上游劈头盖脸地刮了过来,让我们累得都快虚脱了,全身骨架像散了一样,只好摇摇晃晃地上了岸,煮饭吃。那时正是五月,伏尔加河里波涛起伏,滚滚波浪荡漾着,犹如白天鹅在起伏,向里海流去。日古利的山峰高耸入云,碧绿苍翠,春意盎然。白云在天空中流转,金色的阳光洒满了大地。我们停下来歇息,一边观赏风景,彼此间变得互亲互爱起来。北风在河面上呼啸而过,寒气逼人,岸上却是又温暖又芬芳。傍晚,我们在基里洛站了起来——他是一位年纪比较大的汉子,非常厉害,他摘下帽子,对我们说:'小伙子们,从今以后,我不再是你们的头儿了,也不再是你们的仆人了! ——从今以后,你们请自便吧,我要到森林中去了!'我们一个个都给惊呆了,不知道究竟发生了什么事。这可不行啊,没有人向老板负责了——我们总不能群龙无首啊! 这儿可是伏尔加河,就算道路笔直,我们也可能辨不清方向的。这个家伙简直就是一头失去了理智的野兽,同情他做什么? 我们都吓得不知所措了。他却死也不改口:'我不想再过这样的生活了,我不想再当你们的仆人了,——我要到森林里去了!'我们中间有几个人决定将他绑起来,痛打一顿,有的人却还在犹犹豫豫,喊道:'等一等!'这个时候,那个排水工鞑靼人也叫了起来;'我也要走了!'真是倒霉啊。鞑靼人已经跑了两趟船,现在这是第三趟——已经跑了一半了,但老板还没有将工钱付给他呢——在当时看来,这可是很大的一笔钱啊! 我们叫啊,喊啊,一直折腾到深夜。就在这天晚上,又有七个人离开了我们,只剩下十六个人,或者是十四个人。这都是因为这座森林啊!"

"他们是去当强盗了吗?"

"可能是去当强盗了,也可能是去当隐士了。那时候,是不太清楚这种事的……"

外祖母画了一个十字。

"圣母啊! 不管怎么说,人们总是可怜的。"

"每个人都有脑筋,天知道他会鬼使神差地想什么……"

我们沿着湿漉漉的羊肠小道走进了森林,——它夹在沼地的小草丘和枯萎的云杉林之间。我隐隐约约地感到,走进这片森林,再也不出来,其实也未尝不是一件好事,就像从普里赫的基里洛所做的那样。在森林里,再没有人喋喋不休,也没有人会打架斗殴,也没有人会狂喝滥饮。在那里,你会忘掉外祖父那令人厌恶的贪婪,忘掉母亲的沙土坟墓,忘掉那些屈辱和沉闷的无聊,将这些都抛到九霄云外。

我们走到了一个干燥的地方时,外祖母说:

"我们该吃一点东西了,坐下吧!"

她手中那个柳条编的篮子里,有黑面包、青葱、黄瓜、盐,还有一包包着布的奶渣。外祖父看着这些食物,有些难为情地眨巴眨巴着眼睛,说道:

"我一点吃的也没有带过来,呀,老太婆可真行啊……"

"这些够咱们吃了……"

我们靠着古铜色的松树树干——这种树多半是用来制造桅杆。坐在地上,浓郁的松脂气味开始在空气中弥漫开来,微风从田野上吹拂而过,木贼草在风中摇曳不停。外祖母伸出粗黑的手,去采摘草药,讲了一些金丝桃、药慧草、车前草的治疗特性,讲了一些蕨菜、黏性的柳兰和干屈菜的神奇功效给我听。

外祖父开始砍伐枯树,本来,我应该将劈下来的木柴归拢在一起的,但实际上,我却跟在外祖母的身后,偷偷地溜到了树林的深处。外祖母在粗大的树干之间轻快地行走着,犹如潜行在水中一样,同时,她不断向铺满针叶的地面弯下腰去。她一边走,一边自言自语:

"来得太早了,不会有很多蘑菇长出来的! 上帝啊,你实在不够关心穷人——要知道,蘑菇对穷人来说,可是美味佳肴啊!"

我小心翼翼地紧跟在她的身后,怕她发现我,我一句话也不敢说——因为我不愿打扰她和上帝、野草、青蛙的交谈……

但是,她还是发现了我。

"从你外公那里逃过来啦?"

接着,她俯下身去,面对着黑色的地面。地面上的野草长得蓬蓬勃勃,就像是一件绣满了各种花纹的袈裟。她告诉我,有一次,上帝对人类发怒,用洪水将大地都给淹没了,淹死了地上所有有生命的东西。

"但是,最最仁慈的圣母早就收集了所有种子,藏在篮子里,然后,她去求太阳:'你去晒干整个地球吧,人们会为此赞美您的!'于是,太阳晒干了地面上所有的水,圣母就将她收藏的种子都播种在地里。于是,上帝就看见了:地面上又重新长出了生物,长出了野兽,长出了牲畜,一切都有啦,甚至,还出现了人! ……他问:'是谁违背了我的意志,干出这件事的呢?'于是,圣母就向上帝忏悔。上帝自己也觉得如果地面上一无所有,也实在可怜,于是,他告诉自己的母亲:'你做的这件事很不错!'"

我很喜欢这则故事,但对此很觉得惊奇,于是就郑重其事地说:

"难道这会是真的吗? 但是在那场洪水过去很久以后,圣母才出生的呀。"

"这些话你是听谁说的?"

"从学校里听说的,书上是这么写的……"

听了我的回答,她放心了。便开始劝我:

"你扔掉那些书上的话吧,忘掉它们,忘掉书上所有的话! 那些书净是胡说八道!"

接着,她轻轻地笑了起来,笑得极为开心。

"这些话都是他们,那些傻瓜瞎编出来的!说世上有上帝,但他却没有母亲,这是什么话!那么,他又是谁生的呢?"

"不知道。"

"这可好了!你学来学去,就学会了一个'不知道'。"

"神父说圣母是约基姆和安娜的女儿。"

"也就是说,圣母的名字是叫玛丽亚·约基莫夫娜,是不是?"

外祖母已经没有那么生气了。她站到我的对面,神情严肃地直视着我的眼睛,说:

"如果你继续想这些的话,我就要将你狠狠地揍一顿!"

但停了一会儿,她继续向我解释:

"圣母是存在的,而且比谁都要先诞生!上帝就是她的儿子,后来……"

"那么基督呢?"

外祖母有些尴尬,她闭上了眼睛,再也不吭声了。

"基督吗?……对,对,对!"

我看到我已经赢了。我已经将她弄得晕头转向了——在神的秘密世界里糊涂起来了,但看到这一点,我心中反而不好受了。

我们在森林里越走越深,一直走到了淡蓝色的阴暗处。不时有几缕金色的阳光洒下来。在林中有些地方,既温暖又舒适,不时有一种特殊的喧闹声轻轻地响了起来。交嘴雀叽叽喳喳地叫个不停,山雀清脆地啼叫着,杜鹃在欢唱,黄鹂啼声婉转,一种爱嫉妒的苍头燕雀一刻不停地啼叫着,就像在卖弄着自己的歌喉,而怪鸟——松雀正在心事重重地吟唱;在我们的脚下,有一些碧绿的青蛙蹦蹦跳跳的。树根的中间,有一条蛇躺在那里,金黄的小脑袋向上昂起,窥视着那些小青蛙。松鼠正在嗑着什么,发出咯咯的声音,毛茸茸的尾巴掠过了松树的树梢,时隐时现。看到的东西实在多得叫人无法想象,我还想再多看一些,再向前走得更远一些。

在松树的树干之间,时时有我们投下的透明、轻飘,像巨人一般高大的身影出现,随后又消失在绿荫中了。在绿树浓荫之间,隐隐约约出现了一片银碧色的天空。地上的青苔,美丽得像绣上了越橘丛和干酸果蔓的地毯,在我们的脚下铺展开来了。血红色的石莓果一颗一颗地在绿草中闪现。蘑菇散发出了浓郁的香味,扑鼻而来。

"圣母呀,大地之光!"外祖母长长地叹息了一声,然后开始祷告了。

在森林中,她简直就是周围这一切事物的主人和亲人——她像一头熊那样走着,看到每一样东西,都会表示出赞赏,表示出感激。在她的身上,好像散发出了一股暖流,在森林中悠悠涌动。我看见那些被她踩过的青苔又重新舒展开来了,心中感到极为高兴。

　　我一边走，一边想道：去当强盗其实很好嘛——可以去抢劫那些贪得无厌的富翁，然后去接济穷人，让所有的人都能够吃饱，快快乐乐地活下去，相互间不再有仇恨，也不再像凶狠的狗那样互相争斗。最好我可以走到外祖母的上帝面前去，或者是走到圣母跟前去，去原原本本地告诉他们这个世界的本来面目：人们过着怎样困苦的生活，人们是怎样粗暴地将对方埋葬在恶劣的沙地里——这实在非常糟糕。总而言之，人世间发生了多少根本没有必要发生的伤心事啊。如果圣母相信了我的话，那么，我将向她乞求智慧，使我有力量改变一切，使生活变成另一个样子，尽可能变好一点。如果人们能够照我的话去做，那么，我可以使生活变得更好。我还只是一个孩子，但这有什么关系呢——在仅仅比我大一岁时，基督已经使很多聪明人听他的话了……

　　我正想得出神，不小心掉进了一个深坑里。树枝划破了我的腰，还将我的后脑勺擦去了一块皮。我在坑底那些像松脂一样黏糊糊、冷冰冰的泥中坐着，自己无法爬上去。我心中非常难为情，不好意思大喊大叫，去惊动外祖母。但到了后来，我还是叫了她。

　　外祖母赶紧将我拉了上来，画着十字，对我说：

　　"谢天谢地，幸好这个熊窝是空的——如果它的主人在家，那怎么了得呢？"

　　外祖母笑得眼泪都流了出来，随即，她带我到小溪边，用水洗了洗，在我的伤口上贴了一种止痛的草药，然后再将自己的衬衫撕下一条来，包扎好我的伤口，将我带到铁路岗亭里。——我已经筋疲力尽了，没有办法自己走回家去。

　　差不多每天我都会恳求外祖母：

　　"咱们到森林里去吧！"

　　每次，她都会很高兴地答应我。就这样，整个夏天过去了，一直到深秋，我们还是每天去采草药、浆果、蘑菇和坚果之类的东西。外祖母卖掉了采来的东西，以此维持我们的生活。

　　"饭桶！"外祖父总是这么声色俱厉地斥责我们——尽管我们没有吃他一丁点东西。

　　森林带给我的，是一种精神上的平静和舒适，每当我沉浸在这种感觉之中，所有的忧愁都会烟消云散，我所有的不如意都被抛到了九霄云外，同时，我还养成了一种特殊的警觉性，这让我的听觉和视觉变得更加敏锐，记忆力变得更强，对一切事物的印象更加深刻了。

　　外祖母变得让我更为惊讶了。我总认为在所有人中，她是最高贵、最聪明、最善良的人。她使我的这种信心不断增强。一天傍晚，在采完白蘑菇之后，我们开始往家走，在走出森林的时候，她坐下来休息。我绕到了树林后边，想看看还有没有蘑菇。

　　忽然，我听见她和什么人说起话来了，就回过头看了一眼，只见她坐在小路旁，平静地扯着蘑菇的根，一条灰毛瘦狗在她身边站着，吐着舌头。

"走吧，走开吧！"她说，"你乖乖地走开吧！"

不久以前，瓦廖克毒死了我的那条狗，因此，我很想再弄到一条狗，于是，就跑上了小路。狗非常奇怪地弓起了身子，狗脖子却始终一动不动，它用那双饥饿的绿眼睛望了我一眼，就逃到森林中去了，还夹起了尾巴。看起来，它并不像一条狗，我打了个呼哨，它立即慌慌张张地窜进了灌木丛之中。

"看见没有？"外祖母笑了起来，问我，"起初，我也看错了，以为它是一条狗呢，但仔细看看，才发现它长着狼牙，甚至连脖子也是狼脖子！我吓了一大跳，便对它说：如果你是狼，那么就滚到一边去吧！还好，现在是夏天，狼比较老实……"

她在森林中，从来不会迷路，每一次，她都能准确无误地认出回家的路。只要根据草木的气味，就能知道在这个地方，会生长哪一种蘑菇，在那个地方，又会长着哪一种香菇。她还会常常考我：

"在什么树上长着黄蘑？你怎么区别红头蘑菇是有毒还是无毒呢？还有，喜欢同蔷薇生长在一起的是哪一种香菇啊？"

如果看见树皮上有隐约的爪痕，她就会告诉我：这里有松鼠的窝。于是我就爬上树去，掏干净洞里的东西，将松鼠藏在里边准备过冬的榛子席卷一空。——有时候，一个洞里的榛子竟然会有十多磅重呢……

一次，当我正在掏松鼠窝时，右半身被一个打猎的打中了，一共中了二十七颗打鸟的那种铁沙子。其中的十一颗，被外祖母用针挑了出来，剩下的则留在了我的皮肤里，直到许多年以后，才渐渐地出来了。

看见我能够忍受疼痛，她大为高兴。

"好孩子，"她这么夸奖我，"只要能够忍耐将来一定会有出息的！"

每当她卖掉了蘑菇和榛子，回来以后，她总是要拿出一些钱，作为"偷偷的布施"去放在别人的窗台上，而她自己，即使是在过节的时候，也总是穿着打着补丁的破衣服。

"你的衣服简直比叫花子的还破，真是丢人现眼！"外祖父气愤地抱怨。

"这有什么关系呢——我既不是你的女儿，也不是新娘子。"

渐渐地，他们的争吵越来越频繁了。

"我并没有比别人多干什么坏事，"外祖父愤愤地说，"但是，我遭的罪却比谁都大！"

外祖母在一旁煽风点火：

"只有魔鬼才会知道，谁应该受多大的罪！"

而且，她还偷偷地对我说：

"这个老头子就怕魔鬼！你看，他老得多快啊——这都是因为他心里害怕……唉，这个人多可怜啊……"

整整一个夏天,我都在森林里度过了,这使我的身体变得强壮起来,同时,性子也变野了,对于同龄人过的生活,对于柳德米拉,我都已经毫无兴趣,她在我的眼中,仅仅是一个乏味的聪明人……

一天,外祖父从城里回来,全身都湿淋淋的——当时正是秋天,外面下着雨,他站在门口,抖了抖身子,像只麻雀一样,然后,就洋洋得意地说:

"喂,你明天就得去干活了——你这个无所事事的家伙!"

"这次又要去哪里呢?!"外祖母生气了。

"到你妹妹马特廖娜那儿,跟她的儿子……"

"哎呀,我说老爷子,为什么你总是出馊主意呢?"

"闭嘴吧,你这个蠢货!也许因此他可以成为一个绘图师呢。"

外祖母没有再作声——她低下了头。

到晚上,我对柳德米拉说,我就要去城里干活了,而且,还要住在那里。

"他们很快也会把我送到城里去的。"她告诉我,一边沉思起来,"爸爸想将我的这条腿截掉,这样,以后我就会健康起来。"

她在这个夏天里瘦了许多,脸色也变得有些发青,只有那双眼睛,因此显得更大了。

"你怕不怕?"我问她。

"怕。"她回答道,并且哭了起来,但并没有哭出声来。

我找不到什么话可以安慰她,因为我自己对城里的生活也深感恐惧。我们将身子紧紧地靠拢,沉默地坐了好久,都很发愁。

如果现在是夏天,那么我会说服外祖母,让我像她小时候那样到外面讨饭去,并且带上柳德米拉——我拉着小车,她坐在上边……

然而,现在已经是秋天了,潮湿的风刮过了道路,天空中阴云密布,大地愁苦地皱着脸,一切都变得又肮脏又凄惨……

四

我再次进城了,在一座白色的房子里住着。这座像葬了很多人的棺材似的房子是刚建起来的,但却显出一副营养不良、肿胀的样子,跟刚得了一笔横财的乞丐在暴食暴饮后的肥胖模样差不多。房子的一面正对着大街,每层都按着八扇窗子。正面有四扇窗子,靠下层窗子的外面是一条狭小的过道和院子,透过上层的窗子,可以看见在篱笆那边有洗衣女工居住的小屋和污浊不堪的脏水沟。

这里不是我想象的那种大街。房子前的脏水沟中有两处土堆,截住了水的通行,院子里的垃圾都被倒在了这条沟里,使得沟底积了很厚的一层脏东西。沿水沟在左边一直走,就到了囚徒改造场;沿水沟的右边一直走到尽头,可以看见发出恶臭的污泥地——兹维兹丁。房子正对着沟的中间部分,那儿被垃圾占了一半,长满了荨麻、野牛蒡、蜜酸蘑;剩下的一半被神父多里梅东特·波克罗夫斯基开辟成花园了。花园里有细薄木板做的凉亭子,还被涂成了绿色。如果朝着凉亭扔一块石头,会把那些细薄木板打裂开缝的。

这地方又枯燥又脏臭。一到秋天,那块装满垃圾的湿土地便被弄得不成样子:像棕色焦油的污泥紧紧粘住人的双脚,让人无法行走。我再也没有见过比这儿更脏的小地方了。我的眼里过去全是干净的田野和森林,现在这种城市角落的情景,使我忧愁万分。

沟那边是多年未修的灰篱笆墙,里面冒出来的棕褐色旧屋子;在远处就可以瞧得见。去年冬天,我在店里干活儿时就住在那儿。房子离我太近了,这使我很抑郁。怎么我又回到这条街上住了?

我熟识我的主人,他曾和他的弟弟来过我母亲家。他的弟弟十分好笑,总是用尖尖的声音喊:

"安德烈爸爸,安德烈爸爸!"

他俩没有什么变化,还跟往常一样。哥哥长着翘鼻子,那长头发的模样很讨人喜欢,让人感到他是个善良的好人;可弟弟呢,一张马脸,还长满了雀斑。他们的母亲——我外祖母的妹妹,极易动怒,她一动起怒来,就会吵吵嚷嚷。哥哥都结婚了,他的老婆一头秀发,皮肤非常白,活像个小麦面包,还长着一双颜色很黑的大眼睛。

在刚去的前几天里,她就三番两次地对我说:

"我送过一个绸子斗篷给你母亲,上面还有一串玻璃珠子挂饰……"

也不晓得什么原因,我不相信她送了礼物而我母亲竟然还收下了。在她又一次提到这件斗篷时,我就对她说:

"你既然已经送了,就没有必要夸说了。"

她惊恐万分,从我身边走开:

"什么呀?你在跟谁讲话?"

她脸上憋出了很多红色的斑点,鼓出一对眼睛,赶紧叫她丈夫出来了。

他双手拿着一个圆规进了厨房,还有一支铅笔夹在耳朵上面。听他妻子说完话,他跟我讲:

"你不该这么无礼,对她和所有的人都应当称呼'您'!"

然后他又不耐烦起来,跟妻子说:

"这么点芝麻绿豆的小事,以后别拿这些事烦我!"

"这还算芝麻绿豆的小事?假如是你的亲戚……"

"见鬼去吧,他和这帮亲戚!"东家一边叫着,一边跑开了。

这些外祖母的亲戚,我也很讨厌他们。在我看来,亲戚们彼此的关系,连外人都不如。对于彼此的短处和可笑之处,他们比外人要了解得多,他们能捏造出更加恶毒的流言,也更经常地争吵打闹。

我对我的东家很有好感。他常会把头发甩到耳朵后面,那种姿态十分优雅,我不由得想起"好事情"来。他常常带着知足的笑,灰色的眼睛里总有忠厚的慈善的神色流露出来,他的鹰钩鼻子边那些皱纹颤抖时非常有意思,常逗人发笑。

"别吵了,像老母鸡一样!"他对妻子和母亲讲,脸上挂着笑容,一团和气,露出了他那口又细又密的牙齿。

婆媳俩人天天都吵个不休。她们吵起来那么容易那么快,我真觉得怪。早晨起来,她们也不梳头,也不把衣服穿好,就在屋里跑前跑后,跟着了火一样,除了吃午饭、喝午茶跟吃晚饭时才会坐下来休息一会儿,此外,一整天都忙乎个不休。每天他们都吃喝很多,非得喝到烂醉,疲惫不堪,才肯停手。午饭时也只是讨论吃喝,漫不经心地斗嘴,预备着一会儿就大吵一顿。不管婆婆做什么菜,媳妇总是不满地说:

"我妈妈可不是这么做的。"

"不这么做,就不会有这么可口。"

"才不是,比这个可口多了。"

"那你干脆去你妈那儿好了。"

"可我是这里的女主人啊!"

"那我算什么人?"

这时,主人便出来干涉:

"得啦,得啦,你们是不是疯了?跟两只老母鸡有什么区别。"

屋里的一切都显现出无法说清的奇怪和可笑:从厨房出来,必须穿过这家里仅有的一间又小又窄的厕所,端着茶炊和吃食,非得经过这里才能走到餐室去。所以这个厕所便往往产生很多滑稽逗趣儿的故事,还不时闹出可笑的误会。我的职责把水添到厕所水槽里。我通常睡在厨房里靠近正门门廊的门口,恰好跟去厕所的门对着。我的头因为靠着灶被烤得发热,从门口灌进来的风又把我的脚吹得冰凉冰凉的,所以睡觉时我就将擦鞋底用的粗地毯全抓过来,盖住我的两条腿。

大厅的墙上挂了两面有金边镜框的镜子,里面是《田野》杂志赠送的图画;再有一对牌桌,十二张维也纳式椅子。屋子里空空的。一间摆满各式各样细软家具的小会客室,"陪嫁"的茶具和银器在几个玻璃橱里搁着,这儿还有三盏大小不同的装饰灯。寝室里没有窗,黑漆漆的,除了一张大床,还有衣箱和衣柜,里面发出烟叶和红花除虫菊的香味。一家人也不管这三间空房子,都碍手碍脚地挤在小餐室里。八点钟,一喝完早茶,主人俩兄弟就立马搬好桌子,在桌上铺开白纸、摆好仪器匣、铅笔和砚台，俩人相对而坐，在桌旁着手工作，桌子很大，摇摆不定，简直占满了一间屋子，女主人跟奶妈从婴儿室出来，就不免要碰到桌角。

维克托就会嚷嚷："你们别总在这儿逛悠，行不行？"

女主人一副委屈的样子，对丈夫说：

"瓦夏，你让他别对我大呼小叫的！"

"你别碰桌子不就行了。"主人和气地劝她。

"这儿这么窄，我又有孕在身……"

"得了，我们去大厅工作吧！"

但是，女主人生气地叫起来：

"天哪——在大厅里怎么工作？"

马特廖娜·伊凡洛芙娜从通厕所的门口探出那张满带凶相的、因炉火烤着而发红的脸，提高嗓门儿说：

"你瞅瞅，瓦夏，你在辛苦工作，她有四间屋子还生不出个崽子来，真当得起山脊区的贵族太太，只有点儿小聪明……"

维克托幸灾乐祸地笑了，主人大声喝止：

"行啦！"

但是媳妇却不依不饶地用最恶毒的俏皮话冲婆婆骂着，接着将身子倒在椅子上，哼着说：

"我这就走，去死给你们看！"

"别烦我了，我要工作，真是活见鬼！"主人吼道，气得脸都发青了。"快成疯人院了，我当牛做马地工作，都为了谁？还不是为了养活你们！哎，老母鸡……"

起初，我看着这种吵闹，十分惊恐，尤其是女主人手持一把餐刀，冲进厕所，还把门拴上，在里头尖声叫着，我简直怕死了。屋里立刻安静下来，然后，主人拿两手抵住门，弯下腰，吩咐我：

"快，爬上去，敲碎上边的玻璃，拧开门钮。"

我不敢怠慢，跳上他的背，敲破上面的玻璃，当我要弯下身去时，女主人就使劲地用刀柄敲我的头——但是，门钮还是被我拧开了。主人拖着妻子，边打边把她拖到餐厅，抢过了餐刀。我一屁股坐在厨房里，揉着刚被打过的头，立刻反应过来，我是白费劲了：那把餐刀钝得要命，切面包都困难，根本割不破人，并且，也完全没有必要跳上主人的背，踩把椅子，就能够把玻璃敲碎；还有把门钮摘开，本来大人的胳膊要长，很方便就可以做到。自从发生这件事以后，不管这家人怎么吵闹，我也不害怕了。

他们俩兄弟是教堂里合唱队的，有时他们会一边低声哼唱一边工作。哥哥是男中音，先唱：

亲爱的姑娘赠我一枚指环
我将它掉进了海里……

弟弟用的男高音,应和着:

跟着这指环一起
我断送了人生的幸福。

婴儿室里传出女主人轻轻的声音:
"你俩发疯了?孩子在睡觉……"
不然就说:
"瓦夏,你都结婚了,别再姑娘、姑娘地唱了,干什么呀?晚祷的钟声就要敲响了……"
"那么,我们来唱教堂里的歌……"
但是,女主人提醒他们:"教堂里的歌怎么能随便乱唱?况且是在……"她用手指着小门,好像自己在演讲。
"我们非得换个地儿了,否则——真是见鬼!"主人说。
他还说什么得另外换一张桌子,但是说了三年也没见动静。
一听到主人们议论别人,我就会想起鞋店来,在那儿说的也是这套话。我很明白,主人们自视为这城里的上等人物,只有他们才懂得怎么为人处世。他们根据自己的那套规矩,对所有人进行毫不留情的审判。我可不懂他们这一套,而且,对于这种审判,这种规矩,我真是恨透了,它们令我气愤不已。破坏这些规矩,我觉得又开心,又过瘾。
每天都有很多活儿等着我去做,我还兼着女仆的差事,每周三擦厨房的地板,清洗茶具和其他器皿,每周六得擦洗整座房子的地板和两边的楼梯;还得劈出烧炉子的木柴,搬到一起;洗餐具,洗菜,提着菜篮子,跟在女主人后面去市场,另外,还得到店铺里买东西,到药房买药。
外祖母的妹妹是我的顶头上司,她特别爱唠叨,脾气又大得惊人,每天早上六点左右起床,匆匆抹把脸,只穿着一件内衣,就在圣像面前一跪,开始跟上帝抱怨起自己的生活,抱怨起儿子和媳妇来。
"上帝啊!"她将手指捏在一起,点在前额上,哽着喉咙说:"上帝啊,我别无所求,也不乞要什么,但求您赐我以休息,用您的力量让我找到安宁!"
我被她的哭声弄醒了,便从被子底下瞅着她,提心吊胆地听她那热切的祈祷。秋天的清晨,窗玻璃被雨水打得湿湿的,一丝丝淡淡的光线,透过窗玻璃照过来,照进厨房里。在清冷的昏暗中,一个灰色的人影映在地板上,用一只手划着十字,显得忧虑不安。她的头巾落下来,露出一个小脑袋,上面长满灰白的头发,直披到脖后颈和肩膀上。头巾总要滑下来,搞得她很烦躁,一边整头巾,一边嘟哝:

"唉,讨厌死了!"

她使劲儿地拍打着自己的脑门、肚子和双肩,又不停地咒念着:

"上帝啊,请您为我做主,教训我的儿媳吧,将我遭受的一切屈辱,都统统还给她吧! 也请您叫我儿子睁亮眼睛,看看她,看看维克托鲁什卡! 上帝啊,您得保佑维克托鲁什卡,赐福给他吧……"

维克托就躺在厨房里的高板床上,他被母亲的祈祷声吵醒了,用含糊的声音喊道:

"妈,大清早您就唠叨个没完,真要命!"

"好了,好了,你睡你的!"老太婆讨饶地说。可是,没过一两分钟,她就悄悄地摇晃着身子,冷不丁地又恨恨地诅咒起来:"让他们挨枪子儿吧,打烂他们的骨头,死无葬身之地,上帝……"

就连我的外祖父祷告时,也没说出这么狠的话。

她一边祷告,还不忘喊醒我:

"赶紧起来,如果要睡懒觉,就从这儿滚出去! ……先烧上茶炊,再抱些劈柴来。昨天晚上有没有备好引火柴? 哼!"

我为了不让老太婆再唠唠叨叨地抱怨,尽快地做好一切。但是,要让她满意,简直是不可能的。她像冬日里的暴风雪一样,在厨房里跑前跑后,而且埋怨个不休,怪里怪气地嘟哝:

"小声点儿,鬼东西! 维克托鲁什卡要是被吵醒了,我一定得给你点颜色瞧瞧! 赶紧上铺子里去一趟……"

往日里吃早茶,一般是需要两普特白面包,给年轻的女主人另外买两戈比的劣质小面包。我每次把面包买回来,两个女主人总是疑心重重,先把面包左看右看,再搁手心里掂一掂分量,最后问:

"没有添头吗? 真的没有? 好吧,张开嘴巴!"然后,她们得意扬扬地嚷起来,"一定是你把添头吃了,你瞧,渣子还留在牙缝里呢!"

……我愿意干活,不管是打扫房子里的垃圾泥污,还是擦铜器、通风小窗和门把手,我都乐意干。我倒是几次听到那两个女人在和好的时候议论我:

"干活挺勤快的。"

"也爱干净。"

"只是太粗鲁了。"

"嗨,哪有人教养他呀!"

她们俩都想让我从心里尊敬她们,可是在我眼里,她们跟疯子没什么两样,我讨厌她们,也不肯听她们的话,跟她们讲话时也总是寸步不让。年轻的女主人发觉

她说的话不起作用,因此总是说:

"你必须牢记你贫寒的出身,我送了一件丝绸斗篷给你母亲,还镶了珠边呢!"

有一次,我就跟她说:

"难道为了件斗篷,要我把身上的皮揭下来还您,您才满意?"

"天哪,你是不是要放火啦!"女主人惊慌地大声嚷嚷起来。

放火,至于吗? 我因为她的反应,愣住了。

她们两个经常向主人告我的状,主人就会训斥我:

"喂,小子,当心点!"

然而有一回,他态度很冷淡地对母亲和妻子说:

"你们两个可真有本领,这么使唤一个小孩子,简直把他当成了一匹骟马,假如换了别人,不是早已逃跑,就是干活累死了……"

这番话把两个女人气得眼泪直掉,妻子一边跺脚,一边气冲冲地嚷起来:

"当着他的面,你怎么能这么说呢? 你简直是个长毛傻瓜! 叫我以后怎么再去使唤他? 何况我还有孕在身呢。"

母亲也抽噎着说:

"瓦西里,但愿上帝能饶恕你,把我的话记住,你会惯坏这孩子的。"

她们俩气呼呼地离开了,这时候,主人严厉地对我说:

"你瞧瞧呀,小鬼,就为了你,把天都吵翻了! 我立刻叫你开路,跟着你外祖父,再去拾破烂吧!"

这种屈辱我实在难以容忍,就说:

"在这里住,还不如去捡破烂呢! 自打我到这里做学徒,您什么都没教我,整天就是泼脏水……"

主人一下子揪住我的头发(还算小心,揪得不疼),朝我瞪着眼睛,诧异地说:

"脾气还挺大,小子,可惜我不吃这一套,不吃……不吃……"

我还以为我得开路了,但是,才过一天,他来到了厨房,手里拿着一卷厚厚的纸、铅笔、三角板和尺子。

"擦干净餐刀,把这个画一画!"

一张纸上,是一座两层楼的正面图,有许多窗子和雕塑装饰。

"圆规也给你! 先测量好所有的线,在线的两头,各画一个点,然后拿尺子比着,用铅笔连好两点之间的线,先横着画——这是水平线,再竖着画——那是垂直线。好,开始吧!"

我可以做这种干净的活儿了,开始学手艺了,我感到异常兴奋,可是,我又是虔诚又很恐慌地看着纸和工具,无从下手。

于是,我马上把手洗干净,坐下来试着画。先在纸上画出一条条水平线,我又检查了一下——还可以! 只是多画了三条。然后,又把垂直线画好,但是再一看,真让我大吃一惊，房子的正面东倒西歪，窗户也歪歪斜斜的，其中的一扇窗子还悬在了墙外，跟房子并起来了，实在不像样子，门廊快挨到了第二层，画的太高了，墙檐画到了房顶中央，天窗开在了烟囱上。

我急得快要哭出来了，看着这怪物，觉得简直不可救药，我很想搞清楚怎么会画成这样，可是实在搞不清楚，我只好依据自己的想象，修改起来。我在房子正面的屋檐上和屋脊上添上了鸽子、乌鸦和麻雀，又在窗前地上画了一些打着伞的罗圈腿的人，但是这些伞根本遮不住他们的丑样子。接着我又在整幅画面上加了一些斜线，就把作品送到师傅那里去了。

他把眉毛扬得高高的，挠着头，问我：

"这算什么呢？"

"天正下着雨呢，"我向他解释说，"因为下雨，所有的房子看起来全是歪着的，雨本身就是歪斜的嘛！还有这些小鸟，下雨的时候，它们总是躲在房檐底下的。可是这些人，正急匆匆地往家里赶呢。您看，有一个女人摔倒了，这边是个卖柠檬的……"

"真是谢谢你！"主人说话了，他的身子伏在桌上，头发在纸上扫来扫去，他哈哈大笑着高声喊，"啊呀，这个捣蛋鬼，非得狠揍你一顿不可！"

女主人挺着木桶般的大肚子走出来，她把我的作品看了看，跟她丈夫说：

"是得狠抽他一顿！"

可是主人很和气，他说：

"没关系的，我初学时，也是这样……"

他在歪歪斜斜的正面图上，用红铅笔标了记号，又拿几张纸给我。

"还是画这张平面图，再画一次，直到画好才算……"

第二次画出来，就好多了，只有一扇窗子画到门廊上去了。但是我不喜欢空着的房子，所以我在房子里又加上了各式各样的人：在窗口，有一些太太手拿着扇子，她们的男伴在吸着烟卷，其中一个没有吸烟，让大家欣赏他的长鼻子。在大门口，一个车夫在站着，还有一条卧着的狗。

"谁叫你乱涂乱抹了？"主人生气了。

我解释说，如果没有人，房子太空了，但是却讨了一顿骂。

"见你的鬼去吧！要是你还想学，就给我认认真真地！你这纯粹是捣乱……"

终于，我画出了一张和原图一样的正面图，他很满意。

"你瞧，总算会画了！照这样发展，你必然会成功的……"

他给我布置了作业：

"画一幅住宅平面图：每个房间都要画好，窗户安排要合理，该在哪儿，就在哪儿，我什么都不跟你讲——你自己去琢磨！"

我走回厨房，埋头苦想——怎么着手呢？

但是我学习绘图手艺的生涯就此中止了。

老太婆走到我面前,凶恶地说:

"想学习绘图?你别做梦了!"

她揪住我的头发,把我的脸往桌子上撞,我的鼻子和嘴都给弄破了。她跳着脚,把图纸一把扯过来,撕得粉碎,又使劲地把桌子上的绘图工具扔到地上,接着两手叉腰,得意地喊起来:

"叫你画,休想!把本事教给你一个外人,是要撵走自己唯一的骨肉兄弟吗?"

主人跑出来,他的妻子也摇摇摆摆地跟出来了。于是,又引起了一场激烈的吵闹:他们三个人窜来窜去,彼此碰撞,还吐唾沫,大哭大叫。两个女人连哭带叫,要死要活的,主人说了一番话给我听,才算了结:

"你先别学了,先停下来。看看吧,这样闹腾,成什么样子?"

我看他的样子也挺可怜的:唯唯诺诺,逆来顺受,真是窝囊,一天到晚听着女人们的哭闹声,不知该怎么办。

老太婆见不得我学绘图,成心找我碴儿,这我早就知道了。所以我在每次准备坐下来学习绘图时,都先问她:

"还有什么活儿吗?"

她板着脸回答我:

"有活儿要干,我自会喊你。你就待在桌子那儿,别瞎折腾啦!"

过一会儿,她就来使唤我这儿那儿地跑,不然就说:

"前面的楼梯没弄干净吧?犄角旮旯儿里全是垃圾、尘土,还不快去扫扫……"

我跑去看——哪里有土!

"你还跟我顶嘴?"她嚷嚷。

有一回,她将瓦斯泼到我所有的图纸上,还有一回,她又将圣像前的灯油倒在图上。她像个小孩子一样捣乱破坏,耍诡计,也像小孩子一样幼稚,不知道怎么遮掩。像她这样的人,我以前没见过,她动起怒来得容易,也很快,对所有人、所有事都挑毛病,看不顺眼,这样做还挺过瘾似的。一般来说,人们都喜欢埋怨,可是她埋怨起来,跟唱歌一样,够得上一种特殊享受。

她疼她的小儿子疼得几近疯狂,那股劲头,我看着又害怕又觉得好笑,简直称得上忘乎所以。经常有这样的事发生,她一做完晨祷,就站在炉前的小台阶上,把胳膊肘倚着床边,嘴里热切的嘟哝着:

"我的好儿子,你是上帝稀有的宠儿,是妈妈的心肝儿,你又纯洁又热情,好像金刚石,又像天使翅膀上一根轻盈的羽毛!你睡着了——我的儿子,睡吧,做个好梦,梦到你的心上人。你的心上人是公主,是天下第一的大美人,是富翁、商贾的女儿!但愿你的仇家还没出世就死掉,但愿你的朋友活得天长地久,但愿姑娘们成群结队地追求你,就好像一群母鸭追一只公鸭那样!"

我被她的这番话逗得直想笑:维克托生来又懒惰又粗鲁,像只啄木鸟一样,满脸斑点,大鼻子,又执拗又愚钝。

有时候,他被母亲嘟嘟哝哝的声音吵醒,就会含糊地抱怨说:

"走远点,妈,您老冲我的脸咕哝什么……让不让人活了!"

有时候,她就很听话地走下台阶,一边笑一边说她儿子:

"好,睡吧,睡吧……怎么这么没大没小的!"

但是有时候就是另一种命是从样子,她弯下两腿,撞在炉炕边,好像舌头被烫了一样,大张着嘴,呼呼喘气,恶狠狠地说:

"你说什么? 狗崽子,你叫你娘走远点。唉哟,我怎么不小心弄出你这么个东西;该死的,是魔鬼把你硬塞进我肚里,你怎么不在娘胎里就死掉啊!"

她说着些肮脏、下流的话,跟街上的醉鬼一样,叫人没法往下听。

她睡觉很少,而且很不安静。有时候,一晚上,她会从炉炕上跳下来好几次,扑到我睡觉的长椅子上,叫醒我。

"什么事儿?"

"别出声。"她小声说,两只眼睛在黑暗中瞪着,好像瞪着什么东西,手指还划着十字,"主啊……伊利亚先知啊……女殉教徒瓦尔瓦拉……保佑保佑吧,别让我暴死……"

她的手哆哆嗦嗦地点起了蜡烛,她长着个大鼻子,一张圆脸紧张得发肿,由于慌恐,一双灰眼睛眨个不停,盯着因为黑暗中而生出另一种面貌的东西。厨房虽然不小,但是摆满了立柜和箱子,在夜里显得更窄。静静的月光照进厨房,圣像前有一盏长明灯,火苗颤动着,切菜刀插在墙上,像根冰柱一样闪着寒光,还有,架子上那口黑煎锅,看过去好像一张没有五官的脸。

老太婆小心翼翼地从炉炕上下来,就像要从岸上爬进水里似的,光着脚丫,向屋角走去。在屋角,一只带耳朵的洗手器挂在洗手槽上边,那样子好像一颗砍下来的脑袋。一只水桶立在旁边。

她一边喘气,一边喝水,发出咕嘟咕嘟的声音。窗玻璃上结了一层薄薄的冰花,她就透过玻璃,瞅着外面。

"饶恕我吧,上帝,饶恕我吧。"她低低地祈祷。

有时候,她又把蜡烛灭了,跪在地上,满心委屈地低声道:

"上帝,谁来爱我,谁需要我呀!"

她爬到炉炕上,朝着烟囱的小门画一个十字,用手摸索着,看看风门是否关严了。黑煤沾到了她手上,她还狠着劲儿地诅咒。可不知怎么搞的,她一会儿就睡着了,好像被一股无形的力量闷住了。我每次受到她的虐待,就总会想:幸亏外祖父没娶她这么个老婆——不然,整天得挨她骂! 不过她也落不得什么好。虽然她经常虐待我,但是她那张胖得发肿的脸上,经常挂着一种忧愁的表情,眼里还噙着泪

水,好像很有道理似地对我讲:

"你以为我容易吗?把孩子生下来,养育成人,为的什么呀,他们像使唤老妈子一样使唤我,这哪儿是享福呀?儿子娶了媳妇就忘了娘,你说,这好吗?"

"不好。"我顺从地回答。

"对呀,说的就是嘛……"

接着,她恬不知耻地讲起自己的儿媳妇:

"我跟她一起儿去洗澡,看到了她的身子,谁知道他看上了她哪儿,这种女人也敢叫美人?"

她讲起了男女关系来,那些脏话简直没法听。开始我还觉得厌烦的,可是过了一段时间之后,反而不觉厌烦了,兴致勃勃地听起来,而且觉得这些话的背后,貌似隐藏了一种令人心痛的真理。

"女人好似一股魔力,上帝都会被她欺骗,你看看!"她拍着桌子,诅咒起来,"就是因为夏娃,才弄得世上的人们必须下地狱,你看看!"

只要谈起女人的魔力,她就谈个没完没了。我感觉她想拿这些话唬住什么人,给我留下了最深刻印象的是她说的那句:夏娃骗过上帝。

我们院子里还有座厢房,大小跟正房一样共有八户人家住在这两座房里,其中有四家住着军官,还有一家是军队里的神父。院子里到处都是勤务兵、传令兵。洗衣女工、老妈子和厨娘常去他们那儿。经常有争风吃醋的丑剧在灶房里上演,哭骂声、打闹声不绝于耳。那些士兵常常也会打起来,还跟房东家的土木工人打架,他们还打女人,院子里闹哄哄的,一片淫靡之气——血气十足的年轻人无法控制自己的强烈的肉欲渴望。这种生活最是无聊,到处充斥了暴力的肉欲和强胜者无耻的夸耀。在每次午餐、晚茶、夜餐时,我的主人们总是絮絮叨叨地、不知羞耻地议论一番。对院子里的事,老太婆明明白白,她总是神采飞扬地说个没完没了。

年轻的女主人无言以对,只是呵呵一笑。维克托哈哈大笑,主人皱起眉头说:

"别讲了,妈……"

"天哪,我连说句话都不行呀!"老太婆埋怨地说。

维克托怂恿说:

"妈,说啊,都是自己人,有什么不好意思的……"

大儿子对母亲又是嫌恶又是怜悯,尽可能地避免跟她独处。如果不巧碰在了一块,母亲就说一大堆媳妇的是非,同时一定要向他讨钱。他慌忙塞给她一个或三个卢布,或者几个银币。

"妈,您要钱也没有用,并不是我舍不得,您要钱的确没用处啊。"

"我要钱布施给乞丐,去教堂还得买蜡烛……"

"得啦,哪来的乞丐,您非把维克托惯坏不可。"

"你就是不喜欢自己的同胞兄弟,真是造孽啊!"

他很不耐烦，就走开了。

维克托对母亲向来是粗野无礼，除了嘲弄就是讽刺。他贪吃成性，整天喊饿。一到星期日，母亲做油煎饼时总会在瓦罐里藏几个，塞在我睡觉的长沙发底下。午祷完回来，维克托把瓦罐拿出来，咕哝说：

"不能多留些吗，老当家的！"

"赶紧吃吧，别叫人瞅见……"

"我非要说出去。说你偷油煎饼，留给我吃。嘿嘿，这才叫捉双！"

有一回，我把瓦罐拿出来，偷着吃了两个油煎饼，为了这，维克托把我揍了一顿。他讨厌我，我也讨厌他。他总是耍弄我；要我把他的皮靴一天擦三次。躺在床上时，他使劲儿摇晃床板，从板缝里吐唾沫，想尽办法，就为了吐到我头上。

维克托的哥哥老讲"恶母鸡"，大概维克托是向他哥哥学的，也总说些土话，但这些话实在是很荒谬，很无聊。

"妈，向后转！我的袜子呢？"

他要刁难我，总是问些愚蠢的问题。

"阿辽什卡，你说说，为什么写的是'发蓝'，念的是'发懒'？为什么要叫'排钟'，不叫'钢管'？为什么叫'树木'，不叫'墓堆'呢？"

他们这样说话叫我讨厌。从小，外祖父和外祖母都用优美的语言教育和熏陶我，刚开始时，对于他们这些根本不能搭配使用的词句，我一点儿也听不懂，比如"好笑得吓人"，"想要吃到没命"，"快活得吓人"。我以为，好笑的未必吓人，快活的也不一定吓人，大家在死前都得吃饭。

我请教他们：

"真的能这样说吗？"

他们张嘴就骂：

"瞧瞧，真是位先生！走着瞧吧，一定得采下你的耳朵来！"

但是，这句话听着很叫我别扭，"采下耳朵"？草、花、榛子才能说"采"呢。

他们企图证明给我看，耳朵是可以采下来的，然而无法令我服气，于是，我带着得意的神情说：

"耳朵终是不能采下来吧！"

在我的周围，总是有些胡作非为的事儿，十分残忍，还有卑鄙龌龊的无耻勾当——比起库纳维诺街满街的"窑子"和不计其数的"窑姐儿"，还有很多很多。在库纳维诺街，在那种龌龊和为非作歹的行为背后，似乎潜藏着一种东西，可以为这些行为的不可避免辩护，因为生活很艰难，劳动沉重，又常挨饿，可是这儿的人们酒足饭饱，悠闲自在，他们的工作就是无所谓的瞎忙乎，毫无意义，叫人难以理解。而且这里的一切充斥着沉闷无聊的气氛，带有一种讽刺意味，叫人不由得顿起无名之火。

我在这里生活，糟糕极了，但是，最糟的是每次外祖母来看我，一种痛楚的感觉就会占据了我的心。她总是从后门进来，走进厨房时，先向着圣像画个十字，然后向妹妹弯腰鞠躬，我就受不了这个鞠躬，心里就像压了个千斤重石，叫人透不过气来。

"噢，阿库林娜，是你呀。"女主人满不在意，一脸冰霜，就这样算接待外祖母了。

我认不出外祖母了：她紧抿着嘴，一副谦卑低下样子，我简直认不出她的面孔，她变了好多，轻轻坐在门口泔水桶边的长凳上，好像做错了事，一声不吭，顺从地轻声地回答妹妹的问话。

我很难过，就生气地说：

"您怎么坐这儿？"

她温和地向我递个眼色，继而拿出训斥的口吻说：

"闭嘴，你又不是这里的主人！"

"他就是好管闲事，打骂也没用。"女主人开始告我的状。

她总是一副幸灾乐祸的样子，询问她的姐姐：

"阿库林娜，现在过得怎样，还靠乞讨维生吗？"

"这不算什么……"

"也是，如果不嫌丢人，倒也没什么大不了的。"

"据说，基督也曾要过饭呢……"

"这些都是那些蠢物、异教徒编的瞎话，就是你这个老糊涂，还真信这些胡说八道！基督不是讨饭的，他是上帝的儿子，他享受着荣耀。据说他降临人世就是为了对活人和死人进行审判——还要审判死人呢。你要牢牢记住，你是逃不过的，老婆子，就算你化为灰烬……以前，你们富足的时候，我求你们帮忙，可是……基督必定会责罚你跟瓦西里的傲慢无礼的……"

"我已经尽全力帮你了。"外祖母平静地说，"你也晓得，上帝已经惩罚我们了……"

"不够！不够……"

她鼓动她那三寸不烂之舌,滔滔不绝地把外祖母数落了一顿,外祖母听得心烦意乱。听到这些恶言恶语,我心里又难受又迷惑:这口恶气,外祖母如何忍得下呢?在这种情况下,我就不喜欢她。

年轻的女主人走出了房间,客套地对外祖母点了个头。

"请到餐室里去吧,不要紧,去吧!"

外祖母的妹妹还不忘冲着外祖母的背影,叫喊一句:

"擦干净你的鞋底! 乡巴佬总是拖泥带水的。"

男主人很高兴地招呼外祖母:

"啊,聪明绝顶的阿库林娜,日子还好吗? 卡希林他老人家还可以吧?"

外祖母由衷地微笑回答:

"你还这么勤苦地工作呀?"

"老得这么干,跟囚犯一样。"

外祖母跟他聊天很投机,很亲切,又保持着长者风度。偶尔,他也谈到我的母亲:

"是哪,瓦尔瓦拉·瓦西里耶芙娜……真是个好女人——有点儿男儿气魄,不是吗?"

这时,他的妻子转过来,面朝外祖母,打岔说:

"您没忘吧,我送了一件黑色的带珠边儿的丝绸斗篷给她?"

"怎么能忘……"

"得啦,得啦,"男主人嘟哝说,"什么斗篷啊,棕榈啊,生活就是个大混蛋!"

"你说些什么?"妻子疑心地问。

"问我呢? 没什么……幸福的日子容易消逝,好人容易死……"

"我不懂,你这话是什么意思?"女主人不安地问。

接着,外祖母跟他们去看婴儿,我把桌上的脏茶具收拾下去。这时,男主人若有所思,轻声跟我说:

"你的外祖母是个好人……"

为他这句话,我心存感激,可是只剩我和外祖母在一起时,我很心痛地对她说:

"您何苦来这儿,何苦呢,您看得很明白,他们都是什么样的人……"

"唉,阿廖沙,我都明白。"她回答我,她的脸很好看,露出和蔼的笑容。这么一来,我不好意思说什么了。当然她对一切看得很清楚,什么都晓得,甚至我此刻心里想些什么,她也知道。

她小心翼翼地回头看看有没有人来,然后搂住了我,很亲切地说:

"就是因为这里有你;我才会来。他们跟我有什么相干呢? 而且你外祖父又在生病,我得照顾他。我没干活,家里没有钱了……我儿子米哈伊尔赶走了萨沙,我得管他的吃喝。原本他们保证一年给你六个卢布的,所以我想,跟他们说一下,现在给一个卢布。想一想,你到这里已将近半年了……"然后,她趴在我耳边,小声地说:"他们想让我打骂你一顿,说你一点不听他们的话。我亲爱的心肝儿,你耐着点性子,在这儿干上两三年,等你翅膀练硬了再说!先忍耐点儿,啊?"

我答应忍耐一点。这真是太难了,这种乞讨的生活,枯燥无聊的生活,一天忙到晚,就为了一口饭吃,这种生活压迫着我,我觉得就像生活在梦魇中。

有时候,我就想,我非逃跑不可了!但此刻正是隆冬季节,冷得要命,天一黑,暴风雪就不停地怒吼,阳台上狂风呼啸,房檐也在严寒中发出哇哇的响声,能够逃到哪儿呢?

他们不允许我出去散步,而且根本没有时间去散步。冬季的白天很短,又有那么多家务事儿,时间飞快地过去了。

可是教堂是非去不可的,一到星期六就去参加祈祷,要整夜祈祷,逢到节日还得参加晚祷告。

我愿意在教堂里待着,我爱站在一个角落里,那里我觉得又宽敞又昏暗。从远处看圣像壁是我的一大乐事,它好像熔化在了烛光中,化成一道浓郁的金色的水流,在讲经台灰色的石砌地板缝里流淌,黑暗的圣像好像在动,圣幛门中金黄色的花边快乐地颤动着,烛光仿佛是一只只蜜蜂,飘荡在淡蓝色的空中,而妇女们和姑娘们的脑袋则好似一朵朵鲜花。

周围的这一切,和着合唱队的歌声,融为一体,一切都好像神话般的奇异的生活。整个教堂缓慢地晃晃悠悠着,好像一座婴儿的摇篮,周围是浓得化不开的松脂般的黑暗,教堂就在这一片黑暗的空虚中摇晃。

有时候,我会觉得整个教堂离开了地面,深深地沉于湖水中,为了是过一种别样的、无可比拟的生活。我的这种感觉,极有可能来自外祖母讲的基捷日城的故事。我经常迷迷糊糊地,跟着周围的人们一起摇晃,听着合唱队的歌声,低低的祈祷声,人们的叹息声,我如同沉入梦乡一般。我悄悄地背诵着一首可歌可泣的悲伤的故事:

> 这帮可诅咒的鞑靼人,
> 领导着一批该死的人马,
> 在晨祷的光明时刻里,
> 光荣的基捷日城被围困了……
> 主啊,上帝啊,
> 多么神圣的圣母!
> 啊,宽恕你的奴仆吧,
> 让他们把晨祷做完,
> 把神圣的经书听完。

啊,别叫那帮鞑靼人,
玷污我们神圣的教堂,
奸淫我们的妻女,
折磨我们的孩子,
杀戮我们的老人,
主啊,耶和华啊,
以及神圣的圣母,
听听人们的哀叹,
听听基督徒的悲号,
于是天主耶和华
对天使长米哈依洛讲:
"快点去吧,米哈依洛,
卷走基捷日周围的泥土,
让基捷日沉入湖底,
让人们在那里祷告,
不休憩,也不疲倦,
从晨祷直至整夜祈祷,
做完教堂里所有神圣的祈祷,
世世代代,永远祈祷!

在那些日子里,外祖母的故事歌占满了我整个脑瓜子,犹如蜜装满了蜂房。我思维的方式也跟她诗歌的格调相同了。

在教堂里,我从来不做祷告。因为,面对着外祖母的上帝,我不愿意像外祖父那样怨愤地念着祷词或跟哭一样读圣诗。我想,外祖母的上帝肯定不会喜欢这么做,就像我也不喜欢这么做一样。还有,这些都是印在书本上的东西,所有识字的人都会谨记在胸,上帝也会如此。

所以,当我在教堂里遇到让人憋闷的伤心事,或被前一天所受的欺侮烦扰时,我就会费尽心思酝酿自己的祷告词。只要联想到自己命运的不幸,我就能马上把那些倾诉苦衷的话顺乎自然地变成诗歌:

老天哪,别再让我忍耐,
快点吧,使我成为大人!
要不然,真是太难受,
如此生活还不如吊死
——上帝,饶了我!

学是啥也学不到。

鬼老太太马特廖娜，

咆哮起来跟狼一般，

如此生活太没劲！

诸如此类的"祷告诗"至今仍停留在我的脑海里，儿时自己思考得到的东西，犹如一道道深深的印痕刻在心中，让人终身难以忘怀。

我在教堂里感觉很舒服，因为在那儿，我可以跟在森林或田野里一样休息一会儿。我这颗幼小的心，饱尝了生活中的种种悲伤、恶毒和粗暴，现在沐浴在一片模模糊糊的美好梦想中，那些伤痕和污垢已被冲洗得干干净净了。

但是，我只有在那种糟糕透顶的天气里，才能去教堂。当时，天气寒冷异常，风雪在街头狂舞，整个世界都被冻住了；天空被风逼得掩藏在雪云后面，大地在积雪下面一动也不动，似乎永世也不会苏醒。

我特别喜欢在静寂的夜晚，从城里的一条街道跑到另一条街道，或者是在僻静的角落里转悠。有时候我在跑着的时候，就觉得背上像长了一双翅膀，想飞起来。我就这么一个人走啊走，如同天上的月亮一样形只影单。影子在我的面前慢慢移动，掩住了积雪发出的亮光，使我一不小心就会撞上石头或木柱。街心上有更夫拿着拍板在走动，他紧裹着又肥又大的大衣，后面跟随着一条冻得发抖的狗。

他像一座狗房子一样笨兮兮的。这座狗房子走出院子，漫无目的地在街头游荡，使得跟随他的狗也在受罪。

有时候，街上也会走过一些快活的少爷和小姐，也许是从做夜弥撒的教堂里偷跑出来的吧。

偶尔，一种奇异的香味会从发亮的窗子的通气处流出来，与外面新鲜的空气混为一体。这种气味很陌生，但却相当好闻，这使我联想到另一种陌生的、别样的生活。于是，我在窗底下驻足，吸着鼻子，竖着耳朵，做着各种各样的猜测：这里的生活会是啥样的，到底是些什么人住在里面？教堂里的夜弥撒仍在继续，人们快乐地弹着一种特殊的吉他，闲得很欢。还有深沉的铜弦声从通气处流出来。

在冷落的吉洪诺夫街和马尔丁诺夫街的拐角处，有一处矮小的平房，它吸引了我。第一次看见它是在谢肉节周前的一个夜晚，那天晚上月朗星稀，积雪待消，从窗户上方形的气窗中同时涌出一股暖和的蒸气和一种奇特的音响，似乎是一个健康、祥和的人在抿嘴低哼着曲子，虽然听不清歌词，但那调子却很熟悉，很易明白。如果侧耳仔细一听，却只听见烦人的弦声，什么也没有了。我在阶沿石上坐着，心想：这种提琴声太有魅力了！因为听起来心里很不是滋味。这种乐器的声音很强大，使得整个房子都颤抖起来，连玻璃也沙沙作响。房檐上有融化的雪水滴落，我的眼里也掉下了泪水。

更夫悄悄地走到我身边,将我从阶沿上拉下来,问:

"你在这儿干吗?"

"听音乐呗。"我说道。

"行了吧,快滚……"

我急忙又顺着这条街跑了一圈儿,又回到这个地方,但奏乐已经停止了,只有一串的说笑声从气窗里飘出来。这种声音与哀怨的乐声相比,简直是天上地下,使我感觉刚才发生的事情是在梦中。

几乎每个周六我都要到那座房子的附近去,但只有一次我听到了大提琴的声音,直到春天,才听到了第二次。那一次奏的时间特别长,我半夜才回到住的地方,因此还被揍了一通。

在寒冷的冬夜,与星星为伴在街头散步,使我见识大长。我常去的是离城中心较远的市郊,城中心在晚上灯光太多,我担心撞见主人的熟人,让主人知道我竟然在街头游逛,没有去做夜弥撒。最不愿意碰到的是醉鬼、警察和妓女们。在市郊,当下层屋子的窗户没有冻得特别厉害,窗帘还没有被放下时,我就可以抬头向里张望。

透过这些窗户,我看见了五光十色的场景。有的人在做祷告,有的人在亲吻,有的人在争争吵吵,有的人在打牌,还有的人在诡秘地、轻声地交谈。这一切都如同西洋镜一样在我面前展现,像悄无声息的鱼的生活。

我看见有两个女人坐在地下室的桌子边上,一个年纪稍大,另一个还很年轻。有一个长头发的中学生在她们对面坐着,他一边挥动着手,一边给两位女士念书听。只见那位年轻的女人严肃地皱着眉头,背靠着椅背听着,那位年纪稍大的,长得很瘦、头发乱蓬蓬的,她忽然双手掩面,不住抽动着肩头。中学生把书扔掉了。过了一小会儿,年轻的女士跑着出去了,他就跪在剩下的那个女人跟前,吻起了她的双手。

在另外一家窗户里面,有一个高个儿男人,他蓄着大胡子,像哄孩子一样摇晃着坐在他膝上的一个身着红色短衫的女人。看他那张嘴瞪眼的样子,似乎是在唱着什么。那女人笑得很起劲,浑身都在颤抖,向后仰着头,两脚乱蹬。后来,他把那女人的身体摆正,又重新唱了起来,那女人又狂笑不止。我一直在看着他们,直到搞明白他们打算这样整夜玩时,我才离去。

像这样的景象太多了,有不少让我终生难忘。我常常因为看得出了神,回家太晚,主人开始怀疑我了,便不住地盘问:

"你去哪个教堂里啦?是哪位神父领着做礼拜的?"

他们与城里所有的神父都很熟识,对他们何时读何福音书都了如指掌。总之,他们什么都清楚,如果我撒谎,他们一定会识破。

主人家两个女人信仰的上帝与我外祖父容易动怒的上帝是同一个。他总是让人们心怀恐惧。两个女人的嘴上老挂着这位上帝的名字，甚至在打架时也是如此：

"等着瞧吧！上帝会降罪于你的，他会让你弯腰驼背，无耻的东西！……"

大斋节过后的那个星期日，老婆子在烧馅饼时把馅饼都烤焦了。她那被炉火烤得通红的脸上满含怒气，喊：

"啊！真见鬼呀……"

突然，她嗅了嗅煎锅，脸色大变，把锅掷在地板上，吼叫起来：

"我的老天！这里面竟然有腥味，真该死！在圣洁的星期一，我没有把锅刷干净，上帝呀！"

她跪下来，边流泪边祷告：

"上帝啊，看在您受难的份上，饶恕我这个该死的老婆子吧！上帝啊，请您不要惩罚我这个老混蛋吧！"

她把烤焦的馅饼给狗吃了，然后又把锅刷了刷。可是儿媳妇在以后的吵架中老拿这件事责备老婆子：

"您呀，怎么能在大斋节期间用荤油锅烧东西！……"

反正，她们把自己的上帝拉进一切家庭琐事中，拉进自己窄小生活的一切角落。这样，平淡无聊的生活便被罩上了意义和重要性的外衣，似乎生活中的点点滴滴都是为了最高权力者而存在的。这种将上帝牵扯到一切鸡零狗碎的琐事中的做法，让我很反感，很难受。我老是不由自主地向各个角落张望，觉得有一个隐蔽的人在监视着我的言行。每到晚上，团团冷云似的恐惧便笼罩住我。这种恐惧源自厨房的一个角落，那里有黯淡无色的圣像和闪烁不止的长明灯。

在圣像的旁边，有一个大窗户。中间的柱子将窗架分开两半。窗户外面是一片深不可测的蓝色天空，似乎屋子、厨房及我——这一切都被挂在这天空的边沿，如果不小心动一动，就会掉进这蓝色天空中，与星星擦身而过，飞到不知名的地方，最后在死的静寂中无声无息坠落，犹如一块石头落入水中。我在床上躺了好久，不敢翻身，生怕生命可怕的末日降临到我身上。

至于是怎么治好这一恐惧症的，我怎么也记不起来了，只是知道当时只用了很短的时间。很自然，这里肯定有外祖母那善良的上帝的功劳。我当时也许明白了一个简单的道理：我没做过任何坏事，没犯任何罪，对于别人的罪过，我没有责任。

白天祷告时，我也不去参加，而是到外面去玩，特别是在春天。我无法抵抗春天的魅力，根本去不了教堂。如果让我用两戈比的硬币去买蜡烛，那我可完蛋啦。我会去买羊拐子，使我全部时间都花在玩儿上，回家肯定特别晚。一次，我竟然把他们给我追念亡灵和买圣饼的十戈比全部输光了。害得我不得不去教堂里偷圣饼。

我的心里装满了玩儿，简直到了发疯的地步。我很聪明、有力，于是，没过多久，我就在附近街道上成了玩羊拐子、玩球、扔棒子的高手。

大斋节期间,他们硬逼我去斋戒。于是,我就到邻居多里梅东特·波克里罗夫斯基神父那里去忏悔。在我印象里,他是个很厉害的人,我做过许多对不起他的事,比如,把石块扔向他家园子里的凉亭啦,与他的孩子们打架啦,反正,我觉得,他可以列出我所干的一大串惹他生气的事儿来。我心里十分不安,尤其是站在那间简陋的教堂里排队等候我做忏悔时,我的心一直在怦怦地跳。

可是,多里梅东特神父却对我十分友善,他用一种带有责备似的口吻说:

"啊,是邻居呀……来,跪这儿吧!你做什么错事了?"

他用一块厚重的丝绒布盖在我头上,蜂蜡和神香的气味憋得我胸中发闷,连话也说不上来,况且我也不想说话。

"你没听大人的话吗?"

"对。"

"那你说:我有罪!"

我毫不犹豫地说出一句:

"我偷过圣饼。"

"真的?在哪儿?"神父稍微想了一下,就慢慢地问。

"三圣教堂、圣母教堂、尼古拉教堂……"

"什么,这所有的教堂你都偷过!小兄弟,这怎么行呢,这是犯罪,知道吗?"

"知道。"

"那你说:我有罪!真不像话。你是偷来吃的吗?"

"也有吃的时候,也有时候是因为玩羊拐子输了钱,为了把圣饼带回家,我才去偷的……"

多里梅东特神父的嘴里开始念念有词,我听不大明白。然而他又严厉地问我:

"看过禁书吗?"

当然,我听不清楚他的问题,便反问:

"什么?"

"你看过不能看的书吗?"

"没有,什么书我也没看过……"

"饶恕你的罪……起来吧!"

我惊讶得瞧了他一眼——一副深沉而又慈善的面孔。当时,我很难为情,很后悔:主人叫我来做忏悔时,说了许多可怕的事儿,要我老实地交代自己所做过的所有坏事儿。

"我还朝您家的凉亭里扔过石块。"我说。

神父抬头看了我一下,说:

"这可不好!走吧……"

"下一个!"多里梅东特神父不再看我,而是去叫后面的人了。

我走出去，觉得自己受到了欺骗和羞辱。忏悔时，我的心很紧张、很害怕，其实也没什么可怕的，还没什么意思！唯一使我有点儿兴趣的是，神父竟然问我那些我所不知道的书。于是，我想起了在地下室里给两位女人念书的那个中学生，也想起了"好事情"——他也有许多包着黑皮的厚书，书中还有莫名其妙的插图。

次日，主人给了我十五戈比，说是教我去领圣餐。今年的复活节姗姗来迟，积雪都化完了，街道上已经十分干燥，路上到处都是尘土。但今天却是一个好日子，阳光明媚，让人很舒畅。

有一大群工匠正在教堂围墙旁边拼命地玩羊拐子。我琢磨着，玩一小会儿再去教堂也不晚，于是，我走过去跟那些赌徒说：

"让我也玩一玩！"

"想玩的话，先交一戈比。"一个皮肤棕红的麻脸人傲然地说。

我也同样傲然地说：

"行，左边第二对上，押三戈比！"

"那把钱押这儿吧！"

于是，赌博开始了！

我把十五戈比换开，拿三个戈比押在一对羊拐下面。谁要是能把这对羊拐击倒，谁就能得到三戈比，如果他打不中，那就得倒贴三戈比。我的运气很不错，有两个人瞄准了我的注，但都没有击中，于是我从两个成年男人那里赢了六戈比。这可激起了我的兴头……

有一个赌徒说：

"伙计们，当心这小子，别让他赢了钱就想溜……"

我觉得自己受到了侮辱，就生气地说出一句掷地有声的话：

"左边首的一对，押九戈比！"

但是，这没有使这帮赌徒对我侧目相待。只有一个与我一般大的男孩子警告大家：

"小心点，他可是个幸运神，我认识他，是星街绘图师的徒弟！"

一个瘦小的工匠，从他身上的气味判断，可能是个熟皮匠，他嘲笑道：

"小东西？好……好呀……"

只见他瞄准我的注，用灌上铅的羊拐子正好打中了。他弯下腰来问我：

"该哭了吧？"

我说：

"右面边上，押三戈比！"

"还是我来吧。"这位熟皮匠说着大话，可却没打中。

但做庄的机会最多只有三次。于是轮到我打别人的注了，这下我赢了四个戈比和一堆羊拐。又是我坐庄了，我连续下了三次注，所有的钱都被我输光了。正在这时，钟声响了，白天的礼拜结束了，人们都纷纷涌出教堂。

"有媳妇了吗？"熟皮匠边问，边伸手过来揪我的头发，我把身子一缩，扭头跑了。前面有一位穿着文雅的年轻人在走，我追上他，小心地问：

"您领过圣餐没有？"

"领过了，你问这干吗？"他用怀疑的眼神盯着我，问道。

我恳求他给我讲一下圣餐仪式进行的过程，以及神父所讲的话，还有假如我在场，我会做些什么。

年轻人生气了，恐吓我：

"你不去领圣餐，竟然偷空去玩儿，是不是个邪教徒？哼，我才不告诉你呢，叫你回去挨揍！"

我跑到家去，心想：他们肯定会查问我，识破我没有去领圣餐的事情。

可老婆子已替我做了祷告，只淡淡地问了一句：

"给了教堂管事多少蜡烛钱？"

"五戈比，"我就附了一句。

"哎呀，给他三戈比就够意思了，剩下的两戈比留给自己多好哇，真傻！"

在春天，一天一个新变化，一天比一天丰富多彩，嫩绿的草和白桦树的新芽，散发出一阵阵沁人心脾的清香。我多么想狂奔到田野，仰面在土地上躺着，静静地听云雀在树梢歌唱。可是我整天忙得不可开交，要刷洗冬衣，存进衣箱，又要切烟叶；还要擦拭屋里的家具，反正从早到晚，我自己都围着那些琐屑的、讨厌的事物旋转了。

在空闲的时候，我又没事可做了。我们居住的这条又窄小又潮湿的街道上整日不见一个行人。他们又不允许我走远。于是，每天我目睹的都是这些脾气暴躁、劳累不堪的工匠和头发像鸡窝一样乱的厨娘和洗衣妇，他们一到晚上，都举行像狗一样污秽的结婚。真是让人厌恶、恶心，我真想把自己变成一个瞎子，这样就看不见那些让人极不舒服的人和事了。

我在顶楼上用剪子把花纸剪成各种各样的纸花，贴在屋子里的柱子上，这使我在百般无聊中得到了自娱，我的心中一片迷惑，我多么想跑到某个地方，在这个地方没有贪睡、爱吵的人，没有向上帝诉苦的人，也没有斥责他人、羞辱他人的人。

……弗拉基米尔圣母显灵的圣像在复活节的那个周六被从奥兰斯基修道院接到城里来了。据说，它要一直在城里停留，直到六月中旬，以便到各教区进行挨户地访问。

在一个不是礼拜天的早上，圣像来到了我的主人家中。当时我正在厨房里擦拭铜器，就听见年轻的主妇在屋里惊慌地叫喊：

"快把外边的大门打开，奥兰斯基圣母到我们家来了！"

我双手沾满了擦铜油和砖头粉，脏兮兮的，就赶忙跑出去开门。门外站着年轻

的修道士,他一手提着灯笼,一手拿着香炉,一见我就低声埋怨:

"还在睡觉呀? 快过来帮忙……"

两位普通市民扛着沉重的神龛在狭窄的楼梯中走着。我用两只脏手和肩头在神龛的一边帮他们扶着。后面跟随着一群笨兮兮的修道士,他们踏着脚,用低沉的声音有气无力地哼唱:

"神圣无比的圣母,请您帮我们向上帝祈祷……"

我的心情则很难受,因为我认为:

"我用这么脏的手来扛圣像,圣母一定会怪罪于我的,一定会把我这两只手弄得干瘦如柴……"

我们大家把圣像放在椅子上,椅子位于屋子上首,还用两条刚洗过的床单铺着。两个修道士侧立于神龛两端,用手把着神龛。他们二人年龄不大,长得很漂亮,眼睛很亮,脸上挂着微笑,一头蓬松的头发随便披着,活像一对天使。

大家开始祷告了。

"啊,神圣无比的圣母!"个儿高的那位神父边大声唱,边用那通红的手指头去捏那被蓬松的头发遮住的肥耳朵。

"圣母啊,您至高无上,大慈大悲。"修道士依旧在有气无力地哼着。

我爱圣母。外祖母曾经给我讲过,地上的一切花、一切快乐、一切美好祥和的东西,都是圣母为了安慰那些受苦的人们而种的。我没有看清大人们是怎样吻她的手的,在轮到我去吻时,只是小心翼翼地在圣像的脸和嘴上轻轻地吻了吻。

不记得是哪个人猛地推了我一把,我就退到了屋角的门槛边上。也不记得修道士在什么时候扛着圣像回去的。但我却清楚地记得一幕:我坐在地板上,主人们满怀惊恐和忧虑地围着我,彼此间谈论的话题都围绕着我:

"他应该懂得这些,得去找找神父,"主人这么说了一句,然后又善意地冲我骂道:

"真不像话,……还上过学呢……连不可以亲嘴这一点都不知道?……"

接下来的几天内,我无可奈何地、眼巴巴地等待着什么会降临在我头上,我竟然用那么脏的手去扶神龛,还违反规矩地亲了她,她肯定不会饶恕我的! 不会的!

圣母似乎已经饶恕了我并非恶意的、无知的罪过,或者说,她的责罪太轻,以至于在这些人给我施加的大量责罚中,显得微乎其微。

有时,我为了气一气老婆子,便故意说:

"哎,可能圣母把我的过错给忘了……"

"等着瞧吧,"老婆子恶狠狠地说。"等着瞧吧……"

……每当我在用桃红色茶叶包纸剪成的图样、锡纸、树叶等等装饰顶楼柱子时,就把教堂赞美诗的曲调编成歌,想到哪儿就唱到哪儿,就跟边走边唱的加尔梅克人一个样儿:

手持一把剪，
稳坐阁楼尖。
把纸剪啊剪……
我心里好烦，混蛋！
我要是条狗——
哪儿都可走，
可枉为个人，
整日听骂声：
小心点，住口，你这小混球，
要是不听话，小心你的命！

老婆子认真地看了一眼我的手工，不住地摇头在笑：

"把厨房也装饰成这个样子吧……"

有一天，主人也上顶楼来看我的手艺，不住地感叹：

"彼什科夫，你这小东西真有情趣……你是不是想学着变戏法？真让人琢磨不透……"

他赏了我一个尼古拉一世时代的五戈比大硬币。

我用细铁丝做了一个络子，把这枚银币挂在各种各样的装饰品中间，很显眼，跟一枚奖章一样。

可好景只有一天，那银币不见了，铁丝络子也消失了。我猜，肯定被老婆子偷走了。

五

春天来临时，我终于逃走了。有一天清晨，我去店铺里买些早茶用的面包。店老板也不管有人在场，跟他老婆吵了起来，还拿起一个秤砣打了她的额头，她逃到大街上，跌倒在地。很多人立刻围拢过来，抬起她放到四轮马车上，送往医院去了。我追着马车跑，无意识地就来到了伏尔加河边，手里仍然捏着一个二十戈比的银币。

春天的阳光暖融融地照在伏尔加河上，河水涨得很高，大地上一派喧闹景象，显得无比辽阔。我由此感到自己目前的生活，简直如同地窖里躲躲藏藏的小老鼠那般。我于是打定主意不回主人家里去了，也不去库纳维诺的外祖母那里，因为我并没有兑现承诺过的话，感到无颜以对，何况我那外祖父八成又要冲我说些酸溜溜的话。

我沿着河岸溜达了两三天。白天，那些善良的码头搬运工给我吃一些饭，晚上，我与他们同在码头露宿。后来，有一个搬运工对我这么说道：

"小东西，你整天在这里游手好闲算哪门子事呢！那条'善良号'船上正想招一名洗碗工，你去那儿看看吧……"

我真去了那儿，还见了餐厅主管。他是个大高个儿，留着大胡子，头戴一顶黑绸无舌帽。他从镜片后面瞪着一双混沌的眼睛，低低地说：

"每个月两卢布。身份证呢？"

我没有身份证。主管琢磨一阵，说：

"让你母亲来一趟。"

我赶紧找到外祖母。她同意我的想法，说动了外祖父给我到劳动局办身份证。她自己又陪着我一道回船上。

"好吧。"餐厅主管瞟了我一眼，"随我来。"

他带着我到船尾。有一个高大结实的厨师，身穿白色工作服，顶着尖尖的白帽子，正坐在桌边喝茶，一边还抽着根粗大的卷烟。餐厅主管领着我来到他面前。

"来了个刷碗的。"

说罢，他就扭头走了。厨师从鼻子里哼了一声，抬着长着黑胡子的下颌，冲着他远去的背影，说：

"就知道图省钱，净雇些烂货……"

突然，他又气鼓鼓地抬起他满是短黑头发的脑门儿，瞪着黑眼睛，虎着脸问：

"你是谁？"

我一点也不喜欢他，虽然他套着白衣服，仍然显得脏乎乎的，手指和大耳朵里都长着长毛。

"我要吃点东西。"我说。

他翻了翻眼珠子，一张怒气未消的脸忽然大笑起来，咧着嘴，脸都变形了，肉鼓鼓的、烤得发红的脸颊一波一波地咧到耳根子，呲着丑陋的大门牙，短髭软软地朝下耷拉着。这会儿他看上去有些像好心眼的肥农妇。

他倒了自己茶杯里的水，泼在船舷外边，重新续上新的，把一个还未启封的法式白面包和一大段香肠推到我眼前。

"吃吧！你父母还在？偷过东西没有？啊，别操心，这里个个都是偷儿——他们会把你带会的！"

他说起话来有如犬吠，一张大脸刮得铁青，鼻翼旁边尽是小血丝，胖鼻子和短须几乎长在一块儿，肥厚的下唇生气似的下垂着，嘴角叼着烟卷儿，青烟袅袅的。

他或许刚冲完澡,身上仍留有桦树条的气味,脑门上抹了胡椒酒,潮乎乎的脖子泛着油光。

我捧着水杯喝了个痛快。他递给我一卢布纸币。

"去,给自己添置两条带胸巾的围裙。等一下,还是我亲自去得了。"

他拨了拨头上的尖顶白帽,蹒跚着笨熊般的身体,深一脚浅一脚地走了。

……清凉又晴朗的夜晚,一轮明月泛着冷冷的月辉,慢慢地向轮船左侧的草地上空移去。这是一条棕黑色的旧轮,烟囱上划着一道白杠,轮叶轻拍在涟滟的银色水面,缓缓前行,略有些颠簸。黑魆魆的两岸向后倒退着,悄无声息,水中倒映着岸边的景物。岸边仍有灯光从窗户里透出来,村子里的姑娘们在翩翩起舞,歌声远远地传来。她们反复吟哦着"阿伊——留利",乍听起来颇像赞美诗中的"阿利路亚"……。

轮船后面还拖着一条驳船,用长绳缆牵着,同样是棕黑色的;驳船上有一只铁笼子,里面关押着被判处终生流放或服役的囚徒。一个士兵站在船头,扛着带刺刀的枪,刺刀闪着金属的光泽,就像蜡烛一样。璀璨群星在湛蓝的天空映衬下,亦如蜡烛散发出灼灼光辉。静寂无声的驳船,尽享着月华的恩泽。在紧密看守的铁网笼里,隐约现出一个个看不真切的大灰斑点——那就是囚犯的身影,他们遥望着伏尔加河。河水发出潺潺水声,宛如低泣,又像窃喜。这一切都带着宗教色彩,甚至于呛人的油脂味,都仿佛飘自于教堂那端。

我看着那条驳船,想起童年时经阿斯特拉罕到下诺夫戈罗德的那段旅行,母亲坚定的面庞又浮现在我眼前,还有把我引入这个充满乐趣然而也艰辛困顿的打工生涯的外祖母。只要外祖母的形象一出现在我脑海里,所有的烦恼、忧愁都一扫而光,周围的一切都变得令人愉快,人们也显得更友善、更美好。

我在如此美丽的月色里感动异常,几乎落下泪来。这条如棺材一样的驳船,在宽阔博大的河面上,在暖意融融的,静谧的夜色中,显得纯属多余。河岸起伏不定,或高或低,使人觉得很闲适。我多么希望自己是个内心淳朴、好善乐施的人。

我们船上的乘客都不同寻常,无论高矮胖瘦,男女老幼,都如此相似。因为是慢船,有急事的人就赶快船去了,剩下的尽是些浑浑噩噩、东游西荡的人。他们在白天和夜里除了吃喝,别无他事,餐具、刀叉都被弄得脏兮兮的。洗碗碟、擦刀叉是我唯一的工作,可我要从清晨六点忙乎到午夜时分。白天,在两点和六点之间,以及晚上十点到十二点,是我稍有空闲的时候。这个时间里,乘客们一般只喝些饮料,不吃东西。餐厅里所有的侍从,包括我的头儿们,也都歇下来了。厨师斯穆雷、他的下手雅科夫·伊万内奇、厨房洗碗工马克西姆还有专给甲板上的乘客们跑腿的仆役谢尔盖都坐着喝起茶来。谢尔盖的背有些驼,一张麻脸上颧骨突起着,眼睛里似乎盛满了水。雅科夫·伊万内奇满口脏话,涎着脸嬉笑着,露出黑乎乎的蛀牙,声音像哭丧似的。谢尔盖张着一张青蛙样的大嘴,一直咧到耳根,马克西姆则一声不吭，两只颜色黯淡的眼睛严肃地盯着他们。

"亚——细亚人！莫尔——多瓦人！"厨师会冷不丁地嚷这么一声。

我讨厌这群家伙。大胖子雅科夫·伊万内奇已经谢了顶，三句话不离女人，脏话一串一串的。他有一张呆若木鸡的脸，布满紫斑，一侧脸颊上长着一颗黑痣，上面还带着一撮暗红色的毛，被他捻成细细的一缕。只要有乖巧灵动的女孩子上船来，他就会小心翼翼，一唱一喏，像个乞丐一样跟着她团团转，对她轻声细语地说话，装作很柔弱的样子，嘴边冒着肥皂泡状的口水，还不时用恶心的舌头快速地舔来舔去。不明白为什么，我总把这个肥嘟嘟的家伙和刽子手联系在一块儿。

"要学会勾引娘儿们的情欲。"

他煞有介事地教训谢尔盖和马克西姆。他们满脸通红，听得津津有味。

"一帮亚细亚人。"斯穆雷不耐烦地脱口说道。

他笨拙地站起身，吩咐我：

"过来，彼什科夫！"

我跟着他来到舱室，他把一本皮面书递给我，接着躺在那张挨着冷冻室侧壁的吊床上。

"读吧！"

我坐在贮存通心粉的箱子上，有板有眼地读起来：

"恩勃拉库伦星斗满天，这预示着通往天堂的道路是一片坦途，他们有了这条坦途，就会远离罪恶和普罗芳……"

斯穆雷燃起卷烟抽起来，噗噗地吐着烟，抱怨道：

"这帮怪鸟！他们写了些……"

"左胸袒露，以示心地纯洁无瑕……"

"谁左胸袒露？"

"这儿没提。"

"肯定就指女人的胸啦……唉，这些无耻的流氓。"

他合上眼睛，头枕着双手，嘴上叼的烟卷微微冒着烟，他用舌头拨了拨，深吸一口，甚至都听得见他胸腔里有什么东西呼噜响了一声，浓浓的烟雾遮住了他的大脸庞。有时我感觉到他已经睡着了，就不再往下读了，只是随便翻翻书。这书恶心得令人作呕。

可是他又哑着嗓子说：

"继续！"

"大师傅答道：瞧，我亲爱的苏韦里扬兄弟……"

"是塞韦里扬……"

"可这分明写着苏韦里扬……"

"哦？活见鬼！我记得后面有首诗，就从那儿开始吧，快……"

我就从那儿开始念:

　　好奇的外行想探听我们的事情——
　　他们混沌的眼睛总也分辨不清,
　　甚至听不清楚天神的歌声。

"停,"斯穆雷说,"这也叫诗!把书拿来……"

他气呼呼地翻着厚重的蓝书页,然后把它塞进床垫下。

"重换一本吧……"

他那只黑色的铁皮箱里有许多书,这使我感到难受,如《奥马尔喻世故事集》《炮兵日记》《塞丹加利勋爵书信集》《论有害昆虫类之臭虫及其防治》。还有一些断头掐尾的书。有时,厨师命令我把它们全搬出来,把书名逐一念给他听,我照章办事。他却怒气冲天地嘟嘟囔囔着:

"胡说八道,这群混蛋……他们简直是莫名其妙地把人揍一通,却不明白为何要这么做。格尔瓦西!我怎么会让他认输呢,这个格尔瓦西!还有那个恩勃拉库伦……"

我讨厌这些稀奇古怪的词语和陌生的名字,它们停留在我的记忆里,把我的舌头刺得奇痒难忍,总想不歇气地念叨,没准还能从声音里悟到些什么?窗外,不知疲倦的河水哗啦啦地流淌着。要能去船艄上该多美呀——水手们和锅炉工们正聚集在货箱那儿,和乘客们玩牌赌钱、哼着小曲儿、讲好玩的事儿。和他们一块儿待着,耳边是他们简洁明了的话语,遥看卡马河两岸笔直的松树,还有春汛过后草地上留下的小湖泊,就像镜子的碎片,映照着碧蓝的天空。我们的轮船又起锚了,向前方疾驶着。倦怠了的白天显得静谧祥和,两岸隐没的钟楼里传来阵阵钟声,让人怀念岸上的农户和小村庄。有一只渔船飘荡在波浪里,如一大片面包似的。一个小村庄出现在我们的视野里;孩子们在河里玩水。在盘旋曲折的带状黄沙地上,走着一个穿红衬衫的农夫。站在河的这边驻足眺望,一切都那样引人入胜,仿佛是精美雅致的玩具一般,小巧细致、色彩斑斓。我很想冲着河岸,对着驳船,热切地向它们呼喊。

我的目光被那条棕黑色驳船吸引住了,我一连数小时地、眼睛都不眨地看它圆圆的船头在浑浊的河水中起起落落。驳船在轮船的牵引下,像一头肥猪,拖绳一会儿松软下来,拍击着河水,一会儿又绷紧了,滴滴答答掉着水珠子,牵着驳船的船头。我很想看看铁笼子里关着的像野兽一般的人们长得啥样儿。他们登上彼尔姆的河岸时,我跳上船板挤在那儿看。几十个人从我身旁走过去,零乱的脚步声和丁零咣啷的镣铐声混杂着,他们被沉重的背包压得不胜重荷,佝偻着腰,已经被摧残得没有人样了。他们有男有女;有老有少;有英俊的,也有丑陋的。然而,他们还是和众人没啥区别，只是穿着特别的衣服，头发也剃得很难看。外祖母曾经对我讲过不少有关盗贼们的传奇故事。

跟他人比，斯穆雷倒更像一个凶狠的盗贼，他盯着驳船，阴着脸说：

"老天啊，快可怜可怜这些苦命人吧！"

有一次我问他：

"人家都干着烧杀抢掠的事，您干吗老烧饭呢？"

"那不叫烧饭，应该叫做饭，娘们儿才是烧饭的主。"他乐呵呵地说，想了会儿，又补充说，"人跟人不同的地方，就在于聪明程度的差别。有人很聪明，有人要逊色一些，还有些就是笨蛋。要想成为聪明人，就要读正经书、歪书，还要读些什么呢？凡是书，都读上一遍，然后才能从中发现好的……"

他常常鞭策我：

"多读些书呀！要是这本书你看不明白，那就再看七遍，要再看不明白，那就读它个十七八遍……"

斯穆雷说话总是这么硬邦邦的，不管是对少言寡语的餐厅主管，还是对船上其他所有人，他都会不耐烦地撇着下唇，翘着胡须，似乎在对别人实施暴力。对我，他倒是非常和气非常关切的模样，但在这种关切里，暗含着某种令人胆寒的东西。我有时就觉得，厨师大概神经有毛病，就像姨婆那样。

有时他对我说：

"歇会儿再读吧……"

然后，他在吊床上躺上许久，双目紧闭，鼻子里发出连续的轻微鼾声。他的大肚子一瘪一鼓的，被烧伤了的毛手指就像死尸一样交叠在胸前，不时地轻轻抽动一下，似乎在用一副隐形编针织着隐形袜子。

突然他又口齿不清地叫着：

"对呀。你得了这种聪慧，就好好做人吧！不过上帝赋予人的智慧是那么少，还偏心眼儿，要是所有人都有一样多的智慧就好了，可实际上并非如此……有些人不能，还有的就根本一窍不通，看吧！"

他磕磕巴巴地说起自己在军队里的那段生活，可我不清楚这些故事有什么意思。照我看来，它们都是空洞乏味的，而且他想到哪儿就说到哪儿，并没有先后顺序。

"团长把那士兵传来，问道'中尉怎么对你说的？'他如实回答，因为士兵们被禁止说假话。中尉瞅了他一眼，就像在看一面墙，接着别过脸去，低着头。真是……"

厨师生起气来，吐着烟雾，咕哝着数落：

"我怎么会晓得什么该说，什么不能说呢？于是，那中尉被判了刑，关在要塞里，可他娘却说……'唉，上帝啊'！那时我真是一无所知呀！"

天气燥热无比。一切都在颠簸中发出响声，河水拍打着船舷，哗哗地响，轮子咂咂地转动着。窗外，河水汤汤，奔流在宽阔的河面上。可以看是远方岸边树木林立、绿草茵茵。这些声音听久了，也就充耳不闻，只觉得一片静寂，只有一个水手在船头上悲怆地哭喊：

"七——七个，七——七个……"

我内心无所欲亦无所求，对一切不闻不问，只想找个阴凉处歇一歇，远离厨房的油腻味和燥热的气息，我似睡非睡地观望着这死气沉沉的、令人生厌的生活随波而去。

"念啊！"厨师气咻咻地命令。

各等舱的仆役们都对他畏惧，包括那个好脾气的、像鲈鱼一样闷声不响的餐厅主管，看起来也有些怕他。

"哎，你蠢得像猪！"他冲餐厅主管吼着，"你过来，混蛋！亚细亚人……恩勒拉库伦……"

他经常会拿煮过汤的肉给水手和锅炉工们吃，仔细地询问他们乡下和家里的事情，所以他们对他是又惧怕又服帖。轮船上最低贱的要数那些浑身油污、被烤得黑炭般的白俄锅炉工们，他们被称作"雅古特"，时常被人取笑：

"雅古，别古，在岸边住。"

斯穆雷只要听见这话，就会立时怒发冲冠，对锅炉工咆哮着：

"你怎么对别人的嘲笑无动于衷呀，大混球？还那喀查普一耳光！"

有一回，英俊而凶悍的水手长对斯穆雷说了句：

"雅古特和喀查普都是一路货！"

厨师一把揪住他的后衣领和皮带，把他举在半空中，操摇着，问道：

"你想被揍扁吗？"

他们三天两头吵嘴，有时还大打出手，但斯穆雷从未吃过亏——他力大过人，而且，船长太太常与他促膝交谈。这个女人身材健硕，一张四方大脸有些男人的阳刚气，头发也像男孩那样又短又平。

斯穆雷喝伏特加量大得惊人，但从未醉倒过。他大清早就在那儿喝，四次就能喝完一瓶酒。然后，又不停地喝啤酒，直到晚上。他的脸慢慢就喝成了酱紫色，一双黑眼睛越瞪越圆，似乎惊愕的样子。

黄昏时分，他常坐在抽水机旁，高大的身躯，穿着白外套，愁苦地看着水流，许久都不说一句话。每到这时，大伙儿都对他敬而远之，只有我倒有些可怜他。

雅科夫·伊万内奇走出厨房，浑身都汗湿了，脸烤得红扑扑的。他站立着，不停地挠着尖头顶，然后大手一挥，默默地走开去，或者就远远地撂下一句：

"鲟鱼死了……"

"那就拿去做杂拌汤好了……"

"要是有乘客点鲜鱼汤或清蒸鱼咋办?"

"做就做呗。他们会吃下去的。"

有时候,我鼓起勇气去他那儿,他却费力地转移着目光。

"有啥事吗?"

"没有。"

"那好……"

我瞅准了一个时机,终于问他:

"您其实很善良,可为什么让大家都害怕您呢?"

我没想到他居然没发火。

"我只对你才是善良的。"

但他又立刻诚恳地、深思着补了几句:

"或许我对大家都很和善,不过是没表现出来罢了,这也不能表现,否则就被人欺负。人善被人欺,就像泥沼地里的土墩子那样被人踩踏……并且还会濒临绝境。去拿些啤酒来……"

他一杯又一杯地把一瓶都喝光了,舔舔嘴唇,说:

"你小子要是再长大些,我就教你许多东西。我也不傻,有好多心里话藏着一直没对人说……你好好念书吧,那里也会有你想得到的知识。可别不把书当回事呀!你想来点儿啤酒吗?"

"我不喜欢这个。"

"好吧。那就算了。喝醉酒可不是件好事。伏特加是个魔鬼。我要是个富人,就送你去读书。一个人要是斗大字不识一个,就好比是一头蛮牛,任人宰割,任人驾驭,而它只是摇尾乞怜而已……"

船长太太借给斯穆雷一本果戈理的书,其中一篇《可怕的复仇》我读过了。我大为喜欢,斯穆雷却大发其火:

"这东西算啥,简直胡扯!我知道,还有别的吧……"

他一把夺过我手里的书,去船长太太那里又取回一本,并且闷闷不乐地说:

"读'塔拉斯'……全名叫什么?你把它翻出来。她说过是篇好小说……谁说好来着?她说好,我没准不觉得这样呢?瞧她那头发短得!干吗不把耳朵一起剪去?"

当我念到塔拉斯向奥斯塔普宣战时,厨师笑了起来:

"果真是这样的！那算什么？你有知识,我有劲儿！这书写得不赖！一群骆驼……"

斯穆雷津津有味地听着,不时咕哝几句:

"得,真可笑！怎么能把人从头到尾一劈两半呢,可不能这样做！挑在长矛上也不成——长矛准断了！我可是军人出身……"

安德烈的背叛行径使得他愤恨不已:

"无耻小人,不是吗？就为了一个女人,呸！……"

不过,当我念到塔拉斯开枪打死了亲生儿子那段时,厨师从吊床上搁下腿来,两手撑着床,弯着腰哭了起来——泪水顺着脸颊缓缓滑落下来,一直滴到地板上。他抽泣着,含含糊糊地喃喃自语着:

"哦,上帝……我的上帝……"

他忽然冲着我大吼:

"你倒是念下去啊,讨厌鬼！"

当念及奥斯塔普临死前大喊:"爸！你能听到吗？"的情节时,他又大哭起来,而且愈加伤心,一发不可收拾。

"全完了,"他呜咽着说,"全都完蛋了,唉！还有吗？唉,真该下地狱！果真有过那种人,那个塔拉斯如何？对呀,那才叫真汉子……"

他从我手里接过书去,仔仔细细地看了一遍,泪水滴落在封面上。

"好书呀！真带劲！"

接着,我们又念了《艾凡赫》。斯穆雷极喜爱主人公金雀花朝的理查德。

"他是真正的君主！他十分带劲地说道。可我认为这书没劲透了。

大多数情况下,我们俩志趣相异。《汤姆·琼斯的故事》,也即旧译本《弃儿汤姆·琼斯的故事》是我非常喜欢的,可斯穆雷对此不屑一顾:

"乱扯！汤姆跟我有何相干？我要他有什么用？一定还有其他书……"

有一回,我告诉他,我知道另外有些书,是秘不可宣的禁书,只能趁夜里在地下室里悄悄看。

他圆睁着大眼睛,紧张兮兮地问:

"到底是啥书？你瞎说些什么呀？"

"我没瞎说。我做祷告时,神父还问起这些书来着,以前,我也亲眼看见有人读呢,还哭了起来……"

厨师带着忧伤的神色盯着我,说:

"是谁哭？"

"一个姑娘,在听别人给她念书时。还有一个姑娘被吓得逃走了……"

"快住嘴吧,瞧你废话连篇。"斯穆雷这样说,缓缓地合上双眼。他静默了一会儿,又低声说道:

"自然,有些地方会有……秘而不宣的书。怎么可能没呢……我已经这么走了,好时光都错过了,再说我的脾气也……唉,但是……"

他兴致颇浓地能说上整整一个钟头……

我渐渐养成了读书的习惯,并且感到它有无穷乐趣。书中的描述是使人愉悦的,与真实的生活截然不同。现实愈发使人不堪忍受了。

斯穆雷越来越热衷于读书,经常让我停止干活去给他念书。

"彼什科夫,咱去读书吧。"

"还有许多盘子没洗呢。"

"让马克西姆干吧。"

他蛮不讲理地支使老洗碗工替我干活,老洗碗工就心有不甘地打碎玻璃杯。餐厅主管和颜悦色地对我警告:

"再这么干,你可得开路了。"

有一次,马克西姆故意放了几个玻璃杯在满是污水和茶叶渣子的盆里,我倒水时,把那些杯子连同污水一起泼了。

"这些算是我的责任!"斯穆雷对餐厅主管说,"全都记在我名下。"

那些餐厅里的侍佣们开始对我有了别样的态度,对我说:

"喂,你这书虫!你靠啥赚钱的?"

他们想尽办法给我加重活计,故意弄脏餐具。我弄懂了,这一切都对我不利。果然,不出我所料。

有一天傍晚时分,有两位女乘客从一个码头上了我们的船。一个是红脸妇人,另一个是个女孩,披着黄头巾,身穿粉红色衬衣。她们俩都露出醉态,那妇人笑着,对每个人哈腰鞠躬,像教堂里的管事一样说话带着"噢"音:

"对不起,亲爱的,我只喝过一丁点儿!我被无罪释放,心里一高兴,就喝了些酒……"

那女孩也在笑着,看着大家的眼睛显得迷迷糊糊的,她推搡着妇人说:

"快走呀,傻瓜,你往前去……"

她们住在二等舱室的边上,对面就是雅科夫·伊万内奇和谢尔盖的舱室。一转眼,那妇人已消失了踪影,这时,谢尔盖蹭到女孩身旁,垂涎三尺地咧着大嘴。

晚上,我忙完活躺在桌上睡觉,谢尔盖来到我跟前,拽住我。

"走,我们给你找老婆去……"

他喝得醉醺醺的。我抽回手来,却被他打了一下:

"你倒是走呀!"

马克西姆也来了,同样喝醉了,他们俩死拖活拉揪着我经过甲板,来到他们的船室里。可是,斯穆雷正堵着舱室的门口,里面是雅科夫·伊万内奇,死命抵着门框,那女孩用拳头捶打着他的后背,带着醉意喊着:

"放开手呀……"

斯穆雷把我从谢尔盖和马克西姆的撕扯中揪出来,扯着他们的头发,把两个脑瓜"咣"地一对撞,又猛地一松手——俩人都摔倒在地。

"亚细亚人!"他冲雅科夫吼了一声,把门咣的一声碰上了,差点撞着雅科夫的鼻梁。他推搡着我,瓮着声说:

"你快走!"

我跑到船尾。这是一个多云阴暗的夜,河面上漆黑一片。船后涌起两道灰白的水纹,向看不清楚的两岸荡漾开去。驳船游浮在两道水纹之间。星星点点的红色灯光,忽左忽右,却照不清楚什么,在河岸的大拐弯处便消失在黑暗里。浓重的夜色很令人伤感。

厨师过来了,坐在我身旁,重重地叹了口气,燃上一支烟。

"他们是想把你和她揪在一块儿吗?呸,这些流氓!我就听见他们叽咕着没安好心眼儿……"

"你把那姑娘从他们那儿拉走了没有?"

"拉她?"他粗野地将那女孩骂了一通,然后压低嗓音说,"这儿个个都是坏种。这条船还不如乡下。你在乡下住过吗?"

"没有。"

"村里真是差劲得要死!尤其到冬天……"

他把烟头扔出船舷外,待了一会儿,又说了起来。

"这帮猪狗样的乌合之众,你要待在这儿就全完了,我真是可怜你这小崽子。也可怜大伙儿。有时候我真是无计可施……甚至都想跪下来问问:'你们这些兔崽子究竟要干吗,嗯?难道,你们都不长眼睛吗?'这帮骆驼……"

轮船鸣了一声笛,拖绳"啪"的一声打在水上。信号灯在漆黑的夜里摇曳着,照见了码头所在的地方,黑暗里另有灯光照射出来。

"到'醉林'了,"厨师说,"还有一条河,叫醒河。这里有个叫醒科夫司务长。……还有位姓醉我心的秘书……我去岸上看看……"

岸上,走来几个从卡马来的膀大腰圆的妇人和姑娘,抬着满装着柴火的担架。她们挎着背带,佝偻着腰,踩着稳健的步伐,俩人一组,朝锅炉舱鱼贯走去,把那些半俄丈长的柴火块丢进一个黑洞洞的煤舱里。

"哎哟……嚯!"

她们这样响亮地喊着。

当她们扛着柴火走来时,水手们就争着去摸她们的乳房和大腿,她们尖声叫嚷着,朝水手们吐口水。往回走时,她们借空担架左挡右击,提防着动手动脚的男人们。这种情形我早已看过不止一次——每一次出航,只要停靠装柴的码头,就有这种事发生。

我觉得自己仿佛已是一个老者。在这船上待了许多时候，对于明天会发生什么，甚至一星期后、今年秋天、明年的事，都了如指掌。

天色渐亮，比码头更高峭的沙坡上，看得见成片的茂密的松林。一群女人向山上的树林子走去，一路笑着、哼着歌。她们抬着长担架，像是严阵以待的一列士兵。

我真想放声大哭。泪水在我的胸口奔涌着，一颗心仿佛在泪水里备受煎熬。这是多么痛苦呀。

但是我又不敢哭出来，于是帮着水手布利亚欣冲刷甲板。

布利亚欣总是蔫蔫地打不起精神，一副萎靡不振的败相。他老是窝在角落里，独自一人，眨巴着一对小眼睛。

"其实布利亚欣不是我的姓……知道吗，我娘是个不检点的女人。我还有个姐，也是那样。没准儿她俩就是这种命吧，命运对于我们呀，老弟，就像只铁锚。你要上哪儿去……却是……不可能的……"

这会儿，他一边拖着甲板，一边悄声对我说：

"你瞧见了吧，他们怎样欺侮女人的！就是嘛！一根湿木头烤久了，还着火呢！我可看不惯这些，老弟，这让我厌烦。我要是个娘们儿，早投河自尽了，我敢向天保证！……原本人就是不自由的，可还是有人要烧死你！惹你！我说，那些阉割派教徒可不傻。你听说过阉人吧？那些人聪明着呢，把一切俗事都抛开：什么柴米油盐的事全忘了，一心只做上帝的奴仆……"

船长太太高高地拎着裙子，踩着满地的水，走过我们的身旁。她每天都很早起床。她身材高挑，有着一张俊朗而淳朴的脸庞……我多么想赶上去，发自肺腑地恳求她：

"请您和我说说话吧，告诉我一些什么！……"

轮船缓缓驶离码头。布利亚欣画着十字说：

"我们又启航了……"

六

轮船到达了萨拉普尔，马克西姆上了岸。他表情严峻而且平静，不搭理任何人，也不吭一声。有个眉开眼笑的妇女尾随着他，妇女的后面，则是那个姑娘。她双眼红肿，一副垂头丧气的样子。谢尔盖一直长久地跪在船长室的门口，不停地亲吻着门上的板，把额头往门板上撞击并大声叫嚷：

"宽恕我吧，这并不是我的过错呀！这是马克西姆……"

一些乘客,包括水手和茶房都明白他是在说谎,但仍然一个劲地怂恿着他:

"去呀,去呀,他肯定会原谅你的!"

船长踢了他一脚,赶他走,谢尔盖跌在地上。尽管如此,船长还是原谅了他。谢尔盖马上在甲板上跑了起来,就像一只巴儿狗那样卖乖地留神察看别人的眼色,手里托着盘子给人送茶水。

有一个维亚特省人,曾经当过兵,现在被他们从岸上雇来补马克西姆的空缺。这个人非常瘦小,脑袋小小的,眼睛红红的。厨师的下手立刻吩咐他去杀鸡。这个当兵的杀了两只,把其余的鸡都放了出来,让它们在甲板上到处走。乘客们于是开始抓起鸡来,有两三只鸡飞到了船栏的外边。这个当兵的于是坐在厨房边的木柴垛上,伤心地大哭起来。

"怎么啦,你这个傻瓜?"斯穆雷惊讶地问道,"当兵的怎么还会哭鼻子?"

"可我是部队后方的卫戍兵哪。"这个小兵轻声咕哝着。

他这一哭,可真倒了霉,半个小时以后,船上所有的乘客,都大声笑了起来,他们围在他的身边,盯着他直看,还取笑地问:

"是不是这一个?"

然后他们便侮辱地、不明不白地大笑起来,笑得浑身都颤动起来。

这个小当兵的一开始没有看到他们,也没有听见他们的笑声。他抬起旧的印花衬衫的袖口擦拭脸上的泪水,好像要把眼泪都藏在他的袖子里。可是紧接着,他那双血红的眼睛里就充满了愤怒的神色,他开起口来像一只快嘴喜鹊,夹带着维亚特口音:

"你们干吗这样看着我? 瞧你们的眼睛,像牯牛的眼那么大! 哼,看我把你们这些人都扯成碎片!……"

可是他的腔调反而把大家逗得更乐了。他们像捉弄一头山羊一样愚弄他,有的人用指头戳在他身上,有人去揪他的衣服,有的人去拉他的围裙。他们一直把他捉弄到吃午饭的时候。吃过饭以后,不知道是谁在他背后的围裙带上吊了一把木勺,木勺柄上套着泡过水的柠檬皮。只要那个当兵的稍微一动,木勺就在他的背后左右摇摆,把大家逗得哈哈大笑。可是他本人丝毫没有察觉大家发笑的原因,仍然像一只笼中鼠一样,来来去去地忙着。

斯穆雷一言不发地看着他,板着一张脸。厨师这时候的脸色看起来有些女人味儿。

我对这个当兵的产生了同情心,问厨师:

"我能把木勺的事告诉他吗?"

他点了点头,没说话。

我于是告诉了他大家为什么会笑,他一把就抓到了木勺,揪下来把它摔到地上,并用脚把它踩得粉碎。忽然,他一把揪住我的头发,和我厮打在一起;看客们这时感到获得了满足,立刻把我们团团围住。

斯穆雷拨开了围观的人们,又把我们拉开,他先揪住了我的一只耳朵,又揪住了士兵的一只。这个矮小的士兵在厨师的手下拼命摇头,手舞足蹈,观众们看见这个场景时,疯狂地大声叫喊着,有人在吹口哨,有人大跺其脚,都笑得前跌后仰。

"万岁,卫戍兵! 快用你的脑袋去顶住厨师的肚子!"

我听着这群人像狂兽一样的笑声,恨不得扑向他们,用木棍敲开他们肮脏的脑袋。

斯穆雷松开了手,放了那个士兵,把两手反剪在身后,像一头翘着胡子的野猪,狰狞地露着牙齿,向围观的人走去:

"到你们该去的地方待着去,走开! 你们这帮亚洲人……"

那个当兵的又冲着我过来了,被斯穆雷一只手就抱住了,把他带到抽水器旁,用水给这个士兵冲脑子。士兵弱小的身躯被转来转去,就像一个破布做的洋娃娃被任意摆布似的。

船员、水手长和船长助理全都跑了过来。不一会儿就聚起了许多人。其中饭店老板个子最高,足足比别人高一个头。他仍然如以前一样一声不吭,悄悄地站在一边,像一个哑巴。

那个士兵坐在厨房边的柴垛上,用颤抖的双手扒下靴子,拧起包脚布上的水来。可是包脚布没有湿,倒是稀拉拉的头发在不停地往下淌水,把旁边看的人逗得直笑。

"管它三七二十一呢,"士兵用尖锐的嗓子高声说着,"反正我要把那个臭小子揍扁!"

斯穆雷撑在我肩膀上,对船长助理耳语了几句。船员们把围观的人们赶开了。等大家都走散了,厨师就问士兵:

"我们该怎么处置你呢,你这个歇斯底里的疯狂怪物?"

士兵不说话,死命盯着我,一对眼睛燃烧着野火,全身莫名其妙地颤抖着。

"立——正! 歇斯底里的疯小子!"

士兵答道:

"胡扯蛋,你以为还在连队里吗!"

我看见厨师很尴尬难堪的样子。他两只腮帮子刚鼓起来,又松懈了。朝地上吐了一口唾沫后,便拉着我离开。我傻里傻气地跟随他往前走,不停地回过头来看那个士兵,可斯穆雷百思不得其解地咕哝着:

"有什么好神气的,嗯? 你瞧,这种自鸣得意的家伙……"

谢尔盖追上了我们,不知道为什么,悄声地说:

"他想要自杀!"

"在什么地方?"斯穆雷大喊了一声,撒腿就跑。

那个士兵站在餐厅侍者舱室的门里面,手里拿着一把剁鸡头、砍柴用的大刀,刀刃已经钝得像锯子一般,一点也不锋利。

舱室门前聚集了很多人,都在仔细地上下瞅着这个士兵,这位矮小的士兵满头满脸是水。他的翘鼻子拼命抖动着,像一块肉冻似的,他的嘴无力地张了一下,嘴唇哆哆嗦嗦地,像牛一样发出哞哞的声音:

"你们这帮虐待狂……虐——待——狂……"

我爬到一个不知是什么的东西上,越过人们的头看到围观者们的脸——他们大声说笑着:

"快瞧,快瞧……"

士兵把打架时被拖在外面的衬衫塞到裤子里,他干枯的小手像孩童的一般。这时,我旁边一位衣冠楚楚的英俊男子忽然长叹了一声,说:

"都是要死的人了,还要去收拾衣裤……"

大家笑得更加起劲了。显而易见,没有一个人会真的相信这个士兵会去自杀,包括我在内。斯穆雷迅速地瞅了他一眼,边挺着他的大肚子挤进人群,边说:

"走吧,笨蛋们!"

许多人都一下子被称作了笨蛋。他冲着挤成一团的人群走过去,喊道:

"干别的去吧,笨蛋!"

这句话乍听起来很滑稽,但倒是很贴切——今天从一大早开始,所有的人都是大笨蛋。

他把人群赶了开去,走到了士兵面前,向他伸出手来。

"把刀给我……"

"给就给。"士兵答道,把刀递给他,刀刃朝着外面。厨师把刀递到我手里,推着士兵进了舱室。

"快躺下来睡个觉吧! 你想干吗,啊?"

士兵一言不发地坐在吊床上。

"我让他给你拿点吃的东西和伏特加来,你要伏特加吗?"

"行……"

"不过,你不能碰他,他可没有跟你开玩笑。知道吗? 我说给你听吧,不是他……"

"可大伙儿干吗要欺侮我呢?"士兵小声地问道。

斯穆雷愣了一下,不耐烦地说:

"我哪里会晓得?"

他拉着我去厨房时一直在嚷嚷:

"你瞧,老实人受欺呀! 这下你看见没有! 小子,人欺侮人是会出乱子的,是这样……就像毒虫那样,只要被它叮过,你就一准玩完! 不,毒虫也没法比,简直比毒虫还厉害……"

我拿了些面包、肉和伏特加，回到士兵那里，他正坐在床上摇晃着身子，抽泣着，像一个女人。我把盘子放在他面前的桌上，说：

"吃点东西吧……"

"去关上门。"

"门要关上就看不见东西了。"

"去关吧！否则他们又要跟着来了……"

我离开了那里。我不喜欢这个士兵，他丝毫不能让我产生什么同情心和怜悯心。我心里很愧疚，因为外祖母曾经常教育我：

"要关心他人。大家都是苦命人，人人都很不容易……"

"你送去了吗？"厨师问我说，"他在干吗？"

"在抹眼泪呢。"

"唉……没出息！他哪儿像当兵的？"

"我一点都不同情他。"

"嗯？你说什么？"

"我们应该同情他人。"

斯穆雷拽住我，把我拉过去严肃地说：

"同情别人是不能勉强的，撒谎也不可以，你懂吗？你不要习惯成自然地做无用的人，你应该去了解你自己才对……"

然后他推开我，继续铁青着脸说：

"你快离开这个地方！拿着烟，抽吧！"

我被旅客们的举动深深地震撼了，感到有些兴味索然。他们如此欺侮那个士兵，看见斯穆雷揪他的耳朵，就兴奋得狂笑不已，简直让我觉得难以忍受和侮辱。他们怎么这样热衷于这些无聊之举，到底有什么值得他们如此高兴，有什么东西值得如此发笑呢？

这会儿大家又像从前一样各自坐着或者躺在低矮的帐篷里。他们喝着酒、品尝好菜、打着牌，优雅体面地说话，欣赏着河面的风景，好像一小时前哄笑打闹的人与他们全不相干。他们一如往常地慵懒闲适，波澜不惊地生活。一天到晚他们像阳光普照下的蚊蝇和尘粒，晨昏都在甲板上闲逛。现在他们十几个一群聚在轮船跳板边，从轮船上下来，走到码头上，一边还画着十字。另外一些像他们一样的人从码头到轮船上来，同样是被背包和箱子压弯了腰，同样是这般的穿着……

虽然乘客常换，却丝毫不影响轮船上固定的生活套式，刚来的乘客们重复着已经离去的乘客们已经说过的话：无非是聊耕地、聊职业、聊上帝、聊女人们，他们所使用的词语都是相同的。

"命定你如此，你就只能接受，人哪！你没有任何出路可言，谁让我们命就这样……"

这些无聊的话听起来令人心烦。我实在无法忍受这种龌龊勾当,我也不愿意容忍别人凶神恶煞似的、偏颇的、惹人恼的姿态,我一点也不怀疑我,还有那个士兵,都不应该受到如此的对待。不过他自己也可能愿意做个让人取笑的家伙……"

马克西姆是个好人,干活儿很认真,可是他却被赶下了轮船。而谢尔盖这个无耻之徒,反而被留在船上。所有的事都是这样反常。这些能够把别人欺侮得几乎要崩溃的混蛋们,为何又能温顺地忍受水手们野蛮的训斥和毫不在意的辱骂呢?

"你们干吗全都挤在船舷上?船都要翻了,快走开,穿厚呢子大衣的鬼家伙。"水手长眯起他好看但凶巴巴的眼睛,吆喝着。

于是那帮鬼家伙顺从地挤兑着拥在船舷的另一端,但是他们又被赶羊似的赶开了。

"唉,讨厌的东西……"

夜晚,空气燥热无比,遮阳篷被烈日晒过一天之后酷热难耐,人待在里面闷热异常。乘客们像蟑螂似的四散在甲板上,随处乱爬乱躺。船还没到码头,乘客们就被水手们踢了起来:

"哎,你们怎么都横七竖八地躺到过道里来了!快回你们自己的床铺上去……"

于是他们爬起来,睡眼惺忪地回到他们的铺位那里。

水手们与乘客并没什么两样,只是穿着不同的衣服,却像警察那样对他们颐指气使。

你可以一眼看出这些人身上中庸、胆小和可悲的温驯,可一旦有什么残忍的、穷极无聊的而又令人恶心的闹剧忽然破除了驯良的伪装的时候,又是让人觉得多么滑稽,多么毛骨悚然。

我好像觉得,这些人根本就无所谓从何处来,到何处去。随便在什么地方上岸,他们都只会停留片刻,然后又登上任何一条船,随便去往什么地方。他们似乎无家可归,不知去向,所有东西都是别人的,与他们无关。并且他们每个人都极其懦弱卑微。

一天,午夜之后,不知什么地方的机器爆炸开来,只听见"砰"的一声轰炸声,像放了炮一样。白色雾气立刻弥漫了整个甲板上。浓烈的烟雾从机器室那里冒出来,所有的缝隙处都有浓烟滚滚而出。有人在振聋发聩地叫喊,但看不清人的模样:

"加里洛夫,快把焊锡铅和防火布递给我……"

我当时睡在机器室左边的洗碗桌上。我被爆炸声和震荡声所惊醒时,甲板上悄无声息,只听得见机器室里热蒸气喷出的嘘嘘声和槌头敲击的叮叮当当的声音。但一分钟以后,甲板上遍是乘客,他们叫着、喊着,发出各种奇怪的声音,恐怖的气息充斥了整个甲板。

在很快就变稀薄的白色雾气里，女人们头巾都没扎好，头发乱糟糟的男人们瞪着鱼儿一般的圆眼睛，他们互相踩踏着，东逃西奔。他们的身上，全都扛着包裹、行李、皮箱，跌跌绊绊地，口里念叨着上帝耶稣、圣徒尼古拉什么的，不辨方向地、急惶惶地奔跑着，互相捶打着。这种情景很恐怖但又非常滑稽，我一直跟着这帮人，想看看他们究竟要干吗。

我从没有在夜里看到如此惊慌失措的场面，可我马上就知道他们搞错了。轮船依旧照着原有的速度向前行驶着。在船的右侧，有割草人在很近的地方燃烧着篝火。在晴朗的夜晚，一轮满月高悬天空。

但是甲板上奔跑着的人们更加慌乱迅速地跑动着，就连二等舱和三等舱的人都跑到了甲板上。有个人翻身一跃，跳到了船舷外边，随后，接二连三地又有人跳出去了。两个男人和一个修士用木棍敲下了钉在甲板上的长椅子，把一大笼鸡从船尾处扔进水里。一个男人跪在驾驶台扶梯边的甲板中央，向每一个自他身边匆忙跑过的人鞠躬行礼，嘴里像狼一样嗥叫着：

"各位正教徒，我犯了不可饶恕的罪孽……"

"鬼东西，快放下救生船！"一个胖胖的老头儿大声吆喝着，他只穿了一条长裤，连衬衫都没顾得及披上；紧握的双拳捶打着胸膛。

水手们跑了过来，他们抓着乘客的衣领，敲打他们的脑门儿，拼命把他们往甲板上推去。这时，斯穆雷拖着笨重的身躯在跷着步子，在他的睡衣外边，披着一件大衣。他高声劝解着其他人：

"你们不觉得难为情吗！这是怎么啦，都疯了不成？船已经靠岸了！岸就在这边！跳到水里的那些傻瓜们，都已经被割草人救上岸来了。他们就在那儿。看见了吗，有两只小艇的地方！"

他握着双拳，朝三等舱的客人们脑门上捶下去，拳头落在他们的头顶上，他们一个个像布袋一样悄无声息地倒落在甲板上。

混乱仍然在继续，有个披斗篷的妇女，握着一把喝汤用的匙子冲向斯穆雷；她把汤匙挥舞在他鼻尖上，嘴里嚷着：

"你竟然敢打人？"

那个浑身湿透的男人边拽住她，边不停地舔着胡子，异常恼怒地说：

"别管这个傻瓜了……"

斯穆雷摊着双手，眼睛眨巴着，神情难堪地问我：

"怎么搞的，嗯？她干吗要骂我？简直奇怪透了！我从没有见过她呀！……"

有个男人边搌鼻子里的血边喊叫：

"哼，这帮人！哼，这群土匪……！"

这个夏天，我连着两次在轮船上看到类似的混乱场面。这两次都是因为对可能会有的危险而产生的慌乱引起的,倒并非由危险本身导致的。第三次,乘客们抓住了两个窃贼,其中有一个假扮成云游四方的朝圣者。乘客们趁船员不在的时候揍了他们差不多整整一个钟头,当船员们把这两个小偷拖出去的时候,众人就骂船员:

"小偷窝藏同伙,明摆着的事!"

"他们也是骗子,所以他们要保护这两个骗子……"

两个窃贼被揍得已经不省人事,等船到码头,人们把他们交给警察时,他们连站都站不直了。

类似的事情,经常发生,既让人兴奋,又让人难以理解。他们到底是恶霸,还是善良的好心人?他们究竟温文尔雅,还是生性顽劣?可又为何这般凶残、贪婪、狠毒?为何又如此鲜廉寡耻地顺从?

我曾经向厨师提起过这个疑问,但他的脸庞总是躲在纸烟的烟雾后面,愠怒地说:

"嘿,你就别管闲事啦!人嘛,无非就是这样……有聪明者,也有愚蠢人。去看你的书吧,别在这里瞎折腾。只要是好书,里面都会给你说清楚这些……"

他不认为宗教类的书籍和圣徒传记是好书。

"喏,这些书都是为神父们、为神父的儿子们准备的……"

我想送他一本书,让他高兴高兴,便花了五戈比在喀山码头买了一本《一名士兵搭救彼得大帝的传说》。可惜当时他喝得酩酊大醉,正发着火,我没敢在那时候送给他,就先自己读了一遍。我很喜欢它,因为它的写作风格朴实无华而且简洁明了,充满情趣。我相信它一定会让我的这位老师感到心满意足的。

可没想到,当我把这本书递到他手里时,他一句话也不说,就把书在掌心里揉成一团,然后抛进了河里。

"这就是你所谓的好书嘛,笨蛋!"他一筹莫展地对我说,"你简直就像一头教不会的野狗,老是想着你的野味儿,嗯?"

他跺着脚,狂吼着:

"这算哪门子书呀?照我看,简直是胡扯淡!你相信这些话是真的吗?啊,你倒是说话呀!"

"我不晓得。"

"我可清楚得很!如果有人被杀了头,他就会从梯子上跌到地上来,那么另外的人就不再会去爬那个干草棚了。可士兵不是白痴!他们放上一把火,把干草烧了不就得了!明白了吗?"

"明白了。"

"好吧!我知道彼得大帝救他一命这回事根本就是子虚乌有!你走好了……"

我知道厨师的话没错,但我还是喜欢上了这本书。我于是又去买了一本,读了第二遍。奇怪的是，我居然也肯定无疑地认为这本书的确不好。这使我感到难为情，于是我更加信任、更加照顾厨师了。但他却不明缘由地愈加频繁地、恼怒地对我说：

"唉，我该如何教你才对呢！你不应该待在这种地方……"

我也渐渐发现这儿的确不适宜久呆。谢尔盖对我的态度糟透了。我好多次看见他拿了我的茶具，骗过了食堂的管事人，给客人偷偷送去。我知道这就是偷窃的举动。斯穆雷也多次嘱咐过我：

"小心点，别把你自己的茶具给了堂倌！"

还有一些事情也是对我不利的。我常想，只要船一到岸边，我就往森林里逃。但是斯穆雷对我愈发地友好了，我放心不下他。加上轮船不停地向前行进，这也强烈地吸引着我。我最不喜欢船停港靠岸的时候了。对于即将要发生的事我总是充满热望。如果沿着伏尔加河继续前行，我将经过卡马河、别拉雅河，直到维亚特卡河，沿途将会观赏到新的河岸、新的城镇，还有新的各色人等。

但是还没等到这一切开始，我的船上生涯就可悲地画上了句号。有一天黄昏，我们的船正从喀山开往尼日尼，食堂的管事叫我去他的舱室。我刚刚走进屋，他就关上房门，对着坐在有毛毯垫子的椅子上满脸阴沉的斯穆雷说道：

"他来了。"

斯穆雷瓮声瓮气地大声问我：

"你是不是把餐具给了谢尔盖？"

"我没注意，是他自己取走的。"

食堂的管事悄悄地发话：

"他没瞧见，不等于他不知道。"

斯穆雷用拳头敲了一下膝盖，然后抓着膝盖，说：

"稍等稍等，你别心急呀……"

说罢开始思索起来。我看了一眼食堂管事，他也瞅了我一眼；可是我仿佛觉得在他那两片镜片的后面，两眼空洞洞的。

他生活安分守己，走起路来悄无声息，说话也是低眉顺眼的。有时候在某个角落里，你会偶然发现他灰白的胡子，呆板空洞的眼睛，但立刻，他又会消失在黑暗里。每晚就寝前，他会在食堂里点上长明灯，对着圣像跪上很久。我曾经从那鸡心形的门锁孔里偷窥过他。但是正好只看见他呆立着，两眼瞪着圣像和长明灯，没有看见他祷告的样子，他只是抚摩着他的胡子，唉声叹气。

斯穆雷沉默了好一会儿，问我：

"谢尔盖有没有给过你钱？"

"没有。"

"从来没有？"

"是的。"

"他从不撒谎。"斯穆雷对店老板说。但店老板却说：

"还不是一回事儿。行了，走吧！"

厨师走到我身边，叫我："咱们走吧！"他的手指轻弹了一下我的脑瓜，"真笨！我也是笨蛋一个！我早就应该注意到你……"

到尼日尼之后，老板和我结算了账目，我挣了不到八个卢布。我挣到了有生以来最大数目的一笔钱。

我和斯穆雷分手道别时，他阴沉着脸对我说：

"行了……以后要瞪大双眼，提防着点，知道吗？可别再马大哈似的，张着大嘴高枕无忧呀……"

他塞给我一个彩色荷包，上面缀着玻璃珠子。

"给你的，拿着吧！这是我教女绣的，是很不错的女红……那好，再见吧！好好读书，没有比这更好的事了。"

他一下把我夹在腋下，并提了起来，他亲了我一下，然后把我稳稳地放在码头的甲板上。我对他依依不舍，觉得很伤感。我看着这位魁梧的、心情抑郁的、不善交际的人，推开装卸工人，向轮船上走去，几乎要放声大哭起来……

在以后的岁月里，我又遇到了许多和他一样受尽磨难，心地善良，性格孤僻的人！……

七

外祖父和外祖母再次搬回城里居住。我很气恼很不平地回到他们身边，感到非常悲伤——干要把我看做一个贼呢？

看见我回来了，外祖母立刻就去烧茶水，对我关怀备至。外祖父却还是老样子，冷嘲热讽地说：

"挣了好多钱了吧？"

"管它多还是少，反正是靠我自己得来的。"我回答道，走到窗户边坐下，然后得意扬扬地从口袋里摸出一盒烟来，神气活现地点上一支。

"嗬，怪不得呢。居然抽起该死的烟来了？"外祖父注意着我的举动，说道，"你不觉得为时过早吗？"

"人家还送给我一个烟荷包呐。"我不无炫耀地说。

"烟荷包！"外祖父发出尖锐的叫喊，"怎么，难道你要耍我不成？"

世界传世藏书

图文珍藏版

他伸出瘦而有力的胳膊，冲着我扑了过来，两眼发出绿色的光。我"霍"地跳起身来，一头顶过去，正好顶在他肚子上——他一屁股跌坐在地，吃惊地眨巴着双眼，掉光牙齿的嘴张得大大的，阴沉着脸看了我一会儿，然后不动声色地问：

"是你把我——你的外祖父、你妈的亲老子——撞倒的？"

"你以前还经常揍我呢。"我小声嘟哝着。我已经知道自己做得过了火。

他瘦弱干瘪的身子从地上爬起来，紧挨着我坐下，迅速地夺下我手中的烟卷，从窗户里扔了出去，声音里饱含惊讶：

"野孩子，你将一辈子都得不到上帝的原谅，知道吗？"他又冲着外祖母嚷，"老婆子，你快来瞧瞧呀，他竟然动手打我？没错是他！他打了他外祖父。你自己去问吧！"

外祖母问都没问，径直朝我走来，揪住我的头发，搓摇着，嘴里叫着：

"我让你打外祖父，让你打……"

我并不感到疼痛，但就是不能忍受这份屈辱，尤其是不能忍受外祖父阴侧侧的讥笑。

外祖父在椅子上乐得直蹦，拍打着膝盖，一边还怪叫着：

"活该，活该……"

我挣开身，跑到走廊上，在一个角落里躺了下来，懊恼而沮丧地听着茶壶里开水煮沸了的声响。

外祖母过来了，她低下身来，用很轻的声音悄悄说：

"你别记恨我，我没有弄疼你吧，我是假装做给他看的——外祖父年纪大了，不要忤逆他；他辛辛苦苦这么多年，受尽了不少折磨。你不要惹他生气，啊？你已经不小了，应该懂事理……要知道，阿廖沙！你外祖父也跟小孩子差不多……"

她的话像一股暖流流过我的心田。这些温和的话语使我听起来既难为情又很舒畅，我紧紧地抱住她，亲吻着她。

"到外祖父那里去，没关系的！你不能立刻就在他的面前抽烟，要让他逐渐地适应……"

我走到屋子里去，看了看外祖父，几乎要被他逗乐了，他高兴的样子像个孩童，正得意扬扬地跺着双脚，用长着红毛的手不停地拍打桌面。

"怎么啦，小羊羔？你又来顶人了不成？唉！你真像个小土匪！跟你那爹一模一样！没有信仰的人，一跑进屋子，连十字也不划就掏出烟来抽，唉！简直就是一钱不值的拿破仑！"

我没有应声。他数落够后，也累了，于是就不再吱声了。可是在喝茶时，他又开始喋喋不休了：

"马要配笼头，人要怕上帝；只有上帝才是我们唯一的朋友。人和人只能成为最残忍的仇家！"

人与人是仇家,我觉得这句话还是有些在理之处,其他的话我一概没听进去。

"现在你再到马特廖娜姨婆那儿去吧;等明年开春后,你再回轮船上干活。这个冬天你就住在他们家。你可别说明年春天就要走……"

"咳,干吗不说实话呢?"刚才作势揪我头发的外祖父说。

"说实话,怎么过活呀。"外祖父固执己见地说,"你倒说说看,有哪个老实巴交的人过上了好日子?"

傍晚时分,外祖父坐下来念赞美诗,我和外祖母来到大门外的田野上。外祖父住着的那间小屋子,有两扇窗,坐落在城郊缆索街的后端。以前外祖父曾经在这条街拥有一幢自己的房子。

"瞧,我们搬到什么地方来了呀!"外祖母笑着说,"老头子总也找不到满意的地方,老在搬家。到了这里后,他还是觉得不如意,我倒觉得挺称心的!"

在我们的眼前,有一片大约三俄里宽的贫瘠草地,中间点缀着一些小山谷,在尽头处有一座森林。一条桦树林带,一直通往喀山。从山谷里伸出的灌木丛枝条,像一条条鞭子,在寒冷的落日余晖下,显出像血一般的颜色。灰色的草茎在晚风里轻轻摇曳。有一些在城市居住的男女青年在近处山谷的背面,他们黑色的身影宛如风中的草茎。在右边的远处,旧教徒公墓的红色围墙高耸着,那是叫"布格罗夫隐修所"的地方。左边山沟之上的田埂里,是黑压压的一片树林,那里是犹太人的公墓。这里周围的一切,都粗鄙荒芜,它们悄然无声地躺在这片破败不堪的土地上。城郊房屋低矮,在满是尘土的道路两旁,这些屋子的窗户显得怯生生的。一些营养不良的鸡,拖着瘦小的躯体在踱来踱去。有一群牲畜走在女修道院周围,母牛发出哞哞的叫声。军营里乐声阵阵,铜号吼叫着,嘟嘟的声音格外响亮。

一个喝醉了酒的汉子迎面走来,恶狠狠地拉着手风琴,走路跌跌撞撞的,嘴里含糊不清地嚷着:

"我要到你那里去……一定………"

"小糊涂虫,"一个老太太在太阳的照耀下眯缝着眼说,"你还能到哪儿呢? 一会儿你就会跌倒在地睡着的。只要你一睡着,别人就会把你的东西尽数抢光……那时你的手风琴和你的快乐就都没了……"

我边给外祖母讲述我在船上的羁旅生涯,边四下观望着。自从我在外面长了许多见识之后,我待在这里就觉得很憋闷,仿佛是煎锅上可怜的鲈鱼。外祖母静静地听着,显得十分认真和聚精会神,就像我喜欢听她说话时那样。我提到斯穆雷的时候,她非常虔诚地画着十字,说:

"他是个好心人,圣母会保佑他的,真是好人呀! 你得记着他! 好的事物,要常记于胸,不好之物,索性抛开……"

我无法解释我被开除的原因,但我仍然勉强着说了出来。外祖母听后只是平静地说:

"你还年轻,不懂得生活……"

"人家都这么说我:你不懂得生活。哪怕是种地人,或者是水手,都对我这么说过。马特廖娜姨婆对她儿子也是这么说的。可是怎样才是懂得生活呢?"

她瘪了瘪嘴,摇摇头,说:

"这个我也说不清!"

"可你这么说了!"

"干吗不能说?"外祖母气定神闲地说道,"你也别发脾气,你年纪轻,不懂生活也是合情合理的。不过话说回来,有谁又是懂得的呢?也许只有骗子吧。你看你外祖父,算是聪明人吧,能说会写的,可结果还不是什么都不行……"

"那你呢?"

"我啊?蛮不错。啥都经历过,苦日子也捱过……"

人们悠然地与我们擦肩而过,长长的身影尾随其后,旋即被他们脚下的滚滚尘土掩埋了。傍晚时的愁怨气息使人越来越觉得沉重不堪,外祖父抱怨的声音从窗户里传出来:

"主啊,求你别在怒火中烧时斥责我,请你别在狂怒中惩罚我……"

外祖母笑呵呵地说:

"我想上帝早就腻烦他啦!每晚都要喋喋不休地对他诉苦,有什么苦要倾吐呢?都已经是老态龙钟的人了,还有什么苛求呢?可他总是怨这怨那,固执己见……我猜哪,上帝如果每天晚上听得见他的哭诉,八成会笑他:这个瓦西里·卡希林又在啰啰嗦嗦了!走吧,咱们睡觉去吧……"

我打算捕鸟去。去抓些鸟来,让外祖母拿到集市上卖掉,这不啻是一个维持生计的好主意。我买了大网、一个环扣,还有几个捕鸟器,做成好几个鸟笼。破晓时分,我已经守候在冲沟里的灌木丛中,外祖母要摘些暮秋时节的蘑菇、荚果和榛子,她提着篮子和布袋进了林子。

九月的太阳冉冉地升了起来,懒洋洋的。偶尔,它的亮亮的光线会被云雾掩住,但很快又成了银色的大扇子,照耀在冲沟里,射在我身上。乳白色的雾气从昏暗的沟底袅袅升起。

山沟有土质的侧面露在外面,黑黝黝的很陡峭。它的另一侧坡度却很缓,上面长满枯草和郁郁葱葱的灌木丛,零星地夹杂着黄的、红的、浅红色的落叶。微风吹过,叶子纷纷滑落下来,在山沟里飞舞飘荡着。

山沟的底部长满了牛蒡草,在那草的深处,隐隐传来金翅雀的鸣叫。跃动着的红色鸟冠在灰白色的杂草丛里依然可见。许多好奇的白头翁围在我附近,它们欢快地鸣叫着。它们鼓着白色的腮帮子,吵吵嚷嚷地忙忙碌碌,十分有趣,倒有些像库纳维诺的小市民妇女过节时的模样。它们什么都好奇地想知道,任何东西都要去碰一碰,它们非常机灵、聪明,也很狡猾,可最终一只只地掉进了捕鸟器里。它们在里面四处冲撞,慌乱着急的样子着实有些让人同情。但生意人可不能讲同情和怜悯呀,我把它们从捕鸟器里抓出来,放进鸟笼,又在鸟笼外罩了布袋子。它们一旦被光线挡住,又变得安分起来了。

有一群黄雀从山楂树丛里飞出来。太阳的光线满泻在树丛里,喜悦的黄雀鸣叫得更加清脆响亮。它们的天真模样简直就像一群小孩。有持家能手美称的伯劳鸟仍然有着贪婪本性,此刻它们延误了南下的长途之旅,正栖息在野蔷薇树的软枝头上,用嘴梳理着翅膀上的羽毛。它们黑亮亮的眼睛闪闪发光,伺机等候猎物的到来。突然,它腾空而起,抓住了一只野蜂,像云雀一般敏捷,它把野蜂小心地穿在荆棘树上,然后重新飞回枝头,贼溜溜地转动着小脑袋。机敏的松雀飞了过去,没有发出一点声响。我是多么渴望能抓住它呀!有一只掉了队的灰雀歇在赤杨的枝头,红红的羽毛,那架势俨然一个骄傲的将军,它怒气冲冲地鸣叫着,一张黑色的嘴巴摇来摆去。

太阳越升越高,鸟儿也愈发多了起来,鸣叫得更欢快了。乐声响彻整个山谷,灌木丛在风的吹刮下发出的沙沙声似乎构成了它的主旋律。这轻柔的、忧郁的,略带甜美的响声并没有被鸟儿高亢的鸣声遮盖住。我仿佛在其中听见它向夏季婉转道别的歌声,这些特殊的话语被悄然诉说着,并且自然流淌成了动听的歌词。这时,我不由自主地想起了许多过去了的生活场景,它们一一在我面前展现。

外祖母在叫我,声音从上面不知什么地方传来:

"你在哪儿?"

她坐在沟谷边上,面前摊着她的头巾,上面有面包、黄瓜、胡萝卜、苹果。还有一个小小的玻璃瓶子放在这一大堆天赐的美食中间,瓶子美极了,是多棱角的形状,在太阳底下闪闪发光。水晶玻璃的瓶塞上印着好像是拿破仑的头像。瓶里装着一什卡里克用金丝桃泡过的白酒。

"主啊,多么美好呀!"外祖母的话语里充满感激之情。

"我都编成一支歌了!"

"当真?"

于是我像背诗一样对她说:

> 冬天日益临近,愈加显明,
> 我夏日的太阳,再会!

但没等我说完,她就插了进来:

"我听过类似的歌,要比你的更好!"接着她大声地朗读起来:

> 啊,夏日的太阳已来临,

夜漆黑的怀抱，隐入这处山林，
唉！丢下我这个姑娘，独自一人，
再不见往日春天的喜悦……

清晨我来到小村外，
想起了五月游乐的欢娱，
田野清朗，它悲哀地凝望着我，
在这里，我的青春一去不返。

啊，我那些可爱的女伴们！
初雪飘飞，
请帮我从洁白胸膛里掏出火热心灵，
在这雪地里轻轻将它掩埋！……

外祖母的吟唱丝毫没有伤害我创作的自尊。我喜欢上了这首歌，对那个冰清玉洁的少女充满同情。

外祖母说：

"这是一首忧伤的歌曲！是那个姑娘自己创作的。春天的时候，她还跟情人一起出游踏青，可一到冬天，情人却离开了她，也许又有了新的相好。看这姑娘悲伤难抑……一定是亲身体验过的，才会如此感人肺腑。瞧，这首歌多么动听啊！"

外祖母第一次卖鸟就挣了四十戈比，她简直不敢相信。

"快看呀！我根本没当回事儿，还觉得不过是小孩子的把戏。这下可是老天有眼，赚了这么多……"

"你还能再卖贵一点的……"

"真的？"

碰上赶集的时候，她总是能卖到一个卢布或更多，这种在她看来毫不起眼的活计居然能这么赚钱，真令她费解。

"一个女人洗上一整天衣服，或者擦一天地板，辛辛苦苦也只能挣二十五戈比，你想呀！但是，这个活也不是什么好差使！把鸟关在笼子里，再拿出去卖成钱，这多不好。阿廖沙，你还是干别的吧！"

但我对捕鸟入了迷，这使我感觉到乐趣，我又搞到一些更好的捕鸟器具。我善于和捕鸟者交谈，从他们那里学到不少知识。三十俄里外的伏尔加河岸，有一座克斯托夫森林，我常独自一人去那里捕鸟，在那片出桅材的松林里，有交嘴雀，还有捕鸟爱好者钟情的阿波罗山雀，这种山雀有长长的尾巴，羽毛洁白，漂亮异常。

有时我会在傍晚时分上路，整夜在喀山大道上行走；有时会在绵绵秋雨中，扣着漆布袋子,装着鸟笼和用来作诱饵的小鸟,在泥泞路上艰难跋涉,用一根硬实的核桃木棍做拐杖。走在秋天的旷野之上,周围一片漆黑,那时简直是又寒冷又恐惧,太可怕了! 在我的道路两旁,林立着遭过雷击的老桦树,它们湿漉漉的枝丫在我的头顶上方伸展开去。在左边的山底下,是黑魆魆的伏尔加河,从几条末班轮船和驳船上闪烁出桅灯的点点光亮,水面在蹼轮的拍打下发出啪啪的响声,汽笛鸣——地响了起来,似乎要把船儿带向不知名的远方。

路边的小村庄里,农舍群立,地面发出铁青色的光泽,有几只穷凶极恶的狗狂吠着冲我扑过来,守夜人在敲着梆子,气汹汹的威吓声传过来:

"是谁? 什么人被鬼神送到了这里来? 吓死了人!"

我随手带了几个五戈比的硬币,准备送给守夜的人,以防他们把我的捕鸟器抢走,有个福基纳村的守夜人,和我成了好朋友,每次一看到我,他就会大惊小怪地:

"你又来了? 唉,你真是个不安分的夜游神,胆子真够大的!"

他叫尼丰特,长得像个圣徒,矮个,满头白发。他常会从他的衣兜里掏出些萝卜、苹果,或者一把豌豆之类的东西,硬要塞给我。

"喏,我特地留给你吃的,朋友,拿去。吃吧。"

然后,他会一直陪我走到村子外面才与我分手。

"上路吧,上帝会保佑你的!"

东面的天空现出鱼肚白时,我走到了树林那边,装好了捕鸟器,把引鸟的笼子挂好,就静静地躺在林子边上,等着太阳浮出云端。周围的一切都仿佛在沉沉秋眠中凝结了,寂静无声。山崖下一望无垠的草场在迷濛濛的雾色里依稀可见。伏尔加河从中间的大草场上蜿蜒而过,在河的另一端,仍然是绵延的草场,消失在迷濛雾气里。白亮亮的太阳悠悠地从这处草场尽头的树林子后面徐徐升起;黑色的林子像马鬃毛一般伸向上空,并且在光波闪动其上,呈现出一幅奇特的动人场景:渐渐从草地上升腾起来的雾气,被太阳一照变成了银白色,它们愈升愈快。于是,灌木丛、树木和干草堆显现在地面上。在阳光下看那草场,就好像是金红色的,流泻向四面八方。此时,河里寂静的流水沐浴在阳光里,似乎整条大川都向这阳光照耀的地方奔流过来。暖融融的太阳逐渐地爬上当空,使这赤裸着的寒冷大地感受到无比温暖和无限恩泽。满地都有秋天浓郁的香气。天空如一块无瑕碧玉,显得大地更加苍茫辽阔起来。万物向无限的远方伸展开去,似乎那里有人在唱着诱人的歌曲:

"大地尽头,碧草青青,快去往那里。"

我曾经在这里观看过数十次日出的场面,可是每次都是如此不同的景象。——这是一个洋溢着崭新美景的乐园……

不知何故,我由衷地热爱太阳。这个名字就让我喜欢,听起来格外悦耳,似乎其中蕴藏着某种声响。我喜欢闭起双眼,让和煦的阳光洒在我脸上。我喜欢伸开双手,去捕捉穿过板墙的缝隙或枝丫间的像剑一样的阳光。"不膜拜太阳的米哈伊尔·切尔尼戈夫斯基大公和贵族费多尔"是外祖父的崇拜对象,可我却认为他们是同茨冈人一样的恶棍,既面色阴黑又阴险狡诈。他们比可怜的莫尔德瓦人好不到哪里去,终日害着眼疾。当草场上升起火红的太阳,我就会由衷地开心。

我头顶上方的针叶林在风中沙沙作响,一颗颗露珠从嫩绿的树枝上滚落下来。清晨遇冷而结的冰霜在树底的阴影里闪着银色的光芒,就像是五彩蕨叶上的一块块锦缎一般。野草的颜色已转为浅红,它们被露水压得垂向地面,草茎静默着,但只要有阳光的照射,它们又会轻微地颤抖起来。那或许就是一个生命在最后时刻的奋力挣扎吧。

小鸟们纷纷醒来。像小绒球一样的灰山雀不停地在这根树枝和那根树枝之间跳来跳去。红如火焰的交嘴雀弯着它的嘴巴把松球果喙个不停。通体洁白的阿波罗山雀摇摆在松树枝头,长尾巴上的羽毛张开着,瞪着一双玻璃球般的小黑豆眼睛,充满怀疑地斜睨着我布下的网。你似乎感觉到,刚刚还静默肃立的森林,此刻正被数以万计的各种鸟鸣声充盈着,到处都是自然界里最纯洁的小生灵在忙碌奔走。这些小生物的形象,成为人世间美的缔造者,作为原型,创造出了各式各样的天使、神仙,用这些形象来安抚现世的自己。

我觉得去把这些鸟儿捉捕进笼子,有些不忍心,良心上也过不去。对它们单纯地欢赏是我更乐意做的,可是最终我的怜悯被捕猎的冲动和赚钱赢利的渴盼战胜了。

我常被鸟儿们的机灵逗乐。有一只浅蓝色的山雀凝神屏息地仔细审视了我的捕鸟器之后,知道它是一个危险之物,于是就侧过身子,巧妙地避过捕鸟器的几根支棍,有惊无险地叼走了一粒种子。聪明的山雀却由于好奇心太盛,终于落入了陷阱。而那些趾高气扬的红腹灰雀却显得有些笨拙,它们三五成群地飞进网子,就像酒足饭饱的小市民去坐弥撒。直到它们被套在网中间,它们还惊讶地鼓着两只眼睛,胖嘟嘟的嘴前伸着,想要啄人的手指。交嘴雀蹀进捕鸟器时,依然神态端庄、步子优雅稳重。鸲鸟跟其他鸟都不太相似,是一种很奇怪的鸟,它常常会久久地蹲在网前,长长的嘴巴晃动着,肥硕的尾巴支撑着身子。它在树干上不住地跑动,像啄木鸟那样,它总是和大群的山雀为伴。这种烟灰色的小鸟似乎有种吓人的神态。它既不与谁为伍,也不愿与谁成群,所以总是孤孤单单独自一个。它喜欢收藏一些闪闪发光的小物件,这点有些像喜鹊。

将近正午时分,我便收拾东西回家去,沿途要经过森林和田野。我如果从大路走的话,经过村子时,那些孩童和年轻小伙就会来抢我的鸟笼,扯破或者搞坏我的捕鸟工具，为此我尝尽了苦头。

我在傍晚时回到家里，觉得浑身乏力，非常饥饿，但我似乎在这一天里忽然成熟了，某种新的东西在体验过之后，使我变得果敢坚定起来。这种新生力量，足以支撑我抵御外祖父毒辣的冷言冷语，它使我的心态变得平静而且充满乐观。外祖父注意到了我的转变，他对我说话便不再蛮不讲理而是认真起来了：

"这种不务正业的活计到此为止吧，你别再干这个了！我从来没听说过谁是能靠着捕鸟发财的，自古就没有过这事！正儿八经地给自己找个好职业，你的智慧在工作中才能获得增长。人是上帝的子民，活着可不是为这种不谋正途的事，人是应该成正果的！人跟卢布一样，只要是在良性的发展轨道上，就能使有限的财富变得无穷多！你以为生活是好比做戏不成，根本不是！世界对于每一个人，都仿佛是漫漫长夜，你必须靠自己去求得光明。凡人都有十指，可是任何人都希望用这双手创造更多的财富。去发挥点能力出来，没有能力，就得用些计谋。软弱无能的人，既不能上天堂，又无法下地狱！你得牢记，你似乎与他人一样，其实根本不，你就是独自一人。你可以听任何话，可你却不能轻信任何人。要不然，你一定要吃大亏、上大当。沉默是金，房屋和城市不是说说话就能建成的，要用金钱和劳动。你既非巴什基尔人，也非加尔梅克人，对他们来说，虱子和羊群就是他们全部的家当……"

他整夜整夜地唠叨这些话，我都可以把它们背下来了。我愿意听他说这些，可我仍然怀疑它们的价值。他认为，只有上帝和人才是妨碍凡人生活的两种力，听他的话，就能明白他的这种想法。

外祖母在窗前坐着，搓着线绳，这种线绳可以用来织成花边。她一直在听外祖父讲话，默不作声了半天，只听见她摇纺锤时嗡嗡的织机声。这时，她忽然说道：

"万事圣母早有安排。"

"什么？"外祖父叫嚷着，"天哪！我可从来没有一刻把上帝忘掉，我知道上帝！你这个老糊涂虫，难道，是上帝把那些笨家伙种在地上的吗？"

……我觉得哥萨克人和士兵称得上是世界上最幸福的人。他们过着无忧无虑的快乐生活。只要天气晴朗，他们会在大清早来到我们屋前的山沟对面，在空地上像白蘑菇似的散开，开始做着好玩而且复杂的游戏：健硕灵活的白衣人快乐地奔跑在空地上，手里举着枪，然后消逝在山沟里。随着喇叭声响，他们又突然跑回空场来，在闹哄哄的军鼓声里，高喊着"乌拉"，把枪尖朝前，直冲向我们的房子。似乎立刻就要将房子像稻草堆似的撞倒。

我也稀里糊涂地跟着他们往前冲，嘴里高喊着"乌拉"。在狂乱的铜鼓声里，我的破坏欲被不知不觉地诱发出来，就想冲倒墙头，或者把那个孩子痛揍一番。

大家休息时，那些士兵就让我抽一种粗烟卷，并把沉重的枪拿给我看；有一次，有个士兵假装把枪尖对着我的肚子，还有意凄厉地尖叫着：

"我要把你这只臭虫刺死！"

枪尖明晃晃的，像一条活蛇，扭曲着要咬人的样子，怪吓人的，不过我更能体验到一种快乐的感觉。

莫尔德瓦鼓手教我用鼓槌击鼓。刚开始，他手把手教我，把我的手都握疼了，然后他把鼓槌塞到我的手指中间，我的手指已经被捏得生疼了。

"敲呀！一，二。一，二。咚嘟，咚咚，嘟！敲，左轻，右重。咚嘟，咚咚，嘟！"他圆睁着鸟儿般的双眼，卖力地叫着。

我跟士兵们一直在空地上跑，直至操练结束。然后，我听他们嘹亮地歌唱，一边瞅着那些正直的脸庞，这些脸就像一枚枚刚刚练就的崭新的圣戈比铜币。我跟着他们经过了整个城市，直把他们送到营房门口。

当我看着这些整齐划一的人群，集合成一个人口众多的纵队，形成一股合力，在街上匆忙而过时，我就有一种接近它的冲动情绪，就像我纵身入河、遁入森林一般，投入到他们的队伍中去。他们无所畏惧，敢于面对一切，也足以证明一切，他们想要的，都能为其所有，而更重要的是，他们如此淳朴天然，并且心地善良。

有一天，一个年轻的准尉在休息的时候递给我一支很粗的烟卷。

"抽吧！我从来不舍得把这些大烟卷给什么别的人抽的！不过你这小伙儿很不错！"

我点上了烟头。他大步向后退去，突然一股红色的火焰烧得我眼冒金星，并且灼伤了我的手指、鼻子、眉毛，带着咸味的灰烟呛得我不停地打喷嚏，狂咳不止。我的眼前白花花一片，心里十分恐惧，便站在那里拼命地跺着脚，可是那些士兵们把我围在中央，乐不可支地大笑不已。我想回家去，但口哨声和笑声仍然尾随在我身后，另外还有什么在噼啪作响，宛如牧民手里抽动的鞭子。被灼伤的手指隐隐作痛，我的脸也奇痒难忍，泪水哗哗地流淌下来。疼痛算不了什么，尤其使我难过的是：他们为何要这样对待我？这件事有什么值得那些善良的年轻人好笑的？

到家之后，我独自在阁楼上待了很久，仔细咀嚼着刚刚发生的难以说明的一切，我的人生之旅中遇到过许许多多类似的事情。在我的记忆里，有个萨拉普尔士兵的矮个子士兵的形象尤为生动、鲜明突出。此刻，他仿佛活灵活现地站在我面前，问道：

"怎么？这下明白了吧？"

接着，又有一件更为沉重的、更加使人惊愕不已的事情在我身上发生了。

我曾常跑到哥萨克营房那里去，就在佩切尔郊区附近。哥萨克的与众不同之处，并非因为他们善于骑马，也并非他们穿着考究，而是由于他们说话奇特，会唱各式歌曲，而且舞姿极美。有时傍晚时分，他们会在洗完马之后在马厩前围成一个圆圈，有个矮小的红发哥萨克，甩一下他的卷发，高歌一曲，他嘹亮的歌声就像铜号在吹奏。他笔直地挺着腰杆，轻轻吟唱静静的顿河、蓝色多瑙河之歌，曲调忧伤而哀婉。他双目低垂，犹如闭着双眼的红胸鸲鸟。这种鸟常常鸣唱不止，直至从树枝上掉落到地上摔死方休。那个哥萨克敞开的衬衫领子里，看得见他像铜嚼环一样的锁骨，他的整个身躯也宛如铜铸而成。他的两条细腿，似乎能将大地摇晃起来。他张着两只臂膀，双目紧闭，高声放歌，似乎已完全没有了人的感觉，而变成了一把铜号，或者是一支长笛。有时候我就想象他必定会像红胸鸲颓然死去一样仰面倒下，因为他在歌声里投入了全部的心声和所有的能量。

他的那些哥萨克同伴，有的抄着双手，有人将手反背在宽阔的身后，都神态安详而静穆地围在他周围，注视着他那紫铜色的脸，眼光跟随他在空中轻轻流动的手，仿佛教堂唱诗班那样，端庄而且安稳。他们这些或者年轻，或者年长的人，此时都像圣像那般超凡脱俗，高大神圣。这首长长的歌曲听起来像康庄大道一样明朗、平实、有气势。沉醉在歌声里，会使人忘记这是白昼还是夜晚，会忘了自己是幼童还是老翁，超然物外，忘记尘世！当歌声逐渐平息时，听起来就像马儿在叹息，似乎它无比缅怀在辽阔平原之上自由自在的生活；又仿佛是秋的夜色让它无法停止的脚步穿过田野，向你走来。你会感觉到一颗心在渐渐成熟起来，寻求着一种异乎寻常的情感，把对人类、对整个大地深刻的难以言传的挚爱全都喷薄而出。

我似乎认为，这个矮小的红铜色脸庞的哥萨克人是一个举足轻重的、神仙般的人物，而不是一个普普通通的平常人，他的优秀、卓越品质胜过其他所有人。我不敢和他交流，当他向我发问时，我只能腼腆地低头不语，洋溢着幸福的笑容。我情愿俯首帖耳地无言地蹲在他身后，像一条忠诚的巴儿狗一般，能常常看到他在眼前，能听到他的歌声，对我就已经足够了。

有一回，我在马厩角落里看到他站在那儿，举着一只手，非常认真地端详着他戴在手指上的一枚珠圆玉润的银戒指。他满脸幽怨和委屈的样子，漂亮的双唇轻微蠕动着，棕红色的唇髭颤个不停。

一个黑魆魆的晚上，我拎了几个鸟笼子，到老干草广场的酒店里去。那儿的老板极喜爱能歌善唱的小鸟，所以时常成为我的主顾。

那个哥萨克也正好坐在屋子角落里炉子和墙壁间的柜台旁，身边坐了一个妇人，身材要比他胖出几乎一倍：她圆圆的脸庞焕发出迷人的光彩，就像极好的山羊皮泛着光泽；她的目光如慈母般安详，又略带不安地看着他。他像是喝醉了的样子，向前伸着两条腿，不住地在地板上左右摩挲着；也许是碰到了那个妇女的脚，把她弄疼了，她激灵了一下，皱着眉头低声哀求他：

"你别碰我呀……"

哥萨克使劲地扭着眉毛，但又随即无精打采地耷拉下来。他燥热起来，解开他的制服和内衣，露出了颈脖。那个妇女从头上把头巾布扯到肩上，放在草边的一双手臂白皙而且健壮，她互相绞扭着手指，把手都绞红了。看上去，他们越发显得像一个慈祥的母亲和一个犯了错的儿子。妇人对他很温柔地嘱咐着什么，而他却默不作声，很难为情似的，大概是在完全合理的教诲面前没有什么好辩解的。

他忽然像被针蜇了一样,站起身来,慌乱地扣上了军帽(几乎把眼睛都遮住了);衣服也没扣,就直往外走去。那妇人跟着站起来,对酒店老板说:

"库兹米奇,我们一会儿就来……"

他们走出去时,客人们都笑起来,笑声中不乏嘲弄。有个人很严肃深沉地说:

"导航员会回来的;她可要有苦头吃了!"

我跟在他俩后面走了出来。在我前面大约十几步的样子,他们在黑暗里,斜着从广场上穿过去,沿着泥泞不堪的道路,走向伏尔加河岸边高高的斜坡上。我看见那个妇人搀扶着哥萨克,走路很蹒跚的模样。他的脚下发出泥浆咯吱作响的声音。妇人压低了声音向哥萨克恳切地问:

"您要到哪儿去? 喂,究竟去哪儿?"

我原本并非要走那条路,但我仍然踩着泥泞小路跟在他们身后。走了没多久,他们爬上那个斜坡小道,哥萨克停在那里,站在离妇人约一步之遥的地方;忽然,他抽了妇女一记耳光,那妇人大惊失色,狂喊着:

"天哪,你干吗呀?"

我同样被吓了一大跳,赶快向他们跑去。那个哥萨克把妇人横着揪起来,一把就把她扔到栏杆那边的山坡上,妇人滚了下去,他也随即翻过去,跟她一道滚下山坡。斜坡上黑魆魆的是一堆丛生着的杂草。我待在那里,没有再往前去,只听见下面传来衣服被扯破的声音和哥萨克的像雷鸣一般咆哮声,那个妇人继续在压低嗓音嘟哝着:

"我要叫人啦……我要叫啦……"

她大声地啊了一声,似乎得了重病似的,随后一切归于沉寂。我摸索着找到一块石头,丢了过去,野草里发出嗦嗦的响声。广场上,传来一家酒馆玻璃门咣当关上的声音。有人哎的叫了一声,八成是摔了一跤。然后,一切声音都消失了,似乎等待着随时有什么东西,会把人吓上一大跳。

山坡下升起一大团白雾。那团白色的东西抽抽搭搭抽抽搭搭,呼哧呼哧地喘着粗气,慢悠悠地、一瘸一拐地爬上坡来。我仔细地辨认,才发现那是一个女人。她简直就像一只老绵羊似的在爬着。我看得很清楚,她分明上身没有穿衣服,露出两只大乳房,就像她有另外两张脸。她终于爬到栏杆边上,坐了下来,差不多和我挨在一块儿。她就像一匹害着浮肿病的老马,残喘着粗气,一边梳拢着她凌乱的头发。有一些黑色的污斑在她白皙的皮肤上,显得很醒目。她不住地哽咽着哭泣,一边擦拭着脸上的泪水,就像小猪洗脸那样,等发现了我,她就轻声喊了出来:

"天哪,你是谁? 快滚开,真是个不要脸的!"

我挪不开步子。吃惊、难过、绝望使我呆若木鸡,我想起了姨婆的话:

"女人是有力量的,夏娃还曾经瞒过了上帝呢! ……"

那个女人站了起来,用她撕碎了的衣服碎片遮挡着上身,露出了两条腿,她飞快地逃走了。这时哥萨克从山坡下爬上来了。他在空中挥舞着一些衣服的碎片，轻快地吹着口哨，并且侧着脑袋倾听着什么，然后愉快地说：

"达里娅！你怎么啦？哥萨克人只要想得到的东西，没有到不了手的……你真以为我是喝醉了吗？才不是呢——不是，我那是骗你的……达里娅！"

他站着的时候，步履稳健，声音毫不含糊，并且明显地在嘲笑。他弯下腰，拿破布擦着自己的靴子，接着说：

"哎，你的毛衣……达什克！你快别丢脸啦……"

然后他又说了一句侮辱那女人的话。

我在漆黑的夜里坐着，听见黑暗里这唯一的声音，有着压倒一切的威严感觉。我始终坐在那堆碎石块上。

我的面前闪烁着广场上的灯光。在我的右侧，是贵族女子学校的白色校舍，隐没在黑黝黝的树丛里。那个哥萨克不停地说着粗言秽语，神志慵懒，他挥舞着白色的破布衫，走到广场那头去了，就像一场噩梦终于消散在黑夜里。

有一根排气管，在斜坡下的水塔上端咝咝地冒着气，一辆四轮马车轱辘辘地自坡道上驶过。四周寥无一人。我垂头丧气，手里握着没来得及掷向那个哥萨克的石头，现在，它仍然冷冰冰地在我手里握着，我沿着斜坡向前走。一直走到胜者格奥尔吉教堂的附近，我被守夜的更夫挡住去路，他口气极不温和地向我仔细查问，问我口袋里装着什么，哪里来的。

我原原本本地告诉他关于哥萨克人的事，他大笑起来，一边还骂骂咧咧：

"好极了！哥萨克人真是好样的，老弟，咱们可没法跟他们比！娘儿们都是贱货……"

他笑得上气不接下气，我已经头也不回地走到前面去了，我闹不懂这有什么值得他笑成这样的。

接着，我不无担忧地想：如果我的母亲和外祖母碰到这种事发生，她们会怎样呢？

八

冬雪飘至，我又被外祖父送到姨婆家。

他对我说："对你来说，这可不是什么不好的事，是好事。"

经过一个夏天之后，我经历了许多事，人长大了，也变得机灵了。可是在这段时间里，主人家里反而愈发地呆板无聊了。他们的胃因为塞得过满而时常闹起病来,他们依旧喋喋不休地互相诉说着病情,老太婆们依旧是那样凶恶而且狰狞地向上帝祷告。生过孩子的少妇变苗条了,她们不再占着偌大的空间,但仍然蹒跚着走路,左摇右摆,活像是孕妇。当她做着幼童的衣服时,总是低哼同一首歌曲:

斯皮里亚,斯皮里亚,斯皮里亚——

斯皮里亚,我亲爱的兄弟;

我坐在雪橇上,

斯皮里亚在我的后座上……

如果有人进屋来,她就立刻不唱了,愤愤不平地叫嚷:

"你来这儿干吗?"

我觉得她除了会唱这一首歌外,其余什么歌都不会唱。

晚上,房东会叫我到屋子里去,用命令的口吻发号施令:

"哎,说说你在船上咋过的。"

我挑了张靠厕所门的椅子,坐下来。我没能按照自己的意愿,反而被安排到这里住着,但一回想起过去的生活,仍使我觉得快乐。我讲着讲着,就渐入佳境,完全把我的听众们抛在脑后,但这种时候都是稍纵即逝的。那些没有坐过轮船的女人们会问我:

"你一点也不怕吗?"

我不明白有什么好怕的。

"轮船要是突然开到水深江宽的地方,会往下沉的吧!"

房东听后哈哈大笑;我虽然很清楚轮船是不会在深水里沉下去的,但我无法向她们解释。老妇人们总相信轮船是像火车一样在地上跑的,在船底下一定有轮子支撑着行走在河底,而不是漂浮在水面上。

"要是它是由铁造成的,怎么可能在水里浮着呢?斧子难道会浮在水上……"

"那铁勺子在水里的时候不就不会沉到水里吗。"

"这可不一样,勺子那么小,中间还是空的……"

我提起斯穆雷和他的那些书时,他们总会充满怀疑地瞪着我。老太婆说,写书的人一定是些异教徒,都是些恶棍。

"那么圣诗集也是？大卫王也是？"

"可圣诗集——那可是圣书呀。再说大卫王还为圣诗集向上帝请罪了。"

"这些话在什么书里？"

"它们就在我手心里呢，我给你后脑勺上来一巴掌，你就会知道它们写在哪儿了。"

她无所不知，不管聊到什么，她都胸有成竹，说得有板有眼。

"佩切尔街上有个鞑靼人死了，从喉咙里冒出来的灵魂，是黑乎乎的，就像煤灰！"

"灵魂可是一团精气。"我说，可她不屑地叫着：

"蠢货，是鞑靼人的魂呀！"

年轻的女主人也怕书籍。

"年轻的时候读书，一点好处也没有。"她说，"我们格列别什卡街一个有钱人家的小姐，在读书的时候，居然和一个教堂里的小执事相好了。被执事的老婆好好地羞辱了一番！还是在大街上，被许多人看着……"

有一些时候，我会借用斯穆雷书上的话，记得其中有一本缺头掐尾的书中写道："说真的，火药并不是由谁发明的，就像惯例一样，它是在长期细微地观察和发现之后得到的结晶。"

不知为何，我对这句话记得特别清楚，尤其喜欢那两个词组成的一个短语："说真的"。我认为这句话铿锵有力，可它却带给我一连串的麻烦，愚蠢的麻烦。真的！

一天，主人要求我再说些在船上的故事，我对他答道：

"说真的，我已经全都说完了……"

这话让他们吃惊不小。他们七嘴八舌地嚷了开来：

"什么？你说什么？"

然后他们四个人一起不约而同地大笑着，嘴里反反复复地说：

"说真的，啊，上帝！"

就连主人也对我说：

"你这话编得真糟，奇怪的家伙！"

从此他们好久都这么叫我：

"嘿，'说真的'，快点去擦干净小孩床底下的地板。'说真的'……"

这种可笑的愚弄并没有让我生气，但却让我觉得吃惊。

我在一团迷雾中生活，很让人迷茫，也非常愁苦。为了驱散这种愁绪，我拼命地找活干。家务事很多：这里有两个婴儿，奶妈一个个都不称心，换了一茬又一茬。我必须侍候这两个孩子，天天换洗尿布，每周去宪兵泉洗一次衣衫。那些洗衣女工便在一边取笑我：

"你怎么要来做女人干的活？"

有时候我生起气来,就用湿衣服拧成条,抽打她们。她们就同样还手打我,但和她们在一起的时候,倒觉得快乐、有意思些。

宪兵泉沿一条很深的冲沟蜿蜒着流入奥卞河。在冲沟的两边分别是这边的城市和以古代神亚里修的名字命名的田野。每逢悼亡节的时候,市民们聚集在田野上举办各种悼念活动。外祖母说,在她年轻的时候,人们都会用祭品供奉他们所信奉的雅里洛神:他们在一只轮子上缠上浸过树脂的麻絮,然后点上火,把轮子推往山下,人们在一旁欢呼、高唱,看火轮会不会滚进奥卞河里。如果会的话,就意味着雅里河神接受了他们的供奉:这年夏天就会风调雨顺。

洗衣女工们大多崇拜雅里洛神,她们足智多谋,巧舌如簧。她们对城市生活了如指掌。她们说起她们的主人——商贩、官吏、武士的事情是非常有趣的。冬天的时候,在冰冷刺骨的溪流里刷洗衣物是十足的苦差事。她们的手会冻得裂开一道道血口子。棚檐无法遮挡风雪,并且破败零落、缝隙纵横,女人们佝偻着腰,站在木水槽前,在溪流里截取冷水刷洗衣物。她们的脸上冻得布满血丝,很是生疼。寒冬彻骨,她们潮湿冰冷的手指僵直得不能弯曲,泪水不住地簌簌滑落。但她们依然热情洋溢、活力四散地聊着天,各人述说着各自不同的故事,她们对于一切人和事,都有一种特别的勇气。

其中讲得最好的是纳塔利娅·科兹洛夫斯卡娅,她三十岁刚过,充满朝气、健壮结实,眼睛里有一股讥讽的神气,能言善辩,说话特别尖酸刻薄。全体女伴都对她有好感,只要遇到什么事,他们都会让她出主意;又因为她办事勤快,衣着洁净,还抚养一个读中学的女儿,所以大家对她也很尊敬。只要看是她背着沉重不堪的两筐湿衣服,从滑溜的山路上弯着驼背走下来,大家就会乐意去接她,关切地问:

"你女儿还好吧?"

"好的,谢谢,她在学校念书呢,托上帝的福!"

"你看好了,她将来要做贵妇人的!"

"让她上学,就是想让她能当贵妇人。那些什么劳什子的大老爷、贵夫人的,都是从什么地方来呀?还不统统都是咱们穷苦百姓出身的。学问做得越多,手就伸得越长;手伸得越长,好处就捞得多,好处捞得多,差使也就显贵……谁生来还不都是傻孩子,可咱们回上帝那里时要想是聪明人儿,就得念书!"

她开口说话时,大家都噤声不语,听她信心十足头头是道地谈论着。大伙在她面前、背后都一个劲儿地夸奖她,惊异于她的勤劳、刻苦、精打细算,可是却没人去跟她学。她剪下一段长筒靴的棕色皮统子,把它缝在袖口,这样她就不必卷起袖管,也不会弄湿了。大家都夸她这个聪明的想法,却没人跟她一样做。我照样学着缝了一个,却遭到大家的耻笑:

"哟,从女人那里学来的小花招!"

大家也谈她的女儿:

"这多么了不起呀！这世上又要多出一个太太了,可是件不容易的事儿！也许书还没念完,就丢了命……"

"有学问的人,不见得生活得好。瞧那巴希洛夫家的女儿,念的书可真不少了,一直一直念,直到自己也做了女教师,女教师,不就是老处女吗……"

"说得是啊,没知识,有别的什么可取之处,一样能嫁个男人……"

"反正,女人聪明不聪明,跟她的头脑没关系……"

听她们这样不知羞耻地议论女人们,我感到很古怪而且不舒服。我听见过水手、士兵、泥匠们议论女人们,也看见过男人们一起相互说大话,吹嘘自己怎样巧妙地骗取女人的欢心,如何与她们保持长久来往。我觉得他们似乎把"婆娘们"看作天敌。不过从他们不无得意的神态里,多少可以看出他们吹嘘的自己的战果,大多是假的。

洗衣妇们虽然不提及自己的私生活,但只要她们把男人当作话题,不难听出那里头包含的隐约嘲讽的反面意味。我想起说女人是有力量的那句话,或许有道理。

"男人们随他怎样胡乱生事,随他跟旁的女人怎样勾勾搭搭,总还像叶落归根一样,会回到自己女人那里去。"有一天,纳塔利娅说。

一个老婆子接过她的话,用伤风似的语调对她嚷道:

"除了在娘儿们身边,他们还能上哪儿去?修道院的教士也好,苦行僧隐道士也罢,全都要从上帝那里逃到我们这儿来……"

如歌的溪水溅击着,伴随洗刷湿衣服的拍打声,她们的谈话就这样进行着。在用洗净的被子也遮盖不了缝隙的、铺满冬雪的破棚子里,她们站在沟底,肆无忌惮,神情凶蛮地谈论着使各个种族、各个民族得以生息繁衍的秘事。我的内心被这些谈话激起阵阵惶恐不安的反感,我的思想、感情,远远地避开那些出现在我周围的令人厌恶的"浪漫行径"。"浪漫"这个字眼,从此在我的印象里,便顽固地与污秽不堪、举止放荡的行为紧密联系在了一起。

但是,与待在家里相比,我情愿去和那些沟底里的洗衣妇们在一起,或是到厨房里和勤务兵相伴,这样会有趣得多。因为家中的话语、思想、琐事仍然按部就班地上演,日日相同,毫无变化。男女主人们永远只是吃饭、就诊、睡觉,忙于为吃饭、睡觉做准备,他们似乎难逃一个生活怪圈;他们张口闭口都是罪过啦,死亡啦。他们对死亡充满恐惧。他们像磨盘四周的谷粒,簇拥着,等待着磨盘把它们碾碎的一天。

没事的时候,我就到棚房里去砍柴火,希望能有一个独处的时间,可是这种愿望很少能得到实现,那些勤务兵总是来找我,告诉我他的院子里所发生的日常事件。

叶尔莫欣和西多罗夫是到棚房里找我次数最多的两个。叶尔莫欣是卡卢加省人,瘦高个儿,略有些驼背,浑身都显露着粗而结实的青筋,头脑愚钝,一双眼睛始终浑浊不清。他是个懒汉,蠢得不可救药,动作迟缓、僵硬,一有女人在她眼前,他就会像牲畜一样哞哞叫唤身体前倾着,仿佛立刻会拜倒在她脚下。他不费吹灰之力就立刻征服了厨娘和女仆,这使院子里的人都感到惊讶,简直有些妒忌他。他气壮如牛,令人畏惧。西多罗夫是图拉人,瘦伶伶的,很是单薄,总显出忧伤的神情,他说话声音很轻,连咳嗽都小心有加,眼光总是怯怯的。他总爱注视着黑暗的角落,不管他轻声说话,还是默然呆坐,他总是把目光落在最黑暗的一个角落里。

"你看见啥了?"

"没准能看见老鼠……我喜爱耗子,它们很安静,无声无息,跑起来极快……"

我挺高兴为勤务兵提笔代写家书,或代写情书,这是我常干的事。不过,我在这些人中最乐意帮的是西多罗夫。每个星期六,他都会准时给在图拉的妹妹写信。

他叫我到他的厨房里去,在桌子前挨着我坐下,两手使劲揉搓着他刚修剪过的头发,对我低声说道:

"好,开始写吧! 开头还照旧写:我最亲爱的妹妹,愿你安好! 然后是:你寄给我的一个卢布已经收到,以后不要再寄了,多谢。我这里一切都齐全,生活很安定。其实我们的生活真是一团糟,简直像狗一样。哎,这句话不用写在上面,只要写:很好! 她还小呢,才十四岁,让她知道这些有什么好处? 现在你就随便写吧,就照着我说的那样……"

他在我左边坐着,拼命挨着我,热乎乎的气息直吹着我的耳朵。他低声地坚定地说:

"叫她别让青年小伙儿搂搂抱抱,千万别让别人抚摸她的胸脯! 你写上:如果有人对你花言巧语,你千万不要轻信他,他是骗你的,想要玷污你……"

他拼命不让自己咳嗽,一张苍白的脸憋得通红。他鼓胀着两个腮帮子,眼里滚动着泪水。他在椅子上坐立不安,老是碰我。

"别碰我!"

"没事儿,你写吧……那帮大老爷儿们根本不牢靠,他们轻易就能把小姑娘骗去。他们说得天花乱坠,什么都能说得出来,你要是对这种人表示信任,八成就要被骗进窑子里。你要是手上有一个卢布,那就去交给神父吧,如果他还不算坏,他会帮你收管着。但是最好的办法是把它埋到地底下,别让别人知道,你只要记得你埋的地方就好……"

厨房的气窗上发出铁皮扇的咯吱声,盖住了这些低沉的话语,让人听起来很不舒服。我回头看看被煤熏得发黑的炉灶口,餐具柜里到处布满苍蝇屎。四处爬满臭虫的厨房污秽不堪;焦油、火油、煤烟的呛人的臭味到处散发着。浑身油腻的蟑螂在炉上的碎木柴间蠕动爬行,撩得人心烦意乱。这个可怜的士兵和他的小妹实在令人同情。难道就这样生活下去日复一日? 难道这样生活下去就算好的吗?

我不再听西多罗夫在唠唠叨叨些什么,只是一味自己信笔写着,写出了生活的

艰辛和内心的怨愤。他长叹一声,说:

"写了这么多了,真谢谢你! 如今,她会明白什么是要有所畏惧的……"

"有什么值得去怕的。"我常常恼怒地说。其实我自己也是有所惧怕的。

士兵干咳了几声,讪讪地笑道:

"你这人真怪! 可怕的东西多哪! 老爷们呀! 老天爷呀! ……还少吗?"

他一旦收到他妹妹的来信,就会忐忑不安地央求我:

"快念给我听听,快点……"

于是我在他的央告下把一封写得七歪八扭、简单而且干涩得叫人难受的信,连着给他读上三遍。

他为人友善,但像其他所有人一样,对女人就像对猫狗一样,粗暴而且简单。我有心无心地留意过这种关系,亲眼看到这种关系由开始迅速发展到最后,这种速度常常快得使人咋舌,令人作呕。我看到过,西多罗夫在一开始对女人谈起军队生涯的悲苦,博得了她的同情心;之后用甜言蜜语把女人迷得晕头转向;再往后,就对叶尔莫欣大谈自己的胜利之果,就像喝过苦药一般,皱着眉头,口吐唾沫。这同样让我感到心情压抑。我曾经不无愠怒地质问他:他们干吗总是欺骗女人,对她们不说真心话,并玩弄她们,最后又把她拱手让给别人,而且还经常对她们拳脚相加呢?

他不屑一顾地嗤着鼻子,说:

"你少管这号闲事。这些事都是罪恶的,不好呀! 你年纪还小,早着呐……"

但是有一次,我得到的更加明确的回答却令我难忘:

"你以为女人们不知道自己在上当吗?"他说,眼睛眨巴着,咳嗽了一下。

"她都晓得! 她自个儿还巴望着被骗呢。做这码子事儿,大家都在骗人。大家都觉得这种事丢脸,谁也没有爱情,不过是逢场作戏罢了! 这种事情是很让人难为情的,你别着急,以后就明白了! 干这种事就得在夜里,即使在白天,也得躲在暗处,在柴堆子里,对呀! 上帝会为这种事把你逐出天堂的,谁都要为这种事背黑锅……"

他说得很动情,也很感人,那么追悔莫及的样子,又使我对他的浪荡行径有了一些谅解。我待他比待叶尔莫欣稍稍友好一点,但是我仍然憎恶他,想尽一切办法讽刺他,让他怒火中烧,我的目的就算是达到了。他时常心怀鬼胎地在我后面跟着,满院子溜达,但是因为不机灵,他很少有机会遂愿。

"这种事不允许发生。"西多罗夫说。

我知道,这的确是不被允许的。但至于说人们会由于做这件事而招致不幸,我却难以置信,因为我时常注意到,恋爱中的人们,往往会流露出一种异乎寻常的眼神,使他们看上去特别温良友善。我在这种内心愉悦的感染下,总是觉得心情愉快。

但是,我没法忘记,即使在当时,我仍能感到生活愈发地枯燥单调、冷酷异常,它日复一日地照着原先的样式,通过原先的那些关系表现出来,同我每日看到的一样,一成不变。是否有比这更美好的生活,比这每天都必然面临的更加美好的生活,我无法想象。

不过,有一天,我听士兵们给我讲了一个故事,并且深受触动。

一位裁缝,拥有本城最好的一家缝纫店,他为人坦诚谦逊,性格温和文静,不是俄罗斯人。他有个矮小的妻子,没有生育,总是不分昼夜地看书。他们住在嘈杂的大院子里,周围满是醉醺醺的酒徒,他们过着与世无争、默默无声的生活。他们没有客人来访,也从不去别家走动,只是逢年过节去戏院走走。

丈夫每天很早出去谋生,直至很晚才归。妻子却宛如少女,每周两次去图书馆。我时常能看见她走在河堤上,踩着小碎步,走路一摇一摆,似乎有些瘸腿的样子。她抱着一摞书,用皮带捆着,小手上戴着一副手套,活像个学生,显得温厚、可爱、清纯、富有朝气。她纤巧秀气的面庞像小鸟一般,一双灵动的眼睛忽闪忽闪的,她像摆放在梳妆台上的一尊陶瓷雕塑,整个人看上去那样美丽娇人。士兵们议论她时,说她因为少一根右肋,所以走路时会奇怪地晃动,可是在我眼里,这样反而更令人心生爱怜,人们一下子就能区分出她和院子里其他的太太们——军官的妻子们——是多么不同。尽管那些太太们说话时声音洪亮,打扮得炫人眼目,修饰着意,腰垫撑得很到位,可她们仍然像一堆久远年代的古董,被长期置放在黑漆漆的保管室里,混杂在大批毫无价值的物件之中,被人们久置脑后了。

院子里的居民都把这个裁缝的娇柔的妻子视作精神病患者。他们说她书读得过多,以致丧失了理智,甚至不会操持家务。裁缝要自己去市场上采购食物,自己向厨娘交代做午饭和晚饭的事宜。厨娘也不是俄罗斯人,她身材高大肥胖,整天闷闷不乐,一只眼睛每天布满血丝、湿乎乎的,另一只眼睛只看得见一条粉色肉缝。人们议论纷纷地说,裁缝的老婆居然分不清炖猪肉和炖牛肉有啥区别,一次她去买芹菜,可竟然把辣椒买回了家,真是丢脸的事!你想想,这还得了!

这三个外乡人,在整栋房子里,就像是忽然撞进了一个大养鸡场的鸡栅栏里,又仿佛是躲避山风的麻雀从通气窗口飞进一幢又乱又憋气的房屋。勤务兵们突然对我说,那些军官老爷对那个裁缝的娇弱的妻子动了歹念,想要伺机对她羞辱玩弄一番。他们几乎每天排着队给她递情书,向她表达爱慕之情,倾诉自己的思念之苦,对她的美丽大加赞美之辞。她回复了他们,对因她而起的痛苦表示抱歉,并且请上帝帮助他们不再对她心生爱意,请他们不要再打扰她的生活。军官们收到这样的答复之后,聚在一起共读,一起嘲弄着这个女人,继续冒着某人的名写信给她。

勤务兵们在给我讲这个故事时,一边还笑着唾骂裁缝的妻子。

"这个腐腿娘儿们真是个背运的蠢人。"叶尔莫欣阴阳怪气地说道,并得到了西多罗夫的低声应和:

"每个娘儿们都自觉自愿地被骗。她有什么不知道的……"

　　我不信裁缝的妻子知道这回事,于是我打算告诉她。看到她家的厨娘去了地窖,我伺机沿着黑魆魆的一段楼梯向那个娇弱女子的房间走去。首先,我闯进厨房,可那里空无一人。我又走到起居室。裁缝的妻子正坐在桌子前,手里端着一只粗重的镀金茶杯,另一只手里托着一本书正在翻阅。我的闯入使她大吃一惊,她用书按住胸脯,轻声叫了起来:

　　"你是谁? 奥古斯塔! 你是什么人啊?"

　　我提防着她会拿起茶杯或书砸向我,于是忙不迭地结结巴巴地说了出来。她穿着一件家居衣衫,下摆缀着丝绒边,领口和袖子都绣着花,衣服是天蓝色的,反衬着她坐的草莓色圈椅。鬈曲的淡褐色长发垂披在两肩上,宛若天国里的天使一般。她仰靠在椅背上,圆瞪着双眼凝视我,刚开始时的气恼转而成了带着惊讶的笑容。

　　我说完了我想说的话,勇气全无,转身就往门口走去,她叫住了我:

　　"请等一下!"

　　她把茶杯放在托盘里,把书搁在桌子上,然后交叠着双手,她的嗓音低沉,一副大人腔调:

　　"你这孩子真的有些与众不同……来!"

　　我小心翼翼地向她走去。她拽住我的手,用冷冰冰的小手抚摩着我,问:

　　"有谁叫你来的吗? 嗯? 好吧,我看出来了,是你自己一个人来的,我相信……"

　　她松开我的手,闭上双目,低沉而缓慢地说:

　　"原来那些无耻的士兵在议论这些!"

　　"你为什么不从这里搬出去。"我一本正经地建议。

　　"为什么呢?"

　　"他们会寻你开心的呀!"

　　她轻快地笑起来,然后问:

　　"你进过学校吗? 喜不喜欢看书?"

　　"我没时间看。"

　　"你要真的喜欢,总能找到时间的。好了,非常感谢你!"

　　她把手伸到我面前,捏着的手指里有一枚银币。我不好意思收下这枚冷冰冰的东西,可又不敢拒绝她。我离开时,把它留在了楼梯扶手的柱顶上。

　　似乎是清晨的曙光铺泻在我眼前,我在这个女人身上得到了一种全新的深刻印象。于是,我好多天都生活在欢娱之中,我想象着那间宽敞明亮的房间,和住在屋子里的天使般的人,那就是穿着天蓝色便装的裁缝的妻子。她周围的一切,都美艳绝伦。她的脚下,铺陈着光彩眩人的金色绒毡,银色的玻璃窗户里透进来冬日的白昼,在她的身旁就像一只取暖的小宠物。

　　我特别想再见到她。如果我去她那里拜访她,向她借书看,会有什么样的场面?

　　我果真照计划办了,于是在同样的地点我又见到了她。她照旧捧着书本,但她的一侧脸颊上扎了一块红色方巾,一只眼睛肿胀着。裁缝的妻子交给我一本黑色封面的书,嘴里含糊地说了一句什么。我拿着书走出去时,心里郁闷不快。书本散发着一阵杂酚油和洋茴香水的味道。我把书用一件干净的衬衣包好,藏在阁楼上,唯恐被主人家里的人拿去弄坏了。

　　主人家里订了一份《田野》杂志,并非是为了拿来阅读,而是为了看那里面服装的裁剪样式和中彩情况。他们在看过里面的图片、彩页之后,就折起来放在卧室的一个柜子里,到了年末再装订成册,塞在床底下。那里还放着已有三年的《绘画评论》杂志。我每次擦洗卧室的地板,都有脏水淌到那些杂志底下。另外他们还订有《俄罗斯邮报》,黄昏将近时,他们就一边看一边骂骂咧咧:

　　"天晓得他们干吗要写这些破落玩意儿!没劲得要死!……"

　　周六,我到阁楼上去晾衣服,想起那本书,于是就把它拿了出来,打开包裹,读到书的第一页开始的第一句:"房子与人无异,每一幢都有各自不同的外观。"我对这句话所包含的真实性感到大为吃惊。于是我继续站在小小的气窗跟前,不歇气地读了下去,一直读到我快要被冻僵了才停止。等到夜里,主人一家都去参加彻夜祈祷了,我带着书本来到厨房,埋头读起书来,书页已经有些发黄了,破损了的书页就像秋风里的落叶。可我却轻易地被这些纸张带进了一种全然不同的生活之中,我逐渐熟悉了新的人物,他们之间的相互关系,我看到了内心善良、本性温厚的英雄,也看到了狡诈的坏蛋。他们和我已经厌倦了的那些人不同。这部长篇小说的作者是格拉维埃·德·蒙特潘。跟他所有的其他小说一样,这仍是一部篇幅很长、人物众多、事件关系复杂的作品,但这些事件反映的却是一种急剧变化的、新颖的生活。小说的风格简洁明了,令人产生惊奇之感,似乎从字里行间里隐约能看见隐没在其中的光芒,照射着一切善与恶,使人们明辨是非,并使读者将自己与人物的命运紧紧相连。书中的描述跌宕起伏,动人心魄,使人有种强烈的冲动,想去解救这个人物,或是阻止那件事情,而完全忘记了这是现在眼前的生活场景不过是纸上谈兵而已。读到这一页时忽而觉得很兴奋,读到那一页时又忽而觉得很伤感,一切都沉浸在此起彼伏的起起落落之中。

　　我读得神思恍惚,以致大门的门铃响起来时,我都不清楚是谁在按铃,不明白为什么要按铃。

　　蜡烛几乎要烧完了,我今天早晨刚刚清除干净的烛台上满是蜡油。长明灯的灯芯也由于我的疏忽而从支架上滑落下来,火焰顿时熄灭了。我拼命想掩盖住我的罪过,心急如焚地在厨房里跑来跑去,我把书塞进炉子下面的一个空着的地方,把长明灯点亮了。恰在此时,保姆像一阵风似的从房里跑出来:

"你没听见门铃响吗？你聋了不成？"

我急忙跑去打开门。

男主人声色俱厉地问我："你又睡懒觉啦？"他的妻子笨拙地迈上楼去，一边抱怨我使她冻得都感冒了。那老妈子满嘴粗话地走进厨房，一下子发现了快要烧光的蜡烛，便开始盘问我干了些什么。

我默不作声，好像刚刚摔了重重的一跤，浑身虚脱了一般。我担心她会找到那本书，但她仅仅是叫骂着，说我存心要烧毁这屋子。男女主人来吃晚饭的时候，她仍然告状似的对他们说：

"你们看看，他把一整支蜡烛都烧光了，几乎把房子也烧了……"

吃饭的那个时刻，他们四个人众口齐声恶狠狠地数落着我种种有意无意的罪状，责骂着我，甚至对我吓唬着说，我将有恶报。不过我心知肚明，他们说这些话不过是穷极无聊地发泄，他们既非出自歹意，也绝无好心。使人觉得奇怪的是，只要把他们和小说中的人物相比较，就能显出他们的空虚和滑稽来。

晚饭之后，他们哈欠连天地离开，步履蹒跚着去睡了。老婆子怒不可遏地打搅了一阵上帝之后，也爬上炉炕不再作声。我这时方才爬起身来，从炉子下的空隙里取出那本书，来到窗前。夜色如洗，月光洒满整个窗子，可惜字体特别小，很难凭眼力看清晰。可是要不看下去也很难做到。于是我从橱架上取下一只铜锅，希望借以反射月光照到书上来阅读，但是更不清楚，更为暗淡了。于是我干脆爬上了墙根那儿的凳子，凑在圣像前，借着长明灯的光看起书来。谁料想看得困乏起来，我竟趴在凳子上睡着了。是老婆子的叫骂和用力推搡把我惊醒了。她的手里抓着那本书，朝着我肩头狠狠地拍打着。她光着一双脚，身上只有一件内衣，她棕褐色的脑袋恶狠狠地摇晃着，愤怒的神情使她满脸通红。

维克托在床上喊道：

"妈，你别再叫啦！这日子真难过……"

"惨啦，她会把书扯碎的。"我心里想。

喝早茶的时候，我成了被大家审问的对象。

主人很严厉地问道：

"你的书是从哪里搞来的？"

女人们叽叽喳喳地插着话。维克托一脸疑窦地把书放在鼻子前：

"还有些香呢，真的……"

听说这本书是神父的，他们又重新瞅了瞅那本书，吃惊而且恼恨地说，神父也看这种书吗？不过这到底让他们松了一口气。主人还是对我讲了许久的关于看书的诸多坏处，唠叨个没完。

"就是他们这些念书的人，把铁路都炸掉了，想炸死……"

女主人又恼又怕地对主人叫嚷：

"你疯啦？你对他说这些干什么？"

我带着"蒙特潘"到士兵那里去，告诉了他事情的原委。西多罗夫接过书，一言不发地开了小箱子，拿出来一条小毛巾，把小书包在里面，放进箱子，然后说：

"你别管他们那些胡言乱语，到我这里来看书吧。我对谁都不会说的！要是你来了，看到我不在，你就到圣像后边取钥匙，开了箱子自己看书好了……"

主人们那种对书的样子，使得书本在我心目中一下子重要而且具有震慑力了，似乎这里头藏着某些秘不可宣的东西。我对什么"念书人"炸掉铁路，想谋杀什么人的事毫不在意。不过我却因这些而记起了忏悔时神父的质询盘问，还有在地下室里的中学生读物，包括斯穆雷提起的"正经书"；并且我还记起外祖父曾经对我讲过的会使魔法的阴谋家的故事：

"尊贵的皇帝亚历山大·巴夫雷奇执政的时候，一些贵族老爷们被歪门邪道的邪教所蛊惑，要出卖俄罗斯人，献给罗马的教皇，那帮可恶的假圣徒！可阿拉克切耶夫将军把他们全都逮住了，不分贵贱，一律送到西伯利亚当苦工去，让他们像蚂蚁一般死在那儿……"

"群星灿烂的日全食""格尔瓦西"这时也重新映入我的记忆之中，还有那些自鸣得意、半讥半讽的话：

"你们这帮门外汉，还斗胆想知道我们的事呢！瞧你们昏暗的眼睛，看得见啥！"

我感觉自己正面临着某样神圣的秘密事件，这使我心生狂想，迫不及待地要看完那本书，就怕它被士兵弄丢了，或者被他不小心弄坏。如果真那样了，我该怎么对裁缝的妻子说呢？

但是那个老妈子神经紧张地注意着我的言行，生怕我去勤务兵那里，她气咻咻地说：

"书虫啊！你看看那些书，都是把人教坏的，你看她老捧着书，但又读成什么样了？连上街买菜都不行，只会和那些军官眉来眼去，大白天都跟他们鬼混，我全知道！"

我想冲着她大叫：

"你骗人！她不是这种人……"

但是我又担心万一为裁缝的太太说好话辩解，反而让她猜到她是书的主人，那该怎么办？

接下来的那些日子，我过得痛苦不堪。我神思恍惚，又担惊受怕，心里异常苦恼。我常常夜不能寐，担心着"蒙特潘"那本书的下落。有一天，裁缝太太的厨娘在院子里遇到我时，说：

"把那本书还过来！"

我在吃过饭后，拣了个主人一家都午休的时间，去裁缝太太那里。我面带难色,心情沉重。

她穿着从没见过的衣服,仍然像以往那样接待了我。她穿着一件黑色天鹅绒的短上衣,一条灰色的裙子,在敞开的颈项里挂着一个十字架,上面还有一颗绿松宝石。看起来,她就像一只红腹雌灰雀。

我告诉她我还没有读完这本书,并且我的阅读遭到了别人的禁止。我内心的委屈和见到这个女子的欣喜,使我的眼里充溢着泪水。

"唉,这些愚蠢的家伙!"她纤细的眉毛倒竖着,说,"不过你的主人那张脸看上去还挺生动的呀!你别伤心,我帮你想想办法,写封信给他!"

我听完吓了一跳,赶忙告诉她,我瞒着主人,没有告诉他这书是她借给我的,而是向神父借的。

"别,您别写!"我央告她,"他们会谩骂您的,他们只会嘲笑不已。您知道吗,这个院子里的人没有一个喜欢您,大家对您总是讽刺和挖苦,说您笨透了,还少一根肋骨……"

我脑子也不拐弯地一口气说出了这些话,随后马上意识到我的这些话会伤害她,而且纯属废话。她紧咬着上嘴唇,"啪"地拍了一下自己的大腿,似乎骑在马上一般。我难为情地低下了脑袋,真恨不得有个地缝能让我此刻钻进去。可是裁缝的太太仰靠在椅背上,开心地笑了起来,一遍遍地说:

"哎呀,真是可笑……可笑极了!不过也没有办法,不是吗?"她两眼凝视着我,上下打量了一番,喃喃自语着,长叹一声,说:

"你真是与众不同的一个小孩子,与众不同……"

我朝她身旁的镜子里瞅了一眼,镜子里有一张脸,高突的颧骨,宽阔的鼻梁,一大块青疤留在额头上,头发乱糟糟地蓬松着,很久没有梳理过的样子——难道就是这个人"与众不同"吗?……这个与众不同的孩子一点儿也不玲珑可人……

"那天我给了你一点点小零花钱,你没有拿走。是为什么呢?"

"我不缺钱花。"

她长出了一口气。

"噢,真没有办法。要是你可以看书了,你就来我这里吧,我会借给你看……"

我神情哀伤地看了看梳妆台,那里放着三本书,最厚的那本就是我刚还的。裁缝太太把一只粉红色的小手递到我面前:

"好了,再见吧!"

我轻轻地触了一下她的手,飞快地离开了那里。

难怪人家说她一无所知,也许还是有些道理吧,分明是二十戈比的一个硬币,却被她说成是一点点零花钱,真是儿童一样的人啊。

可我还是喜欢她……

九

由于突然一发不可遏制的读书欲望,使我深受许多难以忍受的委屈、污辱和责骂,这真是既让人伤心又觉得可笑的一段记忆。

我尽力不去想起裁缝太太的书,因为我觉得它们极其珍贵,我担心它们会被老妈子扔进火炉烧成灰烬。每天清早,我去小店买就茶吃的面包时,就顺便借回一些五颜六色封面的小连环画。

店里的老板是个年轻人,没有人见了他会心生好感,他嘴唇肥嘟嘟的,一张略有些浮肿的脸总是被汗浸着,毫无血色,上面布满污迹和瘢痕,眼睛空洞洞的,肿胀着的手粗短笨拙。街上那些小青年和风流娘儿们常到他的店铺里聚会。我那主人的兄弟就几乎每晚必去那里玩纸牌、喝酒之类的。到吃晚饭时,我常要到那里喊他回去,我也经常会在店后面的一间很狭促的房间里,看到那位傻乎乎的红脸老板娘,坐在维克托,或是别的什么年轻人的腿上。老板对这事似乎并不在意。他店里那个帮着做些生意的小妹,他也一点不计较她被那些唱歌的、当兵的,或是其他诸如此类的人搂搂抱抱。店里的物件很不齐全,他说那是因为店刚开了不久,没来得及张罗好,但那家店面其实在秋天就开张了。他常给那些客人和顾客们提供一些春宫画,拿一些淫秽的诗句给他那些忠实的读者们传抄。

我向他租米沙·叶夫斯季格涅耶夫的穷极无聊的书看,每本要花一个戈比,那是不小的一个数目。但那些书真是索然无味;还有什么《古阿克(又名忠贞不屈)》《威尼斯人法兰齐尔》《俄罗斯人和卡巴尔达人之役(又名一个死于丈夫墓前的伊斯兰美人教徒)》等等之类的书,也使我大为失望,我常常为此感到难抑的愤怒:这些书文字晦涩难懂,讲述的故事也是难以置信,简直就是在耍弄我。

我对《射击军》《尤里·米洛斯拉夫斯基》《神秘的修道士》《鞑靼骑兵亚潘卡》这些书还稍稍有些喜欢;读这些书之后,你还能回味些什么。但圣徒传是最能够使我产生联想的;我读这些书时,时常能感到那里面有一种严肃的东西是可以让人折服的,我被那种东西深深地感动着。不晓得是为什么,我会由一切殉道者联想到那个"好事情",那些殉道的妇女们也让我联想到我外祖母身上,还有一切圣徒,也使我觉得和外祖父脾气好的时候的那种样子有些神似。

当我去砍柴时,我就在柴棚里看书,或者去阁楼上。但两个地方都一样寒冷,极不方便。有时,我读到一本有意思的书,或者想快点读完它,就会半夜里爬起来,就着点燃的蜡烛看书。但是老婆子发现蜡烛在夜里被用过了,就会用一个松明片去量它的长短,然后藏起松明片。如果发现第二天早上的蜡烛被用短了一截,或是我没能找到那片松明片,没能把它搞得和烧过的蜡烛一样长短,就会听到厨房里传来的歇斯底里地嚷叫声。直到有一天,维克多在床上大声地叫起来:

"妈,你就别大声嚷嚷啦!简直不叫人活了呀!他肯定点过蜡烛,这是毫无疑问的。他在读书,我知道!书是从店铺老板那儿借的!你到阁楼上瞧瞧去好了……"

老婆子奔到了阁楼上,发现了一本不知什么书,三下两下就撕成了碎纸片。

我为此伤心不已,但这更增强了我读书的强烈渴望。我清楚地知道,即使有个教徒上这个家来,也一定会被主人家改造成顺着他们意愿的那种人。他们这样做的唯一动机,仅仅是因为他们极其无聊,无所事事。要是他们没法教训别人,没法大声叫唤,没有嘲笑别人的机会,他们一定就连话也不会说了,哑口无言,不知道自己是谁了。他们必须要用他们的某种方式去对待他人,以表明他们仍然存在于世。我主人一家,除了教训别人、责骂别人,根本不知道还有什么其他办法可以与人交往。即使你模仿他们那样生活,按照他们的样式去思考问题,去感觉外界,也无济于事,你仍然会受到他们的责骂。这样的人,世界上哪儿都有。

我继续想尽一切办法找书看,其间好几次,我的书被老太婆弄毁了。我一下子发现,我竟然已经欠了店老板许多钱,高达四十七戈比!他逼我还钱,还吓唬我说,下次我去店里买东西的时候,他会扣下主人的钱来充还我欠下的债务。

"到那时,你想想会是什么样子呢?"他揶揄着我。

我讨厌死他了。他已察觉到这点,所以就借各种机会对我大加威吓和折磨。他对自己的做法还颇为得意,乐此不疲。只要我一踏进店去,他就凑着那张布满瘢痕的脸,挤出一堆笑来,装作很温和的样子:

"你来还钱吗?"

"不是。"

他被这话激怒了,皱着眉。

"那可不好。是要我把你带到调解法官那里去不成?嗯?还是我先查封你的所有东西,然后把你扭送去劳改?"

我根本没有钱的来源。我把所有的工资都上交给了外祖父,这下使我慌了手脚,不知如何是好。我向他请求再宽限几天,店老板把他满是油污的手递过来,那只手胖乎乎的活像一只馅饼。作为对我要求的答复,他说:

"你吻了它,我就同意再宽限几天。"

我从柜台上抓起一个秤砣,朝他举起来,他慌忙蹲下身去,叫道:

"干吗,干吗,你想要干什么?我是跟你说着玩呢!"

我清楚他并非说着玩。为了还清债务,我动了偷钱的念头。每天早上,我给主人洗衣服的时候,都会有硬币在他裤兜里。有时候,硬币会从裤兜里掉出来,落在地板上。有一次,一枚硬币滚进了楼梯下面的柴棚缝隙里。当时,我就把这件事忘得一干二净,直到过了好几天在柴堆里我发现了这个二十戈比的硬币,我才又重新记起来。当我把硬币交还到主人手里的时候,他的太太说:

"你瞧,把口袋里的钱数数就好了。"

主人却笑嘻嘻地对我说:

"我知道,他是诚实的!"

如今,我动了偷钱的念头,可是对他这句话和他那种信任的笑容的记忆,使我觉得偷钱是多么困难。我好几次从口袋里掏出了银币,但数过之后,还是不能下这个手把它偷走。这件事使我一直苦恼了两三日。出乎意料的是,这一切都很快地得到了很简单的了结,主人突然有一天问我:

"你是有心事么,彼什科夫,整天没精打采,是有病了?"

我毫不掩饰地告诉了他我的苦恼。他皱了皱眉:

"你看,你被那些小书都搞成啥样了! 读书肯定是要出乱子的……"

他交给我五十戈比,很严肃地叮嘱我:

"你可要小心,千万别说出来给我妻子和母亲听见,否则的话,又要闹得不可开交了!"

然后,他亲切地笑着说:

"你真够犟的,真要命! 不过也没事儿,不错。但是你以后不能再看书了! 从明年开始起,我会买上一份好报纸,你就有可看的了……"

于是,一到晚上喝茶和吃晚饭的那档空闲时间,我就要给主人们读《莫斯科报》。报纸上全是瓦什科夫、罗克沙宁、卢德尼科夫斯基的长篇小说,还有特地写给那些无所事事、游手好闲的人看的东西。

我不喜欢朗读,这会影响我对这些文章的理解。可是主人们都虔诚无比地听着,全神贯注,并且津津乐道于此。他们对故事中人物的恶行不断发出惊叹之声,并且会不无得意地评价:

"谢天谢地,我们过得如此安稳,没有这些乌七八糟的事儿!"

他们常常会混淆事实,明明是大盗丘尔金所为之事,硬说成是马车夫福马·克鲁奇纳干的,还常把名字搞错。我指出他们的错误来,他们很是吃惊:

"噢,他真有好记性!"

《莫斯科报》上常会有列昂尼德·格拉韦的诗登载,那是我喜欢的,我抄了其中的一些诗在我的本子上。但是主人们对这位诗人却没有好话:

"人都老得掉牙了,还写什么诗。"

"他呀,酒鬼和疯子而已,对什么都不在乎的。"

斯特鲁日金和梅曼托—莫里伯爵的诗歌,是我所喜爱的,但却遭到了两个女主人的非议,她们一老一少,都不约而同地肯定说,诗歌无非是胡言乱语罢了。

"那些用诗句说话的人,尽是些小丑和唱戏的戏子。"

在寒冬的夜晚,跟主人一家在狭窄的房间里面对面地坐着时,我感觉到时间是多么地难捱。窗外是悄无声息的浓重夜色,偶尔能听见树枝被冻得发出噼啪的响声。大家坐在桌子周围,像被冻住了的鱼儿一样默不作声。窗子和墙壁被风雪敲打个不停,烟囱里回荡着风儿盘旋怒吼的声音,火炉门被吹得不停地发出响声。育婴室里婴儿在哭喊。我多么希望能蜷缩在屋子里那个黑暗的角落,像狼那般发出宣泄的嗥叫。

女人们在桌子对面坐着,手里忙着穿针引线、编织袜子。维克托坐在另一头,哈着腰,有气无力地描着图纸,嘴里不停地喊着:

"别晃桌子呀,真讨厌! 该死的,讨厌! ……"

主人坐在旁边的大绣架子后面,正在用十字纹绣一张台布。他的手指所过之处,便会呈现出红色的虾子、青色的鱼儿、黄色的蝴蝶、深秋里的红叶等。他自己设计这些图案,迄今为止,他干这个有三年了。如今他已经腻味做这个了,有时候大白天,他看见我没事,就会对我说:

"哪,彼什科夫,你来把这台布绣好,开始吧!"

我坐在桌前,挑了一枚很粗的绣针开始动手。我对主人充满同情,总是想尽一切办法帮他做点事。我认为他终有一天会扔掉这些绘图仪、绣花针、纸牌之类的玩意儿,重新找到一件更有趣的事情来做。他会常常突发奇想,把手头的工作搁下,满是惊讶的神色瞪着它,愣愣地出神,似乎那是一件新鲜玩意儿似的。他长长的头发一直垂在脑门和脸颊上,看起来像是修道院里的小徒弟。

"你在想什么哪?"他的妻子有些迷惑地问他。

"没什么。"他答了一句,继续埋首于他的工作。

我在心底独自思忖:这个问题难道合适吗? 人家在想什么是没有办法回答的。一个人在某一刻里所想东西,总与许多其他的东西交混着:当下发生的事,和昨天或者去年发生的事混杂交融、相互错杂着,令人捉摸不定。

《莫斯科报》的小品文章,根本不足以看上一个晚上。所以我提议拿出卧室床底下放着的那些杂志来。年轻的主妇有些疑惑地问我:

"那些杂志里有什么东西可看? 那不过是一些画呀? ……"

结果我们在床底下不仅拿出了《绘画论坛》,还有《火花》杂志;我们翻到萨利阿斯《佳京—巴尔李斯基伯爵》一文念了起来。这个中篇小说里带点傻气的主人公颇讨得东家的喜欢,他对这个小公子哥儿的不幸遭遇大笑不止,眼泪都快出来了,他直嚷嚷着:

"这太好玩儿了!"

"依我看,这简直都是胡扯淡!"女主人这样表示她独特的见解。

这些从床底翻出来的作品使我大为受益,因为我可以把杂志拿到厨房里去了,而且可以在夜里看书了。

最让我高兴的是,老太婆因为经常酗酒,终于搬到育婴室里去了。维克托也不来干扰我,与我相安无事。他每天晚上都等到全家人睡熟以后,屏息静气地穿上衣服,悄然溜出去,不知到什么地方一直玩到天亮才回来。晚上我还是不能点上蜡烛,因为蜡烛全被人拿到卧室里去了。我买不起蜡烛,就偷偷攒积蜡盘上的蜡油,把它们装进一只沙丁鱼罐头盒,稍微加点长明灯油,

然后用棉线充当灯芯,一盏烟雾腾腾的灯便做成了,它夜夜在炉子上陪伴我看书。

每次我翻动书本的时候,蜡烛的红色火焰就要颤悠悠地摇摆一次,随时都会使我陷入一片黑暗之中。灯芯随时都有可能被气味呛鼻的灯油吞没,我的眼睛被油烟熏得异常难受。但这些所有的困难,都在我阅读画报和图片说明所获得的无穷乐趣中消失殆尽。

这些图片将一幅越来越广阔的世界场景展现在我眼前,在这个世界里,点饰着神话般的城市、巍峨高山和美丽海滨。美妙的生活在我的世界里无限延伸,大地越来越丰饶秀丽,人们变得越来越富足,城市变得更加密集,生活也更加绚丽多彩了。当我再眺望伏尔加河对岸无限远的地方时,我能够想象出那里都有些什么丰富的画面。可在这之前,我遥望伏尔加河的对岸时,心中总是充满怅惘之情,在我的前方,是一望无垠的草场,其中点缀着补丁样的灌木丛;在草场的那一端,是密密的丛林,遥望上去像一面高高矮矮参差不齐的黑色幕墙。草地的上空雾气濛濛,阵阵寒气逼人。大地上充斥着寂寥、空荡的氛围,一如我空落落的内心。一阵淡淡的伤感气息萦绕在人的心头。在这样的时刻,我不再拥有任何愿望,思绪一片空白,唯一想做的就是闭上眼睛,隔绝外界。那种使人丧失斗志的虚无感,将会泯灭人们心中一切的希望,把内心所有的一切都吞噬掉。

附图说明写得简明易懂,雅俗共赏,这些文字描述着其他的民族、其他的人民,讲述着发生在过去和时下的种种轶事,然而我仍然无法完全读懂这里面所有的内容,这让我很难受。有时候会有一些稀奇古怪的字眼跃入我的眼帘,诸如"形而上学"啦、"锡利亚式狂想"啦、"宪章主义者"之类的词。这些字眼儿让我很不舒服,因为它遮盖了一切,就像一个越来越高大的庞然怪物。我似乎感到如果我弄不懂

这些词所表达的意思的话,我将永远也搞不明白周围的一切,这些词语就像把门的士兵一样,把守着一切的秘密入口处。我的脑海里常常被一些完整的章节所占据,它们异常活跃,就像钉在指尖的芒刺一样,干扰着我想其他事情。

我还记得有这样一首奇怪的诗歌:

> 匈奴族的酋长阿底拉
> 全身披挂,钢盔铁甲,
> 脸色严峻如坟墓,
> 策马驰骋在疆场,
> 所到之处,战无不胜。

黑压压的大军在他身后出现,众兵士高呼:

> 罗马在何方,强盛的罗马在何方?

罗马是一座城市,这是我所知道的,可是匈奴人到底是怎么回事? 我认定必须搞清楚这一点。

我瞅准了一个好时机,就向主人询问。

"匈奴人?"他很惊讶地重复了一遍我的问话,"天晓得那是个什么玩意儿! 也许是极为滑稽可笑的什么鬼东西……"

他不以为然地摇着头。

"你这脑瓜子里都装些啥乱糟糟的玩意,彼什科夫,这样可不行!"

我可不管行还是不行,反正我一门心思要搞清楚。

我隐约觉得也许兵团里的索洛维约夫会对匈奴是什么略知一二。于是,当我在院子里遇见他时,就拦住了他,问起这事儿。

他是个瘦弱的人,面无血色,两眼红通通地肿胀着,眉毛脱落了,蓄着黄色的胡须,并且脾气很不好。他把黑拐棍往地上一杵,对我说:

"这个和你有关吗?"

涅斯捷罗夫中尉则凶巴巴地冲着我问:

"什么……?"

我于是只好又决定去问问药铺子里的药剂师有关匈奴的问题。药剂师长着一张很有灵气的脸,鼻子大大的,上面架着一副金边眼镜,他总是对我和颜悦色地讲话。

"匈奴族呀,"药剂师巴维尔·戈利特贝格这样说道,"就类似于吉尔吉斯人,也是游牧民族。现在已经没了,全死光了。"

我顿时感到既悲伤又失落,我并不是为匈奴人都死光而感到难过,而是因为一个困扰了我如此之久的一个词语,竟是这样简单的含义,使我没有丝毫收获的快乐。

但是我仍然对匈奴怀有感激之情。在我明白了这个词语之后,我变得不再疑惑不安。并且出于阿底拉的缘故,使我有幸与药剂师戈利特贝格结交。

药剂师能通俗易懂地说明所有晦涩的艰深的词语的含义,他似乎藏着揭示一切奥秘的金钥匙。

他竖起大拇指和食指,扶了扶眼镜,他的目光穿过厚厚的镜片,与我的眼神相遇。他的话字字铿锵,宛如金玉良言一般声声入耳。

"我的朋友,这些词,就像一棵树上生长出来的树叶,你要想知道树叶为何长成这般,而非那般,你就要弄清楚这棵树成长的过程——要从书本中获取知识!朋友,书是一座无所不包,应有尽有的宝藏:它不但让你感到身心愉悦,而且会使你大受裨益……"

我经常光顾那家药铺,给那些长期心脏不佳的大老爷、太太们买些苏打粉和苦土,或是给孩子们捎些月桂软膏和泻药,每次我就顺便去拜访他。他言辞简练的谆谆教诲,端正了我对书籍的态度。我对书籍的渴望,也就像一个酗酒之徒对好酒的钟情一般,我再也离不开书籍了。

我在书本中看到了别样的生活,它激励着人们,使人们胸怀大志,甚至不惜违法乱章,仍然内心充满强烈的期待与渴望。而在我身边的这些碌碌之辈,我看出来他们既没有远大志向,也不会去触犯天条做一些惊世骇俗之事。他们苟且地活着,与书中所描绘的世界格格不入。在他们每一天的生活里,能有一些令人兴奋、觉得有意义的事吗? ——我无从知道。我也极不愿意与他们同流合污……我很深切地明白自己这一点……

我在图片及其说明文字里了解到,在布拉格、伦敦、巴黎这种地方,有着平坦的大道,大街上没有坑坑洼洼,也不见成堆的垃圾,房子和教堂别有洞天。那里的冬天远不是像这里这般漫长难捱,市民们也无须在大斋的日子只吃些酸白菜、腌蘑菇、燕麦片、土豆和令人作呕的麻子油。我在受戒的日子是不能看书的,《绘画论坛》也被他们没收了;一种空虚无聊的斋戒生活,再次沉重地压抑着我。自从我读过那些书之后,知道那里有无比美好的生活场景,我就愈发觉得现实的匮乏和压抑。只要有书可读,我就心情愉快,精神焕发,做事麻利,因为我的心里有一个明确的动力:早干完事儿,可以多看些书。但是书又被他们收走后,我总提不起神来,终日落落寡合,似乎我的记忆力一下子变得十分贫弱。

就在我百无聊赖的日子里,忽然有一件奇特的事情发生了:有一天夜里,大家都快各自上床睡觉去了,蓦地听见教堂里的钟声被敲得嗡嗡直响。家里人都被惊吓住了,人们顾不及穿好衣服就跑到窗前,互相询问:

"是不是着火了？……是警钟在响吗？"

邻居们也明显地处于慌乱之中，他们的房门在不停地发出开关的声音，砰砰作响。有人牵着有笼套的马在院子里来回跑着。老太婆扯着嗓门在喊，说是教堂遭抢了，但是她被主人制止住了。

"得了，妈妈，这不分明是敲钟声吗？"

"那好，或许是大主教过世了……"

维克托从高架床上下来，衣服还未穿好，嘴里咕哝着说：

"我知道怎么回事，我知道的！"

东家指使我去阁楼上瞧瞧，看是不是有火光。我爬上楼，又从气窗孔里钻到房顶上，然而并没有看见有火光的迹象。那口钟仍然悠悠地回响在寒冷的、安稳的夜色里。偌大的城市已酣然进入梦乡，但是仍然可以听见有人奔跑的声音，他们脚下发出吧吧的踩雪声，还有驾着雪橇时滑木的尖锐的咯吱声音。钟声显得愈发恐怖起来，我退回了房间。

"没看见有火光。"

"天哪！"主人喊道。他已穿戴整齐，扣上帽子，拉起衣领，正犹豫着是否穿套鞋，女主人在一个劲地哀求他：

"你留在家里吧！得了，你留下来不要去嘛！……"

"别胡说！"

维克托已经穿上了衣服，他还在一旁挑逗着大家：

"我可是晓得……"

兄弟俩走到门外去了，两个女人便嘱咐我去烧水，她们一起跑到窗前往外观看。这时主人在外面按门铃，一声不吭地跑上楼梯。他打开客厅门，低沉着噪音，说：

"沙皇被人刺杀啦！"

"遇刺啦？"老太婆大惊失色，问道。

"是的，有个军官告诉我这个消息的……现在该如何是好？"

维克托也进来了。他极不情愿地脱下衣服，不服气地说：

"我还当是有人开战了呢！"

然后，大家又纷纷坐下喝起茶来，语气平缓地交谈着，声音被压得很低，小心翼翼的样子。大街上的慌乱也平息了，不再有钟声传来。接下来的整整两天里，他们交头接耳地谈论着什么秘密，来来去去的忙个不停，有时会有客人到家里来，议论上好半天。我对所发生的事充满好奇，但是报纸都被主人们藏到不知什么地方去了，我根本看不到。我问西多罗夫，为什么沙皇会被刺杀？他低声回答：

"你可别乱嚼舌头根子……"

很快，每日的琐事又取代了这一切。过不了几日，又有一件很令人不快的事发生了：

一个礼拜天，主人们去做晨祷了，我把茶水烧上，又去整理房间。这时候，有一群半大的孩子偷偷跑进厨房，拔下了茶炊上的龙头，在桌子底下玩。茶炊里的炭火烧得很旺，水一流完，茶炊立刻烧开了。我在收拾房门，却听见茶炊的声音响得很异常，便走进厨房一看，天哪，整个茶炊都已经烧青了，突突地颤抖着，好像装了个弹簧，就要从地板上跳起来了。插龙头的套管已经烧得开了焊缝，软软地耷拉着，盖子歪在一侧，两个把手的下面还有被烧化了的锡滴滴答答流着。眼看着一只紫中带青的茶具像由一个道貌岸然的君子变成为一个七倒八歪的酒鬼。我赶忙把凉水泼在上面，它哧哧地冒着热气，颓然倒在地上。

门铃在响，我赶快去开门。老太婆问我，有没有把水烧好，我敷衍着说：

"好了。"

其实我说这话时，内心又紧张又慌乱，结果反倒被认为是愚弄女主人，为此受到了更严重的惩罚。一顿毒打就成了在劫难逃的定数。老太婆使了一捆细长的松木柴棍，狠命地抽打我，虽然没有疼得受不了，但我的背上插满了深深扎进去的木刺。到晚上，我的背已经肿得像塞了一个大枕头，到第二天吃中午饭时，我不得不被带去看医生。

细细高高的医生看起来干瘦得异常。他察看过我的病情之后，缓慢地、闷声闷气地说了一句：

"他是被抽打成这样的，我得把他的伤势检查结果登记在册。"

主人臊红了脸，两只脚不安地在地上摩挲着，他低声对医生说了几句话。医生把眼光移向他头顶上方，冷冷地说：

"那可不行。我不能照办。"

然后，他问我：

"你想告上法庭吗？"

我疼得厉害，只说了句：

"不，不想上告，你快些给我看病吧……"

我跟着进了一个另外的房间，在手术台上趴着，医生用一把冰凉凉的小手术钳给我一根一根地拔出刺来，这让我觉得还挺舒服。他风趣地说：

"他们倒是给你的皮做了很不错的一次加工术，你以后就不用担心再受皮肉苦了，我的朋友。"

在一场奇痒难忍的手术之后，他说：

"一共有四十二根刺拔出来了，你可又得吹牛皮啦，朋友！明天还是这个时候来换绷带。你经常被打吗？"

我思忖了一下，说：

"从前倒的确如此……"

医生低压着嗓子呵呵笑了起来。

"一切都会过去的,朋友,这一切都会!"

他领着我回到主人那里,说:

"请你带他回去吧,都搞好了。明天再来换纱布。幸好你碰上一个好孩子……"

我们坐着马车回去,路上主人对我说:

"彼什科夫,谁以前没有挨过打呢,我也一样。有什么法子呢?我的小兄弟。如今还有我在可怜你,可有谁可怜过我呢,没有人!满大街都是人,可就没有人同情你!咳,这帮杂种……"

他骂骂咧咧直到马车停在家门口。那一会儿,我倒怜悯起他来。他像对一个平等人那样对待我,使我心生感激。

我像一个寿星被一家人迎进屋去。女人们刨根问底地追问,医生是怎么给我看的病,对我们说了些啥。他们一边听,一边发出惊讶的啧啧声,还像品尝美食一样咂着嘴,皱着眉头。他们对于别人的伤痛和所遭遇的一切不幸所表现出来的巨大好奇,简直使我莫名其妙。

我发现,由于我不想对他们提起诉讼,他们非常高兴。趁这个当口,我开口向他们请求说,希望他们允许我去向裁缝太太借几本书。他们没有表示拒绝,但老太婆有些意外地叹道:

"你这不学好的东西!"

隔日,我去裁缝太太那儿。她笑眯眯地对我说:

"我听说你生病进了医院。瞧,你这不好好儿的吗!"

我没有说什么,因为把那个事实告诉她会使我感到难堪。这种很残忍而且令人伤感的事,何必要让她知道呢?她是与别人都不一样的,我喜欢这样。

我开始重新读起书来:大仲马、庞逊·德·泰尔莱利、蒙特潘、扎孔纳、加博里奥、埃马尔、巴戈贝等作家的大部头书,我都狼吞虎咽地逐本阅读。这真令人兴奋,我感觉自己似乎也非同凡响起来。我日日被振奋和激动着。我那自制的简陋蜡台重新燃放出昏黄的亮光,我在光下整夜整夜地读书,眼睛的视力也受到了影响。

老太婆假作关心地说:

"大书虫,你的眼珠要爆开来的,你瞧好了,准会成瞎子!"

我不久就弄清楚一个哲理:这些写得跌宕起伏、错落有致、引人入胜的各种书里,无论描写哪个国家、哪座城市,无论发生何种的形形色色的事情,都在讲述同一个思想:正直的人总是命运多舛,受尽奸贼凌辱欺压,反倒是奸诈之徒常常福星高照,机灵善变,但到结尾处,总是有种宿命的东西,最终战胜邪恶,善有善报,终成正果。那些谈及"爱情"之处,大多令人生厌,男男女女用老得掉牙的套话谈情说爱。这非但不让人觉得好看,反而让人心生疑窦。

有时候我只要看个开头，就能大致猜到谁输谁赢，只要清楚故事的梗概，我就会展开丰富联想，安排人物的性格、结局。不看书的时候，我就细细揣摩，像演算数学练习题一样，而且我愈发地擅长推测书中谁会进入美好的天堂，哪个会被打入十八层地狱。

然而透过这一切，我看到了别样的生活，看见了另外的一些人事关系之网，那里充满动感、折射出真理的光芒，对我来说，这意义极其深远。我逐渐明白，巴黎的杂役们、工人们、士兵们，还有所有"当苦差"的平民，是与尼日尼、喀山、彼尔姆的市民们不同的人群。他们同老爷们说话时，不用低声下气，他们态度更为随便，有更多的独立品格。比如说普通士兵，他们可不像西多罗夫那样，也不像轮船上维亚特省籍士兵，更不用说像叶尔莫欣了。他们相形之下，更活得有个人样。他们与斯穆雷有种东西是相通的，但不那么鲁莽，也没有那么粗鲁的性格。

即使是小店业主，也比我看到的那些小商贩好许多倍。书里所写的那些神职人员，比起我所认识的那些神职人员，要真诚善良，热心待人得多。总之一句话，书里所涉猎的那些异国生活，远比现实我所在的生活更为生动、更加悠闲，也更加充满魅力。那些外国人不会动不动就打架生事，像无节制的牲畜一般。他们也不会自私冷酷地伤害别人，就像那些人嘲笑维亚特士兵那样惨无人道，也不会像我那个疯狂的女主人一样拼命祈求上帝。

尤其值得注意的是，这些书对于恶棍、贪得无厌之徒和行径卑微者并不表现得极端不留情面，也没有耻笑他们的企图。这种企图和凶狠是为我所熟知的。在这些书里，一切的残忍都事出有因，能够理解。可现实中我见过的残酷却毫无理由，毫无意义可言，人们也不过是想找些乐子，除此以外再无其他。

我一本接一本地读下去，越发能清晰地明了俄罗斯生活与其他国家生活的不同之处，我内心隐隐约约的愤恨情绪渐渐被激发出来，我开始怀疑那些翻卷着书角，污秽不堪的黄色书页里所述内容的真实性。

偶然间，我忽然得到一本龚古尔的长篇小说《桑加诺兄弟》，我花了一个晚上一口气读完了它。我被一种从未有过的体验所震撼了，竟然又把这个简单的不幸悲剧重新读了一遍。这本书情节一点也不错综复杂，文字也没有什么吸引人之处。小说一开始，叙述的风格就很庄重、平实，读起来就像是教士传记。它的语言风格简练精到，毫无浮华辞藻，所以我刚刚阅读时很是惊讶。然而它精简的字词，严谨的造句清晰地印在我的脑海中。那个流落四方、卖艺为生的兄弟俩的故事，如此动人心魄，以至于我在专心致志地读这本书时，激动得两手直颤。当我看到那个可怜的艺人拖着他病残的双腿，爬上阁楼的段落时，我不禁痛哭号啕，要知道他的弟弟这时还在阁楼上为他的宝贝艺术钻研不止呢！

我去裁缝太太那儿还书，请她再借给我一本类似的书。

"哪本类似的书呢？"她问我，脸上浮现出笑意。

我在她的笑容里感到很窘迫。我说不清自己想要什么样的书,她却说道:"这本书很没有情趣,你等着,我去给你拿其他的,比这本书可要好看得多……"

过了些日子,她借了一本格林武德的《一个小流浪儿的真实故事》给我。我看到这本书的题目时,感到心里隐隐作痛,不过我刚读第一页,就被逗乐了,于是,我在愉快中读完了全书。有的地方我甚至读了不下两三遍。

看来,即使在外国,那里有时也有悲惨困顿的孩子,我登时觉得自己的生活并非糟糕透顶,我也没有必要那么沮丧了!

格林武德的书使我获得了无穷的力量。很快,我又借到了一本真正称得上"正经八百"的书——《欧也妮·葛朗台》。

葛朗台这个老头儿使我一下子联想到我的外祖父。这是本短篇,短得让人生气,然而,它所蕴含的很多真实之处,又使人不由得不产生错愕之感。我异常熟稔的、深恶痛绝的真实生活,被小说的全然不同的、敦厚平实的笔调描述出来了。在我从前读到的所有书里,龚古尔的书是唯一的例外,除此以外的其他作者,都在无所顾忌、夹枪带棒地对他人表示非议,就像我那些主人们,他们时常反倒唤起人们对过失者的原谅,以及对那些所谓高尚者的不以为然。我常常痛心疾首地在书中读到如此的情节:一个人在投入了很多智谋和顽强的努力之后,仍然不能达到自己所设想的目标——因为始终会有那些高尚品德的化身耸立在他面前,如磐石一般难于超越。虽然石块会让一切的尖酸刻薄之念化为粉灰,但石块本身并不能使人产生好感。但是,要是有人想要越过高墙摘取树上的苹果,无论这堵墙显得如何漂亮华丽或是坚固高大,都不会成为人们赞赏的对象。我隐约能感到,似乎在这些高尚和尊贵的背后,深匿着某种最弥足珍贵、最接近真实的东西……

在龚古尔、格林伍德、巴尔扎克这些作家的作品里,看不到纯粹的坏蛋,也没有绝对的好人,有的只是些有血有肉、栩栩如生的平凡人。他们真实得毋庸置疑,他们的一言一行都如生活中的一样,没有改变。

于是我懂得了,所谓"正经的、好的"书是多么地感人肺腑。但是这些书到哪里再去觅得呢? 似乎裁缝太太在这方面也无能为力。

她又推荐我一本河尔桑·古塞的《抱着玫瑰、黄金和鲜血的双手》,说:"这是本值得一读的好书。"另外还有贝洛、保罗·德科克、保罗·费瓦尔的长篇小说,只是我已经在这些书上花功夫阅读了。

她爱读马里耶特、维尔纳的小说,但我觉得这些平淡无奇的书并不是我之所爱。施皮尔哈根的书我也不喜欢,倒对奥尔巴赫的短篇小说不忍释卷。相形之下,华特·司各特比苏和雨果对我更有吸引力。我更期望看到巴尔扎克的书,它们精彩纷呈、高潮迭起、使人兴奋和喜悦。我渐渐地对可人的裁缝太太也丧失了以往的热情。

我每次去她那里，都要换上洁净整齐的衬衣，梳理好头发，竭力显出潇洒外表，我想或许这未必就能尽善尽美，但我仍期望我的优雅仪表能引起她的注意，用更加随意、友善的腔调对我说话，而不是在她白皙的，一直挂着笑意的脸上表现出生疏的态度。可她笑盈盈地用慵懒的柔美嗓音问我：

"又读完了？你觉得好吗？"

"不好。"

她略微扬起细细的眉毛，注视着我，叹了口气，用她一贯的鼻音说：

"为什么？"

"这些我早就看过了。"

"这些是指什么？"

"是有关爱情的……"

她略略眯了一下眼睛，轻快地笑道：

"噢，所有的书不都是有描写爱情的吗？"

她身穿天蓝色的宽松衣，陷在一张大沙发椅子里，她蹬着毛皮纹鞋的小脚颠动着，在膝盖上是一本正在阅读的书。

她用肉红的手指轻敲着书的封面，打起了呵欠。

我特别想问她：

"您为啥老住在这里呢？您是否知晓，那些军官老在写信给您，对您大加嘲讽……"

但我不敢把这些说给她听，捧着描写"爱情"的大部头，我满怀失望，悲伤地离开了那里。

院子里仍有人在对这个女子评头论足，说三道四，语言污秽不堪，简直如同诅咒。听着这些无中生有、捕风捉影的胡扯，我就觉得很不舒畅。在我没见到她时，我会对她充满同情心、牵挂着她，但只要我面对着她，注视着她那双充满机智的双眼、像小猫一样纤巧灵活的身体，还有那张总是笑意盈盈的脸庞，心中的同情和忧虑便顿消了。

第二年的春天，她忽然消失了。不几天，她的丈夫也离开了。

他们曾经居住的房子已经搬空，新的房客尚未来。于是，我顺路走进去看两眼，在空荡荡的墙壁上，只留下装饰画取下后的四方形痕迹，还有弯曲了的图钉、钉子敲过的印记。在漆了油的地板上，散乱着五颜六色的碎花布、纸碎、破药罐、空了的香水瓶，还有一枚闪着光的铜别针。

我心里充满伤感，很想能再看一眼娇美的裁缝太太，对她说，我是多么地感谢她对我做过的一切……

十

在裁缝一家搬走之前，主人的寓所楼下就新迁来一个黑眼睛的年轻夫人，还牵着一个小女孩和年迈的母亲。她母亲头发花白了，老婆婆的嘴里始终叼着一根琥珀烟嘴的烟卷。夫人美艳绝伦，态度倨傲而且威仪端庄，说话时语调动听而低沉；她看人的时候总爱高昂着头，微眯着双眼，似乎别人站得太远，以至于瞧起来有些费力。有个叫秋菲亚耶夫的黑皮肤士兵，差不多每天都要牵着一匹细腿儿红马来她家门口。夫人身穿铁青色的丝绒长裙，戴着一副喇叭口状的白手套，脚蹬黄色长筒马靴，她走到门口，撩起裙子的那只手还拿了一根嵌着淡紫石的马鞭，她用另一只纤细的小手，轻抚着马的鼻子和脸庞，马儿温和地龇着牙齿，一只红红的眼睛斜睨着她，浑身抖动着，翘起蹄子轻踏平实的地面。

"罗贝尔，罗贝尔。"

她低声轻唤马儿的名字，用力拍打马儿弯曲得极优雅的脖子。

然后，夫人踩着秋菲亚耶夫的膝盖，轻盈地一跃跨上马鞍，马儿兴奋地奔跑在堤岸上，宛如跳舞一般。她稳坐在马鞍上，姿态老练，沉着优雅，似乎与马鞍连为一体。

她的美是使人惊羡的，每次看见她，心中充满着的喜悦就如同初见面时一样，使人沉醉不已。我看见她的芳容，就会在心里默想：那些历史小说里美艳绝伦的女主人公，诸如狄安娜·普瓦提埃、玛尔戈王后、拉·瓦尔埃尔少女等等，一定就像这位夫人般美丽。

她的身边，常常簇拥着一大帮驻守城市的师部军官。每晚，他们必会来弹奏钢琴、拉小提琴、弹着六弦琴、伴着歌声跳起舞。其中有个名叫奥列索夫的少校是光顾次数最多的一个。他长着一张红色的胖脸，两腿并不修长，花白头发，浑身油亮亮的，看起来就像轮船上的机工。他的吉他弹奏得极棒，对夫人俯首帖耳，如一个忠贞不贰的奴仆。

那个长着一头卷发的五岁女孩，和她母亲一样甜美、幸福。她淡蓝色的大眼睛一派天真神情，非常娴静，总是在憧憬着什么似的。这个小女孩总是流露出一种成人般的若有所思的神情。

小女孩的外祖母总是一天到晚和丘菲亚耶夫忙碌于家务事，她家里还有一个女仆，身材肥胖，眼睛有些斜视。丘菲亚耶夫沉默寡言、表情落寞。小女孩没有奶妈，也不用人看管，整天在台阶上或者对着台阶的柴垛上玩耍。我每晚和她一起出去玩，并且对她滋生了爱意。她也很快地与我混熟了。她经常在听我讲童话故事时就睡着了,依在我的手臂上。我等她睡熟了,就抱她到床上去。没多久,我们已经形成一种默契:她在临睡前,必定要我去和她道晚安。每次我一去,她就很落落大方地向我伸出她胖胖的小手,说:

"明天见!外祖母,我该怎么说?"

"愿上帝保佑你!"外祖母说道,一边从口里、尖鼻子里喷出一股灰白色的烟。

"愿上帝保佑你到明天,我要睡觉去了。"小女孩一边重复着这句话,一边钻进绣有花边的被子里。

外祖母就对她说:

"不是到明天,而是直到永远!"

"难道明天不是永远的吗?"

她喜欢用"明天"这个词,也喜欢把她钟爱的东西,都放在明天。她要是摘了花朵、折了断枝,就埋在泥土里,说:

"明天,这里就成了一座花园……"

"明天啥时候,我也给自己买上一匹马骑着,像妈妈那样……"

她非常聪慧,但并不显得很轻松快乐,常常在玩得兴致正浓时,会突然陷入沉思,出人意料地问:

"神父的头发为什么和女人的一样?"

她被荨麻刺痛了手,就竖着指头对荨麻威胁道:

"你等着,我要是对上帝一祷告,他就会毫不留情地惩罚你。上帝可以对任何人施加惩罚,甚至是我妈妈……"

有时候,她会被一阵隐隐的、严肃的哀伤情绪笼罩着。她依偎在我的身边,瞪着一双湛蓝的、企盼的眼睛,仰望天空,说:

"外祖母老会生气,可妈妈从不,她可爱笑了。大家都那么喜欢她,要不她怎么总是那么忙呢,老有客人来。她是多么美啊,所以大家都看着她,她是我可爱的妈妈。奥列索夫就这么说过:可爱的妈妈!……"

我很乐意和小女孩交谈,因为她会说一些我所不熟悉的东西。她总是津津乐道于说她妈妈,一聊就没完。于是在我的眼前,一种新的生活悄无声息地开始展现了。我又想到玛尔戈王后,这使我对书本越发产生信任感,并且使我对生活产生了兴趣。

一天黄昏,主人一家到奥特科斯出游去了,我坐在台阶上等他们回来。小女孩正依在我的胳膊上打盹,她妈妈骑着马经过。她轻巧地跳下马来,扬着头问:

"她怎么了?是睡着啦?"

"对。"

"真是这样……"

士兵丘菲亚耶夫出现了,从她手里接过马去。她把鞭子别到腰带上,伸出双

手,说:

"把她给我吧!"

"我自己抱她过去!"

"呵!"那太太冲着我喝了一声,就像我是一匹马似的,然后一脚踏上台阶。

小女孩醒转过来,眨着眼睛,看了看她妈妈,然后向她伸过手去,妈妈抱过她便离去了。

我听惯了别人对我的叱责,可这个女人对我的吆喝却让我感觉很难受。其实,她只要稍稍吩咐一声,任何人都会言听计从。

过了不到几分钟,那个斜眼的女仆过来叫我。原来小女孩要脾气,因为没有和我说再见,她不想去睡觉。

我走到房间里,心里颇有些得意地站在小女孩的母亲面前。小女孩坐在她母亲的膝盖上,那位太太很轻巧地在给她脱衣服。

"好啦,你看到他来了。"她说,"这事倒真怪了!"

"没什么可奇怪的,他是我的小伙伴……"

"是吗?那真是太好了。那我们就给你的小伙伴送一件礼物吧,好吗?"

"好的,我愿意!"

"很好,这事儿我来办。你睡觉去吧。"

"明天见,"小女孩向我伸着一只手,"愿上帝保佑你到明天……"

太太吃惊地喊了一声:

"这是谁教你这么说的,是外祖母?"

"嗯……"

小女孩睡觉了,太太用手指招呼着我走到她面前。

"该送给你什么好呢?"

我说,我只希望她能借本书给我看看,别的什么都不要。

她带着香气的、温热的手指轻轻地抬起我的下颏,现出迷人的笑容,问:

"原来是这样,你爱看书,对吗?你看过些什么书呀?"

她笑的时候,显得更为动人。我羞涩地告诉她几本长篇小说的书名。

"你喜欢书中的什么?"她微微动着嘴唇问道,并把手放在桌上。

她的身上飘散着一股甜美而浓郁的花香,并且奇怪地夹杂着马汗的味道。她的双眼透过长长的睫毛注视着我,表情沉思而且庄重。就在前一刻钟,我还从来没被人这样看过。

房间里摆满了许多精美的家具,显得颇为拥挤,就像鸟巢一样。在花朵浓密地遮盖下,窗户若隐若现,炉子上砌着白瓷砖,熠熠地在昏暗里发出光来。炉子旁边有一架亮闪闪的黑色钢琴,墙壁上,褪了色的金黄色木框里镶着一张张字迹模糊的证书,上面满布着大号斜体斯拉夫字母,在每张证书下面,都用线绳吊着一枚深色大章。这房间里的一切,都如我一样恭敬而卑微地望着女主人。

我竭尽所能地解释说,生活太苦恼而且无聊,只能在书本里寻求解脱。

"噢,原来是这样?"她一面说,一面站起身来,"这话不错,听上去的确是这样……那没什么的。我可以借些书给你,不过眼下我没有……那么,你先把这本拿去看吧……"

她在长沙发上拿起一本翻旧了的黄皮书。

带着梅谢尔斯基的《彼得堡的秘密》,我离开了这位太太家。我开始极为认真地读它,但只读了开头的几页,就发觉,彼得堡的"秘密"要比马德里、伦敦和巴黎的平淡乏味许多。倒是书里一些有关自由和棍棒的寓言使我觉得有趣些。

"我比你高强,因为我比你聪明。"自由说道。

但棍棒这样回答:

"不,我比你力气大,所以我更强大。"

它们俩争执着,接着厮打起来。棍棒把自由痛打了一顿,自由因遭到毒打而在医院里死去了。(我记得书上是这么说的)

书中指的是虚无主义者。我记得,梅谢尔斯基的观点是,凡虚无主义都恶毒无比,只要被他瞟过一眼,连母鸡都会死去。依我看,虚无主义者,是带有侮辱性的字眼,除此之外,我没能看懂什么别的,这令人感到沮丧:也许是我没有办法看懂好书吧!不过,我仍然坚信:这是一本好书,因为像她那样高贵美丽的太太是决不会看坏书的!

"啊,怎么样,喜欢这本书吗?"我去还给她梅谢尔斯基的黄皮书时,她问我。

我很不情愿地回答说:"不。"我想,她会生气的。

不料她大笑了起来,跑到帷帐后面,也就是她的卧室里去了,拿出来一本精装的山羊皮封面的小书。

"你一定会喜欢读它。不过注意别弄脏了它!"

这是一本普希金的诗集。我一口气把这本书读完了,那种贪婪,就像一个人偶然间误入一处从未曾见过的美妙场所后产生的情感。在这样美丽的地方,总会情不自禁地想立刻走遍它的每一处。在有沼泽地的森林里,踩着长满苔藓的土墩,走了许久之后,忽然看到一块鲜花簇拥、遍布阳光的干燥的林间空地时,常常能体验到这种感受。那一刻,你会欣喜地看着这块空地,然后立即心花怒放地在每一个地方狂奔;只要你的双脚与丰沃地面上的柔嫩青草相接触,内心便会有难以名状的喜悦。

我被普希金诗句的那种质朴与和谐的音节所震撼。此后有很长一段时间,只要我阅读散文时,就会感到不顺畅,佶聱晦涩。《鲁斯兰》的序言,会使我联想到外

祖母对我讲的那些最生动的故事,并且巧妙地在一个诗篇里糅合了许多故事,其中有些诗句,有精细入微的真实感,使我折服不已:

> 在那条人迹罕至的路上,
> 留着没见过的野兽足迹。

我在心里反复吟诵着这些美妙的句子,在我的眼前,呈现出一条很熟悉的若隐若现的小路,还能清晰地辨认出落有大颗晶莹露珠的草地上有神秘的脚印踩过的痕迹。和谐的诗句,给它所描述的一切都蒙上一层美丽的光环,读来印象极深。我逐渐地变成了一个幸福的人,我的生活也仿佛是轻快愉悦的诗歌,我生活的钟声奏响在我的生活里。啊,人一旦能读书识字,真是幸福无比呀!

我觉得普希金那些美妙无比的童话故事,更使我感到亲切和易于理解。我反复地念上几遍,就能完完整整地把它们背下来。有时候,我把改编过的童话故事说给勤务兵们听,把他们逗得哈哈大笑,还引得他们用温和的语气数落几句。西多罗夫摸着我的头,轻声说:

"真不赖!是啊,不赖……"

我太激动了,以至于被主人们看了出来,老婆子便骂道:

"你这捣蛋鬼!从早到晚只知道念书,茶具有三天多都没擦过了!又欠揍了吧……"

被棍子揍一顿算得了什么?我用诗句跟她顶嘴:

> 黑心肝,做坏事,
> 耍巫术的老婆子……

在我眼里,夫人愈发得圣洁起来,因为她看这种书!可不像那瓷娃娃般的裁缝太太。

我拿着书去她那里,面带忧伤地还给她,她胸有成竹地说:

"这是你喜欢的了吧?听说过普希金吗?"

我在一本杂志上读过有关这位诗人的事,但我很想让她亲口对我说这些,于是便谎称说不知道。

她简短地介绍了普希金的生平,然后露出春天般的笑容,问道:

"你明白了吧?爱女人是很危险的。"

我看过的所有书,都使我明白这的确是件危险之事,然而也不乏乐趣。

于是我说:

"的确是危险,但是,大家还继续在爱着!你知道女人也为它而受痛苦折磨……"

她像看所有东西那样，透过睫毛，瞅了我一眼，然后神情庄重地说：

"怎么？你知道这个？那我就请你时刻记着这一点！"

接着，她开始问我有些什么喜欢的诗。

我起先对她说了一些，随后便挥舞着两条胳膊背起诗来。她默默而且很认真地听着，然后站了起来，绕着屋子走了一圈，思索着说道：

"你真是极可爱的小东西，应该上学去！这事让我琢磨琢磨……你主人和你有亲戚关系吗？"

我给了她一个肯定的答复，她惊叫起来：

"哦！"

似乎对我有所不满。

她交给我一本《贝朗瑞诗歌集》。这本书印刷精良，内附插图，切口烫着金，红色封面。这些诗歌奇妙地杂糅了辛酸的苦楚和热情的欢愉，读来令人疯狂。

《老乞丐》中的辛酸诗句，使我的心变得冰凉彻骨：

> 我是一条害人的蛆，
> 是否让您心神不宁？
> 请您一脚踩死我这个坏人虫！
> 何必可怜我呢？您请快些吧！
> 为什么您不将我弄死，
> 不让我这蛮力，
> 有发泄的场所？
> 我多么希望自己
> 由蛆虫变成有出息的蚂蚁！
> 我就会与兄弟们一起拥抱着死去，
> 如果我直至老死，还是流浪的老者，
> 我就要发起对人类的复仇之战！

接下来，我又读到他的《哭鼻子的丈夫》，边读边乐得泪水直淌。贝朗瑞的这样一段话使我记忆尤为深刻：

> 生活快乐的窍门，
> 老百姓也能懂得！……

贝朗瑞唤起了我内心一发不可收拾的快乐、调皮的愿望，想向周围所有的人说出深刻的话来,我在很短的一段时间里成功地做到了这些。他的诗我已背得烂熟,于是我常跑到厨房里找勤务兵,在那里逗留片刻,得意扬扬地背诗给他们听。

但很快,我又停止了这个举动。

> 一个十七岁的小姑娘,
> 戴什么帽子都俊俏!

我念的这句诗,引发了一场姑娘们讨厌与否的争论。这使我受到伤害,简直要被气疯了。我抄起一个铁锅,照着士兵叶尔莫欣的脑袋砸了一下。西多罗夫和其他的勤务兵,把我从他笨拙的手中拉走了,打那以后,我再也不敢跑到军官们的厨房里去了。

我不敢跑到户外去玩,而且也没有时间。工作越发多起来,除了要做女仆、门卫、"跑腿的小孩"都必须干的日常杂务外,我每天都得用钉子把一块细棉布钉到宽木板上,然后贴上要晒的图纸,抄写东家的工程建设项目预算表,检查包工的账目。东家像一台机器,从早到晚地运转着。

在那个时候,市场上所有的官房出让给商人私有。许多商场忙于改建。我东家承包了修理和新建店铺的项目,画了一些设计图,诸如"门窗改建过梁,屋顶加开天窗"之类的东西。我把这些设计图和装有二十五卢布的信封送去给老建筑师。老建筑师收下钱,签上名:"设计合理,有可行性,本人承担工程监督任务。某某。"实际上,他并未见过这幢建筑物,也无力承担工程监督的重任,因为他身染疾病,从不出家门一步。

我送贿赂给市场管理员,以及其他管事的人们,从他们那里获取得以干"一切违法勾当的许可证",这是我的主人给这些证件命的名。为此,我得以在主人们夜间出门做客时,能在走廊上等候他们回来。这种好事并非经常发生,但每次他们都会到午夜之后才回来,于是我可以坐在门廊的平台上或对面的原木堆上,仰望那位太太家的窗户,贪婪地聆听他们的交谈和音乐。

窗户是敞开的。透过窗帘和窗台上的鲜花,我看见房间里走动着的军官们伟岸矫健的身影,还有矮胖的少校在踱来踱去。太太则步履轻柔舒缓,打扮得仪态万方。

我私下里称她为玛尔戈王后。

"法国小说里表现的那种美好生活就是这样的。"我遥视着窗户,暗自寻思,可是我的内心总有一丝伤感挥之不去:当看见那些男人围着"玛尔戈王后"团团转时,我就会妒火中烧——未成年人的嫉妒,因为他们就像一群令人生厌的采花蜜的黄蜂,在她身旁绕来绕去。

有一位身材较高、眼窝深陷的军官,性格内向郁闷,脑门上有一条刀疤,在客人中他是来访次数最少的一位。但他每次都会带着小提琴过来,拉得很动听,引得路人都会驻足聆听,整条街上的人都聚集过来,站在原木堆上,如果我的主人们在家,连他们也会打开窗户,一边听着一边交口称赞这位音乐家。我记得他们除了夸奖过教堂的辅祭长之外,再没有夸过其他人,况且,他们对吃鱼油馅饼的喜爱程度远远胜过听音乐。

有时候,那位军官会用他浑厚的嗓音唱歌和朗诵诗,会莫名其妙地喘着气,手掌捂着额头。有一次,我和小女孩在窗下嬉戏着,"玛尔戈王后"请他唱着歌,他谦让了好久,最后字正腔圆地说:

> 只有歌儿才要美的修饰,
> 而美丽无须歌来赞美……

我极喜爱这两句诗,而且也不知道是什么原因使我对这个军官心生怜意。

太太独自待在房间里,坐着弹钢琴时,更让我感觉到高兴。音乐使我飘飘欲仙,每逢这个时候,我的眼里只有窗户,只有窗户里昏黄的灯光、那位太太风姿绰约的身影、高傲的脸庞侧影、纤纤素手在键盘上飞快地流动如小鸟一般。

我望着她,耳边是如泣如诉的音乐,内心不禁浮想联翩:我一定要找一个藏有宝物的地方,把宝物全都献给她,让她成为最富有的人!如果我是斯科别列夫,我会再次向土耳其人宣战,用所获赔款在奥特科斯——城里最好的地方——建一座光彩夺目气势非凡的房子送给她,让她不要再在这所房子、这条街上居住,因为这里所有的人都在说她坏话。

不管是邻居们,还是我们这个院子里的仆人们,尤其是我的东家一家子,对于这位"玛尔戈王后"就如同对那位裁缝太太一个样,对她进行恶语中伤,只是说她坏话时,显得更为小心翼翼,更加窃窃私语,还要先向四周观望一阵。

人们对她还有所畏惧,可能由于她是一位知名人士的寡妇,她房间里挂着的证书都是她丈夫的先祖们受戈东诺夫、阿列克谢、彼得大帝等以前的俄国皇帝所赐。这些都是士兵秋菲亚耶夫告诉我的,他老是捧着一本福音书在念,能读文识字。也许人们担心她会用柄上镶有淡紫色宝石的鞭子抽人,听人说,曾经有一位显赫官员就被鞭子痛打过。

可是窃窃私语也不比明目张胆的高谈阔论好到哪儿去。那位太太生活在这种充斥着敌视目光的氛围里,但我并不清楚为何会有这些敌视,为此我深感苦恼。维克托说:他有一次半夜回来的时候,透过"玛尔戈王后"卧室的窗户,看见她穿着内衣坐在长沙发上,少校跪着给她修脚指甲,并用海绵擦拭干净。

老婆子用肮脏的词语诅咒着,"呸"地吐了一口唾沫。年轻的主妇则羞红了脸,尖声尖气地叫嚷道:

"哎呀,维克托,你的脸皮真厚啊,亏你说得出口！不过那帮人做的事真让人恶心得要吐！"

主人却默不作声,只笑笑而已。我对他的沉默很是感激,但还是担心他为了表示同情会参与到这场辱骂之中。女人们尖声叫着,究根追底地盘问维克托那太太是怎样坐着的,少校跪着时是什么样子。维克托也就无中生有地添上许多新鲜的细节。

"他满脸通红,伸着长长的舌头……"

我不觉得少校给夫人剪指甲有什么可值得非议的地方;但要说他伸长着舌头,我却不能相信了。我认为维克托显然在胡说八道,就冲着他说:

"既然这事不体面,您还干吗要向窗子里瞧呢？您也不小了……"

毋庸讳言,我又遭到了一顿痛斥,可是我一点也不在意这种斥责。我唯一想做的事——就是马上跑下楼去,像那个少校一样拜倒在太太面前,向她请求:

"您马上搬离这所房子吧！"

现在,我已经明白别样的生活,别样的人们,还有别样的情感世界,别样的思想,于是对这所房子以及在房子里住着的所有房客越来越厌恶。这所房子里布着一张肮脏的谣言大网,凡是里面的每一个人,无一不被别有用心的恶语中伤过。就像那个兵团里的牧师,整日病恹恹的,看上去可怜不堪,却仍被别人说成酒鬼、色狼。还有,我的主人们说,那些军官同他们的太太都做着奸淫的勾当。那些士兵们,张口闭口都在议论女人,让人厌烦。最叫我难以忍受的是我的主人们,他们热衷于攻击他人的真实嘴脸早已被我看穿。对别人吹毛求疵是无须花一分钱的唯一的乐事,为了寻找这种乐事,我的主人们不惜把周围的人都作为恶毒攻击的对象。他们认为自己生活得虔诚、艰苦、枯燥,因此要对所有人进行报复。

我听见他们用污秽不堪的话议论"玛尔戈王后"时,就会涌起一种成人般的冲动感情,全身充斥着对这些在人后嚼舌头根子的人的愤恨,真想大声地怒斥他们,随心所欲地践踏他们。但有时候,我会产生出对自己和对所有人的怜悯之情,这种无言的怜悯比厌恶更令人痛苦。

关于王后的事,我比他们了解得更多些,但我担心他们会探听到我所知的事情。

每到节假日,主人们去教堂做祷告时,我就一大早跑到她家。她让我去她的卧室,我就坐在金色缎子包着的小圈椅上,小女孩趴在我的膝盖上,我向小女孩儿的母亲谈论读过的书。她在大床上躺着,两手摸着脸颊;她用被子盖住身体,被子和卧室里其他的用品都是金黄色的,她的黑辫子绕过浅黑色的肩膀直垂到胸前;有时候,从床上拖到地板上。

她倾听我说话,目光柔和地落在我的脸上,淡淡地笑着说:

"哦,是真的吗？"

她那令人欣悦的笑容,在我看来,就仿佛是王后宽容的微笑。她说话时嗓音低沉而柔和,似乎总在表达一个意思:

"我明白,我的美丽和纯洁胜过其他所有人,所以我不在乎他们中的任何一个。"

有时候我去时,她正坐在低矮的圈椅上对着镜子梳头发。她的头发一侧正垂到膝盖和围椅扶手上,有些从围椅后面快要垂到地面。她有着和我外祖母一样浓密的长发。我看到镜子里的她有着黝黑的皮肤、丰满的乳房。她穿束胸、穿袜子时,从不避讳我在房间里,但她洁净的裸体并不使我感到难堪,反而使我体验到一种自豪和快乐。花香环绕着她的周身,围护着她,不让旁人对她心生歹念。

我体格健壮,精力充沛,了解男女之间的秘密关系。但是这些秘密被人们当众谈论时,他们总显出毫无人性、投井下石的态度,一点也没有慈悲心,语言也总是污秽的,我简直无法设想这个女人会投入男人的怀抱。我也想象不出能有什么人斗胆敢去厚脸皮地接近她,抚摸她的肉体,占有她。我相信玛尔戈皇后对于在厨房和棚户里滋生的爱情是根本不予理会的。她懂得有另外一种高尚的情感,另外一种境界的快乐。

但是一天黄昏时分,我来到她的客厅里,听见卧室门帘后面传来的声音,那是我仰慕的那位太太清脆的笑声和另一个男子的哀求之声:

"你先别急嘛,……天哪! 我难以相信……"

我其实早该抽身离去,内心里我是清楚这点的,但我并没有能挪动脚步……

"是谁在那儿?"她问,"是你吗? 快进来吧……"

卧室里花香袭人,有些闷气,光线很暗窗帘低垂着……玛尔戈王后躺在床上,被子一直拉到她的下颌。她身旁的椅子上坐着那个善拉小提琴的军官。他只穿一件衬衫,敞胸露怀,看得见胸膛上也有一块疤痕。刀疤就像一条红绳,从右肩一直绕至乳头,并且极为抢眼,即使是在黑乎乎的房间里,也能看得真切。军官乱蓬蓬的头发显得很滑稽,我头一次看到有笑容浮现在他那张忧伤的、留着刀疤的脸上。他奇怪地笑着,圆睁着一双女性化的眼睛,看着她,仿佛第一次看见她是如此美丽。

"这是我的朋友。"玛尔戈王后说,不知道是在介绍他还是介绍我。

"你干吗这么紧张呀?"她的声音似乎从远处传来,"过来,到这里来……"

我走了过去,她用温热的裸露的臂膀搂着我的脖子,说:

"等你长大成人了,你也会这样幸福……你走吧!"

我把一本书放回书架,又抽走了另一本,仿佛梦游一般。

在我内心深处,仿佛有一个东西碎裂了。我从没有想过,我心目中的王后也会像其他女人一样谈恋爱。那位军官也没有让我往这方面想过。我看见了他在她面前面带笑意,他笑得那么开心,就像一个孩子获得了意外的收获。他忧郁的脸庞一反常态,如奇迹一般。他理所当然地爱着她,怎么会不爱呢?她可以给予他丰裕的爱的回馈,他的小提琴演奏得如此优美,朗诵起诗来也是那般真挚感人……

我不得已只能以此说服自己,因为我自己明了,我亲眼看见的一切和对玛尔戈王后所形成的观念里,并非全然是正面的、美好的东西。我似乎失却了自己的一件宝物一样心神不宁,连着好多天都沉浸在悲伤之中。

……有一次,我肆无忌惮地大发了一通脾气。当我去太太那里借书时,她声色俱厉地对我说道:

"有人在说,你是个不可救药的调皮鬼!这倒是我意料之外的……"

我再也忍耐不住,向她尽情倾吐我对眼下生活的厌倦之情,听见别人在说她坏话时内心的巨大痛楚。她在我面前站着,一只手扶在我肩上,先是仔细而且严肃地听我说话,随即又哭了起来,轻轻推开我。

"行啦,我全都知道了,你明白吗?我都晓得!"

之后,她又拽着我两只手,很亲切地说:

"你从今往后别去管那些不三不四的话,这样会对你有一些帮助……你看,你的手还没洗干净呢……"

哎,她何必提及这事呢。她要是每天也去擦拭铜器、拖地板、给孩子刷洗尿片,我敢说,她的手也会变成我这样的。

"一个人生活得好——就会招致别人的嫉妒和仇怨;要是生活得窝囊——又会招人白眼,被人轻视。"她若有所思地说道,拉我到她面前,搂着我,满脸笑容地注视着我的双眼,"你喜欢我这个人吗?"

"是的。"

"很喜欢吗?"

"没错。"

"有多喜欢呀?"

"我说不好。"

"谢谢你,真是个讨人喜欢的孩子!我喜欢自己被人喜欢着……"

她灿然地笑了一下,欲言又止,只是长叹了一声,许久没言语,一直搂着我不放松。

"你以后经常到我这里来吧。只要一有空就来……"

我在这些日子里,得到她许多好处。当主人们吃过午饭休息时,我就跑到楼下,只要她在家,我就待上一个小时,或是更久。

"你应该读一些俄国的书,对自己的、俄国的生活有所了解。"她这样开导我,一边用纤巧的白皙手指把发卡别在自己芬芳的长发上。

接着,她罗列出一些俄国作家的名字来,问我:

"你能记得吗?"

她经常面带懊丧地沉思着说：

"你应该去学校念书去。我怎么老是把这事给忘了！哎，老天……"

我在她那里稍待片刻后，拿了一本新书回楼上去，这时，我感觉自己彻底地接受了一番洗礼，通体洁净。

我已经读过阿克萨科夫的《家庭记事》，绝佳的俄国长篇叙事诗《在林中》、精彩纷呈的《狩猎手记》，还有格列比翁卡和索罗古勃的几部书，以及韦涅维季诺夫、奥陀耶夫斯基、丘特切夫的诗集。这些书使我的心灵得到涤荡，撕去了我认为现实生活贫困艰辛的印象外衣。我能感到我对好书的分辨能力，并且懂得了，好书是我无法替代的生活必需品。通过阅读它们，我日益坚定了一个信念：在这片土地上，我并非孑然一身，我决不会走到穷途末路。

外祖母来探望我时，我就兴奋地对她提及玛尔戈王后。外祖母有滋有味地吸着鼻烟，深信不疑地说：

"啊，啊，这真不错！好人随处都有，只要用心，就能发现！"

有一天，外祖母提议道：

"我是不是该去她家一次，代你向她说声谢谢。你看成吗？"

"别，别去了……"

"那好吧……上帝啊，瞧这一切多么美好呀！但愿我长生不老！"

玛尔戈王后想促成我去学校念书一事，却没能成功。三圣节那天，出了一件棘手的事，把我差点给毁了。

节日前的几天，我的眼皮忽然肿起来，都把眼睛给盖住了，很是吓人。主人们担心我会瞎了，很是手足无措，连我自己也是惧怕不已。他们带我去亨利希·罗德泽维奇助产士那里，他在我眼皮内侧开了一刀，包了块纱布。我内心很是煎熬着，满是无法忍受的孤独感，连着躺了几日。三圣节头天晚上，纱布被解除了，我从床上爬起来，如同被活埋了几日又从坟墓里爬出来的一样。没有比失明更为恐怖的事了，这种懊恼简直难以言传，它把一个人十之八九的生命都剥夺了。

喜庆的三圣节那天，我由于生病的缘故，从中午就得以免除做一切事务，于是我进了每个厨房，去看看那些勤务兵。所有的人都喝得酩酊大醉，只有自律的秋菲亚耶夫例外。临近傍晚时分，叶尔莫欣举着木棍敲了西多罗夫的脑袋，西多罗夫昏厥在外屋的地上。叶尔莫欣吓得慌了手脚，逃往外地去了。

惊恐的谣言很快在全院子里传开，说西多罗夫被人打死了。人们把门口挤得水泄不通，他们看着这个倒地的士兵，他的脑袋躺在厨房和外屋相隔的门槛上，一动不动。有人在悄声说该把警察叫来，但没有人动弹，也没有谁敢走过去把这个士兵扶起来。

正在这时，洗衣妇纳塔利娅·科兹洛夫斯卡娅过来了。她身穿崭新的紫色衣服，肩上搭着一块白毛巾，怒不可遏地推开众人，走进外屋俯下身来，大声叫道：

"你们这些蠢蛋！还有气呢！快拿些水过来……"

人们纷纷劝解道：

"你可别狗拿耗子了！"

"我说，把水拿过来呀！"她似乎正站在一片火海之中，大声嚷着，然后，把新衣服一直撩到膝盖，扯了扯内裙，就把满是鲜血的士兵的脑袋放在自己膝盖上。

众人不以为然、心有余悸地散开了。在这间模糊昏暗的外屋里，我看见洗衣妇白白的圆脸上，一双眼睛饱含泪水，带着愤怒的神情。我拎来一桶水，她吩咐我对着西多罗夫的头和胸脯泼，并且提前招呼说：

"可别泼到我身上来啊！我还要出门做客去……"

士兵缓过神来，睁开迷蒙的眼睛，不停地哼哼着。

"把他抬起来。"纳塔利娅说，两手扶在他腋下，两只手臂伸得长长的，以防弄脏新衣服。我们把士兵抬进厨房，放在床上。她拿湿布帮他擦干净脸庞，便转身离去了；临走时她说：

"你把手巾在水里湿透以后，再敷在他头上，我把那个混账东西找回来。这些鬼家伙喝成这样，迟早要被送进牢里。"

她脱下弄污了的衬裙，放到地板上，又扔到屋子角落里，仔细地拂拭着揉皱了的沙沙作响的衣服。

西多罗夫伸了伸腿，打着酒嗝，喘着气，有一滴黑乎乎的血落在我光着的脚面上，这使我感到难受，但因为惧怕，我不敢擦去脚上的血迹。

我感到很难受。屋外是一派节日的喜气景象，台阶和大门上都装饰着小白桦树枝，人们在每根石柱上都系上新砍的枫树枝，从大清早起我就感觉春天的节日会延续很久，并且从这一天伊始，更为高尚、更为明晰、更为欢乐的生活将会到来。

但那个士兵吐了起来。整个厨房里充溢着热酒和大蒜难闻的气味，不时地还会有一些面目不清的肥脸和按扁了的鼻子贴在窗玻璃上，脸颊边的手掌似乎是生出的两只大耳朵，使那些脸庞丑陋不堪。

那个士兵一边努力地回想着，一边喃喃自语着说：

"我是怎么搞的？摔了一跤不成？叶尔莫欣哪儿去了？我的好——好搭档……"

接着他咳嗽起来，醉气冲冲地抹着鼻涕和眼泪，哭喊着：

"我的妹子呀……小妹子……"

他站起来，浑身滑腻腻的，带着潮气，臭不可闻。他趔趄着，扑通一声倒在床上，奇怪地转动着眼珠，说：

"我已经彻底被人打死了……"

我觉得很可笑。

"魔鬼，谁在发笑？"那个士兵两眼空洞地瞪着我问，"你笑什么？我永远被他们打死了……"

他的两只手胡乱地推着我,口齿不清地说着:

"第一个来的是伊利亚先知,第二个是骑兵叶戈尔,不过这第三个,别上这儿!给我快些滚开,恶狼……"

我说:

"别冒傻气了!"

他不讲理地发起火来,扬着声拼命喊叫,还在地上沙沙地摩挲着双脚。

"我的确被打死了,可是你……"

然后他挥动着一只软塌塌的脏手,在我眼睛上重重地打了一拳。我大声嚷了起来,眼睛被打得模糊一片。我跑到院子里,正碰上纳塔利娅迎面走来。他正牵着叶尔莫欣一只胳膊,高声喊着:

"快去吧,你这头不服管教的野马!你怎么了!"她揪住我问。

"刚挨了打。"

"挨打?"纳塔利娅拉长声调,惊异地问。然后她一把拉着叶尔莫欣,说:

"好啊,你这个魔鬼,这下,你可真得感谢上帝了!"

我去拿水洗净了眼睛,从过厅里朝房门看去,那两个当兵的已经握手言和。他们抱头痛哭,接着又一起去拥抱纳塔利娅,但纳塔利娅一边拍打着他们两人的手,一边高声叫道:

"快拿开你们的爪子,你们这两个狗东西!你们把我看成什么人了?妓女吗?快些滚回去睡上一觉吧,趁你们的老爷还没回来,快点!否则,你们就没戏唱了!"

她侍候着他们俩睡觉,就像服侍小孩儿一般。他们一个睡地板,另一个睡在床上。等到他们打起呼噜了,她才走进过厅。

"看我全身这么脏,原来我还想穿好衣服做客去呢!你被他打了? ……你瞧有多蠢!都是这酒精作怪。小伙子,以后你可别沾上它,永远都不要……"

后来,我和她一同坐在大门口的长椅上,我问她为何不怕那些喝醉了的人。

"就算他没醉,我也不担心什么!要是他们栽在我手里,就让他们尝尝这个!"她举着紧握着的红通通的拳头对我说,"我那死去了的丈夫就是个嗜酒成性的人,有时他喝醉酒了,我就伺机好好地修理他,捆紧他的手脚,等他酒醒之后,就扒下他的裤子,狠狠地用树条抽打他一顿,告诉他:不准你再贪杯,不准再滥喝无度,你已经是有老婆的人了,给你快活的不是酒精,而是你老婆!真的。就是这样,我不歇气地抽打他,一直到我自己浑身无力。打那以后,他就在我面前很乖巧……"

"您好厉害啊。"我不禁想起了骗过上帝的夏娃来。

纳塔利娅长叹一声:

"女人就该强过男人,就该一个抵上两个男人的劲儿,但上帝赐予她们这么小的力量!男人们总是这样游移不定。"

她心平气和地说着,并无什么不好的念头。她在长椅上坐着,交叠着双手放在胸前,倚在墙上,两眼哀怨地看着乱石堆砌的肮脏不堪的堤坝。我听着这些意义深远的话语,不禁入了迷,竟忘记自己身处何时何地,直到猛一抬眼,看见主人夫妇俩挽着手,从堤坝那头踱着步过来,慢悠悠的,神气活现,就像是两只印度火鸡。他们朝我们这里瞅着,还彼此商量着什么。

　　我撒脚跑去开门。女主人一边走上楼去,一边气冲冲地说:

　　"你在讨好那个洗衣妇吗?从楼下太太那里学来的吗?"

　　我懒得对这句愚不可及的话动肝火。主人阴阳怪气地笑了一声,抛出一句使我极为难受的话来:

　　"有啥可奇怪的,他也到那年纪了!……"

　　第二天清晨,我到楼下杂货间去抱柴火,看见门底下的猫洞口有一只空了的钱包。我曾经在西多罗夫那儿多次看见过这只钱包,于是我立刻把它捡起来送给他。

　　"钱上哪儿了?"他问道,勾着指头在钱包里摸索着,"一卢布三十戈比哪,交出来!"

　　他的脑袋上包着毛巾,面黄肌瘦,带着恼怒地眨着一双红肿的眼睛,不相信我只是拣了一只空钱包。

　　这时,叶尔莫欣跑过来,一边冲我点头一边对西多罗夫说:

　　"就是他偷的,把他送到主人那里去!我们当兵的从不偷自己兄弟的东西!"

　　他这几句话倒提醒了我,肯定是他本人偷的钱。他偷钱之后,又故意在我的杂货间里留下空钱包。我立刻对着他喊起来:

　　"你骗人,偷钱的是你自己!"

　　我更加坚信我的判断是对的——他那张愚鲁的脸上现出慌乱和恼羞的神态,他的身体扭来扭去,低着嗓子说:

　　"你有证据吗?"

　　我凭什么来证明呢?叶尔莫欣吵吵嚷嚷地把我推到院子中央。西多罗夫跟在身后,嘴里不知在咕哝什么。好多人纷纷从窗户里探出头来;玛尔戈王后的母亲也在气定神闲地抽着烟看,我心想,要是被夫人看见,那就真是晦气了,这让我简直丧失了理智。

　　我记得当时有几个兵士扭住我的膀子,站在主人一家子面前,众人都在应声附和着,彼此表示认同,士兵们在描述经过。主妇确定地说:

　　"不用问,肯定就是那小子干的!他昨天还在门口坐着,跟那洗衣妇眉来眼去的,绝对是藏着钱呢,那个女人,没钱可别想打她的主意……"

　　"是的,是的!"叶尔莫欣回应着。

　　我脚下的地似乎炸裂了。我愤怒到了极点,和主妇对骂起来。结果是我被狠狠地揍了一顿。

挨揍并不能使我感到非常难受,比这难受百倍的,是我不知道玛尔戈王后会怎样看待这件事? 我该如何在她面前为自己洗冤呢? 接下来的几个小时是极痛苦的,我内心非常烦闷。

多亏士兵把这件事传播到整个院子,甚至整条街。晚上,我在阁楼上正躺着,传来纳塔利娅·科兹洛夫斯卡娅叫嚷的声音。

"凭什么要我闭嘴! 偏不。乖孩子,你出来呀! 快点儿! 要不,我就去找你老爷,他会迫使你……"

我立刻感觉出这场闹剧和我有关系。她站在我们房子的门口喊着,声音越提越高,嗓门越发大了。

"昨天你给我看了多少钱来着? 打哪儿弄来这么多钱? ……你说呀。"

我顿时心花怒放。又听见懊丧的西多罗夫数落道:

"哎,你呀,叶尔莫欣你看你……"

"亏你还平白无故地栽赃小孩子,把人家揍了一通。"

我多么想立时就冲到院子里,手舞足蹈一番;然后献给洗衣妇一个亲吻表示我的感谢之情。没想到这时女主人——也许是隔着窗户在说:

"那小东西骂了人,才打他的;谁也没说他偷过钱呀,倒是你这贱女人这么说!"

"太太,你自己才是贱女人呢;让我对你说吧,你是头母牛!"

这骂声在我听来,简直有如动听的乐声。因为懊恨和对纳塔利娅的感激,我的心被泪水灼得生疼。我尽力忍着泪水,甚至不敢喘息。

不多久,主人慢悠悠地踩着楼梯爬到阁楼来。他挨着我坐在横梁的接缝上,用手捋着头发说:

"嘿,彼什科夫兄弟,不走运是不?"

我默不作声地转过身子。

"只怪你说话太不中听。"

他继续说道。这时,我轻声说:

"养好了伤,我就离开这里……"

他挺了挺腰杆,停了一会儿,边抽烟边盯着烟卷的末梢,用低低的声音说:

"还有啥好说的呢,你自己拿主意好了! 你也长大成人了,应该知道怎么做最好……"

说完他便走了。我对他充满同情,就像平时一样。

在这件事发生后的第四日,我辞别了主人一家。我特别希望能与玛尔戈王后话别一番,但我实在缺乏去找她的胆量,更确切地说,我巴望着她能亲自来找我。

和小女孩道别时,我恳切地对她说:

"请你告诉你妈妈,我非常非常感激她! 你能告诉她吗?"

"一定会的,"她向我承诺道,脸上洋溢着柔和而怡人的笑容,"我们明天见,对吗?"

直至二十多年后,我再次与她重逢,她已嫁作人妇,丈夫是一个宪兵军官……

十一

我再次回到"彼尔姆号"轮船上当了一名洗碗工人。这条轮船是白色的,像天鹅似的很宽很大。我这一回做的是"打杂的"洗碗工人,说好听点是"厨房小杂役"。每月工资为七卢布。

经管食堂的家伙,长得肥胖,脑袋光溜溜的活像个大皮球。他对我们很傲慢。每天两手叠在背后,在甲板上脚步沉重地走来走去,仿佛猪猡在炎热天寻找阴凉一样。他的妻子整天在食堂里操持,这位太太大约四十来岁,模样长得很漂亮,但却萎靡不振,脸上涂抹的厚厚的粉常常会落下来,以至于又白又粘的粉液黏在她的华丽的衣服上。

负责厨房事务的是可亲的厨师伊凡·伊凡诺维奇,我们都叫他"小熊"。他长得又矮又胖,鹰钩鼻,眼睛里总是带着古怪的神气。但他挺讲究打扮,系着浆过的硬领,每天都要刮胡子,他的脸颊是青色的,总是向上翘着黑胡子。只要有空闲,他就用火烤红了的手指捻胡子,以防它走样变形,而且还老拿着一面有柄的小圆镜子照来照去。

在船上,最有意思是司炉雅科夫·舒莫夫,他宽宽的胸腔,肩背很方,鼻子是翘的,扁扁的脸像铁铲,浓密的眉底下长着一双熊一样的眼睛。他的两腮长满了卷成小圈的胡须,像青苔长在沼泽地上一样,头顶上的头发很密,像紧紧地扣了一顶帽子,要花很大的力气才能把弯曲的手指头插进去。

他爱赌钱,打牌很有一套,食量大得惊人,经常像饿狗一样围着厨房转圈,要讨点肉和骨头来吃。晚上,他与"小熊"伊凡·伊凡诺维奇一块儿喝茶,讲述自己离奇的身世。

少年时,他在梁赞牧人的家里当牧童,后来在一个过路的修道士的劝诱下,进了修道院,在那儿他当了四年的杂役。

"还差一点我就可以成为修道士,也就是上帝的黑星了,"他伶牙俐齿地说笑起来。"可这时我们修道院来了一位奔萨城的女香客。这个女人很好玩,她把我的心都扰乱了。'你很能干,很强壮'她那么说,'我是一个贞洁的寡妇,现在很孤单,你要是能到我那儿去扫院子那该多好。我自己有房子,还做着羽毛生意……'"

"当时我就答应她了,她让我给她看院子,后来我俩就相好了,我在她家里吃了整整三年热面包……"

"真是吹牛不眨眼，""小熊"打断他的话，忧虑地看着自己鼻子上的红疙瘩，"如果吹牛可以赚钱，你肯定发财了！"

雅科夫在不停着嚼着什么，那一圈圈的卷须在他的脸上动来动去，长着很多耳毛的两只耳朵也在时时蠕动。厨师的话音一落，他又继续有滋有味地讲了起来：

"这个女人年龄比我大，我与她在一起过腻了，开始感到乏味，于是便同她的侄女搞上了。后来，她知道了这事，硬是把我撵走了……"

"这是你自作自受，当然应该这样。"厨师说话也像雅科夫那样轻松、流畅。

把一块糖塞进嘴里以后，司炉继续说：

"此后，我像断了线的风筝，漫无目的，在外头混了些时候。后来认识了一个跑单帮的小老头，他来自弗拉基米尔城。我同他一起走遍了天涯海角，去过巴尔干高原，也去过土耳其、罗马尼亚，还有希腊、奥地利等等，几乎所有有民族的地儿，我们都去了，与各国的人都进行交往，从这里买来，到那里又卖走……"

"你们偷过东西吗？"厨师严肃地问。

"小老头可不干这个！他老告诉我：在别人的土地上干事，必须安分守己，老实规矩。他还说那里的法律很严，偷点小东西就得掉脑袋。不过，老实说，偷盗这事我倒试过，但却没成功。事情是这样的：我想偷走商人在院子里的一匹马，可是，唉，我不会偷，被人捉住了，很自然，他们开始狠劲儿揍我，一次又一次地揍，揍完后把我送进了警察局。干这事的有两个人，一个是真正的偷马贼，可我不行，只是出于好奇心想试试。本来，我在这个商人家里干活干得好好的，给新澡堂里安装炉子。后来商人生了一场病，经常做噩梦，梦见我的样子很可怕，每次都把他吓得要死，于是他赶紧给当局打报告，请求释放我：'您把他放了吧！放了他，也就是放了我，不然，我老做噩梦。'他说，'如果您不饶恕他，我的病就很难好。他像是个魔术师。'这样一来我成了一个魔术师！嗨，那个商人本事大，结果我就被放出来了……"

"我觉得，不应该把你放出来，倒是该将你沉到水里，浸泡那么两三天，不把你心里的坏点子全泡出来才怪呢。"厨师插话说。

雅科夫马上接起他的话茬说：

"你说得对，我满脑子都是坏点子，坦白说，我的坏点子可以装满一个大村子……"

厨师把手指头插进浆得硬硬的领子里，怒气冲冲地把它拉开，边摇晃着脑袋，边恼火地抱怨：

"都是胡说八道！你看，像你这么个囚犯在世上活着，就知道大吃大喝，游手好闲，有什么意思呢？好吧，你来说说，你活着到底是为了什么？"

司炉边吧唧吧唧地咂巴着嘴，边回答：

"对于这个，我也不大清楚。活着就是活着呗。有人躺着，也有人走着，人家当官的是坐着,可是吃饭,人人都缺不了。"

厨师更加生气了。

"你的意思是,你是一头猪,甚至是猪狗不如,叫人难以形容!只配吃猪食……"

"你怎么骂人呢?"雅科夫惊讶地问,"男人都是一棵橡树上结的果实。你再骂,我也不会因此而变得好一些的……"

这个人一下子把我吸引住了。我看着他,听着他的传奇故事,惊讶得连嘴也合不拢了。我感觉到,他对生活有一种独特而又坚定的看法。对所有的人他都称"你",都一样从毛烘烘的眉毛底下坦然直视,我行我素,好像把所有人都排成一排,一视同仁,包括船长、餐厅管事、头等舱有权势的乘客,连同他自己、水手、餐厅侍役和统舱乘客。

常常有这样的情况:他把那双猴子般的长手臂背在身后,默默站在船长或机械师面前,听凭他们骂他偷懒,骂他在打牌时赢了别人的钱。但看来,责骂在他身上丝毫不起什么作用,甚至在下一个码头就赶他下船的威胁,也吓不住他。

他的身上带有一种独特的气质,像"好事情"一样,很显然,他对自己的这个特点很有信心,他确信别人不会理解他的。

我从来没见过他这个人抱怨或忧虑过什么事情,也没见过他长时间的沉默。他说起话来,犹如一条淙淙溪水源源不断地从他那毛蓬蓬的嘴里流出来,全然不顾他的愿望是怎么样的。在挨骂时,或者在听别人讲有趣的话儿时,他的嘴唇就轻轻抖动,似乎在默默地重复他所听到的话,或在自言自语。每天值完班,他就从锅炉房里爬出来,赤着双脚,浑身油污,大汗淋漓,衬衫湿漉漉的,敞着的胸脯长满了浓密的卷毛。就在此时,他那富有特色的平板单调而又有些嘶哑的声音便顷刻传遍了甲板,话语像雨点似的噼里啪啦地洒落下来。

"大娘,你好!你上哪儿去呀!奇斯托波利?我知道,那地方我以前去过,在一个有钱的鞑靼人家中当长工。那个鞑靼人名叫鸟桑·古巴伊杜林,他有三个老婆,那老头儿身子很结实,嘴脸都是红红的。他那最年轻的老婆,是鞑靼人,很有趣儿,我还跟她相好过……"

他到过许多地方,在每次行程中,他都跟碰到的女人搞那种事。每次他讲这些事时,都毫无恶意,心安理得,好像在他过去的生活中从未受过屈辱、挨过骂。过不了一会儿,他的话音又在船尾响起:

"打牌的人很守规矩!一打,三张牌,马上见分晓。打牌真是件快活的事情,坐着就能把钱挣到手,这可真是买卖人的美差……"

我听得出来,他不大爱用好、坏、讨厌这样的字眼,总是喜欢说有趣、稀罕等形容词。在他的眼里,漂亮女人像有趣的蝴蝶,好天气令人快乐;"才不在乎呢!"这是他最常说的话。

　　虽然大家说他懒惰,但我看见他跟别人一样,冒着地狱般的热臭,站在热烘烘的炉口认真地干他的苦工。奇怪的是,从不见他跟别的司炉一样叫苦喊累,怨声满天。

　　一天傍晚,一位年老的女乘客把钱包弄丢了。那天的天气很明朗、很平静,所有的人都心平气和,并且发了善心。船主送给那老婆子五卢布,还有许多乘客也给了她一些。当大家把钱交给老婆子时,她一边用手画着十字,一边弯腰向众人行礼,说道:

　　"亲人哪——你们给我的比我丢掉的多出了三卢布十戈比。"

　　有人快活地嚷道:

　　"老婆婆,你都拿着吧,别说什么了,三卢布不算多……"

　　又有人还入情入理地说:

　　"钱跟人不一样,多了也无妨……"

　　只有雅科夫一人走到老婆子跟前,认真地请求道:

　　"那把多余的钱给我吧,我去打牌!"

　　大家都以为司炉是在开玩笑,于是哄然大笑起来,可是他还在那儿央求着窘迫不堪的老婆子:

　　"给我吧,老婆婆!这钱对你也没什么用,就要进坟墓了的人了……"

　　大家都骂他,把他轰开,他摇着头,很惊奇地对我说:

　　"这样的人真奇怪!管什么别人的闲事?是老婆婆自己说这钱是多余的呀?可是对于我,三卢布算什么呀……"

　　在他看来,金钱这玩意就是光瞧瞧也很快乐。他喜欢在说话的时候,拿着银币铜币往裤子上擦,擦得亮闪闪的,然后用弯手指把钱拿起放到长着翻鼻孔的脸面前仔细端详,他的眉毛还不停地动。可他对于钱从不吝惜。

　　有一次,他叫我跟他赌钱。我说我不会玩。

　　"你不会?"他惊奇地说,"你怎么能不会呢?亏你还识字!那我教教你吧,我俩赌着玩,赌糖怎么样……"

　　后来,他赢了我半磅方块白糖,一块一块地放进他那毛茸茸的嘴里,嚼了起来。过了一会,他见我已经学会赌了,就说:

　　"咱们现在来赌真的钱吧!你有钱吗?"

　　"有五卢布。"

　　"我这儿有两个多卢布。"

　　很自然,他很快就把我的钱统统赢走了。我想着翻本,就把一件值五卢布的褂子作了赌注,可也输了,于是我又把值三卢布的新鞋子作了赌注,还是输了。这时候,雅科夫不乐意了,他甚至有点儿生气了,说道:

　　"嗨,你差远了,性子太急——一下子就将褂子、鞋子全输了!我可不要你这些东西。现在把衣服鞋子还给你，钱呢，只还你四卢布，你拿好。那一卢布就算是学费了……好吗？"

我感谢他。

"我不在乎这些！"他回答我的感谢说，"咱们这是玩儿，是玩儿，也就是乐呵乐呵。可你呢？跟打架似的，就是打架，也不能太急躁。干什么事情都要瞄准了再动手，不要太冲动！你年纪还小，必须好好儿克制自己！一次不成功，五次不成功，到第七次就罢手，走开。等你头脑冷静了再重新来！这只是玩儿呀！"

我在越来越喜欢他的同时也越来越讨厌他。他讲的故事让我时常想起我的外祖母。他身上有许多地方吸引了我，但他对人的冷漠态度，又使我望而却步。这种对人的冷漠态度恐怕已根深蒂固，很难改变。

在一个夕阳西下的傍晚，有一个二等舱的乘客，是位身材粗壮的彼尔姆商人，他喝醉了，不小心掉到了舷外。他在金红色的水道上手忙脚乱地拼命挣扎。轮机很快就关上了，船停了下来，轮子底下冒出一团团云雾般的泡沫，被夕阳的红光照得血红一片。一个黑色的人体与船尾离得越来越远，在那沸腾着的鲜血似的水里扑腾，从河上不时地传来撕心裂肺的尖叫。船上的旅客也骚动起来，他们号叫着，推推操操着，有的被推到轮船的两边，有的被挤到船尾上。落水者的一个同伴，是一个棕红色皮肤、秃头的汉子，他也喝醉了，用拳头挥打着周围的人，一边往船边挤，一边像牛般地嚎叫：

"都给我滚开！我马上就要赶上他……"

已经有两个人跳进水里，而且很快划到了那个落水者的附近。船尾上放了一只舢板。就在这时，从船员的叫喊和女人的尖叫声中，雅科夫那独特的略显沙哑的声音像平静而均匀的水流一样传了出来：

"他快要淹死了，必死无疑了，因为他身上穿着裤子。谁穿着长裤都会淹死。比如女人吧，她们之所以比男人淹死的快些，就是因为女人穿裙子。女人一落入水中，马上就会下沉，像一个一普特重的砝码一样……你们瞧瞧，他已经快要沉到底了，我可没瞎说……"

的确，那个商人沉下去了，大家捞了两个来小时；结果也没找到。他的那个同伴酒醒了，正坐在船尾，鼓起两个腮帮子，嘟嘟哝哝地抱怨道：

"唉，怎么闹到了这个地步！现在我该怎么办呢？我怎么向他的亲人交代呢？他的亲人……"

雅科夫走到这人面前，两手叠放在后面，开始安慰他说：

"买卖人，别伤心啦！谁也不可能预知，自己会在什么时候死。有人吃蘑菇时，被这么一呛就死了！可千千万万吃蘑菇的人身体都很健康，只有一人吃死了！你说这能怪蘑菇吗？"

他那又宽又结实的身体，如大磨盘一样站在商人跟前，像麸子一样的话语一句

327

一句地从他的口中掉出来。那商人先是默默地哭泣，用宽大的手掌把胡子上的泪抹去，但仔细听了司炉的话后，便大声吼叫起来：

"魔鬼！你简直是在剜我的心，正教徒们，赶快把他轰开，不然的话，别怪我手下无情啦！"

雅科夫于是便平静地走开了，他说，

"这人真怪！人家一片好心，可他还不领情。"

我有时觉得司炉挺傻的，但我常常想，他大概是在故意装傻。我好多次直截了当恳求他给我讲讲他周游世界的一些见闻，但都没有成功。他会扬起头，稍稍眯起那熊一样的黑眼睛，用手抚摸着多毛的脸，边回忆，边慢条斯理地说：

"老弟，人这东西到处都是，都是黑压压的，像蚂蚁一样！我告诉你，有人在的地方都是一片忙乱，不过，最多的还是庄稼人，他们好像秋天的落叶，遍地都是，你见过保加利亚人，是吗？我见过他们，也见过希腊人，什么塞尔维亚人、罗马尼亚人以及各种各样的茨冈人，我都见过，见过的人太多了，什么人都有！你问他们是什么样的？他们能是什么样呢？在城里的就是城里人，在村子里的就是乡下人，还不跟咱们这里一样？相像的地方太多啦！甚至我听到过有的人在说我们的话，只是说得不地道罢了。比方说鞑靼人、摩尔多瓦人。希腊人说的话就跟咱们的不一样，他们叽里咕噜的，似乎在说话，可就是听不懂。所以跟他们讲话还得打手势。我认识的那个老头儿，可会装假了，他呜里哇啦地说什么卡拉马拉和卡里美拉的，好像连希腊人的话都能听懂。这个老头儿可精了，把人蒙得一愣一愣的。你刚才还问什么来着？噢，对，他们长得什么样？你也真是的，人能长成什么样呢？喂，当然他们都是黑头发，连罗马尼亚人也是黑头发呢，他们的信仰都一样。对，保加利亚人也是黑头发，他们的信仰跟咱们的一样。希腊人挺像土耳其人的……"

我觉得他并没有把他所知道的全讲出来。我猜他肯定有什么事情不大愿意讲出来。

从杂志的插图上，我了解到：雅典——希腊的首都，是一座非常古老、非常漂亮的城市，可当我就此向雅科夫询问时，他却怀疑地摇着头，说根本就不存在雅典。

"老弟，你受骗了，雅典这个地儿从来就不存在，倒是有个雅封，但不是一个城市，而是一座山。这座山上有个修道院。除此以外，没有其他东西了。这山叫雅封圣山，关于这座山有好多图片，与我搭伴的那老头儿就曾卖过这些图片。在多瑙河畔，有一个名叫别尔戈罗德的城市，像雅罗斯拉夫尔或者尼日尼一样。那边的城市并不漂亮，但村子就大大不同了。尤其是那儿的女人可真够味，有趣得很！我差点为了一个女人留在那里——她叫什么名字来着？"

他用两只手不停地用劲揉搓着那张似乎没有眼睛的脸，硬挺挺的毛发也随着簌簌地作响，从他的喉咙深处发出一阵咯咯的笑声，好像是摇动的铃铛在响：

"我这记性真是太差！你要知道，我跟她关系很好……我走的时候，她哭了，我也哭了，真的……”

接下来，他便赤裸裸地、不知羞耻地教我怎样去搞女人。

我们坐在船尾，月夜渐渐来临，天气很暖和，在银波那边，隐隐约约可以看见草原的边岸，山岗上有昏黄的灯火在闪烁，如同被大地俘虏了的星星，周围的一切都在微微地动着，不住地响，过着静默而执拗的生活。就在这样美丽而又凄然的静寂中，他沙哑的说话声传出来：

“有时候，她张开两臂来拥抱我……”

雅科夫的话虽然听起来有点粗野，但并不讨厌。他说话没有夸张，也没有残忍，只是会有一种天真的，甚至有点儿哀怨的味道。天上的月亮也没羞没臊地赤裸着身体，撩动人心，使人心中涌起一阵哀愁。这种感觉使我只是想起好的事儿，最好的事儿：玛尔戈王后和真实得令人难以忘怀的诗歌：

> 只有歌儿需要美，
> 而美却不需要歌儿……

我想驱走微微的睡意，努力摆脱这种幻想，便继续向司炉追问他的经历和见闻。

“你可真怪，”他说道，“叫我说什么才好呢？我是什么都见过的。你问我：见过修道院没有？当然见过！那么下等酒馆呢？也见过。什么绅士老爷的生活、庄稼汉的日子，统统都领教过。也大吃大喝过，也饿过肚子……”

好像走在深谷上面摇摇晃晃的险桥上一般，他慢慢地沉下心来开始回忆，说了起来：

“比如在我因偷马而被关在警察局里的时候，我一直认为自己必上西伯利亚无疑了。有一次，我听见警长因为新房子里的炉子冒起了烟而在骂人。我就说：‘老爷，我能修好它。’他怒气冲冲地喝令我：‘住嘴，连最高明的师傅都拿它没办法……’我说：‘有时，放羊的比将军还高明呢。’那时候，我以为反正要上西伯利亚了，就破罐子破摔吧，只管由着自己的性子大胆干。警长就说：‘那你就试着修一修吧，但是，你要是弄得更糟，我可要打断你的骨头。’我用了两天两夜就把炉子修好了。那警长看了吃惊地大叫：‘混账，木头！你这么高明的人儿，怎么会去偷马，这是咋回事？’我说：‘老爷，这可真是件蠢事儿。’他说：‘的确是件蠢事，我真为你可惜。’唔，他说可怜我，你看看，警察——这种残酷的人，竟也会怜惜起别人来……”

“可这又能说明什么？”我问。

“没什么，他可怜我，还要他怎么样？”

“他干吗怜惜你这个没有人性的人，像石头一样！”

雅科夫友好地笑了笑：

"你真怪,你当我是石头?即使是石头,你也得可怜它。石头也有它的用处。街道还不是石头铺成的呀!我们应当爱惜万物,任何东西都不是无缘无故地存在的。就是不起眼的沙子上面也会长出小草来……"

司炉这么一说,我更加相信:他知道一种我所不理解的东西。

"你觉得那厨师怎么样?"我问。

"你指的是'小熊'吗?"雅科夫淡漠地说,"他怎么样?这并没什么可说的。"

他的话很正确。伊凡·伊凡诺维奇很严谨,很圆滑,让人无可指摘。但他身上有一点儿是有趣的:他不喜欢司炉,常常骂他,可是却总请他喝茶。

有一天,他对司炉说:

"假如农奴制现在还存在着,而我又是你的主人老爷,我会把你们这些好吃懒做的人,一星期抽打个十次八次。"

雅科夫严肃地说:

"十次八次?多了点吧!"

厨师虽然骂司炉,但却老给他各种各样的东西吃。厨师有时会塞给他一块肉,说:

"嚼去吧!"

雅科夫不慌不忙地边嚼边说:

"伊凡·伊凡诺维奇!多亏了你,我的身体壮多了。"

"身体壮对你这种懒人来说,又有什么用?"

"有什么用?可以多活几年呗……"

"你活着又能干些啥呢,鬼东西?"

"就是鬼也得活呀。难道活着不好玩吗?伊凡·伊凡诺维奇,活着是很开心的事儿……"

"你这个白痴!"

"你说什么?"

"白——痴!"

"你看你说的词儿吧!"雅科夫大为惊讶,可"小熊"却回头对我说:

"你看看,再想想:我们在炉边那种地狱般的闷热中,熬着我们的血液,烤干我们的骨头,可他呢,你瞧,活像一头骟猪,就知道大吃大嚼!"

"人各有命呗。"司炉边嚼边说。

我知道在炉门前干活比在锅炉边上工作要苦好多倍,也热得多。因为我曾几次在夜里试着同雅科夫一起"拨火"。奇怪的是:不知为什么他不愿意将自己劳动的艰辛告诉厨师。他这个人真是太特殊了……

全部所谓的不偷懒的人如船长、轮机长、水手长,几乎都骂过他。但令人奇怪的是:他们为什么不开除他? 其他司炉们虽然也嘲笑他夸夸其谈,嘲笑他打牌,可他们对他却比其他人对他好。

我问他们:

"雅科夫人好吗?"

"雅科夫? 还不错。这是个滥好人。你怎么对他都可以,就是把一块烧得通红的炭放进他的怀里都行……"

虽然雅科夫在锅炉房干的活儿很繁重,并且胃口好得像马一样,但他却很少睡觉——一交完班,也顾不上换衣服,就浑身汗淋淋的、脏兮兮的,整宿地待在船尾,与乘客们聊天、打牌。

他对我来说就像是一只上了锁的箱子。我觉得,这箱子里藏着我所需要的东西,于是我便苦苦地寻找打开这箱子的钥匙。

"我真不懂,老弟,你到底想知道些什么?"他探问我,那双隐在眉毛下边似乎不存在的眼睛在仔细打量着我。"唉,的确没什么嘛,我的确去过许多地方,还有什么想问的吗? 你也真怪! 那好吧,我给你讲一件我亲身经历过的事儿,你好好听着。

下面就是他的故事:在一个县城里,有一位年轻法官得了痨病。他的妻子是德国人,身体很强壮,但一直没有孩子。她爱上了一个在集市上摆摊卖布的买卖人。那买卖人已经成家了,妻子很漂亮,他们有三个孩子。买卖人觉察到德国女人爱上了自己,便打算捉弄她一下。在一天夜里,他把她叫到自家的花园里,并另外请了两个朋友,让他们躲在花园里的灌木丛中。

"那德国女人去了,对他说了好多话:最后她说,我来了,现在我整个人都属于你了! 他对她说:太太,恕我让您失望了,我是有家室的人。不过,我已为你准备了两个朋友:一个没了老婆,另一个从没有过老婆。"德国女人气得叫出了声儿,并照他脸上"啪"地打了一耳光,那买卖人从长椅上翻过去了,德国女人揪住他,好一顿拳打脚踢! 当时我在法官家当管院人,那个晚上是我送她来的。我从板墙缝里往里看,只见里面打成了一锅粥。这时,那两个朋友也慌忙跳出来,抓住了她的发辫,我纵身从板墙上翻了过去,把他们推开。我叫道:'诸位商家先生,你们不能这样对她!'太太怀着一腔真情来见他,可他却想出这种鬼主意羞辱她。我带她走时,他们用砖头将我的头砸破了……德国女人很伤心;她不知所措地在院子里走来走去,对我说:'我丈夫死后,雅科夫,我就回自己国家去,到自己人那里去,我非走不可了！'我说：'当然，你应该回去！'后来，法官死了，她就回国了。她是个温柔聪明、通情达理的女人。法官为人也很好，愿他的在天之灵得到安息……"

我觉得困惑不解，不明白他讲这个故事的用意，所以没有吭声。我感到这里面有一种似曾相识，但又残酷、荒唐的东西，但是，怎么说呢？

"这故事怎么样？"雅科夫问我。

我说了几句，愤怒地骂着，可他却平静地给我解释：

"能吃饱肚子的人，没有什么可忧虑的。有时候就想开开玩笑，结果还开不成，他们好像不会开玩笑似的。不过，生意人倒还挺正派。做买卖得脑瓜灵活点儿，可是光靠脑瓜灵活过活，岂不很枯燥，于是便想点子找乐子。"

在船尾后面，河水泛着泡沫，滔滔地流着，耳畔响着汹涌奔腾的水声。黑魆魆的河的两岸伴着河水缓缓向后移动。甲板上，乘客们沉睡着，鼾声响成一片。在沉睡的乘客中间，也即长凳之间，有一位细高干瘦的女人悄悄向我们这边走过来。

这女人身着黑色连衣裙，满头白发，没扎头巾。司炉拍了拍我的肩膀，轻声说：

"你瞧，这女人好苦闷……"

我有点认为，别人的愁苦倒是他的快乐。

他在滔滔不绝地讲，我在贪婪地听，他所讲的一切，我都牢牢地记住了，但他从没讲过一件快乐的事。他讲的比书上讲的还要平静。我在看书时，常常能感受到作者的感情，比如愤怒、喜悦、悲伤以及嘲弄。司炉从不嘲笑人，也不责备人，他不会因任何东西而生气，也不为任何东西而高兴。他说起话来，犹如一位在法官面前镇静自若的证人，与被告、原告、法官都是毫无关系的陌路人……这种冷漠越来越强烈地引起我的苦恼，我难以忍受这种苦恼，对雅科夫产生了一种气愤的厌恶感。

生活犹如锅炉下面的火一样在他的面前燃烧。他站在炉门前，用熊掌般的大手持着木槌头，轻轻敲击着蒸汽柜的活塞，增加或者减少着需要的柴块。

"别人欺负你吗？"

"谁敢！我浑身是力气，我可以揍扁他。"

"我指的不是打架，而是指你的灵魂受过欺侮没有？"

"灵魂不可能欺侮，灵魂也不会接受欺侮……"他说，"无论你用什么……，也不能接触到灵魂……"

甲板上的乘客、水手和其他人都常常讲到灵魂，如同讲土地、面包、工作和女人一样。灵魂，这个词会被普通人在谈话中不经意地说出来，如同五戈比铜子一样流行。可我不喜欢别人在闲聊中总提到这个词。每逢男人们说脏话时，或出于恶意或由于好意而骂到灵魂时，我都会感到非常痛心。

我清楚地记得，外祖母总是很小心谨慎地提到灵魂，说这里面神秘地珍藏着爱情、美丽和快乐。我曾经执着地相信，好人在死亡后，他的灵魂会被白衣天使捧着到蓝天上去找我外祖母的善良的上帝。上帝会慈爱地欢迎它：

"可爱的宝贝,怎么样,圣洁的宝贝,你受苦了,受磨难了吧?"

于是,他就把六扇翅膀的天使的羽翼送给这个灵魂,这些翅膀的颜色是纯洁的白色。

与外祖母一样,雅科夫·舒莫夫也十分谨慎,他不大愿意而且也极少讲到灵魂,他在骂人时也决不提及灵魂。只要别人一议论起灵魂,他就会垂下像牛一样的脖颈,默不作声。灵魂是什么? 我问他,他说:

"灵魂是精气,它是上帝的呼吸……"

我还不肯罢休,又继续问他,这位司炉便奋拉下脑袋说:

"老弟,对于灵魂,神父也说不清楚呢。这可是个秘密……"

他使得我经常想着他,老是想琢磨透他,可是种种努力都是徒劳。每次他都是用他那粗壮的身体,遮住我的视线,使我只能看见他而看不见其他。

经管食堂的人的妻子对我过分亲切,这很让人怀疑。每天早晨,我得等候她洗澡,这活儿本来由二等舱女招待卢莎——一个活泼干净的小姑娘负责干的。舱房特别小,食堂管事的妻子赤裸着上身,我站在她跟前,瞧着她那像发过劲的面一样松溜溜的黄肉,心里一直在作呕,而且还想起了玛戈尔王后那健美的紧绷绷的身体,可面前这位女人却时而如泣如诉时而半骂半嘲地说个没完。

我不大懂她讲的话,但是我能朦胧感觉到那是很卑鄙、很可耻的。我不去理会这些,我与这位女人及船上所发生的一切事情都离得老远,一个人过着日子,我好像是躲在一块长满青苔的巨石后面,这块巨石挡住了我,我看不见这个昼夜更替、未来渺茫的大千世界。

"我们的加夫里洛夫娜果真是爱上你啦,"我跟做梦似的听到了卢莎在嘲笑我,"张开嘴,吞下这些幸福吧……"

不仅她嘲笑我,而且整个餐馆里的仆人都了解老板娘的习性,厨师皱起眉头说:

"这婆娘什么都吃过,如今竟想吃蛋糕了! 这种人! ……你可得睁大两只眼睛仔细看呀,不,不是两只,而是要睁开三只眼睛提防着些……"

连雅科夫也像父辈一样严肃地对我说:

"当然,如果你的年纪再大两岁,那我说的话就与现在不同了,可现在你这么点年龄,唉,我看还是别上钩为好! 要不然,你看着办吧……"

"别说了,"我说,"真无耻……"

"当然啦……"

但他马上把手指头插进他那紧贴在头上的头发,企图弄乱它,同时,他说出一句句圆溜溜的话来:

"不过呢,话说回来,也得替她想一想,她的生活很凄苦,如同一片经历过严冬的黄叶……连动物也喜欢有人抚摸它,何况人呢! 女人需要爱,正如蘑菇需要潮湿。大概她自己也觉得害臊。可又有什么办法？肉体需要爱抚,再无其他……"

我紧张地看着他那一双扑朔迷离的眼睛,问:

"你可怜她,是吗？"

"我？她又不是我母亲,就是自己的亲生娘也有人不可怜呢,可你……真是个怪人!"

他的笑声像个破铃铛,声音不高。

有时,我凝视着他,就好像跌进了无声的空寂中或者无底的深渊和黑暗之中。

"雅科夫,你看,几乎所有的人都结婚,可你为什么不结婚呢？"

"为什么要结婚呢？女人嘛,我随时都可以弄到手。感谢上帝,还不算太难……讨了老婆,就得住在某个地方,当农民,可我们那里的土地很贫瘠,也很少,就那么一点点,还被我叔叔夺过去了。我哥哥当兵回来,跟叔叔吵架、打官司,甚至还用棍棒打他的脑袋,流了许多血。因为这事,他坐了一年半的牢,出了狱,他无路可走,于是又进了监狱。他的妻子是一位挺可爱的年轻女子……哎,说这些又有什么用呢!总之,结婚就得待在自己窝里当主人,可当兵的人却不能做自己生命的主人。"

"你祷告上帝吗？"

"真怪!我当然祷告……"

"怎样祷告？"

"不拘形式。"

"你念什么祷告词？"

"我可不认识什么祷告词。老弟,我的祷告很简单,只是:天主耶稣啊,您怜惜生着的人,安息死者的灵魂吧!主啊,保佑人不要生病……此外也许还说一些什么……"

"什么呢？"

"随便说说,反正不管你对他说什么,他都能听得见!"

他对我十分亲切,带着好奇心,好像对待一只会玩好笑把戏的小狗似的。有时候在夜里同他坐在一起,他身上会散发出石油、焦煳味和葱蒜味。他喜欢吃青葱,喜欢啃生蒜头,像吃苹果那样津津有味。有时,他会突然请求说:

"喂,阿廖沙,念首诗听听吧!"

我脑子里装了许多诗,另外,我还有一个厚厚的本子,上面都抄的是我喜欢的诗。我给他念《鲁斯兰》,他一声不吭,一动不动,静静地听着,像盲人一样。他听完之后,小声说:

"真是个有味道而又流畅的故事!怎么,这是你想出来的吗？什么,普希金？有这样一位人;叫穆辛-普希金,我还见过他呢……"

"不是那个普希金,我谈的这个普希金早被人打死了!"

"为什么?"

我把玛尔戈王后告诉我的大略地讲给他听。雅科夫听完,平静地说:

"好多人都为了女人而丧了命……"

我常给他讲我从书本上看到的各种故事。我将它们融会在一起,串成一个情节丰富、环环相扣的长长的故事。里面有忧郁而美好的生活,而且还充满了炽烈的热情、侠肝义胆的英勇壮举、高贵的贵族气派、非凡的幸运、决斗与死亡以及高雅的语言和卑鄙的勾当。在我的故事里,罗坎博尔变成了拉·莫尔和阿尼巴尔·科科纳斯骑士,葛朗台老头代替了路易十一,奥特列塔耶夫骑兵少尉与亨利四世成了一个人。凭着灵感我把人物的性格进行了调改,并把不同的事件交叉穿插在一起。我所讲的故事对我而言只是一个旁观者,在那个世界里我可以任意自由地发挥想象力,如同外祖父的上帝一样可以从容指挥一切。虽然我把书上的故事融会在了一起,但这不会妨碍我认清现实的真相,也不会削弱我想了解活着的人们的愿望。相反的是,它倒像一片云,虽透明但不能穿过,保护了我,使我没有受到生活中许多传染性病菌和污秽的侵害。

书籍使我具备了抵御各种病毒而不受伤害的能力,我知道人们如何互相爱护,如何承受痛苦,我还知道妓院不是个好地方,并深深厌恶毫无意义的淫乱,深深惋惜受到其诱惑的人们,罗坎博尔教我做一个坚韧不拔的人,不要屈服于任何恶劣的环境,大仲马笔下的主人公使我产生了一种为伟大事业献身的迫切愿望。快乐的皇帝亨利四世是我最喜欢的人物,我觉得下面这首贝朗瑞的名歌就是歌颂他的:

> 他给百姓许多恩惠,
> 自己也爱喝上几杯;
> 是啊!人民生活美满富足,
> 皇帝怎么不能喝酒高兴?

亨利四世在小说中是一个温柔善良、平易近人的人,他总是像太阳一样鲜明生动,因此我确信,法兰西是世界上最美丽的国度,在那里,不管是穿着皇帝的服装还是农民的衣裳的人,个个都是高尚的骑士,比如昂日·皮都就是跟达达尼昂一样的骑士。我为亨利的被杀难过地痛哭,因此对拉瓦利雅克恨之入骨。我给司炉讲的许多故事中,这位皇帝总是其中最重要的主人公,而且我感觉到雅科夫好像也对法兰西和亨利皇帝感了兴趣。

"亨利皇帝人不错,同他一块儿去捕鱼或干些其他什么,都挺好的。"他说。

他在听时从不为故事动容,也不会以各种问题中断我的讲话。他低着头,默不作声,脸上不带任何表情,像一块长满青苔的岩石。可我的话因为一些原因而突然停下来时,他会立即问:

"完啦?"

"没呢。"

"那干吗停下来呢?"

讲到法兰西人时,他会气喘吁吁地说:

"过得真爽……"

"啥,爽?"

"对呀,咱们整天生活工作在酷热中,可他们呢,生活得很凉快,而且不做事,只是吃呀喝呀,还到处溜逛,多舒服的日子!"

"他们也得干活儿呀。"

"可从你讲的故事中,我可看不出他们还需要做工。"司炉这样判断。于是,我顿时明白了在我读过的故事中,里面几乎都没有讲到那些显贵的主人公们如何劳动,以及他们靠什么过活。

"啊呀,歇一会儿吧。"雅科夫边说,边在自己坐着的地方头朝上躺了下来,没过多久,就响起了一阵鼾声。

到了秋天,卡马河两岸都变成了红色,树叶像被染过一样成了金黄色,斜阳的光线也渐渐白了起来,可在此时,雅科夫却忽然要走了。在前一天的晚上,他还跟我说:

"等后天咱们到达彼尔姆后,去澡堂子洗个澡,干干净净地出去,找个有乐队的酒馆儿乐一乐。多美啊!我特别喜欢听八音琴的声音。"

可轮船到了萨拉普尔时,来了一个生有女人面孔的胖男人,他没有胡子,皮肤松松的。他身上罩的又大又厚的长外衣和头上戴的狐皮长耳朵帽子,使他显得更像一个女人。他一上了船就紧守住厨房那边的一张小桌子,还要了茶具,那个地方很暖和,他不解开外衣的扣子,也不拿掉帽子,就开始喝起饮料,头上的汗珠不停地往下淌。

秋天的天空布满了密云,不断地下着细雨,可笑的是,当这个人用他的方格子花手帕擦汗时,雨好像就变小了,等一会儿他又流汗时,雨似乎又变大了。

过了一小会儿,雅科夫走到他跟前。他俩在一块儿看历书上的地图。这位客人用手指在地图上划来划去,司炉认真地说:

"这算什么!没事儿。我不在乎这个……"

"那就这样吧。"客人低声答应着,随手将历书折起来放进脚边打开的皮袋里。他们便开始喝起了茶,并小心地交谈着。

在雅科夫开始工作之前,我问他那是什么人。他冷笑了一声,说:

"一看就是只鸽子样的人物,肯定是阉割派教徒,从遥远的西伯利亚来,太远!他还挺好玩,按计划生活……"

于是他就走开了,那双坚硬如马蹄般的黑脚板,走在甲板上"咚咚"作响。不大一会儿,他又停下来,用手不住地搔他的腰。

"我跟他说我要去他那儿干活。到了彼尔姆我就上岸。老弟呀,再会吧! 又坐火车,还要乘船,骑马。估计需要走五个礼拜,瞧,这人住得可真远……"

"你认识他?"对雅科夫做出这样的决定,我感到很意外,问道。

"怎么会认识他呢? 我从来就没见过他,而且也根本没在他那个地方待过……"

次日凌晨,雅科夫身着一件沾满油污的小皮袄,赤脚套着一双旧鞋,戴的破帽子是"小熊"的,他用那刚劲有力的手抓住我的手说:

"亲爱的,跟我走吧,行吗? 只要我和他打声招呼,他就会收下你的。你想要我跟他说吗? 他们会将你那没有用的东西拿掉,并且还会给你钱。弄坏一个人对他们来说,像过节一样高兴,为此他们会发奖赏的……"

此时,那个阉割派教徒站在船边,在胳膊下夹着一个小小的白包袱。他那对死人般的眼珠子死盯着雅科夫。他身体笨笨的,很臃肿,如同一个淹泡过的死人。我低声骂了他几句,司炉再次紧紧地握了握我的手。

"让他走吧,没关系! 各自选择自己拜的神。与我们又何干呢? 好吧,后会有期! 祝你幸福!"

雅科夫·舒莫夫像头狗熊一样地摇晃着走了,我的心情很复杂、很沉重。我可怜司炉,也怨恨他,甚至还有点炉忌他。我替他担心:"为什么孤身一人去那么遥远的地方呢?"

我又想:"雅科夫·舒莫夫究竟是个什么样的人?"

十二

深秋已至,轮船也停运了。

我只得去一个经营圣像的作坊做学徒。可是,就在第二天,我的老板娘——一个和善但浑身带着酒气的老太婆,操着弗尔基米尔方言对我说:

"秋冬白天短晚上长,白天你就在店面帮帮忙,卖卖东西,到晚上再做学徒吧!"

随后她就将我交给一个伙计使唤,那伙计个子不高,但腿脚很灵便。他年纪还不大,长得还算漂亮的脸上老挂着笑容。每天早晨,天还没有亮,外面很冷,我与他一块穿过全城,途经伊利卡街走到尼日尼市场。此时的伊利卡长街静悄悄的,沉浸在睡梦中。我们的小店在一家旅馆院子里的二楼上的一个房间,它原先是做仓库用的,阳光很难照进来,里面有一扇铁门和一扇小窗户朝着阳台,阳台被铁皮盖住了。店里被各种大小的圣像、各种样式的神龛占满了,圣像和神龛有简单的、也有带"葡萄"花饰的,还有带黄皮封面的用斯拉夫文写的教会用书。同我们相邻的小店也卖圣像和书籍,店主是个长着又长又黑胡子的商人。他与伏尔加河对岸克尔热涅茨一带一位有名的旧教派经学家是亲戚关系。他有个儿子,身子虽单薄但很灵敏,与我一般大,可那张脸却像个老头儿,眼睛又小又灰,像一双鼠眼,总是惶恐地眨着。

我一来到店铺,头一桩事儿就是到饭馆里打来开水。等喝过茶,就开始打扫店里,擦了货物上的尘土,然后在阳台上照看着,以防顾客到邻家店里。

"买家都是笨蛋,"掌柜自信地说,"只图便宜,他在哪儿买都一样,可对物品的质地、做工一无所知!"

他一边麻利地敲着圣像小木板,一边夸夸其谈他的生意经,还教我说:

"姆斯乔拉村的货可便宜啦,三俄寸宽四俄寸高的圣像,挺划算,六俄寸宽七俄寸高的圣像,也不贵……你知道这些圣徒司管何职吗? 你听着:沃尼法季是防治狂饮病的,瓦尔瓦拉大殉道女治牙痛和暴死,瓦西里义人防治伤寒、热病……你对圣母了解多少? 过来瞧,这里有悲叹圣母、三手圣母、阿巴拉茨卡娅预兆圣母、勿哭我圣母、消愁圣母、喀山圣母、保护圣母、七箭圣母……"

在很短的时间内,我就把各种尺码和不同质量的圣像的价钱记住了,而且还会区别各种圣母像,可是,牢记每位圣徒是干什么的却不容易。

有时我在铺子门口沉思时,掌柜会突然考我一下:

"保佑难产妇的圣徒叫啥?"

如果我说错,他会轻蔑地问:

"你长脑袋干啥用?"

最让人头痛就是招揽顾客了。因为我不喜欢这些画得怪模怪样的圣像,不愿意去推销。根据外祖母所说,我眼中的圣母应该是年轻、漂亮、善良的女人。那些杂志的插图中圣母的形象也是这样的。可圣像中的圣母却很苍老、严肃,五官不正,两只手僵硬得像两块木头。

每逢星期三和星期五是赶集的日子,这两天的买卖很火,阳台不时有成群结队的庄稼人和老太婆光顾,有的还拖家带口,他们都是伏尔加河中下游左岸的旧教徒,爱猜忌、布满愁云的林区人。我常看见,某位长得粗大的庄稼汉,身上裹着熟羊皮衣和自家做的粗毛呢,慢腾腾地在走廊里走着,生怕会摔跌下去,与这种人打交道真让人难为情。我壮着胆子走上前去截住他,围着他那穿着笨重皮靴的脚转来转去,用蚊子般低的声音说:

"您想来点什么,老人家? 我们这里的东西品种繁多,应有尽有,有带注解的赞美诗集,有叶夫连·西林的书、基里尔的书、圣规集、日课经,您请尽管看! 圣像货色地道,颜色恰当,有贵的也有便宜的,您随便挑! 还可以预订,我们可以为您画各种样式的圣徒圣母！不知您是否有意定做与某人名字有关的圣像，或者镇宅驱邪圣像。我们的作坊在俄国首屈一指！买卖呢，在城里最好！"

这个难以猜透、怪里怪气的顾客不吭一声，紧紧盯着我，眼神跟看狗似的，然后用他那粗笨的大手将我推到一边，直接向隔壁店里走去。我的掌柜边搓着耳朵，边气呼呼地埋怨我：

"把顾客放跑了，你还会做生意吗……"

只听邻家店里传来的亲切的声音，令人不禁飘飘然：

"亲爱的，我们不做羊皮、靴子的生意，只卖上帝的恩赐，金银都比不上，是无价之宝啊……"

"真是个精明鬼，"掌柜嫉妒地叹了一口气，嘟噜着说，"又骗了乡下人，你得好好学学！"

我是很认真地学习，不论什么工作，只要让我做，我都会尽力做好。可是对于招揽来客，侃价钱，我可真是做不来。这些乡下人，说话很少，神情黯然，都是些战战兢兢的低着头的老婆子，使我很同情，很想悄悄告诉他们圣像的真实价格，还可以少二十戈比的零头呢。看起来他们都很贫穷，老吃不饱肚子，可他们竟然拿出三卢布半来买一本赞美诗，真让人疑惑不解。这本书在他们中间很畅销。

还有，他们对书和圣像的价值的看法更让人惊奇。一天，一个白发老头儿被我揽进店里，他一进门就干脆地说：

"小伙子，你刚才说你们的圣像坊是俄国首屈一指的，这可不太正确吧。莫斯科的罗戈任才是俄国第一家圣像作坊啊！"

我很羞愧，就靠边站了，可他也没往邻家店去，还是慢悠悠地走上前来。

"撞墙了吧？"掌柜挖苦我。

"是你从没跟我说起过罗戈任作坊……"

他就破口骂了：

"这些假正经的人整天跑江湖，他们认识货，啥都了解，一条老狗……"

他漂亮、肥胖、自尊，不喜欢庄稼人。在他有兴致时，常跟我说：

"我是个聪明、爱整洁的人，还喜欢香水，尤其是神香的气味，可为了给老板娘赚这五个戈比，还得给这帮臭乡巴佬点头哈腰！你以为我喜欢这么干吗？他们是什么东西？不就是臭毛虫、到处爬的虱子吗？可……"

他懊丧地垂下头，默不作声了。

可我却喜欢乡下人，我可以从他们的身上感受到雅科夫所具有的那种神秘的气息。

有一天，一个身着短皮袄、外罩斗篷的粗汉子走进店里，他摘下头上毛茸茸的帽子，就仰头面向点神灯的那头，用手指头画十字，并竭力不去看暗处的圣像，一声不吭，扫视了一遍四周后，才开始说话：

"来一本加注解的赞美诗!"

他挽起斗篷的袖子,微微张开合着泥土色的皲裂的要出血的干嘴唇,念了念里面的封版问:

"有没有古书?"

"古版的要几千卢布呢,你知道……"

"都知道。"

乡下人用嘴舔了舔指头,一页一页地翻动书页。书上被他手指头碰过的地儿都留下了深深的黑色指印。掌柜嫌恶地盯着他的天灵盖说:

"圣书没有不古的,上帝又没有改变他的话……"

"我知道这个,上帝是没有改变,可尼康会改变的。"

那顾客边说边合上书,默无声息地走了出去。

有时这些乡下人会与掌柜争论起来。我知道他们比掌柜要更熟悉圣书。

"泥地里的异教徒。"掌柜埋怨地嘟噜着。

我还发现,尽管新书不称庄稼汉的心,但他们还是对它怀抱一种尊崇的心情,轻轻地触摸它,生怕新书会像小鸟儿一样从他手中飞脱。看到这种情况,我心里十分欣喜,因为我自己认为书是一个奇迹,里面隐藏着写书人的灵魂,一打开书,灵魂就被放出来了,与我神秘地进行交谈。

一些老头子和老婆婆常常拿一些尼康时代以前的古版书或者这些书的手抄本来卖。这些手抄本都是由隐居在伊尔吉兹河和克尔热涅茨河地区的旧派女教徒抄写的,写得非常漂亮。他们拿来一块儿卖的还有没经德米特里·罗斯托夫斯基修改过的日经课文日书手抄本、十字架,镶珐琅的铜制折叠式圣像,北部沿海地区铸造的物品以及莫斯科的公爵赏赐给酒店老板的银勺。他们把这些东西偷偷地藏在衣摆底下,到了地方先左顾右盼一番才神秘地拿出来卖。

我的那位掌柜和邻居商人都对这些卖东西的人很警惕并且紧紧注视着他们的行为。还想尽各种法子与对方竞争,尽可能地用几个卢布或几十个卢布把那些古董买下来,这样可以拿到市场上卖给富裕的旧教派教徒,挣回几百卢布。

掌柜训导我:

"可要好好看着这些魔术师们,他们会给我们带来好财运的。睁大眼睛盯着他们!"

一有这样的货主来,掌柜就叫我把彼得·瓦西里伊奇请来,他是位旧教派经学家,会鉴定古书、圣像和各种古董。

他身材高大,大胡子长得跟圣徒瓦西里一样,愉快可亲的脸上生着一对聪明的眼睛。因为他的脚掌受过刀伤,所以走起路来一跛一拐的,手里挂根长拐杖,无论冬夏,他都穿一件像道袍一样又轻又单薄的长褂,戴一顶锅状的奇怪的天鹅绒帽子。他精力很旺盛,身体总是笔直,可一进到店铺就垂下双肩,耸起背,轻声叹气,还常用两个手指头画十字,并叽里咕噜地说些祷告词或赞美词。他态度的虔诚及模样的老态龙钟,使得卖主马上就对他产生了信任。

"有什么事吗?"老头儿问。

"您老看,有一个人带来一个卖圣像的,说是斯特罗甘诺夫斯克画的。"

"什么?"

"斯特罗甘诺夫斯克画的画像。"

"噢……我耳朵不管用啦,被上帝塞住了一只,以防听尼康的胡言乱语……"

说着,他摘下帽子,虔诚得拿着画像,先沿着画看,后又从侧面看,就这样认真地研究着,甚至不错过木板上的钉子,最后哼哧哼哧地说:

"那些没有信仰的尼康派分子知道我们喜欢古圣像,便像恶魔一样制造出各种各样的假东西,现在竟然有人在造假圣像了,而且还仿制得很像,啊,真巧妙啊!这个圣像看上去是斯特罗甘诺夫斯克画的,或是乌思丘日纳画的,或者就是苏士达尔画的,可是呢,让内行来看看,就是两回事了,全都是假的!"

只要他说圣像是"假的",那就意味着其实是货真价实的珍品。老头儿说这一席暗语,是为了提醒掌柜,花多少钱可以把这个圣像买下来。据我所知,"伤心和悲哀"是指十卢布,"虎狼尼康"是指二十五卢布。我认为他们蒙骗卖主很可耻,但老头儿的聪明和诡计却很有意思。

"那些尼康教徒们,虎狼尼康作恶多端的徒子徒孙,在魔鬼的驱使下什么都做得出来。你们看,这画像的底色用的涂料似乎挺地道,衣饰也是出自一人之手。但脸部就不行了,风格差异太大,明摆着是两个人画的!从前,画圣像的大师们,如西蒙·乌沙科夫这位名家,虽是个异教徒,可画圣像从来都是很严肃很认真的,每幅圣像自始至终都是他一个人画下来的,甚至他还亲自涂底漆。可现在呢?这些异教徒家伙们却办不到!过去,画圣像这个活儿是很神圣崇高的,现在倒变成了唬人的勾当,唉,这些信上帝的人们呀!"

终于,话说完了,他轻轻地把圣像放到柜台上,戴上帽子,说:

"罪过呀。"

其含义是:"买下吧!"

此时卖主已被老头儿的话语搞得昏昏然,并深深折服于他的渊博知识,恭敬地问老人家:

"您老啊;您觉得这圣像咋样?"

"圣像吗,肯定是那帮尼康派教徒们假造的呗。"

"怎么可能呢!我们的祖父,曾祖父都拜过它啊……"

"你难道不知道尼康在世先于你的曾祖父?"

老头儿把圣像拿到卖主的眼前,满脸严肃地说:

"看看吧,这样笑嘻嘻的脸,圣像能这样吗?这是图画,是外行的手艺,是尼康派的玩意儿。这些东西里没有灵魂！我为什么要说谎呢，我一生为了真理受尽磨难，都到这把岁数，快要见上帝去了，我怎么可能违背良心说谎?！ 不可能！"

他做出一副被别人怀疑而受委屈的样子，从店铺里走出来，到店外的走廊上。看样子，似乎这位年迈的老人不久将要死去。于是掌柜便把这个圣像用几卢布买了下来，卖主向彼得·瓦西里伊奇深深地鞠了一躬，便走了。当我从吃食店泡茶回来的时候，鉴定师已摇身一变成了一个精力充沛而且愉快的人，他爱不释手地端详着刚买的货品，跟掌柜讲：

"看哪，这圣像的神态很庄严，运笔细腻、精致，充满慈悲、尊严，真像一个不食人间烟火的神……"

"究竟是谁画的?"掌柜喜上眉梢，欢呼雀跃地问。

"你这么快就想要知道?"

"识货的人肯出多少钱买它?"

"我不敢说定，还是找人再看看吧……"

"哎，彼得·瓦西里伊奇！……"

"要是卖掉了，你拿五十卢布，剩下的归我！"

"啊？……"

"别'啊'啦……"

他们边喝茶，边不顾羞耻地侃着价钱，像骗子一样互相交换眼色，显然，老头儿已占了上风。等老头儿走后，掌柜肯定会跟我说：

"你记住，不要对老板娘讲这个事儿！"

等关于圣像的交易谈妥后，掌柜问老头儿：

"彼得·瓦西里伊奇，城里有什么新鲜事儿吗?"

接着，老头儿那黄黄的手梳开了胡子，使油乎乎的嘴唇显露出来，滔滔不绝地讲起富贾生活、贸易的红火、酗酒、生老病死、婚事、夫妻变心等等。他讲这些油腻腻的故事很得心应手，如同巧手的厨娘煎油饼一样。他在说话的同时还不时地"嘶嘶"地笑着。掌柜津津有味地听着，那张圆脸由于惊喜和羡慕变成了褐色，眼睛也犹如蒙上一层幻想的雾一样。他边叹气边诉苦：

"别人都过着真正的生活，而我……"

"人各有命，"鉴定师小声说道，"人的命运有天使用银锤子敲出的，也有恶魔用斧子背打出的……"

看上去这位精力旺盛、身体结实的老头儿无所不知，什么全城的生活、买卖人、官吏、神父、小市民的内容，他都了如指掌。他的眼睛像老鹰一样锐利，还掺杂着狼和狐狸的狡诈。我好多次想惹他发怒，可每次他都像透过迷雾一样遥遥地盯着我。我感到他的周围布满一种深不可测的空虚，好像走近它会跌到无底的深渊里去。我还觉得他身上有些地方与司炉舒莫夫很相似。

不论在当面还是在背后,掌柜都很佩服他渊博的知识,但有时也跟我一样,想惹老头儿生气,使他陷入尴尬。

"人们都认为你是个大骗子。"他突然挑衅地看着老头儿的脸说。

老头儿眯着眼冷笑道:

"只有上帝才不骗人,周围这些人都是傻瓜,老不骗他们,那么他们还作啥用?"

掌柜气坏了,说:

"并非所有的庄稼汉都是傻瓜,商人还不都是庄稼汉出身的!"

"咱们现在不谈商人。傻瓜不会行骗,他们是圣徒,只是脑子在睡觉罢了……"

那老头儿越说越不像话,真让人恼火。我觉得他好像就站在一个周围满是污泥的土墩上。他从不生气,就是有愤怒也只是在心里掩藏着,因此惹他生气是不可能的。

但是,他却来纠缠我了。他走到我这边,胡子后面荡漾着微笑,问:

"你所说的那位法国作者叫什么来着?波诺土,对吗?"

他这样故意糟蹋别人的名字,使我很生气,但我忍耐住不发火,回答道:

"庞逊·德·泰尔莱利。"

"他在哪儿死的?"

"你别再胡搅蛮缠了,又不是小屁孩子了。"

"对,不是小孩子。那你现在读谁的书呢?"

"耶夫列姆·西林。"

"与你的那些普通作家比较而言,这位耶夫列姆写得如何?"

我默不作声。

"普通作家写的都是些什么?"

"生活中发生的所有事情。"

"那就是说,写些狗呀、马呀之类的,毕竟它们是生活中最常见的东西。"

掌柜大笑不已,我有点生气了。我的心情十分沉重、相当难受。如果我要离开他们,掌柜会过来拦住我问:

"往哪儿去?"

然后那老头儿逼着我问:

"行啦,识文断字的年轻人,回答我一个问题吧,假如你面前站着一千个赤身裸体的人,五百个女人,五百个男人。亚当和夏娃也在其内,你用什么办法把他们两个从中找出来?"

就这个问题他追问了我很久,最后不无得意地说:

"傻小子,他们不是人生的,是上帝造的,因此他们没有肚脐眼。"

这样的所谓的"难题",在老头儿那儿多的吓人,他可能随时挑出一个来叫你难堪。

在刚来小店里的那段时间里,我给掌柜讲我读过的几本书听。现在这些故事反而成了使我受折磨的灾星,掌柜在转述给彼得·瓦西里伊奇时,将这些故事故意篡改得惨不忍睹,带有猥琐的意味。那老头儿故意提出许多下流的问题,巧妙地帮掌柜戏弄我。这两只如簧的巧舌对欧也妮、葛朗台、柳德米拉及亨利四世说了许多毫无廉耻的脏话,仿佛扔垃圾似的。

我明白,他们如此做也许并非出于恶意,只是出于沉闷,可是我的心里还是相当难受。他们如同猪一般把自己制造出的肮脏东西乱拱一气,好像把美的东西(他们认为这是属于别人的,是不可理解的、滑稽可笑的东西)弄脏后,他们则得意扬扬地哼着鼻子。

所有商场和住在那里的人们,商人和掌柜,都无聊地过着一种肤浅的傻乎乎的奇怪的日子,一并带着恶意地开心取乐。例如,有一个问路的乡下人,打听到城里某个地方的近路,他们总故意指向错的方向。就是这样的事情,他们也做腻了,再也从中体会不到一丝快乐。他们抓了两只老鼠,把它们的尾巴拴在一起再放到路中间,尔后围在旁边看它们怎么向不同的方向拼命挣脱,互相吵架;时而他们会往老鼠身上浇上煤油,把它们活活烧死。时而他们把破铁桶系在狗尾巴上,让狗拖着破铁桶"咚咚"地乱窜,还"汪汪"地叫着,围观的人尽兴地看着,过瘾地大笑。

跟这样的取乐方法还有很多,好像所有的人,尤其乡下人,生活的目的就是为了让中心商场的人取乐解闷。他们对待人有一种惯常的愿望,就是想方设法嘲弄人,将人置于痛苦而又很难为情的境地。令人吃惊的是,我所读的书中,从来没有过这种对人随意戏弄的强烈欲望的描写。

在商场里搞的这些低级消遣中,有一件事使我感到特别气恼和愤怒。

在我们店铺下面的一楼,有个商人,他专门经营皮毛和毡靴,他的一个伙计的贪吃使整个尼尔尼市场的人都感到震惊。他的主人像炫耀狗的凶猛和马的气力那样,对他这个伙计的贪吃本领很是得意。因此,他时常向邻居各个铺子的老板和伙计打赌叫阵。

"谁敢赌十个卢布? 我敢叫我们的米什卡在两小时内吃完十普特火腿!"

可是,因为所有人都清楚米什卡的这个本领,便说:

"我们才不赌呢。可是呢,倒可以买点火腿让他吃,让我们饱一饱眼福。"

"那可要净肉,不要带骨头的!"

他们有气无力地争论了一会儿,这时,一个高颧骨的年轻人从黑乎乎的货仓里走出来,瘦削的身材,没留胡子,披一件厚呢长大衣,腰间系着红色腰带,全身沾满碎毛皮屑。只见他恭敬地从脑袋上脱下便帽,用深陷的茫然的眼睛默默地看着主人。他那个圆脸膛、赤红脸及满脸又粗又硬的胡子的主人问他道:

"怎么样? 能吃完十俄磅火腿吗?"

"多长时间?"米什卡严肃地轻声问。

"两个钟头。"

"有困难!"

"什么困难!"

"那么,就添两瓶啤酒吧!"

"行!"主人同意了,并接着吹牛说:"你们千万不要以为他饿着肚子,才不是呢,今儿早饭时他吃了两俄磅左右的白面包,中午还跟平常一样吃了饭……"

大家拿来了火腿,围成了一圈,他们全是商人,臃肿的身体紧紧裹着厚重的皮袄,简直像个大秤锤。这些人全长着大肚子、小眼睛、浮肿的眼泡,统统一副很无聊和很慵懒的样子。

这个"吃手"被紧紧地围在圈子的中心,围观的人把手笼在袖筒里等待着。"吃手"已把一个很大的黑面包和刀子准备停当,虔诚地画了一个十字,便坐在皮毛袋子上,用茫然的目光打量着刚放在身边那只木箱上的火腿。

他缓缓切下薄薄一片面包和厚厚一片肉,将它们整齐地夹在一起,双手拿着食物挪到嘴边,并伸出仿佛狗一般的长舌头舔了舔哆嗦的嘴唇,又尖又细的牙齿也随之显露出来,接着跟狼一样把脸凑到肉上。

"开始了!"

"注意时间!"

大家都全神贯注地盯着"吃手"的脸、下颔和耳朵边由于咀嚼而鼓起的两块圆圆的肌肉;聚精会神地看着他尖颊骨有节奏地在动。同时还无聊地有一搭没一搭地说着话:

"真和狗熊一样啊!"

"你看过狗熊吃东西?"

"怎么可能呢,我又没住在森林里,不过人们常这样说。"

"人们常常都说猪呀!"

"猪不吃猪肉……"

他们肆无忌惮地笑着。有的人甚至插嘴补充:

"猪什么东西都吃,包括小猪仔、自己的姊妹……"

"吃手"的脸渐渐地阴沉下来,耳朵也变青了,原本深陷的眼睛也从眼眶里凸显出来了。呼吸也紧促了,只是下颔还照常有节奏地动着。

"米什卡,加油啊!快没时间了!"大家在给他鼓劲。他不安地看了下剩下的肉,喝了口啤酒,又开始嚼了起来。观众激动地骚动了,频频地去看米什卡手中的表。人们还互相提醒:

"把表拿开,不要让他往前拔针!"

"看好米什卡!别让他把东西藏到袖子里!"

"在两小时内吃不完了!"

米什卡的主子鼓舞士气道:

"米什卡,我赌一张二十五卢布的票子,加把劲儿,别输了!"

观众也挑逗着老板,可是没有一个人想去跟他打赌。

米什卡还在吃着、吃着,渐渐变成了火腿的颜色的脸上,那软乎乎的尖鼻似乎是在抱怨地喘息。他的面目狰狞,好像会突然爆发一句:

"饶了我吧……"

抑或是被肉片卡住喉咙,当场倒下死去。

终于,他吃光了,眼睛也睁不开了,有气无力地发了一声:

"来点水……"

可是他的主子却看着表大骂连声:

"混账东西,你超过了四分钟……"

观众也跟着起哄:

"真可惜没跟你打赌,要不,你可输定了!"

"说到底,小伙子也挺不错的嘛!"

"也对,应该把他送到马戏团去……"

"哎,人竟然被上帝弄成这样子!"

"走,喝茶去!"

接着,他们好似一群小船儿驶进小饭馆里去了。

我很是想搞清楚,是什么魔法促使这些死气沉沉的、麻木不仁的人们围观这个可怜的小伙子? 他那病态般的暴食为什么会让他们那么开心?

狭窄的走廊里密密麻麻地塞满了羊毛、羊皮、大麻、麻绳、毡靴、皮革制品,显得昏昏沉沉,使人感到无聊。一些砖砌的木柱将走廊和人行道分开。这些木桩粗大而笨重,因为年代久远加上溅满了街上的黑泥而显得斑驳难看。对于这所有的砖块和缝隙,我几乎已在心底暗暗数了几千次。那上面怪模怪样的图案,好像一张沉重的网,在我的记忆里永不会抹去。

往来的过路人在人行道上慢慢悠悠地走着;出租马车和装货的雪橇也缓缓地在街上行驶;在街的后面,有一排两层红砖楼房的店铺构成的四方区,里面的广场中堆满了箱子、麦草、皱皱巴巴的包装纸,上面还覆着一层被人踏过的脏雪。

所有这样运动着的人和马,看上去却似乎纹丝不动、懒洋洋地在原地打圈儿,仿佛被一些看不见的链条固定在那儿似的。这时你也许会突然感觉到,这儿的生活好像没有声响,抑或说即便有声音,也等同于没有。雪橇的滑木在"呼呼"地响,店铺的房门也在"咣啷"地响,卖饼子和蜜水的商贩们也在吆喝着。可这些声音听起来并不欢快,显得很不情愿。这些单调的声音会让你很快适应起来而不会再去注意它的存在。

教堂的钟声如同凄凉的送葬钟声一样长鸣。这声音永远鸣在人们的耳朵中,像飘在市场的上空,自早到晚不住地响,它穿透人们所有的情感和思想,仿佛一层沉重的铜垢,刻在印象上面。

　　无论是脏雪覆盖着的大地,抑或屋顶上灰白色的雪堆或建筑物的肉色的砖瓦,都散发出一种寒冷、苦闷无聊的气息。这气息好像一缕缕灰色的烟,从烟囱里爬出来,逐渐进入灰沉沉的、低垂、空虚的天空。人和马都呼吸着这气息。它里面的苦闷含有独特的气味,那是由汗水、脂肪、麻油煎过的油饼和炊烟混合的一种难闻的脏臭味。这股气味像一顶热乎乎、窄小的帽子,紧紧扣着脑袋,逐渐传到胸脯,激起一种奇怪的醉意,让你情不自禁地想闭上眼睛,想绝望地长嚎,想向一个地方狂奔去,找个墙壁把脑袋撞上去。

　　我常常认真地观察那些商人的面孔。这些面孔上充满了油腻的浓血,冻得满脸通红,没有一点神采,好像总在睡觉。他们常常像一条条被扔到干沙地上的鱼一样张开很大的口打哈欠。

　　每到生意清淡的冬季,商人们的眼睛里便少了许多那种警惕、贪婪的光芒;这种光芒在夏天时会将他们装扮得有生气一点,使他们不再死气沉沉。他们身上沉甸甸的皮袄使他们的活动受到约束,压得他们的身子弯向了地面。商人们说话都显得有气无力,可一发起火就准会吵架。我觉得他们这样做只是为了互相提醒:我们都还活着呢!

　　我明白,是寂寥压抑摧残着他们。因此我们可以这样理解:他们的那些残酷愚昧的消遣,仅仅是对这种吞噬一切的寂寥做出的一种徒劳的反抗。

　　有时,我把这些话讲给彼得·瓦西里伊奇听。哪怕他老嘲弄挖苦我,可是对于我爱读书却是很赞赏的,因而有时候他会用一种严肃的带有教训意味的语言跟我说:

　　"我不喜欢商人的那种生活方式……"

　　他边把一绺胡子绕在手指头上,边问:

　　"咦,你是怎么知道他们是如何生活的呢? 难道你常去他们家串门? 小伙计,这是一条大街,人们在这儿不是生活,而是做买卖,他们在这儿只是匆匆而过,就回家去了! 人人出门上街都穿着厚厚的衣服,你知道,隔着衣服是难以了解他们的。人只有待在自个的家中,面对四周的墙壁,才是真实的,他在那里如何生活,你是不会知道的。"

　　"那他们的思想,不管在家里还是在这儿,不是一样的吗?"

　　"谁也不可能知道人家的思想。"老头儿严肃地瞪圆了眼睛,深沉地说道:"思想犹如虱子,不可能数清,过来人都这么说。也许,他一回到家,就扑通跪倒在地,一把鼻涕一把泪地向上帝祈祷:'上帝,宽恕我吧,在你神圣的日子里我作了孽!'对于他来说,家就是修道院,只住着他和上帝。不错! 每个蜘蛛都有自己的角落,在那里吐丝结网,它们也清楚自己有几两重,这样织的网才能够禁得住自己……"

在他严肃地说话时,声音极低沉,似乎在说着重大的秘密:

"你很有思想,可这对于你来说还是早了点,像你这般年纪,应靠眼睛生活,不能靠头脑! 所以,你看看,记住就行了,不要发议论。办事需要智慧,灵魂需要信仰! 爱读书是件好事,但对万事都得有个分寸,有的人因为读书太多而丧失了理智,放弃了对上帝的信仰……"

我感觉他会永远活下去,不会老,很难想象他衰老、变化的样子。他爱讲关于大名鼎鼎的商人、强盗和假币伪造者的故事。我小时候常听外祖父讲这样的故事,他比这位鉴赏家讲得精彩多了。但他们所讲的内容都是相同的,即获得财富必须对人们,对上帝采取犯罪的手段。虽然彼得·瓦西里伊奇对人没有怜悯之心,但他说到上帝时却满怀温情,每当这时,他会叹着气,躲开别人的视线说:

"人们都这样欺骗上帝,可是主耶稣都把这一切瞧在眼里,他常为人们流泪叹息:我的人们呀,不幸的人们,地狱在等候着你们呢!"

一次,我壮着胆子提醒他:

"可是,您也欺骗乡下人啊……"

他听了也没生气。

"这不算什么,"他说,"自己挣三五个卢布,没什么了不起的。"

有时,他看见我在读书,会从我手中把书拿过去,大惊小怪地询问书中内容,还一惊一乍地对掌柜说:

"看看你这小伙计,竟能看懂这种书,聪明啊!"

随后就一板一眼地训导起来:

"听我的话,这对你有益处。有两个基里尔,都当主教。一个是亚历山大城的基里尔,另一个是耶路撒冷的基里尔。前一个基里尔致力于与罪大恶极的异教徒涅斯托里作对,按照涅斯托里的邪说,圣母是个凡人,只能生人不能生神,所生的人以他的事业为名,叫基督,也就是救世主。因此圣母应称为基督之母,而不能叫作神之母,知道吗? 这就是异教! 后一个耶路撒冷的基里尔,是反对异教教徒阿里的……"

我夸他对宗教史了解得很多,他便用那清瘦的神父似的手梳着胡子,吹起牛来:

"是的,对于这类知识,我可是一员大将;我曾经在圣三一节前去过莫斯科,在那儿跟罪恶的尼康派学者、神父及俗人们进行辩论。那时我很年轻,还跟博士们辩论呢! 我唇枪舌剑,几句话就让一个神父说不出话来,我记得那家伙都流出鼻血啦!"

他红光满面,眼里放出光。

也许他以为使对手流了鼻血就意味着自己成功了,这是他桂冠上最值得夸耀的一块宝玉。他又神往地具体地说起这件事。

"那个神父长得很漂亮、身体也挺魁梧！他站在经案前,鼻血一滴一滴地往下淌！可他对自己的那副丑态竟浑然不知,过后还像只荒野的雄狮一样凶恶地叫喊。我当时很镇定,脱口而出的每句话都如锥子一样直刺他的心肺和肋骨！……他们那一派的人,跟火炉一样,噼里啪啦地吐出异教徒独有的毒舌……那情形可真刺激呀!"

经常在我们铺里进出的,还有其他几个鉴定家:一位叫帕霍米,常穿着油光光的外衣,大肚子,只有一只眼睛起作用,满脸皱纹、糟鼻子。另一个叫鲁基安,是个矮个子老头儿,像老鼠一样狡猾,但却很和气,精神头总是很好。还有一个长得像马车夫的汉子常与这老头儿一道儿来,那汉子是大个子,有一副阴森森的黑胡子,脸很端正,只是毫无生气,很悲观,目光呆滞。

他们来时,一般总带着圣书古本、圣像、香炉、杯盘一类的东西来卖,有时还带来伏尔加对岸的老婆婆或者老头子一类的卖主。一做完买卖,他们就像飞到田头的乌鸦一样,在柜台边坐下来,就着面包圈或熬过的糖喝茶,彼此谈论起尼康派教堂曾对他们的压迫:那里搜查住所,没收祷告书,这里警察封锁教堂,按照一百零三条法律审判他们的主人。这一百零三条成为他们经常谈论的话题,可他们却态度泰然地谈着,似乎它像冬天的严寒一样不可避免。

在他们关于宗教压迫的谈话中,常常带有警察、搜查、监狱、审判、西伯利亚等字眼,每次听到它们,我的心头就像炭火一样燃烧,使我对这些老人产生了同情和好感。我读书很多,这些书教我要对那些百折不挠、不达目的不罢休的人持尊重的态度,要珍惜坚韧不拔的精神。

我把这些生活的导师的缺点完全放在了脑后,只是感受他们的沉着镇静和坚韧不拔。我认为在这些精神后面,掩藏着他们对自己的真理的永恒的信仰和为了真理愿意承受一切痛苦的勇气。

在后来,我从老百姓、知识分子身上也看到了许多这样的旧信仰的捍卫者。我终于明白,这种坚决实际上只是人们消极的表现,他们还固守在原先的地方,没有向前进一步。再说他们也不愿意动,因为他们已经被陈词滥调、过时的概念紧紧地拴住了。他们在这些词语和概念里,思维已僵化,意志已凝固,不能再向前发展了。如果外界对他们来一个打击,那他们就会脱离已习惯了的地方,机械得往下滚,如同石头滚下山一样。他们凭着一种怀古、盲目的力量,一种对自己曾受过的苦与压迫的病态的爱,坚守在坟场中自己的岗位上。可是,一旦将他们受苦的可能性剥夺,他们就会变得轻飘飘,像凉爽、有风的日子里天空中的浮云一样,逐渐消失。

对于自己的信仰,他们非常满意,并十分乐意为之受苦受难。无疑这种信仰很坚定,但它让人想起一件穿破的衣服来,这件衣服上沾满了各种各样的脏东西。也正因为如此,它受时间的破坏才很少。他们的思想、情感在又狭小又沉重的偏见和教条的躯壳中习以为常,虽然没有创造性或者即使有创造性也受到破坏,但却在里面活得舒适、方便。

这种由于习惯而产生的信仰,在我们的日常生活中是最可悲的,也是最有害的现象之一。任何新事物生长在这种信仰中就如同生长在石墙的阴处一样。长得缓慢而且极其难看、营养不良。爱的成分在这种盲目的信仰中含量很少,而屈辱、仇恨和忌妒的成分又太多,尤其忌妒和仇恨多混合在一起。这类信仰的火焰如同腐朽的东西发出的磷光。

可是,为了对这一点加以证实,我必须经历许多痛苦的岁月,将心灵里许多美好的事物破坏掉,从记忆里扔出去。当我第一次在百无聊赖、不知廉耻的现实生活中遇到生活导师的时候,我觉得他们都具有伟大的精神力量,他们是世界上最好的人。他们中的所有人都打过官司、进过监狱,被人从城里赶了出来,与囚犯一起流亡。他们都心惊胆战地度日,东躲西藏地生活。

但是,我发现这些老人们在抱怨尼康派的"精神压迫"时,又彼此故意地相互排挤,甚至干得还挺起劲。

独眼龙——帕霍米喝醉以后,爱吹嘘自己惊人的记忆力。他对某些书已经了如指掌,只要你的手指向这些书的任何一页,他就会从所指的地儿往下背,像犹太法学家背诵犹太法经传一样。帕霍米背的声音略带有鼻音,声音十分柔和。他在背诵时,眼睛总是担心地盯着地面,似乎在用那仅剩的一个眼寻找着什么值钱的东西。他最拿手的是背梅舍茨基公爵的《俄罗斯葡萄》。其中他背的最熟的句子是"无比悲壮、无比勇敢的殉道者的坚韧不拔和英勇不屈的受难",可是彼得·瓦西里伊奇总是鸡蛋里挑骨头似的找他的错儿。

"胡说八道!这与神圣的基普里安无关,是发生在纯洁的季尼斯身上的事。"

"季尼斯,不对吧?应该是季奥尼西……"

"不需要你教训我!"

不到一分钟,两人都怒气冲天,互相对视着:

"你这个不要脸的家伙,就知道吃,看你的肚皮有多圆……"

帕霍米则像打算盘一样回敬道:

"还说呢,你是个色鬼、山羊、女人们的跟屁虫。"

掌柜这会儿手揣在袖筒里,脸上阴阴地冷笑着,对这两位笃信宗教的旧派拥护者教唆着,还火上浇油似地煽风点火:

"痛快些,再来一下!"

有一次,两个老头儿打起架来。彼得·瓦西里伊奇突然很敏捷地袭击了同伴,搧了对方一耳光,同伴吓跑了。他累了,边拭着脸上的汗珠子,边冲着跑掉的人的背影大叫:

"等着看吧,今天全是你的不是!不死的东西,倒让我这只手犯了罪,真该死!啊,呸!"

他稍不留意就会责备起自己的同伴来，说什么他们信仰不坚定，都堕落成了反教堂派。

"都是亚历克萨莎在煽动你们，真是好斗的公鸡瞎叫唤！"

反教堂派显然使他很受刺激，也让他感到害怕，如果你要问他这个教派的实质，他就会支吾起来：

"反教堂派还不是最不幸的邪教吗？它只谈理想，不承认上帝！听说，哥萨克人只看圣经，对其他别的书都置之不理。可圣经是从萨拉托夫的德国人那里，从留托尔那儿传来的。据说，'留托尔就是留特，也就是说残暴的意思！'所以反教堂派又被唤作沙普特派，或福音洗礼派。这都是从西方传过来的，是那里的异教徒传过来的。"

他跺了跺那只有残疾的脚，冷酷地低声说道：

"真该把这些新教派的东西赶出去，活活烧死！我们跟他们不一样，我们是名副其实的俄罗斯人，我的宗教是真正的，是东方原来就有的俄罗斯教。而其他一切都是西方肆意胡诌的邪说！德国人、法国人从来不干好事，比如一八一二年……"

他讲话越来越亢奋，甚至完全忘了听他讲的是一个小孩子。他用劲拉住我的腰带，时而拉向他那边，时而又推到我这边。他像年轻人一样激昂，热烈地讲着：

"人的理性像恶狼一样，在自己胡思乱想构造的密林中游荡徘徊，这上帝的恩赐，受着魔鬼的支使，在残酷地折磨人的灵魂。这些魔鬼的奴仆胡思乱想些什么呢？鲍格米勒派制造异端邪说，说什么魔鬼是上帝生的，还是耶稣基督的哥哥，这简直是胡扯！所以他们这一派的宗旨是不要听从尊长的话，不要劳动，抛弃妻儿，任何东西都不要，也不要遵守任何规矩，只是随自己的心愿生活，按魔鬼的驱使行事。哎，又是那个亚历克萨沙，真是只虫豸……"

这时，掌柜也许会叫我去做其他事情，我就起身走了。只剩他一人在走廊下面对着空荡荡的周围独言独语：

"噢，没长翅膀的灵魂！噢，天生的瞎眼猫，我怎么才能避开你们呢？"

然后，他把两手置于膝上，仰起头，盯着冬天灰暗的天空发呆。

他对我越来越友善了，也更关注我了，假如他来时看见我在读书，会拍拍我的肩，说：

"孩子，读吧，读吧，这对你大有用处！你挺机灵的；只是你这个小东西不知道尊重长辈，反抗情绪太大。你也不想想，这个样子对你也不好呀！小东西，这会把你引进牢狱里去的。读书很好，但要切记，书只是上面有字的东西，必须动脑筋才行！鞭身派里的一个教诲师，名叫达尼洛，他竟然说不管新书还是旧书，统统没有用处，因此将书装在口袋里扔到河里了！当然，这样干挺愚蠢的！这都该归罪于亚历克萨沙……"

他的讲话中越来越频繁地出现那个亚历克萨沙。有一天，他一进到店铺，就一本正经地对掌柜说：

"亚历山大·瓦西里耶夫到这儿来了，在城里呢，昨天来的！我找了半天也没找到，他肯定隐蔽起来了！我先在这里待会儿，也许他会到这里来……"

掌柜没好气儿地说：

"我听不明白，别人也不明白！"

老头儿点了一下头说：

"正应该这样啊！在你这儿的人，不是买主便是卖主，不可能有其他人了！好啦，泡杯茶吧……"

当我提着一大铜壶开水回来时，铺子里已多了几个人：鲁基安老头儿，他好像有什么喜事，显出很高兴的样子；还有一个陌生人，他坐在门后边的暗角里，穿着暖和的外套，腰间系着一根绿皮带，长筒毡靴，歪戴的帽子把眉毛也遮住了。他的脸长得很普通，看上去很斯文，并且有礼貌，像一个没有工作并且为此而苦恼的掌柜。

彼得·瓦西里伊奇眼睛瞧着别处，义正词严地大声讲演着，他像抽搐似的不断用右手碰动帽子，似乎要举起手来画十字，他就这么一下一下地碰帽子，直到帽子快要挪到脑顶心了，他才拉下来，拉到遮住眉毛的地方。他的这种神经兮兮的动作，不由得使我想起"口袋里装死鬼的伊戈沙"。

"我们混浊的小河里，游着这么多种类的鳕鱼，弄得水越来越浑浊了。"彼得·瓦西里伊奇说。

那个像掌柜的人平静地说：

"你是指我吧？"

"也许是……"

那人又问了一句，声音很轻，可是却是发自内心的：

"那好吧，那么请问你对你本人又怎么认为呢？"

"对于我自己，我只能跟上帝讲。这是我的私事儿。"

"不，这也是我的事儿，"那位新来的人郑重而又强调地说，"人哪，在真理面前不要背过脸去，不要故意弄瞎自己的眼睛。这可是对上帝、对人类犯下的一项重罪啊！"

我听他把彼得·瓦西里伊奇称作"人"，心里一阵高兴，他那威严而又平静的声音让我激动不已。他说话时的神态像出色的教士念"主啊，我生命的主宰"那样虔诚。他的身子不由自主地往前倾，差点儿从椅子上滑下来，一只手不停地在脸边挥动……

"不要你责备我，你的罪过并不比我的轻……"

"茶炊里的水开了，看有气冒出来了。"那位鉴定家轻蔑地谈起其他事儿。可那个人还在继续讲，并没因此而住口。

"上帝是圣明的，他明白是谁把圣灵的源泉搅浑了。这可能是你们这些识文断字的人的罪过。我不会读书，不会咬文嚼字，只是个平凡的活着的人……"

"我清楚你是个什么样的凡人，我听够了！"

"都是你们把人们弄得晕头转向，是你们在破坏纯纯正正的思想，是你们，你们这些书痴、伪君子……我说什么，你知道吗？"

"一派胡言！"彼得·瓦西里伊奇说道。可那人却将手心抬起放在面前，好像上面写着什么东西，他在激昂地读着它们：

"您认为把人从这个棚赶到那个棚里，就是为他们做了好事了吗？可我以为这不是！我会说，人啊，你的解放只能靠自己！在上帝跟前，房子、妻子及人所拥有的一切都没什么作用！人啊，不要再相互殴打、争斗、残杀了！抛弃金银和其他一切财产。这都是身外之物，是狗屎一样的东西。灵魂只能在天堂的高山中而不能在世俗的荒地上得到拯救。我会说，挣脱一切吧！摆脱所有的枷锁，断绝所有的联系，抓破世界这张罗网！这是基督的仇人编织的东西……我选择的是一条光明磊落的道路，我不黑心干坏事，我不能容忍这黑暗的世界……"

"那你能容忍面包、水和衣服吗？想想看，这些可都是世俗的东西呀！"老头子不无挖苦地说。

这些话并没有使亚历山大改变思路。他的话越来越诚恳，虽然声音不大，但却如同吹铜喇叭一样声声入耳。

"人啊，对你而言，什么是最宝贵的？只有上帝才是唯一最宝贵的。在上帝那儿，你是纯洁无瑕的，你会将自己灵魂上全部尘世的羁绊——撕掉，你会看清自己是一个人，别人也是人！这样靠近上帝，才是到达他那儿的唯一的道路！抛开家业，脱离开一切，甚至包括具有诱惑力的眼睛，只有这样，灵魂才能得到拯救！为了上帝，自己要断绝物欲之念，要永远留守在灵魂之中。只有这样，你的灵魂才能永远地燃烧不熄……"

"你还是到那群癞皮狗那里去吧。"

彼得·瓦西里伊奇边说，边站起身，"我原本以为你会打去年起变聪明点儿，谁知你变得越来越不像话了……"

他说完这句话，就摇着头，走出店铺，向阳台走去。

亚历山大见此不安起来，连忙惊慌地问：

"你怎么走了？啊……为什么？"

这时，善良的鲁基安给他使了一个眼色，让他放心，还说：

"没关系…没关系……"

于是，亚历山大就朝向他说：

"你也是个庸碌的凡人，说的都是废话，没有什么意思！什么三呼阿利路亚，二呼阿利路亚……"

鲁基安笑了笑，也起身要到阳台上去，他就转向掌柜，坚信地说：

"他们敌不过我的精神,敌不过! 他们像火上的烟一样消失了……"

掌柜皱了皱眉头,看了他一眼,淡淡地说:

"我不在乎这类事情。"

那人听了这话顿时尴尬起来,伸手拉了拉帽子,小声嘀咕道:

"怎么能不在乎呢? 这样的事情,为什么不去思考……"

他耷拉下头,沉默良久。过了一会儿,两个老头儿叫他到阳台去,三人没有互说再见,便分头走了。

这个人如同黑夜中的明灯在我脸前一闪,明亮地燃烧了一下,便熄灭了。我隐约感觉到,在他所讲的那些愤世嫉俗的话语中,包含有某些真实性。

夜里,我找时间将这个人的情况讲给圣像作坊的画工头伊凡·拉里昂诺维奇。他的性情又温和又沉静。当他听完我激动的讲述后,给我解释说:

"这么看,他是个逃避派,这个教派什么都不承认。"

"那他们如何度日呢?"

"四处漂流,东奔西逃,人们都称他们是逃避派。他们认为,大地及大地上的万物都与他们没联系。警察将他们作为危险人物四处搜寻……"

我的生活过得很痛苦,但我搞不懂,怎么可以逃避一切呀? 由于那时在我的周围环境中,有许多东西让我觉得好奇和宝贵,因此我很快就淡忘了亚历山大·瓦西里耶夫。

只有在痛苦的时候,我才能想起他,想起他从黑暗的小路穿过田野,走向森林,那只不劳动的纤净的手颤抖地挂着拐杖,小声嘀咕:

"我选择的是光明大道,我什么也不能容受! 我要挣脱一切羁绊……"

我还想起了外祖母在睡梦中所见的父亲,与他走在一起,手里也挂着一根核桃木拐杖,一只花狗紧紧跟随着他们,伸着长长的舌头……

十三

圣像作坊设在一个由部分石头造的大房子里,有两间屋子;一间屋子有五扇窗,三扇朝向院子,两扇朝向园林;另一间有两扇窗,一扇面对园林,一扇正对着街。窗子都很小,正方形,装有玻璃。玻璃已经脏得很模糊了,好像不大情愿让冬日淡淡的阳光透进作坊里来。

两间屋子里摆满了桌子,每张桌子的边上都坐着一位上身前俯的圣像画工,有时候一张桌子边坐两个人。屋子的天花板上悬着一些玻璃球,球里装着水,它们将光收敛起来,射出白色的寒光,反射到方形的圣像板上。

有二十多个圣像画工在这儿工作,这些画工来自帕列赫、霍卢伊、姆斯乔拉。他们都穿着敞着领口的布衬衫,帆布裤子,穿着破鞋或打着赤脚。劣等烟草的烟雾在工匠们的头上蒸腾着,四周围弥漫着亮油、干燥油、臭鸡蛋的气味,还有像松油香一样的弗拉基米尔的歌儿悠悠地、忧愁地飘着:

> 现在的人呀真不知羞——
> 当着众人的面,小伙子诱惑了大闺女
> ……

还有许多其他的歌儿,都是听后让人心里很伤感的,不过,还是这个歌儿唱得最多。歌儿中拖长的腔调,并不影响思路,也不妨碍用貂毫的细笔在圣像的"衣饰"上画出皱纹,给圣徒突出骨头的脸上描出痛苦的细纹路。窗下,涂金师——戈戈列夫在敲着小小的槌头,他是一位好饮酒的老头儿,鼻子大大的,带着青色。这边唱的懒洋洋的歌声不时地加入他那枯燥的槌声,像小虫咬树干一样。

所有人都不热衷于画圣像,也不知是哪位讨厌的聪明人将这个工作分解成一系列细琐的、没有任何美感的、不能使人产生兴趣的作业。斜眼的细木匠——潘菲尔,是一个狠心肠的家伙,他把已刨好粘好的大小各异的桧木板、菩提木板拿来。达维多夫——一个有肺病的年轻人给它们刷上底漆。他的一个同行索罗金再加上另一道底漆。轮到米利亚申时,他便用铅笔在上面勾出一个轮廓,递给戈戈列夫老头子,涂上金,刻出图样。还有,由画服饰的人画出背景和服饰。后来,缺脸少手的圣像就被竖着放到墙角,等画脸的人来画。

在祭坛门上用的或挂在神帷里的大圣像,从来就没有脸和手脚,只有一件袍子或者铠甲及短衫,挂在墙上,从老远一看心里就不是滋味。这些缀着五彩的木板缺少生气,仿佛使它们鲜活起来的那种东西,不知由于什么原因消失得无影无踪,只留下一件累赘的袍子。

圣像的"身子"由画脸的画好后便递给另一工匠,他便按照涂金师敲打出的模样,上了"珐琅"。还有专门书写文字的工匠负责写字。最后,工头伊凡·拉里昂诺维奇,一个安静的人,负责涂亮油。

他的脸很灰暗,灰色的小胡子都是由丝线一样的细毛组成的,灰色的眼睛深陷得很厉害,里面充满着悲哀。他笑起来很好看,只是大家不对他笑,觉得这样不太对劲。他的样子很像柱头苦行僧西行翁圣像,也是那么瘦,那么干巴巴的,呆滞的眼睛也是那样凝视着远方,似乎能穿过人和墙看到什么东西。

我来作坊不久后的一天,画神幡的师傅———一位来自顿河的哥萨克喝得醉醺醺地回来了。他长得很好看,力气很大。他一进来就咬紧牙关,斜睨着他那女人一样的眼睛,默不作声地用他的铁拳头揍起了人。他不高但很匀称的身子在作坊里奔跑着,像一只猫跑到了地窖的老鼠群里,人们都惊恐地躲避他,纷纷拥向各个角落,在角落里互相大嚷:

"打呀!"

画脸的画工叶夫根尼·西塔诺夫顺手抡起一把凳子,劈头盖脸向他砸去,那酒鬼顿时昏了头,坐到地上了。大家把他弄倒,用几条毛巾把他捆绑起来,可他像野兽一样死劲儿咬毛巾,企图把毛巾咬断。叶夫根尼看见他这样,顿时怒火中烧,纵身跃上一张桌子,双手叉在腰间,要踩到哥萨克身上去。他身强力壮,人高马大,如果真这么踩下去,那卡别久欣的胸膛就会支离破碎。就在这关键时刻,拉里昂诺维奇来到他身边。拉里昂诺维奇穿着大衣,戴着帽子,伸出一个指头制止了西塔诺夫,小声而又威严地说:

"把他抬到过廊里,先醒醒酒再说!"

于是,他们把哥萨克拖出了工房,重新摆好桌椅,继续干活。他们间或地说起一些话,当谈到刚才那位伙伴的气力时,都不约而同地认为不定在什么时候他会在打架中被人打死。

"打死他可不那么容易。"西塔诺夫像讲他很熟悉的事儿一样平静地说。

我看着拉里昂诺维奇,心中很疑惑:为什么这些强壮暴躁的人竟然会很轻易地听从他的话?

所有人,包括最优秀的师傅,在工作中都十分乐意听从他的指点和意见。但他教卡别久欣比教别人的多得多,对他讲的话也比对别人讲的多得多。

"卡别久欣,你既然自称是一位水彩画家,就应该采用意大利画法,画得鲜活一点。用油墨绘画要求色彩温和、统一,可你呢,用白色太多,把圣母的画像弄得冷冰冰的,跟严冬差不多。脸颊倒是画得挺红,像两只苹果,可是,你看这两只眼睛,根本不对称,还不在适当的位置上,一只到了鼻梁上,另一只却退到了鬓角上。整个脸给人一种不神圣、纯洁的感觉,反而成了一副狡诈的俗人面孔。卡别久欣,你干活可得多用点心!"

那哥萨克听着这席话,脸上的表情很难看。那对女人样的眼睛不知羞地微笑着,还用他好听的但却由于饮酒过多而嘶哑的声音说:

"哎呀,伊凡·拉里昂诺维奇,我的大老爷,这不是我的本行。我天生是个音乐家,谁知让我当了个修道士!"

"只要用心,什么事儿都可以做好。"

"不是的,我能干些什么呢? 我还是做马车夫去赶一辆快马拉的三套车吧……"

于是,他便扯起喉咙唱了起来:

哎嗨,我给我的三套马车
套上三匹深栗色的马呀
在那寒冷的深夜里
直接奔向——
直接奔向我爱人的家!

伊凡·拉里昂诺维奇温和地笑着,用手扶了扶架在灰白、忧虑的鼻梁上的眼镜,就走开了。可是,有十来个人扯着嗓子齐声唱了起来。歌声汇成了一股巨大的洪流,似乎能把整个作坊飘在空中,让它随着歌声摇晃:

马儿知道路
知道她在哪儿住……

学徒巴什卡·奥金佐夫倒蛋黄的手停住了,手中还捏着碎蛋壳,他也用优美的童声高唱起来。

大家就这么忘情地唱着,都沉浸在悠扬动听的歌声中,抒发着同一种心情,享受着同一种愉悦,斜眼看着哥萨克。只要他唱起歌儿,全工房的人都供认不讳地承认他是自己的领袖,深深地被他所吸引,并注视着他张开双臂、跃跃欲飞的动作。我相信,要是在这时他突然中断唱歌,大叫一声:"捣碎所有的东西吧!"那么,包括最老实的工匠在内的所有人会毫不迟疑地行动起来,在不到几分钟的时间内将整个作坊捣个粉碎。

他很少唱,可他唱的每一支歌都是那么热烈奔放,激情感人,让人感到不可抗拒、无往不胜。不管人们在当时心情有多沉重,都能被他的歌声唤发出激情,亢奋起来,于是,大家鼓足劲儿,把火热的力量汇合在一起,形成一架高音量的管风琴。

这些歌儿使我对歌者及其对众人形成的那种美的感召力产生了强烈的倾慕之情。我的心里有一种极为激动的东西在逐渐膨胀,胀得我的心很痛,特别想大哭一场,想对所有唱歌的人大喊:

"我爱你们!"

有肺病的达维多夫虽脸色蜡黄,头发蓬乱,可也张着口,如同一只刚刚出壳的雏鸟。

只有在哥萨克带头唱时,大家才唱这些奔放激动的歌儿,在平时,唱的是一些凄凉而又拖沓冗长的歌儿,比如《不害羞的人们》《林阴下》和关于亚历山大一世之死的《我们的亚历山大怎样检阅自己的军队》。

有时候,手艺最好的画像画工日哈列夫会提议试唱教堂里的歌曲,可总是唱不好。日哈列夫总想达到一种特别的、只有他一人理解的和谐,可结果老适得其反,合唱往往以不成功而告终。

日哈列夫大约四十五岁,身体干瘦,脑袋半圈秃着,另半圈脑袋长着吉卜赛人似的卷曲的黑头发,眉毛像胡子一样又浓又黑。浓密的尖形胡子衬托得他那张不像俄罗斯人的瘦削、黧黑的脸更加好看,但他鹰钩鼻下面那一小撮硬毛的唇髭,与浓眉同在一张脸上实在有些多余。两只蓝眼睛还不一般大,左眼显然比右眼大得多。

"巴什卡!"他用男高音喊我的同伴,也就是那个学徒,"来,你起个头,我们一起唱《赞美主的名!》。大家听着!"

巴什卡边在围裙上擦手,边唱了起来:

"赞——美……"

"……主的名,"有几个人随着唱起来,日哈列夫大惊小怪地嚷:

"叶夫根尼,低一点儿! 把声音压低,压到心里……"

西塔诺夫的声音像敲木桶似的震耳欲聋地响起:

上帝的奴仆们……

"不对! 这里应该唱得雄浑有力,要能使大地颤抖,门窗自开!"

日哈列夫的整个身子在一阵莫名其妙的兴奋中抖动,奇特的眉毛也在额头上上下下移动着。突然他唱跑了调儿,手指头在空中空弹着本来不存在的琴弦。

"上帝的奴仆们——明白了吗?"他意味深长地说,"这一句要深刻体会,透过句子本身,掌握它的精髓。奴仆们,来赞美上帝吧! 怎么回事儿,一个个的大活人,怎么都不明白呢?"

"您知道,在这块儿我们从来就唱不好。"西塔诺夫有礼貌地说。

"好啦,好啦,不唱了!"

日哈列夫生气了,于是便去干活儿了。他画得很棒,什么拜占庭风格呀、法国风格呀、意大利风格呀,他都能把圣容画得惟妙惟肖。每次一有神帷的订货,拉里昂诺维奇都要同他商议。在这方面,他很在行,对圣像十分熟悉,比如费奥多罗夫斯克、斯摩棱斯克、喀山等地的有灵圣像的珍贵摹本都经过他的手。可他在认真研究原作时,会大声喊:

"这些原作把我们都束缚住了……坦白地说,真是束缚住了! ……"

虽然他在工房里的地位很重要,但他并不骄傲,对待学徒——我和巴维尔也很友善。他想教我们学会手艺,除他之外,没人管这回事。

他这个人不易让人理解,一般来说,他是个阴沉忧虑的人,有时候整个礼拜都跟哑巴一样不出声,默默地干活儿,并且还奇怪地看着所有的人,似乎这些人是与他初次见面的陌生人。尽管他很爱唱歌,但在那种时候,他也不唱,似乎没有听见歌声。大家都互相使眼色,留心他的动作。他的身子在斜放的圣像板上屈着,上半身倚在桌边上。他用细毛笔认真地画出超凡脱俗的阴郁的脸,而他自己也像个阴郁的超凡脱俗的人。

突然,日哈列夫恼怒地口齿清楚地说:

"先驱——什么意思?驱字——在以前就是走字,先驱即先走的人,再没有其他别的意思了……"

工房里寂然无声,大家看着日哈列夫,笑了起来,有巧妙的话儿从静寂中飘了出来:

"先驱不能穿羊皮,还是给他画上翅膀……"

"你跟谁说呢?"大家问日哈列夫。

他默不吭声,不知是没听见还是不愿回答。过了一会儿,在静寂中听见他说话了:

"应该知道圣徒的传记。有人知道圣徒的传记吗?我们知道些什么?我们活着为了什么……灵魂在哪儿?哪儿有灵魂?原作……对!对!对!——在这儿。可是没有心灵……"

这种以声音表现出来的思想,使得除西塔诺夫之外的人们都嘲笑起他来了。不知是谁不怀好意地说:

"到了礼拜六……又要去狂饮了……"

二十二岁的西塔诺夫长得很高大,身子骨挺结实。圆圆的脸蛋上面没有胡子也没有眉毛,老见他忧郁而严肃地盯着工房的某个角落一动不动。

有一次,日哈列夫画好费奥多罗夫斯克圣母的摹作(这摹作要送到昆古尔去)后,把圣像放在桌子上,激动地大喊:

"画好圣母了!你是一只杯子,一只无底的杯子,你将要承受世人痛苦的、虔诚的眼泪……"

于是,他就把别人的外套往肩上一搭,出去喝酒了。年轻人笑着吹起了口哨,年长者望着他的背影连连叹气,羡慕不已。西塔诺夫走到他的作品跟前,仔细检查了一遍说:

"难怪他要去喝酒,把这样的作品给别人真是有点儿可惜,只是这种可惜,不是人人都能理解的……"

日哈列夫总是从星期六起才犯酒瘾。这大概与那些一般喝酒的工匠不一样。每次都是这样开始的:早晨他写好一个条子叫巴什卡送到某个地方去,到吃午饭的时候,他就对拉里昂诺维奇说:

"今儿我要去洗澡!"

"待很久吗?"

"哦,天哪……"

"那好吧,不要等到星期二!"

日哈列夫点了一下头表示答应,那时他的眉毛也在随之抖动。

洗澡回来,他装扮得很好看,穿上胸衣,脖子上打了一个蝴蝶结,缎子背心上挂一条长长的银链子,一声不吭,就坐车走了。临走前他吩咐我和巴维尔:

"你俩在下午收拾一下作坊,把大桌子洗一洗,把污迹刮掉!"

大家情绪高涨,像过节一样。每人都振作起来,又是修饰打扮,又是洗澡,急急忙忙吃完夜饭后,日哈列夫回来了,带了啤酒、葡萄酒和包着酒物的纸袋子,后面还跟着一个女人。这个女人的身体膨胀得像个气球,十分难看,足有二俄尺十二寸之高。西塔诺夫那么高的个子,跟她一比,也成了个半大的孩子。好在她的身体还算匀称,像小山一样隆起的胸脯触到下颌边上,因此动作慢腾腾的。已有四十多岁的她,虽然脸很圆胖而且毫无生气,但却很光滑润泽,眼球大得像铜铃,可那张廉价布娃娃似的小嘴,好像是人用笔描出来的。她堆起假笑,与我们每个人一一握手,还说着一些无关痛痒的话。

"大家好!今儿天气挺冷的。这间屋子气味儿很浓,是颜料的气味吧?大家不错吧?"

她本人像大江一样沉着、有力,看着她,人们很愉快。可是,一听到她的话,那些净是无聊的废话,人们就开始想打瞌睡了。每次她在说话之前,都饱吸一口气,使本来红得发紫的两个脸蛋憋得更圆了。

青年人在下面窃窃私语:

"真像个机器!"

"一座钟楼!"

她撅起小嘴,双手交叠地放在乳房下面。在靠近茶具、铺好桌布的桌边坐定后,便用她那亲善的目光一一地看着我们。

大家很尊敬她,年轻人甚至敬畏她。他们用贪婪的眼神盯着面前这个庞大的肉体之躯,可一旦与她那能紧紧抓住人心的眼神相撞时,年轻人就会很不好意思地垂下眼帘。日哈列夫也很尊敬这位自己带来的女客。在同她讲话时,总是称"您",还口口声声"教母",在请她吃东西时总是弯着腰。

"您就别费心了。"她腻腻地拉着长音,"您可真是太费心了!"

她本人动作十分缓慢而又镇定。两只胳膊只有下半截在动,上半截则紧贴在身边。从她身上,可以闻到一股像热面包一样的香味。

戈戈列夫老头子一高兴起来,说话就结巴了,可他还一直夸那女人好看,活像个在读赞美诗的教堂小执事。她带着微笑亲切地听着他的赞扬,直到他的下半句跟不上上半句时,就接起话头讲起自己来:

"我在年轻时,可不怎么好看,变漂亮是结婚以后才发生的事儿。在不到三十岁时,我就长得非常吸引人了,连贵族们都夸我呢。一次,一个县的贵族长还答应送我一辆四轮弹簧马车和一对马呢……"

卡别久欣喝得醉醺醺的,头发乱蓬蓬的。他敌视着她,粗声粗气地问:

"他为什么答应送您这些东西?"

"肯定是为了我们的爱情啦!"女客解释道。

"爱情?"卡别久欣很不解地嘟囔着,"这算什么爱情?"

"您这么漂亮英俊的小伙子,当然很清楚什么是爱情。"那女人说话很爽快。

大家哄然大笑,作坊都在微微震颤。可西塔诺夫压低嗓音对卡别久欣说:

"她是个愚蠢的东西,也许比蠢东西更愚蠢!大家心里都明白,如果不是心里很苦闷,谁会爱上这种女人……"

他喝了许多酒,脸色苍白,额头上渗出露珠一样的汗珠,那双很智慧的眼睛显得很惊慌。戈戈列夫老头子吸着他那长歪了的鼻子,并用手将眼睛上的泪点抹去,问:

"您有过几个孩子?"

"我们只有一个孩子……"

屋子里有两盏灯,一盏悬在桌子上方,另一盏挂在房子的角落里。但它们的光线都很暗,使得作坊角落里布满了阴影。那些还没画好以及还没安头的躯体似乎正从那黑暗的角落向外张望。那些本应安手和头的地儿,露出单调的灰色斑点,叫人毛骨悚然,好像圣徒的躯体从彩色衣服中、从这个作坊里悄悄地溜走了。升到天花板顶上的玻璃球,在钩子上吊着,透过烟雾发出幽蓝色的光。

日哈列夫心不在焉地围着桌子走来走去,请大家吃菜。他那光秃秃的头不时地凑到这个人身边,一会儿又转到另一人那儿。他细瘦的手指头从来没有闲过。看起来,他瘦多了,鹰钩鼻子更尖细了。他的侧身一面对灯光,鼻子就会在他另一边的脸颊上投下黑影。

"尽情吃喝吧,朋友们!"他的声音很洪亮。

那女人似乎成了女主人,甜甜地说:

"大哥,您别忙乎了,大家都有自己的手,都清楚自己的肚量,谁吃饱后也不会再进食的!"

"朋友们,休息一会儿吧!"日哈列夫高兴地喊,"亲爱的朋友们,我们这些上帝的奴隶们,一齐唱《赞美上帝》吧!"

大家已酒足饭饱,浑身都软了,歌儿也没唱成。卡别久欣两手捧着有双排键的手风琴,长着像乌鸦一样黑的头发的年轻人——维克托·萨拉乌京,手持铃鼓,用指头弹着绷紧的鼓皮,发出闷闷的声响,鼓上的铃铛清脆地跟着响。

"俄罗斯舞!"日哈列夫发了命令,"教母,您请!"

"嗨,"那女人边轻叹口气,边站起身,"您可真操心。"

她稳稳当当地在屋子中间的空地方站定,像一座小型教堂。她身着宽松的棕褐色裙子和黄色细麻纱上衣，头顶还扎着一条红头巾。

手风琴充满激情的声音与铃铛丁零零的清脆声及像沉重叹息的鼓皮声混在一起，让人听起来十分不舒服，如同一个发了疯的人又呻吟，又嚎叫，还不停地把脑门往墙上撞。

日哈列夫根本不会跳舞，他只是踏着擦得黑亮的皮靴后跟，很快地移动着小碎步，如同山羊一样跳来跳去，与动听乐曲的节奏一点儿也不合拍。他像一只落进蛛网里的黄蜂或一条落网的鱼，双腿不能自已，扭动的身体十分难看，人们都不忍心看他那副手忙脚乱的样子。尽管如此，人们，包括喝醉了的人还是默不作声地盯着他看，尤其是看他那像抽风一般的紧张动作以及他的脸和手。他脸上的表情变化着，忽而温情脉脉，情意绵绵；忽而冷酷无情，眉头紧皱。看他的样子，不知在为谁感叹，轻轻闭上眼睛，又猛地睁开，表现出一副悲伤欲绝的神情。他握紧拳头，悄悄靠近那女人，忽然跺了一下脚，扑通跪倒在地，伸开双臂，扬起眉毛，真诚地笑着。她温柔地低头看他，沉静地提醒他：

"大哥，您会累着的！"

看上去她想娇羞地闭上眼睛，可她的眼睛大得能盛下一枚三戈比的硬币，怎么也闭不上，于是，她无可奈何地皱了一下眉，脸上的表情让人想呕吐。

她也不会跳舞，庞大的身躯慢腾腾地摇晃着，左右挪动着。她左手有气无力地挥着头巾，右手叉着腰，活像一只硕大的带柄高水罐。

日哈列夫围着这位巨石般的女人转来转去，并且矛盾地变幻着脸上的神情，似乎跳舞的不是一个人，而是面貌各异的十个人，有性情温和的，也有脾气暴躁的，还有怯懦如鼠、唉声叹气的，想从这位倒人胃口的女人身边溜走。甚至还有龇牙咧嘴、抽动着佝偻的身体的，像一条带伤的狗。我对这些无聊而难看的舞蹈没有任何兴趣，反倒很扫兴，这使我想起了那些勤务兵、洗衣女工、厨娘以及他们之间的那种见不得人的活动。

我记起了西罗多夫给我说的悄悄话：

"人们在这种事上都不说实话，干这种事谁都会害臊，谁也不爱谁，只是在一块儿乐一乐……"

我怎么也不相信"人们在这种事上都不说实话"这句话，照这么说，玛尔戈王后呢？对，眼前这个日哈列夫也说的是实话。我还知道，西塔诺夫爱上一个妓女，还被她传染上不干净的病，可他也没听伙伴的话去揍她，反而租了一间房子给她，还为她治病，在每次提起她时，他脸上总是显出很温柔、很不好意思的神情。

那大块头的女人依旧摇晃着身子，脸上不自然地挤出笑容，挥动着红头巾，日哈列夫仍在她的周围抽筋似的跳。我看着他们，心想：曾欺骗过上帝的夏娃会像这位牛高马大的女人吗？于是，我心底对她涌起一种憎恨之情。

那些还没做好的圣像在昏暗的角落里张望着，玻璃窗上紧贴着黑魆魆的夜，作坊里面闷热得很,灯光也极暗。有时,侧耳倾听一下,就会在沉闷的脚踏声和闹哄哄的人声中,听见铜脸盆里的水急促地滴进脏水桶里,发出"嗒嗒"的声音。

这所有的一切与我在书上读到的迥然不同!没有丝毫相似之处。终于,大家也感到没意思了。卡别久欣把手风琴塞给萨拉乌京,喊了一声:

"来吧,热闹一下!"

他跳起来像个吉卜赛人,在空中飞来飞去。随后,巴维尔·奥金佐夫、索罗金也凑热闹插了进来。连害肺病的达维多夫也轻微地扭动着,过了不一会儿,灰土、烟雾、浓酒及熏肠的气味,又使得他咳嗽起来。

大家疯狂地跳呀、唱呀、喊呀,每人都明白,自己在找乐,他们像在互相竞赛,看谁闹得更巧妙,坚持得更久。

烂醉如泥的西塔诺夫,忽而问这人,忽而问那人:

"这样的女人也可以去爱吗?"

看样子,他快要哭出来了。

拉里昂诺维奇稍微动了动瘦削的肩胛骨,说:

"女人只是女人,你还需要什么?"

大家所议论的人悄无声息地走了。日哈列夫大约在两三天后才回来,再去洗一次澡,然后在两个星期内不与人说话,装模作样地在角落里干活儿。

"都走了吗?"西塔列夫用他那忧郁的青灰色眼睛扫视了一下工场,自个儿问自个儿。他的脸虽很丑,像个老头子,可眼睛却相当清秀、亲切。

由于我那本抄诗的厚本子,西塔诺夫对我很好。他从不信上帝,但除拉里昂诺维奇以外的所有伙计是不是真爱上帝,真信上帝,这是很难搞清楚的。大家谈起上帝来,话语很轻浮,甚至带有讥讽,像谈论起老板娘一样。可在吃中饭和晚餐时,大家都画十字,睡觉前都进行祷告,在节日时也去教堂。

只有西塔诺夫不做这一套,因此大家都认为他是个不信神的人。

"从来就没有什么上帝!"他说。

"可世界万物又从何而来呢?"

"这个可不清楚……"

我问他,为什么没有上帝? 他这样回答:

"你知道,上帝太高了!"

他边说边把长胳臂伸到自己头上,随后又把手移到离地一俄尺的地方,说:

"可人呢,太低贱! 对吧? 你明白,圣经上说:'人是按照神的样式造的!'可是,戈戈列夫又是怎么造的呢?"

这下可把我难住了:这位脏兮兮的酒气冲天的戈戈列夫老头子,这么一大把年纪了还常犯俄南罪;我又想到维特卡的士兵叶尔莫欣及外祖母的妹妹,他们身上带有上帝的影子吗?

"人人皆知,人同于猪。"西塔诺夫说,可又立即安慰我:

"马克西莫维奇,没关系,也有好人,不骗你!"

我觉得与他在一起很轻松,因为他对自己不知道的事物很坦白:

"不了解,我没想过这些!"

这样的人很特别,我在遇到他之前所见的全部人,都自称自己无所不知,因此无所不谈。

他的本子里有好多漂亮的诗句和许多让人看了脸红的歪诗,这让我感到很奇怪。我跟他讲普希金,他就把自己本子里的一首《迦芙里莉达》给我看……

"普希金?他算不了什么,只不过说些可笑的话,可贝内迪克托夫就不是这样,马克西莫维奇,你可要重视这个人呀!"

他一说完,就微闭眼,轻声地读

> 看哪,这漂亮的女子的
> 诱人胸脯……

不知出于什么原因,他对后面三行情有独钟,神采飞扬地读:

> 连老鹰那么尖的眼睛
> 也透不过这炽热的门
> 看见她的心……

"听明白了吗?"

我不敢苟同,也不理解他为什么那么得意扬扬。

十四

我在圣像作坊里干的活儿不是很繁重。清晨,我在大家都没起床前给各位师傅烧好茶炊。等他们在厨房里喝茶的期间,我与巴维尔俩人一块整理作坊,将用于调色的蛋黄蛋清准备好。一做完这些工作,我就到铺子里去。晚上,我的工作是研磨颜料,"学习"技术。在刚开始时,我对"学习"的兴趣很浓;可不久就发现,几乎所有的伙计,都不喜欢这种分工太细的技术,都觉得无聊烦闷。

在晚上,我没什么事,就跟他们讲船上的生活及书中的故事。渐渐地,作坊里的各位工人都把我当成了说书人和朗诵者。

我知道，这些人的阅历和见识都不如我丰富，几乎他们中的所有人，在很小的时候，就被关在笼子似的作坊里，直到现在。其中只有日哈列夫一人去过莫斯科，一说到莫斯科，他就不无伤感地说：

"莫斯科不相信眼泪，在那里干什么都得认真谨慎！"

有几个人最远也只是去过舒雅、弗拉基米尔。一提到喀山，大家就会纷纷问我：

"那个地方人多吗？有教堂吗？"

在他们的想法里，彼尔姆在西伯利亚，可西伯利亚不在乌拉尔那边。

"乌拉尔的刺鱼和鲟鱼就是从里海那边运过来的吧？肯定乌拉尔就在海边上！"

有时候我感觉到他们似乎在嘲笑我，他们一直念叨英国位于大海的那一边，拿破仑出身于喀鲁加贵族。当我给他们讲述我自己的亲身经历时，他们都认为是虚构的，可一遇到惊险、有趣的事儿，他们又都很喜欢。连那些老年人也爱听虚构的故事而不喜欢现实。

我知道，愈是把故事讲得荒谬，愈是加些想象，他们就愈加爱听。一句话，他们对现实的事物不感兴趣。他们想逃避现实中的贫穷和丑陋，只是空想看未来。

对于现实生活与书本中所描述的之间的巨大差异，我已有感觉，为此心里很难受，也很惊奇。我周围生活着的人是书本中所没有的。

在书本中，斯穆雷不存在，司炉雅科夫不存在，逃避派亚历山大·瓦西里耶夫也不存在，日哈列夫和洗衣妇纳塔利娅也不存在……

在达维多夫的箱子里，有一些戈利钦斯基的旧短篇集，布尔加林的《伊凡·魏日金》和布朗别乌斯男爵的小书。我就把这些书念给他们，大家都很乐意听，一到这时候，拉里昂诺维奇就会说：

"念书吧，这样大家就不乱吵乱闹了！"

于是，我挖空心思从各处搜集书本，一找到书，就给他们念，几乎夜夜如此。在这些静寂如午夜的晚上，日子过得很快乐，玻璃球挂在桌子上，像惨白的星星一样发出淡淡的光，照映在伏在桌子上那些蓬乱或光秃的头上。我的面前是一张张安详、沉思的脸，他们不时地对书本的作者或故事中的人物发出"啧啧"的赞叹。他们不再是以前的模样了，很专心很亲切。我特别喜欢这个时候的他们，他们这时对我也很好。我仿佛找到了自己的归宿。

"自从我们这儿有了书，就好像春天来了，除去了冬天的窗框，把窗子刚刚打开一样。"西塔诺夫有一天这样说。

但找书可不是件容易的事，我还没想到去图书馆借。最终我想了一个办法，就是像个乞丐一样四处去要，还真是要到了。有一次，我从消防队长那里要到了一本莱蒙托夫写的书。那时,我被诗歌深深地震撼了,也深深地体会到诗歌对于人们的巨大影响。

那天,我刚开始念《恶魔》的前几行,就注意到西塔诺夫把画笔放在桌子上,修长的两只手交叉夹在两膝之间,一会儿张望着我手中的书,一会儿又瞧瞧我的脸,身体晃着,脸上挂着笑,他坐的椅子也随着他的晃动而吱呀作响。

"伙计们,安静!"

拉里昂诺维奇边说,也边放下手中的活儿,走到我和西塔诺夫这边来。这首诗,很长,又伤感又欢喜,使我十分感动,常常在中间念不下去,泪水不住地流下来,眼睛模糊得看不清诗句。可更使我感动的是,作坊中的所有工人都轻轻地、小心地移动到我的周围,仿佛我是一块磁石,他们则陷丁沉痛的沸腾中,受到了我的感召和吸引。在我读完第一章时,几乎所有的人都簇拥在桌子的周围时,他们互相紧紧地靠着、拥抱着、皱眉头微笑着。

"念吧,念吧。"日哈列夫边说,边把我的头往书上压。

我读完书后,他伸手要过那本书,看了看题目,顺手夹在自己胳膊下,向大家说:

"这本书还要再念一遍!明天你再念一次,我先把书保存着。"

于是,他就走开了。只见他把莱蒙托夫那本书放在抽屉里锁起来,继续干起了工作。作坊里静悄悄的,人们轻轻地走到自己的桌前。西塔诺夫来到窗前,把前额抵在玻璃上,顿了一会儿,只听见日哈列夫把笔放下,严肃地说:

"上帝的奴隶们,这才叫生活呢!……确实如此!"

他抬了抬肩,把脑袋往里缩了缩,又说:

"我可以把恶魔的样子涂出来,身子黑黑的,还长有好多毛,火红色的翅膀跟涂过红铅一样,白里透青的脸、手和脚,如同月光照耀下的雪一样。"

在晚饭前的时间里,他一直心神不定地在凳子上转来转去,跟往常截然不同,还摆弄着手指头,神神道道地念叨着恶魔呀、女人与夏娃呀,天堂呀,以及圣徒做坏事呀。

"这些都是真事!"他一本正经地说,"既然圣徒们可以与有罪的女人干不正当的事,那么同样,恶魔也可以与贞洁的女人作孽,这算不上什么耻辱……"

大家听着他的话,都默不作声。他们肯定跟我一样,不愿意开口说话。大家都不喜欢干活儿,不时地看表,刚过九点,就都放下了手中的活儿。

我跟着西塔诺夫和日哈列夫走到院子里。西塔列夫望着天上的星星说:

> 望着在天空中游荡的
> 一个个被上帝抛弃了的星辰
> ……

谁的脑子里也不会想起这样的诗句!"我记不起来了!"日哈列夫在寒风中瑟瑟发抖,说,"记不起来了,可我却能清楚地看见他! 真奇怪,竟然有人逼你怜惜魔鬼! 也确实有人同情他,对吗?"

"是的,对。"西塔诺夫同意地点了点头。

"人就是这样!"日哈列夫让人难忘地叫了一声。

在门廊下,他提醒我:

"马克西莫维奇,回到铺子里,不要跟别人讲这本书,它是本禁书!"

我欣喜若狂,这竟然是神父在我忏悔时提到的那种书!

晚饭时,大家都静悄悄的,不像平时那样吵闹不休,似乎人们都遇到了对自己很重要的事,需要谨慎、认真地思考。吃完饭,大家都快开始睡了,日哈列夫拿出书,跟我说:

"小伙子,把书再念一遍! 慢一点,不要着急……"

只见好几个人一声不吭地从床上坐起,连衣服也没穿走到桌旁,盘腿坐下。

我又念了一遍,日哈列夫用手指敲着桌子对我说:

"人生就是这样! 嗨,魔鬼,恶魔……竟是这么一回事,小伙计,是吗?"

西塔诺夫晃了下身子,在我的肩后,念了几句诗,笑着说:

"我一定要把它们抄下来……"

日哈列夫站起身,手捧着书往自己的桌子走去,可突然间,又停下来,用颤抖的声音抱怨道:

"我们都像一群从未睁开过眼睛的小狗崽子,闭着眼睛生活,对外面的世界一无所知,上帝和恶魔都不需要我们! 我们算不上上帝的奴仆。人家约伯是仆人,上帝还亲自跟他讲过话! 还有摩西,他也是一样,连他的名字都是上帝起的,摩西,就是'上帝的人'的意思,那我们又是谁的呢? ……"

他又把书锁起来,穿上衣服,问西塔诺夫:

"去酒馆吗?"

"我得去找我的女人了。"西塔诺夫低声说。

他们走出去后，我就挨着巴维尔·奥金佐夫；在门口处的地板上躺下。他辗转反侧，怎么也无法入睡，突然间，他鼻子呼哧呼哧地抽动了几下，轻声地哭了：

"你怎么了？"

"我很可怜他们。"他说，"我与他们在一起生活三年多了，你要明白，我很理解他们……"

同样，我也同情他们。我俩怎么也睡不着，就轻声讲起了他们之间的一些事。在言谈中，我们又进一步地发现了他们每人身上的善良本质及特殊的品性，这更加使我们这种孩子气的同情心加重了。

我和巴维尔·奥金佐夫之间的关系很融洽。后来，他做画工做得很出色。可没过多久，在他三十来岁时，就开始酗酒，当后来我在莫斯科希特罗夫市场与他巧遇时，他已是一个流浪汉了。前些日子，我又听说他害伤寒病死了。哎，一想起在我这一生中，有多少善良的人就这样不明不白地死去，真让人心痛！每人都要经历生老病死这一自然过程，可是，没有哪个地方像俄国这样，人们衰老得如此之快，如此之毫无意义……

当时，比我大两岁的他也不过是个孩子，脑袋圆圆的，爱动，很机灵，人很老实又有才气，画鸟呀、猫狗呀，都惟妙惟肖。他常常给师傅们画漫画，总是把他们画成飞禽的样子，但画中不乏灵气。比如，西塔诺夫成了一个满面愁容、单脚站起的鹬，日哈列夫则是一只没有鸡冠和羽毛的公鸡，害病的达维多夫是一只讨人厌的水鹈。在他所有这类作品中，最出色的是为涂金师戈戈列夫老头子画的漫画，在这幅画中，他被画成一只有大耳朵的蝙蝠，鼻子极富讽刺意味，还有六趾的脚爪，圆圆的黑脸上嵌着两只白眼圈，眼圈里有豆儿似的眼珠横在眼睛里，这使那本栩栩如生的面孔倍增丑恶、生动之感。

当巴维尔把漫画拿给师傅们看时，没有人生气，可戈戈列夫的画像使得大家都很反感。于是大家就严肃地劝告他：

"最好把它撕了吧，否则老头子见了会要了你的命！"

又脏又老的戈戈列夫老头子是个令人讨厌的信徒，他总是带着一身酒味，为人狡诈，老在掌柜跟前告大家的状。女老板打算把亲侄女嫁给掌柜，因此他骄傲得很，自以为自己已掌握了这个家和这所有的伙计了。作坊里的工人既恨他又怕他，因此对他敬而远之。

巴维尔挖空心思地捉弄涂金师，似乎想让他永不安宁。我也常帮他的忙，大家看着我们做这些近乎野蛮的恶作剧时也很开心，不过他们也提醒我们：

"小伙计，你们这样不会有好结果的！'金龟子'会把你们赶走的！"

"金龟子"是我们在私下里对掌柜的称呼。

但这并没有使我们害怕，在涂金师睡着时，我们会把颜料涂在他脸上。有一次趁他醉酒睡着之际,我俩在他鼻子上涂了金,他那海绵似的鼻沟里的金屑在三天内都还保留着,一直没被洗去。当我们惹老头子发火时,我就会想起船上那位又矮又小的维亚特兵,顿时心里十分愧疚。别看戈戈列夫一大把年纪了,可他浑身都是力气,稍不留神被他揪住,会毫不留情地把我抽一顿;他除了打我俩,还去老板娘那里说我们的坏话。

老板娘也浑身酒气,但很和善,也很乐观,她总是吓唬我们,用那双肥胖的手拍一下桌子,便嚷:

"小东西们,怎么又胡闹啦?他年纪很大了,应该尊敬他才对呀!到底是谁把煤油羼到他的那杯酒里的?"

"我们……"

这下老板娘吃了一惊:

"哎哟,你们居然还敢自己承认呢!真是不像话,要尊敬老年人呀!"

她让我们到一边去,在晚上便把这事告诉了掌柜,掌柜生气了,他对我说:

"看你干的什么事,还会念书,会看《圣经》呢?怎么能这么胡闹呢?你得小心点,小伙子!"

老板娘是个单身女人,挺可怜的;她常常在窗边喝得醉醺醺地唱歌:

> 没有人可怜我
> 没有人爱惜我
> 没人听我叹息
> 没人听我倾说

她哭了,声音颤抖着:

"哎呀,呀,呀……"

一次,我正好碰见她提着一壶煮好的牛奶上楼梯,忽然她的脚一扭,身子一倾,就重重地从楼梯上滚下来。可是她一直不松开提壶的那只手。她身上沾满了牛奶,就伸直两只手,冲着壶发火:

"瘟神,怎么啦,你要到哪儿去?"

她的身体并不肥,可却软弱无力,好像一只老猫,在捕鼠能力丧失之后,吃得很好,身体养得很笨拙,只知道回想往昔自己的成功和欢乐。

"但是,"西塔诺夫皱着双眉在思索,"以往,这个家业挺兴旺的,作坊生意很红火,干活儿的人也很卖力,可现在一切都衰落了,都被"金龟子"给败坏了!你再辛苦,也不过是为别人效力!一想些这码子事,脑子里就一阵空白,觉得干啥也没劲,而且啥也不想干,就想在屋顶上躺着,望着天空,睡呀睡,把整个夏天熬过去……"

巴维尔·奥金佐夫也明白了西塔诺夫的意思,他像大人一样摆出抽烟的姿势,高谈阔论着上帝、酗酒和女人,甚至还说什么一切事业都将落空,因为有人在创造,也有人在破坏云云。

这时候看他那张聪慧的皱巴巴的脸像个老头子。他在地板的铺位上抱着两个膝盖呆呆地坐着,透过蓝色的四方形窗子,望着外面被积雪压着的堆柴的屋顶和冬季寥寥的星辰。

工人们睡得很沉,像牛一样地打鼾和呓语,还有人偶尔说起一两句梦话,达维多夫吃力地在高板床上咳嗽,煎熬着这痛苦的生命。卡别久欣,索罗金和佩尔申几个所谓的"上帝的奴仆"醉得像几团烂泥一样,横竖地躺在屋角呼呼大睡。缺脸少手的圣像依旧从墙角向这边张望着。屋子里充斥着油臭蛋和地板缝里腐败的东西的臭味。

"老天爷呀!我真为大家伙伤心!"巴维尔轻轻地叹息。

他愈是对他人表示怜惜,我的心就愈乱糟糟的。前面我叙述过,所有的伙计都是好人,只是生活得不好,这些苦闷和难受都不应该由他们来承受。在冬天风雪交加的日子,房屋和树木以及大地上的万物都在摇晃,吼叫、哭泣,教堂的钟声也在悲凉地鸣响,孤寂如同大江的水一样以不可抵挡之势冲进作坊,像铅一样沉重地压着人们的心,毫不留情地把人们心底保留的所有有生命的东西统统压死,之后,又将人们逼到酒馆,或女人那里去,把所有的事情都抛到脑后。

书在这样的夜晚是不起作用的,于是,我与巴维尔又想用自己创造的方法逗大家乐,比如在自己脸上涂满烟煤和颜料,又在下巴下面挂上用麻做成的大胡子,表演我们自己编造的喜剧,顽强地与烦闷抗争,让大家笑起来。有一次,我把《一个士兵拯救彼得大帝的传说》改编成对话形式,然后爬到达维多夫的高板床上,表演砍瑞典人的头那一幕。这个戏剧演得很有趣也很可笑,他们都笑得上气不接下气了。

他们最喜欢的是中国的鬼秦友东的故事。其中,巴维尔在扮演那个想行善的可怜鬼,我担任剩下的所有角色。我一会儿扮男,一会儿扮女,还充当各种物和鬼,有时还被当作石头,让中国鬼因行善不成而伤心地坐下来休息。

观众放声地大笑。我很纳闷:他们怎么能被这么容易地逗乐?因为太容易,我反而觉得心里不是滋味。

"嗨,小丑!"

"噢,这个东西!"人们这样冲我们叫。

可越往下表演,我越觉得他们更悲哀。

欢乐不属于我们,我们也不注意它,只是故意把它揪出来借以压制俄国那梦一样的手段的忧郁。这些快乐不是自发的,也不是为了存在而存在,它是由于悲哀的招引而露出头的,这种欢乐的内因是让人可疑的。

这种俄国式的欢乐极易在中间演变为残酷的悲剧。比如,一个人在疯狂地跳舞,似乎是在摆脱紧紧捆在他身心上的枷锁,可是他突然很狂暴地发泄兽性,向周围的人冲去,撕咬着别人,捣毁了一切……

这种由于外界刺激而导致的不真实的欢乐,让我很烦躁。每次我很兴奋时,便把所设想的故事讲出来或演出来,我一直想让人们发自内心地、真正地、爽朗地欢喜起来！我表演得很好,大家都交互称赞而且也很惊讶,可是那刚被我的逗乐消除的忧郁,又渐渐地积聚起来,形成一股强大的势力,使大家的心情又低沉下去。

拉里昂诺维奇亲切地说:

"孩子,你真可爱,愿上帝保佑你！"

"马克西莫维奇,"日哈列夫在旁边插话,"你让大家都很开心,如果在马戏班或戏院,你肯定会成个好丑角！"

作坊里只有卡别久欣和西塔诺夫俩人看过戏,还是在圣诞节和谢肉节看的。年老的师傅严肃地告诫他们,要他们在洗礼节时,到约旦的寒冷的冰窟里把这些罪恶冲洗掉。西塔诺夫经常给我说:

"抛开这些东西,去学戏吧！"

于是,他便很亢奋地讲起了戏子雅科夫列夫的悲惨人生故事。

"看,真有这种事！"

他虽然破口大骂斯亚亚特王朝的玛丽女王,声称她为"恶党",可却乐意讲关于她的故事;他最喜欢的一本书是《西班牙贵族》。

"马克西莫维奇,唐·塞扎尔·德·巴赞是一个很高尚很奇怪的人！"

他本人也挺有一些"西班牙贵族"的精神。一次,有三个消防员在望火楼前面的空地上正追打着一个乡下人取乐。大约四十个人在围观,还为消防员加油助威。只见西塔诺夫推开人群走进去,长臂挥了几下,就把消防员们打倒地,并扶起乡下人,将他推向人群,大喝一声:

"带走他！"

一个人挺身而出,打倒三个消防员。而且消防队就在十步开外,他随时都可以被人抓住痛揍一顿,也许他会被打得一塌糊涂,多亏那三个消防员早已吓得躲进院子里,不敢再出来了。

"臭东西！"他冲他们的背影喊。

到了星期天,年轻人就去巴夫洛夫墓地后面的林场打拳。他们这些去的人都与清道夫、邻近村庄的乡下人比赛。在清道夫队里,有一个摩尔多瓦,他身体很强壮,脑袋与身体不对称,极小,害着病的眼睛老流泪。他是个有名的拳师,专门与城里人对打。只见他抬起胳膊用短褂的脏袖子抹抹眼泪,得尔多瓦叉开两条腿,面对着自己人,用和善的口气对众人挑战:

"有人上吗? 我都快要冻死了！"

我们这一队派出去与他对阵的卡别久欣总是被打败。但这位被打得浑身疼痛的哥萨克人——卡别久欣仍旧气急败坏地说:

“就是死也要把你这个摩尔多瓦人打个半死！”

于是，他的生活有了目标，也不再醉酒了，每天睡觉前还用雪摩擦身体，一个劲儿吃肉补身体。每晚他还提着两普特重的秤锤子在胸前画许多次十字，以使肌肉更加发达。可这一切并未奏效。他想了个办法，把铅块缝进手套里，对西塔诺夫吹牛皮：

“等着瞧摩尔多瓦人的末日吧！”

西塔诺夫马上严肃地警告他：

“收起你这一套吧，否则我会在比赛前当众揭发你！”

可卡别久欣以为他是在开玩笑。他一来到比赛场地，西塔诺夫便立即对摩尔多瓦人说道。

“你先挪开，瓦西里·伊凡内奇，让我先同卡别久欣交交手！”

这下可把哥萨克人气坏了，他大嚷：

“走开，我不与你比！”

“不比也得比。”西塔诺夫边说边径直向他走去，目光直视着哥萨克人的脸。卡别久欣在原地气得直顿脚，他将手套脱下来，塞进怀里，从比赛场上溜走了。

对方和我们，都因此而感到很不愉快，也很纳闷。一位德高望重的老者气咻咻地对西塔诺夫说：

“伙计，把私人之间的事拿到赛场来，是不对的！”

对方都指责西塔诺夫，也有人骂了他。他一直都不吭声，只是最后对那位长者说了一句：

“如果我真制止了一场命案呢？”

那位长者顿时恍然大悟，他摘下帽子，说：

“我代表我们的人感谢您啦！”

“可是，大叔，您可别把此事传出去！”

“不可能去传播的。卡别久欣这个拳手很难得，谁连吃败仗都会恼火，这个道理大家都明白！不过，在以后的比赛前，我们可得先检查一下他的手套！”

“随你们！”

那位长者一走开，我们队的人就骂起了西塔诺夫：

“鬼迷心窍的家伙！真不是个好东西！本来这次哥萨克应该赢定了，可现在我们倒又输了！”

他们一直在骂骂咧咧，直到心满意足为止。

西塔诺夫叹了口气，说：

“唉，这些没出息的家伙！”

让大家很意外的事发生了，西塔诺夫竟然向摩尔多瓦人发出了挑战令。摩尔多瓦人摆好架势，笑着边挥动拳头，边说着带有双重意义的俏皮话：

"我们来斗一斗,让身子暖和暖和!"

有几个人手拉着手,背顶着身后拥挤的人群,为他俩布置好一个很大的圆形的场地。

这两位勇士警惕地看着对方,还不断倒换着两脚的位置。他们右手出拳,左手保护着自己。有经验的人立即看出西塔诺夫的手比摩尔多瓦人的手长。四周静寂异常,只有两位斗士脚下的雪在嘎吱作响。有些人按捺不住了,便又抱怨又急切地小声说:

"该出手了吧……"

西塔诺夫挥动了右手,摩尔多瓦人微抬起左臂保护,他的胳膊下被西塔诺夫的左手重重地一击后,迅速退到一旁,很赞赏地说了一句:

"伙计年纪不大,人也不笨呀!"

后来,他俩就互相用力地绞在一起扑打起来,用大臂挥起重拳,直向对方的胸脯打去。过了几分钟,双方的人都叫:

"快点,画圣像的! 给他贴点儿金,画他一脸花!"

摩尔多瓦人的劲儿比西塔诺夫的劲儿大好多,可动作却稍笨了些。而且他动手也很慢,对方出两三拳,他才回一拳。奇怪的是,他虽然挨了不少打,可看上去一点也不疼,他只是一个劲地叫着、笑着。在不经意的一瞬间他从上面挥起拳头,直击向西塔诺夫的腋下,西塔诺夫的右手被这一重击从肩膀上打脱臼了。

"拉开他们,别管输赢,算平局吧!"顿时许多声音一块喊道。人们迅速拆掉圆圈,拉开了二人。

摩尔多瓦人满不在乎地说:

"这位画匠力气虽不太大,可动作却很灵活! 我敢当众预言:他在将来会成为一名优秀的斗士的。"

一些半大的孩子闹哄哄地混战起来,我赶紧把西塔诺夫带去看骨科医生。他的这一系列行为,使得他在我心目中的地位更高了,我愈加地同情、尊敬他了。

总而言之,他是一个诚实勇敢的人,而且他自己也这么认为,可性情豪放的卡别久欣却巧妙地讽刺他:

"哎,叶尼亚,你活着就是为人们摆样子的! 你把灵魂擦洗干净得如同节日前的茶具,于是你便夸耀:'大家看哪! 多亮呀!'可是呢,你的心是铜制的,同你在一起太无聊了……"

西塔诺夫很坦然,他不说一句话,只是在认真地干活儿或在小笔记本上抄写莱蒙托夫的诗。他把自己的全部空暇时间几乎都用于干抄写工作了,我问他:"您挺有钱的,怎么不去买书呢?"

他却回答:

"噢,亲自手抄的还是好一些!"

他写字很认真,字体很漂亮。每写完一页,在等墨水干的时候,他就会低声地念道:

> 不用怜悯,不要同情
> 你看着这人生
> 这里没有真正的幸福
> 也没有永远的美丽……

然后他就眯起眼睛说:

"真理呀!咦,他对真理还算是了解得比较清楚!"

尤其使我惊奇的是,西塔诺夫与卡别久欣之间的关系。哥萨克一喝醉酒,就想找伙伴打架,西塔诺夫总是用心良苦地劝告他。

"算了,别动手……"

可后来他就用拳头狠揍这个醉汉,打得特别狠,连平时最懒得过问别人打架的事的师傅都看不下去了,出来劝架,把他们拉开。

即使卡别久欣不喝醉的时候,也总是厚脸皮地嘲讽西塔诺夫,说他对诗歌的痴迷如狂以及他的爱情的种种不幸。他越说越不像话,每次都企图使西塔诺夫醋意大发,可是一点儿也没奏效。西塔诺夫听着他的风凉话儿,一言不发,也没生气,甚至在可笑之处还跟卡别久欣一起笑。

他俩睡觉挨得很近,到很晚了,还一直在窃窃私语,说个没完。

这些窃窃私语搅得我也睡不着,我特别想知道这两个截然不同的人在一起能平和地谈些什么。可是,每次我到他们那儿去时,哥萨克人就很不高兴地问:

"干什么?"

可西塔诺夫却像什么事也没发生一样。

有一次,他们竟把我叫过去了,哥萨克人问我:

"马克西莫维奇,如果你有很多钱,你打算干些什么?"

"当然是买书啦!"

"就买书?"

"那我就不清楚啦。"

"哎!"卡别久欣对我的回答很不欣赏,就把头扭过去了,可西塔诺夫却和善地说:

"看见了吧,无论是老人还是年轻人谁也不清楚!我对你说:财富本身没有什么用处!什么东西都得有些附加因素才可……"

我问:

"你们在说什么呢?"

"睡不着，随便聊聊。"哥萨克人回答说。

后来，我故意偷听了他们的谈话，明白他们每天晚上的谈话内容了，不过就是白天人们常谈论的那些事儿，诸如上帝、真理、幸福以及女人的愚昧和狡诈、富人的贪得无厌，还有这种混沌不可理喻的复杂生活。

每次偷听时，我都很投入，心情也很激动。我知道，所有人的心中都有一个呼声：生活太差了，应该再好一点。对此我很高兴。但同时，我又发现想让生活再好一点的愿望只是一种空想，没有什么实际行动。作坊里的生活、画匠之间的关系还是跟以前一样。他们这些话使我看清了以后的生活，明白了这种生活后面潜藏的无聊的苦闷和空虚。在这无边无际的空虚中，人们如一粒粒尘屑，没有方向、随波逐流地在池水中飘动，可他们自己却说，这种混乱的飘动没有任何意义，只能使人更加气恼。

人们总是随随便便地议论别人，责难别人，之后又后悔，又吹牛，还为一些鸡毛蒜皮的事情闹得不可开交，侮辱对方。他们也经常猜想自己死后的样子。作坊门口的地板由于常年放污水桶，一块木板腐烂了，寒风、冷气及又酸又臭的泥土气从这个潮乎乎的窟窿眼里涌进来，使得大家的脚都冻了。于是我和巴维尔便用干草和破布把这个窟窿堵住了。谁都说这块地板该换一换了，可谁也不动手，窟窿更加大了，在有暴风雪的日子里，暴风雪从洞里涌进来，如同烟囱里冒烟一样，害得人人伤风咳嗽。通风窗上有一片洋铁皮老嘎吱嘎吱地响，很烦人，他们就破口大骂，什么词儿都用上了。我在铁片上涂了些油，它就不响了。日哈列夫侧耳听了一下，说：

"通风窗是不瞎叫唤了，可反倒寂寞起来了！"

他们一洗完澡回来，就随便地倒在布满灰尘、脏乱不堪的床铺上，对这些生活中的脏污和熏臭从没放在心上。生活中有许多琐事，很烦人地影响到人们的生活，这本来是可以不费吹灰之力就可以办好的，可是没有人动手去办。

他们常说：

"不论上帝，还是人们自己，都不怜惜人……"

已活不多久的达维多夫浑身污垢，长满虱子，我和巴维尔便给他冲洗了一下，这下他们便对我们起哄，讥讽我们，还脱下衬衫，让我们捉虱子，口口声称我们是澡堂里的仆人，他们这样挖苦我们，似乎我们做了什么羞耻或者愚蠢的事情。

达维多夫从圣诞节到大斋期就一直卧在床上，咳嗽个没完，有时还吐出恶臭的血痰，可每次都吐不到污水桶里，只听见啪啪落到地板上。每个晚上，他那大声地胡说梦话都把人吵醒。

每人每天都说：

"该送他上医院了！"

刚开始是由于达维多夫的身份证不起作用，后来，是因为他的病情有些缓解，

最后,大家干脆决定:

"反正都快死了!"

他自己也这么认为:

"我不行了!"

他这个人很温和,说话挺幽默,为了同大家一起和烦闷抗争,他常讲些笑话逗大家乐。有时,他从高板床上垂下瘦黑的小脸,轻轻地说:

"大伙,听听高板床上本人的声音吧……"

接着,他就和谐地说出一连串顺口溜:

> 在高板床上过日子
> 早上醒得早
> 不管是睡还是醒
> 总是被虫咬……

"他倒还有情趣。"大家称赞他说。

我和巴维尔偶尔也会爬上床去,他便强打精神逗我们:

"尊贵的客人们,我用什么来招待你们呢? 新鲜的小蜘蛛,可以吗?"

他死得很慢,他自己也为此烦恼。总听见他发自真心的埋怨:

"快死了吧,要不真是难受!"

他不怕死,可巴维尔却怕。他叫醒我,轻声问:

"马克西莫维奇,他快要死了……要是在夜里他死了怎么办? 我们正在他的下边,啊哟,老天,我真害怕……"

或者,他会说:

"瞧瞧,他可真惨,活着也不知图的啥? 不到二十岁就要死……"

在一个月夜,他又把我叫醒,瞪着圆圆的眼睛惊恐地说:

"听!"

只听见达维多夫在上面的高板床上不停地大声喘气,还急促而清楚地说:

"过来,来呀……"

随后他就打起嗝来。

"他就要死了,真的,等着看吧!"巴维尔心神不定地说。

前一天,我在忙着把院子里的积雪运到田里,累得都快虚脱了,晚上只想大睡。

可巴维尔求我:

"看在上帝的分上,请别睡了,行吗?"

突然,他跪起来,疯子一样地狂叫:

"快起来呀,伙计们,达维多夫死了!"

有人被喊醒了，从床上稍抬了下身子，气呼呼地问了几句。

卡别久欣爬上高板床，惊讶地说：

"真的死了……可身子还有点热气儿……"

作坊里悄无声音。日哈列夫画了个十字，回到被窝，说：

"愿他升天！"

有人提议：

"把他抬到门廊里去吧……"

卡别久欣又从床上爬下来，看了一下窗外说：

"还是让他在这里躺一会儿吧。他在活着时，也没妨碍过别人……"

巴维尔把头压在枕头下，痛哭起来。

西塔诺夫一直在睡觉。

十五

　　田野里的雪已经消融了，天上的冬云也转成湿雪，落到地面上无影无踪了。太阳的脚步渐渐地走慢了，空气越来越湿润了。欢快的春天已经悄悄来临，只是像捉迷藏似的先躲在田野的地陇里，然后找个时机再涌进城里。街道上随处可见棕红色的泥浆，步行路的两边淌着水，在囚徒广场化净了雪的地里，有麻雀在高兴地跳来跃去，人们也像麻雀一样活动起来了。大斋的钟声在这欢闹的春天中从早到晚鸣响着，轻轻地叩着人们的心扉。这钟声如同一位沧桑的老人在倾诉，里面潜伏着某些屈辱的东西，这钟声似乎又在以一种忧患的调子向世人诉说：

　　"有过，有过，都曾经有过……"

　　我的命名日那天，作坊里的人送了我一幅精巧的圣徒阿列克谢的画像，日哈列夫作了一篇让我永生不忘的洋洋大论：

　　"你是谁？"他摆弄着手指，指了指眉毛说，"不过一个十三岁的孩童，一个无父无母的孤儿。我的年龄大你三倍，可我要夸你，你从不惧怕万事万物，总是勇敢地直面一切！以后要永远这样，孩子，这很好！"

　　之后，他又提到上帝的仆人和上帝的人，可我不清楚人和仆人之间的区别，听起来似乎他也不怎么明白。越讲越乏味，别人都开始嘲讽他了。我两手捧着圣像，站在原地，心里一阵感动，可又很紧张，不知道怎么办才好。终于，卡别久欣气恼地冲演说家嚷了一句：

　　"够了，你的葬礼演说该有个终结了，你看他的耳朵都青了。"

他边说边拍着我的肩,也夸起我来:

"你很好,在于你对大家都很好,这是你最大的可爱之处!因此,即使再有缘由,也不想张口骂你,就甭说打你了!"

大家都亲切地看着我,当时我很不好意思,他们都善意地嘲笑我那个尴尬样子。过不了一会儿,我肯定会因为认为自己是他们最需要的人而忽然快活得大哭起来。可是,正在这天早上,铺子里的掌柜对我摇了一下脑袋,对彼得·瓦西里耶夫说:

"小家伙不讨人喜欢,干什么也不让人顺心!"

早上,我按照平时的惯例来到铺子,可是,午后掌柜命令我:

"回家去,把货房顶上的雪扫干净,弄到地窖里……"

他不知道今天正是我的命名日,我也原以为所有人都不知道。当作坊的工人为我祝贺以后,我就把衣服换了,来到院子里,到货房顶上去扫冬雪,雪积得很厚也很重。当时我心里太兴奋了,竟忘了把地窖的门先打开,于是落下来的雪把地窖的门给封死了。从房顶上跳下后,我才发现这个失误,急忙找工具把开门上的雪。雪很沉很硬,潮乎乎的,木把根本把不动,又找不到铁锹。一失手,木把也被我折断了,正在这时,掌柜来到了院子的门旁边。俄国人常说一句话"乐极生悲",这次可真应验了。

"好哇,"掌柜走到我这儿,不无讥讽地说:"哎哟,你怎么干的活儿,真是活见鬼!我看你这颗笨脑瓜要挨揍了……"

说着,他就挥起雪把的柄,向我打来,我迅速闪开,气恼地说:

"我又不是你雇来扫院子的……"

他气得把把柄摔到我脚边,我顺手抓起一把雪掷到他脸上,他气哼哼地溜走了。可是,我也失去了工作,回到了作坊。几分钟后,他那个轻浮的、满脸粉刺的未婚妻从楼上跑下来了。

"马克西莫维奇,到楼上来!"

"我不去!"我说。

拉里昂诺维奇很奇怪地小声问我:

"为什么不去?"

我对他讲了事情发生的经过,他忧虑地皱了皱眉,就上楼了。临走前,他又低声对我说:

"小伙计呀,你也真是太鲁莽了……"

作坊里的人都在为我的事而骂掌柜。卡别久欣说:

"哎,你这次肯定是待不下去了!"

这并不能吓住我。据我同掌柜的关系看,这是迟早的事儿。他对我恨之入骨,最近,更是变本加厉。我也很厌烦他,可我一直想搞明白:为什么他老对我这样不近情理？

　　他经常在铺子里把钱丢在地板上，每当我扫地时就把钱捡起放到柜台上那只布施乞丐的零钱罐里。以后我发现老有这样的事发生，便明白了是怎么一回事，便对掌柜说：

　　"你这样做是徒劳的！"

　　他恼羞成怒地说了一句：

　　"轮不上你这东西教训我，我自己干什么事，自己还不清楚？"

　　可马上他又改变方式说：

　　"谁也不可能把钱白白扔掉，明明是不小心掉的嘛……"

　　他不让我在铺子里看书：

　　"就你这脑子还念书！白吃饭的东西，妄想当读书人！"

　　他仍旧企图用二十戈比的钱币陷害我，我知道，如果我在扫地时，把硬币扫到地板缝里，他肯定会认为是我偷了。我又跟他讲了一次，让他今后不要再来这一套。谁知，就在我给他讲话的当天，我从小吃店泡开水回来，正巧听见他教唆邻家铺子新来的一个伙计：

　　"你就教他偷《诗篇》，新近将要进三箱《诗篇》……"

　　我马上知道他俩在说我，于是便大摇大摆地走进铺子，他俩当时的神情很难堪。除此之外，他们二人企图陷害我的其他形迹还有许多。

　　邻家的伙计是一个精明的生意人，老替掌柜做事儿，他喜欢喝酒，有一次喝得醉醺醺的，被老板撵出来了，可没过几天，又把他雇回来了。他的身体很瘦弱，营养不良，表面虽很善良，但一看眼神，就知道内心很狡诈。他长有小小的胡子，老挂着精明的笑容，他又爱讲俏皮话儿，一开口，就让人闻见一股跟有牙病的人那样的口臭。不过，他的牙看起来倒挺白挺结实的。

　　让我大吃一惊的一次是，他笑眯眯地走到我身旁，猛地打掉我的帽子，用手一把揪住我的头发。我俩扭打起来，他将我从走廊里推进铺子里，力图按我坐到地板上的大圣龛上，真要是如他所愿的话，我准会压碎玻璃，弄破雕花，把昂贵的圣像搞坏。幸亏他力气不大，我把他打败了。让我大吃一惊的事终于发生了，他——一个长着胡子的汉子，竟然坐在地板上，抹着被打破的鼻子呜呜直哭。

　　次日清晨，两家的老板都出去了，只有我们俩人看铺子，他走过来，用手摸摸靠近眼睛的那块鼻梁的肿伤，友好地说：

　　"你不要认为昨天我打你是自愿的，我又不笨，明知道自己是个醉汉，没啥气力，肯定敌不过你。可我们老板让我这么干，他说：'找他打一架吧，想法子让他把他们铺子里的玩意儿多搞碎一些，让他们损失些东西。'我可不愿意自己惹是生非，你瞧瞧，我的脸都成了这样子……"

　　我听信了他，打心底里怜惜他。闻听他与一个女子居住在一起，老吃不饱饭，还经常被那女的痛打。于是我问他：

"如果别人叫你下毒药，你下吗？"

"他会这么做的，"伙计的声音更低了，脸上不自然地可怜地笑着，"他也许会叫我……"

不久后的一天，他问我：

"伙伴，我穷得都揭不开锅了，老婆都与我闹翻了。你能不能给我在这边货包里偷一幅圣像？什么圣像都可以，只要能换几个小钱，噢，你愿意吗？要不的话，来一本《诗篇》也成？"

我想起鞋店和看守教堂的老头儿，便想：这个人会把我给出卖了！可又不好意思拒绝，就给了他一张圣像。对于价值几卢布的《诗篇》我不敢下手，因为我觉得这是犯一项更大的罪。可又有什么办法，道德之中经常掩藏着一种纯洁神圣的"刑法"，它很容易将这些小秘密揭穿，秘密虽然小，可这里面却暗含着私有财产的极大的虚伪。

于是，那天我听见我们掌柜教唆这个伙计，让我偷《诗篇》，我吓了一跳。看来，我们掌柜已经知道了我在拿他的东西送人情，邻家这个家伙一定把这事告诉他了。

我自己这种拿别人东西送人情的可恶的假仁慈，以及别人陷害我的小诡计，都让我气愤和恼火，我厌恶别人，也开始厌恶自己了。在后来的几天内，我很伤心地等待着那几箱书。书终于到了，当我在货仓里打开箱子时，邻家那伙计便走过来，让我给他一本《诗篇》。

我就问他：

"你是不是把圣像的事告诉我们掌柜了？"

"嗯。"他丧气地回答，"老弟，纸里包不住火的……"

这可把我吓晕了。我顿时坐在地板上，瞪圆眼睛直盯着他。神情难堪的他，也可怜兮兮的，急忙辩解：

"你肯定以为是你的掌柜先请出来的，不是的，是我的掌柜先知道的，他告诉你们掌柜的……"

刹那间，我觉得一切都完了。他们肯定会把我扭送到少年犯呆的地儿去！既然都这样了，那也就别管其他的了！也就是说，既然都落水了，那就往深处再沉一沉吧！于是，我就随手抽了一本《诗篇》塞给他，他伸手拿去塞到大衣底下走了。可随即他又转身回来，把书扔到我脚下，大步走了，临走时，他说了一句：

"我不能拿！真要拿了，咱俩得一块儿倒霉……"

我不理解他所说的话的意思，怎么他会同我一块儿倒霉呢？但他毕竟没把书拿走，这一点倒使我很满意。不过，这件事发生以后，我们的掌柜对我更加不好了，老发脾气，还怀疑我。

我在拉里昂诺维奇上楼时回忆起了这一切。没过多大一会儿，他心情沉重地回来了，比往常更沉默。直到吃晚饭只有我们俩人在时，他才告诉我：

"我去帮你求情，想让你离开店铺到作坊里，还是不行。'金龟子'不愿意。他讨厌你。……"

掌柜的未婚妻，那个轻浮的姑娘，也是我的敌人。几乎作坊里的所有人都跟她玩过，在过廊里候着她，拥抱她，她并不为此而生气，只是像条小狗一样软绵绵地叫两声。她的嘴整天从没闲过，上下颌总在动着，口袋里却一直塞满了糖果、馅饼及其他东西。她那张迷茫的脸，以及那对灰色的小眼睛，让人看了心里很不舒服。她老是搜集一些谜语让我们猜，可谜底都暗含着下流无耻之意。她也老给我们念绕口令，可念到最后就变成了一句极难听的话。

一次，一位老师傅对她说：

"姑娘，你真不害臊！"

她却不以为然，还唱起一首下流的歌儿回答道：

> 姑娘若羞答
> 永远莫出嫁……

我平时第一次见这样的姑娘。我很讨厌她，也很害怕她，因为她经常跟我瞎闹。每次我不愿意与她闹，她便愈加纠缠个没完。

有一天，我和巴维尔在地窖里帮她清洗那些装过克瓦斯和黄瓜的空木桶时，她突然问我俩：

"小兄弟，想不想让我教你们接吻呢？"

"这种事我可比你在行。"巴维尔笑着回应。我却对她说："找你未婚夫干这事吧。"我的态度很不好，她发火了：

"哎哟，真是个土包子！姑娘找你亲热一下，你倒翘起尾巴来了。你算什么东西！"

她还用指头指着我，威吓着说：

"好吧，等着瞧吧，我会记住这次的！"

巴维尔帮我的忙，说：

"如果你的未婚夫知道你这么不检点，一定会收拾你。"

她略皱了一下长满粉刺的脸，轻蔑地说：

"我会怕他？我的嫁妆比他的多得多，就凭这个我也能找十个八个。做姑娘的要不在结婚前闹一闹，以后就没机会了。"

说完，她就与巴维尔瞎闹起来。而我呢，从此便有了一个乐此不疲的女告密人。

　　我再也无法忍受店铺里的环境,我看完了所有的宗教书,也听遍了鉴赏家们之间的老生常谈,觉得一切索然无味。只有彼得·瓦西里耶夫一个人的话吸引我,对于阴暗的人生,他有自己的一套观点,每次讲起话来,他都充满激情,不乏幽默。有时我会想:孤独的复仇像以利沙周游世界时,也许就是这个样子。

　　但是,每次我推心置腹地与老头儿讲起人们的思想和我的看法时,他都很友善地听我讲完,可随后又把我讲的话毫无遗余地告诉给掌柜。掌柜听后,或侮辱、嘲弄我一番,或恼火地臭骂我一通。

　　一天,我告诉老头子,有时我把他讲的一些话写在我那个抄各种诗歌和名言警句的本子上了。他听后很震惊,忙不迭地走到我跟前,不无担心地问:

　　"你要干些什么? 这可不行,小东西! 难道仅仅是为了加深印象吗? 不能这么做! 你可真行! 把笔记本给我瞧瞧,来!"

　　他劝我把本子交给他或烧掉,真是快磨破嘴唇了。最后,他恼羞成怒地与掌柜耳语了一番。

　　在回家的路上,掌柜严肃地说:

　　"你干吗做笔记呀? 以后不准再干这种勾当! 记住了吗? 这种事只有密探才干呢。"

　　我不在意地说了一句:

　　"西塔诺夫也抄录呢。"

　　"他? 也抄录,那个傻高个儿……"

　　他沉默良久,以他从未有过的柔和口气与我商量:

　　"你听我的话,我给你五十戈比,你呢,把你和西塔诺夫的抄录本子借给我瞧瞧,你要偷偷地干,不能让西塔诺夫知道……"

　　他以为我会听他的话,因此他没再说什么,大步迈开两只短腿,匆匆走到前面去了。

　　一回到作坊,我就告诉了西塔诺夫掌柜是怎么说的,他的脸顿时沉下来:

　　"你也真是话多……他肯定会找人来偷咱俩的本子。把你的本子给我吧,我给你藏起来……等着瞧吧,他不久会将你撵走的。"

　　我也知道自己在这儿待不了多久了,便打算等外祖母回到城里时,我就脱离开这儿。这年冬季,外祖母住在巴拉罕纳,有人请她到那里教姑娘们织花边。外祖父住在库纳维诺,我不想到他那儿,虽然他常进城来,可从来没看望过我。一次,我与他路上巧遇。当时他穿着一件沉重的浣熊皮大衣,像个神父一样泰然地在街上散步,我叫了他一声。他用手遮着眼看了我一下,似乎在思索地说:

　　"啊,怎么是你呀,听说你现在画圣像呢,对吧……嗯,忙去吧!"

　　他推了我一把,又继续悠然地向前走了。

　　我见到外祖母的机会太少了,她得花时间工作,要养活有老年痴呆症的外祖父,又要照看舅舅的儿子——萨沙。萨沙是舅舅米哈伊尔的孩子,老惹乱子。不过,他长得挺英俊,极富幻想力,爱读书。他老换工作,在许多家染房店工作过。失业后,他就没事可干了,靠外祖母供他吃喝,还很理直气壮地让外祖母给他找差事干。萨沙有个姐姐,也是外祖母的拖累,她命运也不好,她那个酗酒的工匠丈夫老打她,还把她撵出了家门。

每次见到外祖母,我都被她那颗深邃博爱的心所感动。可我也同时觉察到,她那颗仁慈的心也被外界种种幻想所诱惑,从而对眼前残酷的现实生活场景视而不见,也无法理解,因此她也不能体会我的焦灼和难受。

"阿廖沙,要学会忍耐!"

当我把现实生活中的许多丑恶、人们的痛苦及扰乱我心的郁闷向她倾诉时,她对我的回答总是这一句话。

我从来不会忍耐,也许有时也会像畜生和没生命的东西那样无言地忍耐一下,可那只是自己故意磨炼意志,考验一下自身的承受能力和坚韧度。年轻人总是很羡慕成年人的力气,于是便凭着年少气盛,以初生牛犊不怕虎的精神扛起远超过自身承受力的重物,借此吹牛炫耀,说自己有大人一样的气力,甚至能够举起两普特重的秤锤画十字呢。

无论是出自这种直接目的或间接目的,我的肉体和精神都进行过这种尝试,只是由于比较幸运,因此没有落下致命的伤,也没有造成终身的残疾。我觉得,忍耐和对外界压力的屈服才能使人终生致残。

如果我最后还是要变成一个残废的人,被埋进坟墓,那么我会在临终之际,毫不愧疚地宣称,十四年来,许多人力图扭曲我灵魂的种种努力都是徒劳。

我的脑海里常常萦绕着一些强烈的愿望,比如想搞恶作剧,想逗大家乐,想让他们笑。而且这种愿望常常能够实现,我可以惟妙惟肖地讲述尼日尼市场那帮商人们的趣事,可以逼真地效仿乡下男女买卖圣像的表情,以及讲述掌柜蒙骗乡下人的巧妙办法及鉴赏家们之间的不休吵闹。

工匠们哈哈大笑,他们有时会放下手中的工作专注地看我的表演,可每次表演后,拉里昂诺维奇总是提醒我:

"你最好在晚饭之后再表演,否则会影响大家干活儿……"

每次"表演"完,我心里就像放下一副沉重的担子一样,轻松无比。在半小时之内,脑子里会清清爽爽,十分开心。可半小时或一小时之后,我的脑海里似乎又装满了一大袋子锐利的钉子,在里面骚动,发起热来。

我觉得,我所处的环境是一锅煮沸的脏稀粥,我自己在里面被慢慢地熬烂了。

我想:

"生活难道就是这种样子? 我莫非也要像他们这样生活下去? 再也找不到更好一点的生活吗?"

"马克西莫维奇,你怎么爱发脾气了?"日哈列夫盯着我的脸说。

西塔诺夫也常问我:

"你怎么啦?"

我心里乱糟糟的。

我心中原有的美丽字迹被顽固而残暴的生活粗野地抹去了,还被不怀好意地覆盖上一些无用的废物。我很气恼地,费劲地抵抗这一暴行。我和人们都漂流在同一条河水里,可对于我来说,这水实在太冷,它又不能像浮起别人那样把我轻而易举地浮起,我时常在担心:我要掉到河底里去了。

他们对我越来越好了,从不像训斥巴维尔那样跟我讲话,也从不欺负我。他们甚至用父称叫我,以显示对我的尊敬。这样虽然不错,可他们那种醉酒的神态、狂饮的场景及与女子的不正常关系却苦恼着我,虽然我也明白,只有酒和女人才能使人们焦躁苦闷的心得到安慰。

尤其痛心的回忆是,那个聪明胆大的纳塔利娅·科兹洛夫斯卡娅本人竟亲口说女人是一种安慰。

这么说来,我的外祖母呢?那位"玛尔戈王后"呢?

一想到王后,我的心情就很害怕。她与周围的人是那样迥然不同,我只能在梦里才能见到她。

我现在老想到女人,而且已经在处理这类的问题。下周末,我是不是也去一趟大家去的那个地方呢?这不是肉体上的需求,我是一个健康爱干净的人,可有时,却发疯似的想抱一抱某个聪明温柔的姑娘,向她倾诉我心中所有的烦恼,像跟母亲那样坦诚而且无所顾忌地讲个没完。

几乎每个晚上,巴维尔都会告诉我他与对门屋里的女佣之间的亲密行动。我非常羡慕他。

"兄弟,是这么着:一个月前,就是我向她扔雪球时,我还不怎么喜欢她。可现在呢,在长凳子上紧紧抱住她,觉得她是世界上最可爱的人。"

"那你们在一起讲些什么呢?"

"无所不谈。她给我讲她的身世,我也把我的经历讲给她听。然后,我们就亲嘴。……她这个人就是太正统了……老弟,这人挺好的! ……哎,你怎么像个老兵一样呢,抽什么烟!"

我抽烟越来越多,把自己心里的忧郁和苦闷统统都麻醉了。幸亏我不喜欢伏特加的味道和气味,因此没喝醉酒。可巴维尔却爱喝酒,一喝醉就伤心地哭:

"回家,我想回家! 我要回家! ……"

我知道他是个无父无母的孩子,也没有兄弟姐妹,好像是在八岁时就被寄养在别人家了。

我的情绪越来越激动,越来越不满,加上由于春天的诱惑,我打算再回到轮船上去干活，船一开到阿斯特拉罕就偷跑到波斯去。

对于去波斯的理由，现在我也记不得了。也许是因为我曾在尼日尼市场上看到过波斯商人，对他们的状况很满意，他们那时盘膝坐在地上像尊石像，太阳照耀着他们的染色大胡子，样子很沉静，还抽着水烟袋，又大又黑的眼睛似乎告诉人们他们对世界上的事物无所不知。

说不定我真会逃到哪个地方去，可在复活节的那一个礼拜内，有些师傅回老家了，剩下的人只知道整天喝酒。一天，天气不错，我在奥卡河边正走着，忽然碰见了我以前的主人，也就是外祖母的外甥。

那天，他身穿一件单薄的灰大衣，手插在西色裤兜里，嘴里含着烟卷，帽子倾到后脑勺上了，那张亲善的脸上挂着友好的笑容，他风度翩翩的样子让人一见倾心，觉得他很自由、很快活。只有我们两个人站在旷野中。

"彼什科夫，恭喜基督复活了！"

在我们接吻三次之后，他关心地问起了我的生活，我坦率地给他说，我已厌烦了作坊和城市中的一切，想去波斯玩一玩。

"行啦，"他一本正经地说。"别波斯来波斯去了，让它见鬼去吧！老弟，我理解你，我跟你一般大时，也想着闯荡江湖呢！……"

虽然他口口声声说"见鬼"，可我听了心里挺舒服。我感到他身上洋溢着春天的气息。他也表现得很洒脱、很乐观。

"来一支？"他边问边向我伸出一只装满粗大烟卷的银烟盒。

我被他彻底征服了！

"要不这样吧，彼什科夫，你回到我这儿干吧！"他向我建议，"老弟，今年我在市场上承包了近四万卢布的工程，你懂我的意思吗？我想叫你到市场上去干。你可以做一做监工，干些活儿，诸如收发各种材料，检查材料是不是按时运到工地、监督工人偷东西等等，就这些活儿，行吗？我每月给你五个卢布，再加五戈比的午餐补贴！我家的两个女人不管你，你早去晚归，她们也管不着你！只是你记住别透漏我们曾见过面，只要在多马周的星期天来就成，那就这样啦！"

我们跟朋友一样分手。他在临别前握了握我的手，走到很远了还礼节性地向我挥动他的帽子。

他们大多数人对我的离开表示惋惜，可我倒认为这是一种荣耀。尤其是巴维尔，他对我很担心。

"你认真考虑一下吧，"他责备我说，"在这儿，我们大家在一块儿很和谐，现在去跟那群乡下人混在一起，你能适应吗？他们可都是些木匠、油漆工……唉，你这个人！真是的，这叫'当家师父不做偏要去做香火和尚'……"

日哈列夫也不乐意：

"鱼往深处游，这么好的小伙子偏往狭道走……"

作坊里的人为我举行了欢送会，会上大家都很伤感、忧虑。

"不过，话说回来，什么工作都得尝试尝试。"醉酒的日哈列夫脸色蜡黄，说，"只是要掌握住一种永久性的工作……"

"干它一辈子。"拉里昂诺维奇小声附和说。

我觉得，他们这样说不是发自内心的，好像在应付公务。我与他们之间紧紧相连的绳子似乎一刹那全部腐化、断裂了。

戈戈列夫喝得晕头转向，在高板上翻转着身子，用沙哑的声音说：

"依我的意见，应该把大家都关起来才好！我知道秘密！这里谁也不信什么上帝；啊哟……"

与平时一样，那些还没画完、少胳膊缺腿脚的圣像倒在墙边，玻璃球悬吊在天花板上。由于好久没用灯光干活儿了，圆球上已覆盖了一层灰色的烟尘。周围的一切都那么熟悉、清楚，闭上眼睛，我会在黑暗中想象出地下室的所有东西：桌子、窗台上装颜料的瓶罐、成捆的毛笔套在笔筒里、一幅幅的圣像以及屋角里的泔水缸、形状像消防员头盔的铜脸盆，还有戈戈列夫从高板床上掉下来的赤脚，这只脚像个被腌过的青萝卜。

我迫不及待地要离开，可俄罗斯的人们喜欢把伤感的时间拖延，把每次告别当作安魂的弥撒那样对待。

日哈列夫稍抬了一下眉毛，说：

"我不打算还你《恶魔》这本书了，二十戈比卖给我如何？"

这书是消防队长，那个老头儿送给我的，本应由我保管。要把莱蒙托夫的书给人，我可不愿意。当我说我不要钱时，日哈列夫自作主张的把钱塞给我，坚定地说：

"随你怎么吧，反正我要定这本书了！你不适合看这种书，要不真闯祸了……"

"可是我在店铺见过，有卖它的！"

他还是执意地说：

"这没什么，店铺里连手枪也卖呢……"

他最终还是没还给我书。

我在上楼向老板娘辞行时，在走廊下遇见了她的侄女儿。她问：

"你真要走？"

"对！"

"也是，就是你自己不走，也会被赶走。"她的话虽不客气，倒是真心话。

一身酒气的老板娘说：

"孩子，再见！愿上帝保佑你！你这伙计脾气很倔！虽然我没亲眼看见你做错事，可他们都说你这个孩子不怎么听话！"

忽然，她痛哭起来，含着泪说：

"唉，如果我家那个死东西还在，如果我的丈夫，亲爱的人还在的话，他可有法子对付你,他会打你,打你的脑瓜子,可他不会赶你走的,说什么也会让你在这儿留住。可现在一切都不同了,一点儿不中意就扫人家出门。唉,我可怜的孩子,你以后可怎么活呀? 你到哪个地方去立脚?"

十六

定期的涨水在春天里如约而至,整个市场全部被水淹没,只能看见店铺那石砌的二层楼以上的部分。我和东家乘坐的小船在水中前行,当然,我在摇桨,东家不会划桨,理所当然地坐在船尾,使后桨吃水太深。浑浊的水面上,小船似乎沉思似的放慢速度,静静地、摇摇晃晃地、穿过了一条又一条街巷。

"唉,真是活见鬼了,今年水涨这么高,会让人误工的!"东家一边吸着雪茄烟,一边发着牢骚,一股烧焦的呢子味和他的话一起渐渐飘散。

"船撑稳点!"他惊恐不安地嚷道,"别撞到路灯上去!"

他调整了小船的方向,骂骂咧咧地说:

"真是个卑鄙的小人,把这破船给我们用,真是的!⋯⋯"

他仔细地找出店铺损坏的地方,并一一指给我看,说退水后要好好修理一下。他的脸刚刮过,略有些发青,唇上的胡髭很短。他那叼着雪茄的样子看起来一点儿也不像包工头。他套着一件褐色的皮制短大衣,穿着一双到膝盖的高筒皮靴,一只捕猎的袋子斜挎在肩上,一支莱贝尔双筒枪倒在两腿间。他不时地用手去弄那顶压住他眼睛的讨厌的皮帽子,他的嘴不经意地撅着,不停地焦虑地左顾右盼。一会儿,他把帽子推到脑后,露出了欣喜的笑容,顿时显得年轻了许多,像是想起了一件令人高兴的事。看他现在的样子很难想到他是个工作繁忙的人,并且也不像个为涨水而烦心的人。事实上,他现在的确没有想工作的事。

一种隐隐约约的想法占据了我的脑海,它让我感到沮丧。在这个死一般寂静的城市里,所有的门窗都关起来了,高大挺拔的楼房一排排地呆立着,感觉很奇怪。城市里虽然到处灌满了水,却像被我们行驶的小船一点点抛弃,顺水漂走了⋯⋯

整个天空里只有灰色。太阳偶尔从云层的缝隙中露出半个脸,就像冬天的太阳一样没有光彩、硕大而苍白。

河水和天空一样灰暗,而且冰冷刺骨。不仔细看还以为是冻住了,因为水流得太慢了,好像是与那一排排空房子、又脏又黄的店铺一起睡着了。只有在太阳从云层后挤出半个脸时,地上的一切才明亮一些,这时,水面上就会映出灰色的天空。这样,我们的船就好像在两个天空之间飘荡。那些石砌的房屋慢慢露出水面,小船

图文珍藏版

继续安静地划向伏尔加河、奥卡河。我们周围常常能看见破碎的桶、箱子、篮子和木片、麦秸,它们一起一伏,和偶尔出现的竿子、圆木一起漂走,那细长的样子像水蛇一样。

有的窗子被打开了,走廊的顶上晾着几件衣服和一双靴子。有个女人站在窗口,将灰色的河水一览无遗。房子的长廊上有一根小铁柱,上面系着一条红色船舷的小船,在污浊的河水的照映下,腻腻的,就像一堆肥肉。

东家一边看一边点着头,向我解释这死寂的城中难得的生命的活动:

"那一定是看市场的人住的,他会从窗户口爬到房顶,然后坐在小船上四处巡查,看有没有小偷在市场里活动。如果没发现有小偷,他就会很高兴地充当小偷的角色……"

东家缓慢地、一字一句地说着,漫不经心的样子,好像想着其他的事情。四周就像梦境一样孤寂萧条,让人不敢相信自己的眼睛。伏尔加河和奥卡河汇合成一个大的湖区。远处,绿绒绒的山坡上,色彩斑斓的城市隐约可见。城市里随处可见花园,花园虽然是黑黑的,却也挡不住鲜花含苞待放、草木吐芽的春意。这些花园为房屋和教堂增添了绿色,就像披着一件浅绿的厚毛大衣。复活节沉郁的钟声在水面上回荡,整个城市都在鸣响。可我们这里,却好像是块墓地——被人们遗忘了。

我们的小船从两排黑压压的树丛中慢慢地穿过,划出大街,向老教堂驶去。呛人的雪茄的浓重烟雾迷住了东家的眼睛,这让他很恼火。小船晃晃悠悠,不时碰在树上,东家又惊又气:

"再也没有比这更糟糕的船了!"

"你别把舵了。"

"那怎么行?"他嘟哝着说,"两个人划船,都是一个人摇桨,另一个人把舵。嘿,你看,中国商场,那边!……"

对于市场的情况,我早已熟悉;我当然知道那个屋顶乱哄哄的令人可笑的商场。我还知道在屋顶的一个角落,有几座盘腿坐着的中国人石膏像。曾经有一次,我和几个朋友用石子往石膏像上扔,打掉了人像的头和胳臂。时至今日,我再也不会因为这等事而洋洋得意了……

"真没劲,"东家指着中国商场说,"如果让我来建造的话……"

他得意地吹着口哨,顺手把皮帽子往后拉了拉。

但是,不知什么原因,我认为他如果在这块洼地上建造市场也会感到很没意思的——这块地每年都要被两条大河淹没。到时候他一定也会想到建这样的中国商场的。

他把雪茄烟扔到水里,并厌恶地吐了一口痰,焦躁地说:

"真烦死人了,彼什科夫,让人心里憋得慌呀!所有的人都没有受过正统的教育,没有文化,根本就没办法和他们交流! 找个可以谈话的人都没有。他们要么是木匠,要么是石匠,再有就是乡巴佬、骗子……"

右边的小山丘上渐渐显出一座漂亮的回教堂,东家的眼光穿过水面久久停留在教堂上,教堂的呼唤唤起了他的记忆,他又开始说:

"我像德国人一样,现在又抽烟喝酒了。那帮德国人,个个都凶悍得厉害,都不是孬种! 哈,啤酒的味道可真是好,就是雪茄烟现在还不习惯。那味儿我老婆说是马具匠的气味,老兄啊,人生在世,吃喝玩乐,要过得逍遥痛快才行……嘿,你来替我把舵……"

他说着就把桨搭在船边,端起那支双筒猎枪"砰砰"就是两枪,房顶上的中国人像没有被打中,霰弹纷纷散落在墙头、房顶,空中顿时升腾起一阵尘埃。

"打偏了。"他满不在乎地说,手上却忙着往枪膛上装满子弹。

"和姑娘们相处得好吗? 有没有心上人了,还没有吗? 我十三岁那年就知道什么叫爱情了,那姑娘……"

他的眼中已经没有了我,像进入梦境般地把当年恋爱的故事讲给我听。那一年他还在建筑师家当学徒,那姑娘就是建筑师家的女佣。混浊的水不断漾起水花,轻轻地拍打着房屋的墙角。教堂后面的水更脏,几支泡得发黑的柳条努力伸出水面。

圣像作坊里传来永不变的圣歌:

> 蓝蓝的海洋,
> 澎湃的海洋……

蓝色是寂寞和忧郁,大海便是难捱的孤寂……

"我常常夜不能寐,"东家说,"有几次我半夜起来,到她门口站着,屋里真冷啊! 我就像只小狗一样冻得浑身颤抖! 主人天天夜里上她房里去,即使那样我也去,我不怕碰上他,真的不怕!"

他缓缓地说着,那沉思的模样就像在审视一件破了的旧衣裳,看看能不能再穿一次。

"她看见了我,顿起恻隐之心,赶快打开门房让我进去:'进来呀,真傻! ……'"

这样的故事我听得太多了,开始有些腻味了,虽然每个故事的具体情节不同,但所有的人谈起自己的初恋时都会很愉快,不夸张,也不说脏话,娓娓道来,夹着一点点伤感。后来,我终于懂了,初恋是人一生中最美好的一桩事。似乎许多人一生中只有这一件美好的事。

东家忽然失口大笑,一边摇头一边说:

"你千万不要把这件事告诉我老婆,她知道了可不得了!其实也没什么大不了的,但就是不能说,就这样吧……"

他其实是在讲给自己听,不在乎我听不听。如果他没说话,我就会说。四周一片空寂和萧条,我们只能说话、唱歌,或拉拉手风琴,否则,就会和这座被水淹没的城市一起,被污浊冰冷的河水淹没,悄无声息地睡去,永远不再醒来。

"最重要的是不要过早结婚!"他提醒我说,"小兄弟,结婚是人生最最重要的事。只要不结婚,你可以随自己的意愿生活,想去哪儿就去哪儿,自己给自己拿主意!你可以去波斯当伊斯兰教徒,也可以去莫斯科当警察,自由自在,即使吃苦受累,偷鸡摸狗都可以改变。可是,老弟,一旦有了老婆就完全不一样了,她像天气,不是你能改变的……办不到!老弟,她也不是一只靴子,不想穿了就可以随时脱下来扔掉的……"

他的情绪变了,紧锁眉头,两眼呆呆地盯着灰色的水,抽出一手在鼻子上擦了一把,喃喃地继续说道:

"真的,老弟……你必须擦亮眼睛,小心看好了!即使人人都给你施加压力,使你直不起腰,也没什么要紧的,你还有机会站起来,嗯……不过,每个人都有自己难过的关口……"

我们把船划进梅谢尔斯基湖的灌木林,这个湖现在和伏尔加河连在了一起。

"划慢点。"东家小声吩咐道,说着举枪瞄着灌木林。

他打中了几只瘦得可怜的鹬鸟,然后说:

"把船划到库纳维诺!我在那儿待到傍晚,你回去告诉我家里人,说我和包工头们还有事要做。……"

我把船靠在一条街边让他下船,这条街也被水淹没了。我穿过市场,回到指针街,把船系稳后,又坐回船里,眼前是一望无际的水面,两条大河在此相汇,水面上是城市和来往的船只。天空里飘着片片白云,就像丰满大鸟的双翅上的羽毛。蓝蓝的天空和白云之间,金黄的太阳在穿行,当它露出云缝时,大地顿时明亮起来,万物都焕然一新。一个又一个木筏从湍急的河流上浮过,轻轻地,漂远了。长着胡子的乡下人骄傲地立在木筏上,长长的木桨很听他们的使唤。当遇到轮船时,他们就大声叫唤。一只小轮船拖着一只空驳船逆流而上,汹涌的河水中,轮船不停地摇晃,好像要被河水吞没。轮船像只梭鱼,摇头晃尾,喘着气,时刻准备着对扑来的波浪转动轮子。有四个人并排坐在驳船上,腿都搭在船舷外,只有一个人穿着红褂子。他们四个人一齐唱着一支熟悉的歌儿——虽然我听不清他们在唱些什么。

在这生机盎然的河上,一切都是那么熟悉;我对一切都有好感,而这一切都是那么自然。但我身后那被河水浸泡的城市却像一场噩梦,如同东家编造的那个故事和他本人一样不可理喻。

我心满意足地看够了一切,忽然觉得我已经长成大人了,什么都可以干。在回家的半路,我再次从城里的山头上眺望伏尔加河,大地更加辽阔,似乎可以满足所有人的愿望。

我家有许多书。现在住着一个大家庭的房子过去曾住过"玛戈尔王后"。那家的五个女儿,一个比一个美,其中两个还在上中学,她们常愿意把书借给我看。我如饥似渴地阅读屠格涅夫的著作。我惊奇地发现:他的书像秋天的天空一样明亮晴朗,让人容易读懂;而且书中的人物性格都非常纯洁,简洁的语言所描绘的一切都是那么美好。

我还读了波缅洛夫斯基的《神学校随笔》,感到很惊叹。这部作品里所描述的生活与圣像作坊的生活非常相像,让人觉得奇怪。我十分能理解由于生活乏味而做残酷的恶作剧的心理。

我喜欢看俄国作家的书,在书中常常能看到熟悉的和伤感的东西。好像打开书就能听到大斋节的钟声,轻轻地随着书页的翻动,发出嗡嗡嗡的声音。

我勉强读完了《死魂灵》,读《死屋手记》时也很勉强;《死魂灵》《死屋》《三死》《死》《活尸首》——这类似的书名引起了我的注意,我对这些书产生了一种不可名状的不快。对《时代的表征》《稳步前进》和《怎么办》《斯穆林诺村纪事》等这些书我同样反感。

我最喜欢的作家却是狄更斯、华特·司各特。读他们的作品我很有兴趣,通常一本书要读两三遍。读华特·司各特的书感觉就像在金碧辉煌的教堂里做节日弥撒,有点拖沓、乏味,但却庄严肃穆。狄更斯更是一位天才作家,他对人类爱的艺术有高深的彻悟,我非常崇拜他。

每天晚上,有许多人聚集在大门口,有 K 家兄弟姐妹和几个少年,还有一个翘鼻子的中学生维亚奇斯拉夫·谢马什科。有时候,连大官家的小姐普季齐娜也会来。大家在一起谈谈诗歌、聊聊读书,对于这些我感到十分熟悉和亲切。我是他们当中看书最多的一个。除了谈书他们还会讲学校里的事情,听到他们埋怨老师时,我就会庆幸我是自由的,同时对他们有那么大的忍耐力感到奇怪。但我还是羡慕他们,因为他们可以去上学。

伙伴们都比我大,但我觉得我比他们大。我自认为比他们更有经验,也更成熟。我不好意思和他们亲近。我很晚才回来,身上满是尘土污垢,脑子里也是另一种印象,和他们的截然不同。我知道他们思想很单一。他们的话题无非就是小姐们,一会儿爱上这个啦,一会儿又喜欢上那个啦,他们还想写作。但一写起来,都要让我帮忙,我倒很乐意,借这个机会可以练练笔,还轻松地学会了押韵。可不知什么缘故,我的诗里透着一些幽默感,常常在诗里把普季齐娜小姐比作洋葱头,我帮她写的诗也最多。

谢马什科对我说:

"这是诗吗?简直就只能叫作鞋钉!"

不管做什么事我都不甘落在他们后面,我也爱上了普季齐娜小姐。我忘了我是如何向她表白的了,只记得结果很糟糕:星池里是腐绿的水,水面上浮着一块木板。我提议普季齐娜到木板上来坐着兜风。她很赞同,于是我把木板拨弄到岸边让她上去。木板只能承受一个人,当我在上面时很稳,可当打扮得花枝招展的小姐站上去时,她的优雅的姿态就不能保持了。我正高兴地用棍子撑离岸边,那讨厌的木板就摇晃起来了,普季齐娜小姐和我一起掉进了池塘。我像骑士那样,奋不顾身地把她拉到岸上。惊恐和池塘里绿色的污泥使美貌的小姐花容俱损。

她向我挥舞着湿漉漉的拳头,气愤地说:

"你要故意淹死我!"

我真诚地向她辩解,她不相信我,从此,她就开始敌视我了。

总之,我在城里的生活很没意思:东家的老妈妈对我依然没有好感,而年轻的老板娘总用怀疑的眼光望着我。维克托脸上长满了雀斑,脸比以前更红了。不知什么缘故,他对所有人都不满意,老发脾气。

东家要绘许多图,两兄弟的活儿也有很多,所以我继父就被请来当帮手。

有一天早上,大约五点钟,我从市场刚回来,一走进餐厅,就看见一个被我忘记的人和东家一起坐在茶桌旁。他向我伸出手:

"您好……"

事情发生得太意外,我愣住了,过去的事情像火一样一桩桩在我心头燃烧,再次伤害了我。

"完全被吓坏了!"东家高声说。

继父面带微笑看着我,他的脸瘦得厉害,显得黑眼睛更大了。他看起来衰老了,有点拘束。我把手伸给他,被他那枯瘦而发热的手握住了。

"你看,我们又见面了。"他咳嗽着说。

我很不高兴,像挨过打似地走开了。

我们之间的关系有点不明确,相处得很小心,他叫我的名字时添上父称,说话时就像对平辈一样。

"你如果要去铺子里,劳驾给我买四分之一磅拉费尔姆烟丝和一百张维克托尔松卷烟纸,还有一磅熟香肠……"

他交给我的钱总是热乎乎地,这种温热让我不舒服。我知道他得了肺病,没多少时间了。他自己也知道,总是把黑黑的胡须拧尖,用低沉的声音说:

"我的病可能治不好了,但是多吃肉可能还会好起来,可能我还会好起来呢!"

他总是吃很多东西,抽烟很厉害,除了吃饭,嘴上总叼着烟。香肠、火腿和沙丁鱼是我每天必须为他买的。可是不知什么缘故,外祖母的妹妹很有把握也很幸灾乐祸地说:

"死神不吃这一套,好东西也骗不了他!"

東家的家人们对继父的关心使人难堪,他们常常劝他吃这药吃那药,可却在背后嘲笑他说:

"还摆贵族的派头! 他说要把桌子收拾干净,一点面包屑也不留,还说苍蝇就是从面包里滋生的。"年轻主妇这样说,老主妇也随声附和:

"可不是吗? 真正的贵族派头,衣服都穿得发亮、磨出了窟窿,还天天用刷子使劲刷,身上一点儿灰都没有,真是个怪老头儿!"

东家却好像在安慰她们说:

"你等着看吧,老母鸡的翅膀硬不了多久了! ……"

庸俗的小市民对贵族的反感和冷嘲热讽反而在不知不觉中拉近了我和继父的距离。捕蝇草虽然有毒,但它的美丽却不容忽视。

继父和这帮小市民生活就像一条鱼落进了鸡窝,令人窒息,这个比喻虽有些荒唐,但生活本身也是荒唐的。

我开始在他身上发现"好事情"——那个我深埋在心中的人的特征,我在他和"王后"身上集中了书中看过的所有好处、所有想象中最美好的东西、和我自己最纯洁的东西。继父和"好事情"一样,冷峻、不可亲近。他对这家所有的人都一视同仁,决不先于别人说话,回答发问时恭谦而平和。我很乐意看到他教东家的样子。他站在桌子边,弓着背,枯瘦的手指不停敲打着纸,沉着地指点着:

"在这儿,要用托梁把铁钩连上,否则,压力太大会把墙压垮的。"

"对,对,活见鬼了!"东家自言自语道。过了一会儿,继父走了,老板娘就对他说:

"怪了! 他怎么教训你?"

她还莫名其妙地发火,因为继父吃完晚饭后要刷牙,还要鼓起喉结漱口。

"我认为,"她酸溜溜地说,"叶夫根尼·瓦西里伊奇,您老那样仰着脑袋,对您身体不利啊!"

继父有教养地微微一笑,问:

"有什么不利的?"

"嗯……就是……那个……"

继父的指甲发青,现在正用一根骨签剔起来。

"你们看,他还剔指甲呢!"老板娘气急了,"马上就要进棺材的人了,还穷讲究……"

"哎呀!"东家叹了一口气,说,"你这只凶母鸡,哪儿来这么多废话……"

"你瞎说什么?"他妻子生气了。

老太婆每到夜里,就热心地向上帝祈祷:

"主啊,那个害痨病的人,虚弱不堪,成了我的累赘,维克托又袖手不管……"

维克托学着继父的举止,走路时慢条斯理,做手势时充满自信,潇洒优雅地打

领带,吃东西时不发出任何声音。他经常粗鲁地问:

"马克西莫夫,在法语里膝盖怎么说?"

"我叫叶夫根尼·瓦西里伊奇。"继父淡淡地提醒他。

"好吧,好吧,法语里胸部怎么说?"

吃晚饭时,维克托对母亲下命令:

"腌牛肉,马—梅—东涅—穆阿扎称尔!"

"哎,你都快成法国人了。"老太婆口气软下来了。

继父只顾着吃肉,不理睬任何人,像个聋哑人。

有一天,哥哥对弟弟说:

"维克托,现在你会说法语了,是不是该带个情人回来了……"

继父听了这句话,偷偷地笑了。在我记忆里,这是他唯一一次这么笑。

老板娘怒火中烧,把汤勺朝桌上一扔,对东家大声说:

"真下流,我在场你也说这种下流话!"

继父有时会到黑魆魆的门廊里来看我。我就住在那儿——去阳台的楼梯下面。我时常会坐在对着窗户的楼梯上看书。

"你喜欢看书吗?"吐出一口烟后,他问我。他的胸腔里嘶嘶地响,像是有几块木头在里面。"你看什么呢?"

我把书递给他。

"噢,"他瞟了一眼书名就说:"我好像读过这本书!你要吸烟吗?"

然后,我们就一起抽烟,望着窗子外肮脏的院子。继父说:

"你真可惜,没能去上学,你看起来很聪明……"

"我也看书、学习……"

"不不不,这不够,要上学校好好学……"

我当时就想问他:

"先生,您在学校好好地学习过,但对您有什么好处呢?"

他好像看出了我的疑虑,又说:

"如果一个人性格刚强,在学校里,他可以受到良好的教育。只有有大学问的人才能为生活进步做出贡献……"

他劝过我好几次:

"你应该离开这里,我看你在这里很浪费光阴,对你没什么好处……"

"我喜欢工人。"

"是吗……为什么呢?"

"和他们相处很有意思。"

"可能是吧……"

但有一天,继父忽然说:

"说老实话,东家的家人都是一群蠢货,一点儿用都没有……"

我一想起母亲似乎在什么时候说过这种话,当时的情景还历历在目,我就情不自禁地离他而去。他笑着问我:

"您认为呢?"

"是这样。"

"噢,是的……这我能看得出来……"

"不过对于东家,我还是很喜欢的……"

"是的,他心地应该很善良,不过……很滑稽。"

我想和他聊聊书,但他对读书没兴趣,还常常劝我说:

"不要尽信书,书里的一切都经过了歪曲变形和美化,写书的人通常也是个和东家一样的小人物。"

我觉得他真胆大,竟会下这样的结论,我对他的好感也油然而生。

有一次他问我:

"冈察洛夫的书您看过吗?"

"读过一本叫《战船巴拉达号》的。"

"《巴拉达号》,很没意思,但总的看来,俄国作家中就数冈察洛夫最有才气了。我建议您读读他的长篇小说《奥勃洛摩夫》。这本书是俄国文学上最优秀的著作,写得非常真实、大胆……"

他这样说狄更斯:

"您要相信我,这是瞎说……《圣安东尼的诱惑》在《新时代》报副刊上连载过,非常有意思——您应该看看! 您是不是对宗教和关于宗教的一切感兴趣,那您应该看看《诱惑》……"

他找来一摞《新时代》副刊,就这样,我开始读福楼拜的作品。这本书让我想到圣贤传里的很多段落和鉴定家所讲的故事中的一些地方。它对我没有留下什么特别的印象,但和《驯兽者乌皮里奥·法马利回忆录》相比,它要更有意思。

我对继父说了我的真实想法,他平静地说:

"看来,你还太年轻,不适合看这本书,但你一定要记住它……"

有时候,我和他一起坐很长时间也不说话,他不断地咳嗽,嘴里吐着呛人的烟雾。他的眼睛很好看,此刻正燃着惊异的火光。我默默地观察他,他如此简单、坦然地面对死亡,使我忘记了他曾经爱过并侮辱过我母亲。听人说,他现在正和一个女裁缝同居,我觉得她很可怜。我感到疑惑不解:她与这个高大的骷髅拥抱,并去亲吻那腐臭的嘴巴,不厌恶吗? 和"好事情"的习惯一样,我继父有时也会无意中吐露出真心话:

"我喜欢猎狗,它们有时愚蠢,但我喜欢,猎狗很好看,好看的女人有时也很蠢……"

我骄傲地想：

"你知道吗？这世界上还有位'玛尔戈王后'呢！"

"长期在同一所房子里住，人们的面孔会慢慢地同化。"有一次，他这么说。我急忙在小本子上记下了这句话。

我迫切想听到这样的名言警句，仿佛希望得到赏赐一般。大房子里的人们每天只会说一些低俗、龌龊的话，而且经年累月。不时听得一个新鲜词，我都会感到很兴奋。

我和继父从来不谈起母亲，甚至都不提她的名字。我感到这样使我亲近并尊敬他了，很好。

有一次，我问他有关上帝的问题，具体问的什么，我现在也忘记了。他当时看了看我，淡淡地说：

"我也不知道，我又不是教徒。"

我想起了西塔诺夫，给继父讲了他的故事，继父安静地专注地听着我讲，尔后仍然淡淡地说：

"他是个善于推论的人，可是善于推论的人都是有信仰的……我可没有什么信仰！"

"可以吗？"

"有什么不可以的？看我，就是不信……"

我只知道——他活不了多久了。我可能会感到惋惜，可是我平生第一次对一个要死的人，对有关死的秘密产生强烈的兴致，这种兴致竟然产生的如此自然。

我们常促膝而坐。他的脾气火爆，却擅于思考。他用自己的标准把人划为各种类别，无论谈起任何事，他都以当权者自居，做出评断或裁决。在他身上，我看到了我所需要的或说是显然不需要的东西。他思想复杂，叫人难以理解，头脑里塞满了各式各样的思想，接连不断地喷涌而出。无论怎么样，他都是我的一部分，与我的身体密不可分。当我想到他时，他的灵魂就与我的灵魂相连。也许第二天，他就会消失，包括他头脑里的思想、心灵里的内容，还有他那双吓人的眼睛里看到的所有事物，都将消失得无影无踪。他死后，我与世界联系的一根纽带就不存在了，留给我的只是回忆而已。这些记忆将全部地、永远地在我心中定格、但活生生的东西却在不断变化，直至消逝……

但这些不过是一种思想而已。思想后面的许多却是难以名状的，这些语言所不能表达的东西滋生和养育了思想，并严厉地驱使人们在生活中仔细观察，不断对每一个生活现象提出疑问：为什么？

"您知道，我只要躺下可能就再也站不起来了，"在一个风雨交加的日子里，他说，"我委实太虚弱了，没有所求了……"

第二天喝晚茶时，他照常把桌上和膝上的面包屑抹去，这一次他尤显仔细，好

似把一个无形的东西从身旁赶走。东家的老母亲斜眼看了一看,便把嘴巴凑在老板娘耳朵上说:

"看呀,他竟然在梳理头发,身上的衣服也弄如此干净……"

几天后,他一直没来上班。后来东家母亲递给我个白色的大信封,说:

"给你的,昨天一个乡下女人送来的,当时正在吃中午饭,忘记了给你。那乡下女人是谁?长得倒挺惹人爱的,真不知道是你什么人!"

信封里有一张病历,信上的字是大写的,写道:

> 请在您在时间充裕的时候来见我一面。我住在马丁诺夫医院。
>
> 叶·马。

第二天一大早,我来到继父的病房。他的病床显然太短了,他不得已把随便穿上灰裤子的脚伸到床外去。他那两只迷人的眼睛有些闪闪烁烁,来回看着黄色的墙,最后他盯住我的脸和一个小女孩的手上。小女孩坐在床头凳子上,手放在继父的枕边,他就用一边脸去挨紧她的手,嘴张着。那女孩长得很胖,连衣裙是黑色的,没有绣花,椭圆的脸蛋上有泪水在往下流,饱含泪水的眼睛看着继父尖尖的脸庞,脸庞上的大鼻子很尖,嘴巴却发黑。

"应该有位神父来,"她小声说,"可他没让请……他已经神志不清了……"

她从枕头上缩回手来,放在胸前,好似在祈祷一般。

呆了一小会,继父醒了过来。他严肃地皱着眉头,呆呆地看着天花板,好似是想起了什么,然后递给我他那枯瘦的手:

"是您吗?太好了,您来……我现在感觉很痛苦……"

他累了,吃力地闭上眼睛。我抚摸着他冰冷的长手指,指甲已经变青。那姑娘轻声地请求他:

"叶夫根尼·瓦西里耶维奇,请您允许请位神父吧!"

"来,我来介绍你们认识下。"他看着我说,"他很讨人喜爱……"

他的话到此断了,嘴也渐渐张大,忽然,他大叫一声,仿佛乌鸦一般沙哑。接着他在床上胡乱折腾一通,被子被扯在一边,露出了在身上乱摸的两只手。女孩见状也大叫起来,恐惧地把头藏在皱巴巴的枕头下面。

继父死得很快,死后脸色不难看了。

我拉着女孩走出了医院。她走不稳路,摇摇晃晃地好似个生病的人,眼泪忍不住地流。手帕被放在她手里攥成团,不断用手帕擦着那双眼睛,手帕越攥越紧。这块手帕貌似是她生命中仅剩的东西,她一直盯着这宝贵的手帕。

她忽然站住了,靠紧我,责备地说:

"还没到冬天就死了……哎呀,上帝呀,上帝,这究竟是怎么了?"

接着,她向我伸出一只手,手上沾满了泪水。

"回头见,他很欣赏您。明天举行葬礼。"

"要送您回家吗?"

她四处张望了一下。

"有必要送吗?现在是白天,又不是黑黑的夜晚。"

我站在胡同的拐角处望着她远去的背影。她慢慢地走着,像个无家可归的人。

已是八月,叶子纷纷从树上落下。

我没有能抽出时间去参加继父的葬礼,以后再也没机会见到那女孩儿了……

十七

我每天早上六点钟去市场干活,在那儿碰到了几个有意思的人:木匠奥西普,一个老头儿,头发灰白,像个尼古拉圣徒,干活非常灵巧,也是个很幽默的人;瓦匠叶菲穆什卡,是个驼背;石匠彼得,一位不善言谈的虔诚的教徒,有的地方很像某位圣徒;泥灰匠格里戈里·希什林,是个美男子,长着亚麻色的长胡子,蓝眼睛显得整个脸风度翩翩。

我再次来到绘图师家的时候,我已经结识了这帮朋友。每到星期天,他们就在厨房里严肃地、愉快地谈话,因此那些谈话对我来说很新奇,很愿意听。那时,我认为这群稳重的男人是真正的好人,他们每人都有很特别的地方,很吸引人。与粗鲁的、行为低级的库纳维诺人不一样,那帮小市民只会酗酒。

当时,我最喜欢泥灰匠希什林。我希望请他带我一块儿去当泥灰匠,没想到他竟用委婉的方式拒绝了我,他用一只白色的手在他那金黄的眉毛上挠了挠,说:

"你还太年轻,干我们这一行不轻松,再过一两年看吧……"

然后他仰起漂亮的头,问我:

"是不是日子不好过?噢,不要紧的,忍一忍,自己挺住,肯定能熬过去!"

我很感激他,把这善意的劝告记住了,即便我不知道它对我有什么用。

现在,每到星期天上午,他们就到东家家里来,围坐在厨房的大桌子边。在等东家出来的时候,他们就闲聊一些有意思的话题。东家热情地和他们打招呼,与每一只结实有力的手握在一起,气氛显得热闹,然后东家在桌子的首席坐下。桌上放着一个算盘和一摞摞的钞票。他们依次把账单和皱巴巴的工账本放在桌上——开始计算一周的工账。

东家很幽默,说着笑话,尽力想多扣他们一些,而他们也绞尽脑汁地想多拿点钱。有时候大吵大闹，但大多数时候，大家还是很愉快地笑：

"宝贝，你不愧是天生的鬼精灵！"大家对东家说。

他惭愧地笑笑，回答说：

"嘿，你们也够滑头的，老狐狸。"

"那有什么办法呢，老朋友？"叶菲穆什卡承认了。一本正经的彼得说：

"只能靠小偷小摸过日子，那挣来的都会被上帝和沙皇捞走……"

"那你们也要敬我一点！"东家大笑说。

他们也友好地附和他：

"想偷吗？"

"想骗吗？"

格里戈里·希什林用两只手把蓬松的长胡子按在胸前，好像唱歌一般表达他向大家的请求：

"朋友们，办事要公正，不偏不倚。诚实正直的人会感到幸福，生活会很安定，是吗，我亲爱的朋友们？"

他美丽的蓝眼睛逐渐充满了忧郁，闪着泪花。他这时显得十分地善良。这样一来，大家都被窘住了，纷纷把脸转过去背对着他。

"乡巴佬骗人的花招也不过如此而已。"精神矍铄的奥西普长叹一声，貌似很同情乡下人。

驼背的石匠把黝黑的大脸俯在桌边，低沉地说：

"罪恶的泥塘里，越走就会陷得越深！"

东家也学着他们的腔调，嘟囔说：

"至于我！我看别人怎么对我，我会一样地回敬他……"

议论一番后，他们又开始互相算计了，各自使出各种伎俩，经过紧张的算账，他们都累得大汗满头，疲倦不堪，最后东家就被他们请到小吃店饮茶去了。

我在市场的工作，就是负责监督他们，以防他们偷钉子、砖头、木板等东西。除了在做东家包的工程外，他们还在其他地方干自己的私活，因此他们都想从这儿沾点儿便宜。

他们对我都很友好。希什林说：

"你是否记得，你曾说过想跟着我干泥瓦匠？但现如今，你看，你发迹了，要管我们了，是吧？"

"是呀，"奥西普附和着说，"你好好看着，管着吧，上帝一定会帮助你的！"

彼得生气地说，

"一只小鹤也会被派来管老耗子……"

我的差事是件令人脸红的活儿。我无颜见他们，他们明明知道某些特别的、美好的东西，那东西仅有他们才知道，我却把他们当小偷和骗子一样来监视他们。最

开始的几天,我觉得和他们在一起很受罪。奥西普马上察觉到这一点。有一天,就只有我和他,他说:

"听好了,小伙子,你没必要总板着脸,没用的,知道吗?"

我自然是不知道,但我觉得,这老头很理解我微妙的处境。于是我与他们的关系马上友好起来,大家坦诚相待。

一天,他把我叫到一个没人的地方,对我说:

"我看你如此想知道,就告诉你吧。我们中偷东西的主要是石匠彼得。他家张嘴吃饭的多,因此很在乎钱。你要盯紧他一点儿,他任何东西都要,见什么要什么,一磅钉子、十块砖头、一袋石灰,他都要!不过他倒是个不错的人,信仰基督,思想严谨,能看些书,但就是手脚不干净!叶菲穆什卡像个女人,脾气温和,他对你不错。他很机灵,没有一个驼背是傻子!至于格里戈里·希什林,他这人有些傻里傻气,但他从不偷东西,还会把自己的东西送给别人!他干活拿不到一分钱,谁都可以诈他,但他从不骗人!他太笨……"

"他人善良吗?"

奥西普看了我一眼,但又好像在看远处,接着他说起了一些话,这些话使我一辈子都不会忘记:

"是的,他是个善良的人!懒汉很容易当善人。小伙子,没有智慧也可以善良……"

"那你自己如何呢?"我问奥西普。他抿嘴一笑,回答说:

"我现在就是个大姑娘,终究有一天会变成老婆婆,到那一天,我再告诉你也不迟,你看着吧!不过你可以动脑筋想一想,找找我在哪里藏着。来,现在就开始找!"

他否定我以前对他的朋友们的观点。我质疑他的评论的真实性,但苦于找不到佐证,因为据我观察,叶菲穆什卡、彼得和格里戈里都认为这位老头儿比他们有智慧,他阅历丰富、深谙世事。他们一有事就找他来商量,请他拿主意,对他恭敬万分。

"麻烦您了,给我们出个主意吧!"他们尊敬地说,可只要问题得到解决,石匠彼得就在奥西普背后偷偷地对格里戈里说:

"异教徒。"

格里戈里又笑着说了一句:

"他还是个小丑。"

粉刷工友善地告诫我说:

"你要谨慎呀,马克西莫维奇,和老头儿生活在一起,要小心翼翼,他会骗你上当的,这些老头子不怎么好啊!"

我听不明白他们话里的意思。

我感觉泥瓦匠彼得是诚心诚意地信上帝，人也最老实。他说的话虽然简单，但是富有哲理。他总爱思考上帝、地狱、死亡一类的问题。

"哎，哥儿们，你再努力，再穿什么讲究的衣服，还是有进棺材、埋入坟地的一天！"

他常犯胃病，有时好多天不吃东西，甚至吃一小块面包都会使他痉挛、疼痛、呕吐。

驼背叶菲穆什卡看起来是个老实人，心地善良，但人们总习惯嘲笑他，时而他就像个小傻瓜，时而装疯卖傻，时而平静。他不断地爱上形形色色的女人，无论谈起哪个女人，他说的话都是同一句：

"说实在话，她不是女人，她是一朵长在酸奶酪里的鲜花，不骗你们！"

当库纳维诺郊区那些喜欢开玩笑的女人们到店铺里来擦洗地板时，叶菲穆什卡就从屋顶上下来，随便找个角落站着，眯着他那双灰色的狡黠的眼睛，嘴巴咧到了耳根，叨叨着说：

"这个健壮的女人是上帝送给我的，真是天大的喜讯，太棒了！这是朵在酸奶酪里长大的鲜花！我真不知怎么感激上帝，他送给我的这个宝贝真把我高兴坏了！"

那些女人互相喊着，取笑他说：

"看呀，驼背陶醉死了，真好玩！"

泥瓦匠对这些讥笑从不在乎。他那长着高高颧骨的脸上显得神态暧昧，好似在睡梦中一般说着话，他嘴里说出的甜蜜的话语好似一股甜美的佳酿流淌出来，女人们渐渐沉醉于其中。有个年纪稍大的女人很吃惊地对其他女人说：

"你们听，那驼背男人发疯了，好像变成了小伙子！"

"好像鸟在林子里叫唤……"

"还像坐在教堂外的乞丐。"固执的女人依旧坚持自己的立场。

但叶菲穆什卡长得恰似一棵粗壮的矮木，相当结实地立着，哪里就像乞丐。他的话越说越有挑逗性，甜言蜜语让那些在一边悄悄听着的女人们大动春心。驼背好像真的在温柔甜蜜中陶醉了。

每一次，常常是在休息或下午以后，他就笨拙地摇头晃脑，用惊叹的语气说：

"啊，味道好极了，那些招人喜欢的女人们，我是平生首次见到！"

叶菲穆什卡在谈到成功时，很是个性十足，他不会夸张，也从不取笑战败的女人，他只是心满意足地、满怀感激地发着感慨。每当这种时候，他总把灰色的眼睛睁得特别大。

奥西普摇摇头，叹了口气说：

"你呀，禀性难移！你到底多大了！"

"我嘛——四十四岁。年龄是无关紧要的！今天我就好像在生命的河水里泡了个澡,年轻了五岁,全身舒服极了,心里真平静啊。世上真有好女人吗?"

石匠彼得一本正经地说:

"你看着吧,到了五十多岁,你和女人瞎搞肯定会让你遭受痛苦的!"

"你真不害臊,叶菲穆什卡。"格里戈里·希什林叹了一口气说。

但是,我却以为这个美男子在嫉妒驼背了,他没有驼背走运。

奥西普长着又卷又白的眉毛,他望着大家,说的话很有意思:

"每个玛什卡都有自己的喜爱之物,有的喜爱茶杯、汤匙,有的喜爱胸针、耳环。还有呀,每个玛什卡都有变成老太太的一天……"

希什林已经结婚了,可是老婆在乡下。他时常去关注那些洗地板的女人,她们很随和,每个人都揽点"私活儿"。这种营生贫民区里很普遍,与其他营生一般普通。但是,美男子和她们从未有过交集,他只在远处用异样的眼神看着她们,好似自怜,又好似在怜惜那些女人。她们有时会来引诱他,调戏他,每逢此时,他就不好意思地笑着走开:

"你们走吧……"

"你怎么了,怪人!"叶菲穆什卡感到很纳闷,"你竟然会放弃这么好的机会……"

"我结过婚了。"格里戈里重申了一次。

"你老婆哪里会知道的!"

"要是不踏实点过日子,我老婆会知道的,兄弟,别想瞒她什么!"

"她如何知道的呢?"

"这我可不知道,可是如果她守本分,就一定会知道;只要我自己守本分,她去乱搞,我也会知道。"

"这怎么会知道!"叶菲穆什卡尖叫起来。格里戈里仍然平静地说着那句话:

"我也不知道为何。"

瓦泥匠讪讪地摊开双手说道:

"我的老天啊,口口声声说什么本分,不知道……你可真是个蠢货!"

希什林的工程队有七个伙计,他们对他很随意,不把他当工头看,还在背后叫他牛犊子。他如果在工地上看见有人在偷懒,就会亲自去拿起铲子和托板,驾轻就熟地干起活儿来,一面干一面和气地喊:

"别懈劲儿呀,弟兄们,赶快干!"

有一回,东家生气了。我被主人派来找格里戈里,对他说:

"你手下的伙计不太好……"

他大吃一惊,问我:

"你指什么?"

"这些活儿昨天上午就可以完成,可他们现在还在干……"

"你说的对——今天还在干。"他不否认。思考了一小会儿，他慎重地说：

"我也能看得出来，可是我们都是一个村的乡亲，老逼着他们干活，多少有些不好意思。再说了，有句话说：'上帝在惩罚——你只有汗流满面才能糊口'，这句话对所有人适用，包括你我。何况我们俩干的活儿比不上他们，也不能光张嘴逼迫他们干呀……"

他喜欢静静地沉思，有时走在没人的市场街道上，会突然停在路边渠道的桥头，驻足半天，倚着桥栏看看水，看看天，看看奥卡河岸。你要是偶然遇上他，问：

"你在这儿干吗？"

"什么？"他惊醒过来，腼腆地笑着，"没干什么……只是站一会儿，随便看看……"

"真好啊，老弟，上帝有条不紊地把一切都安排好了。"他时常说这样的话，"天空、土地、江河流淌、轮船运行、坐着轮船，可以去想去的任何地方：梁赞、雷宾斯克、彼尔姆，或者阿斯特拉罕，哪儿都能去。我曾到过梁赞，那个小城很不错，就是太安静，比尼日尼还安静。我们的尼日尼是个快乐的地方，挺棒。阿斯特拉罕也清静，但我对那儿很多加尔梅克人不感冒。我什么民族的人都不喜欢，比如摩尔多瓦人，刚才提过的加尔梅克人，还有波斯人，德国人，……"

他慢条斯理说着话，仔细地寻找着与他可以交流思想的人，可是支持他的人只有一位——石匠彼得。

"他们根本不是正常人，好像一群怪物。"彼得生气地下结论，"他们出生时错过了基督，走路时也没碰上基督……"

格里戈里精神振作，春风满面：

"不管如何，弟兄们，我不过只是喜欢传统单纯的民族，比如俄国人，他们清澈的眼睛！我可不喜欢犹太人。我真弄不明白，上帝创造这么多民族有什么用？这可太深奥了……"

石匠阴着脸，补充道：

"对呀，太深奥了，可是有不少东西真是多余！……"

奥西普留意着他们的谈话，不怀好意地嘲笑说：

"多余的东西果真有，你们现在谈论的话简直是多余的！哼！你们在拉帮结派，理应拿皮鞭好好教训你们一顿。"

奥西普自有想法,可他分不明白究竟什么是对,什么是错。有时他会头脑发热地赞成所有人和所有人的思想。可又时常觉得任何人都让人厌烦,他把一切的人当成疯子、傻子。他对彼得、格里戈里、叶菲穆什卡说:

"哼!你们简直就是猪猡……"

他们面带尴尬地笑着。

东家每天给我五戈比的钱买面包,哪里不够,所以我时常挨饿。伙计们发现这一情况后便常约我一起吃早饭、与他们一道吃午饭,有些时候,那些包工头还带我去饭馆喝茶。对这类邀请我倒是乐意接受。我喜欢和他们坐在一起,听他们慢悠悠地聊天,讲有趣的故事。知道我看过很多有关宗教的书,他们很兴奋。

"你博览群书,脑子也聪明。"奥西普用他那美丽的蓝眼睛注视着我说。他的眼神让人捉摸不透,瞳孔好像在不断地溶化。

"你好好记得这些知识,继续学习,以后一定能派上用场。长大后你可以当修道士,用语言去安抚人们,抑或去当一名传道士……"

"是传教士。"泥瓦匠毫无缘由地生气地纠正道。

"是吗?"奥西普问。

"人人都说传教士,你理应知道的!你又没聋……"

"好好好,就当是传教士吧,你去与异教徒争辩吧。不行的话,哪怕去当异教徒也行,那也能挣不少钱!如果你动脑筋想办法,靠宣传那些异端邪说也能挣钱……"

格里戈里有些腼腆地笑了,可彼得却有些怀疑地说:

"可那些巫师也活得挺好的,还有各种没有信仰的人……"

但奥西普马上予以反击:

"那些巫师没有文化,巫师历来不和文化沾边……"

后来,他给我讲了一个故事:

"你现在给我好好听着。我们乡下有个流浪汉,人们叫他图什卡,是个无所事事的人,家里没有任何资产。他就好比一片鸡毛一样生活,今天这儿,明天去那儿,风吹他去哪儿,他就去哪儿,从不干活,更耐不住寂静。有一天,实在闲得无事做,就去朝圣,这一去就是两年。再回来时,他面貌一新:长长的头发,披在肩上,头上戴一顶三角帽,身着一件红道袍。他看着大伙儿,眼睛好似鲈鱼一般,不停地说:'忏悔吧,万恶的人们!为什么不去忏悔呢,尤其是那些女人!'于是,很顺理成章地,图什卡不为吃穿发愁了,还时常喝得人事不省,和不少女人胡搞……"

泥瓦匠气愤地插话:

"难道就只能是吃饭、穿衣、喝酒的问题吗?"

"那是什么问题?"

"是他说话的问题!"

"是吗?我可没有注意他说了什么,我自己倒是说了不少。"

"你是说那个图什尼科夫·德米特里·瓦西里伊奇吧？我十分了解他。"彼得气呼呼地说，格里戈里则低头不语，只顾看着自己的茶碗。

"我不想和你争辩了，"奥西普把口气缓和下来说，"我不过是和马克西莫维奇探讨下怎么生活……"

"有一些方法，会适得其反的……"

"这样的事的确不少！"奥西普赞成了，"不是每条路都可以当修道士，还要知道在什么时候什么地方转弯……"

他有一个习惯，爱拿泥瓦匠和石匠开玩笑，他们是虔诚的信徒。可能他厌恶他们，但他长于掩饰，对人的态度让人捉摸不定。

他貌似和叶菲穆什卡更友好一些。泥瓦匠从来不谈论上帝、真理、宗派、人生等话题，而这些，正是他的朋友们所喜欢的东西。他斜坐在椅子上，以免椅背碰着他的驼背。他沉默不语，连续不断地喝着茶。忽而会忽然警觉起来，迅速环看屋子一眼，屋里烟雾缭绕，听不明白在讨论什么，他就马上跳起来，溜出屋去。原来，是债主来找叶菲穆什卡了。他欠了十多个人的债，有的债主曾经打过他。为了不惹是生非，他东躲西藏。

"他们这些家伙很奇怪，还发怒。"他不理解地说，"难道我会有钱不还吗？"

"唉，他这个倒霉的枯树墩……"看着他的背影，奥西普感叹说。

有时，叶菲穆什卡长时间地发呆，什么也看不进去，什么也听不见。他那长着高颧骨的脸很温和，和蔼的眼睛越显得亲切。

"你在想什么？"有人问他。

"我在想呀，我假如有了钱，就和一个真正的夫人、高贵的太太结婚。真的，就像上校的女儿，只要她和我结婚，我肯定会对她很好的！和这样的女人生活，会醉死的……这并不奇怪，兄弟，我去过上校的别墅，去修过房顶……"

"对呀，我们也听说，上校家有一个女儿，还待字闺中！"彼得打断了他的话，脸上露出了厌恶的神色。

可是叶菲穆什卡不理他，两只手在腿上擦来擦去，摇晃着身体，耸着驼背说：

"有时候，我看见她走进花园，她长得真白啊，如此美丽，以至于太阳在她面前都失去了光辉，根本没有必要有白天！假如能变成一只鸽子就好了，那就能飞到她身边。这种女人是一朵真正的长在奶油里的蓝鲜花！我愿意一辈子生活在漆黑的夜里，如果这样能换得她的芳心的话！"

"那你们靠什么生活？"彼得问得很粗鲁，可是叶菲穆什卡根本无所谓：

"啊，主啊！"他感慨地说，"我们要的很少，再者说了，她那么富有……"

奥西普大笑不已：

"叶菲穆什卡，你这个风流汉，迟早会把性命赔进去的呀！"

叶菲穆什卡的谈话里只有女人，他的工匠活儿做得十分普通。有时他也能在短期内高质量地完成，可是不顺手时，他就用木槌在房梁上乱敲一通，敲出了很多的裂纹。他的身上总是有一般牛油和鱼油混杂的气味,但也有一种像新伐树木的清香的健康气息。

和木匠不管谈什么都很有意思,但让人不太舒畅,他的话总让人的心很激动,而你却不明白哪句话是真的,哪句话是开玩笑。

和格里戈里最好聊基督,他执着于他的信仰并且也乐于谈论。

"格里沙,"我问他,"你知道吗,有的人不信仰基督?"

他怡然自得地笑了笑:

"为什么?"

"他们认为不存在上帝!"

"是的,是的! 我明白。"

然后,他挥了挥手,好像在赶苍蝇,说道:

"你记得这句话吗? 大卫王说:'上帝不在愚顽人的心里。'由此可见,古往今来,愚顽的人都不信上帝! 但上帝是不能没有的……"

奥西普好像很同意,说:

"你要是不让彼得信上帝,他一定和你拼命的!"

希什林美丽的脸庞顿时变得严肃起来,他摸着胡子——指甲里嵌满了干石灰,神秘分兮地说:

"上帝存在于每个人的身上,良知和灵魂是上帝赐给的!"

"还有罪恶呢?"

"罪恶源自肉体,是魔鬼给的! 罪恶就像麻斑,在表面上,就是这样! 头脑里罪恶的念头多,就犯罪多,不去想罪恶,就不会犯罪! 魔鬼在琢磨罪恶,他在唆使肉体的主人去犯罪……"

他很自得,彼得却提出疑问:

"这话说得不太对……"

"照你的话说,"奥西普问石匠,"不犯罪就不忏悔,不忏悔就不能自救,对吗?"

"这样说也对! 老人们常说:忘掉魔鬼,也就是不爱上帝……"

希什林不擅长喝酒,两杯酒就使他醉了,脸庞发红,眼光像孩子的一样,说话就像在唱歌:

"弟兄们,生活多美好! 我们的日子多自在,不用干很多活儿,天天能吃饱饭,感谢上帝,真是太好了!"

他哭泣着,眼泪滴在胡子上,丝般柔滑的胡子上就发出玻璃珠般的光辉。

他常常赞美生活,也常常流泪,这让我很反感。外祖母也由衷地赞美生活,但她的话真实、质朴,而他的话那样暧昧。

听到这样的谈话,让我感到迷惑和不安,常常紧张。我看过许多写农民的小说,但生活中的农民和小说中的农民相差甚远。书本上的农民,无论是善良的还是恶毒的,结局都是不幸的。书中,农民很少谈及上帝、宗派,他们只谈论官宦、田地、真理和苦难的日子。他们也不谈论女人，即使说一说也很友善，不会很粗俗。然而现实中的男人却视女人为玩物，危险的玩物。所以和女人们打交道时要耍些手段，否则，让女人战胜了你，你便一生不得安宁，充满烦恼。书上的人不是好人，就是坏蛋，但他们只能永远在书里。而现实生活中的人难说是好人还是坏蛋，他们都很有意思。就像一个活生生的人在你面前敞开心扉，诉说一通，可你去觉得他没把话说尽。而没说的话都是留给他们自己的，但最重要的东西却藏在未尽之言里。

在所有书中的农民当中，我最喜欢《木匠作坊》里的彼得，我把书带到市场工地上，很想读这本书给他们听。我常在这队或那队过夜，有时是因为下雨，更多时候是白天太辛苦，不想走回去了。

我告诉他们，我的书是关于木工的，他们都很有兴趣，特别是奥西普。他把书从我手上拿去，看来看去，迷惑地摇动他那圣像般的头：

"这书里就像在写我们！看，这群混蛋！谁写的？贵族吗？一定是，我一直都这么认为，贵族和当官的，什么事都干得出来！上帝没想到的事，他们都做了，他们的生活就是干这种事……"

"奥西普，你对上帝太不尊敬了。"彼得说。

"没什么的，我说的话对上帝来说，无关紧要，就像我秃顶上落了一片雪花或一滴雨，你放心吧，我连上帝的毫毛都碰不着……"

他突然亢奋起来，像碰出的火星一样不断地说着尖酸刻薄的话，就像用剪刀在剪掉一切不快一样。那一天，他好几次问我：

"念不念，马克西莫维奇？对，对，对，这个主意很妙。"

收工后，我们去他那一队吃晚饭。吃过晚饭，彼得领着他的伙计阿尔达利昂来了，希什林也带来了伙计——福马。工匠在自己住的棚里点上煤油灯，我于是念起了小说。他们静静地听着，一动也不动。但不一会儿，阿尔达利昂就生气了，他嚷道：

"好啦，我不想再听下去了！"

说着，他站起身走了。格里戈里张着大嘴巴首先睡着了，接着我刚念完，奥西普就把灯熄了。从天上星星的位置可以知道已过午夜时分了。

黑暗中，传来彼得的问话：

"写这些东西有什么用？是反对谁的？"

"现在必须睡觉了！"奥西普说着就去脱靴子。

福马悄悄地走到一边去。

彼得不服气，追根问到底：

"我不明白他们写这些东西是反对谁的！"

"这个只有他们自己才知道！"说完，奥西普就上床睡觉了。

"如果是反对后娘的话，那他们就是徒劳一场了，对后娘一点作用都不起。"泥瓦匠固执己见，"如果是反对彼得，那也没用，他要是犯了罪就要受到惩罚！杀了人就得去西伯利亚,不用废话!写一本书就为了这种罪行也太多余了……真是多余,是吧?"

奥西普没有说话,石匠接着说:

"他们除了议论别人、夜里和女人瞎混之外就无事可做。好,该睡了,晚安……"

门口有一片蓝色的光亮,他在那儿站了一会儿,说:

"奥西普,我说的对吗?"

"噢?"木匠迷糊中应了一句。

"好吧,你睡吧……"

希什林侧身躺在他坐的地方,我和福马睡在松软的干草上。屋外树林里悄无声息,远处传来火车轰隆隆的声响,车轮在铁轨上撞击出轧轧声。工棚里交叉着不同的鼾声。我有些不自在——我以为他们会说点什么,结果什么都没说……

突然,奥西普说起话来,声音很轻,但吐字清楚:

"我说,孩子们,有些话你们是不能当真的。你们还年轻,以后的日子还长着呢,要学会积累那些属于你们自己的智慧,这比来自别人那里的更有用途,嗨,福马,你是不是睡着了?"

"没有,"福马欣然回答。

"噢,你们俩人都会认字,多读书很有用,但不能盲目相信书里的,他们写的书里什么东西都有,这种事是操纵在他们手里的!"

他的两条腿搭在床板外面,双手拉住床沿,俯下身子,对我们继续说:

"怎么去理解书呢?书里专门写人的隐私。这就叫书!书说:来看看吧,看人是怎么回事,看看木工或其他人怎么了,但对贵族却用特殊写法!书不是随意胡写的,而是为了某些人的利益……"

福马缓缓地说:

"看来彼得应该杀死工头!"

"不,这不对,杀人是不行的。我知道你对格里戈里有意见,但你不能打这种主意。我们都是穷苦人,今天当别人的老板,说不定明天又还是别人的伙计……"

"我指的不是您,奥西普大伯。"

"谁都一样……"

"您很正直。"

"等一等,我来告诉你写那本书有什么用,"福马的话里透着愤怒,奥西普打断他的话,"这本书写得很狡猾!你看,写到了不存在的平民的贵族和贵族的平民!但你看现实:贵族的日子不好过,平民也不好受。最终就只能是:贵族衰落了,平民胜利了,他们只会酗酒、生病、常受欺负!书里写的是:当贵族的奴隶更好,贵族在荫护平民,平民拥护贵族,大家都有好日子过,天下太平……这话说得对,我本来不想争辩。在贵族下面,日子倒也安稳。平民受穷,贵族也得不到好处,平民如果有点钱,并且还犯傻,对贵族是很有利的。我在贵族下面过了近四十年,尝遍甘苦,你要知道,我深谙此道。"

我想起了马车夫彼得在自杀前对贵族也说过同样的话。当我发现奥西普居然和那个坏老头的思想一样时,心里感到极不舒服。

奥西普伸手摸了摸我的脚,接着说:

"我们需要再好好读一读书和别的文章!无论是谁,做事都是有目的的,虽然表面上看来毫无目的。写书也一样,总想把人搞糊涂。不管干什么事,都要动动脑筋,没有头脑,连用斧头劈东西、编草鞋都干不了……"

他说了很多,刚刚躺下,又跳起来,在安静而又漆黑的夜里,慢慢地说着他的妙语:

"有人说,贵族和平民是相互对立的两个群体,这样说不对。我们平民处于贵族的最底层,其实是贵族的一部分。当然啦,贵族的知识来自书本,我们则吃一堑,长一智,贵族细皮嫩肉一点,区别仅此而已。但是,年轻人,不要去死啃书本了,时代的车轮飞速转动,我们要以全新的方式去生活!我们大家要扪心自问:我是谁?人!那么他又是谁?也是人!那么现在看看情况怎样:上帝收税时不会多要他七个卢布。对不对?在收税时上帝对谁都是一样公平的……"

天空终于开始泛白,拂晓的晨光掩住了天上的星星,奥西普说:

"你看,我说的话太多了!没想到我今夜对你讲了这些话!孩子,你对我的话不要太当真,我是因为睡不着,瞎说的。躺在床上有时就想出一些好玩的:'很久以前,有一只乌鸦,从田野飞到山林,又从这块地飞到那块地,终于耗完了生命,上帝传令来,它就死了,慢慢变干变硬!'这说明了什么东西?什么也没说明……好了,咱们睡觉吧,一会儿又该起床了……"

十八

奥西普和当年的司炉雅科夫一样,在我眼中的形象变得很高大,挡住了其他的人。他身上有的东西与司炉很相像,但他又让我联想到我的外祖父鉴赏家彼得·瓦西里耶夫和厨师斯穆雷。奥西普不但让我回忆起所有记忆深刻的人,还把自己的样子深深地烙在心头,就好像铜钟上生的铜锈一样显而易见。他头脑里有两种思想:白天,和大家在一起劳动时,他思维清楚、很有程式、很现实,让人容易了解。但是,在休息时、看望他那个卖煎饼的女友时(他傍晚时常带我上街),或是晚上难以入睡时,他的头脑里就变成另一种思想了。夜里,他的思想就像路灯一样光芒四射。他的思想不断向四面八方发出光芒,但不知它的真面目藏在哪里,而且也不知道哪一种思想是奥西普自己的，是对他来说弥足珍贵的。

他似乎是我所见过的人中最聪明的一个。我现在观察他的心情和我当时在司炉雅科夫身边时的心情一样，我想彻底了解他这个人，但是他不停地晃动着，若隐若现，让人捉摸不透。他的真实面目究竟是什么？对于他，我可以相信些什么呢！

他曾经和我这么说过：

"来，找找看，看真实的我究竟在哪儿？"

他伤害了我的自尊心和比自尊心更重要的东西。所以，我一定要把这个老头儿彻头彻尾地了解清楚。

虽然他像一片云难以捉摸，但他很有原则性，似乎再过一百年，他仍然不会变。他这个人会在固执的人中间，坚定不移地保持自己的本色。这和鉴赏家留给我的印象一样，但鉴赏家使人不舒服，而奥西普的执着很让人欣赏。

人们的不停变化留给我很深的印象，他们总是像演戏一样从这个样子变成另一个样子。这种跳跃式的变化打击着我，使我不再惊异，也不再有热情，我对他们的爱开始逐渐模糊。

七月初的一天，一辆破旧的马车驰进我们的工地，车夫是一个喝醉酒的大汉，他长着满脸的胡子，脸色阴沉，不断打着嗝。他没戴帽子，嘴唇被打破了。后面车里，格里戈里·希什林仰面平躺着，可能是喝醉了，旁边有个肥胖的红脸女人挽着他的手。这女人头戴草帽，帽子上束着红丝带和玻璃樱桃，有只手撑着一把阳伞，赤脚套着一双橡皮鞋。她挥舞着阳伞，花枝乱颤，肆无忌惮地说：

"真是奇怪！市场还在休整，没开张呢，他们就带我来了！……"

格里戈里衣冠不整，显得有些颓废。他爬下车，坐到地上，眼泪汪汪地对我们说：

"我要跪着说，我犯了不可饶恕的错！我没多想，一不留神就铸成大错，成了这副样子！叶菲穆什卡对我说：格里沙！格里沙……他是对的。请宽恕我吧！我愿意请大家吃饭。他的确说过：人生几何……不复重来……"

那个女人一边跺脚一边大笑，把鞋都弄掉了。马车夫阴沉着脸喊道：

"快点，快点！快上车走，马快不行了！"

这匹马已经年老体衰，大汗淋漓，铁似的站着，看着这一切，我觉得很好笑。格里戈里手下的伙计们也哄然大笑，看着狼狈的工头、漂亮的女人和傻乎乎的车夫。

唯独有一个人没笑，他就是福马，他和我躲在铺店门前，只听见他小声说：

"他怎么能干出这样的事……他结过婚，老婆是个挺漂亮的小娘儿们……"

马车夫等着急了，那女人走下车来，把格里戈里拉上了车，放倒在她脚边，挥着伞，吆喝道：

"咱们走！"

大家善意地说笑着，说工头好有艳福，福马喊了一声后，又开始动手干活了。看来，福马看见格里戈里的丑态后，心里很难过。

"他毕竟是工头呀！"他嘟哝着，"不出一个月活儿就干完了，可以回乡下老家去了……他就挺不住……"

我也认为格里戈里很可惜，他和那个戴玻璃樱桃草帽的女人混在一起，实在不应该。

我不时地想：为什么格里戈里·希什林能当上工头，而福马却只能当伙计？

福马身体强壮、皮肤白净，长着一头漂亮的卷发，圆圆的脸庞上，长着鹰钩鼻子，一双充满灵气的灰眼睛。他看上去不像农民，收拾打扮一番，就像个贵族少爷。他沉默少语，郁郁寡欢。但是会识字，为工头记记账，算算工程费用，他在让大伙干好活上自有一套，但自己却不爱干活。

"总有活儿给你干。"他淡淡地说。他还高傲地议论书："那只不过是胡编乱造而已，反正什么都可以印成书……"

他注意观察周围的任何事情，只要他对某事感兴趣，便会打破砂锅问到底，弄个明白。他只关心和自己有关系的事情，并用自己的标准去衡量其他一切。

我曾对福马说过，他可以做个工头。他漫不经心地说：

"当工头就应该挣大钱，但是工头太累，要操劳奔波……管着一大群人，却只挣一点点钱，这种事得不偿失，我没兴趣。我倒是想将来去奥兰基修道院。我还年轻，脸蛋漂亮，身体健康，难说哪天撞上好运，被有钱的寡妇爱上了！这种事并不少见。有个谢尔加茨的小子，才两年功夫就走了运，还和一个当地的姑娘结了婚。听说他是上门送圣像时被那女人看中的！"

这是他苦心编造好的。他熟知修道院里的见习修士走好运的轶事。我不爱听这些事，也不苟同于他的想法，但我敢肯定，他终有一天会去修道院的。

可是出乎众人的预料，市场开张后，福马却在一家小饭馆当了伙计。不知这是不是太让人们吃惊了，反正所有的人都议论纷纷，冷言冷语的。到了休息日，大家都去喝茶，彼得就拿这件事开玩笑：

"咱们去跑堂伙计那儿喝吧！"

到了小饭馆，他们像主人一样颐指气使：

"喂，你，卷头发的伙计，过来！"

他略微扬着头，过来了：

"你们要吃什么？"

"连老朋友都不认识了吗？"

"我很忙，没空……"

福马知道大家看不起他，拿他开玩笑，所以神情木然，用厌烦的眼神瞧着大伙儿，那脸似乎在说：

"来呀！不是要讥笑我吗？"

"来，给点小费，要吗？"他们问他，但故意翻了半天钱包，也没找出一个戈比给他。

我问福马：

"你不是打算去修道院的吗？为什么又改变主意，来跑堂了？"

"我没说要当修士，"他说，"我来当伙计也不是长久打算……"

四年后，我再见到他时，他还是在察里津的饭馆里跑堂。再以后就没见过，只是在报纸上看到，他因企图撬门盗窃而被捕了。

泥瓦匠阿尔达里昂的经历尤其使我吃惊。他是彼得手下年纪最大、手艺也最好的伙计。这个乡下来的汉子四十开外，生性豪爽，长着黑色的眉毛。我见到他时还想：他为什么不是工头，彼得怎么当上的工头？他几乎不喝酒，从来没有过酩酊大醉的经历。他是个熟练的匠人，干活时充满了激情。在他手上传来递去的砖头像一只只飞翔着的美丽的鸽子。有他在，那个体弱多病不吃肉的彼得就显得多余了。在谈论工作时，他常说：

"他为别人添砖加瓦，却为自己钉一口木头棺材……"

阿尔达里昂神气活现，卖劲儿地砌着砖，嘴里还鼓动大伙儿：

"嘿！伙计们，加油干呀，为了亲爱的上帝而干！"

他对大家说，他明年开春后要去托木斯克当监工，他姐夫在那里包了一个建修道院的大工程。

"我已经想好了，去！我喜欢建教堂。"说完，他还邀请我，"老弟，跟我去吧，有知识的人在西伯利亚很少，你在那会受到欢迎的！"

我答应了他，于是他就得意地大声说：

"太好了！我是当真说的，没有开你的玩笑……"

他对彼得和格里戈里像对待小孩一样，持善意的嘲弄态度。他对奥西普说：

"他们都是牛皮吹得呱呱响，总是相互炫耀自己的聪明才智。就像玩扑克一样，一个刚说我有一手好牌，另一个就说我有王牌我怕谁！"

奥西普疑惑地说：

"为什么不呢？人人都要吹嘘自己，你看哪个姑娘走路不是挺着胸……"

"他们总是'唉'，'哎呀'地向上帝诉苦，可私下，总在存钱！"阿尔达里昂不甘地说。

"这可不对，格里戈里就没攒钱……"

"我是指我的东家。我真想去大森林里、到旷野里去……唉，我在这呆得腻味了，一开春我就去西伯利亚……"

伙计们都很羡慕阿尔达里昂：

"我要是有个当包工头的姐夫，去西伯利亚也没关系……"

阿尔达里昂忽然失踪了。礼拜天他出去了，两三天都没回来，不知上哪儿去了。

大伙儿都很担心，胡乱地猜测：

"他是不是被什么人打死了？"

"兴许,是洗澡时淹死了?"

谁知,叶菲穆什卡回来,羞愧地告诉我们:

"阿尔达里昂在花天酒地里享福呢!"

"不可能!"彼得不解地嚷道。

"他在酗酒,就像干燥的谷仓里着了火,就像他的宝贝老婆死了……"

"他还是个光棍! 他现在在哪儿?"

彼得很不乐意地去接阿尔达里昂,没想到却遭到他的一顿痛打。

这时,奥西普双眉紧锁,两手插在口袋里,半天才说:

"我去看看,怎么搞的! 好好的一个庄稼汉……"

我跟着他一道去了。

"你看看,他好端端地。"在半路,他对我说,"看起来好像都很不错,可突然间就出了纰漏,真是莫名其妙。马克西莫维奇,你要注意,引以为戒……"

我们到了一个"库纳维诺游乐村",那是一家低级妓院,从里面出来一个面目凶恶的老女人,奥西普在她耳边说了几句悄悄话,她就把我们领进一间简陋的小屋里,小屋里光线极暗,很脏,就像个马厩。有个肥胖的女人躺在一张小床上,老女人用手捅捅她的腰,命令道:

"嗨,小娘儿们,快出去!"

那女人慌张地坐起来,用手背蹭了蹭脸,问:

"什么呀? 我的上帝,你是什么人?"

"侦查员来了!"奥西普严厉地喝道。那女人尖叫了一声就跑了出去。奥西普在她后面啐了一口,然后说:

"她们眼里,侦查员比鬼还可怕……"

老女人从墙上摘下一面小镜子,在壁纸上挖了一小个洞。

"看看,是这个人吗?"

奥西普凑着洞向里面探望:

"是他! 你让那女人走开……"

我也朝洞口里看了看:那也是和这边一样的小屋,又窄又乱,像个狗窝。窗户紧闭,一个铁皮煤油灯放在窗台上。一个鞑靼女人一丝不挂,就着灯光在补衣服。她身后的床上,阿尔达利昂躺在两个高高的枕头上面,他的脸浮肿着,黑胡子蓬乱地翘着。那个鞑靼女人颤抖了一下,赶忙穿上衣服走到床边,突然到了我们的面前。

奥西普一看见她就啐了一口:

"呸,真不知害臊!"

"你自己是不是傻了,老头儿!"她调笑道。

奥西普笑了笑,举起手吓唬吓唬她。

我们赶快走进那间小屋,奥西普坐到阿尔达利昂的床边叫他醒,可过了半天,

阿尔达利昂才哼哼了几声:

"好的,好的……再过一会儿我就回去……"

他好不容易清醒过来,看见我和奥西普,脸上透出惊奇的神色,然后又把红红的眼睛闭上,含糊地说:

"嗯,呃……"

"你是怎么了?"奥西普轻声问他,没有责怪他,但还是有点不高兴。

"我一时糊涂。"阿尔达利昂咳嗽了几声,显然是酒喝多了,嗓子有些沙哑。

"为什么这么做……"

"我也没干什么呀……"

"但还是不太合适……"

"那又能怎样?"

桌上有一瓶打开的伏特加酒,阿尔达利昂拿起它,仰头就喝,喝了几口,又问奥西普:

"来,喝几口,这儿还有好吃的菜……"

奥西普接过酒喝了一口,酒呛得他皱起了眉头,赶快小心地吃起面包。迷糊中,阿尔达利昂有气无力地说:

"你看,我今天到了这个地步——和鞑靼女人在一起,都是,都是叶菲穆什卡弄的。他对我说:那个女人不错,很年轻,是个孤儿,是从卡西莫夫城来做生意的。"

那个女人快乐的话语从墙洞那边传来,显然说得还不熟练:

"鞑靼女人最棒,是只可爱的小母鸡。快把那个不是你爸爸的男人赶走……"

"就是她。"阿尔达利昂一边嘟哝着一边艰难地探头从墙洞看过去。

"早见过了!"奥西普说。

阿尔达利昂转过头来看着我:

"兄弟,你看我现在这个样子……"

我以为奥西普会把阿尔达利昂教训一通,责怪他,让他无地自容,但奥西普似乎并不打算这样做。他们俩并排坐在床上,低低地交谈着。我无法忍受他俩在这个污秽不堪的窝棚里。鞑靼女人逗笑的话不断从墙洞口传来,但他们似乎没听见。奥西普从柜子上找了一块鲹鱼干,在靴子上磕了磕,就开始专心地剥着皮吃。他问阿尔达利昂:

"还有钱用吗?"

"彼得借走了一些……"

"喂,你能打起精神吗? 你该到托木斯克去了……"

"去那儿不也一样吗?"

"难道你改变主意了?"

"真希望不是亲戚请我去。"

"为什么?"

"是姐夫他们……"

"那又怎么了?"

"在亲戚那儿寄人篱下,滋味不好受啊……"

"可是无论在哪儿,都要低头的……"

"但毕竟不同……"

他们认真地交谈着,谈得那么投机,以至于那个鞑靼女人自讨没趣地走了。她一声不响地走进屋来,从墙上取下衣服,飞也似的跑了。

"她很年轻嘛!"奥西普说。

阿尔达利昂看了看他,说:

"这都是叶菲穆什卡捣的鬼,他只知道女人……鞑靼女人很有味道的,傻得可爱……"

"你要注意,不要身陷其中不可自拔。"奥西普提醒他说。鱼干吃完了,他便站起来要走。

回来的路上,我问奥西普:

"为什么要去找他?"

"只是看看,他毕竟是老朋友。这种事我见得太多了——一个人好端端的,忽然发了神经病,"然后,重复了一遍以前说过的话,"喝酒时不能大意!"

不一会儿,他又说:

"但是,没有了那个会很寂寞的……"

"是伏特加吗?"

"对呀!喝几口美酒,就仿佛到了另一个世界……"

阿尔达利昂最后还是没有挣脱困境。几天后,他回来工作了,可不久,又失踪了。春天我碰见了他,他那时已经沦落为流浪汉了,在码头上为驳船敲冰。他见了我很高兴,便一起来到一个小饭馆喝茶。他一边喝,一边高谈阔论:

"你还记得吧,我原来是个手艺高超的工匠。说真的,我干得还不赖!一定能挣几百个卢布……"

"但你没挣那么多。"

"我是没挣到钱!"他很得意地说,"我是烦了,不想干!"

他侃侃而谈,慷慨激昂,饭馆里的人都开始注意着他。

"你还记得那个文绉绉的彼得吗?他曾说过,我们干的活儿是为人添砖加瓦,为自己钉木头棺材。看,我们就干这个!"

我说:

"彼得有病,他很怕死。"

我没想到,阿尔达利昂竟大声嚷起来:

"我也有病,我还神经衰弱呢!"

每到休息的日子,我都去城郊的百万街,那里集中了所有的流浪汉。我眼看着阿尔达利昂一步步沦为了流浪汉。一年前的他是个工作热情、性格开朗的人，可现在却成了一个脾气暴躁的人。他老不正经，走路摇摇晃晃，斜睨着眼睛看人，好像在时刻准备着和人打架或吵架，并且喜欢吹牛皮：

"你瞧，这儿的人对我像头儿一样，怎么样！"

他用钱很浪费，常把辛苦挣来的钱挥霍在给其他流浪汉买吃的了。遇到有人打架，他会帮助弱者一方，大声辩解：

"哥们，怎么能这样干？要走正道！"

因此，人们就管他叫"正道者"，他对这个绰号很自得。

这条街上居住着许多人，我在尽力仔细观察他们。他们一般都挤在牢房似的窝棚里，破旧的房屋里龌龊不堪，他们似乎被这个世界所遗忘，但他们自己开创了一种不需要主人的自由快乐的生活。他们胆大勇敢，无所顾忌，就像外祖父讲的故事里那些常常成为强盗和隐士的纤夫。当他们闲下来的时候，就在驳船和轮船上肆无忌惮地干点小偷小摸的事，我觉得这种事不用大惊小怪。因为我看到生活已是千疮百孔，就像是在一件又破又旧的大衣上加几道灰线而已。并且，我还发现，他们在干活的时候不遗余力，经常可以在紧急装卸货物、救火或冰解冻的时候看到他们拼命干活。总之，他们的生活比别人快活得多。

当奥西普发现我和阿尔达利昂常有来往以后，他用父亲般的口吻教导我：

"听着，孩子！你这个榆木脑袋，你老去百万街干什么？和那些人好是很危险的，小心毁了自己的前程……"

我尽力向他解释，我喜欢和他们相处，他们尽管没有事做，但他们生活得很快乐。

"像天上的鸟自由自在地飞。"他冷冷一笑，打断了我的话，"他们沦落到现在的境地，只是由于懒惰、不务正业，他们受不了干活的辛苦！"

"干了活又能怎样？常言道：老实人苦干一辈子，盖不起一间砖房！"

说这话时，我没有多想，因为这样的话我听得太多了，我想这话说得很对。没想到奥西普生气了，他冲我大叫：

"这种话是谁说的？一定是笨蛋或是懒汉！但你还是个小毛孩子，乳臭未干，不应听信这种话！记住，只有心怀鬼胎的小人才会说出这样的话。你只有长大成人后，才能大展宏图！我会把你与他们来往的事告诉东家的，你要谅解我！"

后来，他果真向东家说了，东家当着他的面对我说：

"我说，彼什科夫，以后不准再去百万街了！那儿是小偷、妓女的老窝，常去那里就要进监狱或医院！不准再去！"

我不得不秘密地去百万街，但好景不长，我被迫结束了这种行为。

有一回，我和阿尔达利昂及他的一个朋友去一家客店，我们一起坐在院里棚屋的顶上。罗宾诺克给我们讲他从顿河上的罗斯托夫走到莫斯科的趣闻。他说他当过工程兵，还得过乔治勋章。他在土耳其战争中腿部中弹，成了个瘸子。他是个小个子,但身体结实,两只手很有力。但因为腿上的毛病,他徒有一副好身板。他不知染上了什么怪病,他的头发和脸上的毛全脱光了,脑袋变得像新生婴儿的头似的。

他的棕红色的眼睛一眨一眨地,说:

"噢,到了谢尔普霍夫。小花园里坐着个神父,我说:'神父,你能赏几个钱给土耳其英雄吗?'……"

阿尔达利昂摇摇头,说:

"得了得了,尽瞎说……"

"我为什么要骗你?"罗宾诺克反问,一点儿也不生气。但我的朋友却在不慌不忙地教训人:

"你真不正派!你应该去看门,瘸子都干这种营生,你却到处乱跑、乱说话……"

"你要知道,我说这些不正经的话只是想逗逗人,让大家乐一乐……"

"你应该冲自己乐……"

天气很干,阳光很好,但院子里却又阴暗又肮脏。这时,一个女人走进院来,手里抱着一件破衣服,嘴里喊着:

"嗨!谁要买裙子,姐妹们……"

女人们纷纷从房屋里、角落里钻出来,卖衣服的女人被团团围住。我马上记起来,那女人是洗衣女工纳塔利娅!我赶快爬下屋顶,但她已经把裙子卖给了出高价的女人,走出了院子。

"你好呀!"在大门口,我追上了她,高兴地和她打招呼。

"你还想说什么?"她斜着眼睛问我,顿了一会儿,她又生气地大喊起来:

"上帝呀!你在这里干吗?……"

她这忽然的大叫使我感到窘迫。我知道她是为我着急,她聪明伶俐的脸蛋上分明写着害怕和惊奇。我连忙解释说,我并不住在这儿,我只是来看看而已。

"看看?!"她又讥笑又生气地嚷道:"你知道你是在什么地方看看吗?你是在看女人的胸还是过路人的腰包?"

她很憔悴,眼圈发黑,两片嘴唇松松地垂下来。

她来到酒店门前,说:

"我们去喝茶吧!你还算穿得讲究,和这里的人不一样,但我还是不太相信你……"

进酒店后,她开始相信我了。倒茶时,她淡淡地说,她一小时前刚起床,肚子里还没进食物。

"我昨天喝醉了,坚持不住才睡下的。现在根本不记得是在那儿喝的,和谁在一起。"

我很同情她,在她面前我有些不安,我很想问问她女儿现在何处?喝过酒和热茶，她开始像原来我熟知的那样快活地说话了，那语气也像这条街上的那种粗野的女人。当我提及她女儿时，她马上清醒起来，大声说着：

"你问她干什么？不行，宝贝儿，你不可能得到我女儿的，不行的！"

她又喝了一口酒，接着说：

"我女儿不可能和我住在一起！我是洗衣女工，怎么会是她的母亲？她受过教育，有文化。老弟，就是这样！她离我而去，找到一个有钱人做朋友，她像成了个教师……"

她停了停，低声地问道：

"就是这些！洗衣女工，你是不是不喜欢？那么你喜欢浪荡的女人吗？"

我马上明白了，因为这里只有"浪荡"的女人。她说完，我竟流泪了，因为怜悯、同情和害臊，似乎她的直言相告伤害了我的心。不久前，她还是一个勇敢、自立、聪明的女人啊！

"嘿，说你呢！"她看了看我，叹了一口气，说："你快离开这里！我是劝你也是请求你，你以后不要再来这儿，对你只会有百害而无一益！"

然后，她俯下身，手指在茶盘里乱画着，开始小声地、语无伦次地自言自语：

"可是，连亲生女儿都不听我的话，你还会听我的请求和劝告吗？我对女儿说：你干什么呢？你不能抛下亲生母亲。她说：好吧，我去上吊。她去了喀山，说是学妇产科。好吧……好吧……但我该怎么办？思前想后，我只能走这条路了……无依无靠……只能靠过路人……"

她不说话了，久久地冥想着。嘴唇一张一合，却说不出一个字，完全忘了我的存在。她垂到下面的嘴唇弯得像镰刀，嘴皮微微颤抖，抖动的皱纹似乎在说着无声的言语，这种样子让人看得难受。她的脸色就像小孩子受了欺负，一绺头发露在头巾外，搭在额头上，发梢别在耳朵后面。茶早凉了，一滴眼泪落到里面。她察觉到以后，就推开茶杯，紧紧地闭上眼睛，两滴眼泪滚了出来，她赶快用手帕擦掉。

我不忍心和她继续坐下去，就慢慢起身：

"再见！"

"什么？走吧，走吧！快滚开！"她不看我，挥手赶我走，可能她已经忘了是谁和她在一起。

我回到和阿尔达利昂待过的院子。他原想和我一块儿去捉虾，我现在却想对他说关于这个女人的事情。但是，罗宾诺克和他已经不见了。院子里乱七八糟，正当我四下里寻找他们的时候，街边有人吵起架来，在这儿，常有这种事发生。

我走出大门外，立刻撞见了纳塔利娅，她哭泣着，正用手巾擦着脸，脸被打伤了。只手理着散乱的头发，在人行道上旁若无人地走来。她身后，紧随着阿尔达利昂和罗宾诺克。只听罗宾诺克说：

"再揍她一拳，让她尝够滋味！"

阿尔达利昂追上来，挥舞着拳头，她忽然转过身去，挺起胸膛，脸色很难看，眼里迸射出仇恨的眼光：

"打吧！"她大声喊着。

我拉住阿尔达利昂的胳臂，他奇怪地看着我：

"你要干什么？"

"不让你打她，"我憋了半天，终于说了这么一句。

他大笑起来：

"哈哈！她是你的女人吗？——啊，纳塔利娅，你怎么勾引到这个小道士的？"

罗宾诺克拍着大腿，狂笑不止。接着，他们用脏话嘲笑了我一番，让我非常难堪。纳塔利娅乘机走了。我实在忍无可忍，一头撞到罗宾诺克的胸口上，把他撞倒在地，他爬起来狼狈逃走。

从此，我很长时间都没去百万街。但有一次还是在一条渡轮上碰见了阿尔达利昂。

"你都上哪儿去了！"他高兴地和我打招呼。

我直言相告，他们打了纳塔利娅，羞辱了我，我想起这些来心里就不舒服，阿尔达利昂友好地笑了笑：

"你还当真吗？我们是为了逗你高兴和你开玩笑的！那个女人是个浪荡之人，为什么不打她？老婆都可以打，况且那种女人？难道还要去怜悯她吗？再说了，我们只是玩玩而已！我很清楚，拳头教训不了人！"

"那你想教训那个女人什么呢？你比她优越在哪儿？……"

他双手摇摇我的肩，讥讽地说：

"我们的问题就在于我们都一样，谁也不比谁强……老兄，我不是乡巴佬，我心里很明白，什么都懂……"

他微微有些醉意，心情很愉快，像个和蔼可亲的老师看着一个愚笨的学生，眼神里带有温柔和怜悯……

我偶尔也会看见巴维尔·奥金佐夫，他更加神采飞扬，穿戴很讲究，很神气地和我说话，动辄教训我说：

"你为什么要去干哪种事？很没出息的，全是些乡巴佬……"

后来，他很失望地和我讲起作坊里的近况：

"日哈列夫依然和那个母牛一样的女人厮混；西塔塔夫可能很悲观，现在喝酒越来越凶；戈戈列夫酒足饭饱后赶回家过圣诞节，没想到竟葬身狼腹！"

说完，巴维尔得意地笑了笑，讲他自编的俏皮话：

"有几只狼也醉了，它们吃了一个人，洋洋得意地像猎狗一样用两只后腿在森林里散步，可是只过了一个白天和一个黑夜，它们就统统死掉了！……"

我听后哈哈大笑起来，但是又油然生出一些伤感，因为我觉得那个老作坊和我在那儿的一切经历都离我远去了，变得很陌生。

十九

到了冬天,市场里基本上没活儿可干。我还是像以前一样,在东家家里干些杂事。整个白天都被各种琐碎的杂务占满了,有时晚上有空,我就给主人们读《田地》周刊和《莫斯科报》上的那些讨厌的小说。只有在夜深人静时,我才能看些真正优秀的书,并试着写诗。

有一天晚上,两个女主人去教堂做通宵弥撒了,东家因病在家休息,他问我;

"维克托曾笑着对我说,你在写诗,他说的是真的吗?彼什科夫,来,读一首给我听听!"

我无法推辞,就只念了几首,他似乎不太喜欢那些诗,但他仍然说:

"好好写吧!难说你不会成为明天的普希金,读过他的诗吗?

是家神出殡,
还是女鬼嫁人?

在他那个年代,人们都相信家神,但是他本人却不相信这些,你看,他还和家神开玩笑呢!哎,老弟,"他沉思着缓慢地说,"你应该去上学,可惜把时间耽误了!谁也不知道你将来会如何去生活……本子要收好,否则,女人会把它当作笑柄……女人们就喜欢干这种事……"

最近一段时间,东家常常陷入沉思,他总是心神不定地张望四周,有时门铃的响声也会吓他一大跳,他还为一点小事大发雷霆,在训斥别人之后,他就离家而去,直到深更半夜才醉醺醺地回来……看得出,一定发生了什么事,伤了他的心。但除了他自己,我们都不知道究竟出了什么事。现在,他失去了生活的信心和热情,整天混日子。

星期天午饭后我常常出门,在外边闲逛到晚上九点。晚上,我会去驿站街的小酒店,酒店老板又矮又胖,总在流汗,他爱听歌,几乎所有唱诗班的歌手和酒店的常客都知道他的这个爱好。大家唱歌,他就请大家喝伏特加、啤酒和茶。歌手们没有趣味,只会喝酒,他们因贪求杯中之物才勉强开口,而且唱的大多是圣歌。因此,有些对上帝虔敬的酒客认为,在小酒店里唱圣歌会有渎神灵。所以老板把歌手请到自己的屋子里去唱,我只好在门外听。不过,在小酒店唱歌的还有些乡下人和手艺匠。酒店老板自己找歌手,在赶集日,他进城向来赶集的乡下人打听谁会唱歌,然后就请到店里来唱。

柜台前有个椅子,那是为歌手留的,上方有只伏特加酒桶,歌手坐在那儿就像头上罩了个圆木圈。

马具匠克列晓夫唱得最棒,并且歌也选得好。他瘦瘦小小,棕褐色的头发,一绺一绺的,鼻子像死人的一样闪着光,一双小眼睡意迷蒙,整个脸看起来精神萎靡,像被嚼碎过似的。

有时,他闭上双眼,仰靠在桶底上,挺着胸腔,用浑厚、充满豪情的高音唱道:

> 哎,大雾笼罩着宽广的原野,
> 遮住了通向远方的道路……

这时候,他站起来,腰靠着柜台,仰身向后,脸冲着天花板,忘我地唱道:

> 哎,我应该往哪里去,
> 哪儿才是我心中的光明大道?

他声音不高,但很有震撼力,像一根银丝穿透了沉闷、昏暗、嘈杂的小酒店。伤感的歌词和悲哀的感叹征服了所有人的心,连喝醉酒的人也变得格外安分,安静地看着面前的桌子。我也被深深感动,优美的旋律像一股强大的力量震撼着我的心灵。

酒店里变得像教堂一样静穆,歌手们则像宽厚仁慈的神父。虽没有传道讲演,但却在用整个灵魂虔诚地祝福全人类。大声唱出了世间人类的所有辛酸故事。满脸胡子的人们坐在四周,怔怔地看着他,在野兽似的脸庞上,孩子般的眼睛里一闪一闪地,像在思索着什么。偶尔有人发出一声叹息,这是歌声力量的最好证明。每当这时,我就想,这才是生活的本质,所有人的生活都是虚伪的,是构想的。

小贩雷苏哈坐在角落里,她长着丰腴的脸蛋,是个放荡、恬不知耻的风尘女子。她的头缩在肥胖的双肩里面,不停地啜泣着,泪水无声地落下,冲刷着羞耻的眼睛。男低音歌手米特罗波利斯基沉着脸坐在她附近,身子顶着桌子。他很年轻,满头黑发,大眼睛,脸腔因喝醉酒而通红,看上去像个被革职的助祭。他看看面前的酒杯,举起来送到唇边,但没喝,又把杯子放在桌上,他小心翼翼,不作声响,天知道他为什么不想喝了!

小酒店里,人们不说一句话,安静地坐着,似乎在聆听着亲切的、久已忘怀的珍贵往事。

克列晓夫一曲终了,谦逊地坐下,酒店老板马上满脸堆笑端来一杯啤酒,说:

"唱得太好了!不仅仅是在唱歌,更像是在讲故事,果然名不虚传,没有人会有异议的……"

克列晓夫优雅地喝着酒,轻声地咳了一声,低低地说:

"人人都可以唱歌,只要长了嗓子就可以,但要唱出歌的神韵,那只有我能做到。"

"行了,行了,不要说大话!"

"没有资本吹牛的人从不说大话。"歌手说道,神态自若,态度更坚定了。

"你好狂傲啊,克列晓夫!"酒店老板生气地惊呼。

"我再狂傲也敌不过我的灵魂!……"

一个低沉的男低音从角落里大声喝了一句:

"你们都是些蛆、是些倒运的家伙,根本就欣赏不了这位长相平平的天使的歌唱!"

他的意见总和其他人的相背,常常与别人争吵,互相揭短。几乎每到节日他都会因此遭到歌手们的毒打,只要是能打、想打他人,都会狠狠地给他几拳。

酒店老板喜欢听克列晓夫唱歌,但也受不了歌手本人的高傲,他逢人就大发牢骚,抱怨和贬低他,嘲笑这位马具匠。对于这一点,常到店里来的客人和克列晓夫本人都很清楚。

"他的歌唱得很好,但就是人太骄傲了,他应该明白这一点。"老板说,有的客人赞同他的意见。

"没错,这小伙子真的太傲气了!"

"他有什么可骄傲的? 金嗓子是天赐的,又不是自己挣的! 而且,他的嗓子真值得那么骄傲吗?!"店老板执拗地说。

赞同他的顾客都随声附和道:

"就是这样的,不单要有好嗓子,还需懂得技巧。"

有一天,唱完歌,歌手们都回家了,酒店老板劝雷苏哈说:

"玛丽亚·叶夫多基莫芙娜,你去逗逗克列晓夫,捉弄捉弄他,行吗? 这对你来说,并不是一件难事,"

"可惜我不太年轻了。"女小贩笑着说。

酒店老板着急地大声嚷道:

"年轻人能干什么? 还是你去吧! 记住,一定要让他为你着迷! 让他有烦恼,苦闷的时候,他就会唱歌了,对吧? 去吧,叶夫多基莫芙娜,我一定好好谢你,好吗?"

可是她没有同意。高大肥胖的她低垂着眼睛,拨弄着搭到胸前的头巾的缨穗,乏味而慵懒地说:

"干这种事要年轻人才行。我要是再小几岁,噢,一定会马上答应的……"

老板于是想方设法把克列晓夫灌醉,但他总是唱完一支歌喝一杯酒,唱完几支就用毛织围巾围住脖子,然后往乱蓬蓬的头上扣一顶帽子就走了。

老板经常找人来和克列晓夫赛歌,马具匠一唱完,他就兴高采烈地赞美一番,然后说:

"今天还有一位歌手在场！好,请你露一手吧！"

这些歌手有的唱得不错,但与克列晓夫赛过歌的人,我却不记得有谁能像瘦小的马具匠唱得那么朴实、真情流露无遗……

"是啊,"酒店老板不无遗憾地说,"这个当然不错！主要是嗓子好,但就是不太感动人……"

听众们大笑不已:

"不对,估计他敌不过马具匠吧！"

克列晓夫用红眉下的眼睛看看大家,平静而有礼貌地对老板说:

"别费力了,你找不到比我更好的歌手了,我有上帝赐给的才能……"

"我们也是上帝造的！"

"你就是花尽钱财请人喝酒,也找不到……"

酒店老板脸涨得发红,嘟哝道:

"谁晓得,谁晓得……"

可是克列晓夫不依不饶:

"我还要说一句:唱歌不是斗鸡……"

"我明白这个,你为什么总和我辩论?"

"我没有辩解,我只是想告诉你:如果唱歌仅仅为了消遣,那它就属于魔鬼！"

"好了,不说了,你再来高歌一曲吧……"

"我无论什么时候都可以唱歌,甚至在梦中也可以唱。"克列晓夫同意了,小心地清清嗓子,唱了起来。

于是,所有的琐事、所有毫无意义的废话和打算、所有酒店里低俗的事情都神奇地消失了。每个人的脸上都荡漾着全新的生命之波,充满了爱与悲悯、思虑、纯粹的气息。

我仰慕他,钦佩他的才华和他在人群中的特权,并且他也巧妙地利用了这一特权！我很想去结交这个马具匠,同他好好谈一谈,但始终没有胆量上前去,因为克列晓夫用那白光光的眼神奇怪地看着眼前的一切,好像对谁都不放在眼里。他身上还有令我讨厌的地方,阻碍着我去爱他,我很想去爱不唱歌时的他。他像老人一样喜欢戴帽子,并且在脖子上围着红围巾,似乎在故意卖弄,那样子让人生厌。对于那围巾,他曾说过:

"这是一个可爱的姑娘织了送给我的……"

他不唱歌的时候,就骄傲地用手去擦那如死人一般的鼻子,有人问他话,他就爱理不理地随便应一声。有一回,我坐到他身边,想和他搭话,他连看都不看我一眼,说:

"快走开,小家伙！"

从这个方面看,那位男低音米特罗波利斯基比他可爱多了。他像负着重罪一样,迈着沉重的脚步走进酒店,走到一个角落,用脚踢开一个椅子,然后坐下。双肘支在桌子上,托着散乱的大脑袋,不作声响地喝几杯酒,大咳一声。人们吃惊地转头过来看他,他却依旧托着脑袋,用挑衅的目光看着大家,他没梳头,那乱糟糟的头发就像马鬃一样披在又肥又红的脸上。

"看什么?你们看见什么了?"他忽然粗鲁地问道。

有时,人们就回答他:

"看见一个森林里出来的鬼!"

有的晚上,他只是悄悄地喝酒,又悄无声响地拖着沉重的步子回去了。有好多次,我听见他像先知一样训斥大家:

"我是上帝忠实的仆人,现在我要像以赛亚一样责备你们!灾难降临到亚利伊勒城;所有的坏人、骗子和卑鄙无耻的小人,都生活在肮脏和贪婪之中!灾难来到了人间,因为人间最卑贱的小人把污秽带到了世界各地。你们这群只知道酗酒、暴食的人,是现在世上最没用的人,我知道,和你们一样的人有无数,大地不会敞开怀抱迎接你们的!"

他声音洪亮,玻璃窗竟被他震得哗哗作响。他的这番话很受人们欢迎,人们交头接耳地夸赞:

"讲得太好了,长毛鬼!"

他很容易结交,只要肯请他吃上点东西就可以了。他比较喜欢来上一瓶伏特加、一盘辣牛肝。吃辣牛肝时,他辣得口里呼呼上火,肚子里翻江倒海。有一回,我请教他应该看什么书好,他怒气十足地反问我:

"读书有什么用?"

他见我窘在那里,又变得和气起来,瓮着声说:

"看过传教书吗?"

"看过。"

"那就看看传教书吧!没其他书可读了。世间所有的智慧都在里面了。这种智慧,只有方头方脑的公羊才懂,也就是说,谁也不懂……你是谁,是歌手吗?"

"不是。"

"为什么不呢?应该唱歌,实在太可笑了!"

旁边有人问他:

"你自己不是也不唱吗?"

"是呀,我是懒汉!那又如何?"

"没什么。"

"这不稀罕,每个人都明白你头脑里空无一物,并且永远都是空空如也,我的上帝啊!"

他与任何人说话都是这种腔调,对我也毫不例外。但由于我请他吃过几次东西,他对我显得温和多了,以致有一次他吃惊地说:

"我真弄不明白你:你是谁?想做什么?真是见鬼了!"

我不懂他对克列晓夫的态度：他时而明明很陶醉地听克列晓夫唱歌，时而还露出满足的微笑，但他不去结交他，老以粗鲁和轻视的口吻说起他：

"他是个蠢货！他只会换换气，即便弄懂了唱的是什么，可他依旧还是个笨蛋！"

"为什么？"

"他天生就是蠢货！"

我想在他不喝酒的时候和他谈一谈，可他仅是支支吾吾，眼里充满了迷惘和悲伤地看着所有的事物。听别人说，这个一生都在酗酒的男低音还曾上过喀山神学院，还差点儿当上了高级僧侣。对此我深感怀疑。可是有一回，我对他谈自己时提到主教赫里桑夫，他扭扭头，说：

"是赫里桑夫吗？我认识他，他还教过我，对我很好。在喀山神学院，我还记得！赫里桑夫是金黄色的意思，在潘瓦·别雷姆达的辞典里有这样的解释。没错，金黄色的赫里桑夫！"

"潘瓦·别雷姆达是谁？"我问米特罗波利斯基，他直接地回答：

"和你不相干。"

回家后，我在本子上记下："一定要读潘瓦·别雷姆达的书。"在我看来，别雷姆达的书能解答许多一直困扰着我的问题。

歌手米特罗波利斯基和我说话时喜欢用一些没听说过的人名和标新立异的词语，我对此很生气。

"生活不是阿尼霞！"他说。

我问他：

"谁是阿尼霞？"

"一个有用的女人。"他回答，好像我的疑问使他感觉开心。

他提到的这些词语及他在喀山神学院的经历，让我觉得他十分有知识。可他什么都不说，真让我失望。而且一开口就说些不知所云的话。我想可能是因为我的问题没问好。

可是我终究还是记住了一些他的东西。我喜欢看他醉酒后学先知以赛亚的样子，他勇敢地抨击一切丑恶现象：

"啊，人间的污秽和废物！"他大声疾呼，"在肮脏里，坏人受到推崇，好人却被放逐；有朝一日危机会来到的，到那一天，你们后悔早已为时太晚！"

我听着他的喊叫，不禁联想到"好事情"、轻易沦落而让人可悲可叹的洗衣女工纳塔利娅，还有遭受众多恶意诽谤的"玛尔戈王后"——我头脑里有了这么多可以回忆的事情了……

我和这个人交往的时间并不长，很快就神奇般地终结了。

春天，我去郊外，在军营边看见了他。他孤独一身，全身浮肿，好似骆驼一般缓慢前行，脑袋晃来晃去地。

"你来散步吗?"他的声音沙哑,"我们一起走走吧。我也在闲逛。老弟,我得了病,就是这样……"

我们走了有一小会儿,没说话。忽然路过一个搭过帐篷的坑,坑里有一个人,他蜷着身子坐在坑底,侧身靠在坑边,有一面大衣掀到耳朵上,似乎是想要把大衣脱掉而终究没有脱去。

"一定是个酒鬼。"歌手停了下来,肯定地说。

但是这人手边的青草上有一支手枪,不远处有顶帽子,半瓶伏特加倒在上面,瓶口掩在草丛中。大衣把那人的脸全遮住了,好似遮羞一般。

我们都没说话,站了一会儿,忽然,米特罗波利斯基分开双腿,大喊一声:

"他自杀了。"

我如梦初醒,他不是酒鬼,他早已死了。这来得太突然,我不敢相信是真的。我还记得当时一点也不害怕,大衣下露出光头顶和青色的耳朵,我并不同情他。我觉得有人在这春光明媚的日子里自杀,实在是太不可思议了。

那个男低音使劲地用手摩擦他那没刮胡子的脸颊,似乎他真的很冷似的。他嘶哑着说:

"那是个年纪挺大的家伙。不是老婆跑了就是欠了别人的钱……"

他让我到城里去找警察,自己坐在那个坑边,两条腿垂下坑去。他十分冷,拿旧大衣紧紧裹住自己。我找到警察以后,很快就跑了回来。就在这段时间里,那个男低音竟然将死者的酒全喝光了,并且高举着空瓶子对我嚷嚷。

"就是这东西害死了他!"他叫喊着,用力将酒瓶摔在地上,摔得粉碎。

警察也来了,他看了看坑里,摘下警帽,犹豫地在胸前画着十字,并问那歌手道:

"你是干什么的?"

"这跟你无关……"

警察思考了一下,客气地问:

"您在这儿干什么? 这儿有人死了,可您却喝得摇摇晃晃?"

"我醉了有二十年了!"男低音拍打着胸脯恬不知耻地说。

我知道他一定会被捕的,原因是他竟然喝了死者的残酒。这时人们都从城里跑来围观,连严肃的警察局长也坐着马车来到现场。警察局长下到坑里去,扯开死者身上的大衣,看了看他的脸。

"谁先看到的?"

"是我。"米特罗波利斯基喊道。

局长大人看了看他,不知何意地跟他握了握手,道:

"哦,是的,您好,亲爱的先生!"

旁边有十几个人在那儿围观着,一个一个都跑得气喘吁吁,但都很兴奋,围着坑观望。其中一个人突然叫了起来:

"这是位官员,我们那条街上的,我见过他!"

男低音晃荡着身子,站在警察局长面前,一边摘帽,一边和他争吵些什么,他声音不小,但却很含糊,听不清楚。接着局长大人使劲推了他一把,他一屁股坐到了地上,旁边的警察有条不紊地从上衣口袋里摸出根绳子,我们的男低音好像习惯了似的,毕恭毕敬地把手撒到身后,任凭警察将他实打实地捆绑起来。局长大人则在那儿很生气地冲围观的人们大叫:

"滚开、滚开,你们这些混蛋……"

旁边又挤进了一位年纪有点大的警察,两眼潮红,疲倦地半张着嘴,他牵着捆着男低音的绳子的一端,默不作声地带他到城里去了。

从田野上离开,我的心情十分沉重,那句诅咒之言,恰如嘹亮的回音,在我脑际盘旋:

"亚利伊勒城必将受灾……"

但我眼前却出现了这样一幅令人惋惜的场景,那警察慢条斯理地从口袋里拿出绳子,而威风的先知却顺从地将自己多毛的红皮肤的手别到身后,交叉着,动作那么习以为常,那么娴熟。

很快我便得知,这位先知已被押解到囚犯营,他走了以后克列晓夫也不见了,他结了门有钱的亲,搬到小县城去住了,他在那儿开了一家小小的马具作坊。

……我曾很兴奋地在东家面前夸赞过马具工人的歌喉,所以有一天他突然对我说:

"也许我们应该去听听……"

所以现在东家就坐在我对面,他很惊诧地直起了眉毛,瞪大了眼睛。

就在刚才,来这儿的路上,他还在取笑我。刚到酒馆后,他也还在嘲讽我,讽刺那些听众和他们发出的令人气闷的味道。

甚至马具工人开唱时,他的表情还是满不在乎的,他自斟自饮,但刚倒了半杯,他便怔住了,说:

"哦……真见鬼!"

他的手直发抖,他将酒瓶放下,有点儿紧张地倾听着。

"没错,老弟,"克列晓夫一曲唱完,他便大叹着说,"唱得可真棒……活见鬼,听得我全身发热……"

马具工人自顾自地凝视着天花板,深情地唱道:

> 从富裕的村子出来,
> 来到那条路上,
> 我们年轻的姑娘,
> 走在清净的田野上。

　　"唱得真好!"东家听得摇头晃脑,满面微笑,自言自语,克列晓夫的歌声仿佛牧童笛中的颤响:

　　　　漂亮的女郎红着脸庞,
　　　　轻轻地对他把知心话讲。
　　　　我这个孤人无依无靠,
　　　　谁会要我这个可怜的姑娘!

　　"妙不可言,"东家喃喃着,眨巴着他那发红的眼睛,"呵,这个鬼家伙……真棒!"
　　我瞅着他,心里十分高兴,如泣如诉般的歌声战胜了酒店里的吵闹,声音越发强大、美妙,真诚动人:

　　　　村里的人们不常来往,
　　　　热闹时不会想到我这可怜姑娘,
　　　　唉,家境贫寒,哪有漂亮的衣裳,
　　　　没有哪小伙儿会看得上我,
　　　　只有一个鳏夫打我的主意,
　　　　但要我当他的工人,整天淘洗忙碌,
　　　　这样的命运让我怎能接受!

　　听到这儿,可怜的东家竟抑制不住地痛哭失声。他埋头坐着,鼻孔翕动,眼泪滴落膝头。
　　第三支歌听完了,他又感动又伤心地说:
　　"没法再待下去了,气味刺鼻,真见鬼……咱们走吧!……"
　　但出了门,他又突发奇想:
　　"要不,彼什科夫,咱俩去吃点什么。并且……我是说我不是很想回家!……"
　　东家甚至都没讲价,便租了个雪橇坐上,一路无语,到了小饭馆,他挑了角落里的桌子冲四周看了看,低声愤懑地讲了起来:
　　"那个唱歌的勾起了我的伤心事……让人郁闷……你是读过书的,你该懂得,你倒说说,这是怎样一个见了鬼的世道,越活越没劲儿,都四十岁了,有老婆,有儿女,但就是没人和你说话,有时想敞开心聊聊,却没有交谈的对象,跟老婆谈?她根本不理会你……老婆算什么玩意儿?她有儿有女,有她的家务活儿,还有自己的杂碎事情,她跟我想不到一块儿去。俗话说得好,老婆嘛,生完第一个孩子,就不再是你的朋友了……尤其是我那婆娘……这些……你该知道……她不听我的……真像块烂肉,见鬼,真是闷得慌,老弟……"

他颤抖着喝了口又凉又涩的啤酒，沉默半晌，又甩甩头发，说开了：

"说穿了，老弟，世上没好人！你不是常在那儿跟那些乡巴佬谈心吗？……我知道，那些下流的，不正当的，卑鄙的勾当，多得数不清，这千真万确，老弟……全是贼坏！你以为你能打动他们吗？不，一点用也没有！听我说，什么彼得，奥西普，全都是骗子，他们什么都告诉我，即便是你说了我什么，他们也全都告诉了我……听着吗，老弟？"

我吃惊了，但没说什么。

"是不是，"东家嗤嗤地笑了起来，"你以前不是还想去波斯吗，这主意不错。到了那儿，听不懂别人讲什么，这多好，能听懂的本国语言全都是无耻的谎言。"

"奥西普怎么说我？"我问。

"当然，说得不少？那是个多嘴多舌的家伙，他说得最多，他最狡诈了……不，彼什科夫，嘴上是说不明白的。什么是真话？这些话没什么用！你说什么真理？那有屁用！就像秋天的雪，一落到堆满污泥的地上便全都融尽了。而污泥便因此越积越多。你还不如不说呢……"

他一杯接一杯地喝着，但居然没醉，所以越说越快，并且越来越气愤：

"俗话说：'言说不如凿，沉默却是金。'唉，老弟，烦闷啊……他唱得多对：'村里的人们不常往来。'孤独啊……"

他转身看看，降低调门说：

"前不久，我，我找到了一个……好朋友，一个女人，或者说，一个寡妇。她丈夫是个造假币的，被关起来了，坐了牢。我就认识她了……她身无分文，所以，我想你该明白，就开始干那事……通过皮条客我才认识了她……我好好一看，呀，竟是个美人儿，还很年轻……简直妙不可言！一回，两回……后来我说：'咱们该怎么办？'我说，'你丈夫是个骗子，你又已经这样了，你干吗还想跟他去西伯利亚呢？'知道吗，她居然想跟他去住呢，她还对我说：'我才不管呢，我爱他，对我来说，他是好人！没准儿他是为了我才那么干的？我同你这样也是为了他。他得用钱，他应当是个贵族，过舒服的日子。'她还说什么，'如果我只身一人，也许我会很规矩。'她又说，'您也一样，是个好人，我喜欢您，但您别跟我讲这些……'见鬼！我几乎把身上所有的钱都掏出来给了她，八十卢布还多些。我说，'抱歉……我不能这样和您在一起，我再也不过来了！'我一溜烟跑走了，事情就是如此……"

他沉默不语了，大概喝多了，一屁股坐到地上，嘴里含混不清地说：

"我后来去找了她六次……你不明白！或者我还走到她门口六次……但不敢进去……我不能！而她现在已经离去了……"

他将双手放到桌面，弹弹手指，喃喃自语：

"上帝呀，别让我再看到她了……但愿上帝别让我们再相见，见鬼去吧，一切！我们走……回家！"

我们离开了，他晃悠着，念念叨叨：

"就这样了,老弟……"

他的故事并未使我惊讶,我早就预料到他身上正发生着一件不寻常的事。

但他讲的那些,尤其是谈到奥西普的话却使我心情非常沉闷。

二十

三年了,在这僵冷的城市里,在那些死寂的建筑物中,我充当着"监工"的角色。眼瞅着工人们每到秋季便将那些粗重笨拙的砖石房屋拆毁,而到了春天,又将它们重新建造。

东家当然不肯白白给我五个响当当的卢布,他想尽办法让我玩命干,给房屋换地板时,我必须从地板下掏挖出一尺多厚的泥土。如果雇佣那些闲杂人们来干这活计,东家就得给他一卢布,而我来干就不用他另给了。不幸的是,每次我干这活儿时,总是忘了监督那些木工的,他们便乘机偷走门上的锁、把手等小东西。

这些家伙想方设法蒙骗我,好下手偷盗,尤其可气的是,他们竟好像在执行某种严肃的公务,煞有介事地绷紧着脸,甚至几乎明目张胆地干。我抓住他们时,他们竟也不生气,倒做出一副很奇怪的神气:

"就给了你五卢布,你却这么卖力气,好像你拿着二十卢布的薪水,真是好笑?"

我告诉东家,他省了一卢布,却给他带来了十倍以上的损失。可他居然朝我眨眨眼:

"好了,别装蒜了!"

我明白,这家伙怀疑我也参与了偷盗,因此他很讨厌我。但无所谓,这很平常,不是吗,大家都这么干,东家自己也爱揩点别人的油。

每当集市完了之后,东家就回来巡看自己修整的那些铺房门面,如果见到什么被落下的茶壶、炊具、地毯、剪刀,或者箱子货物什么的,他就会乐呵呵地搓着手说:

"给我抄张清单,然后都放到仓库里去。"

但随后这家伙又从仓库里搬些东西回家,却让我反反复复地重抄清单。

说实话,我并不喜欢物质享受,也不想拥有太多东西,连书籍也觉得太过沉重。除了一本贝朗瑞的小书和海涅的诗集,我几乎一无所有。我曾试图买一本普希金的诗集,可那唯一一家旧书店的店员是个古板刻薄的老头子,他有意向我要更高的价格。东家家里那些塞得满满的家什杂物和笨重的家具使我见了就厌烦,油漆的味道更是无法消受。我不喜欢东家的屋子。它总是使人觉得那是个巨大的垃圾箱。东家从仓库里拿来别人的东西,堆的废物越发多了,更令人憎恶。"玛尔戈王后"的屋子虽然小了点儿,却收拾得挺好看。

生活总是这么乱糟糟,荒唐不明,纠杂不清,许多事情很明显是愚蠢的,就拿我们手中的活儿来说吧,把房子修好了,但来年春天便又淹在一片大水之中,地板浮出,门户倾倒,大水退后,柱脚都烂掉了。几十年来,年年都是这样,每年人们都会受到大水的袭击,损失总是很大,但他们知道这样的灾难消灭不了他们。

每逢开春,冰融雪化,总有些大拖船和小驳船会被冰块损坏,人们唉声叹气地重新造船,但第二年又重遭损毁。这种原地踏步的劳动,有什么意义呢?

奥西普听了我的牢骚,竟似乎很讶异地哈哈大笑起来:

"嗨,你这只尖嘴的鹭鸶,关你什么事儿呀?"

但立刻,他的脸色又变得凝重起来,他的那双碧绿的眼睛清澈有神,全无老人的混浊,他并没有继续讥笑下去,他说:

"你说的倒也挺有道理,虽然这跟你毫不相干,但没准挺有用处!但你还得想想这样的一些事情……"

他于是就这么索然无味地讲了起来——虽然不乏故作聪明的幽默或者插科打诨:

"有些人就爱抱怨土地太少,伏尔加河到了春天便向河岸冲击,将泥土裹挟到河底,形成大片河滩,于是另外有些人便开始埋怨伏尔加河太浅了——春天的大水,夏天的暴雨,把地面冲成洼地,泥土又被卷进河里去!"

他就这么说着,没有明显的爱憎,好像洞悉了一切似的,虽然他与我意见相同,但听起来却总让人觉得不舒服。

"还有,想想看,火灾……"

我当然记得,伏尔加河对岸的那片森林,没有哪个夏天不会遇上巨大的火灾。每逢七月,天空飘满混浊的浓烟,太阳失去它原先的光泽,仿佛一只含混不清的病眼,凝望着地面。

"森林倒无所谓,"奥西普絮絮叨叨地说,"那只是老爷们的财富,农民们可没什么森林。城市起火也不打紧,那里住着的都是有钱人,这也没什么可怜的!但乡村呢,一个夏天怎么也得烧掉一百多个村庄吧,这可是笔巨大损失啊!"

他微笑着。

"那些有家有产的,他们根本不懂得张罗!而你我呢,又好像不是为了自己、为了我们脚下的土地而工作,而是为水火而工作了!"

"那你还笑?"

"笑?为什么不!用眼泪是灭不了火的!但也许眼泪再加上满满的河水,势力倒会大些。"

我懂得眼前这个身材魁梧的老人,他也许是我见过的人中最为聪明的一个,但他到底热爱什么?讨厌什么呢?我却似乎一无所知!

我正这么思考着,他却一发不可收拾地继续说着,仿佛是将干柴添入我胸里的烈焰中。

"瞧瞧,人们是多么不懂得珍惜自己啊!无论是对于自己还是别人,他们都不懂得珍惜。不是吗？你那东家就是这样的，一点儿都不懂得爱惜自己！再说白酒吧，给人们造成的损失和危害多大呀！简直无法计算，完全超出了我们的预想……房舍毁坍还可以再造，但一个壮实的汉子被白白地毁掉，这就没法弥补了！再看看阿尔达利昂或格里沙吧，都被糟蹋成什么样子了！阿尔达利昂傻是傻了点儿，心地倒也还善良。但格里沙呢，他已经像干枯的稻草般哧哧冒烟了。那些娘儿们趴在他的身上，真像蠕动的蛆虫在分食死人的肉体。"

我问——倒不是生气，而是有些不解地问：

"但你为什么把我的想法告诉东家呢？"

他还是那么平静，甚至有些亲切地解释说：

"我只不过是想让他知道你有些不好的想法。应该由他来给你点儿颜色。除了他，没有谁能教训你了。我可不是为了陷害你才告诉他的，只不过是可怜你这个傻小子。你这家伙，人可不笨，但魔鬼在你的脑袋里盘桓，这会使你变得一团糟。你要是去偷点儿什么，我不会声张，你要去玩女人，我也不会说什么，即便你狂喝滥饮，我也不会多嘴多舌！但你千万别瞎琢磨，我当然是会告诉东家的。你必须明白……"

"那我以后再也不告诉你什么了！"

他半晌没有作声，但随即又轻松起来，他抠掉手上的松脂油，轻轻扫了我一眼，不无亲切地说：

"别瞎说了，你不会的！除了我，没有人能跟你说话……"

这时，我竟感觉到眼前这位修理得整整齐齐的奥西普有点儿像雅科夫，就是那位对什么都不关心的锅炉工。

有时他甚至有点像老派的鉴赏家彼得·瓦西里耶夫，或者是马车夫彼得。有时，他又流露出与外祖父相类似的气质。总之，他跟我打过交道的那些老人或多或少的有着相似之处。都很有趣，但又十分难以相处，有时使人憋闷、厌恶。他们好像是在锈蚀自己的灵魂。他们的言辞很机智，总是给你的心灵蒙上一层厚重的红色铁锈。奥西普到底是个什么样的人呢？善良？凶恶？不，都不是，他只是聪明，我很清楚这一点。但他又聪敏灵活得让我惊讶不止，他对世事的洞察使我心如灰烬。最后我只能以为他在存心刁难我，与我作对。

在我心中，阴暗的思想像煮沸了一样。

"其实所有人都仇视着，敌对着，别看他们花言巧语，满脸微笑。内心却都各不理睬，拒绝接纳，没有人会用博大的爱将个人与世界关联。除了我那外祖母，她热爱生活，热爱身边的一切。是啊，只有外祖母和伟大的'玛尔戈王后'！"

好些时候，这样的思想就像遮天的阴霾越发浓重，我越来越觉得生活的郁闷。但一切如何改变？何以发展？除了该死的奥西普，我甚至没有任何交谈的对象。我只好更多地与奥西普交谈。

他总是对此饶有兴味，认真地听我在那儿夸夸其谈，还对其中一些细节问个不停，当他对我的想法有所认识时，就会平静地告诉我说："啄木鸟的尖喙虽然尖利，但其实没有人畏惧它！你听我的好言劝告，到修道院去生活吧，在那儿一直待到成年。你一定要好好劝慰那些前来朝圣的人们。这样的话你的心情才会渐渐安宁，这对于那些修道士来说也不是什么坏事，听我说，现在看来，你尚不足以面对这样的世界……"

我当然不会真的进修道院，但我还是陷入了那些无法理清的千头万绪的事物之中，怎么也挣脱不了。巨大的苦闷缠绕着我。生活就像绿叶凋尽的树林，蘑菇被采光了，树林空荡荡的，无事可做，但又好像你对森林已经烂熟于心。

我从不沾酒，不沾女人。这样的东西会使人麻木无知，我用书籍代替了他们。可这又给我带来了灾难，书读多了，更觉得生活如此空虚无聊，可人们却都这样生活着！

我虽然才十五岁，但总觉得自己已经年纪很大了。我几乎有了一切的阅历、阅读的经验和心神不宁的思索，所有这些使我的灵魂越来越膨胀，越来越沉重。我搜索着自己的心灵，发现里面尽是些模糊不清的印象，仿佛一个漆黑一团的密室，里面满满地塞着形形色色的事物。可惜我没有能力和本事来清理它们。

这所有的一切太沉重了，它们尽管很多，却难以放置牢靠，它们晃荡着，飘飘悠悠，无法站稳，仿佛一个贮满清水却没有摆放好的铁皮筒。

灾难、瘟疫和牢骚令我痛恨，我同样痛恨打架，痛恨流血，痛恨人与人之间的讥嘲与倾轧，对于这些残酷的事件，我深恶痛绝，并时而转化为更深的疯狂，于是我学会如一头残酷的野兽一样去与人决斗，之后便又陷入巨大的苦痛之中。

很多时候我都想冲上去痛揍那些可恶的家伙，有时我真的这么干了，猛冲上去跟他们厮打起来。这是一种巨大的无法遏制的绝望情绪的爆发，想起来，真是太羞愧了。

我是分裂的，我身体里有两个我存在，一个深知那些卑劣无耻的行径，这使那个我变得有些怯懦。那些生活中可怕的事情，折磨着他敏锐的心灵，他变得心灰意冷了，对于生活，对于身边的人们，他都再也不相信了。他同情和怜悯几乎所有的人，包括他自己。他总是幻想能过着悄无声息的、沉默的生活，只希冀有书籍做伴，幻想着修道院的生活，护林人和铁路的岗亭；幻想着像遥远的波斯和偏僻城郊某个地方的守夜人一样，到那些人少的地方，离人们很远的地方去……

而另一个我呢，读过很多真挚而充满智慧的书，受到其中神性力量的感染，看到了日常细微的事物中所包蕴的那些可怕的事情和无法挣脱的力量，觉得这种力量简直可以毫不费力地拧断我的头颅，并用他脏兮兮的脚丫践踏我碎裂的心灵。于是那个我只能绷紧心弦处处防卫，紧咬牙关，紧攥拳头，时刻准备着进行抗争、吵闹与斗殴。这个我勇敢地呈现出自己的爱和怜悯，精神抖擞，生机勃勃，恰似法国小说中骁勇的剑客，话不投机，扬眉拔剑，直奔战场。

那时我正有一个阴鸷狠毒的仇人，他是小波克罗天街上一个打扫院落的家伙。

我是在一个早晨去市场的路上认识他的。当时在妓院门口有一辆四轮马车停在那儿，一个喝得烂醉的女人躺倒在车上。这家伙一把拽住那可怜的女人的脚，试图将她拖下来。那女人的袜子被拉扯得歪歪斜斜，上身赤裸着。他无耻地又拖又拉，嘴里还发出哼哼唧唧的叫声和笑声，他还朝那女人身上吐唾沫。她浑然不觉，像瞎子一样紧闭嘴唇，张着嘴巴，脱了臼般虚软的双臂抱在脑后。她被拖下车来，背脊、脑勺和青肿的脸碰在车座下，发出"砰砰"的声响，最后跌落下来，摔倒在马路上，头颅撞着路边的石块。

马车夫扬手一抽鞭子，驶走了。只剩那扫院的家伙攥住女人的脚跟，像拖着一具尸体般将女人倒拖到路边。我真快气疯了，直冲过去——幸运的是，在我跑过去时，一根很长的水平尺不知是我扔的还是无意中掉落了，这使我和那家伙之间没有产生更大的不快——我跑过去给了他重重的一拳，那家伙未曾防备，被我打倒在地，我赶紧跑到妓院台阶上，拉响门铃，几个看起来蛮横粗野的家伙跑了出来，我看对他们也没法解释什么，便捡起长尺自顾走了。

在下坡的地方，我追上了那个马车夫，他从高处俯瞰着我，不无赏识地说：

"你干得不错嘛！居然将那家伙打倒在地。"

我愤愤地问他，为什么眼见那家伙侮辱一个醉酒女子而不闻不问？他平静而又不屑地说：

"真见鬼，碍我什么事了，老爷给我钱，我便送她回来，她被谁打了，跟我没什么关系？"

"但她会被打死的。"

"放心，这种女人不会这么容易被人打死。"马车夫轻描淡写地说，听他的口气，倒好像他试图弄死过不少女人。

从此以后，我几乎每天早晨都会与那扫院人不期而遇，他总是在扫街或者坐在门口，好像专门等我似的。等我走近，他便站起身来，挽起袖子，警告我说：

"小子，现在看我怎么收拾你！"

这家伙四十来岁，小矮个，罗圈腿，腿肚子有些肿胀，像怀孕妇人的肚子。他冷笑着瞪我，目露凶光，但凶光中居然还有一些善良与快乐的神气，这倒使人惊奇。但打架他委实不行，最起码他的胳膊就太短了些，还不过两三回合，他就会一偏身子，倚着大门，惊愕地说：

"好小子，等着瞧吧！"

但这样的斗殴实在令人乏味，有一天我忍不住对他说：

"你这个该死的家伙，别烦我了！"

"但你打了我！"他质问道。

"可你先虐待了那个可怜的女人！"

"但这关你什么事，难道你会爱惜她？"

"没错儿，我爱惜她。"

他无话可说了,撇撇嘴,强词夺理道:

"那你也会爱惜一只猫喽?"

"是的,也爱惜猫……"

这家伙突然神经质似的对我说:

"你是个蠢猪,是个骗子!你等着,我会给你颜色看的……"

我无法不经过这条街,因为这是最近的路。从此我只能清晨即起,赶早出发,生怕遇见这家伙。但过了几天,还是遇上了——他盘坐在门口,抚摩着膝盖上躺着的一只灰猫。等我走近时,他突然跳将起来,提起猫脚,猛地一摔猫头正好碰在石砌的台阶沿上,一股热热的液体直溅到我的身上,这还没完,这家伙拎起死猫,狠狠地掷到我脚边,然后斜倚着门框问:

"怎么样,小东西?"

我还能说什么呢!我们像两只红了眼的公狗一样在院子里扭打成一团。打完架后,疲惫不堪的我坐在长满青草的斜坡上,一股无法形容的悲愤几乎快令我发疯了,我紧咬嘴唇,不让自己哭出声来或者大声叫喊。现在每忆及此事,心中都有一种胀鼓鼓的厌恶,自己都倍觉奇怪,那时竟没有发疯,没有跑去杀人。

我干吗要讲这些令人厌恶的事情呢?还不是为了你们,尊贵的先生们,你们必须知道这些东西远未过去,它们依然存在!你们爱听那些胡编乱造的恐怖故事,你们爱听那些美丽语言织就的残酷故事,想象中的恐怖会激发你们痛苦中的激动和愉悦。但我所知道的却是真正残酷的东西,这些是琐碎生活中无处不在的恐怖。写出这样的故事使你们感到不快,这也是我不能剔除的分内事。我无非是想让你们记起你们正在经历着何等样的生活,这样的生活正处于何等样的情形之中。

一句话,我们正深陷于卑鄙无耻的生活的包围之中。

我爱人们,不愿见其受苦。但我们不应为之伤感,更不应将残酷的现实掩埋在一大堆美丽的谎言当中。正视这一切吧!把我们灵魂中那些善良的部分、人性的部分都融入生活之中吧!

……尤其使我烦恼的是对待妇女的态度,在许多优美的小说中,都把妇女说成最圣洁和最意味深长的。而我的外祖母使我加强了这种信心,她给我讲过圣母、贤女瓦西莉沙的故事,讲过不幸的洗衣女工纳塔利娅的故事,加之我在日常生活中所亲眼见到的那些伟大女性们,她们用来净化这个缺乏爱与关怀的世界的各种美丽的眼神和笑靥。

屠格涅夫在书中极力讴歌女性的光荣。我几乎用尽了一切那些我所认为是好的东西,来美化那些使我无法忘怀的"王后"的形象,海涅和屠格涅夫在这一点上都做出了尤其巨大的贡献。

薄暮时分,从市集回家,我常常站到山坡上的城墙边沿,举目眺望伏尔加河对岸落日浑圆坠下时壮丽的景象,天空中流逝着红色的河流,而大地上那些可爱的河流,也时红时青地奔流不止。有时,在某个突如其来的瞬间,我觉得整个世界就像一艘巨大的轮船,装满了生活的囚徒。这船就像一只无所知觉的猪,被另一艘无形的大船,慢慢地拖到更为遥远的地方。

但最令我遐思联翩的,是世界的浩大无穷,我从书籍里读到过那些城市,那有着不一样的生活的国度。在他们的书中,比起我们的缓慢、拖沓、单调、喧哗的生活来,那种生活虽然更为纯净、可爱和安乐。这使我更加无法平静,并勾起了我对另一种生活所怀着的执拗的幻想。

我总感到,也许有一天我会碰上一个善良、聪明的人物,他会指引我走上明亮的道路。

有一天,我在城墙下一条长凳上坐着,我的舅舅雅科夫突然出现了。不知他是从哪儿钻出来的,我几乎快认不出他来了。尽管同居一城,但大家见面很少,偶尔遇上了,也会匆匆分手。

"你的个子蹿得很快嘛!"他亲热地推了我一把。我们攀谈起来,好像两个相识已久但彼此相处很淡的朋友那样。

听外祖母说,雅科夫舅舅这几年已经穷得家财散尽,都被吃光用光了。他原先在监狱拘留所当监狱长的助手,但后来结局不妙,监狱长生病的时候,舅舅在自己的寓所举办宴会,竟让那些囚徒们都参加了。这事儿传出去后,他的职位被剥夺了,还被送去接受审判,罪名是私放囚徒进城游荡。其实那些囚犯倒都没有逃跑,只有一个试图掐一个助祭的人被当场逮捕,案子拖了好长时间,一直没有正式开庭。囚犯和狱吏都想方设法为他求情,终于使其挣脱出来。他现在没什么工作,靠儿子养着。他儿子在大名鼎鼎的鲁卡维什民科夫教堂唱诗班唱歌。提起他的儿子,他总是奇怪地说:

"他现在可是个严肃人,很了不起! 他可是一位独唱歌手! 要是茶点做得晚了,或者衣服没洗干净,他就会大发雷霆,他是个很遵守时间的年轻人,他还爱干净……"

但舅舅自己却日渐显老,脏兮兮的,头发掉得差不多了,整天无精打采。他那漂亮的鬈发也开始显得稀稀拉拉。他耳朵竖着,眼上和刮净胡子的光洁脸面上,布满了密密麻麻的血丝。他说话时就像在开玩笑,嘴里仿佛含着什么,阻碍着舌头的转动,尽管他牙齿很齐整。

我喜欢跟这样一个总是保持愉快的心境并且见识很广的人交谈,我甚至还很清晰地记住了他那些好玩的唱曲,我的外祖父曾对我说:

"他唱起歌来像大卫王,可行事却是押沙龙的德性!"

在树木葱茏的大道上,从我们身边走过穿着干干净净的行人,有衣着入时的太太、小姐和威风凛凛的文武官员。舅舅却穿着一件残破的秋大衣,头戴一顶皱巴巴的帽子,弓腰驼背着,似乎很为自己的衣着感到寒碜。我们便走进波茶市场一家小酒馆,在正对着市场的窗口落座。

"还记得吗,您唱的:

一个叫花子把包脚布挂出来晾晒
另一个叫花子却把它偷走。……"

我把歌词念出来，竟然就在这刹那间体会到它的嘲讽之意，刹那间觉得我舅舅真是凶恶而聪明。

舅舅举杯独酌，见酒不多了自斟而饮，沉默片刻说：

"唉，谁都过过好日子，也曾经一度胡作非为，可是这般快活的日子不多。这首歌其实不是我编的，作者是一个宗教学校的老师，他是我的朋友，过世已久！忘记他的名字了？哎呀，我竟已忘了。这家伙是个光棍儿，嗜酒如命，他是被活活冻死的。在我的记忆中喝酒喝死的人简直太多了，你应该还不会喝酒吧？这就对了，千万别喝，你还常看到你的外祖父吗？他是个内向的老人。我想他大概都已经疯了。"

喝了点酒，他的话渐渐多了，腰板也挺直了，好像年轻了许多。

我好奇地问起他那件关于囚犯的事。

"你也知道啦？"他四处张望了一下，压低嗓门说：

"囚犯怎么啦？我既不是审判长，也并非什么法官。我当他们只是普通人。因此我说：嗨，朋友们，好好相处吧，让我们快乐点儿？不是有这么一首歌吗？

命运挡不住欢乐，
即使它将我们折磨，
我们活是为了玩乐，
傻瓜才想另一种生活！"

他显得十分高兴，看着窗外渐黑的谷地，谷地底部摆满了货摊。他摸了摸他的胡子，接着说：

"他们自然是很高兴，牢房里是多么的无聊透顶。那么好吧，晚上只要点完名，都到我这里来吃吃喝喝。有时是我掏钱，有时是他们凑点儿。接着所有的东西都开始旋转了，晃悠起来了，我喜欢又唱又跳，他们中正好有这样的人，其水平之高得令人叹为观止！他们甚至有的人还戴着脚镣手铐，这样怎么能跳舞呢？我当然得保证他们能去掉那些累赘，这是事实。但事实上他们完全可以自己拿掉，都不用去找铁匠师傅，他们都很灵巧，至于有的人说我放他们进城去打劫，这根本就是无稽之谈，他们直到眼下也没有证据……"

他又陷入沉默之中，凝视着窗外，卖旧货的摊主已经开始收拾自己的铺面了。不知什么地方的铁门剧烈地响着，生了锈的大铁环叮叮当当。有的木板倒覆下来，一片"噼噼啪啪"的声响。他看着看着，又愉快地冲我眨了眨眼睛，接着悄声说：

"不过说实在话,晚上确实有个家伙经常溜出去,可他也不是戴脚镣的重犯,他只是这儿的一个小偷儿,他的情妇就在不远处的佩乔雷村。还有助祭那件事儿,他们是把这个可怜的家伙当成有钱的商人了。要知道,那是个冬天,又在晚上,正好风雪交加,大家都穿着皮大衣,谁能知道到底谁是商人,谁是助祭啊?"

我听着挺好笑的,他也笑着说:

"真是这样的,没人能分得清……"

突然间,舅舅开始有点生气了。这倒使人纳闷。他推开了餐盘,深深地皱起了眉头,抽起烟来,然后不清不楚地说:

"他们之间相互偷,然后相互捉起来,关起来,送到西伯利亚去。你说说看,这跟我有什么关系?我才瞧不起他们呢……我是有灵魂的人!"

我突然想起了那个头发老是乱七八糟的锅炉工,他也喜欢说说"瞧不起",他甚至也叫雅科夫。

"你在想些什么?"舅舅问。

"你可怜他们吗?那些囚犯。"

"谁都会可怜他们的,他们真的很好,非常好。有时我甚至想,尽管我管着他们,可是也许我都不配给他们提鞋!他们太有智慧了……"

酒精和回忆使他又痛快起来。他一只手撑住窗台,挥动着另外一只手,手指间还夹着一个烟头。他高兴地聊了起来:

"当中有个人,他的一只眼睛是瞎的,是个独眼龙,会雕刻,还会修理钟表,最后因为造假币而被抓了,这还没完,这家伙还总是喜欢逃跑。你真该听听他是怎么讲的,他说得那么好,就像一团火在燃烧,就像独唱演员在唱歌!他居然说:'谁能告诉我为什么公家能印钞票,可我就不被允许呢?解释一下!'但是这种事情没有人能解释明白。任何人都不能,我也不能。可我竟然管着他们!还有个是莫斯科一位名气很大的小偷,他文质彬彬,穿着入时,整洁大方,而且很有礼貌。他说:'大家工作的累死累活,头昏脑涨,我可不想那样做。'他还说,'我是真的明白:整天工作,最后变了笨蛋,花一戈比买酒喝,打牌再输掉两戈比,或者再花五戈比找个女人亲热一番,但随后便仍是饥寒交迫。这样的倒霉事儿我才不去做呢……'"

舅舅脸色愈发红润了,连耳朵都兴奋得竖起来。他趴在桌子上,接着说道:

"他们都是聪明人,他们说得都没错儿!好了,好了,不谈这些心烦的事儿了!谈谈我吧,可我又如何呢?说来真是惭愧,大半辈子过去了,不过是从忙里挣些闲时辰,快活都是偷来的,受苦才是真真儿的呀!不过是爹骂完又被老婆骂,要不然就为了一个卢布而缩手缩脚。窝囊啊,这辈子。老了呢,还得侍候自己的儿子。没什么见不得人的,我只能乖乖地听差呀!而他还真成了大爷了,呼来喝去的。他叫我父亲,就像叫我奴仆!好像我自打生下,忙碌终日,就是为了听人训斥,就是为了给儿子当个人似的?你说不是这样吧,那活着又为了什么呢?有什么事情会让你高兴起来呢?"

我有些心不在焉了。虽然不想说什么,口里还是讷讷道:

"我也不知道应当如何生活……"

他轻轻笑了起来。

"是啊……谁会知道?我就没见过知道自己该怎样生活的人!大家都在按照习惯而活着……"

说着,说着,他又似乎委屈起来,说道:

"以前我那儿有个强奸犯,是奥勒尔的一个贵族,很会跳舞,他老是逗大家开心,还会唱一支万卡的歌:

> 万卡走在乡村墓地上——
> 这是普通事一桩
> 啊,我说万卡呀,
> 快点逃离墓地吧!……

但这又有什么可笑的呢?这是大实话呀!甭管你怎么绕来转去,你能逃脱墓地吗?所以一切都没什么了,不管是因犯还是看管者,都一样……"

他有点累了,抿了口伏特加,像一只长嘴的鸟儿,用一只眼睛瞅了瞅空瓶子,然后不声不响地点上烟,烟雾从胡须间直冒出来。

"随便你怎么挣扎,抱有多大希望,最后,不还是棺材和坟墓吗。"这是石匠彼得时常说的。但他与雅科夫舅舅一点也不同。我听过太多这样相同的俗话了!

我不想再问什么了,这会使人心情郁闷,也觉得舅舅太可怜的。他那些轻灵的歌曲和潺潺的吉他声又在耳畔回响,透着些许细微的哀伤,吉他弹出欢乐的音符。我无论如何也不会忘记快活的"小茨冈"。看着雅科夫舅舅一副穷困潦倒的样子,我真的想知道:

"他还记不记得'小茨冈'被十字架砸死的事?"

但我不能问。

谷地黑黝黝的,八月的夜晚潮湿而黝黑,不知从哪儿竟飘来瓜果的芳香。通往城里的小窄道上亮起了昏黄的街灯,一切都太熟悉了。现在,到雷宾斯克和彼尔姆去的轮船马上就要拉响汽笛了……

"该走了。"舅舅说。

在酒店门口,舅舅握住我的手,半开玩笑似的劝我说:

"别太忧郁了,你好像有点儿郁闷,是不是?千万别!你还是个年轻人,并且你得记住'命运挡不住欢乐!'好吧,再见了,我还得回去做圣母升天节的祷告呢!"

雅科夫舅舅快乐地走了,但他的话却把我搅得糊里糊涂。

该回城了,走在田垄间,圆月当空,浓云轻轻地游移,投下大块大块的暗影,遮住了我映在地面的修长影子。我穿过田野,回到城里,来到了伏尔加河边,躺在覆满灰尘的青草上,凝望着伏尔加河对岸,凝望着草场和凝固的大地。云影艰难地移过伏尔加河,移到我躺着的草坡上,突然明亮起来,仿佛浸到水里洗了一下。身边的一切昏昏沉沉,静寂无声,所有一切都在缓慢地移动,而这样的移动似乎更多是源于痛苦和无奈,而并非对移动、对生活充满爱意。

我真想使劲踹醒凝固的大地和我自己,让所有的一切,包括自己在内,好似一阵快乐的风似地旋转,好似热烈的恋人般舞蹈,沉浸于为崭新的、美丽的、蓬勃的、诚实的生活而奋斗的过程当中。

我想:

"应当干点什么了,必须充实自己,不然会被毁掉的……"

秋天总是这么阴郁着,见不到,而且也感觉不到太阳,甚至都快把阳光忘记了。在这种天气下,我会时常在森林里迷失方向,找不到大路,小路就更找不到了。累了,困了,干脆就紧咬牙关,穿行于莽莽苍苍的密林之中,踏着枯枝败叶,踩着沼泽上滑溜的草皮——总会走出一条路来的!

就这么决定了!

于是就在这个秋天,我满怀希冀地去了喀山,我渴望在那里能找到一座学校,可以上学读书。